Weitere Titel der Autorin:

Die Verführung des Ritters

Titel auch als E-Book erhältlich

Über die Autorin:

Kris Kennedy ist Ehefrau, Mutter, Psychotherapeutin und Autorin. Sie glaubt, dass jede Frau es verdient, von einem guten Buch in eine andere Welt entführt zu werden. Sie stammt aus Philadelphia und lebt nun mit ihrem Mann, ihrem Sohn und einem Hund an der Pazifikküste in den USA.

Kris Kennedy

BEZWINGER MEINES HERZENS

Roman

Aus dem amerikanischen Englisch von
Jutta Nickel

BASTEI LÜBBE TASCHENBUCH
Band 16 713

1. Auflage: Mai 2012

Dieser Titel ist auch als E-Book erschienen

Vollständige Taschenbuchausgabe

Bastei Lübbe Taschenbuch in der Bastei Lübbe GmbH & Co. KG

Deutsche Erstausgabe

Für die Originalausgabe:
Copyright © 2010 by Kris Kennedy
Titel der amerikanischen Originalausgabe: »The Irish Warrior«
Published by Arrangement with KENSINGTON PUBLISHING CORP.,
New York, NY, USA
Dieses Werk wurde vermittelt durch die Literarische Agentur
Thomas Schlück GmbH, 30827 Garbsen.

Für die deutschsprachige Ausgabe:
Copyright © 2012 by Bastei Lübbe GmbH & Co. KG, Köln
Textredaktion: Susanne Kregeloh, Drestedt
Titelillustration: © Franco Accornero via Agentur Schlück GmbH
© shutterstock/walshphotos
Umschlaggestaltung: Birgit Gitschier
Satz: Urban SatzKonzept, Düsseldorf
Gesetzt aus der New Caledonian
Druck und Verarbeitung: GGP Media GmbH, Pößneck
Printed in Germany
ISBN 978-3-404-16713-5

Sie finden uns im Internet unter
www.luebbe.de
Bitte beachten Sie auch: www.lesejury.de

Der Preis dieses Bandes versteht sich einschließlich
der gesetzlichen Mehrwertsteuer.

Danksagungen

Ich möchte meinem Mann danken, der immer am besten kontern kann, wenn ich ihm von Leuten erzähle, die mehr oder weniger versteckt andeuten, dass es unwürdig sei, Liebesromane zu schreiben (und zu lesen).

Und meiner Familie, die zwar keine Liebesromane liest, aber alle meine Bücher – ich liebe Euch!

Rachel, Courtney, Tati und Becky – danke für den Aderlass.

Meinem Verleger John Scognamiglio, der darauf vertraut, dass eine Autorin das Buch schreibt, das sie schreiben muss.

Außerdem möchte ich Jennifer Munson danken, die einfach über alles Bescheid weiß, was mit Färbemitteln zu tun hat. Sie war unendlich geduldig und sorgfältig und hat mir nie das Gefühl gegeben, ihr auf die Nerven zu gehen, wenn ich zum Beispiel gefragt habe, »sag mal, was meinst du, wie sehr sich die Heldin wohl die Hände schmutzig machen wird? Also, jetzt mal ganz genau. Was ist mit den Handgelenken? Den Fingernägeln? Und wie lange dauert es, bis es wieder weg ist? Also, jetzt mal ganz genau ...«

Und ich danke allen Leserinnen, die mir wegen meines Debütromans *Die Verführung des Ritters* geschrieben haben. Ich kann Euch gar nicht sagen, wie viel es mir bedeutet, dass Euch nicht nur das Buch begeistert hat, sondern dass Ihr Euch die Zeit genommen habt, es mich auch wissen zu lassen. Danke!

Kapitel 1

Frühherbst, Nordirland, 1295 A. D.

Es ist ganz einfach.« Die Stimme kam aus dem Dunkel und klang spöttisch. »Entweder Ihr unterwerft Euch oder Eure Männer werden sterben. Ihr habt die Wahl.«

Finian O'Melaghlin, irischer Edelmann, Krieger und oberster Ratgeber des mächtigen Königs O'Fáil, schwand das grimmige Lächeln aus dem Gesicht. Alles lief wie geplant. Oder besser gesagt, wie erwartet.

Seit der Stunde, in der sie bei Lord Rardove eingetroffen waren, um dessen schon vor langer Zeit ausgesprochene, letztlich aber hinterhältige Einladung anzunehmen, war Finian von seinen Männern getrennt gewesen. Zuerst hatte man ihn mit guten Speisen verwöhnt, anschließend im Gefängnis gequält. Rardove erwies sich als berechenbar. Und als gefährlich.

Finian hatte sich gegen das Treffen ausgesprochen, aber sein König hatte darauf bestanden, es stattfinden zu lassen. Die Iren hegten den Verdacht, dass Rardove irgendetwas ausheckte. Etwas Gefährliches. Etwas, das mit den legendären Wishmé-Färbemitteln zu tun hatte.

Unglücklicherweise hegte Rardove seinerseits den Verdacht, dass die Iren etwas im Schilde führten.

Die Schläge, die Finian hatte erdulden müssen, waren so grausam gewesen, dass ihm ein Schmerzschauder durch den Körper pulsierte. Aber das bedeutete nichts. Denn nur eins zählte: herauszufinden, was Rardove wusste, und ihn daran hindern, weitere Informationen zu bekommen. Um das zu errei-

7

chen, würden Finian und seine Männer sogar in den Tod gehen, wenn es sein musste.

Er schaute über die Schulter in das Dunkel. »Irgendwie werde ich das Gefühl nicht los, dass ich Euch nicht vertrauen kann, Rardove.«

Die Wachen, die Finians Arme umklammerten, beobachteten ihn misstrauisch. Obwohl er sich im Gefängnis befand, an den Handgelenken gefesselt war und rechts wie links bewacht wurde, ängstigte er die Männer beinahe zu Tode. Er sah es an ihren bangen Blicken, und er roch den Angstschweiß, der ihnen aus den Poren drang.

Die eisernen Fesseln schnitten in seine Gelenke, als einer der Soldaten ihm den Arm bis zwischen die Schulterblätter hochdrehte. Lord Rardove, der Baron eines kleinen, aber strategisch bedeutsamen Lehens in der irischen Mark, trat aus dem Dunkel und ging langsam um seinen Gefangenen und dessen Bewacher herum.

»Hört auf, meinen Männern Angst einzujagen, O'Melaghlin«, sagte er und warf dem Soldaten, der bei dem dumpfen Knurren einen Schritt zurückgewichen war, einen verächtlichen Blick zu. »Schließt Euch mir an, und Ihr werdet ein reicher Mann sein.«

Finian lachte heiser. »Reich, sagt Ihr? Ich hatte etwas anderes im Sinn, als in Ketten gelegt und ins Gefängnis geworfen zu werden.«

Rardove seufzte übertrieben. »Ja, es hat so angenehm begonnen, nicht wahr? Wir haben bei Wein und Fleisch in meinen Gemächern gesessen. Und schaut uns jetzt an.«

Finian ließ den Blick durch die kleine Zelle schweifen. Brackiges Wasser lief an den Mauern herunter, an denen das getrocknete Blut vorheriger Gefangener klebte. »Ich stimme Euch zu. Wir haben uns verschlechtert.«

8

Ein fahles Lächeln huschte über das Gesicht des Barons. »Ihr würdet in mir einen sehr großzügigen Herrn haben.«

»Herrn?« Finian spie das Wort förmlich aus. Hochgewachsen, rotgesichtig und blond verkörperte Rardove das Ideal des gut aussehenden englischen Edelmannes. Am liebsten hätte Finian ihm die Zähne eingeschlagen.

»Hundert Silberstücke für Euch, wenn Ihr Euch persönlich dafür verbürgt, dass The O'Fáil in der Angelegenheit seinen guten Willen beweist.«

»Rardove«, begann Finian erschöpft, »vor zwanzig Jahren habt Ihr Euch hier niedergelassen, und das Land geht an Eurer Herrschaft zugrunde. Die Felder werfen nichts ab, Eure Leute sterben am Fieber, Euer Vieh an der Pest. Euer Lehnsherr kann Euch nicht ausstehen, und ich kann es auch nicht. Warum um Gottes willen sollte ich mich mit Euch verbünden?«

Der Anschein der Ruhe, der sich auf das Antlitz des Barons gelegt hatte, begann leicht zu bröckeln. »Euer König hat Euch geschickt, um zu verhandeln, nicht wahr?«

Du musst ins Innere des Bollwerks von Rardove gelangen, lautete der Auftrag, mit dem sein König ihn geschickt hatte. Schritt eins war erledigt.

»Verhandeln?«, schnaubte Finian. »So nennt Ihr das also?«

»Ich nenne es eine notwendige Maßnahme.«

»Meine Frage ist einfach, Rardove, und sie hat sich nicht geändert, seit ich an Eure Tür geklopft habe: Was hättet Ihr von einem solchen Bündnis?«

Schritt zwei: Herausfinden, was Rardove wusste und wie viel. Und vor allem anderen: ihn daran hindern, noch mehr zu erfahren.

Der Baron fuhr mit der Hand durch die Luft, machte eine vage Geste. »Eine geringere Kriegsgefahr in den Grenzgebie-

9

ten meines Landes. Das Ende einer alten Fehde.« Er sprach langsamer. »Und vielleicht den Zugang zu einigen Eurer irischen Schriftstücke.«

Und damit hatte Finian seine Antwort: Rardove wusste alles.

Genau das hatte er die ganze Zeit befürchtet. Warum sollte einer der mächtigsten Lords Nordirlands um ein Bündnis mit genau jenem Volk betteln, das er einst erobert hatte? Zwanzig Jahre zuvor hatte Rardove ohne die Erlaubnis König Edwards das Land an sich gerissen und danach seine ganze Macht bewiesen, indem er den König dazu gebracht hatte, diese Untat abzusegnen. Einen König, der eigentlich nie etwas verzieh.

»Ihr wisst über die Färbemittel Bescheid«, sagte Finian langsam.

Die Wishmés, eine Schneckenart, waren über Jahrhunderte in Vergessenheit geraten, und die unzähligen Legenden, die sich um sie rankten, reichten bis in die Zeit der Römer zurück. In einer Zeit, als die Königswürde vorrangig mit dem Schwert erstritten wurde, war die Farbe Indigo ausschließlich den Herrschenden vorbehalten gewesen. Doch reicher noch als ein König konnte derjenige werden, der die Rezeptur zur Herstellung dieser Farbe besaß. Unendlich viel reicher. Und unendlich viel mächtiger. Zu einem großen Teil prägten Hörensagen und Gerüchte diese Legenden, doch hätten Worte überdies nicht beschreiben können, wie intensiv, wie atemberaubend und einer blau-schwarzen Flamme gleich das Wishmé-Indigo der irischen Westküste von innen her leuchtete.

Rardove verzog die Lippen zu einem falschen Lächeln. »Ich habe nicht die geringste Ahnung, wovon Ihr sprecht.«

Dieser verdammte Dreckskerl.

Die Wishmé-Farben waren tatsächlich der Stoff für Legenden. Atemberaubend. Selten.

Tödlich.

Langsam, so als ließe er sich an einem Seil nach unten gleiten, mäßigte Finian seinen Zorn und kämpfte gegen den fast überwältigenden Drang, Rardove einen Fußtritt ins Gesicht zu verpassen. Um ihm anschließend die Kehle aufzuschlitzen.

»Weiß Euer König Edward Bescheid?«, fragte er gepresst.

Rardove lächelte. »Im Augenblick sollte ich Eure größere Sorgen sein.«

»Zerbrecht Euch nicht Euren Kopf, elender Wurm. Innerlich zittere ich wie ein neugeborenes Lamm«, erwiderte Finian geistesabwesend, denn er dachte über etwas anderes nach. Aus der Rücksichtslosigkeit, mit der Rardove einen irischen Edelmann gefangen genommen hatte, der in königlichem Auftrag zu einer Unterredung zu ihm gekommen war, sprach blanke Verzweiflung. Dringlichkeit. Was nicht überraschte, denn die Wishmés waren in vielerlei Hinsicht gefährlich.

Als Färbemittel verwendet, ergaben sie eine Farbe, die jeden König auf die Knie sinken ließ. Aber das war kein ausreichender Grund für einen einzelnen englischen Lord in der irischen Gemarkung, seine Feinde mit solcher Hemmungslosigkeit zu reizen.

Waffen dagegen schon. Und aus den Wishmés konnte ein Pulver gewonnen werden, mit dem sich das Dach von der Abtei in Dublin blasen ließ.

Die Frage war nur: Wusste Rardove Bescheid?

»Hübsch, nicht wahr?«, bemerkte Finian probehalber. Schluss mit den Tricks und Täuschungen.

»Ich schätze den Farbton wirklich sehr«, stimmte Rardove zu, »aber sehr viel mehr schätze ich, wie sie explodieren.«

Verflucht noch mal.

Finian nickte. »Trotzdem, hier bin ich. Mag sein, dass Ihr die Wishmés habt, aber Ihr wisst nicht, wie man den Farbstoff herstellt. Ihr braucht die Rezeptur. Und jemanden, der es lesen kann.«

Rardove lächelte und spreizte die Hände. »Und warum sollten wir uns aus diesem Grunde nicht verbünden, die Iren und ich?«

Wahrscheinlich deshalb, weil die Iren die Wishmé-Rezeptur vor mehreren Hundert Jahren verloren hatten. Und, um aufrichtig zu sein, sich genau zu dieser Stunde auf einer verzweifelten Jagd danach befanden. Allerdings sah Finian keine Notwendigkeit, Rardove darüber zu unterrichten.

»Euch gefallen die Bedingungen nicht?«, fragte der Baron.

»Lasst es mich so sagen: *Ihr* gefallt mir nicht.«

»Ts, ts.« Rardove schüttelte den Kopf. »Ihr müsst Manieren lernen, O'Melaghlin, wie alle Eure Leute.« Er schnipste mit den Fingern nach den Wachen. Eine übel riechende Hand griff zu, packte eine Strähne von Finians Haar und riss seinen Kopf zurück.

Stöhnende Geräusche drifteten durch Spalten in den Steinmauern. Finian versuchte sich umzudrehen, aber es gelang nicht. Es spielte auch keine Rolle. Denn er wusste auch so, wer gestöhnt hatte: O'Toole, einer seiner besten Männer, dessen Bein bei dem Angriff gebrochen worden war.

Jeder in seinem Gefolge wusste, dass der Auftrag unter Umständen tödlich enden konnte. Finian hatte darauf bestanden, dass jeder Mann sich ausdrücklich dafür entschied; auf dieser Mission galten keine Befehle außer seinen eigenen. Während seine Männer willens gewesen wären, ihr Leben dem Wohle Irlands zu opfern, war Finian noch nicht bereit, sich und seine Leute jetzt schon aufzugeben.

»Und wenn ich mich einverstanden erkläre?«, sagte er leise. Vielleicht konnte er Unterwerfung vortäuschen und mit seinen Männern abziehen.

»Nun, dann wärt Ihr frei zu gehen.«

»Und dann?«

»An jedem Tag, an dem Ihr nicht mit der Zustimmung Eures Königs zurückkehrt, werde ich einen Eurer Männer töten.«

Finian riss den Kopf mit einem heftigen Ruck aus dem Griff des Wachmannes los. Dann fixierte er den Baron mit einem mörderischen Blick und fragte sich für den Bruchteil einer Sekunde, wie es eigentlich um die Weisheit eines Gottes bestellt war, der einem so bösen Mann das Gesicht eines Engels schenkte. »Meine Männer kommen mit mir.«

Der Baron schüttelte gespielt traurig den Kopf. »Ihr müsst zugeben, dass ich ein Dummkopf wäre, ließe ich Euch alle frei. Denn welche Möglichkeit der Vergeltung hätte ich dann für den Fall, dass Ihr unsere Vereinbarung nicht einhaltet?«

»Ich würde zustimmen, dass Ihr ein Dummkopf seid.«

Wieder glitt ein dünnes Lächeln über die Lippen des Barons. »Lieber zwei am Tag«, grübelte er und betrachtete seine Fingernägel. »Einen Mann im Morgengrauen und einen, bevor ich mich ins Bett lege. Wie Gebete.«

»Ich unterschreibe den Vertrag«, erklärte Finian kalt, »lasst meine Männer frei.«

»Freilassen? Nein, ich denke nicht. Bevor sie freigelassen werden, unterzeichnen wir vor Zeugen die Papiere und sehen uns das Buch an. Und all das andere Zeug.«

Finian wandte sich wieder zur Wand und schwieg grimmig.

Rardove schwieg ebenfalls. »Nun, von einem Iren habe ich keine große Klugheit erwartet.« Er wandte sich den Wachen zu. »Kettet ihn an die Mauer und zieht ihm ein paar Striemen über den Rücken. Wir wollen sehen, ob er dann anders darüber denkt.«

13

Die Wächter schleppten Finian bis zu der Wand, in die große Metallringe eingelassen waren. Dann fesselten sie seine Hände mit den Eisenmanschetten, die daran hingen. Wie ein Schild bedeckte sein dunkles Haar seine Schultern, als er den Kopf weit in den Nacken fallen ließ. Er presste die Handflächen gegen die nasskalte Fäulnis und spannte die Muskeln an, um sich auf die Peitschenhiebe vorzubereiten. Gerade noch brachte er ein kurzes Gebet über die Lippen, dass er es überleben möge, und noch eines, um bittere Rache zu schwören, dann erfolgte der Übergriff.

Die schreienden Hiebe der Lederpeitsche rissen ihm das Fleisch auf. Mit aller Kraft biss Finian die Zähne zusammen, schob die Todesangst voller Verachtung beiseite und dachte nur noch daran, was es für den Kampfgeist seiner Männer bedeuten würde, wenn sie ihn zu Rardoves Füßen heulen hören würden. Zerschlagener Rücken, Bauch, Rippen; schon zweimal war er verprügelt worden, bis er nur noch ein blutiger Klumpen gewesen war. Was machte es also, wenn es ein drittes Mal geschah?

Das laute Rufen eines Mannes, der die moosbedeckten Treppenstufen heruntergestürmt kam, sorgte dafür, dass die Schläge dieses Mal nach kurzer Zeit abbrachen.

»Mylord«, keuchte der Kurier des Barons atemlos, »es geht das Gerücht, dass Senna de Valery auf dem Weg hierher ist.«

»Ah, meine ... meine Verlobte.« Pause. »Bindet ihn los.«

Finian sandte der Frau, die ihn vor weiteren Schlägen bewahrt hatte, ein stummes Dankgebet.

»Wie lange noch, bis sie eintrifft?«, hörte er den Baron fragen. Die Wachen schlossen die schweren Eisenbeschläge um seine Handgelenke auf.

»Sie wird bald hier sein, Mylord.«

»Und?«

Voller Abscheu schürzte Finian die Lippen, als er die schlichte, aber düstere Frage hörte. Die Soldaten rissen ihn herum. Eine Frau in Rardoves Obhut? Keine vier Wochen würde sie ihn ertragen.

»Weder ihr Antlitz noch ihre Gestalt werden Euch enttäuschen, Mylord«, verkündete der Bote.

»Ja, ich habe gehört, dass sie ein hübsches Ding sein soll, wenn auch nicht mehr ganz jung. Fünfundzwanzig, wenn ich mich recht erinnere.«

Der Soldat warf einen flüchtigen Blick auf Finian und schaute dann wieder fort. »Sie führt eine große Anzahl schwerer, in Leder gebundener Bücher mit sich, falls das wichtig ist.«

Rardove lachte. »Nein, das ist nicht wichtig. Sie wird schon bald . . . mit anderen Dingen beschäftigt sein.«

Sie wird das Lamm sein, das zur Schlachtbank geführt wird, dachte Finian.

Der Baron wandte sich ihm zu. »Wir werden unsere Verhandlungen später fortsetzen müssen, O'Melaghlin.«

Finian zuckte die Schultern. »Haben wir uns etwa noch mehr zu sagen?«

»Ich Euch nicht. Ihr mir schon. Es gibt vieles, worüber Ihr erneut nachdenken müsst. Es wird mir ein Vergnügen sein, Euch dabei im Blick zu behalten.«

»Wenn Ihr meine Männer freilasst, werde ich aufs Neue überlegen, unter welchen Bedingungen ich Gnade walten lassen kann.«

Eine angegraute aristokratische Augenbraue schoss hoch. »Gnade?«

Finians genüssliches Grinsen zog sich von einem Ohr zum anderen. »Ich kann Euch einen schnellen oder einen langsamen Tod schenken, Rardove. Ihr habt die Wahl.«

Die Wachen sprangen vor und warfen ihn mit dem Gesicht voran zu Boden. Das Gewicht des Fußes auf seinem Rücken hielt Finian niedergedrückt, während Rardove seufzend über seine Beine stieg.

»Ich wünschte, die Prügel würden Wirkung zeigen«, klagte er, »denn ich schätze ihre Schlichtheit. Aber da sieht man es mal wieder. Sie wirken nicht. Und man fragt sich, ob es an der Sturheit oder an der Dummheit Eures Volkes liegt. Dieses Irland ist doch ein merkwürdiges Land.«

Finian bewegte sich leicht, versuchte, von dem Felsstück wegzurücken, das sich ihm in den Oberschenkel bohrte. Der Fuß der Wache drückte ihn noch erbarmungsloser zu Boden, sodass er reglos liegen blieb.

»Und Senna de Valery weiß von all dem nichts«, ertönte Rardoves Stimme rechts von Finian, »denn sie ist von England hierhergereist.«

Finian verschwendete noch einen kurzen Gedanken an die Frau. *Zur Schlachtbank.*

Abgewetzte Lederstiefel schritten auf ihn zu, hielten einen Zoll vor seinem Gesicht inne und legten sich in dicke Falten, als der Baron sich neben ihm auf ein Knie niederließ.

»Ich sollte einen lehrreichen Willkommensgruß für sie ersinnen, findet Ihr nicht auch, Lord Finian? Vielleicht ein paar irische Rebellen, die an einem Strick baumeln?« Er kam mit dem Mund dicht an Finians Ohr. »Euch spare ich mir bis zum Schluss auf.«

Die Wut schoss Finian durch die Adern, heiß und rot und gefährlich. Er schnellte mit den Hüften vom Boden hoch. Die Wache, die ihm den Stiefel in den Rücken gedrückt hatte, flog durch die Luft. Finian wirbelte herum und trat mit dem Stiefel zu, erwischte Rardove an den Fußgelenken. Der Mann stürzte hart zu Boden. Finian sprang auf ihn.

Vier Soldaten rissen ihn vom Baron weg und schleuderten ihn dann durch die Luft. Finian prallte mit dem Hinterkopf gegen die Mauer. Ein Stoß mit dem Knie in seine Magengrube sollte garantieren, dass er so bald nicht wieder auf die Beine kam, und ein zweiter in den Unterleib sorgte dafür, dass er es auch für längere Zeit auch gar nicht wünschte.

Die Soldaten zerrten ihn wieder auf die Füße. Er stand aufrecht da, breitbeinig, und kämpfte gegen den Taumel der Bewusstlosigkeit an. Er sammelte alle Kraft, die ihm noch geblieben war, hob den Kopf und schüttelte das Blut ab, das ihm aus den Augen tropfte.

»Großer Gott«, schnaubte Rardove, dessen Atem stoßweise ging, »Ihr seid alle wie die Wilden.« Abrupt wandte er sich zu seinen Soldaten um. »Soll er für seine Ungezogenheit zahlen!«

Und dafür sorgten die Männer. Als sie sich schließlich zurückzogen und das Licht ihrer Fackeln verschwand, lag Finian ausgestreckt auf dem Boden seiner Zelle und bekam kaum noch Luft. Aber er dachte angestrengt nach.

Die Engländer waren eine Plage, eine Horde kahlköpfiger Nichtsnutze, und Rardove war das beste Beispiel ihres Abstiegs in die Hölle. Finian würde sich niemals mit ihnen verbünden, selbst wenn man ihm im Gegenzug die Lordschaft von *Tir na nóg* anböte. Er hatte nicht herkommen und Verhandlungsbereitschaft vortäuschen wollen, aber The O'Fáil hatte es gewünscht. Und seinem König durfte Finian sich nicht widersetzen.

Und jetzt würde selbst ein mit diesem Wurm zum Schein geschlossener Vertrag seine Männer nicht retten können. Sondern allenfalls ihn selbst. Was nicht hinnehmbar war. Sie würden zusammen gehen, seine Männer und er. Zusammen – oder keiner.

Aber so oder so sollte Rardove auf sich achtgeben. Denn die irischen Stämme würden die Hügel hinunterstürmen und seine Burgen von Lent bis Yuletide belagern. Und Finian persönlich würde diese Festungen bis auf die Grundmauern niederbrennen. Und wenn er dazu aus seinem Grab würde auferstehen müssen.

Kapitel 2

Es sollte nicht so lange dauern«, murmelte Senna, als sie bei Sonnenuntergang die Grenze zur Festung Rardove passierte. Vier Tage waren vergangen, seit ihr Schiff in Dublin vor Anker gegangen war und sie ihrem Schicksal überlassen hatte.

Es war ein langer, langsamer Ritt gewesen. Den größten Teil der Strecke hatte Senna geschwiegen, hatte den Geräuschen ihrer neuen Welt gelauscht: dem Heer der Reiter, die sie begleiteten, knarrenden Sätteln, gedämpften Stimmen, dem Wind, der über die irische Erde seufzte. Und die meiste Zeit rechnete sie nach, wie viel Geld dieses geschäftliche Bündnis ihr wohl einbringen würde, falls es Früchte trug.

Es war eine neue Hoffnung, und das war praktisch unbezahlbar.

Irgendwo weiter hinten folgten vierzig blökende Schafe dem Tross, die erste Abschlagzahlung ihres Geschäftsangebots. Über ihren scharfkantigen Hufen trugen die Schafe die weichste und saugfähigste Wolle westlich des Morgenlandes; es war eine Rasse, die Senna bis zur Vollkommenheit gezüchtet hatte, seit sie das Unternehmen vor zehn Jahren von ihrem Vater übernommen hatte.

Das Geschäft mit der Wolle war ein höchst einträgliches. Das Geschick eines Dutzends kleinerer Handwerksbetriebe und einiger bescheidener Fürstentümer hing vom Handel damit ab. Manche Messen in Frankreich waren ausschließlich auf den Wollhandel ausgerichtet, und man sandte das begehrte Gut aus England auf die reichen südlichen Märkte, geradewegs nach Jerusalem und noch darüber hinaus.

Senna wollte sich ihren Weg in diesen Markt bahnen. Wenn die Wolle, die für gewöhnlich auf den Märkten angeboten wurde, die Begeisterung der Händler entfachte, dann würde die von Sennas Schafen stammende sie in entzücktes Erstaunen versetzen. Denn diese Wolle war saugfähiger als andere Sorten, zudem war sie leichter und brauchte weniger Beize, um die Färbemittel anzunehmen.

Sie wusste, dass sie mit ihren stinkenden pelzigen Schafen einen ganz besonderen Besitz mit sich führte. Und sie wusste auch, dass sie kein Geld mehr hatte.

Rardove konnte ihr welches geben. Er besaß die Mittel, um das Geschäft retten zu können, mit dessen Aufbau Senna die vergangenen zehn Jahre verbracht hatte – während ihr Vater jedes Silberstück ebenso ruchlos wie unablässig verspielt hatte.

Angestrengt starrte Senna geradeaus und versuchte, durch den abendlichen Nebel etwas zu erkennen. Sie war neugierig auf den ersten Anblick der Festung. Zudem brachte ihr das angestrengte Geradeausschauen zusätzlich den Vorteil, den Gestank nicht wahrnehmen zu müssen, den die in Leder gekleideten Reiter ausströmten.

»Ist der Nebel immer so undurchdringlich?«, fragte sie den Reiter dicht neben ihr und kniff sich die Nasenlöcher zu, als sie näher kam, um seine Antwort zu hören.

Statt einer Antwort grunzte und nieste der Mann. Vielleicht hatte er aber auch »Hier gibt's nichts anderes« gesagt. Sowohl die eine als auch die andere Antwort war gleichermaßen erhellend.

Senna zog die Brauen hoch und stieß mit ihrer hellen, fröhlichen Stimme ein »Aha« aus, während sie ihr Pferd einige Schritte gegen den Wind lenkte.

Sie spürte, wie die Blicke des kräftigsten Soldaten sich ihr in den Rücken bohrten. Balffe hieß er und war der Anführer von

Rardoves Wachen. Ein Krieger mit einem Oberkörper wie ein Klotz; sein Gesicht sah aus wie die Sünde, und seit zwei Tagen hatte er die Augen nicht mehr von ihr gelassen. Dabei ging es gar nicht um ein anzügliches Grinsen, sondern eher darum, dass er ihr abgeneigt schien, was lächerlich war, da sie ihm nichts getan hatte.

Noch nicht. Über die Schulter warf sie ihm einen finsteren Blick zu. Er erwiderte ihn.

Was scherte sie sich um die Soldaten. Sie drehte sich wieder nach vorn. Lord Rardove zählte und sonst niemand. Es war bedeutungslos, dass sie gehört hatte, er sei von hochmütiger Art und sein Gesicht sei so glatt wie das eines Engels. Schließlich war sie nicht auf der Suche nach einem Ehemann. Nein, sie war auf der Suche nach guten Geschäften.

Als sie sich Rardoves Burg näherten, gaben sich im Nebel mehr und mehr gespenstisch wirkende Dörfer zu erkennen, anfangs als blasse Schemen in den Schwaden, dann als dunkle Flecken, die sich aus dem Boden erhoben. Die kleinen, gedrängt stehenden Hütten und die nassen Felder zeugten von Armut, ebenso wie die ausgezehrten Dörfler, die ihnen hinterherstarrten.

Sofort schloss Senna aus der Anzahl der Hütten, die aus Flechtwerk und Lehm bestanden, auf die Anzahl der Dorfbewohner und rechnete aus, wie viel fetter und reicher die Leute sein würden, wenn ihr Plan erfolgreich war. Ja, vielleicht würden sie sogar wohlhabend werden. Sie wünschte, sie hätte ihren Abakus zur Hand. Mit dem Behelf war es so viel einfacher, die Zahlen zu addieren.

Zahlen zusammenzurechnen war ohnehin viel leichter, als das Bündnis mit einem Mann zu beurteilen, der es für weise hielt, die Menschen hungern zu lassen, die ihn ernährten.

Der Abendnebel hing tief über dem Boden, als sie unter

dem Fallgatter hindurch in den äußeren Burghof einritten. Es war kalt. Die Abendsonne flammte in feurig roten Wolkenfetzen über dem Horizont. Durch das blendende Licht konnte Senna nicht mehr erkennen als einen einzelnen aufragenden Burgturm und den Unrat, der durch die Rinnen des Abtritts an den Burgmauern hinunterfloss.

Schreie drangen aus einer der verrotteten Hütten im äußeren Hof; darauf folgte das Geräusch von Fäusten, die auf Fleisch trafen.

Nun ja. Der erste Eindruck kann durchaus trügen, beruhigte sie sich und band sich den Schleier fester um die Nase. Sie war entschlossen, ihre Mission zum Erfolg zu führen: die Verträge abzuschließen, die Herde aufzubauen und in der Lage zu sein, sich ohne weitere Hilfe über Wasser zu halten. Sich niemals wieder auf unfähige Menschen verlassen zu müssen.

»Blickt auf die Gerechtigkeit meines Herrn, Mylady«, verkündete der Ritter an ihrer Seite.

Senna riss sich aus ihren Träumereien und schaute zu den Galgen hinauf. Es dauerte eine Weile, bis sie begriff, was sie dort sah: einen Hund, der am Ende eines Seils baumelte.

Der Mund stand ihr offen. »Mylord lässt seine Gerechtigkeit an Hunden walten?«, wisperte sie voller Entsetzen und bekreuzigte sich.

Der Soldat schaute sie verwirrt an. »Lord Rardove steht dort drüben.« Er zeigte auf einen breitschultrigen, blonden, riesigen Ritter, der strahlend im goldenen Licht des Sonnenuntergangs stand.

Senna riss den entsetzten Blick von ihm los und blickte den verurteilten Mann neben ihm an. Den Kopf hatte er angehoben, das Gesicht war ausdruckslos, und er war der Nächste, der aufgeknüpft werden sollte. Sie starrte ihm in die Augen und wusste auf Anhieb mit größter Gewissheit, dass dieser Mann sich keines Verbrechens schuldig gemacht hatte.

Und als sie sich wieder dem funkelnden Blick ihres künftigen Geschäftspartners zuwandte, wusste Senna, dass er es auch wusste.

Ihre Hand schoss hoch. Sie stellte sich in den Steigbügeln auf und war kurz davor, laut Einhalt zu gebieten. Der Soldat an ihrer Seite packte sie am Arm, um sie davon abzuhalten.

»Nicht«, schnappte er, »*mischt Euch nicht ein.*«

Wie ein dünnes Fähnchen der Angst breitete sich ein Kälteschauder in Senna aus. Sie hob das Kinn, als sie durch das nächste Tor ritten und auf den Innenhof der Burg gelangten, der einen verwahrlosten Eindruck machte. Sie nahm kaum wahr, dass man ihr aus dem Sattel half und sie zu dem runden Turm führte. Seine Mauern waren über und über von Moos bewachsen.

»Die Burg Rardove, Mylady«, verkündete der Ritter und führte sie die Treppen hinauf.

»Ja, das sehe ich«, murmelte Senna, als er sie über die Schwelle und in ein kleines Vorzimmer geleitete. Eine Dienstmagd eilte herbei. Drinnen war es dämmrig und feucht, und die Geräusche hallten von den Wänden wider. Es war kalt. Ein langer finsterer Gang führte in das Dunkel des Turmes. Es mochte sein, dass sich an dessen Ende irgendetwas befand. Küchen. Mehr Treppen. Ein Ungeheuer.

Senna schluckte schwer und befingerte die Brosche, die ihren Umhang zusammenhielt.

»Willkommen auf Burg Rardove, Mylady.«

Beim Klang der Stimme wandte sie abrupt den Kopf.

»Ich bin John Pentony, Lord Rardoves Seneschall.«

Sie schlug die Kapuze ihres Umhangs zurück und spähte durch das dämmrige Licht, um den Mann zu erkennen, zu dem die Stimme gehörte. Groß, dünn und ausgemergelt war er eine geisterhaft wirkende, kahlköpfige Gestalt mit fast lidlosen Augen, als er auf sie zukam.

Sie wollte einen Schritt auf ihn zu machen, blieb aber wie angewurzelt stehen. Die Zunge klebte ihr am Gaumen, als er sie anstarrte. Sein unergründlicher Blick schien sie zu durchbohren. Dann glitt ein Lächeln über sein Gesicht, wie ein Scharnier, das es nicht gewohnt war, bewegt zu werden. Die Dienstmagd blinzelte. Nervös hatte sie die Finger ineinander verschränkt und rührte sich nicht. Das schartige Lächeln lag wie eine Maske auf dem Gesicht des Seneschalls, als alle wie erstarrt dastanden und sich schweigend ansahen.

Dann ließ er den kalten Blick über die Magd gleiten, als wollte er sie damit aufschlitzen. Sie knickste hastig, schlüpfte an ihm vorbei und blieb an der Tür stehen. »Ich werde Euch zu Euren Gemächern führen, Mistress«, wisperte sie.

In den Augen des Seneschalls zeigte sich keinerlei Gefühl, als er sich wieder an Senna wandte. »Wir sind über Eure Ankunft sehr erfreut.«

»Ja, ich … ich danke Euch.« Ihr Blick schweifte durch die leere Halle. »Wir?«

Der Vogt hielt inne. »Ihr seid früher als erwartet eingetroffen.«

»Oh, nun, nicht so früh, als dass ich …« Sie brach ab. »… als dass ich nicht gesehen hätte, was am Galgen vor sich gegangen ist.«

Leere, aschfarbene Augen schätzten sie mit flachem, aber flinkem Blick ab. »Es waren irische Rebellen, Mylady.«

»Der Hund?«, fragte sie scharf zurück. »Der Hund war ein irischer Rebell? Er schien mir eher walisisch zu sein.«

Eine nahezu unsichtbare Augenbraue glitt hoch, formte einen schmalen Halbmond auf der hohen, glatten Stirn des Vogtes. Dann schaute er an ihr vorbei und nickte irgendjemandem oder irgendetwas im Schatten hinter ihr zu.

Einer riesigen Dogge, wie Senna sich düster einbildete, die knurrend und geifernd darauf wartete, dass der Neuankömmling einen falschen Schritt machte und ihr zum Dinner vorgeworfen wurde. Welches nicht lange dauern dürfte.

Eine Steintreppe verschwand in die Dunkelheit hinter Pentonys knochiger Gestalt. Durch das graue Miasma aus Rauch und stickiger Luft, das durch die Halle waberte, kehrte die Zofe zurück. Ihre schmalen Schultern schnitten durch den Nebel. Fürwahr, die Burg schien ein verschwommener Nachhall von Energie zu sein, die in dünnen, kalten Schlägen pulsierte.

Senna schüttelte einen Schauder ab und wandte sich wieder dem Seneschall zu. »Wo wird die Unterredung mit Lord Rardove stattfinden?«, fragte sie schnell. »Ich habe die Rechnungsbücher mitgebracht.« Sie deutete auf die kleine Truhe, die die Soldaten hereingetragen hatten und vor ihr abgestellt hatten.

»Lord Rardove hat befohlen, Euch unverzüglich zu den Schneckenbänken zu bringen.«

Sie zuckte zurück. »*Wohin?*« Dabei hatte sie nur zu gut verstanden, was er gesagt hatte.

»Zu den Schneckenbänken. Am Strand.«

»Ich weiß nichts von Schnecken. Oder einem Strand.« Was eigentlich nicht der Wahrheit entsprach.

John Pentony musterte sie düster. »Ich meine den Strand mit den Schneckenbänken.«

»Warum sollte ich dorthin gehen?«

Ihre schrill klingenden, erschrockenen Antworten ließen den unheimlichen Vogt innehalten. »Wir hatten den Eindruck, Ihr versteht Euch auf das Färben von Stoffen, Mylady.«

Sie griff an den Kragen ihres Gewandes, als könnte ihr das Halt geben. »Ich bin hier, um über einen geschäftlichen Zusammenschluss zu sprechen – für den Handel mit Wolle. Vom Färben habe ich keine Ahnung«, erklärte sie mit fester Stimme – wie sie jedenfalls hoffte.

»Aber Eure Mutter hat doch . . .«

»Ich bin nicht meine Mutter«, unterbrach sie ihn scharf. »Ich verstehe weder etwas vom Färben noch davon, wie die Farben hergestellt werden.« Du liebe Güte, sie tischte ihm wirklich dicke Lügen auf.

Pentonys ohnehin schon reglose Gesichtszüge erstarrten noch mehr. »Ich werde meinen Herrn darüber unterrichten.«

»Ich bitte sehr darum«, erwiderte Senna in ihrem hochmütigsten Tonfall, den sie sich in Dutzenden, nein, Hunderten Begegnungen mit Händlern und Schiffern und Vorstehern von Messestädten angeeignet hatte. Im Allgemeinen diente der arrogante Ton dazu, jene in ihre Schranken zu weisen, die glaubten, mit einer Frau zu verhandeln sei ein Kinderspiel; jetzt jedoch verbarg Senna dahinter die höllische Angst, die von ihr Besitz ergriffen hatte.

Obwohl es gar keinen Sinn ergab. Sie hatte nicht erwähnt, dass sie Färberin war. Der Himmel bewahre! Und es war auch kaum anzunehmen, dass jemand von dieser lange zurückliegenden Geschichte überhaupt etwas wusste.

Außerdem hatte das Ganze ganz und gar nichts mit ihr zu tun. Denn sie war schließlich hergekommen, um eine geschäftliche Vereinbarung in Sachen Wollhandel zu treffen. Und das hatte nichts mit stinkenden kleinen Schneckentieren zu tun, aus denen das erstaunlichste und wunderbarste Indigo gewonnen werden konnte – sofern eine Frau sich auf das Handwerk verstand.

Aber das hatte ganz und gar nichts mit ihr zu tun.

»Lasst es Mary«, Pentonys Blick streifte das zitternde Dienstmädchen, »oder mich wissen, falls Ihr irgendwelcher Dinge bedürft.«

Mit einer leichten Verbeugung drehte er sich weg und wollte gehen.

»Und Lord Rardove?« Senna musste diese Frage stellen, auch wenn ihr das Zittern in der Stimme verhasst war.

Aschfarbene Augen sahen sie wie erwartet kalt an. Der schwache Schimmer eines aufrichtigen Lächelns überraschte sie allerdings.

»Ihr werdet zweifellos entzückt sein zu hören, dass der Lord schon bald zurück sein wird.«

Als der rätselhafte Pentony die Halle verließ, musste er den Nacken beugen, um unter dem niedrigen Türbogen hindurchgehen zu können. Während Senna der Magd aus dem Turm folgte, beschäftigten sich ihre Gedanken mit Lord Rardoves offensichtlicher Vorliebe für Folter und äußerst dürre Diener, und sie fragte sich, was das für sie bedeuten könnte.

Oder wie sie mit dem beunruhigenden Gefühl umgehen sollte, dass jemand der Meinung war, sie wüsste über die Herstellung von Färbemitteln Bescheid.

Mary und Senna erreichten ein kleines Gebäude.

Senna befand sich auf der Mission ihres Lebens, und es kam nicht infrage, dass sie sich ihre Hände mit Farbmitteln verfärbte. Es kam nicht infrage, erschöpft nach Haus zurückzukehren, nachdem man in der Färberhütte Tage damit verbracht hatte, eine neue Tinktur zusammenzumischen. Eine Tinktur, die Stoffe in einem Grün leuchten ließ, das an das Eis im Winter denken ließ. Oder die ein Rot hervorbrachte, das aussah wie heißes Blut.

Nichts von all dem hatte etwas mit ihr zu tun. Das war die

verrückte Leidenschaft ihrer Mutter gewesen. Nicht ihre. Senna hatte keine Leidenschaft. Sie musste ein Geschäft führen.

»Die Färberhütte, Mylady«, sagte Mary und stieß die Tür auf.

Senna schreckte aus ihren Gedanken auf. »Oh, nein. Ich bin nicht . . . ich nicht kann nicht . . .«

Sie schaute sich in der Hütte um und erstarrte. Und fühlte sich in einen Albtraum versetzt.

Kapitel 3

Der Raum war groß und leer – bis auf eine Holzplatte, die über drei Stützböcke gelegt worden war, um als Tisch zu dienen. Er glich denen in der großen Halle, nur dass auf diesem Tisch weder Teller noch Salzfässchen standen, sondern Behälter und Töpfe, die mit Wanzen und Moos und trockenem Seegras gefüllt waren.

Hohe, schmale Gefäße standen neben flachen, wannenartigen aus Ton, in denen sich getrocknete Pflanzenblüten und Moose befanden – Flechten, die sorgsam von Baumrinden abgelöst worden waren und deren lange, spinnenartige Finger wie Tentakel über den Rand der Behältnisse ragten. Wurzeln. Kleine getrocknete Käfer. Zerbrochene Muschelschalen. Hellgraue Eisensalze und die roten getrockneten Rhizome des Krappstrauches. Waagen und Siebe und Mörser zum Mahlen. Allerdings nicht, um Mehl herzustellen. Sondern Färbemittel.

Senna legte die Hand an ihren Hals und wich entsetzt zurück. In dem dämmrigen Raum herrschte ein Geruch, der in ihr die Erinnerung an einen Sommer in der Kindheit weckte. Sanft raschelnd und besänftigend. Und so stark wie Knoblauch, den man zu lange in einem Eisentopf gegart hatte. Erinnerungen an ihre Mutter bei der Arbeit. Wie sie Farbstoffe herstellte, aber immer ein sanftes Lächeln für Senna übrig hatte, wenn diese zu ihr in die Färberhütte schlüpfte. An das Haar ihrer Mutter, den Zopf, der sich löste und ihr flammendrot über den Rücken fiel. Ihre kühle Hand an Sennas heißer roter Wange.

Sennas Atem kam so kurz und abgehackt wie kleine heftige Wellen, die ein Meer des Entsetzens überschwemmten.

Ohne dass es ihr bewusst wurde, umschloss ihre Hand den kleinen Beutel, den sie an einem Gürtel an ihrer Taille trug. Darin befanden sich Briefe ihrer Mutter – das Einzige, was Senna von ihr geblieben war. Den Versuch, sich an ihre Mutter zu erinnern, hatte Senna schon vor zwanzig Jahren aufgegeben, hatte es sogar aufgegeben, das zu wollen – und zwar in dem Moment, in dem sie begriffen hatte, was geschehen war: Sie war verlassen worden.

Und in diesem Moment war ihr unerklärlich, was sie veranlasst hatte, die Niederschriften und Zeichnungen ihrer Mutter mit auf diese Reise zu nehmen. Und den Abakus. Aber der barg keine Überraschungen in sich.

Senna ging der Gedanke durch den Kopf, dass sie ihre kleine bewaffnete Eskorte vielleicht nicht nach England hätte zurückschicken sollen. Aber es könnte Wochen dauern, bis alle Vereinbarungen mit Rardove unter Dach und Fach gebracht waren, und sie musste die Männer tageweise bezahlen. Noch nicht einmal eine Zofe hatte sie dabei, was allerdings daran lag, dass sie gar keine hatte. Nicht mehr.

Aber selbst wenn sie die Eskorte behalten hätte, was hätte die Handvoll Männer ausrichten können? Wie viele Soldaten hatte sie an den Burgmauern patrouillieren sehen? Viel zu viele, um gegen Rardove Widerstand zu leisten, was auch immer er im Schilde führen mochte.

Sei kein Dummkopf, schimpfte sie mit sich. Es war dumm zu befürchten, Rardove würde irgendetwas tun, um dieses höchst einträgliche Geschäft zu gefährden. Die Truhe mit Gold- und Silbermünzen, den sie unter dem aufgebockten Tisch erspäht hatte, war nicht so wertvoll wie der Handel, den sie ihm anbot: Wolle.

Doch diese vernünftige Überlegung trug wenig dazu bei, die Angst zu besänftigen, die sich in Senna ausbreitete. Sie kaute an ihrem Daumennagel, während die Gedanken wie aufgescheucht in ihrem Kopf herumwirbelten.

»Mistress Senna?«

Sie fuhr herum. Den Daumen noch am Mund starrte sie zur Tür.

»Lord Rardove ist zurückgekehrt. Er wünscht, Euch in der Halle zu sehen.«

Ihre Hand sank schlaff herunter.

Das Lärmen eines wüsten Gelages drang gedämpft bis hoch in die kleine Schlafkammer, in die man Senna geführt hatte. Eine schmale, dünne Matratze hing, mit Ledergurten befestigt, zwischen morschen Bettpfosten. Zwei Stühle ohne Armlehnen, ein Tisch und der Kamin sollten vermutlich den Eindruck von Bequemlichkeit vermitteln, aber in Wahrheit war dies nichts als eine verwahrloste Kammer, in der es schwach nach Fäulnis roch.

Aber das spielte kaum eine Rolle, weil es nicht lange ihr Schlafzimmer bleiben würde. Senna atmete tief durch und strich über ihr Gewand, um es zu glätten. Sie trug eine dunkelgrüne Cotte und darüber eine Tunika in einem matten Grün. Die beiden Gewänder waren gut und gern zehn Jahre alt, und sie hatte sie bis jetzt bei jeder Vertragsunterzeichnung getragen, was man ihnen inzwischen auch ansah. Die Ellbogen waren abgestoßen, die Nähte an der Taille und den Handgelenken stark ausgefranst. Die Stickerei war stark verblasst; aber schließlich war sie alt. Schlicht. Und perfekt.

Raues Gelächter drang die Treppe hinauf, beladen mit unzüchtigen Flüchen. »Sind die Leute immer so . . . ausgelassen?«

Die Magd schaute sie an. »Immer, Miss.«

Sie befestigte die Ärmel an der Cotte und steckte Senna das

Haar zu einem weichen, aber kunstvollen Knoten hoch. Dann legte sie einen Schleier in einem blassen Grün über ihr Werk und umwand ihn mit einem schmalen silbernen Reif. Zusammen starrten sie auf Sennas verschwommenes Bild in dem kleinen Handspiegel aus poliertem Metall.

»Ihr seht so schön aus wie eine Königin«, erklärte Mary, setzte dann aber einschränkend hinzu, »wenn Ihr auch ein wenig blass seid.«

»Ich bin so bleich wie ein ungefärbtes Tischtuch«, stimmte Senna säuerlich zu.

Das Aussehen war ihr egal. Sie wollte ein Geschäft abschließen. Und darauf verstand sie sich bestens.

Sie griff nach dem Rechnungsbuch, wiegte es in ihrem Arm wie einen Säugling und schwebte die Treppe hinunter in die große Halle. Ihr Atem ging in schnellen, unregelmäßigen Stößen, aber sie achtete nicht darauf. Schließlich war es nicht das erste Mal, dass sie solche Anflüge von Panik beherrschen musste. Sie hatte jede Menge Erfahrung darin, und deshalb würde es ihr auch dieses Mal gelingen. Sie würde alles in den Griff bekommen, wenn man ihr nur die Zeit ließ.

Senna hob das Kinn, übertrat die Schwelle zur Halle, in der das ausgelassene Gelage abgehalten wurde – und gefror förmlich zu Eis.

Die Halle war verqualmt und überfüllt. An einem der Tische schien das Gelächter fast zu explodieren. Eine spärlich bekleidete Frau rutschte vom Schoß eines Soldaten herunter und taumelte zu Boden. Wieder grölte die betrunkene Meute. Met spritzte in hohem Bogen durch die Luft, als die Krüge auf die rau gehobelten Tischplatten krachten. Der fluchende und in Leder gekleidete Mann spuckte auf den mit Binsen bestreuten Boden und beugte sich hinunter, um die Frau am Ellbogen hochzureißen.

Senna atmete tief durch. *Denk an die Zahlen. Nur an die Zahlen.* An die Summe, die Rardove angeboten hatte (eintausend französische Pfund). An die Zeit, die ihr noch blieb, um die Verschiffungskosten zu begleichen (nicht einmal ein Monat). An die vielen Jahre, die sie in einer leeren Halle darauf gewartet hatte, dass jemand, irgendjemand kam und sie rettete.

Zu ihrer Erleichterung näherte sich ein Ritter. Er griff nach ihrem Arm und deutete mit einem Kopfnicken auf das Podium. Neugierige, aber auch gleichmütige Blicke richteten sich auf sie, und der Lärm ebbte dort ab, wo sie vorbeiging. Sie erbleichte unter den ungewohnten prüfenden Blicken. Ihre Schritte stockten. Sie war ärgerlich auf sich selbst und versuchte, ihren Arm freizuzerren, den ihr Begleiter mit festem Griff gefangen hielt. Sie stieß ihn heftig in die Rippen. Der Ritter knurrte und ließ sie los.

Am anderen Ende des erhöhten Tisches stand Lord Rardove inmitten seiner Männer und redete mit ihnen. Selbst wenn er das Gesicht abgewandt hielt, war er von beeindruckender Gestalt. Er war groß und breitschultrig und trug ein mitternachtsblaues Hemd und Beinlinge, die sich kontrastreich gegen seine blutrote Tunika abhoben: die Farben von Rardove. Eine Hand lag auf dem Heft des Schwertes, das er an seiner Hüfte trug, und spielte lässig damit. Rardove mochte sich dem fünfzigsten Lebensjahr nähern, aber noch war in seinem Blondschopf kein graues Haar zu entdecken. Jeder Zoll ein Kriegsherr.

Senna schluckte ihre Angst hinunter. Vielleicht waren es die irischen Krieger, die gefesselt auf dem Boden vor dem erhöhten Platz lagen, welche ihm die Brust so stolz schwellen ließen. *Bitte, lieber Gott, mach, dass es nicht meinetwegen ist.*

Sie spürte, dass sich ihr der Magen umzudrehen begann – just in dem Moment, als Rardove sich zu ihr umwandte.

»Mistress Senna.« Mehr sagte er nicht. Sein Blick hielt ihren einen halben Wimpernschlag lang fest, genau so lange, wie die Höflichkeit es gebot. Aber Senna fühlte sich, als würde er ihr mit den Augen das Gewand herunterreißen, sie wie eine Stute mustern und abschätzen, ob sie den Preis wohl wert war.

Dann ging ein Lächeln über sein hübsches Gesicht, und es war, als wäre Glas zersplittert. Quer über das Podium kam er zu ihr.

»Ich bitte untertänigst um Verzeihung, dass ich Euch nicht früher persönlich begrüßen konnte«, sagte er. Seine Stimme klang angenehm und tief und überaus ritterlich. Er griff nach Sennas Hand. »Ich werde Euch entschädigen müssen.«

Senna widerstand dem Drang, die Hand fortzureißen und schreiend aus der Halle zu rennen. »Dazu gibt es keinen Anlass, Mylord«, murmelte sie.

»Ich hoffe, dass Ihr Euch bequem eingerichtet habt.« Er gab ihre Hand frei. »Hattet Ihr eine angenehme Reise?«

»Einigermaßen.« Sie versuchte, sein Lächeln zu erwidern. »Es herrscht dichter Nebel.«

Rardove nickte. »Irland.« Er breitete die Hände aus und drehte die Handflächen nach oben. Auf den kräftigen Händen befand sich ein nahezu unsichtbarer Schmutzfleck. In Dunkelrot. Er sah aus wie getrocknetes Blut. »Irland verbirgt vieles hinter einem Schleier.«

Ihr Lächeln wurde freundlicher. Wenn er zu solch empfindsamen Äußerungen fähig war, mochte er vielleicht doch kein so schlechter Mann sein. Vielleicht handelte es sich bei den Iren tatsächlich um Rebellen, wie Pentony gesagt hatte, die sich auf ungesetzliche Weise gegen ihren Lehnsherrn erhoben hatten. Vielleicht konnte sie sich ohne größeren Ärger auf Geschäfte mit diesem Mann einlassen ...

»Man hat mir berichtet, dass Ihr die Schneckenbänke nicht zu sehen wünscht.«

Ihr Lächeln schwächte sich ab. »Nein, Mylord. Es ist so, dass ich mich auf jenes Handwerk nicht verstehe.«

»Ist es nicht das Eure?«

Ihr Lächeln verschwand ganz. »Nein, Mylord.«

Rardove schwieg.

»Ich handele mit Wolle.«

»Oh, ich bin durchaus an Eurer Wolle interessiert, Senna. Sehr. Sogar außerordentlich.«

Erleichterung wollte sich nach seinen sanft gesprochenen Worten allerdings nicht bei Senna einstellen. Ganz im Gegenteil: Ihr rann ein kalter Schauder über den Rücken. Sollte das heißen, dass er ein Bluthund war? Einer, der Jagd auf Schwächere machte? Mit solchen Kerlen hatte sie ausgiebig Erfahrung sammeln können. Sie straffte die Schultern und erwiderte mit fester Stimme: »Nun gut, Mylord. Dann haben wir uns ja verstanden. Ich handele mit Wolle. Nicht mit Färbemitteln.«

»Das ist überaus bedauerlich, Senna. Für Euch.«

»Mylord?«

»Ich brauche keine Wollhändlerin, sondern eine Färbehexe.«

Kapitel 4

Anstelle eines Schauders rann Senna jetzt ein frostiger Hauch über den Rücken. »Färbehexe«, riefen die Leute seit Jahrtausenden, wenn sie jemanden beleidigen wollten. Und diejenigen, deren Wohl und Wehe von den Launen des örtlichen Lehnsherrn abhing, drückten auf diese Weise aus, dass sie jemandem an den Kragen wollten. Aber wer besser Bescheid wusste, für den war »Färbehexe« eine Respektsbekundung, die an scheue Ehrfurcht grenzte.

Senna wünschte verzweifelt, nicht zu denjenigen zu gehören, die ›besser Bescheid wussten‹.

»Oh, du liebe Güte, Mylord«, erwiderte sie rasch, »ich glaube, hier liegt ein Missverständnis vor. Ich bin nur wegen der Wolle hergekommen.« Sie streckte ihm das Rechnungsbuch entgegen.

Er senkte kurz den Blick und schaute sie dann wieder an. »Es liegt kein Missverständnis vor, Mistress de Valery. Mir gehören die Schnecken. Ich brauche den Farbstoff, den sie bilden.«

»Oh, Mylord, die Wishmés sind eine Legende. Und nur das.« Von der ihre Mutter ihr einst beim Schein eines Feuers erzählt hatte. »Nichts von dem, was man sich über sie erzählt, ist wahr . . .«

»Es gibt sie, Senna. Das Traktat Eurer Mutter beweist es eindeutig.«

Sie zuckte zurück. »Das Traktat meiner Mutter?«

Ihre Mutter? Was wusste Rardove über ihre Mutter? Und was wusste ihre Mutter über *Traktate*? Alles, was die Frau kannte, kannte sie offenbar im Übermaß. Maßloses Fieber. Leidenschaft. Deswegen hatte sie ihre Familie verlassen, war fortgegangen, als Senna fünf Jahre alt gewesen war. Hatte Senna die Verantwortung für ihren ein Jahr alten Bruder überlassen und dem Vater das Herz gebrochen, sodass er im Strudel des Glücksspiels versank, der ihn schier umgebracht hatte während der Jahre, die seither verflossen waren.

All das hatte sie einfach Senna überlassen und war nie wieder zurückgekehrt.

Ihre Mutter verstand sich nicht auf Schriftstücke, hatte keine Ahnung, wie man Dinge regelte. Wie man sich gegen die Furcht erregenden Mächte dieser Welt wehrte und sie vertrieb. Sie hatte sich nur auf das Fortlaufen verstanden. Und *ganz sicher* hatte sie nichts davon verstanden, *kaufmännisch zu handeln*.

Das war Sennas Gefilde.

»Nun, Senna?«

Sie lenkte ihre Aufmerksamkeit wieder auf das Gespräch.

»Die Wishmés existieren. Sie sind wertvoll. Und ich brauche Euch, um sie zu Farbstoffen zu verarbeiten. Für mich.«

Sie hielt das Rechnungsbuch vor der Brust und drückte es an sich. Eine schwache Rüstung. Sie konnte keine Färbemittel herstellen. Selbst wenn man ihr hundert Truhen voller Gold geboten hätte, wäre sie immer noch nicht in der Lage gewesen, Farben herzustellen. Ihr ganzes Leben hatte sie damit zugebracht, genau das zu vermeiden.

Die Frage war nur: Was würde dieser Mann tun, wenn er es erfuhr?

In diesem Augenblick schaute er sie einfach nur an, allerdings mit einer habichtartigen Eindringlichkeit, die schwächeren Geschöpfen, zu denen auch sie gehörte, nichts Gutes verhieß.

»Habt Ihr einen Vorschlag zu machen, Senna, was nun geschehen soll?« Seine Stimme klang so ruhig, als würden sie

37

die Speisen für den Abend besprechen. Vielleicht stand ja sogar sie auf dem Speiseplan.

Senna strich sich mit der freien Hand über den Rock. Es war höchste Zeit, Vernunft zu beweisen, um nicht ausgebeint und gargekocht als erster Gang serviert zu werden.

»Habt Ihr es mit Purpurschnecken versucht? Oder vielleicht mit Färberwaid? Die Farben sind kräftig und üppig und sind für Wolle gut geeignet. Sie bringen gewiss das Ergebnis, das Ihr wünscht.«

Rardoves Gesichtsausdruck drückte Ablehnung aus.

»Sir, es ist nicht möglich, dass jemand Farbstoffe aus den Wishmés herstellen kann, nur weil er es möchte. Nur sehr wenige sind dazu in der Lage. Das behauptet jedenfalls die Legende«, fügte sie rasch hinzu und fuhr noch rascher fort: »Über die ich nur unterrichtet bin, weil ich auf einem ähnlichen Gebiet tätig bin und mir solche Dinge deshalb zu Ohren kamen. Aber selbst wenn ich zu färben wünschte, könnte ich es nicht einfach so tun.« Sie schnipste mit den Fingern. »Solches Handwerk verlangt jahrelanges Studium. Ich kann nicht nachvollziehen, warum Ihr glaubt, dass ich ...«

Er schnappte sich ihre Hand, drehte sie um und drückte den Daumen auf die Innenseite des Handgelenks, über die blauen Venen, die sich unter der Haut abzeichneten.

»Euer Blut lässt es mich glauben«, sagte er leise. »Man sagt, es ist im Blut.«

Senna stand der Mund offen. Entsetzt starrte sie auf ihre Hand. Rardove ließ sie los.

Senna wich zurück und stützte sich mit der freien Hand auf den Tisch, der auf der breiten Erhöhung stand. Mit der anderen hielt sie das Kontobuch an ihre Brust gedrückt. In rascher Folge pulsten frostige Schauder durch ihr Inneres; es fühlte sich an wie kleine Pfeile, die sie durchbohrten.

»Sir.« Sie schluckte. »Sir.« Sie wiederholte sich. Das war nicht gut. Niemals äußerte sie sich zweimal zu ein- und demselben Angebot. »Sir, Ihr müsst verstehen . . .«

»Ich verstehe sehr wohl. Ihr hingegen nicht.« Er drehte sich um, sodass er mit dem Rücken zur Halle stand, griff in seine Tunika und zog etwas heraus. »Das hier ist es, was die Wishmés fertigbringen.«

Das war alles, was er sagte. Sagen musste. Der Rest sprach für sich aus dem Fetzen gefärbten Stoffes in seiner Hand. Langsam legte Senna das Buch ab und griff nach dem Stoff.

Die Farbe war . . . atemberaubend. Das tiefe Blau leuchtete so eindringlich, wie sie es noch nie gesehen hatte. So strahlend, dass sie beinahe ihre Augen schützen musste.

Ein solches Ergebnis würde ein aus der Nordischen Purpurschnecke hergestellter Farbstoff niemals erzielen können. Genauso wenig wie Moos, Krapp, Färberwaid oder was auch immer auf dieser Erde kreuchte und fleuchte. Dieser Fetzen Stoff hier stammte direkt vom Herrn im Himmel.

»Wunderschön«, murmelte sie und strich beinahe ehrfürchtig über das gefärbte Gewebe. »Auf meiner Wolle wäre es etwas, was die Welt noch nicht gesehen hat.«

Ein merkwürdiger Ausdruck huschte über sein Gesicht. »Wo wollt Ihr anfangen?«, fragte er heiser.

Sie gestikulierte hilflos. »Ich weiß es nicht.«

Doch, sie wusste es. Es schien tatsächlich so zu sein, dass ein heiß aufpeitschendes Gefühl mitten in ihrer Brust sie in die Färberhütte zu ziehen schien, in den Raum mit den Mörserschalen und Stößeln, den Flechten und der Borke, die so verzaubert werden konnte, dass Dinge von solcher Schönheit daraus entstanden.

Genau wie ihre Mutter. Es kam ihr vor, als würde die Scham ihr in einem dünnen Rinnsal durch die Kehle rieseln.

Rardove griff nach dem Stofffetzen. Senna ließ los und schob die Schultern zurück. »Lord Rardove, ich handle mit Wolle. Das haben wir in unserer Korrespondenz geklärt.«

»Allerdings.«

»Ich bin hier, um einen Handel einzufädeln, der sowohl für Euch als auch für mich einträglich sein wird. Wenn ich Euch einige meiner Kontobücher zeige, werdet Ihr die Vorteile für Euch erkennen. Oder«, es gefiel ihr gar nicht, dass er sie und nicht ihre Bücher anschaute, »vielleicht wollt Ihr die Sache auch einfach nur noch mal gründlich überdenken. Dann kann ich zum Schiff zurückkehren.«

»Oder vielleicht sollten wir uns unverzüglich um diese andere kleine Angelegenheit kümmern.« Rardove deutete ins Dunkel.

Pentony tauchte aus den Schatten auf – der Mann ist ein Gespenst, dachte Senna – und hielt eine Pergamentrolle in der Hand. Obwohl ihre Nerven bereits reichlich angeschlagen waren, bewahrte Senna die Fassung und lächelte beim Anblick der geisterhaften Gestalt des Vogtes. Er warf ihr einen düsteren Blick zu und gab nicht im Geringsten zu erkennen, dass sie sich schon einmal begegnet waren. Sie hätte auch ein Tischtuch sein können. Oder ein Tropfen Wachs auf einem Tischtuch. Ein Schmutzfleck.

Sie richtete den Blick wieder auf Rardove. »Welche andere Angelegenheit, Mylord?«

Er deutete ungeduldig auf Pentony, der die Urkunde überflog, bevor er einzelne Abschnitte daraus laut vorlas.

»Senna de Valery, Wollhändlerin ... Lambert Lord of Rardove, Lehnsherr der Mark Irland ... vereint im Stand der Ehe ... das Aufgebot bestellt ...«

Senna stand der Mund offen. Beinahe hätten ihre Knie den Dienst versagt.

Kapitel 5

Das ist unmöglich!«
Rardove schaute sie mit einem Blick an, aus dem milde Neugier sprach. »Nein? Und doch«, er zeigte auf das Pergament, »hier ist die Urkunde und ...«, er lenkte den Finger in ihre Richtung, »... dort seid Ihr.«

»Oh nein, das ist unmöglich.«

»Das sagt Ihr.«

Sie konnte keinen klaren Gedanken mehr fassen. Es war der blanke Wahnsinn. Und doch ... Zwangsverlobungen gab es immer wieder. Aber so etwas widerfuhr doch nicht ihr!

Die vergangenen zehn Jahre hatte sie damit zugebracht, dafür zu sorgen, dass niemals wieder ein Mensch ihr ein Leid antun konnte, wer auch immer es sein mochte. Sie hatte sich ein Geschäft aufgebaut, hatte sich eine Welt geschaffen, in der sie niemals wieder irgendjemandem verpflichtet sein würde. In der sie niemals wieder einen anderen Menschen brauchen würde. Wo sie allein die Kontrolle ausübte.

Diese Welt zerbrach jetzt in Stücke.

Sie konnte ihren Herzschlag spüren, konnte das Herz dumpf in ihren Ohren pochen hören. *Babumm, babumm, babumm.*

»Ich werde nicht unterschreiben«, verkündete sie benommen.

Rardove atmete ungeduldig aus. »Doch, das werdet Ihr.« Er kam ihr so nahe, dass sie das Leder seines Kettenhemdes riechen konnte. Es quietschte, so neu war es.

»Aber warum?«, fragte sie beinahe wispernd. »Warum die Ehe?«

»Um sicherzustellen, dass Ihr hierbleibt. Oder besser«, fügte er hinzu, um jeden Zweifel auszuschließen, »um mir das Recht zu garantieren, Euch zurückzuholen, falls Ihr Euch entschließt, die Burg zu verlassen.« Er trat noch einen Schritt näher und ließ den Blick langsam an ihren Röcken hinunterschweifen. »Außerdem sollte Euch bekannt sein, Senna, dass Ihr sehr hübsch seid.«

»Ich . . . ich kann das nicht. Farben herstellen.« Inzwischen wisperte sie nur noch.

»Habt Vertrauen in Euch.« Es fehlte nicht mehr viel und sein Körper hätte ihren berührt. »Ihr könnt alles tun, was ich Euch sage.«

Senna nahm seinen Geruch nach Schweiß und Ale wahr. Er hob die Hand, um ihr über die Wange zu streichen. Sie zuckte zurück. Er hielt inne und ließ dann mit voller Absicht seinen Handrücken auf ihrer Wange ruhen. Sie verharrte reglos wie ein Fels, aber eine Haarsträhne auf ihrer Wange zitterte.

Rardove lächelte. Wenn auch nur schwach. Der Moment dehnte sich. Schweiß rann ihr über die Brust. Sie musste sich tatsächlich zwingen, seinem Blick standzuhalten, nicht auszuweichen, so sehr es sie drängte, sich zu befreien. Sie fühlte sich seltsam benommen.

Aber irgendetwas an dieser merkwürdigen stummen Begegnung schien Rardoves Laune zu kitzeln, denn er lächelte. Dann nahm er ihre Hand und drückte seine Lippen darauf.

Überrascht starrte Senna auf seinen Hinterkopf, während er sich über ihre Hand beugte. Sie taumelte leicht, als ein Soldat, der sich dem Podest näherte, sie aus der Lage erlöste, Rardove eine Antwort geben zu müssen.

»Ich . . . Mylord . . .«

Der Baron hielt inne. »Was ist los?«, fragte er, den Mund immer noch über ihrer Hand.

»Wir haben ein zweites irisches Aufgebot entdeckt. Klein,

genau wie das von O'Melaghlin. Die Männer waren nach Süden unterwegs. Vermutlich haben sie die Dörfer längs des Weges ausgekundschaftet.«

Rardove versteifte sich. Sein Blick war leer, als er an Senna vorbei den Soldaten ansah, der sich vor Angst fast einzunässen schien.

»Wo steckt Balffe?«, fragte Rardove sanft.

»Er hat mich geschickt, Mylord ... Euch zu unterrichten ... wir haben einen von ihnen gefangen genommen, aber irgendetwas ist im Gange. Balffe befahl ...«, er schluckte hörbar, »... er befahl, Euch zu erinnern, dass wir nicht darauf vorbereitet sind, Widerst ...«

»Ihr habt einen gefangen genommen?«, unterbrach der Baron.

Der Mann in Waffen nickte. Die eisernen Ringe seines Kettenhemdes glänzten dumpf im Feuerschein.

»Verhört ihn. Und spürt die anderen auf.«

»Aye, Mylord.«

»Dann tötet ihn und schickt seinen Kopf in einer Truhe an The O'Fáil, um ihm zu beweisen, worauf ich vorbereitet bin.«

Der Soldat nickte und eilte aus der Halle. Senna starrte ihm nach. Sie traute ihren Augen kaum. Das alles war verrückt. Hier konnte sie nicht überleben. Keine vier Wochen würde sie es aushalten. Nicht einmal eine einzige Woche. Keine Stunde.

Langsam zog sie ihre Hand aus Rardoves.

Er hob den Kopf und schaute sie an. »Es ist nicht gut, kleine Aufstände zu großen anwachsen zu lassen, nicht wahr, Senna?«

Es war bestimmt das Beste, wenn sie sich vollständig in Schweigen hüllte. Sie schüttelte den Kopf und hielt den Blick fest auf sein Kinn geheftet. Sie musste ihren ganzen Willen aufbieten, um Rardove anzusehen. Er beobachtete sie schweigend. Wie ein Raubtier. Sie fühlte sich wie eine Kreatur, die viel schwächer war als er, und dieses Gefühl weckte ihre Wut.

»Wir haben uns doch verstanden, nicht wahr, Senna?«, fragte er ruhig.

Sie nickte.

Rardove deutete zum Tisch. »Dann nehmt Platz und bedient Euch. Das Fleisch stammt just aus heutiger Schlachtung.«

Er neigte den Kopf kaum merklich, und sofort erschien ein Ritter an ihrer Seite. Starke Arme drängten sie unausweichlich an den Tisch, wo sie sich setzte und nervös an ihren Röcken nestelte. Ihr Atem ging kurz und stoßweise.

Die Platte vor ihr war schwer beladen. Der Duft der warmen Ente, der Butter und des gekochten Gemüses stieg ihr in die Nase. Allerdings wurde ihr schon übel, wenn sie nur ans Essen dachte.

Jemand stellte ihr einen Weinkelch hin. *Den Wein werde ich trinken*, beschloss sie entgegen der verzweifelten Warnung ihres Magens. Sie schluckte die rubinrote Flüssigkeit, aber der bittere Geschmack und die schmierige Beschaffenheit des Getränks straftete die tiefrote Farbe Lügen. Sie verzog das Gesicht, als sie schluckte.

Das Gemurmel der Unterhaltung brummte durch die Halle. Hin und wieder brandete grimmiges Gelächter auf. Ritter schlugen auf die Tische, Schritte schlurften über den Boden. Senna wurde sich der Gefangenen bewusst, die gefesselt vor dem Podium aufgereiht standen. Sobald sie sich bewegten, klirrten ihre Eisenketten. Der Baron stand ganz am Ende des Podestes, sprach zu den Wachen und zu einem der Gefangenen unter ihm.

Senna blickte zu dem düsteren irischen Krieger hinunter, dessen Hand- und Fußgelenke in Ketten gelegt waren. Obwohl er übel verprügelt worden war, lag eine Attraktivität in seinem Gesicht, die durch die Prellungen nicht verdeckt werden konnte.

Hohe Wangenknochen und volle Lippen. Dunkle, sehr dunkle Augen. Ihr Blick schweifte nach unten. Ein fester, ausgeprägter Nacken, breite Schultern, langes, wirres Haar. Muskulöse Beine schauten unter dem irischen *léine*, der kurzen Tunika, die er trug, hervor und die Füße standen fest und sicher auf dem Boden. Die muskulösen Arme hatte er vor der Brust verschränkt, die Schultern aufsässig zurückgeschoben.

Aber am meisten faszinierte sie das Lächeln, das ihm in den Mundwinkeln tanzte. Seine Lippen bewegten sich, und der Baron wurde grimmig. Der Ire grinste noch breiter.

Obwohl er beinahe reglos dastand, strahlte dieser Krieger eine unglaubliche Kraft und Lebendigkeit aus. Angesichts der Klugheit und des Edelmuts, die in seinem Blick schimmerten, wären ihr beinahe die Tränen gekommen.

Nein. Das war nicht recht. Nichts was in dieser erbärmlichen Burg geschah, war recht. Sie wollte nichts damit zu tun haben.

»Esst, Senna«, forderte Rardove sie über die Schulter auf.

Und bei diesen Worten zerbarst etwas in ihrem Innern. Es war, als wäre ein schwerer Stiefel zu oft auf das dünne Eis getreten, das sich auf einem Teich gebildet hatte.

Senna hob kaum merklich das Kinn. »Nein.«

Kapitel 6

Finian drehte sich um und zog die Augenbrauen hoch. Das Kerzenlicht, das durch die Halle tanzte, zeichnete das Gesicht der Engländerin in deutlichen Konturen. Der Schein der Öllampen und das bernsteinfarbene Binsenlicht ließen ihr Haar aufschimmern, und es sah aus, als umgäbe sie ein goldroter Lichtkranz.

Das also war das Lamm?

Er war beeindruckt. Schon der Auftritt des Smaragdengels war bemerkenswert gewesen und hatte gereicht, seine Aufmerksamkeit von den schmerzenden Wunden und dem glühenden Blick des Barons abzulenken. Als sie dem Baron ihre Hand entzogen hatte, war seine Neugier noch größer geworden. Dass sie ihm nun auch noch widersprach, führte dazu, dass Finian und seine Mitgefangenen sich überrascht ansahen.

Solche Tapferkeit verdiente ganz gewiss Respekt. Natürlich würde diese Sache für die Frau nicht gut enden, aber das schmälerte nicht den Mut, den er keinem Engländer, weder Mann noch Frau, je zugetraut hätte, waren sie doch in seinen Augen ein durch und durch verdorbener Menschenschlag. Aber hier begegnete ihm Geist und Trotz. Und große Schönheit.

Und sie war kein Lamm. Sie war *bhean sidhe*, glühendes Feuer und Trotz, und sie zeigte ihre Verachtung mit einer Würde, die Finian Achtung abrang.

Wie konnte Gott, in seiner unendlichen Weisheit, einem erbärmlichen Wurm wie Rardove ein solch wertvolles Geschenk machen? Der Teufel musste seine Finger im Spiel haben.

Die Frau hingegen war ein Engel, und sie schien von unermesslicher Kostbarkeit zu sein. Ganz bestimmt in jenem Augenblick, als sie mit einem einzigen Schritt das gesicherte Terrain verließ und sich kopfüber in die Gefahr stürzte.

»Nein.«

Der leise Klang des Wortes schwebte zum Rand des Podiums. Rardove drehte sich so langsam um, dass der beißende Geruch eines erloschenen Dochtes sich in der Zeit hätte verflüchtigen können, die sein wütender Blick brauchte, sich auf sie zu richten. In der Halle herrschte plötzlich Stille, bei den englischen Soldaten ebenso wie bei den irischen Kriegern.

Rardove schnalzte mit der Zunge. »O Senna«, sagte er sanft, wobei der Ausdruck in seinen Augen diese Sanftheit Lügen strafte.

Senna hielt dem Blick stand, ohne zurückzuzucken. Doch das Herz drohte ihr fast zu zerspringen, so wild pochte es. Niemals würde sie das hier durchstehen können. Nur noch einen Wimpernschlag, und sie würde sich in dem Entsetzen verloren haben, das sich um ihr Herz schloss. Und das durfte nicht geschehen.

Senna stand so abrupt auf, dass die Bank ein Stück nach hinten ruckte, als sie sich erhob. Sie hielt immer noch den Weinkelch umklammert, als sie hinter dem Tisch heraustrat.

Es kam ihr vor, als würde ihr Leben in kurzen Szenen vor ihrem inneren Auge ablaufen. Aber ihre Füße trieben sie trotzdem vorwärts. Sie war verrückt, wie ihr jetzt klar geworden war, und verdammt noch dazu. Aber was geschehen sollte, musste geschehen, und sie konnte nicht anders sein, als sie es nun einmal war.

»Ich habe Euch um etwas sehr Einfaches gebeten«, sagte der Baron, »genießt die Freigebigkeit meines Tisches.«

»Nein.« Wieder drang ihre weiche Stimme über die Köpfe der blutbefleckten Krieger hinweg, die sich in Viererreihen aufgestellt hatten.

Seine Brauen schossen hoch. Ein düsteres Grinsen glitt über seine hübschen Gesichtszüge. »Gegen den Wein hegt Ihr keine Abneigung, wie ich sehe.«

Senna hob den Arm, als hinge er an Fäden. Sie streckte dem Baron den Kelch entgegen, drehte ihn langsam um und schaute ihm dabei in die Augen. Wie eine rote Flut floss der Wein über den Boden und sammelte sich in einer purpurroten Lache.

Erst stand Rardove der Mund offen. Dann schritt er über das Podium und blieb vor Senna stehen. Er versperrte ihr den Weg, und sie konnte ihn riechen – Schweiß, Leder, Wut. Sein Atem ging in kurzen, heißen Stößen, und sie spürte ihn in ihrem Haar.

»Der Wein war kostbar.« Rardove schäumte vor Wut.

»Genau wie meine Unterschrift unter dem Ehevertrag, Mylord. Genauso kostbar wie mein Blut.«

Er neigte den Kopf ein wenig, als würde er über ihre Argumente nachdenken. »Euer Blut ist leicht vergossen, Senna«, erwiderte er, hob den Arm und schlug ihr mit dem Handrücken über die Wange.

Sie taumelte, stieß einen kurzen Schrei aus. Er packte ihre Hand und zerrte sie vorwärts. »Verstehen wir uns jetzt?«

»Ich verstehe Euch sehr wohl, Mylord«, erwiderte sie ruhig, »aber ich fürchte, dass Ihr mich nicht versteht.« Sie entriss ihm ihre Hand.

Rardoves Wut schien sich zu verflüchtigen. Doch das Lächeln, das über sein Gesicht glitt, wirkte schlimmer als jeder offene Angriff. Er nahm ihr Kinn zwischen die Finger und hob ihren Kopf an. Kurze blonde Bartstoppeln bedeckten sein

Kinn, das bei näherer Betrachtung gar nicht mehr so kantig wirkte. Seine Stirn war breit und fliehend, die haselbraunen Augen waren von feinen roten Linien durchnetzt, und der wohlgeformte Mund stieß Boshaftigkeiten aus, bei denen Senna übel wurde.

»Und wenn ich Euch sämtliche Knochen im Leib zerschlagen muss, Senna, Ihr werdet mir gehorchen.« Der Griff seiner Finger wurde härter, und mit dem Daumen strich er langsam und drohend über ihre verletzte Lippe. »Falls das Euer Aufstand gewesen ist, sollte er jetzt beendet sein. Habt Ihr mich verstanden?«

Sie versuchte, den Kopf abzuwenden, aber sein Griff war stärker. »Ich habe Euch verstanden, Mylord«, erwiderte sie mit zitternder Stimme.

Er dachte kurz nach. »Nein, Senna. Das glaube ich nicht.«

Ohne Warnung versetzte er ihr einen Stoß, und sie prallte mit dem Rücken gegen die Wand. Rardove fasste wieder nach ihrer Hand und hob sie hoch.

»Ist das die Hand, die Ihr mir verweigert?«

Seine Stimme klang leise und bedrohlich und ließ ihr das Blut in den Adern gefrieren. Sie schlug sich mit der anderen Hand auf die geschwollene Lippe, um nicht zu schreien, und drückte die Wange flach gegen die Wand.

Er riss Senna von der Wand weg und presste ihre Hand auf den Tisch. »Ihr werdet rasch lernen, *dass man mir in allem und immer gehorcht!*«

Die letzten Worte hatte Rardove laut gebrüllt. Er nahm den schweren, flachen Nussknacker vom Tisch und schmetterte ihn auf Sennas Hand.

Schmerz durchzuckte ihren Körper und blitzte in jedem Nerv auf, den Gott erschaffen hatte. Sie sackte zu Boden, krümmte sich wimmernd zu seinen Füßen und kämpfte gegen die Tränen.

49

Der Ire sprang auf das Podest. Sein Schrei erstickte, als die schweren Ketten ihn zurückrissen und er zu Boden stürzte. Ein Soldat warf sich auf ihn, drückte ihm das Knie auf die Brust und schlug ihm fluchend die Faust auf den Kiefer, bevor er ihn wieder hochriss.

Die Störung veranlasste Rardove zu einem kurzen, wütenden Blick, bevor er herumwirbelte. »Ich habe Euer Blut vergossen«, verkündete er, »um Euch die Weisheit zu lehren, mir künftig zu gehorchen. Ich habe nicht den Wunsch, Euren schönen Mund zu verstümmeln, aber wenn Ihr noch mehr Aufruhr verursacht, seid gewiss, dass ich es tun werde.« Er beugte sich auf ein Knie und näherte sich ihrem Ohr. »Glaubt Ihr jetzt, dass ich Euch verstanden habe, Senna?«

Senna kauerte reglos an der Wand und stützte ihren Nacken mit der Hand. Sei still, wirbelte es in ihrem Kopf herum, lass es sein. Heute nicht mehr. Nicht heute Abend.

Also nickte sie.

Und diese schlichte Unterwerfung kostete sie innerlich mehr Kraft als sämtliche geschäftlichen Verluste in den vergangenen Jahren, kostete sie mehr, als sie jemals geglaubt hatte, mit ihrem Fleisch und Blut und ihren Knochen verkraften zu können. In diesem Augenblick fühlte sie sich vollkommen leer. Erfüllt mit Leere.

Rardove winkte einen Diener heran. Sanfte Hände halfen ihr vom Boden auf. Der Schmerz pochte ihr bis in die Fingerspitzen, und jede Welle war wie ein Hammer, der heftig auf sie einschlug. Senna kämpfte gegen das Wimmern, das ihr in die Kehle steigen wollte, streckte ihren gekrümmten Körper, hielt den Kopf hoch. Eine lange Haarsträhne hatte sich befreit und flatterte ihr um die Wangenknochen.

Am anderen Ende der Halle brach ein Handgemenge aus. Ein Kurier sprang die Stufen zum Podium hinauf.

»Mylord! Eine Botschaft ist angekommen.«

Der Baron trieb den Kurier in eine Ecke, um sich heftig flüsternd mit ihm zu besprechen. Rardoves nervöse Stimme hob sich hin und wieder, sodass Gesprächsfetzen zu denen hinüberwehten, die in der Nähe standen.

»Verdammte Iren!« Jemand anders aus der Gruppe sagte leise etwas. Eine Reihe Flüche wurde ausgestoßen; die Menge wartete stumm. Schließlich wandte der Baron sich um.

»Fahrt mit dem Gelage fort, und bringt die Gefangenen zurück ins Gefängnis. O'Fáils Ratgeber bleibt hier. Führt ihn in meine Kanzlei, sobald ihr die anderen geviertelt habt.« Er beugte sich zu Senna. »Ihr werdet die Nacht entweder in der Färberhütte oder in meinen Gemächern verbringen. Wo auch immer, Ihr werdet arbeiten. Heute habt Ihr die Wahl.«

Ohne einen Blick zurück verschwand er aus der Halle.

Senna taumelte einen Schritt zur Seite. Auf ihrem Rock sah man die Spuren der Gewalt: ein leuchtend rubinrotes Rinnsal ergoss sich über den smaragdfarbenen Stoff. Sie ging zum langen Tisch auf dem Podium und konnte vor Schmerz und Angst und Wut kaum atmen.

Die Wut gewann schließlich die Oberhand.

Sie ergriff eine Ecke des langen Tischtuchs. Die Diener beobachteten sie mit zusammengezogenen Brauen und rangen die Hände, als sie es sich zweimal um die Handfläche wickelte und daran zog.

Ein Diener trat zu ihr und räusperte sich. »Darf ich Euch behilflich sein, die Wunde zu verbinden?«

»Nein, vielen Dank.« Sie lächelte süßlich. Mit all ihrer Kraft riss sie das Tuch vom Tisch.

Die Teller flogen durch die Luft, ein Turm aus Früchten und Naschwerk stürzte zu Boden. Eine große ovale Platte mit Aal drehte sich zweimal um sich selbst, schien mitten auf dem Tisch wieder zum Stehen zu kommen, rutschte dann aber doch zu Boden und gesellte sich zu dem Durcheinander, das dort bereits herrschte. Gebrüll donnerte durch die Halle und mischte sich in die ungläubigen Schreie und das Stöhnen der Menge.

Ein Krug mit rotem Wein war so schwer, dass er der Erschütterung widerstand und auf dem Tisch stehen blieb.

»Gott sei Lob und Dank, dass Mylords Wein unbeschadet geblieben ist«, murmelte sie. »Er ist doch so kostbar.«

Es herrschte Schweigen. Diener, Soldaten und Vasallen staunten mit offenem Mund. Die Männer bewegten sich unruhig. Was jetzt? Der Baron hatte keinerlei Befehle hinterlassen, obwohl sein letzte Handlung klargemacht hatten, wie er jeglichen Ungehorsam seiner künftigen »Ehefrau« zu ahnden gedachte.

Noch immer wandten die Männer kein Auge von Senna, die stocksteif dastand; doch keiner war mutig genug, sich ihr zu nähern. Ein paar Diener sammelten eilfertig die Gegenstände auf, die zu Boden gefallen waren, und ein weiterer rannte fort, um Wasser zu holen.

Mit Senna sprach niemand ein Wort.

Die Soldaten lösten sich als Erste aus ihrer Unentschlossenheit und führten die geschundenen irischen Krieger aus der Halle.

Senna wickelte ihre blutende Hand in das Tuch und schleppte gut sechs Meter Stoff hinter sich her, als sie zum Fenster ging, einem schmalen Schlitz auf Schulterhöhe, der auf den Außenhof der Burg zeigte.

Sie stieß die Lade einen Spalt breit auf. Der Schmerz zuckte so stark durch ihre Hand, dass sie kaum atmen konnte. Blut sickerte durch das dicke Tuch. Sie war unbeschreiblich müde und wegen der Kälte und ihrer inneren Hoffnungslosigkeit maßlos erschöpft.

Wie hatte es nur zu all dem kommen können? Wie hatten all ihre Mühen zu einem solchen Ende führen können? Vielleicht sollte man darüber nachdenken, ob sich die Anstrengung überhaupt noch lohnte. Die Dinge entwickelten sich so, wie sie es wollten, ganz gleich, wie sehr man auch dagegen ankämpfte. Schicksal. Blut. Schließlich hatte Rardove recht behalten.

Unsicher hob Senna die Hand, um sich das Haar zurückzustecken, das sich aus den Nadeln gelöst hatte. Ihr Blick schweifte benommen durch den Raum und blieb an dem irischen Krieger hängen. An dem Mann, dessen Blick sie vorhin schon begegnet war. Er war derjenige, der losgesprungen war, um sie zu retten, und der dafür noch eine blutende Wunde mehr hatte einstecken müssen.

Ihre Blicke trafen sich. Und er lächelte, ein gebrochenes, aber zufriedenes Lächeln. Dunkelblaue Augen zogen sie in ihre Tiefen. Warme Röte schoss Senna in die Wangen. Mehr noch, die Kälte in ihrem Bauch schwand, und die Geräusche der Halle ebenso. Einen Moment lang schien die Welt friedlich in sich zu ruhen.

Er hob den Kopf und rieb sich über die Bartstoppeln auf dem kantigen Kinn. Sein Lächeln wurde breiter, wirkte ein wenig verschmitzt, und er hob den Kopf noch einen Zoll höher.

Beinahe hätte Senna zurückgelächelt. Was hatte er gerade gesagt?

Sagen? Warum sollte er etwas sagen?

Er schob die Schultern kaum merklich zurück.

»Du lieber Gott!«, rief sie erschrocken aus. Ihre Haut prickelte. Er hatte ihre Gedanken gelesen. *Nicht aufgeben!* Seine stumme Botschaft dröhnte ebenso laut wie das Gebrüll des Barons durch die Halle.

Unwillkürlich schaute sie zur Tür hinüber, durch die Rardove

53

verschwunden war, und dann wieder zurück zu dem verprügelten Krieger. Er neigte den Kopf, obwohl man es kaum erkennen konnte.

Ich gebe nicht auf. Frostige Schauder rannen ihr über die Haut. So ist es. Nein, sie würde nicht aufgeben, jedenfalls nicht auf diese Weise. Nicht wenn dieser düstere Krieger inmitten seines eigenen Elends ihre Not erkannte und ihr Beistand anbot.

Senna straffte die Schultern, so, wie er es auch getan hatte, fing seinen Blick auf und gab ihm zu verstehen, dass sie sein Geschenk angenommen hatte.

Finian grinste. Als ob er es nicht geahnt hätte. Als ob er nicht gesehen hätte, wie sie den Kopf hob, nicht das Funkeln tief in ihren Augen. Als ob er den Moment nicht erkannt hätte, in dem ihr sinkender Mut wieder neuen Auftrieb bekam.

Und als er weggeführt wurde, erfreute es ihn zu wissen, dass es auch an ihm war, die kleine Flamme brennen zu lassen, die er in dieser schönen Frau entzündet hatte. In der Frau, die ihm an diesem Abend zum ersten Mal begegnet war. Er schaute zurück und hoffte auf einen weiteren Blick von diesem Engel, der in der verkommenen Halle von Burg Rardove für seine Würde stritt.

Er sah, wie sie die Augen aufriss, folgte ihrem Blick und entdeckte eine Klinge in dem Durcheinander, das die Diener beseitigten. Er zog die Brauen hoch. Sie wählte einen gefährlichen Weg des Aufstands. Andererseits, so dachte er, hat sie bewiesen, dass sie beinahe jeden Weg beschreiten kann.

Wenn sie nur wusste, wohin dieser Weg sie führen sollte. Ob sie wohl in der Lage war, die Klinge in die Finger zu bekommen?

Der raue Griff der Wache riss ihn aus seinen Grübeleien. Er schlurfte ein paar Schritte vorwärts. Ein kleines Scharmützel an der Tür hielt sie auf. Die Wache blieb stehen und wartete, bis die Lage sich geklärt hatte. Wieder drehte Finian den Kopf.

Die Lady mit dem kastanienbraunen Haar bückte sich zu Boden und hob eine Platte auf, stellte sie auf den Tisch und lächelte den Diener an, der in der Nähe stand. Der Mann zog die Brauen beinahe bis zum Haaransatz hoch. Nun, er hatte wohl nicht damit gerechnet, dass sie sich am Aufräumen beteiligte.

Senna blickte sich verstohlen um und ließ den rasiermesserscharfen Dolch in ihre Tasche gleiten.

Finian grinste, als er fortgerissen wurde.

Kapitel 7

Die Geschichte machte in der Burg die Runde. Soldaten und Mägde, die Dienerschaft und Lieferanten, Wachen und Gefangene, sie alle hörten von Sennas widerspenstigem Verhalten.

Dumm, sagten die Leute. Leichtsinnig. Töricht. Und am Ende auch hoffnungslos.

Aber Senna war nicht mehr hoffnungslos. Und auch nicht planlos.

Am darauf folgenden Morgen war sie wie verwandelt. Brav, fügsam, still und demütig erschien sie am Arm ihres Verlobten, kurz nachdem die Glocken zur Prim geläutet hatten. Ruhig setzte sie sich auf dem Podium an den Tisch.

Rardove grinste von einem Ohr zum anderen. »Esst!« Er lachte, dass es beinahe wie ein Bellen klang, und deutete in die Halle.

Die Anwesenden regten sich unruhig. Senna sah zum Erbarmen aus. Die gequetschten Finger hatte sie fest verbunden, aber das Tuch war von blassrosa Farbe getränkt. Der zarte Schatten trog über die Tiefe der Wunde hinweg, die unter dem Verband blutete. Ihre Lippe war geschwollen, die Wange schwarzblau verfärbt. Das Haar trug sie aus dem Gesicht zurückgekämmt, und es war schwer, den auffallenden roten Strich um ihren Hals zu übersehen. Beinahe so, als hätte man sie gewürgt.

Aber was auch immer die Waschweiber an Prophezeiungen von sich gaben, als sie im Morgengrauen an ihren Waschtrögen standen – Senna hatte die Hoffnung nicht aufgegeben. Und sie hatte einen Plan.

Aber während sie sich über Rardoves hingestreckten, betäubten Körper beugte, dort, wo er aufs Bett gefallen war, nachdem er sie in sein Zimmer geführt hatte, war Senna sich nicht mehr sicher, dass es auch wirklich der *beste* Plan war. Aber da er der einzige war, enthielt er gewisse Verlockung.

Hatte Rardove etwa keine Ahnung, auf wie viele verschiedene Weisen man bestimmte Pflanzen verwenden konnte, abgesehen davon, dass man daraus Farben zusammenmischte? Und all diese Pflanzen hatte er ihrem Zugriff überlassen.

Den Rest des Tages würde er unter schrecklichen Bauchkrämpfen leiden, würde aus der Betäubung erwachen und wieder in ihr versinken. Wenn der Morgen anbrach, würde er vor Wut bersten.

Aber dann wäre sie längst verschwunden.

Für heute hatte sie sich vorgenommen, die Burg vom Vorhof bis zu den Hundezwingern zu erkunden. Zu jedermann würde sie freundlich sein, würde jede Angst und jeden inneren Widerstand überwinden und den Weg zu den Verliesen finden. Dann würde sie den irischen Rebellen befreien, der ihr in einem Augenblick der Schwäche Kraft verliehen hatte, und ihn dazu bewegen, sie nach Dublin zum Hafen zu bringen.

Sie besaß Hoffnung, Entschlossenheit und einen Plan. Nur eins fehlte ihr: Zeit.

Sennas jüngerer Bruder William starrte auf das Papier in seiner Hand. »Wann?« Er schaute den Diener an, der sich räusperte, bevor er antwortete.

»Morgen ist es eine Woche her, dass sie aufgebrochen ist, Sir.«

Will schaute wieder auf das Sendschreiben, und eine unerklärliche Unruhe rann durch seinen Körper. Seit zehn Jahren verstand Senna sich darauf, ihre Geschäfte meisterlich zu führen; daher begriff er nicht ganz, warum er plötzlich so unruhig war. Und doch war es so. Nachdem er ein Jahr von Turnier zu Turnier gezogen war und drei Jahre sowohl bei edlen als auch bei niederträchtigen Herrn in Diensten gestanden hatte, wusste Will, dass er auf dieses Gefühl hören sollte.

Trotzdem war dies nicht mehr als eine Botschaft seiner tüchtigen Schwester, die eine neue geschäftliche Verbindung anbahnte. Eine Verbindung, auf die sie sehr angewiesen war, nachdem so viel des Geldes, das das Geschäft eingebracht hatte, wieder ausgegeben werden musste, um die Löcher zu stopfen, die ihr Vater Sir Gerald mit seinen stetig steigenden Ausgaben aufriss.

Ihr Vater verhielt sich kalt und distanziert und war die meiste Zeit fort, seit ihre Mutter sie verlassen hatte. Will war damals gerade ein Jahr alt gewesen. Eine Weile hatte es noch Diener gegeben; doch die Diener kamen und gingen, deshalb hatte eigentlich Senna ihn aufgezogen. Senna, die sich mit Äbten anlegte und mit königlichen Angestellten und mit Schiffskaufleuten. Senna, die dem zusammenbrechenden Wollhandel wieder aufhalf, den ihre Eltern begründet hatten und der das Potenzial besaß, zu wahrer Größe aufzusteigen.

Diese Senna war durchaus in der Lage, die Sache mit Lord Rardove zu händeln. Und doch ... Will gelang es nicht, seine Unruhe beiseitezuschieben. Er war in den Norden geritten, nachdem einer der Diener ihm eine Nachricht geschickt hatte, um anzufragen, was mit dem Scheunendach geschehen sollte, das eingestürzt sei. Und der nebenbei erwähnt hatte, dass die Herrin sehr plötzlich nach Irland abgereist war.

Zu Lord Rardove. Wie merkwürdig.

Er schaute seinen Knappen an. »Nun, dann brechen wir wieder auf, Peter«, verkündete Will. »Du wolltest doch schon immer mal nach Irland, nicht wahr?«

Der Junge blinzelte. »Ja, das wollte ich, Mylord.

»Gut. Sattle Marc und nimm Anselm und Tooke an den Zügel.« Will warf das Sendschreiben auf den Tisch und betrachtete seine Männer, die das kleine Gefolge bildeten, das er sich zusammengestellt hatte.

»Beeilt Euch, Roger«, sprach er einen der Ritter an, der sich gleich erhob. »Findet alles heraus, was Ihr über Rardoves jüngste Taten herausfinden könnt. Leiht Euer Ohr ganz besonders den Gerüchten. Wir treffen uns am Hafen von Milford.«

Er ließ den Blick nachdenklich über die übrigen Männer schweifen, die sich auf den kurzbeinigen Bänken lümmelten, während Roger losstürmte und Wills Knappe ihm nacheilte. Die Nachmittagssonne drang in die kleine Halle des Anwesens und tupfte sie mit den Schatten der Weinreben, die über die Fenster und die Läden kletterten. Die Männer erwiderten den Blick ihres Herrn.

»Habe ich euch Rüpeln jemals erzählt, dass ich ein kleines Stück Land in Irland besitze?«

Die Männer wechselten Blicke. »Nein, Will, das habt Ihr nicht.«

Ein anderer grinste. »Ich kann es kaum glauben. Du hast doch immer behauptet, dass du kein Land besitzt und dass du es niemals anders haben willst.«

Will zuckte die Schultern. »Habe ich das? Ich rede zu viel.«

»Wer hat dich belehnt, Will?«

»Es war die Belohnung eines Mannes, der es geschätzt hat, dass ich einen Auftrag gut erledigt habe. Wie hätte ich solchen Lohn ablehnen können? Das war nach dem Auftrag oben im Norden Englands.«

»Das war in Schottland, Will«, betonte ein Mann.

»Dann war es eben in Schottland. Wie auch immer, es ist höchste Zeit, dass ich meinem Besitz einen Besuch abstatte.« Eindringlich musterte er seine Leute. »Wir müssen nach Irland. Über die See.« Die Männer erwiderten seinen Blick. Mehr nicht. »Steht auf«, stieß er schließlich aus.

Seine Leute gehorchten aufs Wort, obwohl einer bedauernd den Kopf schüttelte, als er den Becher mit dem braunen Ale abstellte. »Wir haben dich gehört, Will. Wir können es nur nicht ganz glauben.«

»Oh, glaubt es ruhig«, erwiderte er grimmig und begleitete sie zur Tür. »Irgendetwas in Irland ist nicht in Ordnung. Und ich werde herausfinden, was es ist.«

Als er die Stimmen auf dem Korridor hörte, wusste Finian genau, dass irgendetwas nicht stimmte. Der Mann klang betrunken.

Zwei Soldaten begleiteten einen taumelnden dritten aus der Dunkelheit den schmalen Korridor hinunter, der vor den Zellen entlangführte. Sie zerrten die quietschende Eisentür auf und warfen den höchst schlaffen Körper hinein, verschlossen die Tür und eilten fort.

Finian wartete, bis die flackernde Fackel vollständig erloschen war. Nur das dünne Band der Abendsonne aus blassem Gold schien durch das hohe, schlitzförmige Fenster in die Zelle; trotzdem glühte die Kammer, als wäre sie aus Bernstein. Er wandte sich an seinen neuen Zellengenossen.

»Was zum Teufel hast du hier zu suchen?«

Der triefäugige Soldat schüttelte den Kopf, so als wollte er Schweiß loswerden. Oder Blut. Dann wischte er sich über die Mundwinkel. Blut.

»'s lag am Kampf«, stieß er aus, »und an der Sauferei. Und dummes Zeug reden über die Lordschaft. Und dann hab ich ...«

»Dafür habe ich dich nicht bezahlt«, entgegnete Finian kalt.

»Weiß ich«, murmelte er, »mein Weib hat mich heut verlassen. Kriecht beim Müller unter. Tut mir leid.« Unsicher wedelte er mit der Hand. Seine Beine gaben nach, und er rutschte zu Boden. Der Kopf sank ihm nach vorn, dann kippte der Körper seitwärts. Als sein Schädel auf den Steinboden krachte, war er bereits eingeschlafen.

Finian lehnte den Kopf des Mannes zurück, bis er die Mauer berührte, und starrte auf das goldene Licht, das durch den Schlitz fiel.

»Und wie zum Teufel komme ich jetzt hier raus?«

Kapitel 8

Das Gefängnis. Senna musste die Verliese finden. Aber was dann ...?

Kein *aber was dann*. Hier und jetzt, das zählte. Was sich direkt vor ihrer Nase befand, direkt vor ihren Füßen, das musste sie tun.

Diebstahl.

Das war es, was sie tat; sie stahl, und zwar in der Rolle als neue Burgherrin und während Rardove schlief und würgte. Leinenhemden, Strumpfhosen, Tunikas mit Kapuze, Nahrung, Seile, Zündsteine: alles, was sie in die Finger bekam, nahm sie mit. Außerdem kratzte sie ein paar Münzen aus Rardoves Truhe zusammen, alles, was sie tragen konnte, ohne dass es ihr zu schwer wurde.

Dann stopfte sie ihre Beute in die Taschen. Verdrießlich starrte sie auf ihr Gepäck. Solch ein geheimes Lager war nutzlos, wenn sie irgendwo in der irischen Landschaft strandete, um am Ende doch nur gut ausgerüstet auf ihren Untergang zu warten. Es mochte ja sein, dass sie ein paar Münzen bei sich hatte; aber sie brauchte auch den Iren. Ohne ihn war die Wahrscheinlichkeit, dass sie überlebte, so viel wert wie ein Zinnkrug mit Ale.

Senna blickte auf ihre verletzte Hand und versuchte, sie zu bewegen. Die Finger taten nicht weh, was sie vermutlich als leichte Beruhigung betrachten konnte, aber sie waren taub. Das wiederum konnte kein gutes Zeichen sein.

Der Herbsttag neigte sich langsam dem Ende zu und erstreckte sich in langen Schatten, als sie einen kleinen, kräftigen, rotgesichtigen Leibeigenen erspähte, der Handlangerdienste rund um die Burg verrichtete. Jetzt war er damit beschäftigt, einen quietschenden Karren zu schieben, der mit alten, rostigen Fußfesseln bepackt war.

Senna blieb abrupt stehen.

Der Leibeigene ebenfalls. Seine fleischigen Hände erstarrten an den Holzgriffen. Senna starrte ihn an. Er starrte zurück, setzte die Schubkarre ab und kratzte sich am kahl werdenden Kopf. Sie seufzte. Mitten im Kratzen hielt der Mann inne und zog die Brauen hoch. Aber sonst veränderte sich nichts.

»Seid Ihr ... Mylady?«, fragte er und senkte die Hand.

»Ja, das bin ich wohl.«

Er nahm die Mütze ab und verbeugte sich andeutungsweise. Sehr andeutungsweise. »Mylady.« Dann zog er die Mütze wieder auf den glänzenden Schädel und wippte den Schubkarren wieder auf das Vorderrad. »Wenn ich je zu Diensten sein kann, Mylady. Darf ich weitergehen? Mylady?« Seine Fragen klangen fast schon verzweifelt.

Senna spürte, wie ihr das Herz aufgeregt an die Rippen pochte. Es blieb ihr nur der direkte Weg. »Ich wünsche, die Gefängnisse zu sehen.«

Er riss die Brauen hoch, und zog sie dann zu einem schwarzen Strich zusammen. Der Schreck huschte ihm über das rote Gesicht. »Mylady.« Missbilligend runzelte er die Stirn.

»Es ist ... nur ein Spiel«, verkündete sie.

»Ein Spiel«, erwiderte er Mann ungläubig. Die schwarzen Brauen verwandelten sich in gezackte Kurven.

Sie nickte. »Ein Spiel. Lord Rardove hat es für mich ersonnen.«

Irgendetwas zuckte über sein schwitzendes Gesicht. Es könnte sein, dass es Verachtung war. Oder Mitleid. Was auch immer es sein mochte, er setzte den Schubkarren ab. »Nun gut. Ich zeige Euch den Weg.«

Er führte Senna einen dunklen Gang entlang und auf einen anderen Hof, dann wieder in den Turm, durch noch mehr Türen und über weitere Gänge und dann nach unten, immer tiefer nach unten. Das Licht war dämmrig, die Luft wurde kalt und feucht, ihre Finger klamm und frostig. Sie blies sich warme Atemluft in die Fäuste und eilte ihm nach. Wie um Gottes willen sollte sie sich nur all die Kurven merken?

Der Leibeigene blieb plötzlich vor einer dicken Holztür stehen. »Ich warte auf Euch, Mylady.«

»Nein.«

Wieder riss er die dicken, schwarzen Brauen hoch. Sein Blick gab ihr unmissverständlich zu verstehen, was er davon hielt, bevor er schulterzuckend die Tür aufstieß. Zwei Wachen saßen an einem kleinen, niedrigen Tisch.

»Ihre Ladyschaft ist hier ... für ein Spiel. Ich glaube, es wird ein Heidenspaß«, verkündete er und verschwand.

»Sirs«, trillerte Senna und schwebte in den kleinen Raum mit schmutzigen Wänden. Sie lächelte strahlend; es gelang ihr, das Entsetzen, das ihr die Kehle zuschnürte, vollständig beiseitezuschieben.

»Mylady!«, riefen die Männer erschrocken.

»Ich inspiziere die Burg«, erklärte sie so fröhlich, als wäre es die natürlichste Sache der Welt. »Und da konnte ich doch diesen Ort nicht außer Acht lassen, nicht wahr? Diesen Ort, an dem die Bösewichter festgehalten werden, die den Frieden meines Herrn bedrohen, bevor man sie lehrt, wie wahnsinnig der Weg ist, welchen sie eingeschlagen haben. Hier und nirgendwo sonst herrscht wahrer Friede. Ihr seid Männer, denen Respekt gebührt für die Aufgabe, die Ihr erledigt.«

Sie beendete ihre kleine leidenschaftliche Ansprache mit glänzenden Augen. Die Männer starrten sie verständnislos an.

»Und wie lange verrichtet Ihr hier Euren Dienst?« Sie spazierte in dem Vorzimmer herum und setzt die einseitige Unterhaltung fort.

Der größere der beiden Männer räusperte sich. »Seit Michaelis.«

»Gefällt Euch Euer Posten?«, fragte sie, setzte sich an den kleinen Tisch und musterte die Männer neugierig.

»Mylady«, murmelte der kleinere hilflos. Seine Gedanken schienen ihm ins Gesicht geschrieben wie ein Wappen: Wozu diese Quälerei? Welche Antwort wohl genügen wird?

Senna stand auf und spazierte wieder durch den Raum. Die verletzte Hand drückte sie dichter an die Brust. Die Männer starrten sie mit offenem Mund an, wandten abrupt den Blick ab und wippten in ihren Stiefeln auf und ab. Ihre Blicke schweiften unruhig durch den Raum, blieben hier und da hängen, aber sie schauten Senna nicht an.

»Die Seelen, die die härteste Arbeit verrichten, werden oft von jenen missachtet, denen diese Arbeit am meisten dient«, erklärte Senna verschwörerisch.

Die Männer nickten elendig. Sie hätte auch verkünden können, dass der König von England hingerichtet werden sollte; die beiden hätten zugestimmt.

»Ich wünsche nicht, zu jenen zu gehören, die Wohltaten genießen, ohne eine Entschädigung zu bieten«, sagte sie und wirbelte herum.

Die beiden strafften den Rücken und starrten geradeaus. »Nee, Mylady!«

»Manche tun es aber«, hauchte sie sanft. Sie senkte den Kopf und berührte vorsichtig ihre Hand, um die Aufmerksamkeit der Männer auf die Verletzung zu lenken, die Rardove ihr zugefügt hatte.

»Aye, Mylady«, murmelte der größere unbehaglich.

»Ich wünsche, dass all meine Leute es wissen, und ich

möchte . . . ich möchte jenen meine Wertschätzung beweisen, die mir nach Kräften zu Diensten sind«, murmelte sie mit leiser Stimme und ließ die Hand über ihre Taille gleiten.

Den Wachen fielen förmlich die Augen aus dem Kopf.

»Aye, Mylady«, stammelte der kleinere und wischte sich den Schweiß von der Stirn.

Senna zog kaum merklich die Brauen hoch. Das war eine besondere Taktik, die sie in Vertragsverhandlung bisher noch nicht angewandt hatte. »Und wann verlasst Ihr Euren Posten?«

»Zur Prim«, krächzte der eine, »zum ersten Stundengebet.«

Sie lächelte erleichtert. »Und später am Abend seid Ihr dann wieder hier?«

Der größere meldete sich zuerst. »Wie Ihr wünscht, Mylady.« Er trat vor. Hungrig und eindringlich ließ er den Blick über sie schweifen.

Ihr Mund wurde trocken. Sie trat zurück und verdrehte sich leicht den Knöchel, als sie stolperte.

»Gut. Dann verstehen wir uns«, murmelte sie. Das Herz wollte ihr schier zerspringen, so heftig hämmerte es in ihrer Brust. Es war ein höchst gefährliches Spiel. Aber welche Waffen standen ihr sonst zur Verfügung? Viel zu wenig, um nicht die zu nutzen, die sie in der Hand hielt.

»Ich überlasse Euch lieber Eurem Posten und erkunde das restliche Gebäude«, erklärte sie, »wie ich es auch mit der übrigen Burg getan habe.«

»Mylady, dies sind die Verliese, in welchen die Gefangenen gehalten werden«, protestierte der größere und trat wieder vor.

Senna drehte sich um und hatte die Stirn in zartes Missfallen gelegt.

»Wollt Ihr mir widersprechen? Mein Herr wünscht, dass ich

jeden Zoll dieser Umfriedung kennenlerne, so wie er jeden Zoll von mir kennenzulernen wünscht. Das waren seine Worte, genau so hat er zu mir gesprochen. Ich habe es nicht für weise gehalten, mich ihm in die Quere zu stellen.«

Plötzlich brach sie in Tränen aus. Ihre Schultern zuckten auf und ab.

Beschämt drängten die Soldaten sie an den Tisch, halfen ihr, sich zu setzen und knieten sich neben sie, um sie zu trösten. Nein, natürlich hatten sie nicht die Absicht gehabt, ihr zu widersprechen. Ja, natürlich begriffen sie, wie schwer es war, mit einem Mann wie dem Baron verheiratet zu sein. In der Tat, das begriffen sie. Nein, keinesfalls wollten sie, dass Lord Rardove ihr böse war. Ja, natürlich musste sie jeden Gang abgehen, so wie er es ihr befohlen hatte, und ja, sie musste es allein tun, um ihr Ortsgedächtnis zu prüfen.

Obwohl das letzte Argument ziemlich merkwürdig klang, schienen die Männer nicht willens, sich mit der tränenreichen Lady zu zanken. Nicht mit den köstlichen Versprechungen, die ihnen noch in den Ohren klingelten.

Senna ließ die beiden an ihrem Tisch die Köpfe zusammenstecken, stieß die Tür auf und trat in den Gang, der an den Zellen vorbeiführte.

Kapitel 9

Senna hörte auf zu schluchzen, und ihr Körper nahm eine andere Haltung an: aufmerksam, wachsam und stark. Der Gang war dunkel, die Luft stickig und verbraucht. Sie folgte der Anweisung der Wachen, sich links zu halten, möglichst weit entfernt von den »Löchern«.

Ihre Schritte knirschten leise. Schmale Lichtstreifen fielen durch die Schlitze hoch oben in den Mauern. In dieser Düsternis bahnte sie sich ihren Weg, spähte durch die Gitter jeder Zelle und flehte innerlich, dass sie denjenigen finden mochte, den sie suchte.

Es stank nach Fäulnis und Urin. Sie bewegte sich durch eine schauerliche Stille, schaute in jedes Verlies, an dem sie vorbeikam; alle waren leer.

Wäre ihr Mund nicht ohnehin schon trocken gewesen, es wäre nichts gewesen gegen den dicken Kloß der Angst, gegen den sie jetzt ankämpfte. Am Abend, als sie in der Halle geschlagen worden war, hatte sie vier gefangene irische Soldaten gesehen. Wo waren die Männer jetzt?

Bitte, lieber Gott, mach, dass *er* nicht fort ist.

Außer ihrem pochenden Herzen und dem flachen, stoßweisen Atem konnte sie nichts hören. Als sie vorwärtsschlich, sah sie einen Gefangenen, der gekrümmt und schnarchend in seiner Zelle lag. Aber es war nicht ihr Ire. Doch zwischen den Gitterstäben einer Zelle, die sich ein Stück entfernt von den anderen befand, drängte schwarzes Haar hervor. Sennas Herz machte einen Hüpfer. Sie verließ die Mauer und hockte sich vor den Käfig. Die Gestalt krümmte sich seitlich sitzend gegen die Gitterstäbe.

»Sir«, wisperte sie.

Nichts.

»Sir«, wisperte sie noch einmal, diesmal lauter.

Nichts. Sie griff hinein und stupste ihn an der Schulter.

Eine Hand schoss hervor und umschloss ihr Handgelenk. Senna unterdrückte einen Schrei. Der Gefangene in der Zelle hielt ihr schmales Handgelenk mit festem Griff umklammert. Ihr stockte der Atem.

Der Gefangene drehte den Kopf.

»Gott sei's gedankt, Ihr seid es«, stieß sie aus und spürte die Erleichterung in ihren Adern.

Seine Brauen schossen hoch. »Und wer bin ich?«

»Ihr seid Ihr. Woher soll ich das wissen?«, erwiderte sie bedeutungsschwer und zerrte an ihrem Handgelenk.

Der Ire grinste in die Dunkelheit. »Ich halte hier in meinem Griff ein Weib, das durch die Dunkelheit eines Gefängnisses schwebt, nach Liebreiz und Licht duftet und so tut, als wäre es ein Spaziergang durch einen Garten. Sie stupst mich an, preist Gott, dass ich es bin, obwohl sie nicht weiß, wer das denn sein soll, und ist böse, wenn ich sie danach frage. Da ich keinen Scherz verstehe, jedenfalls nicht, wenn es um wohlriechende Ladys geht, würde ich sagen, dass ich gestorben und in den Himmel aufgestiegen bin und einen Engel anschaue. Obgleich ich nicht recht verstehe, warum das Weib sich hier bei mir in der Hölle befindet. Kann es sein, dass Ihr die Antwort auf meine Gebete seid, süßer Engel?«

Senna war überrascht, welche überstürzenden Gefühle die kurze Rede auslöste, die er mit rauer, aber angenehmer Stimme gehalten hatte. Es lag ein Lächeln und eine Sanftheit in seiner Stimme, aber eine steinerne Kraft in der Hand, die sich immer noch um ihr Gelenk klammerte.

Sie zerrte ein wenig, und er ließ sie los.

»Ich brauche Eure Hilfe.« Sie kam dichter, um ihn besser sehen zu können. Aber mehr als das helle Glitzern in seinen Augen und die weißen Zähne, als er lächelte, konnte sie nicht erkennen.

Er lächelte grimmig. »Es ist, als hättet Ihr meine Gedanken gelesen. Aber so süß Eure Bitte auch klingt, ich kann Euch wenig Beistand gewähren, wie Ihr hoffentlich sehen könnt.«

»Werdet Ihr mir helfen, wenn ich Euch befreie?«

Das Lächeln verschwand, und sein Blick wurde scharf und eindringlich. »Aye«, stieß er langsam aus und beobachtete sie genau. »Und warum solltet Ihr das tun?«

»Ich brauche jemanden, der mich führt, wenn ich die Burg verlasse.«

»Ist das so?«

»Ja, das ist so«, flüsterte sie mit fester Stimme.

»Ich dachte, Ihr seid gerade erst angekommen, um zur Baronin gemacht zu werden.«

Sie lehnte sich noch ein wenig nach vorn. »Sein Wein schmeckt mir nicht.«

»Aye, das habe ich bemerkt.«

»Ich habe nicht die Absicht, Euch zu erschüttern, aber Rardove erzählt Lügen. Ich bin nicht seine Verlobte.«

Er grinste. »Das seid Ihr gewiss nicht.«

»Und ich brauche jemanden, der mich zum Hafen von Dublin führt.«

»Könnt Ihr keinen anderen Iren finden? Oder besser noch einen Sachsen, der geschmeichelt wäre, die Aufgabe zu erfüllen, und es auch viel besser könnte als ich.«

»Vielleicht. Ich suche aber nicht danach.«

»Wirklich nicht?« Er richtete sich auf, um sie anzuschauen. Eine namenlose Aufregung rieselte ihr durch den Körper, als ein kleines Lächeln in seinen Mundwinkeln zuckte.

»Wirklich nicht«, hauchte sie mit gesenkter Stimme. Es schlug sie in den Bann, wie sein Körper sich bog, wie seine Muskeln sich unter der Haut anspannten, die seidig zu schimmern schien. Selbst in dieser heruntergekommenen Zelle wirkte er erfüllt von Sonnenschein und frischer Luft.

»Nun, warum solltet Ihr solche Dinge tun, Engel?«, fragte er leise.

»In der Halle ... Ihr habt dafür gesorgt, dass ich den Mut nicht sinken lasse. Ich glaube, dass Ihr der Beste seid.« Mehr gab es nicht zu sagen.

Ein erfreutes Lächeln breitete sich auf seinen Lippen aus, bevor sich der Schmerz einnistete. »Aye, nun gut, Lady. Ich werde Euch erwarten, aber Euer Werk verrichtet Ihr besser schnell. Denn der Galgen da draußen ist für meinen Kopf bestimmt.«

Senna blickte sich über die Schulter. Die Wachen würden bald misstrauisch werden. »Heute Abend, nach Einbruch der Dunkelheit.«

»Wie?«, fragte er rasch. Sein Blick war plötzlich hart und abschätzend geworden.

Senna griff nach einer Handvoll Steine und fuhr mit dem Daumen über die gezackten Kanten. »In diesem Augenblick drischt Rardove auf seine Laken ein, denn er hat Magenkrämpfe. Ich vermute, dass sie noch die Nacht über andauern. Irgendeine geheimnisvolle Krankheit der Eingeweide.«

Seine Augen glühten in der Dunkelheit. »O ja, die Krankheiten hier sind schrecklich. Schlagen ganz unvermutet zu.«

Sie lächelte kaum merklich. »So war es auch in seinem Fall. Und ich habe ihn nicht gewarnt.«

»Ich schulde Euch mein Leben.«

»Ihr helft mir, meines zurückzugewinnen.«

Er lächelte, und als sie das Lächeln erwiderte, hockte er sich auf die Fersen. »Ihr seid wirklich ausgesprochen schön«, wisperte er.

»Wie bitte, mit dieser blessierten Wange?« Diesmal musste sie lachen, ganz leise nur. »Ihr müsst recht viele Ladys mit solchen Lügen umgarnen.«

In dem Lächeln, das er ihr daraufhin schenkte, lagen Charme und Zuversicht. Senna schüttelte den Kopf und wandte sich ab. Das würde nicht im Geringsten helfen.

»Finian O'Melaghlin.«

»Senna ...«

»De Valery«, ergänzte er und ließ den Blick langsam über ihr Gesicht schweifen. Das Lächeln verblasste.

»Ihr kennt meinen Namen?«

Finian schaute sie wieder an. »Falls es Euch gelingt, mich aus dieser Zelle zu befreien, muss ich ein Lied daraus machen.«

»Und falls es Euch gelingt, mich am Leben zu halten, sobald wir aus dem Gefängnis geflohen sind, werde ich es selbst schreiben«, wisperte sie zurück.

Sein Lächeln kehrte zurück. Ihr Herzschlag schien zu stolpern. »Euren Namen werde ich nie vergessen, Engel. Mit Lied oder ohne.«

Ihr Blick versank in seinen dunkelblauen Augen, und einen flüchtigen Moment lang hatte sie das Gefühl, als würde sie schweben. Seine raue Stimme und seine angenehme Art gefielen ihr ganz außerordentlich. Um Himmels willen.

»Ich komme wieder«, wisperte sie und erhob sich.

»Und ich werde alle anderen Verabredungen absagen«, versprach er mit rauer Stimme.

Senna lächelte über ihre Schulter. Sie war ein wenig erschrocken darüber, wie ruhig sie sich fühlte in Anbetracht des gemeinsamen Plans, von dem ihr Leben abhing. Es war die gleiche innere Ruhe, die sie in der Halle verspürt hatte, als er dafür sorgte, dass sie den Kopf hob. Und als es nichts anderes mehr auf der Welt gegeben hatte als seine blauen Augen.

Und in jenem Moment hatte er nichts anderes getan, als sie anzulächeln.

Will de Valery verbrachte den Tag damit, die Abreise aus England vorzubereiten. Er tat es besonders gründlich, indem er einige zusätzliche Ritter in seine Dienste nahm, denen er gute Bedingungen zusicherte als Ausgleich für die Beute, die er nicht bieten konnte. Noch nicht. Aber man konnte nie wissen, was hinter der nächsten Wegbiegung lauerte.

Dreiunddreißig bewaffnete Männer – die Ritter und deren Knappen – bildeten eine ansehnliche Streitmacht. Zwei Köche, acht Diener, ein Stallmeister und ein Steinmetz vervollständigten die Gruppe.

Es stürmte heftig, als sie in See stachen. Will stand am Bug des Schiffes und schaute auf den Horizont, als könne er die irische Küste mit dem bloßen Auge zwingen, näher zu rücken.

Als die Truppe in Dublin eintraf, blieben der Stallmeister und die Söldner dort, um die benötigten Pferde, Wagen und Proviant zu beschaffen. Danach wollten sie zur Burg aufbrechen.

Will behielt fünf Männer bei sich, denen er sein Leben anvertrauen würde – trotz ihrer abscheulichen Vorliebe für braunes englisches Ale und ihres Wunsches, in England zu bleiben, um noch mehr davon zu trinken –, und bereitete eine Begegnung mit Lord Rardove vor.

Er hatte sich den Plan bis ins kleinste Detail zurechtgelegt, während der regennasse Wind über die See blies und Senna die Wachen durch Lügen und süße Worte betörte.

Kapitel 10

Das Mondlicht floss durch die Fensterschlitze und gab just so viel Helligkeit, dass Senna noch sehen konnte. Es waberte über die Fenstersimse und griff kreideweißen Fingern gleich nach den Wänden.

Senna schlich über feuchte, schmierige Steinböden und verfaultes Binsenstroh, stolperte, ging weiter, verbarg sich vor den Nachtwachen und wich den Soldaten aus, die übernächtigt von ihrem Besuch im Bordell zurückkehrten. Die Burg lag da wie ein Fels im Mondlicht.

Senna hatte eine Männerhose und ein weiches Leinenhemd angelegt, über das sie eine Tunika gezogen hatte. Sie wurde von einem Gürtel zusammengehalten und reichte ihr bis zur Hüfte. Darüber trug Senna eine locker sitzende Tunika, um ihre ungewöhnliche Kleidung zu verbergen, falls doch jemand sie anhielt.

In den Händen hielt sie ihr Gepäck. Das Haar hatte sie mit einem Lederband zu einem Zopf zurückgebunden, der ihr lang über den Rücken hing. In ihrem Kopf wirbelten die Gedanken durcheinander, als sie in den Kerker schlich. Sie stellte ihr Gepäck ab und starrte auf die Eichenholztür. Auf jeder Seite erstreckte sich ein schmaler, endlos langer Korridor aus grobem Stein, in dem jedes Geräusch schauerlich widerhallte.

Sie hörte ein leises Schnauben und wandte den Kopf in die Richtung, aus der es gekommen war. Kleine, runde Augen glitzerten in die Dunkelheit – eine Ratte schnüffelte an einer Pfütze Brackwasser. Welche Nahrung konnte das Tier aus dieser Brühe noch ziehen? Senna schauderte und wandte den Blick wieder auf die schwere Tür. Jetzt oder nie.

Sie legte die Hand auf den eisernen Griff und drückte die Tür auf.

Genau wie zuvor sprangen die Soldaten auf. Senna lächelte sie im flackernden Kerzenlicht an.

»Sirs.« Sie neigte den Kopf, als wäre sie ein wenig zu früh zu einer Verabredung erschienen.

Genau wie zuvor glotzten die Männer sie an.

»Mylady«, der größere schnappte nach Luft und tastete nach der kleinen Bank, auf der sie gesessen hatten, um sie hervorzuziehen. So, wie er es auch bei Sennas früherem Besuch getan hatte.

Wenn sie jetzt auch noch genauso einfältig sind wie zuvor, dann kann mir nichts passieren, dachte Senna.

Sie lupfte ihre Tunika und setzte sich. Die Männer hatten den Mund einen halben Zoll geöffnet. Leichte Beute. Als sie sich vorbeugte, um den Anschlag zu verüben, verspürte sie nicht das geringste Mitgefühl mit den beiden. Ihr war egal, was ihnen als Strafe dafür drohen mochte, dass sie Senna hatten entkommen lassen. Schließlich hatten sie geholfen, den Hund zu hängen.

Sie stellte die Whiskyflasche auf den Tisch, die sie aus dem Keller des Barons gestohlen hatte, und lächelte die beiden an. Die Männer lächelten zurück und zeigten ihre Zahnlücken.

In kürzester Zeit waren sie betrunken und nicht mehr Herr ihrer Sinne – eigentlich war ihr Zustand nicht viel anders als der, in dem sie die Nachtwache begonnen hatten. Aber dieser Whisky enthielt eine zusätzliche Substanz: pulverisierte Baldrianwurzel, die sicherstellen würde, dass die beiden Wachen für lange Zeit schlafen würden. Es brauchte nur drei, vielleicht vier Schlucke, bevor sie zu Boden sackten.

Jetzt gab es kein Zurück mehr.

Senna nahm dem größeren Mann die Schlüssel ab und

schlich durch den Korridor zu Finians Zelle. Eine einzige Fackel erhellte ihr den Weg.

»Engel«, grüßte er sie mit rauer Stimme.

»Ich bin zurückgekommen«, flüsterte sie, als wäre es nötig, das noch einmal zu sagen. Dabei ignorierte sie, dass seine Stimme ein Lächeln bei ihr hervorrief.

Dieses Mal kauerte er nicht in seiner Zelle. Er hatte sich erhoben, und seine Größe und seine Kraft schüchterten Senna ein wenig ein.

Sie probierten die Schlüssel durch, bis sie den gefunden hatten, der das Schloss aufgehen ließ. Nachdem sie die Zellentür geöffnet hatten – sie quietschte so ohrenbetäubend, dass man hätte Tote aufwecken können, aber nicht die Wachen –, schlichen sie durch den Gang zurück zur Wachstube.

»Was ist mit den anderen Männern geschehen?«, flüsterte sie, als sie an den leeren Zellen vorbeikamen.

»Die Iren, die Euch in der Halle so freundlich willkommen geheißen haben, sind schon bald darauf getötet worden, Lady«, erwiderte er grimmig und folgte ihr den Korridor hinauf. »Auf sehr bestechende Art und Weise, glaubt mir.«

Senna warf ihm eine Blick zu und erkannte einen harten Zug um seinen Mund. Seine Augen waren dunkel und unbewegt Sie drehte sich wieder nach vorn und tastete mit den Fingerspitzen an der feuchten Wand entlang. Hätte man ihre Männer ermordet, sie würde Blut und Feuer spucken. Sich mit gezücktem Schwert und wütendem Geheul in die Schlacht stürzen. Aber er wirkte so . . . beherrscht.

Sie unterdrückte einen Schauder und stieß die Tür zur Wachstube auf.

Finian starrte auf die am Boden liegenden Soldaten. »Ihr verfügt über Gaben, die ich Euch nicht zugetraut hätte.«

»Ja, ich habe einige verborgene Talente.«

Er warf ihr einen Seitenblick zu. »Aye.«

Als sie ihm Brot reichte, nickte er ihr zum Dank zu. Dann schwangen sie sich das Gepäck auf den Rücken und huschten kurz darauf über den dunklen Burghof. Sie mussten nur noch einige Waffen stehlen, beide Vorhöfe überqueren und über das Burgtor klettern, ohne von den Wachen entdeckt zu werden.

Senna versuchte, sich auf nichts anderes zu konzentrieren als auf das nächste Hindernis. Ihr wurde übel, wenn sie zu weit voraus dachte.

In geduckter Haltung ging sie mit dem Iren zum Haus des Schmieds. Es war ein solides Gebäude, ganz aus Stein und ein Stockwerk hoch. Sie starrten zum Fenster im ersten Stock hinauf, das sich weit über ihnen befand.

»Bei Tageslicht hat es nicht so hoch ausgesehen«, murmelte Senna.

Finian legte die Hände um ihre Hüften. Erschrocken stieß sie den Atem aus. »Ich werde Euch hochschieben«, sagte er leise. Seine Hände spannten sich an, als er sie hochhob.

Senna streckte die Arme hoch, so weit sie konnte, und reckte sich. Sie spürte seine harten Hände, und ihr wurde bewusst, wie viel Kraft in ihm steckte. Mühelos und mit nicht erlahmender Kraft hielt er sie fest. Sie krümmte die Finger der unverletzten Hand um das Fenstergesims. Weiter reichte sie nicht. Die verletzte Hand war immer noch wie betäubt, und wenn sie auch nicht wehtat, so schien doch keine Kraft in ihr zu stecken. Beim Erklimmen der Hauswand würde die Hand ihr jedenfalls keine Hilfe sein.

»Höher«, wisperte sie.

»Es geht nicht höher.«

Sie versuchte, weiter nach oben zu gelangen, sie keuchte und scheuerte sich Ellbogen und Knie auf. Aber sie war keine Fliege. Es gab keine Möglichkeit, an der Mauer hochzuklettern.

77

»Stellt Euch auf meine Schultern«, befahl er harsch.

Sie erstarrte, beugte dann das Bein zurück. Irgendwie musste sie ihn ans Kinn getreten haben, denn er brummte unwirsch. Senna bewegte sich langsamer, suchte seine Schulter mit dem Zeh. Erst stellte sie einen Fuß auf ihn, dann den zweiten; das verschaffte ihr so viel Spielraum, dass sie die Ellbogen auf das Gesims stützen konnte.

Sie rüttelte an den Läden. Verschlossen. Senna unterdrückte den Impuls, sie einzuschlagen, und tastete in ihrem Gepäck nach einem Streifen getrockneten Fleisches. Sie schob es zwischen die beiden Laden, hob es hoch und damit gleichzeitig den Riegel aus dem Haken, der die Laden geschlossen hielt. Ein metallisches *Klick* ertönte, laut wie ein Schrei, und die Laden klappten in entgegengesetzte Richtungen auf, eine nach drinnen, die andere nach draußen.

Rasch drückte Senna sie nach innen und hangelte sich hinein; dann streckte sie die Arme aus und ließ sich zu Boden fallen. Die Handflächen prallten zuerst auf, dann landete sie mit einem dumpfen Geräusch auf dem Boden.

Sie rappelte sich auf. Ihr Blick gewöhnte sich rasch an die dunklen Schatten. Direkt vor ihr gähnte eine schwarze Öffnung. Die Treppe.

Rechts befand sich eine schwarze Öffnung. Das Schlafzimmer des Schmieds.

Senna schluckte trocken.

Sie eilte die Treppe hinunter, bahnte sich ihren Weg zwischen Tischen und Ambossen hindurch, schlich auf Zehenspitzen vorsichtig zum Ofen, der immer noch heiß war und blassorange glühte. Dann entriegelte sie die Haustür und ließ Finian herein.

Zusammen schlichen sie wieder die Treppe hinauf, dorthin, wo sowohl einige Waffen lagen, die ausgebessert werden mussten, als auch neue todbringende Produkte der Waffenschmiededekunst. Und dorthin, wo der Schmied mit Weib und Kindern untergebracht war, aber, Gott sei's gedankt, kein Hund. Was sich nach dieser Nacht mit Gewissheit ändern würde.

Finian und Senna gingen rasch und wortlos zu Werke. Innerhalb weniger Minuten war Finian in das schützende Kettenhemd eines Engländers gekleidet; er zuckte nur leicht, als das Gewicht der Kluft sich ihm auf den Rücken legte. Für Senna gab es kein Kettenhemd, das passte. Sie griff nach einem Messer, das aussah, als hätte es die richtige Größe für Finian, und er band es sich sofort um den Oberschenkel, bevor er sich noch eines nahm, das sie ihm um den linken Arm schnallte. Dann nahm sie sich selbst eines, ein langes, gefährlich aussehendes Ding, das genau richtig zu sein schien.

In diesem Augenblick murmelte der Schmied ein paar unverständliche Worte. Finian und Senna erstarrten, blickten einander an. Schweigen. Dann war ein »Rück rüber« zu hören.

Herr im Himmel. Das Weib des Schmieds war aufgewacht.

In Sennas Brust wurde es kalt. Ein paar Schritte von ihr entfernt zog Finian das Messer aus der Armhalterung. Stumm schüttelte Senna heftig den Kopf. Finian hob die Hand und machte eine seitliche Kopfbewegung. Dabei warf er ihr einen Blick zu, als ob sie verrückt geworden sei.

Sie deutete unerbittlich auf die Messerscheide an seinem Arm. Finian zog die Brauen hoch, schob das Messer aber wieder zurück, als alles ruhig blieb. Senna unterdrückte einen Seufzer.

Es schien Stunden zu dauern, bis sie sich wieder zu rühren wagten. Finian schlich als Erster zur Treppe zurück; Senna folgte ihm in geduckter Haltung.

Sie erspähte etwas aus den Augenwinkeln und schlich näher.

Es war ein Breitschwert, das in einer kunstvoll gearbeiteten Scheide steckte; die Stickereien in kräftigen Farben stellten mythische Tiere und Buchstaben in einer unbekannten Sprache dar. Es sah aus wie das Schwert eines Kriegers, wie das eines Königs; es sah aus wie Finians Schwert.

Ohne darüber nachzudenken, was sie tat, hob sie die schwere Waffe an, trug sie mühsam die Treppe hinunter und zischte Finian zu, er solle stehen bleiben.

Seine Augen glitzerten in der Dunkelheit, als er herumwirbelte und sein Körper reflexartig eine Kampfhaltung einnahm. Die feurige Glut des Ofens betonte die Schatten auf seinem Gesicht. Er sah wild und gefährlich aus, und Senna schickte sich an, ihm das mächtigste Schwert zu reichen, das sie jemals gesehen hatte.

»Hier«, wisperte Senna.

»Mein Schwert«, murmelte er und trat näher.

»Eures? Wirklich und wahrhaftig?« Sie hatte nur *gedacht*, dass das so aussah, als *könne* es ihm gehören.

»Aye.« Ehrfürchtig ergriff Finian die schwere Waffe und handhabte sie mit einer Leichtigkeit, als wäre sie ein Laib Brot beim Abendessen. Er zog die Waffe halb aus dem Futteral. Der matte Stahl blitzte im Feuerschein auf. »Das Futteral gehört mir auch«, wisperte er, »ich dachte, man würde es rasch durch ein anderes ersetzen, obwohl die Bannflüche, die hineingewoben sind, bei niemand anders ihre Wirkung tun würden. Und ganz gewiss nie bei einem Sachsen.« Er hob den Kopf und schaute ihr in die Augen. »Jetzt stehe ich zweifach in Eurer Schuld.«

Sie verließen das Haus des Schmieds und schlichen am Rand des offenen Exerzierfeldes entlang. Es war Wahnsinn, das zu tun, und vor Angst wurde Senna der Mund so trocken, dass sie kein Wort mehr herausbrachte. Finian schien beeindruckt. Wie stumme Schatten huschten sie zwischen den Gebäuden entlang: zwischen kleinen Hütten, die nur aus einem Zimmer bestanden, vorbei an einer Kapelle, an Ställen entlang.

Als sie am Küchengarten vorbeikamen, stolperte Senna über eine tiefe Furche und stieß einen Fluch aus; es klang wie ein Schrei in der stillen Nacht. Sie riss den Kopf hoch.

Finian starrte sie reglos an.

Das Herz klopfte ihr bis zum Hals, als sie auf die Schritte lauschte, die eilig näher kamen.

Kapitel 11

Senna und Finian drückten sich gegen die Mauer und wagten kaum zu atmen. Der Soldat kam näher und ging auf dem Weg, der in rechtem Winkel an ihnen vorbeiführte, weiter. Senna hielt den Atem an. Der Mann schaute nicht einen Moment zu ihnen hinüber und verschwand schließlich hinter einem anderen Gebäude. Senna suchte Finians Blick.

»Ich glaube ...«, wisperte sie so leise, dass sie sich selbst kaum hören konnte.

Er schüttelte heftig den Kopf. Nach weiteren fünf Minuten Schweigen kam ein zweiter Soldat vorbei. Senna drückte sich eng an die Mauer und gab sich alle Mühe, wie ein Haufen Abfall auszusehen. Die Wache ging vorbei.

Weitere zehn Minuten verstrichen, aber es kamen keine Soldaten mehr. Finian löste sich von der Mauer, und Senna tat es ihm gleich. Sie öffnete den Mund. Lautlos und blitzschnell legte er ihr die Hand in den Nacken und zog sie an sich.

»Geduld und Schweigen, Lady«, murmelte er. »Um Gottes und um meinetwillen, habt Geduld. Und schweigt.«

Warum um alles in der Welt wurde ihr bei seinen Worten ganz warm?

Senna nickte knapp, entzog sich seinem Griff und führte ihn in eine verwahrloste Ecke des Innenhofes der Burg. Hier erhob sich eine kleine Anhöhe von vielleicht acht Fuß. Als sie hinaufstieg, löste sich immer wieder Schutt unter ihren Schritten. Als gar eine kleine Lawine sich löste, verlor Senna den Halt und rutschte auf dem Hintern die halbe Strecke wieder hinunter.

Finian stoppte sie mit Schultern und Armen. Sie erstarrten, hielten den Atem an, waren vollkommen reglos. Seine Hände ruhten warm auf ihren Rippen, ihr Hintern stützte sich an seine Schultern. Sie versuchte, nicht auf die Hitze zu achten, die ihr bei seiner Berührung ins Gesicht schoss und in andere, weniger vom Mondlicht erhellte Körperstellen. Die Nacht lag in vollkommener Stille. Senna senkte den Blick; er hingegen schaute hoch, schob dann beide Hände unter ihren Po und hob sie auf die Mauer.

Mit einem Schwung warf sie sich nach oben, drehte sich um und hockte sich hin, bevor sie die Hände ausstreckte. Finian sprang ohne Schwierigkeiten nach oben und musste noch nicht einmal ihre Hand berühren. Er lächelte, als er oben angelangt war, nur ein kleines verschmitztes Lächeln in den Mundwinkeln – das der Art und Weise galt, wie er sie berührt hatte, als er sie auf die Mauer gehoben hatte. Sie achtete nicht darauf und wandte sich noch in der Hocke um und schaute auf die andere Seite.

Er hockte sich neben sie. Sein Körper strahlte Hitze und Kraft aus. Etwa zehn Fuß weiter unten entdeckten sie einen Haufen Abfall aus dem Küchengarten. Zehn Fuß, das schien ihr sehr tief.

»Es ist ein langer Weg nach unten«, wisperte sie angespannt.

Er drehte sich zu ihr. Sein Gesicht lag im Dunkeln. »Das ist gar nicht so schlimm.«

»Schlimm genug.« Konnte er die Panik in ihrer Stimme etwa hören? Ihre Finger klebten förmlich an der Burgmauer.

Er nickte langsam. »Doch, ja, es sieht schlimm aus.«

»Ich glaube nicht, dass ich es schaffe.« Angst, beschämende Angst. Sollte sie etwa hier auf der Burgmauer hocken, bis irgendjemand vorbeikam und sie entdeckte?

»Würde es helfen, wenn ich Euch schubse?«

Beinahe hätte sie gelacht. »Aye, das würde sogar sehr h...«

Er legte die Hand auf ihre Schulter und stieß sie die Mauer hinunter. Senna blieb noch nicht einmal die Zeit, zu schreien oder auch nur einen Anflug von Angst zu verspüren, bevor sie mit einem weichen Plumps auf den verrottenden Pflanzen landete. Als sie sich aufrappelte, landete Finian auch schon neben ihr.

»Ihr habt wohl den Verstand verloren«, fauchte sie ihn an.

Blitzschnell neigte er sich über sie. Die Hitze, die sein mächtiger Oberkörper ausstrahlte, glühte zwischen ihnen auf. Erschrocken warf Senna den Kopf zurück.

»Mistress, ich bin zutiefst überzeugt, dass Ihr selbst auch nicht ganz bei Sinnen seid.« Er berührte sie leicht am Oberarm, um seine Worte zu bekräftigen. »Und jetzt seid still.«

Senna erschauderte bei dem Gefühl, das die Berührung seiner Finger in ihr auslöste. Er stand so dicht vor ihr, dass es ihr nicht gelang, den Blick von ihm zu lösen. Sein Oberkörper war schlank, aber kräftig; seine breiten Schultern gingen in einen muskulösen Brustkorb über, der sich unter den Rippen zu den schmalen Hüften und den mächtigen Oberschenkeln hin verjüngte. Das Mondlicht betonte die Muskeln an Nacken und Armen und zeichnete die kantigen Konturen seines Gesichts nach, hob das kräftige, feste Kinn hervor. Sein Bartwuchs ließ ihn rau und wild aussehen, und das schwarze Haupthaar reichte ihm bis über die Schultern. Und dann war noch dieses Lächeln, das ihren Herzschlag stocken ließ ...

Der Ire war attraktiv wie die Sünde.

Ihr Atem ging flach. Und die Hitze, die ihr in die Wangen flutete, war nichts anderes als das Ergebnis ihrer dramatischen Flucht. Ganz bestimmt.

Nur die Hitze, die ihr in den Unterleib schoss, war beunruhigend.

Er warf ihr einen fragenden Blick zu. »Wo entlang?«

Sie schaute sich um. Die Burg war zwar dringend reparaturbedürftig, umfasste aber ein riesiges Gelände. Über die Jahre war ein ganzes Dorf innerhalb ihrer Mauern errichtet worden; es gab eine Vielzahl von Wegen und Kehren und Sackgassen. Es half nur wenig, den Blick fest auf das befestigte Haupttor zu richten, weil sie nicht den direkten Weg über die offenen Exerzierfelder wählen durften. Nein, sie mussten sich in den Schatten halten und um die Ecken drücken.

Eine Reihe niedriger, strohgedeckter Dächer, die ihnen Schutz bieten würde, führte in einer ziemlich geraden Reihe von ihnen weg. Aber innerhalb dieses zweifelhaften Schutzes konnte sie alles Mögliche erwarten. Wachen, Schwerter, Kämpfe.

»Hier entlang«, sagte sie mit fester Stimme, eilte los und zögerte dann. »Glaube ich jedenfalls.«

Seine Augen glänzten im Mondlicht. »Wie Ihr meint.«

»Aber ich bin nicht sicher.«

»Ihr habt die Burg besser im Kopf als ich«, erwiderte er knapp, »zweifelt nicht an Euch.«

Sie marschierte los. »Ihr solltet auf der Hut sein, Ire, denn ich habe keine Ahnung, wohin ich uns führe.«

»Ich bin immer auf der Hut. Es ist nicht nötig, mich zur Vorsicht zu mahnen.« Seine warme Stimme strich durch ihr Haar, und ihre Haut begann zu prickeln.

Kurz darauf tauchte das Haupttor vor ihnen auf, schwarz und abweisend. Finian ergriff ihren Arm und legte den Finger auf die Lippen, um ihr zu bedeuten, dass sie schweigen solle. Senna atmete scharf durch, als er sie berührte. Sein Blick schoss zu ihr hinüber. Warnend schüttelte er den Kopf. Sie nickte.

Finian verschwand für ein paar Minuten, und tauchte dann wieder aus der Dunkelheit auf. »Die Wachen sind faul und unzuverlässig. Das Tor ist zwar bemannt, aber nicht besonders gut bewacht.« Sie schaute ihn an. »Gerade brechen sie einen großartigen Streit vom Zaun. Es geht ums Spiel. Und um eine Frau. Sie saufen.«

»Ein Streit und Alkohol werden noch mehr Soldaten zum Tor locken«, prophezeite sie düster.

»Nun«, murmelte Finian, »dann lasst uns hoffen, dass sie alle so unfähig sind wie ihr Herr.«

Das war die schwache Hoffnung. Schließlich waren es die Männer des Barons, und es war seine böse Hand, die sie fütterte. Es mochte sein, dass sie nicht klar bei Verstand waren, aber um zwei Leute zu bemerken, die lange nach dem letzten Stundengebet am Burgtor herumlungerten, mussten sie auch nicht besonders gewitzt sein. Ganz besonders dann nicht, wenn es sich um einen hochgewachsenen Iren handelte, der vermutlich aus dem Gefängnis des Barons entwichen war.

Die düstere Wolke, die sich über Senna zusammenzog, musste sogar in der Dunkelheit erkennbar gewesen sein, denn Finian blickte sie einen Moment lang an und lehnte sich dann dichter zu ihr.

»Nur Mut«, murmelte er.

»Ich habe keinen mehr«, wisperte sie zurück.

»Er ist das Holz, aus dem Ihr geschnitzt seid.«

Beinahe hätte sie gelacht. »Wohl kaum. Ich bin leichtsinnig und sturköpfig und höre nicht gern auf den Rat anderer ...«

Er legte ihr den Arm um die Schulter. »Das müsst Ihr mir nicht sagen, Mädchen«, flüsterte er ihr ins Ohr. »Ihr seid das Licht der Kerze in der Nacht. Nichts, was man verstecken müsste. Außerdem redet Ihr recht viel, und fände sich in

Eurem Herzen der Wunsch, einem armen Iren das Leben zu retten, dann gehorcht jetzt diesem Wunsch und haltet ein paar Minuten lang Euren nimmermüden Mund.«

Die Zunge klebte ihr förmlich am Gaumen, als sie in seine dunklen Augen starrte, die nur Zentimeter von ihr entfernt waren.

Just in diesem Moment tauchten zwei Soldaten auf, die auf einem Rundweg durch die Burg patrouillierten. Finian erstarrte. Das Gewicht seines muskulösen Arms, den er um ihre Schulter geschlungen hatte, war merkwürdig beruhigend. Sie hörten ein raues Lachen, dann herrschte wieder Stille.

Senna atmete zittrig ein, und es schien ihr, als fühlte sich ihr Leben an wie eine leichte Brise an einem heißen Sommertag. Am liebsten wäre sie eine Ewigkeit so stehen geblieben; sie wollte, dass sein Arm um ihre Schultern lag, dass seine Hand genau wie jetzt ihre Brust berührte, deren Knospen sich verhärteten.

Wie seltsam alles war: Senna befand sich in einem fremden Land und floh vor einem Mann, der sie in die Ehe zwingen wollte. Hier stand sie, umschlungen vom Arm eines irischen Kriegers, und ihr Körper reagierte wie noch nie zuvor.

Und das Merkwürdigste war, dass es ihr gar nicht so merkwürdig vorkam.

Finian zog seinen Arm fort. Senna zitterte und bemerkte plötzlich, wie kalt es war. Sie eilten auf das Tor zu, drückten sich aber gleich wieder gegen die Festungsmauer, als Schreie und Flüche aus dem Wachtturm drangen. Zwei Wächter rannten zurück zum Turm, der jetzt in hellem Licht erstrahlte. Auf dem Festungswall standen mehrere dunkle Gestalten.

»Sch...«, fluchte jemand beinahe ehrfürchtig, schien aber

auch irgendwie mit dem üblen Fluch zu hadern. Er beugte sich halb über die Mauerkante des Turmes und starrte in die Dunkelheit.

»Allerdings«, stimmte ein zweiter zu. Die harsche Stimme drang bis nach unten auf den Festungswall. »Der Stecher hat Dalton direkt über die Zinne geschmissen!«

Die Schreie wurden lauter. Finian und Senna schauten einander an.

»Lasst mich durch.« Balffes Stimme schnitt durch die Unordnung. Der riesenhafte Hauptmann der Wachen arbeitete sich durch die Menge und stierte ebenfalls hinunter. »Herr im Himmel, Molyneux, du hast ihn umgebracht.« Er schaute auf und starrte den Übeltäter an. Er verschränkte die behaarten Unterarme vor der Brust, während er auf die armselige Erklärung wartete.

Seine Geduld wurde nicht lange auf die Probe gestellt. »Er hat seinen Sold verloren und wollte nicht zahlen.« Die Stimme des Mörders klang lallend; ein klarer Beweis für seine Trunkenheit.

»Und du hast mehr Eier in der Hose als Verstand im Kopf oder nicht genug von beidem. Ich werde das nicht für dich ausbaden. Geh und hol ihn«, befahl Balffe, ließ die fleischigen Arme sinken und schritt voran wie ein Berg, der in Bewegung geraten war.

»Was?« Außerhalb der Reichweite des Hauptmannes stolperte die Wache vorwärts. »Ihn holen und mich von den Iren zu Hammelfleisch verarbeiten lassen? Von den Kerlen, die um die Burgmauern schleichen?«

»Dann wirst du eben zum Hammel, du Bastard.« Der Berg kam einen Schritt näher. »Es kümmert mich nicht, dass die gottverfluchten Saraszenen das Heilige Land verlassen haben und in Irland gelandet sind.« Er kam noch einen Schritt näher.

»Es kümmert mich nicht, dass sie ihre Krummsäbel schärfen und dich angrinsen, du rottiges Miststück. Du gehst jetzt da raus.«

Mit seinen dicken Fingern packte Balffe den Mann an Gambeson und Kettenhemd und zerrte ihn auf Augenhöhe zu sich heran. »Du holst seine Leiche in die Burg, und zwar jetzt, oder ich werde dich an deinen Eiern aufhängen lassen.« Er schleuderte den Unglückseligen zu Boden und zeigte auf die anderen. »Du und du und du«, befahl er, »ihr geht mit ihm.«

Leise fluchend marschierten die gedungenen Freiwilligen die gewundene Treppe hinunter.

»Kommt mit«, wisperte Finian Senna ins Ohr.

Er packte sie am Handgelenk und zog sie in die Schatten des zinnenbewehrten Vorwerks, als die riesigen Fallgatter hochgezogen wurden. Knarrende Ketten rasselten, Hunde bellten.

Schließlich befand sich das Eisentor so weit oben, dass die vier Männer hindurchschlüpfen und den niedrigen Holzwall übersteigen konnten. Brummend und fluchend und unter den neugierigen Blicken der Männer oben auf dem Wehr gehorchten sie dem Befehl, sodass niemand – weder die Soldaten noch die Gaffer oben auf dem Turm – die zwei geduckten Gestalten sah, die hinter ihnen hinausglitten. Und sie entdeckten die von den Schatten verborgenen Gestalten auch dann nicht, als diese die Richtung änderten und in den zwar trockenen, aber trotzdem bemerkenswert stinkenden Verteidigungsgraben sprangen.

Senna spürte Finians Hand an ihrem Hinterkopf, spürte, wie er sie am abschüssigen Wall zu Boden drängte. Sie fiel flach auf den Bauch, er direkt auf ihren Körper, um sie zu bedecken.

»Pfffft«, stöhnte sie, als ihr die Luft aus den Lungen gepresst wurde.

»Still«, zischte er zurück.

»Nichts lieber als das, aber da Ihr auf mir liegt ...«

Er schob die Hand unter sie, ließ sie auf verwirrende Weise über ihren Körper gleiten, bis er schließlich Sennas Mund erreichte und ihn damit verschloss.

Senna lag reglos am Boden, als über ihnen die Soldaten versuchten, den toten Mann in die Burg zu zerren. Die vier Männer schnappten sich jeder ein Bein oder einen Arm und schleppten den Leichnam über den Wall in die Burg zurück. Wieder rasselten die schweren Ketten, und das Fallgatter kehrte an seinen Platz zurück. Stille senkte sich auf die Szenerie.

»Los, aufstehen! Bevor sie wieder wachsam sind.« Finian kniete zwischen ihren Beinen und betrachtete ihren Körper, der halb im Schmutz versunken war. Er zog sie heraus und drehte sie um.

Auf ihrem Gesicht lag eine dünne Schmutzschicht. Nase und Wangen waren gerötet und zerknittert. Sie war so verdreckt, dass ihre Tunika kaum vom Matsch zu unterscheiden war.

»Das war knapp«, flüsterte Senna.

Finian half ihr auf. »Ziemlich.«

Er schob sie, bis sie es über die Begrenzung des Grabens geschafft hatte. »Ich möchte nur darum bitten, dass ich das nächste Mal oben liege.«

Finian, der ein Bein bereits über die Begrenzung geschwungen hatte und sich mit den Armen abstützen wollte, erstarrte. Er grinste von einem Ohr zum anderen, als er sich hochstemmte.

»Wie Ihr wünscht, Engel.«

Als sie von der Burg wegkrochen, waren ihre Gestalten

nichts als winzige dunkle Flecken in einer noch dunkleren Landschaft. Finian führte sie zur Straße, und sie flohen in die Nacht hinein, bis sie in der weiten irischen Wildnis verschwunden waren.

Kapitel 12

Eine Stunde später machten sie eine kurze Rast an einem Seitenarm eines breiten, schnell dahinströmenden Flusses, der etwa fünfzig Schritt entfernt ein schmales, lang gezogenes Waldstück durchschnitt.

Finian hatte sich am Ufer hingekniet und schickte sich an, die Tunika abzulegen, als sein Blick auf Senna fiel. Sie stand reglos da und starrte ihn an.

»Ihr solltet Euch vielleicht wegdrehen, Mädchen«.

Senna wirbelte so schnell herum, dass ihr Zopf durch die Luft flog. Finian schaute sie einen Moment lang an, bevor er sich wieder dem Fluss zuwandte.

»Ich bin gleich fertig.«

»Nehmt Euch die Zeit, die Ihr braucht. Und Ihr seid nicht der erste Mann, den ich sehe«, fügte sie gereizt hinzu.

»Hmm.«

Finian zog die knielange Tunika aus, warf sie über den Felsbrocken neben sich und watete in den Bach. Dort kniete er sich hin und unterzog sich einer gründlichen Wäsche, wobei er den groben Flusssand dazu benutzte, sich den Gefängnisgestank aus den Poren zu reiben. Der Bach war eiskalt, und Finians Haut begann heiß zu prickeln. Er tauchte kurz den Kopf unter Wasser, und schüttelte sich danach wie ein Hund, sodass die Wassertröpfchen nur so spritzten. Mit der Hand wischte er sich das Haar aus der Stirn und drehte sich um.

Eine Tunika und ein Paar Beinlinge flogen ihm entgegen. Er wehrte die Kleidungsstücke ab und schaute zu Senna. Sie stand noch immer mit dem Rücken zu ihm, aber sie hielt den Kopf leicht ihm zugewandt.

»Bestimmt möchtet Ihr saubere Kleidung anziehen«, sagte sie, »und etwas, das englisch aussieht.«

»Ich danke Euch.«

»Leider habe ich nichts für das da.« Sie wies andeutungsweise auf seine Hüften.

Sogar im Mondlicht konnte Finian erkennen, dass ihre Wangen sich röteten. Und mehr musste er nicht erkennen, um zu wissen, dass diese Röte der Tatsache geschuldet war, sich nicht voll und ganz weggedreht zu haben – sie hatte ihn beobachtet.

Finian zog sich die Tunika über den Kopf. Nachdem er die Beinlinge angezogen und befestigt hatte, drehte sie sich um, wich seinem Blick aber aus.

»Sind wir endlich bereit?«, fragte sie gebieterisch.

»Ich bin immer bereit, Senna. Warum legt Ihr nicht Eure Tunika ab?«

Ihr stand der Mund offen. Alles an ihr glänzte im Mondlicht. Ihre großen, hellen Augen, die Unterlippe, die sie mit der Zunge befeuchtete. Der lange, kastanienbraune Zopf, aus dem sich widerspenstige Löckchen gelöst hatten.

»M... meine Tunika?«

Er trat näher. »Tragt Ihr Beinlinge darunter? Und ein kurzes Hemd? Aye. Dann runter damit.«

Wieder schoss Senna die Röte so hell in die Wangen, dass es ihm trotz des nächtlichen Dunkels nicht verborgen blieb, aber sie zog sich die Kleidung schon über den Kopf und schnaubte ein paar unverständliche Worte, als sie unter den Falten stecken blieb. Er nahm ihr die Tunika ab und warf sie neben seine, die auf dem Felsen am Flussufer lag.

Er ließ den Blick rasch von Kopf bis Fuß über sie schweifen – es war unmöglich, es nicht zu tun, wenn die Strümpfe sich so eng an ihre Beine schmiegten –, bevor er sich abwandte und das Gepäck schulterte. Aber in der Zeit, die er brauchte, sie anzusehen, hörte er, dass ihren halb geöffneten Lippen ein kleines Seufzen entwich.

»Dann lasst uns gehen«, sagte er.

Senna war sich ihrer roten Wangen bewusst, als sie auf den Weg zurückkehrten, den sie in der vergangenen Stunde entlangmarschiert waren.

»Hier entlang, Senna«, rief Finian leise und wandte sich in die Richtung, aus der sie gekommen waren.

Steine knirschten leise unter ihren Füßen, als sie sich umdrehte. »Den Weg zurück? Warum?«

»Ich habe vor, unsere Verfolger auf eine falsche Fährte zu locken.« Er rieb sich den Nacken. »Vor uns liegt noch eine weite Strecke, Mädchen, und ich habe nicht die Zeit, es Euch ausführlich zu erklären.«

Ungeduldig ging sie zu ihm. »Dann marschieren wir los. Könnt Ihr nicht reden und gleichzeitig marschieren?«

Er blickte kühl auf sie herab. »Nicht so gut wie Ihr.«

Während sie am Bach entlang zurückgingen, teilte Finian Senna in knappen Worten mit, was sie in den kommenden Tagen erwartete. »Wir müssen zwei Flüsse überqueren ...«

»Einen Fluss?« Senna klang zutiefst erschrocken.

»Zwei.«

»Zwei Flüsse?«, wiederholte sie fragend, als wären seine Worte nicht deutlich genug gewesen.

»Und durch eine Stadt und ...«

»Freundlich gesonnen?«

»Feindlich.«

»*Feindlich?*«

»Und dann meilenweit über offenes Land, bevor wir in Sicherheit sind.«

Schweigend lief sie neben ihm her und schien zu überlegen,

worauf sie sich in diesem Moment am meisten konzentrieren sollte. »Ihr meint Dublin«, sagte sie schließlich. »Wir schlagen uns nach Dublin durch.«

Er brummte. Nein, Dublin hatte er nicht gemeint.

Sondern Hutton's Leap. Das war jetzt am wichtigsten: in das Städtchen Hutton's Leap zu gelangen, bevor Rardove herausfand, was die Iren im Schilde führten, und sich auf den Weg dorthin machte.

Die Mission war von Anfang an zweigeteilt gewesen. Finians Aufgabe lautete, herauszufinden, wie viel Rardove wusste und zudem den riskanten Versuch zu wagen, ihn abzulenken. Zeitgleich war ein anderer Krieger nach Hutton's Leap geschickt worden, um das begehrte Buch an sich zu bringen, in dem die Geheimnisse der Wishmés niedergeschrieben standen.

Wie Finian wusste, war dieser Krieger auf Geheiß Rardoves getötet und dessen Kopf in einer Truhe an The O'Fáil gesandt worden.

Doch es war keine Zeit für Trauer oder Wut. *Konzentriere dich auf die Mission.* Jemand musste das Buch mit den Färberezepturen an sich bringen, bevor es in die falschen Hände fiel. In Rardoves Hände.

Finian war der Einzige, der wusste, dass der zweite Krieger seine Aufgabe nicht hatte erfüllen können. Aus diesem Grunde war nun alles zu *seiner* Mission geworden.

Von all dem ahnte Senna natürlich nichts; ihr war nicht einmal bewusst, dass sie sich überhaupt auf einer *Mission* befanden.

»Ist das … ist das einer der beiden Flüsse?«, fragte sie zögernd.

Sie zeigte auf den kargen Baumbestand, der den Bachlauf von dem reißenden Hauptgewässer trennte, das vielleicht vierzig Schritt entfernt war. Das Fleckchen Erde, auf dem sie sich befanden, wurde zum Fluss hin schmaler und war schließlich nicht mehr als eine Landzunge in dem reißenden Gewässer.

»Aye. Das ist einer.«

»Und wie breit ist der Fl ... *was war das?*«

Ein leises Heulen schwang durch die Luft, so als ob die Nacht sich selbst heimsuchte. Gleich darauf drang noch ein Heulen durch die Dunkelheit. Es klang klagend und traurig. Mit schreckgeweiteten Augen schaute Senna Finian an.

»Ein Wolf«, erklärte er.

»In England haben wir nicht mehr viele«, wisperte sie.

Wieder heulte es gedämpft. Senna stolperte und wich zurück, bis sie mit dem Rücken gegen seine Brust stieß. Es war eine verwirrend aufwühlende Berührung. Und es überraschte Finian, dass eine so unbewusste Bewegung eine solche Sinnlichkeit wecken konnte. »Sind sie sehr nah?«

»Aye.« Zwar war es schwierig, aus gewisperten Worten Panik herauszuhören, aber Finian war sich ziemlich sicher, dass ihre Stimme verräterisch gezittert hatte. »Seid Ihr bereit weiterzugehen, kleine Lady?«

»Ja, ich glaube schon.«

Sie sprachen nicht viel, als sie auf ihren Spuren zurück zum Ufer des *Bhean's* River gingen. Fluss der Frauen. Der Name passte gut, denn der Fluss war wild und atemberaubend in seiner Schönheit und in seinem Grimm. Gefährlich. Mit bösen Strudeln. Tief und von mitreißender Kraft.

Es war Herbst, und der Sommer war trocken gewesen. Während die Bauern voller Klage darüber waren, dankte Finian heute Nacht allen alten wie neuen Göttern, die ihm in den Sinn kamen, von ganzem Herzen für dieses Geschenk. Denn es bedeutete, dass sie den Fluss überqueren konnten, ohne die Brücke an *Bhean's* Crossing benutzen zu müssen, die nur eine halbe Meile von Rardoves Burg entfernt war.

Trotzdem war der *Bhean* immer noch tief genug, um größte Vorsicht walten zu lassen. Tief genug, um darin zu ertrinken. Besonders dann, wenn man sich den Schädel stieß. Falls er auf einem der Felsen ausglitt und stürzte. Oder sie.

Am Ufer blieb Finian stehen. Der Mond schien hell. »Wie gut seid Ihr im Klettern, Senna?«

Sie wusste nicht, was er meinte, bis ihr Blick seinem ausgestreckten Finger folgte. Dann begriff sie auf Anhieb und reagierte panisch. Wie Trittsteine ragten in unregelmäßigen Abständen gezackte Felsen verschiedener Größe aus dem Wasser.

»Finian. Das kann nicht Euer Ernst sein.« Sie musterte ihn misstrauisch. Schaute wieder auf den Fluss. »Ihr wollt, dass wir über die Felsen klettern? Über *diese* Felsen?«

An seiner ursprünglichen Frage hatte sich zwar nichts geändert, aber aus ihrer Stimme sprach schierer Unglaube. »Finian, wie stellt Ihr Euch das vor, manche stehen so weit auseinander, wie ich groß bin. Die Kraft, die erforderlich ist ...« Sie brach ab. »Und die Strömung ...«, wieder brach sie ab und ließ den Blick über den reißenden Fluss schweifen.

Sie versucht vermutlich, die Strömung und die Abstände abzuschätzen, dachte er.

»Falls Eure Angst zu groß ist, Senna ...«

»Ich habe keine Angst«, schnappte sie, »ich habe niemals Angst. Ich ... ich versuche nur, es mir vorzustellen.«

»Ah.« Er hielt den Atem an. Was, wenn sie sagt, dass sie es nicht schafft ...

Sie hob das Kinn. »Ich schaffe es«, sagte sie mit fester Stimme. »Ich bin es gewohnt, auf Felsen herumzuklettern, müsst Ihr wissen.«

Er lächelte, als er eine leichte Wärme in sich spürte.

»Das wusste ich nicht, Senna«, murmelte er, »aber es freut mich zu hören. Und jetzt tut Ihr genau das, was ich tue.«

Finian sprang auf den Felsen, der dicht am Ufer aus dem Fluss ragte. Er war flach und hatte eine ebene Oberfläche. Rasch sprang er auf den nächsten, keine zwei Fuß entfernt, und drehte sich um. »Und jetzt Ihr, Senna.«

Sie schloss die Augen und sprang. Finian hob protestierend die Hand, aber sie war schon gelandet. Mit gebeugten Knien. Sie öffnete die Augen und sah ihn triumphierend an.

»Gut gemacht«, lobte er und schenkte ihr genau das passende Maß Anerkennung, nach dem ihr selbstzufriedenes Ich-bin-noch-nie-auf-einen-Fels-geklettert-Lächeln verlangte. »Aber tut das nie wieder. Die Augen bleiben offen. Immer.«

Er wandte sich dem nächsten Felsen zu. Fünfzehn. Fünfzehn, die noch überquert werden mussten. Nicht unbedingt viele, aber sie wurden höher, steiler und zerklüfteter, je weiter sie vorankamen. Der letzte Felsen schließlich erhob sich wie eine gepanzerter Schildwache vor dem westlichen Ufer.

»Es sieht aus, als würden sie größer werden, je weiter wir uns dem Ufer nähern«, bemerkte sie plötzlich.

»Nein, ganz und gar nicht. Das liegt am Mondlicht. Es täuscht die Sinne.«

»Oh.«

Finian stieß sich ab und sprang auf den nächsten Felsen, der nicht besonders weit entfernt lag, aber wie ein Dach steil abfallende Oberflächen aufwies. Gekonnt landete er mit einem Fuß auf jeder Seite des Grats und streckte balancierend die Arme aus. Er spürte jeden einzelnen angespannten Muskel in den Beinen und im Rücken, als er das Gleichgewicht hielt. Tief und langsam atmete Finian aus und sprang noch einmal, um den Felsen für Senna freizugeben.

Trotz des rauschenden Wassers hörte er hinter sich ein leises Geräusch. Ein flüsternd gesprochenes Gebet. »Bitte, lieber Gott.«

Er drehte sich in genau dem Moment um, in dem Senna sprang. Einen Moment lang schwebte sie in der Luft. Sie hatte die Beine angezogen, so als wollte sie durch die Luft laufen, und landete mit einem geräuschvollen Plumps und angewinkelten Knien auf dem Felsen, sodass die Füße beidseits des aufragenden Grats auf der Fläche standen.

Finian und Senna befanden sich auf jeweils einem Stein. Im Mondlicht begegneten sich ihre Blicke. Finian nickte entschlossen. Senna keuchte ein wenig, sei es vor Angst oder aus Erschöpfung oder wegen beidem, aber sie lächelte zaghaft. Fast so, als wolle sie *ihn* ermutigen.

Er zog die Mundwinkel hoch. Und wandte sich dem nächsten Felsen zu.

Und so sprangen sie von Felsen zu Felsen, glitten und flogen sie über den *Bhean's* River. Bis zum letzten Stein.

Dieser Fels war gut vier Fuß entfernt und vielleicht einen Fuß höher als der, auf dem Finian stand. Um auf ihm zu landen, brauchten sie Anlauf. Für den kein Raum war.

»Kommt, Senna.« Er deutete mit der Hand auf den Platz, den er frei gemacht hatte, damit sie auf den Fels springen konnte, auf dem er stand. Als sie neben ihm aufkam, ergriff er ihre Hand und zog sie eng zu sich.

Im Mondlicht strömte der Fluss unter ihnen dahin wie eine graue Schlange. Auf jeder Seite des Wassers erstreckte sich das flache Land. Im Westen warteten die Gefahren der öffentlichen Straße, des *King's Highways*, aber jenseits davon wellten sich die sanften Hügel, die Finian seit seiner Kindheit kannte. Im Osten erstreckte sich das Land, das den Engländern gehörte, nach Norden Rardoves Territorium. Und vier Fuß von ihnen ragte der größte Fels im *Bhean's* River vor ihnen auf.

Sogar im Mondlicht konnte Finian sehen, dass Senna blass geworden war. »Meint Ihr, Ihr schafft den Sprung?«

»Natürlich.«

»Senna.«

Sie wollte protestieren, schüttelte dann aber langsam den Kopf. Das Mondlicht ließ ihre Augen silbrig glitzern. »Ich weiß es nicht, Finian. Der Abstand ist sehr groß. Ich kann es nicht garantieren.«

Er nickte. »Dann werde ich Euch werfen.«

Ihr stand der Mund offen. »Was?«

»Oder fällt Euch etwas Besseres ein?«, fragte er scharf.

»Ich . . .« Sie schüttelte den Kopf. »Nein.«

Finian zögerte nicht. Er schob den Fuß hinter sie, stellte sich seitlich und schaute Senna an. Sie zitterte. Kleine Atemwölkchen standen ihr vor dem Mund. Finian spreizte die Beine weit auseinander, ging in die Hocke und griff mit einer Hand unter ihren Arm. Die andere schob er zwischen ihre Schenkel bis hoch an ihren Schritt.

»Versucht nicht, mich zu unterstützen«, befahl er, »stoßt Euch nicht ab. Bewegt Euch nicht. Sorgt nur dafür, dass Ihr auf den Füßen landet. Aye?«

Ihre Gesichtszüge waren wie erstarrt. »Aye.«

»Bereit, kleine Lady?«

»Ja, Finian«, wisperte sie, »ich bin bereit.«

Finian konzentrierte sich, spannte seine erschöpften Muskeln an und schleuderte Senna über den reißenden Fluss hinweg auf den großen Felsblock.

Kapitel 13

Senna konnte nicht anders. Sie stieß sich ebenfalls ab. Vielleicht führte das dazu, dass sie leicht aus der Bahn geriet, in der Finian sie hatte werfen wollen. Woran auch immer es lag – sie prallte mit dem Oberkörper auf den Felsen. Abgesehen davon, dass die Landung hart und schmerzvoll war, verfehlte sie die Mitte der Oberfläche und klebte stattdessen wie eine Fliege an einer Mauer an der steil abfallenden Felswand.

Die Wange gegen den Stein gepresst, klammerte sie sich an den Fels. Mit ihrer gesunden Hand suchte sie verzweifelt nach jedem noch so kleinen Felszacken. Davon fand sie jede Menge, allesamt messerscharf. Mit ihren verletzten Fingern konnte sie sich nicht halten, und fast schien es, als würde es ihr die Kraft aus den gesunden Fingern saugen, wenn sie es versuchte.

Aber ihr Blut. Das Blut rauschte ihr heiß und wild durch die Adern. Alles, was aus ihr herausdrängte – Atem, Anstrengung, Flüche – war heiß und keuchte wütend, als sie alle Kraft zusammennahm und am Stein hochkletterte.

Sie schob sich auf die Spitze und blieb wie leblos liegen. Ihre Arme und Beine brannten wie Feuer, die Knie waren geprellt und die Haut zerfetzt, die Muskeln in ihren Armen schienen zu schreien, die Lungen zu brennen. Einen Moment lang blieb sie liegen, spürte den kühlen Stein an ihrer heißen Wange. Dann stieß sie sich hoch, stützte sich auf die Ellbogen und schaute über die Schulter.

Finian hatte sich hingehockt. Die Fingerspitzen stützte er zwischen den Knien auf den Stein, und sein Oberkörper wiegte nach vorn, als er sie anstarrte und stumm die Lippen bewegte.

101

»Netter Wurf«, rief sie gerade so laut, dass sie das Rauschen des Flusses übertönte.

Er senkte den Kopf, sodass sie sein Gesicht einen Moment lang nicht sehen konnte. Mit der breiten Hand wischte er sich über das Gesicht, bevor er aufstand und den Kopf schüttelte.

»Hättet Ihr Euch nicht abgestoßen, wie ich es Euch befohlen habe ...«

»Oh, allerdings. Es ist mein Fehler.«

Sie starrten einander an. Finians Mundwinkel verzog sich zu einem Grinsen. »Senna, geht von diesem verdammten Stein herunter.«

Sie trat zur Seite.

»Runter, habe ich gesagt.«

»Aber ...«

»Ich will, dass Ihr ans Ufer geht«, befahl er mit scharfer Stimme. Es war das erste Mal, dass er so hart mit ihr sprach. »Ans Ufer. Ich will, dass Ihr festen Boden unter den Füßen habt. Dass Ihr sicher seid.«

Der feste Boden, auf dem sie in Sicherheit wäre, befand sich etwa viereinhalb Meter unter ihr. Genau genommen war es noch nicht einmal fester Boden; es war Wasser, zwar flach, aber immer noch reißend. »Es ist schrecklich tief ...«

»Wenn ich Euch stoße, wird es Euch noch tiefer vorkommen. Solange Ihr dort steht, kann ich nicht springen. Es ist kein Platz. Auf der anderen Seite gibt es Stellen, an denen man sich festhalten kann. Und Einkerbungen. Nutzt sie. Los jetzt.«

Senna gehorchte. Störrische Ranken aus Unkraut und Wurzelwerk kratzten ihr über die Wange, als sie an dem kantigen Fels, der nach unten hin breiter wurde, hinunterglitt und die zahlreichen Tritte und Griffe nutzte, die Finian ihr angekündigt hatte; trotzdem richtete sie ihre gesamte Aufmerksamkeit darauf zu lauschen, ob Finian im Wasser oder auf dem Felsen landete.

Sie spürte festeren Boden und fühlte sich trittsicherer. In dem Moment, in dem sie hochschaute, tauchte Finians Gesicht über der Kante auf. Sie lächelte, als sie sein langes schwarzes Haar sah, das ihm ins Gesicht fiel.

»Geht.« Mehr sagte er nicht.

Geht. Als ob er ihr das sagen musste. Die schwindelerregende Wahrheit – das Eingeständnis – wirbelte durch ihren Bauch wie ein kleiner Wirbelsturm. Denn in ihrem ganzen Leben hatte sie nichts anderes gewollt als zu *gehen*. Irgendwohin. Wohin auch immer. Nur nicht nach Hause, wo sie die Welt vor den kostspieligen Bleiglasfenstern vorbeiziehen sah. Wo sie allein war mit den Dienern und den Rechnungsbüchern. Und sie sich fühlte, als würde sie innerlich sterben.

In meinen Gebeten sollte ich mich mahnen, dass es wichtig ist, vorsichtig zu sein, dachte Senna, als sie den Felsen hinunterkrabbelte, die Füße behutsam setzte und die gesunde Hand nutzte, wann immer es möglich war – denn die Aufregung hatte sie wieder gepackt: Zusammen mit einem irischen Rebellen war sie auf der Flucht, rannte sie um ihr Leben, in der Wildnis, jenseits alles Erlaubten, fern jeder Rettung, jeder Sicherheit, jeder Zukunft, die sie sich erträumt hatte.

Die Trittstellen im Felsen hörten auf, und Senna musste ins flache Wasser springen. Rasch watete sie an das sichere Ufer. Kurz darauf sprang auch Finian ins Wasser und folgte ihr.

Er hielt inne und zog die Brauen zusammen, dann presste er eine Hand auf seine Rippen und biss die Zähne zusammen. Senna wartete schweigend und unterdrückte die Panik, die kurz in ihr aufstieg. Offensichtlich hatte er sich verletzt, vielleicht sogar ernsthaft. Wie sollten sie es schaffen, wenn . . . Wie sollte er die Kraft finden . . . ?

Finian richtete sich auf. Jede Vermutung, er könnte sich verletzt haben, schwand angesichts seiner unglaublichen Männlichkeit. Eine feste, muskulöse Brust, die Muskulatur der Arme wohlgeformt und wie geschliffen, Beine, die vor sehniger Kraft nur so strotzten. Er war der Inbegriff rauer Männlichkeit. Aber am längsten weilte ihr Blick auf seinem Gesicht, auf den feinen Konturen, die im Mondlicht noch anziehender aussahen als sonst. Und gefährlich.

Finian schaute über das Land und plante die nächsten Schritte. Für einen kurzen Moment glitt sein Blick auch über ihr Gesicht, erst unbemerkt und flüchtig, dann für länger. Er lächelte leicht, aber hinter diesem sanften Lächeln erkannte Senna eiserne Unnachgiebigkeit.

»Das habt Ihr gut gemacht, Senna.«

Es war zwar albern, aber sie freute sich trotzdem. Überschäumend wie der kleine Bach hinter dem Haus, das ihr Heim war. »Ihr wart aber auch nicht schlecht, Ire.«

In der Tat, das war er nicht. Das dunkle Haar fiel ihm über die Wange und rahmte das lässige Lächeln, das er ihr zuwarf. Einen Moment lang verdrängte das verschmitzte, verführerische Aufblitzen die Unnachgiebigkeit aus seinem Blick. »Senna, bisher habt Ihr nichts gesehen, worin ich wirklich gut bin.«

Die Hitze schoss ihr in die Wangen. »Nun«, gab sie zurück, »ich weiß, dass es sich nicht darum handeln kann, Frauen über einen Fluss zu schleudern.«

In ihrem Bauch schien es wieder zu flattern. Und wieder entfachte sein Blick die Glut in ihrem Unterleib.

»Heute Nacht müssen wir es bis zum King's Highway und weit genug in die Hügel auf der anderen Seite schaffen«, erklärte er.

»Den King's Highway überqueren? Das scheint nicht sehr klug zu sein.«

»Ist es auch nicht«, bestätigte er, während sie auf den Wald zugingen.

»Es klingt gefährlich.«

»Ist es auch.«

Senna stellte sich Rardoves Wut vor, wenn er bemerkte, dass sie verschwunden war. War es möglich, dass Balffe es bereits entdeckt hatte? Und wenn es sich so verhielt, würden seine Leute dann nicht auf direktem Weg zum Highway galoppieren, um so schnell wie möglich nach Dublin zu kommen, genauso wie sie es auch vorhatte?

»Gibt es noch einen anderen Weg?«

Finian wich einem Strauch aus. »Nein, Senna. Es gibt keinen anderen Weg. Entweder vor oder zurück. Dazwischen ist nichts.«

Kapitel 14

Am Rande des King's Highway duckten sie sich tief auf den Boden. Eine Brise raschelte leise und besänftigend durch die Baumkronen. Finian und Senna streckten sich nebeneinander auf dem Bauch aus und nahmen den schmalen, von Steinen, Matschlöchern und Pfützen übersäten Weg in Augenschein, der die Hauptverbindung zwischen dem Norden und Dublin darstellte.

»Die Schönheit des King's Highway wird oft überschätzt«, stellte Senna fest.

»Das ist meistens so, wenn die Engländer etwas sagen oder tun.« Finian robbte auf den Ellbogen nach vorn. »Der Weg ist frei. Wir können gehen.«

In gebückter Haltung überquerten sie die Straße. Der Highway war knapp so breit, dass zwei Wagen aneinander vorbeipassten, und er verlief schnurgerade. Daher waren sie für jedermann leicht zu sehen. Ein paar hundert Schritte entfernt auf der anderen Seite befand sich außerdem eine Hügelkette. Unter Umständen verbarg sich dort jemand mit Pfeil und Bogen. Aber sie hatten keine Wahl, sie mussten den Highway überqueren.

»Warum eigentlich?«, fragte Senna, als sie in Sicherheit waren und einen der Hügel auf einem steilen und beinahe unsichtbaren Pfad erklommen, den Finian entdeckt hatte. »Warum mussten wir den Highway überqueren? Wir hätten doch östlich bleiben und in südlicher Richtung nach Dublin fliehen können. Wir sind doch auf dem Weg nach Dublin, oder?«, fügte sie hinzu, nachdem er eine Weile geschwiegen hatte.

Finian antwortete immer noch nicht. Der Hügel war lang

und steil, und da der Aufstieg Senna viel Kraft kostete, war es ihr recht, dass das Gespräch stockte.

Sie gingen rasch voran, duckten sich unter tief hängenden Zweigen hindurch, die seit vielleicht hundert Jahren schon mit Moos überzogen waren. Silbriges Licht streifte durch die gefiederartigen Finger des Geästs und ließ die Welt in grüngrauem Licht erglimmen. Es roch frisch.

Schließlich hatten sie den Kamm des Hügels erklommen. Der Pfad, der so schmal gewesen war, dass sie nicht nebeneinander gehen konnten, endete. Senna blieb stehen, beugte sich vor und atmete schwer. Finian hinter ihr atmete ebenfalls ein wenig angestrengter als sonst. Aber wirklich nur ein wenig.

Als Senna sich umdrehte, stand er aufrecht da und betrachtete die Straße unter ihnen. Seine Silhouette strahlte unbändige Kraft aus. Im Mondlicht sah sein Körper aus wie aus einem Felsen gehauen. Das schwarze Haar floss ihm über die Schultern. Ungeduldig schob er es hinter das Ohr und legte die dunklen Konturen des kantigen Kinns frei. Über seiner linken Schulter konnte sie den dicken Griff seines Schwertes aufragen sehen.

»Bereit, Senna?«

Sie richtete sich auf und nickte, obwohl eine Stunde Rast auch nicht falsch gewesen wäre. Denn es trieb einen Menschen nicht unbedingt an den Rand der körperlichen Erschöpfung, die Rechnungsbücher auf dem Tisch des Kopisten zu kontrollieren. Immerhin ging sie manchmal zum Fischen oder machte einen Ausritt, und natürlich war sie jeden Tag ...

»Senna?«

Aber das Leben als Händlerin hatte sie nicht unbedingt auf tollwütige Barone, reißende Flüsse oder nächtliche Fluchten über fremde Grenzen vorbereitet.

Es geschah nur selten, dass sie sich in einer Lage wiederfand, in der sie sich nicht zu helfen wusste. Oder auf die sie keine Antwort hatte, die mit Tinte niedergeschrieben oder in genauen Kolonnen zusammengezählt werden konnte, bestätigt und signiert von Zeugen, die Gewähr und Sicherheit leisteten, dass niemand etwas wegnehmen ...

Warme Finger schlossen sich um ihr Kinn. »Senna?« Er neigte das Gesicht zu ihr und musterte sie aufmerksam. »Seid Ihr noch bei uns?«

Das Gefühl seiner Finger, die so stark und fest, so zupackend und wirklich waren, gaben ihr wieder Ruhe. Sie nickte; er nickte ebenfalls und ließ die Hand sinken. Dort, wo er ihr Kinn berührt hatte, fühlte es sich kalt an.

»Dann also weiter, Engel. Nur voran. Ein langer Weg liegt noch vor uns.«

Sie setzte sich in Marsch. »Nach Dublin? Wie weit zu gehen ist es bis Dublin? Es kann sein, dass ich es nicht ganz begreife, Finian, aber wir scheinen nach Westen gegangen zu sein, nicht östlich und dann nach Süden.«

»*Baile Átha Cliath.*«

Sie hielt inne. »Nach Westen.«

»*Baile Átha Cliath.* Geht weiter.«

»Was soll das bedeuten?«, fragte Senna, nachdem sie versucht hatte, seine Worte zu ergründen. Was ihr nicht gelang, aber erstens fühlte sie sich nicht ernst genommen – mit einem Bruder aufzuwachsen verschaffte genügend Erfahrung, zu wissen, wann jemand sein Spiel mit ihr trieb – und zweitens sprach Finian Irisch. Die leise gesprochenen Silben klangen sehr fremd und beschwörend, so als ob er eine Zauberformel sang oder Verwünschungen murmelte.

»Es heißt Dublin«, entgegnete er kurz.

»Bally cle... cle...« Über die Schulter schaute sie ihn ärgerlich an, obwohl ihr klar war, dass man eine Schwäche wie Ärger besser nicht zeigte – auch das gehörte zu den Erfahrungen, die man als Schwester eines Bruders machte, selbst wenn man die Ältere war. »Warum nennt Ihr die Stadt nicht einfach bei ihrem Namen?«

»Das ist ihr Name. Die Männer aus dem Norden haben sie Dublin genannt. Und auch die frechen Sachsen. Aber ihr Name ist Baile Áthe Cliath.«

Keine Wikinger. Keine fremden Engländer. Iren.

Wieder blickte Senna über die Schulter. Er wirkte nicht erzürnt oder weniger unerschütterlich als zuvor, denn er schritt so gleichmäßig voran wie immer und passte sich offenbar ihrem Schritt an. Und es schien ihn kaum anzustrengen. Er fing ihren Blick auf.

Sie schaute nach vorn. »Oh.«

Der Baumbewuchs zu ihrer Linken wurde lichter. Sie konnte die Straße erkennen, die sich unter ihnen silbrig unter den Wipfeln wand und sich an den Hügel schmiegte. »Und, nein«, murmelte er rau in das Schweigen hinein.

Der Pfad war beunruhigend eng geworden, sodass Senna sich diesmal nicht umschaute. »Was nein?«, fragte sie.

»Eure Frage, Senna. Nein, das ist nicht der Weg nach Dublin.«

Sie blieb so abrupt stehen, dass er ihr in die Fersen stieß. »Was?«, wisperte sie so laut, dass es beinahe schrill klang. Sie versuchte, sich auf dem schmalen Pfad nach Finian umzudrehen. »Ihr habt versprochen, mich nach Dublin zu bringen.«

»Das habe ich Euch nie versprochen, Mädchen.«

Sie blickte über die Schulter. Seine Brust war nur wenige Zoll von ihr entfernt, und sie überlegte kurz, ihn mit dem Ellbogen den Hügel hinunterzustoßen. »Doch, das habt Ihr!«

»Das habe ich nicht. Beruhigt Euch!«, fügte er leise hinzu.

Senna starrte ihn an und glaubte, vor Wut beinahe zusammenzubrechen. Aber sie war ruhig. Ruhig und wütend. Geradezu leidenschaftlich ruhig.

»Ich werde ruhig sein, sobald Ihr ...«

Finians Hand schoss vor, schloss sich über ihrem Mund und brachte sie zum Schweigen.

»Reiter«, stieß er kaum hörbar aus.

Senna war höchst konzentriert. Die bleischweren, erschöpften Gliedmaßen waren ihr plötzlich ebenso wenig bewusst wie ihre verzweifelte Lage oder die Angst, die sich wie die Spitze eines Messers den Weg bis hoch zu ihrem Nacken gebahnt hatte. Noch nicht einmal der Reiter etwa vierzig Fuß weiter unten auf der Straße war sie sich besonders bewusst. Nein, sie bemerkte nur Finian, nichts anderes als ihn.

Seine Finger schlossen sich sanft über ihre Lippen. Das Handgelenk war seitlich an ihrem Nacken. Seine Oberschenkel dicht hinter ihren pressten sich heiß an die Rückseite ihrer Beine.

Sie atmete tief ein, sog seinen Duft in sich, den Fluss und die Wildnis, Steine und Pinien.

»Finian?«, nuschelte sie gegen seine Hand.

»Könnt Ihr nicht mal einen Wimpernschlag lang den Mund halten?«, wisperte er zurück, aber die Worte waren nichts als ein Atemhauch und sein Kiefer ein Streifen Hitze neben ihrem Ohr. Ihr Rücken und ihr Hintern hatten sich an ihm gewärmt. Weit unten auf der Straße konnte sie die Männer hören, gedämpfte Stimmen und scharrende Hufe.

Reiter? Na und? Viel wichtiger war doch die Antwort auf die Frage, wie dieser Mann eigentlich schmeckte?

Senna zitterte, vor Angst, natürlich, aber mehr noch wegen der Kraft dieses neuen, verwegenen Verlangens. Die Wurzel des Übels, dem ihre Mutter erlegen war. Jahrelang in Zaum gehalten, jahrelang beherrscht durch die Beschäftigung mit ihren Büchern und ihrem Handel, sollte *jetzt* freigelassen werden? Jetzt, während sie sich auf der Flucht vor einem Wahnsinnigen befand? Doch es war stark und mitreißend, und es entsetzte sie.

Finian musste gespürt haben, dass sie zitterte. Die Hand auf ihrem Mund glitt auf ihre Wange, der Daumen strich sanft über ihren Kiefer. Seine andere Hand fuhr ihren Rücken hinauf und blieb warm zwischen den Schulterblättern liegen. Sie zitterte, und das gewiss nicht vor Angst.

»Kein Grund zur Angst, kleine Lady«, murmelte er, »das sind nur ein Bote und sein Begleiter. Sie suchen uns nicht. Wir müssen nichts tun, als sie passieren zu lassen.«

Ich muss nur eins tun: dich schmecken.

Bei dem Gedanken zuckte Senna zusammen. Nein, es war nicht nur ein Gedanke, es war ein Drängen, das mit jedem Herzschlag tiefer irgendwo in ihrem Innern pulsierte.

Er brachte den Mund an ihr Ohr. »Ganz ruhig, Senna.« Sein Daumen strich über ihre Wange, als wollte er ein wildes Tier besänftigen. Er stand hinter ihr und sie spürte seine Hitze. »Ganz ruhig.«

»Hört auf, mich zu berühren«, flehte sie kaum hörbar.

Der Daumen rührte sich nicht mehr. »Was?«

»Küsst mich.«

Sein Körper erstarrte.

Oh bitte, lieber Gott, erlöse mich … aber es war zu spät. Sein Körper war zu heiß. Senna hatte die Grenze überschritten.

»Was habt Ihr gesagt?« Seine Stimme klang tief und männlich.

Ihr Herz begann wie verrückt zu pochen, und ihre Stimmen

waren so leise, dass der sanfte Wind sie fast übertönte. Die Anwesenheit der Reiter unten auf dem Highway schien sowohl sie als auch ihn gelähmt zu haben. Keiner wagte einen Schritt. Doch in wenigen Augenblicken konnte bereits alles vorbei sein. Und Senna verlangte nicht mehr als nur seine Berührung.

Und wenn ich sterben sollte, beschloss sie plötzlich, dann wird das nicht geschehen, ohne dass ich die Berührung dieses Iren gespürt habe.

Senna nahm seine Hand und hob sie an ihre Lippen. Sie schloss die Augen und spielte mit der Spitze ihrer Zunge über seine Fingerspitzen.

Er zuckte so leicht zusammen, als würde ein Windhauch über Wellen gleiten. Sie spürte, wie jeder Muskel in seinem Körper sich regte, sehr genau, sehr entschlossen. Er fuhr mit dem Daumen über ihre geöffneten Lippen. Sie atmete in kleinen Stößen.

»Habt Ihr mir befohlen, Euch zu küssen, Senna?«

»Das habe ich.« Ihre Stimme zitterte.

»Warum?«

»Weil«, flüsterte sie, »weil ich nicht die Dinge vermissen möchte, die ich in diesem Moment vermisse, falls ich sterben muss.«

Pause. »Dann ist es also ein Kuss, was Ihr in diesem Moment vermisst?«

Sie nickte.

Die Zeit schien für einen Moment stillzustehen. Dann umfasste er ihren Hinterkopf und drehte sie zu sich. Sein Blick war unlesbar, es gab keine Spur eines Lächelns. Aber irgendetwas anderes lag darin, und das war dunkel und männlich.

Jedes Mal, wenn sie einatmete, waren ihre Atemzüge kurz und abgehackt. Jedes Mal, wenn sie ausatmete, waren ihre

Atemzüge lang und bedächtig und heiß. Sie fühlte sich wie betäubt. Er neigte sich zu ihr.

Senna spürte seinen warmen Atem auf der Wange. Weiche Küsse tanzten spielerisch über ihre Wangen, über ihre Lider. Sie seufzte, und er verstärkte den Griff um ihren Hinterkopf ganz sanft, so als wollte er sie festhalten. Die andere Hand legte er an ihre Wange, als er schließlich die Lippen auf ihre senkte, federleicht, und er sie zu mahnen schien: *Vergiss nicht, dass du eine Frau bist.*

Finian beugte sich tiefer und knabberte an ihrer Unterlippe, und Senna öffnete die Lippen für ihn. In einem einzigen heißen Stoß glitt seine Zunge in ihren Mund. Das Verlangen vibrierte entfesselt zwischen ihren Beinen.

Er zog sich zurück. »Hattet Ihr es Euch ungefähr so vorgestellt?«, flüsterte er dicht an ihrem Haar.

Unten auf der Straße ritten die Reiter an ihnen vorbei. Finian sagte nichts. Senna hörte nichts. Stattdessen lehnte sie sich weit vor und strich mit dem Mund über seine warmen, vollen Lippen. Er atmete vorsichtig aus. Das gefiel ihr.

Sie strich mit der Zunge über seine Lippen. Wieder entfuhr ihm ein tiefes, männliches Stöhnen. Ihr Körper zitterte. Sie suchte einen festen Stand und schmeckte ihn, bis sie spürte, wie seine Zungenspitze sie forderte. Mit einem verwegenen Stoß glitt ihre Zunge in seinen heißen Mund.

Sie berührten sich blitzartig, die Zungen wirbelten, dann zog sie sich zurück und war kaum in der Lage, zu atmen. »Oh«, wisperte sie ihm keuchend und erhitzt ins Ohr.

Das Wort war wie ein Hauch aus ihrem Mund. Aber Finian hörte es sehr wohl. Er spürte den warmen, süßen Atem an seinen Wangen, spürte, wie er über sein Ohr strich. Er bewegte sich unruhig, als die Härte zwischen seinen Beinen noch härter wurde.

113

Seine Mission lautete nicht: Verführung. Aber trotzdem konnte er in diesem Moment nichts daran ändern. Es geschah einfach. Und plötzlich hatte er nicht mehr die Kraft, dem ein Ende zu setzen.

Sie standen voreinander, ohne sich zu berühren. Es gab nur noch die Wärme und den Atem, den ihre Körper tauschten. Diese Nähe war die pure Sinnlichkeit.

»Die Reiter sind fort«, sagte er zögernd und wartete darauf, dass Senna einen Schritt zurücktrat.

Aber sie blieb stehen, und ihre Brüste strichen leicht über seinen Oberkörper. Noch ein Herzschlag. Und noch einer. »Sind sie das?«, wisperte Senna.

Aufreizend langsam legte er die Hände um ihre Taille und ließ sie zu den Hüften hinuntergleiten.

»Habt Ihr Euren Kuss bekommen, Senna?«

»Und Ihr?«, murmelte sie nahe an seinem Ohr.

Der Atem schoss Finian aus den Lungen, als wäre er von einem Dämon gejagt worden. Nein, er hatte seinen Kuss nicht bekommen.

Sanft fuhr er mit den Fingern an ihrem Rücken hinauf und atmete gleichmäßig in ihr Ohr, während seine Zunge die Haut genau unterhalb ihres Ohrläppchens streichelte. Zitternd schloss sie die Hände hinter seinem Kopf. Himmel noch mal, diese süßen weiblichen Kurven, dieser durchgebogene Rücken, diese zarten Atemstöße, die nur noch abgerissen kamen.

Er tastete nach dem Zopf, den sie zu einem Knoten gebunden hatte, zupfte ein paar Mal kräftig und löste ihn. Das Haar fiel über seine Hände und Handgelenke. Er stöhnte, als er das Gesicht in der weichen Haarflut verbarg, und murmelte süße, sinnliche Worte. Er ließ die andere Hand bis tief auf ihrem Rücken gleiten, und zog Senna eng zu sich heran, bis ihre Brüste sich an ihn pressten. Dann senkte er seinen Mund auf ihren.

Als ihre Lippen sich teilten und ihre Zunge seiner begegnete, unterwarf sie sich seufzend. Finian schoss das Verlangen zum zweiten Mal blitzartig in den Unterleib.

Er küsste sie leidenschaftlicher. Seine Zunge spielte nicht mehr langsam und tanzend, versuchte nicht mehr, Senna zum Flirt mit der Gefahr zu überreden. Er forderte, erhob Ansprüche. Drängte sie zu mehr, zu heißeren, tieferen Küssen, nutzte mit seiner Erfahrung ihre Unschuld aus, bis sie ihm Antwort gab; sie wimmerte und streckte sich hoch zu ihm, bot sich ihm an. Ihr Mund war weit geöffnet und ihre Zunge stieß nass und heiß in seinen Mund. Und er nahm sie. Seine Hände wanderten über ihren Rücken, ihre Rippen, kamen immer näher, ohne ihre weichen runden Brüste je zu berühren. Senna drängte sich enger an ihn, sehnte sich nach der Berührung.

Dunkle Lust loderte in seinem Innern. Fordernd ließ er die Hände an ihrem Rücken hinuntergleiten und umschloss ihren Hintern. Er hatte die Finger weit gespreizt, sodass er sie beinahe hochhob.

»Oh«, wisperte sie in seinen Mund und reagierte mit übermütigen Stößen. Er legte die Hand unter ihren Schenkel und übte leichten Druck aus, drängte sie auf diese Weise, das Bein um ihn zu schlingen. Als sie es tat, drehte er sich zu ihr und seine Erektion drängte sich groß und hart gegen sie.

Senna warf den Kopf zurück und unterdrückte einen Schrei.

Finian kannte das Gefühl der Unterwerfung, spürte, wie sie den Rücken durchbog und auch, wie die Lust ihm heiß durch die Adern brauste, und zog sich zurück. Sie war ganz und gar unerfahren, was ihren Körper betraf, das war offensichtlich. Es gab nur eines, das noch deutlicher auf der Hand lag, und das war die Tatsache, dass die Sonne auf- und wieder unterging und dass Senna de Valery bis heute Nacht noch nie erfahren hatte, für welche Herrlichkeit ihr Körper erschaffen worden war.

Sie war eben erst erweckt worden.

Ohne dass sie wirklich eine Wahl gehabt hatte. Keine echte Wahl. Sie hatte nicht geahnt, was auf sie zukommen würde. Und er empfand es als zutiefst verabscheuungswürdig, in bester Absicht etwas zu tun, was andere wohl schon mit den verruchteren unter den Weibern getan hatten: sie als Mittel zum Zweck zu benutzen.

Er ließ sie los.

Senna stolperte rückwärts. Ihre Wangen waren gerötet, das Haar war zersaust, als sie mit den Fingerspitzen ihr Gesicht berührte und zu staunen schien, dass alles noch an seinem Platz war.

Er stützte die Hände auf die Oberschenkel und schaute zu Boden. »Das werden wir nicht noch einmal tun«, erklärte er.

»Nein«, keuchte sie, »ganz bestimmt nicht.«

Er schaute wieder hoch, hatte die Hände aber immer noch auf die Oberschenkel gestützt. Selbst in der Dunkelheit konnte er erkennen, dass ihre Lippen von seinen Küssen leicht geschwollen waren. Ihr Haar war wirr und rahmte ihr Gesicht wie ein Heiligenschein, einzelne Strähnen hingen ihr in die Stirn und über die Wangen. Ihre Brust hob und senkte sich, ihr Atem ging unstetig und schnell. Erregt.

Er richtete sich auf. »Lasst uns gehen.«

»Aber was ist mit Dubl… mit Bathy Clee«, wisperte sie und versuchte, das irische Wort auszusprechen.

»Ob wir nach Dublin oder in die Hölle gehen, Senna, zuerst müssen wir den Hügel erklimmen.« Er deutete mit dem Kopf auf die Anhöhe. »Es ist zu gefährlich, neben dem Highway zu gehen. Genau wie das Reden«, fügte er hinzu, als sie den Mund öffnete, um etwas zu erwidern.

»Oh?«, entgegnete sie. Sie machte eine Geste, als wollte sie sich den nicht vorhandenen Kragen ihrer Tunika höher ziehen, um sich zu schützen. »Aber Küssen ist erlaubt?«

»Das weiß ich nicht, Senna. Das müsst Ihr selbst entscheiden. Ist Küssen erlaubt?«

Ohne darauf zu warten, ob sie antwortete oder ihm folgte oder anfing, sich die Kleider vom Leib zu reißen, was eher unwahrscheinlich war, wie Finian sich eingestehen musste, ging er los, tief in die irischen Wälder hinein.

Kapitel 15

Finian und Senna marschierten durch die Nacht und fühlten sich, als würden sie sich immer tiefer in die Landschaft hineinweben. Finian blieb wachsam, korrigierte sanft ihre Schritte, wenn sie kurz davor war, gegen einen Baum zu laufen oder in ein Loch zu treten. Darüber hinaus sagte er wenig, es sei denn, sie stellte eine Frage. Fast immer klang ihre Stimme schrill, fast immer fragte sie nach den Geräuschen, die zu hören waren.

»Was war das?«, wisperte sie nervös und drückte sich an seinen Rücken, als sie rasch einen Berg hinaufstiegen.

»Eine Nachtschwalbe.« Er schaute sie an. »Nur ein Vogel, Senna.«

Als sie ein paar Augenblicke später eine Lichtung betraten, eine Eule laut aufheulte und über ihre Köpfe flog, duckte Senna sich ängstlich.

»Ihr habt doch Eulen in England, nicht wahr, Senna?« Ihm war klar, dass er gereizt klang; aber das war er gar nicht. Jedenfalls nicht ihretwegen. Sondern seinetwegen – weil sein Körper jedes Mal reagierte, wenn sie sich an ihn presste.

»Woher soll ich das wissen?«, entgegnete sie und klang ebenso gereizt wie er. »Könnt Ihr Euch nicht denken, dass ich nur selten draußen durch die Nacht marschiere?«

Er zog lediglich die Augenbrauen hoch und ging schweigend weiter. Sie erreichten den Rand der Lichtung und duckten sich unter den Bäumen durch. Aus dem Dickicht neben ihnen flatterten plötzlich Vögel auf, und ein ganzer Schwarm davon erhob sich in die Luft. Senna taumelte rückwärts und landete auf dem Hintern.

»Und das?«, flüsterte sie leise.

»Vögel, Senna. Manche Vögel leben auf dem Erdboden und bauen ihre Nester im Laub oder auf Steinen. Wir haben sie aufgescheucht.«

Sie rappelte sich wieder auf und klopfte sich die Kleider ab. »Ja, das haben wir wohl«, bestätigte sie grimmig.

Die Schwärze der Nacht wich langsam dem Grau des Morgens; sogar unter dem Laubdach des Waldes lichtete sich das Dunkel. Finian deutete auf das dornige Gestrüpp, das sich wie eine Wand direkt vor ihnen erhob. Manche Dornen waren so lang wie ein Zeh. Senna betrachtete sie genauer.

»Ihr beliebt zu scherzen.«

Er ging weiter. »Über das, was beißen kann, mache ich niemals Scherze.«

Vorsichtig bahnten sie sich ihren Weg durch das Gestrüpp. Die übelsten Missetäter hielt Finian mit dem bewehrten Unterarm und mit dem Schwert aus dem Weg. Hinter ihnen peitschte das Gestrüpp geräuschvoll an seinen Platz zurück. Schwer atmend und zerkratzt gelangten sie schließlich auf eine Wiese, die sich in der Nähe des Hügelkamms befand.

»Hier legen wir eine Rast ein, bis es dämmert«, befahl er.

Ein glühendes Orange schob sich über den Horizont und tauchte die frierenden Finger der beiden in Licht und Wärme. Finian legte sich auf den Boden und genoss die Erholung in vollen Zügen. Er schloss die Augen, streckte Beine und Arme aus und ließ die frische Luft in seine Lungen eindringen. Er ließ die Morgendämmerung über sich fließen wie kühles Wasser.

»Wenn Ihr so dreinschaut, sehe ich Euch, wie Ihr als Junge gewesen seid, Finian.«

Er öffnete die Augen und starrte in den nächtlichen Himmel über ihm, an dem immer noch ein paar Sterne glitzerten, bevor er den Blick wieder senkte. Senna saß auf dem Boden, hatte die Arme um die Knie geschlungen und schaute ihn nachdenklich an.

Spöttisch hob er die Braue. »Ach, wirklich? Als Knaben? Inwiefern?«

Sie lächelte. »Als Sturkopf.«

»Dann sind wir schon zwei«, erwiderte er.

Ihr Lächeln verschwand. »Nein.« Sie schüttelte den Kopf. »Gar nicht so sehr.« Mit gesenkten Lidern beobachtete Finian, wie sie aufstand und zum Rand des Hügelkamms stolperte. Die Hand hatte sie auf den Rücken gelegt, als wollte sie sich stützen.

Kleine Vögel zwitscherten und tirilierten. Frischer Kiefernduft erfüllte die Luft. Das Sonnenlicht war noch schwach, aber trotzdem feurig, und es wärmte seine geschundenen Beine, als er auf dem Erdboden lag und die Arme unter dem Kopf verschränkt hatte. Der Schlaf kroch heran; immer wieder fielen ihm die Lider zu.

Plötzlich hörte er das Knirschen von Steinen. Schritte. Abrupt riss er die Augen auf, aber es war nur Senna. Vor ein paar Minuten war ihre Körperhaltung noch eine ganz andere gewesen. Jetzt hielt sie das Kinn hoch erhoben und hatte die Schultern zurückgenommen.

Er stützte sich hoch auf die Ellbogen. »Was ist los?«

»Der Sonnenaufgang«, sie lächelte ihn an, »wundervoll.« Senna deutete auf den Horizont. Obwohl sie mit gedämpfter Stimme sprach, trug die Aufregung ihre Worte klar und verständlich über die Wiese. Sie klang, als habe sie eine unglaubliche Entdeckung gemacht.

Er schaute kurz zum Horizont, dann zu ihr.

»Aye, wunderschön«, stimmte er bedächtig zu.

Das pulsierende Orange war zum warmen Gold der Sonne

geworden, und in der noch kühlen Luft glitzerte grün und blau der Tau. Sennas Silhouette hob sich dunkel vor dem Sonnenlicht ab, dessen Kupfer ihr Haar feurig aufglänzen ließ.

Sie berührte ihre Wange, als wollte sie prüfen, was er wohl gemeint haben könnte, und deutete dann wieder auf den Horizont. »Es ist ein wunderschöner Tag.«

»Aye«, bestätigte er wieder, »ein gewaltiges Elixier, so ein Sonnenaufgang.«

Wenn Senna den Jungen ihn ihm sehen konnte, so erkannte er in ihr das junge Mädchen mit den großen und staunenden Augen, das die Männer trotz ihrer Jugend um den Verstand brachte. Vermutlich waren die Felsen, auf denen sich ihre Burg erhob, mit den Leichen argloser Ritter übersät, die gekommen waren, ein Weib zu freien, und die sich am Ende in die Tiefe gestürzt hatten, weil sie diese bezaubernde, eigensinnige Schönheit nicht für sich hatten gewinnen können.

»Ich gestehe, dass ich seit . . .«, sie hielt inne und zählte nach, ». . . seit drei Jahren keinen Sonnenaufgang mehr beobachtet habe.«

»Ihr habt die Nase wohl nur in Eure Bücher gesteckt, oder?«

Sie zuckte die Schultern. »In der Art.«

Eine gute Kauffrau. Und doch . . .

Senna vibrierte förmlich vor unerfahrener Leidenschaft, wie der Kuss eindeutig bewiesen hatte. Es war, als trüge sie ein Feuer in sich, und dieses Feuer zeigte sich in allem, was sie tat, egal ob sie Rardove ihre Hand entzog oder über Felsen sprang, um einen Fluss zu bezwingen. Oder ob sie ihn küsste.

Er runzelte die Stirn. Welche Rolle spielte das? Für Herzensangelegenheiten hatte er keine Zeit. Kein Interesse. Keinen Platz in seinen Gedanken.

Obwohl er sich durchaus für Frauen interessierte. Und auch

121

über einiges Können verfügte. Aber so wenig er ohne ihre weiblichen Reize und ihr Lächeln leben konnte, so wenig war es jemals einer Frau gelungen, mehr von ihm zu bekommen als seine Aufmerksamkeit. Ob Edelfrau oder Bauernmädchen, ob zierlich oder üppig, er liebte alle gleichermaßen: nicht so sehr, dass sie ihm etwas bedeuteten.

Finian hatte nichts zu geben. Und es scherte ihn nicht. Warum sich den Kopf über die Wahrheit zerbrechen, dass er immer allein bleiben würde?

Besser allein leben, als das Schicksal zu erleiden, das seinem Vater zuteil geworden war: von einer Frau ruiniert zu werden.

Das war nicht sein Weg. Finians Pflichten gegenüber The O'Fáil, seinem Pflegevater und dem König des größten *tuatha* in Irland, waren schier endlos. Seine Aufgabe als wichtigster Unterhändler, Ratgeber und Diplomat hielt Finian beständig in Atem, und er erfüllte sie aus freiem Willen und mit aller Leidenschaft und aus einer drängenden Notwendigkeit heraus.

Gegenwärtig war diese Notwendigkeit ebenso einfach wie schrecklich: Es galt, die geheime Rezeptur der Wishmé-Farben zu finden, bevor Rardove es tat. Andernfalls würden sie ihr Land, ihr Leben und bestimmt auch große Teile Irlands an den englischen König Edward I. verlieren.

Angesichts dieser Bedrohung blieb keine Zeit, seine Gedanken an Frauen zu verschwenden, zumindest keinen wichtigen und ganz sicher keinen, der ihn wahrhaft berührte.

Und genau deshalb überraschte es Finian zu entdecken, dass er – trotz der drängenden Umstände und der Pflichten, die für ihn daraus folgten – die Zerstreuung genoss, die Senna ihm mit ihren strahlenden Augen und ihrem wachen Verstand bot. Und durch die klugen, überraschenden Dinge, die sie sagte und tat.

»Warum macht Ihr das, Senna?«

Sie schlug den Stoff ihres Bündels auseinander und kniete sich darauf. Dann begann sie, ihr Haar zu einem neuen Zopf zu flechten. Während sie geschickt die rötlich schimmernde Haarflut bändigte, erinnerte Finian sich daran, wie seidenweich ihr Haar sich angefühlt hatte. Und wie sie ihren Körper für ihn durchgebogen hatte und ...

»Warum mache ich was?«, fragte Senna.

Er löste den Blick von ihrem Haar. »Buchhaltung. Rechnungsbücher. Sich vor der Sonne verstecken.«

Noch nie war er einer Frau begegnet, die Rechnungsbücher führte. Und er konnte sich nicht vorstellen, warum sie sich hinter Zahlenkolonnen verbarg, wenn es doch draußen einen Sonnenaufgang zu beobachten gab. Sie vermisste das *seit drei Jahren*, wie sie eben selbst eingestanden hatte.

»Die Bücher müssen geführt werden.«

Ah. Nun, gut.

Sie gab sich den Anschein von Verzweiflung. »Das Geschäft ist groß und dehnt sich immer weiter aus«, erläuterte sie in einem Tonfall, der ... wollte sie ihn etwa tadeln? »Finian, Ihr macht Euch keine Vorstellungen, wie viel Arbeit das kostet.«

Er streckte sich auf dem Boden aus. Die Hände hatte er noch immer unter dem Kopf verschränkt, und er grinste leicht. »Ich könnte es mir schon vorstellen, wenn ich Schafe so sehr lieben würde wie Ihr.«

Einen Moment lang herrschte schockiertes Schweigen. »Es ist nicht so, dass ich Schafe liebe. Überhaupt nicht. Ich liebe ...«

Und dann, Rätsel über Rätsel, brach sie ab.

»Geld?«, schlug er vor.

Eine Blässe kroch ihr die Wangen hinauf.

Und deshalb hätte ihr – wenn er denn mehr als nur ein kurzes Vergnügen im Sinn gehabt hätte, was ganz sicher nicht der Fall war – Beinahe-Eingeständnis, dass Geld ihre Welt regierte, ihm eigentlich genügen müssen, um sein Interesse an ihr zu dämpfen. Seine Erfahrung mit dem anderen Geschlecht verriet ihm, dass Senna sich nur aufrichtiger als andere zu ihrer Wertschätzung des Geldes bekannte.

Was ihre Geschäftstüchtigkeit in keiner Weise minderte, aber mit Sicherheit sein Interesse.

»Das ist nicht lustig.« Inzwischen klang sie eindeutig vorwurfsvoll. Ihre Mundwinkel zuckten missbilligend. Sie fing an, den Stock in ihren Händen in kleine Stücke zu zerbrechen. Finian sah die Entschlossenheit in ihren Augen funkeln. Aber vielleicht auch etwas, was nicht ganz so nett war.

So oder so spielte das keine Rolle. Geldgierige Geschäftsfrau oder Heilige, sie ging ihn nichts an.

»Der Handel mit Wolle ist ein höchst einträgliches Geschäft«, verkündete sie, »ich habe es aufgebaut ... ich weiß über jeden Penny Bescheid, der hereinkommt und hinausgeht ... ich kümmere mich um alles. Ich heuere die Fuhrmänner und die Wagen an. Ich stelle sicher, dass wir Stände auf den Messen haben. Ich handle die Verträge aus. Ob Scheunen, Zuchttiere oder sicheres Geleit – ich kümmere mich um alles. *Ich* pachte die Schiffe. *Ich* stelle die Arbeiter ein. *Ich* bezahle die Gläubiger. Ich ...«

Irgendwie musste sie an eine Art innerer Mauer gestoßen sein, denn die sintflutartige Belehrung über die Einträglichkeit des Wollhandels – oder vielleicht über ihren Verdienst – brach plötzlich ab.

Er wartete.

Einen Moment später ergriff sie wieder das Wort. »Und ich bin schrecklich gut darin«, sagte sie mit leiser Stimme und schaute zu Boden.

Davon war er überzeugt. Sie war nicht nur gut, sie war die Beste. Aber ihr Gesicht sah aus wie aus hartem Holz geschnitzt; ihre Stimme klang heiser. Wie Sand, der stürmisch über sie hinweggefegt war.

»Schrecklich, nicht wahr?«, wiederholte er.

Senna starrte auf den Stock in ihrer Hand. »Ihr habt keine Ahnung.«

Sie sprach so leise, dass er es vielleicht gar nicht gehört hätte. Ihre Worte waren durch die Luft geflattert wie Motten, die ein erloschenes Licht verließen. Plötzlich reckte sie das Kinn, wie man es manchmal tat, wenn man sich darauf vorbereitete, eine schwere Last zu heben.

»Mit schrecklichen Dingen kenne ich mich aus«, sagte er und war selbst überrascht über seine Worte. In der Tat, über die dunklen Seiten des Lebens wusste er Bescheid. Nur dass er nie darüber sprach.

Senna betrachtete ihn aus den Augenwinkeln. »Wirklich?«

»Aye. Ich weiß zwei Dinge.« Er streckte zwei Finger hoch.

Ein winziges Lächeln erschien auf ihren Lippen. »Und welche sind das?«

»Ich weiß, dass Schreckliches haften bleibt, und ich weiß, dass es einen immer verfolgt.«

»Es bleibt haften?«

»Aye. Wenn man es zulässt, kleben schreckliche Dinge wie Pech an einem.«

Erst verzog sie nur leicht die Lippen, doch dann glitt ein breites, unverfälschtes Lächeln über ihr Gesicht. »Genau so ist es. Sie kleben«, wiederholte sie leise.

»Aber ich weiß auch, dass sie nicht hier sind. Nicht in diesem Moment.«

Sie schaute ihn an. »Nein, jetzt sind sie nicht hier«, bestätigte sie heiser. Ihre nachdenkliche Zustimmung war das Schönste, was er in all den Jahrzehnten gehört hatte, in denen er üble Worte über die Schulter geschleudert hatte und einfach weitergegangen war.

Die Morgensonne schien auf eine Seite ihres Gesichts. Im Gefängnis, im Burghof und sogar in Rardoves kerzenheller Halle hatte sie immer nur wie ein Widerschein aus Licht und Schatten ausgesehen. Aber jetzt, als die Sonne aufging und die Schatten kürzer wurden, schimmerte sie so hell wie der Tautropfen auf einer Blüte.

»Rardove wird es inzwischen wohl bereuen, dass er sich in uns getäuscht hat«, bemerkte Finian mehr zu sich selbst, denn in der Morgensonne konnte man erkennen, welch ein Juwel der Baron beinahe zerstört hatte.

Sie schnaubte. »Ganz sicher. Dabei hätte er einen höchst einträglichen Einblick in den Wollhandel gewinnen können. Stattdessen hat er mit mir über Heirat und über das Färben gesprochen.« Sie schüttelte den Kopf.

Finian setzte sich abrupt auf. »Rardove hat mit Euch über das Färben gesprochen?«

»Aye. Das ist eine verrückte Idee, die ihm im Kopf herumspukt.«

»Über die Wishmés?«

Sie wollte gerade nicken, als sie im letzten Moment innehielt und ihn nachdenklich musterte. »Die Iren wissen, was es mit dem Wishmé-Indigo auf sich hat?«

»Wir wissen es«, bestätigte er umstandslos.

»Alles nur eine Legende.« Die Worte sprudelten aus ihr heraus. »Gerüchte, mehr nicht. Die Wishmés. Die Indigo-Strände. Rardoves Land gehört nicht zu den Indigo-Stränden aus der Legende. Pah.« Sie schob sich eine Haarsträhne hinter das Ohr und schnappte sich den nächsten Stock.

»Doch, *jetzt* gehört es Rardove«, entgegnete er leise und unterdrückte das peitschende Gefühl in seinem Unterleib. »Einst war es irisches Land.«

Aber einst hatte das Land *ihm* gehört. Seiner Familie.

Dennoch widerstand er dem heftigen Wunsch, sie bei den Schultern zu packen und zu fragen, wie viel sie wusste und warum sie überhaupt etwas wusste, denn was die Wishmés betraf, so entdeckte man immer mehr, je bohrender man fragte. Und es war beunruhigend genug, dass diese Engländerin überhaupt ahnte, was es damit auf sich hatte.

»Die Wishmés sind seit vielen Jahren in Vergessenheit geraten«, sagte er nur.

»Aber es ranken sich Legenden um sie.« Seltsamerweise klang es wie eine Frage.

Und was noch seltsamer war, er antwortete darauf. »Was glaubt Ihr, Senna? Glaubt Ihr, Rardove würde all diesen Ärger wegen einer Lüge vom Zaun brechen?«

»Ich glaube, dass Rardove mehr als wahnsinnig ist.«

Er lachte. »Das mag wahr sein oder auch nicht, Senna, die Wishmés finden ihren eigenen Weg, die Menschen zu verderben. Ihr tut gut daran, Euch fernzuhalten.«

Senna ließ den Blick über ihn schweifen. Ihre Augen schimmerten im morgendlichen Sonnenlicht. »Ich habe sie gesehen«, gestand sie mit leiser Stimme, »ich habe die Wishmé-Farben gesehen.«

Er starrte sie an. »Habt Ihr das wirklich?«

Sie nickte. »Rardove hatte ein Muster bei sich, ein Stück Leinen, das mit Indigo gefärbt war. Finian, habt Ihr diese Farbe jemals mit eigenen Augen gesehen?« Sie sprach immer noch leise, aber eifrig. »Es ist das erstaunlichste Blau . . .«

»Das ist Alchimie«, erwiderte er unwillkürlich.

Es war, als würde eine unbändige Begeisterung in ihre

Stimme einsickern und die ernste Strenge erhellen, mit der sie sonst über ihre Geschäfte sprach. »Ich kann es kaum beschreiben. Falls es jemandem gelänge, diese Blaufärbung noch einmal zu erzielen, das wäre . . .«

Er wartete darauf, dass ihr das letzte Wort über die Lippen kam, und fragte sich, was sie wohl sagen wollte. Finian war in der Nähe dieser Strände aufgewachsen, er hatte den Erzählungen der alten Färber über ihre verloren gegangenen geheimen Rezepturen gelauscht. Der runzlige alte Domhnall und der scharfzüngige Ruaidhri waren für Finian Alchimisten der Schönheit und so legendär wie die Geschichte von Fionn mac Cumhaill, Tristan und Isolde.

Vor langer, langer Zeit hatten die Färber an den Indigo-Stränden ein so erstaunliches Königsblau hergestellt, dass sogar die römischen Cäsaren davon hörten. Letztlich waren die Cäsaren jedoch nicht überzeugt gewesen, dass die Fahrt über die irische See lohnen würde, zumal die Gefahr eines Krieges damit einherging. Wie recht sie hatten, dachte Finian grimmig.

Die irischen Färber hatten demzufolge in Ruhe und Frieden ihrer Kunst nachgehen können, bewahrten sich aber ihr Misstrauen und engten den Kreis derer ein, die sie in ihre Kunst einweihten. Immer weniger Menschen war es erlaubt, die Färbekunst auszuüben oder die Farbe auch nur zu sehen. Am Ende führte es dazu, dass das Indigo nur noch für die Könige hergestellt wurde. Und ihr Privileg war es, das Gewand in dem strahlenden Blau bei ihrer Krönung auf dem Fels bei Tara tragen zu dürfen. Als dann die Wikinger und später die Normannen ins Land eindrangen, gingen die geheimen Rezepturen verloren.

Bis Rardove gekommen war. Vor einundzwanzig Jahren, Finian war gerade zehn Jahre alt, war er gekommen und hatte alles gestohlen, einschließlich des Titels und des Landes von Indigo – allerdings nicht das Geheimnis der Farbherstellung.

Und zum ersten Mal seit dem Niedergang des römischen Reiches verbreitete sich nun wieder das Gerücht von den Wishmés und ihrer betörenden geweihten Farbe.

Finian wartete auf die Worte, die Senna über die Lippen kommen würden, sobald sie die blaue Farbe vor ihrem geistigen Auge sah. Er verspürte eine Seelenverwandtschaft mit ihr, mit ihrer Freude an der Schönheit, und spürte eine Verbundenheit, wie er sie seit langer Zeit nicht mehr empfunden hatte. Welche Worte würde sie wählen, um die Farbschattierung zu beschreiben, die seine Vorfahren im Geheimen geschaffen hatten? Herrlich? Oder wieder: Erstaunlich? Hübsch? Oder schlicht: blau?

Nicht im Entferntesten hätte er mit dem Wort gerechnet, das ihr tatsächlich über die Lippen kam.

»Einträglich.«

Finian fühlte sich, als hätte ihm jemand in die Rippen getreten. Er streckte sich auf dem Boden aus und schloss die Augen. »Legt Euch auch schlafen, Senna.«

Er legte den Unterarm über das Gesicht und schwebte wieder in dem vertrauten Zustand zwischen Wachen und Schlafen. Seine Gedanken jedoch wanderten zurück in die Vergangenheit, und das war alles andere als erholsam.

Senna saß am Rande des Hügelkamms. Noch immer herrschte die blau-graue Morgendämmerung, aber das dunstige rostbraune Licht kroch immer weiter in die Winkel des kleinen Dorfes, das weit unten im Tal lag.

Senna schaute flüchtig über die Schulter. Finian lag noch

immer ausgestreckt im Gras, und sein Atem ging tief und regelmäßig. Er hatte die kräftigen Beine übereinandergeschlagen und die Hände hinter dem Kopf verschränkt. Das lange Haar floss über die Handgelenke bis aufs Gras. Die Haut an der Unterseite seiner Arme war blasser als der Rest, und die schwachen Konturen der Muskeln zeichneten sich unter der Haut ab.

Senna ging zu Finian und legte sich neben ihn, ohne ihn zu berühren. Die verletzte Hand legte sie auf ihre Brust, wenn auch mehr aus Gewohnheit als vor Schmerzen; ihr Kopf ruhte auf dem harten Boden, und sie roch die kühle Erde und das blassgrüne Gras. Sie richtete den Blick zum Himmel und schaute zu, wie der Tag seine helle, ungezähmte Gestalt annahm. Der Himmel war endlos und blau. Vielleicht zu endlos, vielleicht zu blau. Zu viel für sie.

Es gelang ihr nicht, ihren aufgeregten Herzschlag zu beruhigen.

Zum ersten Mal seit langer Zeit spürte sie wieder, dass sie lebendig war.

Kapitel 16

Ich werde sie töten. Ich werde ihre Haut in Streifen schneiden und sie über dem Feuer rösten.«

Der Vogt Pentony hatte, ohne eine Miene zu verziehen, mit angesehen, wie Rardove, der sich von der plötzlichen Magenverstimmung erholt hatte und zur Jagd aufbrechen wollte, von der Magd die Neuigkeit überbracht worden war, dass Senna weder in ihrer Kammer noch in der Färberhütte war. Kurz darauf waren die Gefängniswachen aufgetaucht, die stöhnten und sich die brummenden Schädel hielten.

Rardove hatte seine Handschuhe zu Boden geschleudert und war brüllend und fluchend in der Halle hin und her gelaufen.

In der Halle war es noch dunkel. Eine bedrohliche, feuchte Dunkelheit. Ein dünner Schleier aus Feuchtigkeit legte sich schmierig über alles: über das schimmlige Stroh auf dem Boden, auf misstrauisch dreinblickende Gesichter, auf die schwarz glänzende Nase eines Jagdhundes, der witternd den Kopf hob, als sich der Geruch der Gewalt in der Luft ausbreitete.

Das schwache Grau der Morgendämmerung bahnte sich seinen Weg durch die Fenster, deren Schlitze sich hoch oben an der Wand entlangzogen; das aschfarbene Licht betonte noch die düsteren Schatten der Unebenheiten in den Wänden aus grob behauenem Stein. Hin und wieder schossen an der Feuerstelle hell ein paar Flammen hoch, aber selbst diese funkelnden Blitze unterwarfen sich der nasskalten Feuchtigkeit, die die Halle überzog.

»Gottverdammte Hure!«

Das Gebrüll veranlasste Pentony, seine Aufmerksamkeit wieder auf Rardove zu konzentrieren. Überrascht registrierte er, dass er die Hand gehoben hatte, um sich wegen eines eingebildeten Juckens erst den Schädel und dann an die Innenseite seines Arms zu kratzen. Pentony starrte auf seinen Arm, als wäre der besessen. Die ruhelosen Bewegungen zeugten von Nervosität oder Gemütserregung; beide Gefühle waren ihm so fremd wie Einfältigkeit.

Der Vogt zwang sich, die Hand zu senken und ruhig an der Seite zu halten, dort, wo sie hingehörte. Nahezu dreißig Jahre lang waren sein Körper und sein Herz wie erstarrt gewesen, hatte er so gefährliche Offenbarungen der Gefühle nicht zugelassen.

Diese tüchtige Unsichtbarkeit hatte ihm einst den Zugang zu den höchsten Kreise eingebracht. Als Vogt im Dienste des Königs und als Kellermeister für den Abt von Tewkesbury hatte er das mächtigste Amt in der Abtei bekleidet, war für die Einnahmen der Ländereien und das Patronat der Kirche verantwortlich gewesen. Von der Küche bis zur Brauerei hatte ihm alles in der Abtei unterstanden, die Erhaltung der Gebäude, die Vorratshaltung, die Versorgung mit Brennstoff und das Vieh. Die gesamte Bruderschaft, Diener wie Pächter, hatte sich unter seinem Befehl befunden; alle Gelder standen ihm zur Verfügung.

Beide Stellungen waren hoch angesehen und einträglich gewesen. Der Abfall von der Gnade Gottes – oder doch zumindest von der Gnade des Abtes von Tewkesbury – war beinahe so groß gewesen wie seine Sünde, aber er bereute nichts. Ganz gewiss nicht, dass er die Gesellschaft jener Männer Gottes verließ, die ihre Gottesfürchtigkeit handhaben wie eine Waffe.

Wieder sank sein Blick auf die eigensinnige Hand, die jetzt

trügerisch war. Aber er spürte in ihr immer noch den Drang, sich zu erheben.

»Und gottverdammt seien diese irischen Wilden!«

Das Gebrüll des Barons dröhnte durch den Raum. Der Weinkelch flog dem Fluch hinterher. Pentony schaute zu, wie Rardove seine Wut an einem Opfer austobte, das wahrscheinlich empfindlicher reagieren würde – der Hund jaulte, als Rardoves Stiefel ihn zwischen die Rippen traf, sprang auf und schlich davon. Ein Zinnbecher prallte mit einem leisen Klirren gegen die Wand, bevor er zu Boden stürzte und dort so liegen blieb.

»So wahr Gott mein Zeuge ist«, verkündete Rardove in die plötzliche Stille hinein, »ich werde sie beide töten.«

»Mylord«, murmelte Pentony, »ich habe zwei Männer für die Suche bereitgestellt.«

Rardove brach in bellendes Gelächter aus. »Wie in Gottes Namen hat sie das fertiggebracht?«

»Die Männer stehen am Tor und erwarten Euren Befehl.«

»Sie ist eine gottverdammte Hexe, lasst Euch das gesagt sein. Sie verhext Pläne, die jahrelang geschmiedet worden sind. Ich hatte O'Melaghlin genau hier«, wütend zeigte er auf die Kerker, die sich unter ihm befanden, »und ich hätte die verdammte Rezeptur haben können. Jetzt ist er fort, und er hat meine Färbehexe.« Wieder fluchte Rardove. »Durchsucht ihre Kammer. Und schickt einen Trupp nach Norden, um sie zu suchen.«

Pentony trat einen Schritt vor. »Es kann sein, dass sie nicht nach Norden geflohen sind, Mylord.«

Rardove drehte sich zu ihm. »Nicht nach Norden?«, schrie er. »In welcher Richtung wohnt denn der irische König O'Fáil? Sein Ziehvater?«

»Im Norden.« Pentony antwortete ohne jegliche Regung.

Und so war es. Zu viel Zeit war verstrichen. »Ich sage nur, dass wir O'Melaghlin nicht unterschätzen sollten. Wenn Ihr ein paar Männer südwärts ...«

»Und wo haben sie den Fetzen von O'Melaghlins Tunika entdeckt?«

»Am Bhean River. Nördlich.«

»Genau. O'Melaghlin ist der oberste Ratgeber von O'Fáil. Er ist ihr Spion, ihr Verhandlungsführer, ihr gottverdammter Anführer in der Schlacht. Er ist ihr verfluchter Kopf.« Er schleuderte seine Handschuhe auf den Tisch und schnappte sich den Weinkrug. »Er ist nach Norden unterwegs.«

Er schenkte sich den Wein noch nicht einmal in den Becher ein, sondern setzte den Krug gleich an die wulstigen Lippen und trank, bevor er ihn lärmend auf den Tisch knallte.

»Und was, wenn er herausfindet, wer Senna ist ... die Letzte in der Linie der Färber von Wishmé?« Er schmetterte die Faust so heftig auf den Tisch, dass die Teller klapperten. »Und wenn König Edward es herausfindet?«

Pentony nahm an, dass die Frage rhetorisch gemeint war, und verzichtete auf eine Antwort. Aber sie wussten sehr genau, was der König von England denken würde, wenn er herausfand, dass Rardove Geheimnisse für sich behielt. Dass er die Färbehexe gefunden und versucht hatte, ohne Wissen des Königs an die Rezeptur zu kommen.

Da Edward ihm das Land vor einundzwanzig Jahren nur unter der Maßgabe überlassen hatte, dass Rardove ihn bezüglich der Rezepturen auf dem Laufenden hielt – Rardove hatte das ausdrücklich versprochen –, wäre er von dieser Entwicklung gewiss nicht angenehm überrascht.

Rardove hätte König Edward niemals in die Geheimnisse der Farben einweihen dürfen. Das Königtum genoss man am Besten aus weiter Entfernung.

Andererseits galt, dass König Edward ihm ohne das Versprechen auf die Farben niemals das Land überlassen hätte. Nicht nach dem Vorgehen, das Rardove sich geleistet hatte, indem er einfach in das Land eingefallen war und ohne königliche Erlaubnis an sich gerissen hatte. Mehr als das Versprechen, die Wishmés zu Waffen zu machen, hatte der König, der Rardove zum Baron gemacht hatte, nicht in der Hand.

Und jetzt war der englische König in einer verzweifelten Lage. Die Schotten zeigten sich von ihrer rebellischen Seite; sie schlossen sich zusammen, unterzeichneten Hilfeabkommen mit Frankreich und taten alles Mögliche – außer, den Krieg zu erklären. Das, was ihnen früher Ansporn gewesen war – brandschatzen und plündern und dem Gegner das Schwert ins Herz zu stoßen –, schien für sie den Anreiz zu verlieren. Edward brauchte eine besondere Waffe, um die Schotten in ihren Pferch zurückzutreiben. Und Rardove sollte sie ihm liefern.

Für den Kommandeur einer Schlacht kamen die Wishmés einem Zaubermittel gleich. Schon ihr Farbton flößte Ehrfurcht ein, aber sie waren auch ein mächtiger Brandsatz. Wenn man sie zu Pulver verarbeitete und dieses erhitzte, bewirkte das eine Explosion, die sich so rasch ereignete und so heiß war, dass ein Mensch darin verglühen konnte. Oder ein Gebäude.

Oder ... Schottland.

Edward hatte keine Möglichkeit, eine lang andauernde militärische Auseinandersetzung mit den Schotten durch einen Sieg zu krönen. Nicht wenn die Barbaren sich beim ersten Anschein einer Schlacht in die Berge flüchteten.

Aber warum nicht damit anfangen, das Land in kleinen Ladungen in die Luft zu jagen? Und zwar mitsamt aufmüpfiger Adliger und legitimer Anwärter auf den schottischen Thron ...

Edward wäre nicht begeistert, wenn er entdeckte, dass Rardove hinter seinem Rücken versuchte, die Wishmés zu einer schlagkräftigen Waffe zu machen.

»Was wissen wir über das andere irische Aufgebot?«, schnappte Rardove. »Was war mit dem einen Krieger, den wir gefangen genommen haben?«

»Sein Wille wurde gebrochen«, erwiderte Pentony angewidert. Zu seiner Überraschung wusste er nicht recht, ob dieser Abscheu daher rührte, dass der Mann geredet hatte, oder wegen der Mittel, die man angewandt hatte, ihn dazu zu bringen. »Es scheint so, dass er ... während Ihr mit O'Melaghlin gesprochen habt, war er zu einem Treffen mit Red unterwegs gewesen. Dem Geächteten.«

Rardove riss den Kopf herum. »Während O'Melaghlin hier war.«

»Unter Euren Augen.«

»Wollt Ihr andeuten, dass er nur hergekommen ist, um mich *abzulenken*?«

Pentony zuckte die Schultern. »Vielleicht.«

Wieder stieß Rardove eine Reihe übler Flüche aus. »Die Iren haben sich mit dem dreckigen roten Spion getroffen? Warum?«

Pentony machte keine Anstalten, ihm zu antworten. Woher sollten sie wissen, welchem Zweck dieses Treffen diente? Was auch immer dahintersteckte, der wahre Name des Geächteten lautete nicht *Red*, der *Rote*. Niemand kannte seinen richtigen Namen. Aber die Machenschaften des Roten waren berüchtigt, zumal sie üblicherweise das weit entfernte Schottland und England betrafen; seit mehr als zwanzig Jahren trieb der Mann nun schon sein Unwesen, indem er die Pläne König Edwards vereitelte, die dessen Feldzüge gegen die Schotten betrafen. Und jetzt wandte der Rote seine Aufmerksamkeit

Irland zu? Das hatte nichts Gutes zu bedeuten. Für König Edward.

»Wo haben sie sich getroffen?«

Pentony antwortete mit einem Kopfschütteln. »Das wissen wir nicht. Der Ire ist gestorben, bevor er es sagen konnte.«

Rardove schüttelte ebenfalls den Kopf. Vielleicht widerte es ihn an, dass seine Soldaten unfähig waren, die Schwere ihrer Schläge mit dem nötigen Feingefühl zu dosieren. Er blickte auf Pentony. »Worauf wartet Ihr? Schickt nach Balffe. Er geht nach Norden, um O'Melaghlin und die Hure zu fangen.«

Es brauchte nicht lange, bis die Soldaten die Burg verlassen hatten – mit Rüstungen, Schwertern und der Wut ihres Herrn versehen. Als Pentony auf dem Turm am Burgtor stand und einen Blick in die Ferne warf, war die große, klobige Gestalt von Balffe das Letzte, was er sah.

Die dicken Gambesons und eine Lage gesiedeter Bullenhaut waren die erste schützende Kleidungsschicht, die die Männer trugen. Darüber kam ein Kettenhemd aus schmalen, einander überlappenden Eisenringen, das den Oberkörper bis zur Mitte der Hüfte bedeckte und seitlich geschlitzt war, um Bewegungsfreiheit zu erlauben. Und darüber trugen sie stählerne Brust- und Rückenplatten. Stahlhelme, die nur an den Augen geschlitzt waren, schützten den Kopf. Stählerne Kappen saßen auf Schienbeinen und Knien und vervollständigten den Schutz.

Die Männer waren ausgerüstet, als zögen sie in den Krieg.

Pentony schaute ihnen nach, bis er nur noch die Bäume erkennen konnte, die in der weit entfernten Ebene in die Landschaft ragten. Und er fragte sich, welche Kleidung Senna wohl getragen hatte, als sie letzte Nacht aus der Burg geflohen war.

Kapitel 17

Als Finian die Augen halb öffnete, sah er als Erstes ihre weit klaffende Tunika. Und dann ihre runden Brüste.

Senna kniete neben ihm und beugte sich so weit vor, dass sie fast sein Gesicht berührte. Das Haar hatte sich aus ihrem Zopf gelöst und fiel wie ein seidiger, wenn auch leicht schmutziger Vorhang über die Schulter. Beinahe instinktiv streckte er den Arm aus und zog sie zu sich hinunter.

»Meint Ihr nicht, dass es Zeit ist, nach Dublin aufzubrechen?«, fragte sie.

Er ließ den Arm sinken. »Was?«

Senna ließ sich auf die Fersen zurücksinken. Sie wirkte heiter; der Sonnenschein hatte ihre Wangen ein wenig gerötet. »Dublin. Sollten wir nicht schon längst auf dem Weg sein?«

Er stieß sich auf den Ellbogen hoch, schaute sich um und versuchte, sich zu orientieren. Es war beinahe Abend, kurz vor Vesper. Finian gähnte und fuhr sich mit den Fingern durch das Haar.

»Senna, wir gehen nicht nach Dublin. Das habe ich Euch schon gesagt.«

Sie nickte so knapp, als käme es nicht infrage, ihm seinen Willen zu lassen. »Ich kann mich dunkel daran erinnern. Ich dachte, Ihr beliebt zu scherzen.«

»Ach, wirklich? Wer Euch widerspricht, der beliebt zu scherzen?«

Senna zog keck die Brauen hoch. »In der Tat, wenn jemand lächerliche Dinge sagt, dann vermute ich, dass es sich um einen Scherz handelt.«

Er lehnte sich zu ihr, bis seine Nase sich kurz vor ihrer befand. »Dann hört mir gut zu, kleine Lady, denn es ist kein Scherz: Wir gehen nicht nach Dublin.«

»Warum nicht?«

Er setzte sich auf. »Benutzt Euer hübsches Köpfchen. Hegt Ihr nicht den Verdacht, dass Rardove auf dem King's Highway zuerst nach Euch suchen lassen wird?«

»Nun, ich ...«, begann sie, hielt aber inne. »Finian, es mag sein, dass er dort nach mir sucht. Aber seid Ihr nicht der Meinung, dass er Euch auf *diesem* Weg, der weiter ins Landesinnere führt, suchen wird?«

Er überlegte kurz. »Ihr müsst ein harter Brocken für Eure Mutter gewesen sein, Senna«, murmelte er, legte sich wieder hin und schloss die Augen.

»Ich war ein harter Brocken für meinen Vater«, schnappte sie und ahmte seinen irischen Akzent nach.

»Wir gehen nicht nach Dublin.«

»Es ist Euer Ernst.«

»Mein tödlicher Ernst.«

Senna schwieg, aber auf so drohende Art, wie ein mächtiger Wind auf der anderen Seite des Hügelkamms schweigen würde, bevor er heranstürmte und wütend die Bäume niederdrückte.

»Mein Geschäft kommt nicht ohne mich zurecht«, warnte sie ihn.

»Dann hättet Ihr nicht nach Irland kommen dürfen.«

Finian war überzeugt, dass sie ihm in diesem Moment einen Stich ins Herz versetzt hätte, wenn es ihr möglich gewesen wäre. »Wegen des Geschäfts bin ich hergekommen«, erklärte sie mit eisiger Stimme.

»Ihr seid wegen des Geldes gekommen.«

Sie sprühte vor Zorn, und er hatte den Verdacht, dass es

eher an einer überwältigenden Fülle von Antworten lag als an einem Mangel daran.

Wieder schloss er die Augen und versuchte zu schlafen. Versuchte, in den halb ruhenden Zustand zu sinken, der ihm den Nachtschlaf ersetzte.

Tagsüber war er zu regelmäßigen Kundschaftsgängen auf den Beinen gewesen. Auch Senna war wach gewesen, wie er wusste, weil sie ihn jedes Mal mit dem Blick verfolgt hatte, sobald er aufgestanden war. Obwohl ihr Körper sich nie geregt hatte, sie so steif wie ein Pfahl auf dem Boden lag und die Arme an die Seiten gepresst hatte. Sie musste sehr müde sein. Aber trotz ihrer Erschöpfung hätte sie ihm in diesem Moment am liebsten mit den Fäusten auf die Brust getrommelt.

Schließlich seufzte er. »Senna, Ihr seid wie der Wind im Frühling. Wir werden nicht den King's Highway nach Dublin hinuntermarschieren. Ihr seid verrückt, wenn Ihr das glaubt.«

»Nein. Ich bin verrückt, weil ich Euch jemals geglaubt habe.«

»Ich habe niemals behauptet, dass ich Euch nach Dublin bringe.«

»Aber ich habe Euch darum gebeten!«

»Autsch, nun ja, da hättet Ihr Euch einen anderen Führer suchen müssen. Einen, dem es besser gefällt, herumkommandiert zu werden.«

Sie zog sich zurück. »Ich kommandiere Euch nicht herum.«

Er beobachtete, wie sie den Blick abwandte und zu der kleinen Lichtung hinüberstarrte. Die Hände hatte sie mit so unnachgiebigem Druck ineinander verschränkt, dass die Handflächen schon weiß wurden. Plötzlich setzte sie sich auf. Ihr Rückgrat war steif.

»Ich *werde* nach Dublin gehen«, verkündete sie gebieterisch. »Jetzt gleich.«

»Ach, wirklich?«

»Ja. Wirklich.«

»Dann geht Ihr allein.«

Senna schluckte, löste den Blick aber nicht von einem zweifellos faszinierenden Baumstumpf. »Was muss ich Euch zahlen?«

Er lachte. »Wie bitte?«

»Wie viel Geld wollt Ihr?«

Langsam setzte er sich auf. »Um Euch nach Dublin zu bringen?«

Senna nickte knapp, starrte immer noch weg. Aber er sah sie eindringlich an. Ihre Haare sahen aus, als würden sie in den orangefarbenen Sonnenstrahlen zu glühen anfangen.

»Welche Summe auch immer Ihr bei Euch haben mögt, Senna, sie wird nicht reichen, mich dazu zu bringen, nach Dublin zu gehen.« Wütend streckte er sich wieder aus. »Engländer«, murmelte er, »und ihr Geld.«

Senna seufzte verzweifelt. Er schöpfte Hoffnung.

»Dann soll es so sein, Finian«, sagte sie. Ihre Stimme klang vernünftig und daher in höchstem Maße verdächtig. »Ich verstehe, weshalb Ihr mich nicht hinbringen wollt. Und ich akzeptiere Eure Gründe.«

Er betrachtete sie eingehender. Sie sah so erschöpft aus, als ob sie ... einem zornigen, gewalttätigen Baron entflohen war. Trotzdem waren ihre Augen groß und wachsam. Sehr wachsam. Ein bisschen zu wachsam. Um aufrichtig zu sein, sogar hektisch.

»Was sagt Ihr da?«

»Ihr könnt mich nicht nach Dublin bringen. Ich kann nicht durch die irische Landschaft schleichen. Ich muss nach Hause.«

141

In der Tat, ihre Augen schimmerten viel zu hell. Sie war im Begriff, den Verstand zu verlieren.

»Ihr seid verrückt geworden.«

Sie verzog das Gesicht. »Ich weiß, wo sich der Highway befindet.«

»So, das wisst Ihr also?«

Sie nickte. »Ich habe ein gutes Ortsgedächtnis und kann mich an Dinge erinnern.«

»Oh, aye? Könnt Ihr Euch auch daran erinnern, wo der Treibsand liegt?«

Sie blickte ihn erschrocken an. »Treibsand? Ich kann mich nicht erinnern, dass wir Treibsand passiert haben.«

»Oh, dann dürfte er schwer zu finden sein. Und was ist mit dem Wolfsbau? Wisst Ihr, wo der sich befindet? Und was ist mit Rardoves Dorf, ein paar Meilen südlich? Ich meine das Dorf, das Ihr durchquert, wenn Ihr den Highway hinuntermarschiert.«

Senna sah erschüttert, aber trotzdem entschlossen aus. »Ich hatte nicht vor, mitten auf der Straße zu marschieren und mit den Armen zu wedeln«, entgegnete sie säuerlich.

Mit ein paar heftigen Bewegungen rieb er sich über das Gesicht, um das Blut wieder kreisen zu lassen und einen klaren Gedanken zu fassen. »Senna, Ihr habt den Verstand verloren.« Finian erhob sich. »Ich kann nicht nach Dublin gehen. Und deshalb könnt Ihr es auch nicht. Ich glaube, das wisst Ihr auch.«

Sie tat sich keinen Zwang an, den Blick absichtlich von ihm abzuwenden.

Er seufzte. »Ihr seht entschlossen aus.«

»Eine schlechte Angewohnheit.«

Finian lehnte sich an einen großen Fels, den die Sonne erwärmt hatte. »Ich müsste Euch fesseln, wenn Ihr es trotzdem versucht, Senna«, sagte er nachdenklich, »und dadurch kämen wir erheblich langsamer voran.«

Der Hauch eines Flackerns huschte über ihr Gesicht. Wuchs ihre Entschlossenheit? War es ein Lachen? Der Wunsch, ihn zu schlagen? Er rieb sich den Nacken und ließ die Hand wieder sinken.

»Gut«, verkündete er knapp, »dann geht. Der Weg nach Dublin ist mit Schwertern gesäumt. Welche Straße nutzen die sächsischen Ritter? Über welchen Highway reist der Statthalter Eures Königs? Und sagt mir noch, welches ist der leichteste Weg hinauf in den Norden? Soldaten, Kaufleute und Kühe nutzen die Straße nach Dublin, Senna. Und Erstere würden Euch aufspießen und braten, bevor Ihr Euch auch nur einmal umdrehen könnt, so groß wird die Belohnung sein, die Rardove auf Euch ausgesetzt hat.«

»Sie werden mich nicht erkennen«, beharrte Senna, »ich kann mich der Gegend anpassen.«

Zweifelnd ließ er den Blick über sie schweifen. »Mit diesem Haar?« Ihre Hand schoss hoch und sie berührte ihr Haar. »Nein, Senna, niemals. Diese Pracht ist wie eine Duftnote auf der Fährte eines Fuchses. Und was ist mit dem Schiff? Glaubt Ihr ernsthaft, Ihr könntet auf ein Schiff gelangen?« Er schnaubte und achtete nicht auf die Röte, die ihr über die Wangen huschte. »Man wird Euch vergewaltigen, bevor Ihr das Ende des Landungsstegs erreicht habt. Und von alldem einmal abgesehen«, fügte er ein wenig sanfter hinzu, als er bemerkte, wie erschrocken sie war, »schätze ich Eure Gesellschaft.«

Senna zuckte zusammen. Dieser rasche Wechsel von Komplimenten, Drohungen und dem verschleierten Eingeständnis von ... was auch immer, hat sie verwirrt, wie Finian vermutete.

»Ist Euer Vater denn nicht in der Lage, das schrecklich wichtige Geschäft eine Zeit lang zu führen?«, fragte er gereizt.

»*Ich* führe das Geschäft.«

»Ja, das habt Ihr unmissverständlich klargemacht, kleine Lady. Und was tut Euer Vater, während Ihr das Geschäft so schrecklich gut führt?«

»Er spielt.«

Finian bemerkte, dass er den Mund erstaunt aufriss, nicht so sehr wegen der Neuigkeit – denn die war nicht so besonders überraschend –, sondern weil er Zeuge wurde, dass ein spröder Schmerz sie wie ein Pfahl zu durchbohren schien. Ihr Körper hatte sich angespannt, und sie wirkte plötzlich so hart und undurchdringlich wie Bleiglas. Viele helle Farben, alle wie geätzt an ihrem Platz.

Er schürzte die Lippen. »Ah, Senna. Das ist eine Wanze, die fürchterlich beißt.«

Ein strahlend helles Lächeln tauchte in ihren Mundwinkeln auf. »Ich weiß.«

Sein Herzschlag stolperte. Senna war eine kleine Lady, beinahe noch ein Kind, und über welche Verletzungen auch immer sie jetzt sprach, er war überzeugt, dass noch viel mehr in den Winkeln ihres Herzens lauerten. Jeder Penny, den sie einnahm und in ihren Rechnungsbüchern verzeichnete, musste für sie wie ein Schutzwall gegen die Härte ihres Lebens sein.

Und ihr Vater war ein Dummkopf.

»Senna«, sagte er vorsichtig.

Sie beugte sich hölzern nach vorn. Wie bei einer bemalten Marionette hing ihr das falsche Lächeln immer noch in den Mundwinkeln.

»Männer sind Dummköpfe«, sagte er leise, »das dürft Ihr nie vergessen.«

Sie schwieg einen Moment, bevor sie zu seiner Überraschung zu lachen begann. Und was für ein Lachen es war ... ruhig. Hübsch. Natürlich.

»Das ist wahr, Ire, und ich habe nichts anderes vermutet«, sagte sie. Das Lächeln tauchte jetzt wie ein Ruder in ihre Worte und trieb sie voran. »Aber es ist gut, dass ein Mann mir das bestätigt hat.«

Ah, diese Frau war ein Schatz. Für jeden anderen.

»Ich denke, ich kann ein paar Tage erübrigen«, bemerkte sie in gnädigem Tonfall. Es klang, als läge es ganz bei ihr, ob sie nach Dublin gingen oder nicht. »Aber ich kann nicht zu viel Zeit darauf verschwenden, mit Euch hier durch die Hügel zu schleichen. Meine Reputation, versteht Ihr.«

»Vor dem nächsten Vollmond habe ich Euch auf ein Schiff verfrachtet, Senna. Ich darf meinen Ruf ebenfalls nicht länger als nötig aufs Spiel setzen. Was, wenn ich mit einer englischen Wollhändlerin gesehen werde?« Er schauderte.

Senna lachte. Finian ließ den Blick über ihr schmutziges Gesicht und ihr Haar gleiten, das längst nicht mehr zu einem Zopf gebunden war, und schaute in ihre leuchtenden, klugen Augen. Sorge und Beunruhigung nisteten sich in seinem Herzen ein. Diese Frau besaß mehr Verstand, größere Tapferkeit und größeren Einfallsreichtum als die meisten Schlachtenführer, die er kannte; und doch schien es niemanden zu geben, der nach ihr suchte oder sich um sie Sorgen machte.

Nur jemanden, der sie höchstwahrscheinlich töten wollte. Und den Mann, der sie im Stich gelassen hatte.

Und Finian sollte sie nach England segeln lassen? Aus welchem Grund? Eine Rückkehr in das Heim ihres Vaters kam für sie nicht mehr infrage. Nicht nach dieser Eskapade. Und die nächsten zwanzig Jahre durch die Hügel Ulsters zu streifen war ebenso ausgeschlossen. Was also dann? Reisen? Wohin? Mit welchem Geld?

Ohne Hilfe, ohne Familie an der Hand und ohne Verbindungen befand sie sich in noch größerer Gefahr, als wäre sie in den elenden Burgmauern von Rardove geblieben. Sie gehörte nirgendwo hin.

Trotzdem wäre ich noch dümmer als der Dreckskerl, der sie verprügelt hat, würde ich behaupten, dass sie ohne Hilfe ist, dachte Finian, als er nach den Lederriemen des Bündels griff, das sie ihm in der Gefängniszelle auf den Rücken geschnallt hatte.

»Und jetzt verratet mir, was Ihr in diesen Taschen verstaut habt, die wir schon all die Meilen mit uns herumschleppen«, sagte er und hoffte, sie ein wenig aufzuheitern.

Mit weichen, lautlosen Schritten kam sie über den weichen Torfboden zu ihm und blieb vor ihm stehen. Finian schaute hoch und ließ den Blick über ihre Beine gleiten, die so lang waren wie die eines Füllens und um die sich die Beinkleider schmiegten.

»Steine vielleicht?«, fragte er. »All Euren hübschen Tand?«

Eine kastanienbraune Braue zog sich hoch. Unbezähmbar. Er grinste.

»Ich lege keinen Wert auf Tand.«

»Niemand legt Wert auf Tand«, gab er belustigt zurück, »und doch gibt es ihn. Nun, was ist das?« Er griff in die Tasche und zog ein Stück Seife heraus. »Seife?«

Senna verschränkte die Arme vor der Brust. Eine Braue hatte sie ein Stück höher gezogen als die andere und lud ihn stumm ein, sich weiter einen Überblick zu verschaffen.

Als Nächstes zog er ein Paar Schuhe und eine Tunika heraus

und brach in lautes Lachen aus. »Ihr lasst uns Kleidung durch die Gegend schleppen?« Er fand es unbeschreiblich berührend. »Das ist der Inbegriff dessen, was nur Frauen tun können.« Mehr sagte er nicht.

»Was nur Frauen tun können?« Ihre Stimme klang tief, so angestrengt unterdrückte sie ihr Lachen.

Die Hände hatte sie auf die wohlgeformten Hüften gestützt. Erschüttert registrierte Finian die Mischung aus Verlangen und Zärtlichkeit, die ihn durchflutete.

Senna lächelte. Ihre weißen Zähne hoben sich von dem verschmutzten Gesicht ab. Aber ihre Lippen sind immer noch rosig und sehnen sich danach, geküsst zu werden, dachte er. Ihre Brüste sind weich und üppig und die Beine lang und wie geschaffen dafür, sich mir um die Hüften zu schlingen. Hilflos fuhr er sich mit der Hand durch das Haar und bückte sich zum Gepäckbündel.

»Was hätte ein Mann wohl eingepackt?«, drängte sie.

»Oh, vielleicht Waffen ...«

»So etwas habe ich auch. Habe ich nicht sogar Euer Schwert entdeckt, mein Herr? Und für uns beide ein Messer, dazu einen Köcher voller Pfeile?«

»Das habt Ihr.«

»Dann sagt mir doch: Was sonst hätte ein vernünftig denkender Mann noch für uns besorgt?«

»Nahrung«, schlug er vor, und die dunkle Braue zog sich warnend hoch.

»Findet Ihr dort drinnen«, antwortete sie süßlich und legte den Kopf auf die Seite.

»Aber es wäre mehr Platz dafür gewesen, wenn Ihr die Kleidung nicht eingepackt hättet«, versuchte er zu erklären.

»Hm.« Sie neigte den Kopf. Ihre weiche blasse Haut lenkte

kurz seine Aufmerksamkeit auf sich. Dann schaute er wieder in ihre verschmitzten Augen. Verschmitztheit passte gut zu ihr. »Sonst noch was, Mann?«

»Nein. Ein Mann würde mit leichterem Gepäck reisen. Das ist der Unterschied«, brummte er.

»Dann grabt tiefer und holt hervor, was die Frau Euch mitgebracht hat.« In ihrer Stimme tanzte das Lachen.

Wie sie angedeutet hatte, kamen getrocknete Beeren und getrocknetes Fleisch zum Vorschein, außerdem Brot und Käse. Ein Zündstein, ein paar Toilettenartikel, ein Seil und mehrere saubere Leinentücher. Dann stieß seine Hand an eine kühle, harte Oberfläche. Es dämmerte ihm, was es sein könnte, bevor er den Gegenstand herauszog. Er warf den Kopf zurück und lachte, während er die Whiskyflasche in die Luft streckte.

»Gott sei's gelobt!«, rief er. »Es ist *uisce beatha!* Senna, liebe Lady, ich verspreche Euch, dass ich Eure Entscheidungen nie wieder anzweifeln werde!«

Er lachte, und sie lachte auch. Einen Moment lang hatte sie weder vor den Leuten Angst, die auf der Jagd nach ihr waren, noch vor denen, die sich niemals auf die Suche nach ihr begeben würden. An ihrer leuchtenden Kraft konnte er es erkennen, an dem schlichten Glück, das sie ausstrahlte.

Senna kniete sich neben ihn. Eifrig kramte sie in ihrem eigenen Bündel nach etwas und zog eine zweite Flasche heraus, welche sie in ihrer bandagierten Hand hielt. Sein Blick fiel auf ihre Hand, aber als sie das Wort ergriff, schaute er sie an.

»Ich habe diese Flaschen und den Whisky gesehen und sie mitgenommen. Rardove erwähnte, dass es der beste ist. Einige Flaschen habe ich den Wachen gegeben. Gewürzt mit Baldrian. Diese hier habe ich für uns mitgebracht.« Sie grinste und stieß mit ihrer Flasche gegen seine.

Als er ihre kleine trotzige Geschichte hörte und beobachtete, wie sie über das ganze Gesicht lachte, kam es Finian vor, als würde ein Hauch Zuneigung ihn packen. Und noch etwas anderes.

»Ihr seid eine tapfere Frau, Senna«, stieß er schroff aus.

»Nein, überhaupt nicht. Obwohl«, sie deutete mit der Flasche auf ihren Kopf, »wenn ich hiervon genügend habe, dann könnte ich wahrscheinlich schon tapfer werden.« Sie hob die Flasche ein wenig höher und schaute ihn an. In ihren Mundwinkeln spielte ein Lächeln. »Sollen wir?«

Er grinste. »In der Tat. Ein bisschen Tapferkeit könnte uns auf unserem langen Weg helfen, Senna.« Er entkorkte seine Flasche. »Auf meine Retterin.« Er prostete ihr zu und nahm einen großen Schluck.

»Auf den Krieger«, sagte sie und trank ihm zu. Ihre Schultern neigten sich zurück, als sie den Schluck die Kehle hinunterrinnen ließ. Das lange rötliche Haar fiel ihr beinahe bis auf den rundlichen Hintern. Er biss die Zähne zusammen. Sie hatte wunderschöne lange Beine. Strahlende, furchtlose Augen. Einen leidenschaftlichen Geist.

Gott im Himmel hatte diese Frau nicht geschaffen, um Bücher zu führen.

Finian trank noch einen Schluck und leckte sich anschließend die Lippen. »Aye, der Whisky ist gut. Aber meine Brauer machen ihre Arbeit besser«, behauptete er, »ihr Whisky ist weicher als dieser hier.«

»Ich hoffe, Ihr habt recht, Ire«, sie spuckte mehr, als dass sie sprach, »denn der hier ist zu scharf für meine Zunge.«

Senna lächelte ihn an. Seine Welt schien sich plötzlich langsamer zu drehen. Sie hatte die Hand auf die Taille gelegt, den

149

Daumen nach hinten, und die schlanken Finger auf die Rippen. Plötzlich drängte es ihn überraschend mächtig, seine Finger ebenfalls dorthin zu legen.

Finian erhob sich. »Höchste Zeit, dass wir aufbrechen, kleine Lady.«

Kapitel 18

Finian und Senna marschierten den größten Teil der Nacht. Der Mond stand hoch am Himmel und erhellte ihnen den Weg. Meistens streiften sie am Rande der Felder und Bauernhöfe entlang, hielten sich dicht am Saum der Baumreihen. Zwei schmale dunkle Gestalten, die niemand weiter beachten würde. Sie sprachen kaum, bis sie schließlich auf einen Pfad hinaustraten, den Generationen von Menschen, Schafen und Ochsen ausgetreten hatten.

»Wir haben keine Wahl, Senna«, murmelte Finian, »wir müssen eine Weile auf dieser Straße bleiben. Haltet Euch am Rand. Ihr müsst mir helfen, etwas zu finden.« Er bückte sich bereits und musterte den Graben.

»Habt Ihr hier draußen etwas verloren?«

»Nein, ich habe nichts verloren. Trotzdem weiß ich genau, wonach ich suche. Wurzeln von Schafgarbe und Schwarzwurz. Und ein wenig von Eurem Baldrianstaub könnte uns auch helfen, falls Ihr davon noch etwas besitzt.«

»Für meine Hand«, erklärte sie düster.

»Nein, nur für Eure Finger«, sagte er und suchte den Boden ab, »die Hand soll Euch erhalten bleiben.«

»Ihr könnt mich in Ruhe lassen. Meine Finger, meine Hand, alles an mir.«

»Habt keine Angst, *a rúin*. Es ist nicht das erste Mal, dass ich eine Wunde heile ...«

»Habe ich nicht. Angst, meine ich.«

Er schaute über die Schulter zu ihr. Sie starrte mit kaltem Blick zurück. »Ah. Ihr habt Euch aber so angehört.«

»Ihr habt Euch verhört.« Finian suchte weiter. »Die Schafgarbe muss zu Tee verarbeitet werden«, betonte sie kurz darauf, »auch die Schwarzwurz braucht heißes Wasser. Wir müssten ein Feuer entfachen, und das würde uns gefährden.«

Er hockte sich neben den Graben und schob die Farne vorsichtig beiseite. Endlich hatte er gefunden, wonach er suchte. »Ich kann ein Feuer entfachen, dass Ihr erst dann bemerken würdet, wenn Ihr hineintretet, Senna.«

»Oh.«

Sie folgten dem schmalen Pfad vielleicht noch eine halbe Meile weiter, bevor sie sich wieder in den Wald schlugen und ihren Weg fortsetzten, bis der Mond unter die Wipfel der Bäume sank. Senna ließ sich auf die Knie fallen. Unwillkürlich barg sie die verletzte Hand in der gesunden.

Finian kniete sich neben sie und beugte sich über ihre verletzte Hand. Behutsam löste er sie aus dem Griff der gesunden. Nach einem kurzen Moment schaute er Senna an. »Es ist schlecht gerichtet.«

Senna biss sich auf die Unterlippe. »Was hat das zu bedeuten?«

»Es hat zu bedeuten, dass Ihr es lassen könnt, wie es ist. Dann wird es krumm zusammenwachsen, wenn überhaupt. Ich kann es aber auch richten.« Er lehnte sich auf die Fersen seiner Stiefel zurück und suchte ihren Blick auf Augenhöhe.

»Das klingt nicht angenehm. Was wisst Ihr über solche Dinge?«

»Nein, angenehm ist es bestimmt nicht.«

»Was wisst Ihr darüber, wie man Knochen richtet?«, hakte sie mit scharfer Stimme nach.

Er zuckte die Schultern. »Wer ein Leben wie ich führt, der lernt viele Dinge.«

»Ist das Eure Antwort?«, stieß sie grimmig aus. »Pah, Ihr habt keine Ahnung.«

»Ich weiß mehr als Ihr.«

Sie schnaubte.

Finian lehnte sich noch weiter zurück. »Dann schlage ich vor, dass Ihr es so lasst, wie es ist. Was spielt es für eine Rolle, ob Ihr Eure Finger so bewegen könnt, wie Ihr es wollt? Oder dass sie ohne Not missgestaltet sind. Oder dass vielleicht Eiter aus der Wunde sickert.«

Er setzte sich auf einen kleinen Hügel unter einem Baum in der Nähe und beobachtete Senna aus den Augenwinkeln.

Sie saß stocksteif da und starrte auf einen Busch ungefähr zehn Schritte entfernt. Ohne ihr lebhaftes Geplauder senkte sich schnell der Schlaf auf seine Glieder. Kam in schweren Wellen. Er schloss die Augen.

»Finian.« Klagend floss ihre Stimme über die Wiese.

»Aye?«

»Ich habe meinen Kamm verloren.«

»Ah«, erwiderte er langsam, weil er nicht genau wusste, welche Antwort verlangt war.

»Mein Haar ist so durcheinander.«

Ein paar Augenblicke herrschte Stille. Sie spielte mit dem Saum ihrer Tunika.

»Finian«, begann sie wieder mit dünner Stimme.

Er zog die Brauen hoch und wartete.

»Ich brauche ein Bad.«

Er verdrehte die Augen. »Ich bitte um Verzeihung. Ich vergaß, Eure Wanne mitzuschleppen.«

»Überdies gefällt es mir nicht, wie Ihr in Irland Eure Bäche und Flüsse angeordnet habt. Höchst unbequem. In England haben wir alle paar hundert Zoll ein Gewässer. Mindestens.«

Ganz anders als der Fluss, den wir gestern Nacht überquert

153

haben, vermutete er. »Ich sorge dafür, dass Ihr so schnell wie möglich an einen Fluss gelangt.«

Sie schwieg einen Moment lang. »Versprochen?«

»Aye«, erwiderte er grimmig und schloss die Augen.

Wieder verstrichen ein paar Augenblicke. »Finian?«

»Senna?«

Er öffnete die Augen und schaute sie an. Das Laub des riesigen Eichenbaumes erstreckte sich dunkel über ihm, und am Himmel prangten die Sterne.

»Habt Ihr gesagt, dass wir in eine Stadt gehen?«

»Aye.«

»Oh.« Kurzes Schweigen. »Ist das weise?«

»Nicht im Geringsten. Was glaubt Ihr, wie ich zu dieser Entscheidung gekommen bin?«

»Ich nehme alles zurück. Aber . . . eine Stadt?«

»Ich habe keine Wahl. Ich muss jemanden treffen.«

»Oh.« Sie schnupfte leise. »*Jemanden.*« Pause. »Ich hoffe, sie ist hübsch.«

Er schloss die Augen. »Es ist schwer, hübscher zu sein als Ihr.«

Das führte zu einer weiteren Runde Schweigen. Dass Finian *jemand* gesagt hatte, war maßlos untertrieben. Sein Kontakt, der Spion Red, war ein großes Risiko damit eingegangen, mit The O'Fáil in Verbindung zu treten und ihn wissen zu lassen, dass er das kostbare, aber verloren geglaubte Färber-Handbuch ausfindig gemacht hatte. Wer auch immer das Handbuch besaß und eine Färbehexe kannte, konnte auch Waffen daraus fertigen. Konnte Gebäude in die Luft sprengen. Konnte einen Krieg gewinnen.

In diesem Moment war Finian fünf Tage im Verzug. Aber gleichgültig, ob fünf Tage oder fünf Jahre, er würde die Verfolgung nicht aufgeben. Und er wusste, dass Red warten würde.

Der Lohn war immens. So immens, dass die Gefahren – der Tod eingeschlossen – demgegenüber zu vernachlässigen waren.

»Finian.« Wieder erhob sie die weiche Stimme. »Was habt Ihr in Rardoves Gefängnis getan?«

Er lehnte den Kopf gegen eine knorrigen Baumstamm. »Ich bin durch einen schmutzigen Bach gewatet.«

»Oh. Ich hoffe, Ihr meint nicht die Feuchtigkeit des Kellers.«

»Nein.«

Wieder verstrichen ein paar Augenblicke.

»Finian?«

Er schlug die Augen auf. Es hätte nicht viel gefehlt, bis er eingeschlafen wäre. »Aye?«

»Ich brauche etwas zu essen.«

Er raffte sich auf. Durchsuchte die Bündel und reichte ihr ein Stück Brot und Käse. Ohne großes Interesse schaute er zu, wie sie kaute. Die verletzte Hand hatte sie in den Schoß gelegt. Das Essen glitt zu Boden.

»Finian?«

»Senna…«, unterbrach er sie und überlegte, wie er ihrem zögerlichen Gespräch Einhalt gebieten sollte. Reden oder schlafen. Oder Leidenschaft, dachte er träge. Entweder das eine oder das andere. Dann aber ganz und gar. Er war so müde, dass er beinahe hören könnte, wie der Schlaf nach ihm rief.

»Meine Hand schmerzt. Könnt Ihr mir helfen?«

»Aye.« Er schnappte sich eine Flasche. »Hier.« Es machte leise *plopp*, als er den Korken herauszog und ihr den Flakon vor das Gesicht hielt.

Sie zog die Nase kraus und stieß ihn fort. »Es stinkt.«

Er zog die Brauen zusammen. »Vorhin habt Ihr doch auch davon getrunken.«

»Das war vorhin.«

Finian atmete geräuschvoll aus. Das Haar, das ihm in die Stirn fiel, hob und senkte sich mit jedem Windstoß, wie Senna interessiert beobachtete.

»Trinkt«, beharrte er und hielt ihr den Flakon dichter an den Mund.

Senna seufzte, als müsste sie ein Martyrium erdulden, schluckte und hustete.

»Noch einen.« Seine große Hand klammerte sich um ihre, als er sie dazu brachte, die Flasche festzuhalten und an die Lippen zu führen.

Sie trank.

Er überredete sie, noch ein paar kräftige Schlucke zu nehmen. Dann warteten sie, bis die Wirkung einsetzte. Inzwischen grub er ein tiefes Loch in die Erde, fachte ein kleines Feuer an und bereitete die Kräuter vor; er trennte die Wurzel mit dem Messer ab, während das Wasser, das er besorgt hatte, zu kochen begann. Aus den Kräutern bereitete er einen Wickel und einen Tee zu. Zum Schluss wickelte er den verschmutzten Verband von ihren gebrochenen Fingern. Auf dem Stoff klebte getrocknetes Blut, steif und dick und dunkel.

»Ihr habt es nicht gewaschen«, schimpfte er sanft, ohne die Augen von ihrer Hand zu lassen.

»Ihr habt mich nicht zum Wasser gebracht«, sagte sie vorwurfsvoll.

Er schaute kurz auf. »Gestern Nacht haben wir einen Fluss überquert.«

Senna warf ihm einen bösen Blick zu. »Auf Felsen. Wir haben einen Fluss überquert, indem wir über Felsen gesprungen sind. Das zählt wohl kaum.« Sie stieß auf wie bei einem Schluckauf. »Kaum.«

»Das Unrecht, das ich getan habe, bereitet mir großen Kummer, Mistress. Ich werde es sobald wie möglich wieder gutmachen«, murmelte er, ohne seinen Worten Beachtung zu schenken. Er konzentrierte sich voll und ganz auf ihre verletzten Finger.

»Ich werde Euch daran erinnern«, stieß sie mit zusammengebissenen Zähnen hervor, als er ausprobierte, wie weit sich ihre Finger noch bewegen ließen. »Ich stinke zum Himmel. Wir brauchen beide ein Bad. Aber stattdessen hüpfen wir über Felsen«, lamentierte sie in einem Singsang und schnappte sich dann wieder den Flakon, bevor sie leise aufstieß.

Er lächelte, aber sein besorgter Blick und die geübten Finger verließen keinen Moment lang ihre Hand, die er vorsichtig abtastete. Lass sie ruhig reden, dachte er, und lass sie vor allem trinken.

»Und nachdem ich in Rardoves Graben gelegen habe«, fuhr sie fort, nachdem sie sich noch einen Schluck gegönnt hatte, »muss ich noch schlimmer stinken als der Abtritt unter den Binsendächern. Ich werde nie begreifen, warum Ihr versucht habt, mich zu küssen.«

»Ich habe es nicht versucht.«

Langsam schüttelte sie den Kopf, so als wolle sie sich über den Mangel an Ritterlichkeit beklagen. »Es ist ein trauriger Tag, das kann ich Euch sagen.«

»Trauriger, als Ihr glaubt. Und Ihr habt mich gefragt, ob ich Euch küsse.«

Sie starrte ihn unter halb gesenkten Lidern an. »Ihr lacht mich aus.«

»Niemals«, murmelte er und strich mit seinem Finger am Ringfinger ihrer linken Hand entlang. Dieser Ringfinger und der kleine daneben waren verletzt und nicht ordentlich gerichtet worden. Die Sehnen wuchsen bereits schief zusammen, umwickelten einander wie eine Schlange in die Richtung, in die sie nicht gehörten. Auch die Knochen wuchsen schief zusammen, sodass sie die Finger nie wieder würde benutzen können.

Rardove musste gewusst haben, was er tat. Er hatte die Knochen nicht zertrümmert – nur glatt und sauber gebrochen. Und auch ohne die beiden Finger würde sie gut arbeiten können. Dreckskerl.

»Nachdem ich mit Euch im Dreck herumgekrochen bin«, lallte sie höhnisch und stieß wieder auf, »und ohne zu baden ...«

»Ach, sind wir wieder beim Baden?«

»... glaubt Ihr, dass ich Euch gebeten habe, mich zu küssen?« Senna schüttelte den Kopf. »Ihr, der Ihr so viel über Frauen wisst ...«

»Wer sagt, dass ich viel über Frauen weiß?«

»... sollte wissen, dass eine Frau niemals einen Mann bittet, sie zu küssen.« Sie blickte ihn triumphierend an. Ihr Oberkörper schwankte leicht.

»Hier.« Er schob ihr einen dicken Stock zwischen die Zähne. »Beißt darauf.«

Sie biss auf den Stock, schaute ihn aber funkelnd an. »Mear gnoch, Iar sollltet wissen, dasz ne Chrau es liebr hat ... ahhhh!«, schrie sie, als er ihr plötzlich wieder die Finger brach.

Senna heulte vor Schmerz auf und flog zurück. Der Stock fiel ihr aus dem Mund. Sie wälzte sich auf dem Boden und hielt die Finger, die jetzt gerade waren, mit ihrer unverletzten Hand fest und hockte sich auf die Knie. Dann richtete sie sich schwankend auf. Finian lehnte sich zurück und beobachtete sie. Sie stolperte ein paar Schritte vorwärts, bevor sie wieder auf die Knie sank, ihre Hand umklammerte und Schmerzensschreie unterdrückte.

Finian war überrascht, dass es so lange dauerte, bis sie die Sprache wiederfand. »Ire«, schwor sie mit heiserer Stimme, »es kommt die Zeit, da werde ich Euch so sehr wehtun, wie Ihr mir eben wehgetan habt.«

»Ich zähle die Tage und Nächte bis dahin«, spottete er und freute sich, dass in ihr wieder ein Feuer zu lodern schien. Er musste sie in diesem wütenden Zustand halten, denn er hatte die Knochen noch zu richten und zu verbinden, damit sie auch gerade blieben.

Senna kniete, wiegte sich aber nicht mehr hin und her. Irgendwo in der Ferne an einem Bach quakten die Frösche ihr Lied. Sie schniefte.

»Ihr heult und beklagt Euch auf kindische Art und Weise«, bemerkte er, um sie noch wütender und damit stärker zu machen.

Sie funkelte ihn an. »Ich heule nicht, und ich beklage mich auch nicht ...«

»Kommt her«, befahl er ruppig und streckte ihr beschwichtigend die Hand entgegen. Es gab Knochen zu richten, und der Schlaf durfte auch nicht vernachlässigt werden. Finian gähnte hungrig und drehte die Handfläche nach oben.

Senna torkelte zu ihm, schwankte leicht, als sie sich setzte und die Beine seitlich abspreizte. Das kastanienbraune Haar fiel ihr offen über die Schultern und den Rücken. Sie sah aus, als gehöre sie in den Palast eines Sultans ... oder genau dorthin, wo sie sich gerade befand, auf die Hügel, an seine Seite.

Wieder schrie sie auf, als er an ihren Fingern arbeitete – zuerst mit Whisky, dann mit dem Wickel, dann mit Leinenstreifen, die er von der Tunika gerissen hatte, die sich im Gepäckbündel befand. Senna hielt ihn über jeden heftigen Schmerzstoß auf dem Laufenden, bewegte ihre Hand aber erst wieder, als er mit seiner Arbeit fertig war. Und als es endlich so weit war, verhielt sie sich äußerst ruhig. Er schaute sie an und blickte in ein tränenverschmiertes Gesicht.

Mit einem unterdrückten Fluch breitete er die Arme aus. Sie sank nach vorn, und er schloss die Arme um sie, strich ihr über das Haar und murmelte sanfte, beruhigende Worte. Für eine lange Zeit.

»Die Schafgarbe sollte den Schmerz bald betäuben«, murmelte er schließlich.

»Es ist schon so weit.«

»Es tut mir leid.«

»Das sollte es auch.«

Er schloss sie noch fester in die Arme. Es dauerte eine Weile, bis ihre Worte wieder schwach hörbar waren. »Ich atme noch. Das ist mehr, als ich vor kurzer Zeit noch zu hoffen gewagt habe. Ich danke Euch.«

»Aye, Engel.«

Durch ihre Finger pulsierte der Schmerz, aber vermutlich, weil Finian die Knochen wieder gerichtet hatte, wie sie dachte. Und jetzt schossen die Botschaften zwischen Körper und Geist hin und her, wie sie eigentlich auch sollten: *Achtung. Das tut weh.*

Aber um aufrichtig zu sein, vieles tat weh. Ihre Finger, ihre Knie. Wegen des harten Felsens, auf dem sie hockte. Aber sie rührte sich nicht. Weil es wichtiger war, Finians Arme um sich zu spüren, auf die weichen, besänftigenden Worte zu achten, die er ihr ins Ohr murmelte, und nicht auf den Schmerz. Worte, die sie trösten und beruhigen sollten. Was sie auch taten.

Es dauerte eine Weile, bis sie sich mit größtem Zögern von seinem warmen Körper löste. Niemand konnte auf unbestimmte Zeit in einer warmen Umarmung ruhen.

»Es geht mir wieder gut«, verkündete sie steif. Schweigend ließ er sie los.

Sie legte sich auf den Boden und versuchte zu schlafen. Das Bündel diente ihr als Kissen. Sie drehte sich auf die Seite. Autsch. Fluchend legte sie sich auf die andere Schulter. Nein, das half auch nicht. Sie drehte sich auf den Rücken, spürte, wie der Erdboden ihr in die Haut drückte, und summte leise vor sich hin, bis ihr eigenes Gesumm ihr lästig wurde. Sie versuchte, sich das Geräusch eines Wasserfalls vorzustellen, weil sie hoffte, dann endlich in den Schlaf zu sinken. Vergeblich.

Sie starrte in den Himmel, an dem langsam der Morgen dämmerte. Es war nicht gut. Nichts half. Die Tränen stiegen ihr in die Augen.

Senna hörte leise Bewegungen im Gras. Dann schlangen seine Arme sich von hinten um sie und zogen sie in seine Wärme. Er legte sich an ihre Seite und sorgte dafür, dass sie sich an seine Brust schmiegte. Es war, als hätte sie nur darauf gewartet: Sie entspannte sich sofort.

»Ruht Euch aus, Engel.« Finians sanfte, raue Stimme strich ihr durch das Haar, über ihren Nacken.

Sein schlanker, harter Körper streckte sich an ihrem aus und erhitzte jeden Zoll vom Nacken bis zu den Knien. Einen Arm hatte er ihr um die Hüfte gelegt, den anderen auf den Boden oberhalb ihrer Köpfe. Sie seufzte tief. So war es mehr als gut, und mehr als genug, um ihrem Schmerz Zügel anzulegen. Und wie hatte er das nun wieder fertiggebracht?

»Ich danke Euch«, wisperte Senna, während der Schlaf sich auf sie senkte.

»Ich danke Euch«, murmelte Finian zurück. Sie schmiegte sich an ihn, und seine Hand schloss sich noch fester um ihre Hüfte. Sie passte aufs Haar genau zu ihm.

Kapitel 19

Als Senna erwachte, war Finian bereits auf den Beinen. Er stand ein Stück entfernt und häufte Erde auf das, was ihre Feuerstelle gewesen war. Jedes Mal, wenn er den Fuß vorstreckte, spannten sich auch die Muskeln seines Körpers an. Er hielt die Arme leicht ausgestreckt, und das Haar fiel ihm über die Schläfen – jedenfalls die Strähnen, die sich aus dem Zopf gelöst hatten, zu dem er sie zurückgebunden hatte. Das kantige Gesicht wirkte durch den sprießenden Bart düster.

Finian schaute zu Senna herüber, als sie sich aufsetzte. »Was macht Eure Hand?«

Sie überlegte kurz und kam zu dem Schluss, dass es ein gutes Zeichen war, wenn sie an die Verletzung erinnert werden musste. »Der Schmerz hat deutlich nachgelassen, und es pocht nicht mehr so.«

Er schaute auf ihre Hand und nickte anerkennend. »Aye, und geschwollen ist sie auch nicht. Hier habt Ihr übrigens die Gelegenheit, Euch zu waschen.« Er deutete auf einen kleinen Bach, den sie in der vergangenen Nacht nicht gesehen hatte.

Senna schaute hin, ohne sich zu rühren. Es kam überhaupt nicht infrage, sich vor ihm zu entkleiden.

»Und zwar jetzt, kleine Lady. Wir marschieren weiter, sobald wir hier fertig sind.«

»Ich bin überzeugt, dass ich nicht mehr brauchte als eine erholsame Nacht«, erklärte sie fröhlich. »Schlaf«, fügte sie hinzu, als er sie irritiert anschaute. »Kein Bad.«

Seine Miene hellte sich auf, und eine dunkle Braue schoss hoch. »Senna«, erwiderte er, »ich werde Euch nicht beim

162

Baden zusehen.« Konnte es sein, dass er sich amüsierte? Es schien doch tatsächlich ein Lächeln zu sein, was da über seine Lippen zu huschen schien.

»Ich glaube nicht, dass es besonders klug ist, die Hand nass werden zu lassen«, sagte sie kühl. »All Eure knochenbrecherischen Fähigkeiten hättet Ihr dann vielleicht vergebens angewandt.«

Diesmal zuckte tatsächlich ein kleines Lächeln in seinen Mundwinkeln, aber er erwiderte nichts. Stattdessen schaufelte er die Feuerstelle zu und fing dann an, sein Kettenhemd aufzuschnüren. Der Latz klappte auf die weiche Tunika, die er daruntertrug, und dann zog er sich das Hemd über den Kopf.

»Ich möchte später keine Klagen hören«, hörte sie ihn gedämpft sagen.

Sie antwortete nicht. Denn sie war zu sehr damit beschäftigt, zu beobachten, wie der Ire sich direkt vor ihren Augen auszog! Er legte die Rüstung ab und hob den unteren Teil seiner Tunika hoch. Ja, er würde sie ausziehen. Es gelang Senna nicht, den Blick zu lösen. In ihrem Magen rumorte es, als würden tausend Schmetterlinge mit den Flügeln schlagen. Er zog die Tunika hoch und zeigte seinen flachen Bauch. Endlich fand Senna ihre Sprache wieder.

»Nein, Ihr werdet gewiss keine Klagen hören«, entgegnete sie gereizt, »obwohl es mir fast danach aussieht, als hättet Ihr gestern Abend auch schon gewusst, dass es diesen Bach gibt. Als ich zu baden wünschte. Aber Ihr habt es vorgezogen, ihn nicht zu erwähnen . . .«

Ihre Worte verloren sich. Es gab nichts mehr dazu zu sagen. Außerdem hatte Finian sich die Tunika ausgezogen und zu Boden fallen lassen.

Das wirre schwarze Haar fiel ihm auf die breiten muskulö-

163

sen Schultern, die er abwechselnd kreisen ließ, bevor er den Kopf in entgegengesetzte Richtungen drehte und genüsslich stöhnte. Offenbar machte es ihm nichts aus, dass sie ihm zuschaute. Ihn anstarrte. Sie riss den Blick von ihm los.

Finian ging ein Stück am Bach entlang, der in einem tiefen Bett dahinfloss. Von dort gelangte er leichter ins Wasser als von der Stelle, an der Senna stand. Finian tauchte den Kopf unter Wasser. Als er sich wieder aufrichtete, schüttelte er sich die Nässe aus den Haaren, dass die Tropfen durch die Luft sprühten. Mit einer raschen Bewegung strich er sich das Haar aus der Stirn und schaute zu Senna.

»Warum führt Ihr die Bücher im Geschäft Eures Vaters, kleine Lady? Verratet es mir.«

Senna beobachtete ihn dabei, wie er sich noch mehr Wasser über das Gesicht spritzte, nach dem Klumpen Seife griff, sich die Handflächen damit einrieb und die Seife auf Wangen und Kinn verteilte. Dann zog er ein Messer aus seinem Gürtel.

»Ihr rasiert Euch!«, rief sie überrascht.

»Aye.«

Senna verharrte reglos und schaute weiter zu. Als er fertig war, tauchte er den Kopf zum zweiten Mal unter Wasser, schleuderte das nasse Haar zurück und zeigte zum ersten Mal das bartlose Gesicht.

Das nasse schwarze Haar klebte am Hinterkopf und offenbarte die scharfe, feine Linie seines Kiefers und der Wangen. In seinen Mundwinkeln hing immer noch das betörende Grinsen, das ihr Herz hüpfen ließ; aber jetzt sah sie die ganze Sinnlichkeit seiner Lippen, und ihr Herz hämmerte wie verrückt, als sie daran dachte, was er ihr mit ihnen angetan hatte.

Als er sich mit den Händen durch das Haar fuhr und es sich aus dem Gesicht strich, blitzte in Sennas Fantasie das Bild auf, dass es ihre Haare waren, die sich um seine Hände wanden. Er hielt die Arme über den Kopf gestreckt, und Sennas heißer Blick glitt über die Kurven und Flächen seines Körpers. Ein Hauch dunkler Haare bedeckte seinen flachen, harten Bauch, der sich zu festen, schmalen Hüften verjüngte.

Ihr Blick verzehrte seinen Körper wie eine köstliche Mahlzeit und ignorierte die Tatsache, dass er ihre Blicke durchaus bemerkte. Als sie mit ihrer Betrachtung fertig war und ihm ins Gesicht schaute, sah sie sein wölfisches Grinsen.

»Senna, eine Frau, die einen Mann so anschaut, ist eine wahre Verlockung.«

Gott im Himmel mochte ihr beistehen, denn dieser Ire kannte wirklich jeden einzelnen ihrer sündigen Gedanken, jede erotische Fantasie, jedes lustvolle Bild, das ihr durch den Kopf gehuscht war. Sie errötete. Er zog die Brauen hoch. Die Röte kroch ihr bis zum Haaransatz. Sie riss den Blick von ihm los.

Finian war offensichtlich zufrieden und kniete sich wieder ans Wasser. »Die Rechnungsbücher«, sagte er und erinnerte sie an seine Frage.

Sie drehte ihren Kopf leicht zu ihm, versuchte aber, nicht auf seine muskulösen Oberschenkel zu starren, als er erneut die Seife in seiner Hand verrieb und sich dann Arme und Brust wusch.

»Ich kümmere mich um die Buchführung, weil ich es kann.«

»Ich hatte nicht gemeint, warum Ihr es macht, Senna, sondern vielmehr, warum Euer Vater es *nicht* macht.«

»Oh. Nun, es ist, wie ich schon sagte: Sir Gerald ist dem Spiel verfallen. Wenn sich die Gelegenheit ergibt, wettet er auf alles. Pferde, Turniere, Regentropfen, einfach alles. Einmal hat er sogar mit dem Bruder meiner Mutter darum gewettet, ob König Edward wohl Balliol oder Robert The Bruce zum schottischen Regenten erwählen wird.«

Finian schnappte sich die Tunika und rieb sich damit über sein feuchtes Haar. »Und wofür hat sich Euer Vater entschieden?«

Sie lächelte bitter. »Ausnahmsweise behielt er recht, aber es hat ihm nicht gefallen. Nachdem meine Mutter uns verlassen hatte, wurde das Spiel zu seiner Leidenschaft.«

Er ließ den Blick über sie schweifen, stellte aber nicht die Frage, die geradezu darum bettelte, gestellt zu werden: *Was soll das heißen, ›nachdem meine Mutter uns verlassen hatte‹?* Senna kam ihm zuvor. »Sir Gerald hat regelmäßig die Truhen durchwühlt. Er hat unermessliche Schulden bei ... bei zwielichtigen Männern.«

»Euer Vater hat Angelegenheiten mit zwielichtigen Männern zu klären?«

»Mein Vater hat Angelegenheiten mit allen zu klären, die die Bestie in seinem Innern gefüttert haben. Adlige Verbrecher oder Hafenarbeiter, wen kümmert's?« Sie warf ihm einen Blick zu. »Ihr seid nicht betroffen. Daher könnt Ihr es auch nicht verstehen.«

»Zwielichtig? Auf welche Art?«

»Männer von der Art, die nachts ins Haus schleicht, manchmal in vornehmer Kleidung, manchmal verdreckt und abgerissen.« Es hatte sie abgelenkt, dass er sich ausgezogen und gewaschen hatte, dass sein Oberkörper nass geglänzt hatte. Aber jetzt registrierte Senna, dass sie über Dinge sprach, über die sie schon seit vielen Jahren nicht mehr gesprochen hatte. »Die Sorte Mann, die spät nachts auftaucht, und man hört die wütenden Stimmen. Aber alles nur geflüstert, als ginge es um große, große Geheimnisse. Die Sorte, die am nächsten Morgen verschwunden ist, und der Vater gleich mit ihnen. Zwielichtig eben. Auf diese Weise.«

Er knüllte seine Tunika zusammen. »Ihr nennt Euren Vater Sir Gerald.«

»Oh«, sagte sie nervös. Warum musste er auch noch so genau hinhören? War es nicht möglich, dass er in wenigstens einer Hinsicht nicht vollkommen war? »Ich bin es gewohnt, ihn so zu nennen. Wie unsere Lieferanten. So läuft es im Geschäft.«

»Nun, ich bin überrascht, dass eine so geistvolle Lady seinem Samen entsprossen ist.«

»Meint Ihr mich?«, rief sie lachend. »Nein, Ihr meint bestimmt jemand anders.«

»Ach ja, jetzt wo Ihr es sagt. Ich rede über all die anderen edlen Ladys, die mich aus dem Gefängnis befreit haben.«

Er kam zurück und bückte sich nach seinem Kettenhemd. Die Bewegung zog ihren Blick auf sich, aber bei dem Anblick, der sich ihr bot, wich ihr das Blut aus den Wangen.

»Heilige Mutter Gottes«, wisperte sie atemlos.

Sein Rücken war zerschunden. Lange, tiefe Wunden bedeckten ihn wie ein gezackter Kreis. Ein Teil der klaffenden Stellen züngelten wie rote Feuerflammen über seine Haut und bildeten auf ihr eine Landkarte der Brutalität. Manche Wunden waren vernarbt, aus anderen sprach die kürzliche Bekanntschaft mit der Lederpeitsche. Ohne den Blick von dem entsetzlichen Anblick zu nehmen, erhob sich Senna langsam.

»Jesus. Finian.«

Muskeln wie bei einem Gladiator spielten unter seiner glatten Haut, als er sich zu ihr wandte. Beinahe konnte sie spüren, wie die rasiermesserscharfe Peitsche durch die Luft schwang,

167

ihm das Fleisch aufriss und in die beängstigende Kraft darunter schnitt wie ein Messer durch eine Birne. Mit zittrigen Fingern fuhr sie am Rand des wunden Fleisches entlang, und sie schaute ihm in die gleichmütig dreinblickenden Augen.

In seinen Augen sind grüne Sprenkel.

»Ihr habt auch gelitten«, murmelte er und ließ den Blick über die nachlassende Prellung ihrer Wangenknochen schweifen.

»Oh, Finian«, hauchte sie wieder und spürte die Tränen in ihren Augen. Sie sank auf die Knie und durchwühlte ihren Rucksack. »Ich habe Salbe«, erklärte sie mit zittriger Stimme und wühlte im Gepäck herum. Im hohen Bogen schleuderte sie alles heraus, was ihr in die Finger kam: einen Brocken harten Käse, drei kleine Beutelchen, Streifen aus Leinen und Leder, ein Seil.

Senna streckte den kleinen Behälter so hoch, wie es nur ging, etwa bis zur Mitte seines Oberkörpers. Mit unlesbarer Miene griff er danach, und sie richtete sich wieder auf. »Ist Eiter aus der Wunde geflossen?«

Er schüttelte den Kopf, sodass ihm das lange Haar wieder über die Schultern fiel. »Fühlt sich jedenfalls nicht so an.«

»Nun, ich schaue es mir an«, befahl sie kurz und knapp. Natürlich hatte es nichts zu bedeuten, dass ihr vor Kurzem noch die Tränen in den Augen gestanden hatten – es war nur zu verständlich, dass sie sich um die Wunden des Mannes sorgte, den sie gesund an ihrer Seite brauchte, um ihr eigenes Überleben zu sichern. Sie legte die Hand auf seinen Arm und drehte ihn um. »Bleibt stehen.«

Finian erlaubte ihr, ihn herumzudrehen, und sie erlaubte sich selbst, nicht darauf zu achten, wie seine warme, breite Schulter sich unter ihrer Hand anfühlte. Senna biss sich auf die Zunge, als sie anfing, die dicke Salbe in langsamen, sanften

Bewegungen aufzutragen, die seine Muskeln schaudern ließen.

»Tue ich Euch weh?«

»Aye«, bestätigte er grimmig.

Sie hielt inne und spähte über die Schulter auf seinen kantigen Kiefer. »Sehr?«

»Ja.«

»Nun«, gab sie zurück und wiederholte sich, »nun.«

Reglos ließ Finian die schmerzhafte Behandlung über sich
ergehen. Als sie fertig war, trat sie zurück und musterte ihre
Arbeit mit kritischem Blick. »Ich glaube, ich habe alle Stellen
erwischt«, murmelte sie und neigte den Kopf, um zu prüfen,
ob das Licht ihr einen Streich gespielt und sie doch eine Stelle
übersehen hatte. Nein, beschloss sie und straffte sich, ich habe
sie alle erwischt.

Seine dunklen Augen erwarteten sie bereits.

»Ich stehe wieder in Eurer Schuld, Mistress.«

Sein Blick fiel auf die Salbe, die immer noch auf ihrer Fingerspitze klebte. Ein Schritt brachte ihn so nahe zu ihr, dass er
ihre Hand ergreifen konnte.

Ihre Lippen teilten sich. Heiß stieß sie den Atem aus. Beinahe nachdenklich legte er ihr den Daumen auf die Unterlippe und zeichnete sie nach. Senna kam es vor, als würde die
Hitze sich spiralförmig durch ihren Körper winden.

»Wie kann ich meine Schuld begleichen? Was wollt Ihr,
Senna?«

»Ich will nur eins«, wisperte sie, »nach Hause gehen.«

Nach Hause, wo keine Wölfe heulten und keine Soldaten
auf der Jagd waren. Wo der größte Fluss, der zu überqueren
war, aus dem murmelnden Wasserlauf zwischen dem Haus
und den Ställen bestand. Und das härteste Bett, in dem sie
jemals hatte schlafen müssen, jenes war, das sie sich selbst

169

bereitet hatte, als sie letzten Herbst nach dem Abfall Flanderns eine kostspieligere Schiffspassage gebucht hatte.

Nach Hause, wo die Sonne jeden Abend durch die Bleiglasfenster schien und gedämpftes grünes Licht über die Bücher auf dem Pult des Kopisten ergoss.

Wo Monate verstrichen, in denen sie außer der Dienerschaft niemanden hatte, mit dem sie reden konnte – bis sie alle gehen lassen musste, wenn die Schulden zu groß wurden.

Nach Hause, wo das Schweigen regierte und selbst die einträglichen Schafe nichts anderes waren als helle, weiße Flecken auf der durchnässten braunen Landschaft ihres Herzens.

Finian hatte die Hand warm um ihre geschlossen. »Ist das wirklich und wahrhaftig alles, was Ihr wollt? Nach Hause gehen?«

Nein, schrie ihr Herz, nein, nein, nein!

»Aye«, flüsterte Senna dumpf.

Finian ließ ihre Hand los. Sie konnte sich kaum daran erinnern, was sie tun musste, um die Hand wieder anzuheben. Sie schulterten das Gepäck und schlüpften schweigend in die Deckung der Bäume, während sich das Dämmerlicht ausbreitete und weder ein Geräusch noch eine Spur ihre Anwesenheit verriet.

Kapitel 20

Gott sei's gelobt. Ein Boot.«
Senna reagierte genau entgegengesetzt. »O du lieber Gott.
Ein Boot.«

Es war der dritte Mittag seit ihrer Flucht aus Rardoves
Burg, und sie kauerten im Dickicht oberhalb eines Flusslaufes.
Auf einer kleinen Insel inmitten der rauschenden Strömung
lag ein kleines Dorf. Und vielleicht fünf kleine tränenförmige
Boote, die an ihrer Seite des Flusses festgemacht waren.

»Mit dem Boot wird unsere Reise wesentlich schneller. Und
einfacher.«

»Wir müssten das Boot stehlen«, stellte Senna klar, als ob
der Diebstahl der Grund für ihren Widerspruch wäre.

»Aye, Senna. Wir stehlen ein Boot.«

Finian eilte geduckt den Hügel hinab, bis er in der Nähe des
Ufers war, und schlug sich dann in das hohe Schilf und die Binsen. Auf dieser Seite des Flusses war niemand zu sehen; nur
auf der anderen Seite gingen die Dorfbewohner ihrer Arbeit
nach. Ein paar Frauen wuschen Wäsche. Ein Kind lief barfuß
von einer Hütte zur anderen und rief nach jemandem.

Senna folgte Finian mürrisch. Nebeneinander hockten sie
sich ins hohe Gras, *was ich in letzter Zeit ausgesprochen häufig
getan habe*, dachte Senna säuerlich.

Es war immer noch riskant, bei Tag zu reisen, aber nicht
annähernd so riskant wie eine Bootsfahrt bei Nacht. Und offensichtlich gab es keine andere Möglichkeit, als das Boot zu nutzen.

Während Finian und Senna verborgen im Schilf kauerten,
beobachteten sie, wie die Dorfbewohner ihren täglichen Ver-

richtungen nachgingen. Senna fühlte sich wie damals als junges Mädchen, als sie mit ihrem Bruder Will Verstecken gespielt hatte. Nur sie und er, die wild umhertobten. Ohne Mutter, die fortgegangen war, und bei einem Vater, der so gut wie nie da war.

Welche großartigen Spiele sie gespielt hatten, ohne sich darüber klar zu werden, wie ihre Stimmen über die leere Wiese hallten. Aber schon bald wurde Will fortgenommen – fortgeschickt, korrigierte sie sich rasch –, um standesgemäß zum Knappen und danach zum Ritter ausgebildet zu werden. Das war durchaus ein Privileg und eine finanzielle Ausgabe, für die sie selbst aufkam, nachdem sie im Alter von fünfzehn Jahren die Buchhaltung übernommen hatte. Wills Ausbildung fehlte es an nichts.

Die Boote schaukelten im Wasser, als ein Windstoß den Fluss hinabfuhr. Sie schluckte. Bestimmt hat Will sogar schwimmen gelernt, dachte sie bitter.

Senna wühlte in ihrem Gepäck und zog den Flakon heraus, entkorkte ihn und trank einen Schluck. Es brannte den ganzen Weg die Kehle hinunter. Finian warf ihr einen Blick zu.

»Ich kann nicht schwimmen«, gestand sie.

»Das könnte aber helfen.« Er schaute zurück auf den Fluss und auf die schaukelnden Boote, deren bloßer Anblick sie krank machte.

Senna trank noch einen kräftigen Schluck und starrte auf sein Profil. Finian hatte ein sehr attraktives Profil. »Warum hätte ich schwimmen lernen sollen? Wozu soll das gut sein?«

»Es kann nützlich sein, wenn Ihr einen Fluss überqueren wollt.«

Sie trank einen Schluck Whisky. »Ich kann andere Sachen.«

»Aye«, stimmte er zu, ohne sie anzuschauen. »Geld machen. Feuerwasser trinken. Viel reden.«

Sie lächelte bleich. »Ich kann auch mit Waffen umgehen, falls es Euch interessiert. Sollte es jedenfalls, wenn Ihr die Absicht habt, weiterhin auf diese Weise mit mir zu reden.«

Er drehte sich zu ihr und musterte sie aufmerksam, lächelte sein gefährliches Lächeln und lehnte sich in das schwankende Schilf. Das Brummen und Summen von Mücken und Fliegen legte sich leise über die erhitzte Erde.

»Ach, tatsächlich?«, sagte er. »Ihr könnt mit Waffen umgehen? Wer hat Euch das gelehrt?«

»Mein Bruder Will. Er hat mich vieles gelehrt. Wie man Bäume hochklettert. Wie man den Kurzbogen benutzt. Und ein Messer.« Wieder zog Finian eine dunkle Braue hoch. Sie nickte. »Oh, eine Zeit lang sind wir richtig wild gewesen.«

Finian brach eine Schilfröhre in zwei Hälften und nagte an der Spitze herum. »Guter Gott«, bemerkte er leise, »Ihr seid ja ein wahrer Wildfang gewesen. Ich bin überrascht, dass das nicht als Verbrechen gilt.«

»Eine Frau zu lehren, wie man mit Waffen umgeht?«

»Nein. Es Euch zu lehren.«

Er lächelte ziemlich spöttisch, als er sich auf den Ellbogen stützte und der Länge nach ausstreckte, während er darauf wartete, dass die Dorfbewohner aus dem Blickfeld verschwanden und sie ihre Geschichte leise weitererzählte.

»Wie könnt Ihr so ruhig sein? Wenn all das ...«, ihre Geste umfasste praktisch die ganze Welt, »... geschieht. Geschehen ist. Wie könnt Ihr so ... ungezwungen sein?«

Er spuckte das Schilfstückchen aus und lächelte weiter. Es war, als würde just in diesem Moment die Sonne aus den Wolken hervorlugen. »Senna, es gibt schlimmere Dinge, die ich im Moment tun könnte, als hier mit Euch zu sitzen. In diesem Moment fühle ich mich nun mal ungezwungen.«

In der Tat, als würde die Sonne hervorlugen. Ihr wurde wärmer. Überall. Senna schlug die Augen nieder, spielte mit dem schwankenden Schilf und brach dann ein Stückchen ab, genau wie er es getan hatte, und steckte es zwischen die Zähne. Sofort zog sie es wieder heraus. »Jetzt verstehe ich, warum wir Bodenbelag daraus machen.«

Finian nagte an seinem Schilfstück und lächelte immer noch. »Euer Bruder, Senna. Und sein Verbrechen, Euch zu lehren, wie man einen Bogen und ein Messer benutzt.«

»Bis jetzt habe ich noch keinen Schaden angerichtet. Ich bin nicht gut mit dem Bogen.«

»Ach. Ich bin überzeugt, dass es am Ende gut wird, was auch immer Ihr Euch in den Kopf gesetzt habt.«

In ihrem Versteck im Schilf sprachen Senna und Finian nur leise. Die Hitze und sein Lächeln hüllten sie ein wie ein leichtes Tuch. Es war irgendetwas an der Art, wie Finian sich auf der Erde ausstreckte, wie er atmete, die ihr verriet, dass er seine Aufmerksamkeit voll und ganz auf sie gerichtet hatte. Obwohl es nicht recht vorstellbar war, warum es sie überhaupt kümmern sollte.

»Ich bin überrascht, dass Euer Vater es hat geschehen lassen«, bemerkte Finian. »Das mit den Waffen.«

Sie lächelte bitter. Warum sprachen sie eigentlich so häufig über ihren Vater? Seit Jahren hatte sie über den Mann kein Wort verloren, es sei denn, in kurzen Unterhaltungen mit Will, wo sie sich gegenseitig bestätigten, dass sie Sir Gerald seit Wochen nicht gesehen hatten. Seit Monaten. Jahren.

»Mein Vater war viel unterwegs. Ich habe ihn nur selten zu Gesicht bekommen.«

Er musterte sie noch eindringlicher. »Und was hat Eure Mam gedacht, als Ihr den Umgang mit Waffen lerntet?«

»Meine Mutter hat uns verlassen. Ich glaube, ich war fünf Jahre alt. Ich kenne meine Mutter gar nicht.«

Schweigend kaute Finian an seinem Schilfstück weiter. »Könnt Ihr Euch an gar nichts von ihr erinnern?«

Heftig schüttelte sie den Kopf – im direkten Widerspruch zum Ausmaß ihrer Lüge. »Noch nicht einmal, wie sie riecht.«

Rosen und Grün. Frisches, junges Grün. Und nach den gelben Rosen, die hinten im Garten gestanden hatten, und die der Wein im Laufe der Zeit überwuchert hatte.

»Ah.« Eine Libelle schwebte lautlos über Finians Schulter. Wie ein zitternder, schillernder Pfeil. Dann schoss sie davon. »Dann gab es nur Euch und Euren Bruder? Ihr habt Euch gegenseitig aufgezogen?«

»Nur uns zwei gab es. Bis es für ihn Zeit wurde, zu gehen.«

Senna war bewusst, dass die Wehmut in ihrer Stimme ebenso viel verriet wie die Worte. Sie schaute zu Finian hinüber und hasste es wie die Pest, dass sie nichts als Hohn erwartete. Oder schlimmer noch, Desinteresse.

Aber stattdessen entdeckte sie dunkle Augen, die sie aufmerksam anblickten. Das gefilterte Sonnenlicht ließ seinen ernsten Blick schattig aussehen. Und als er nickte, langsam und ernst, fühlte sie sich angenommen.

Und in diesem Moment brach der Hauch eines neuen Verlangens in ihr Bewusstsein.

Finian hielt den Blick weiter auf sie gerichtet, schaute sie an wie von Gleich zu Gleich und hörte zu, als wären die Dinge, die sie erzählte, überhaupt nicht beschämend Obwohl sie es doch waren. Sogar in höchstem Maße beschämend. Die Dinge, die ihr Vater zugelassen hatte, die Art, wie er durch das Leben ging, ein Strom voller Möglichkeiten, der zu einem seichten Teich versiegte, nachdem er dem Spiel verfallen war. Nachdem Mama fortgegangen war.

Und die Schande ihrer Mutter, die man sich auch dann nicht würde ausrechnen können, zöge man jeden Abakus in Frankreich zurate. Schon als Kind hatte Senna es so empfunden, als würden die Menschen in ihrer Nähe ihr mit jedem Blick zu verstehen geben, wie schändlich ihre Mutter sich benahm. Glitschig und trügerisch war der Boden, auf dem sie sich bewegte. Lieber nicht nach unten schauen.

Und all das steckte natürlich auch in Senna.

Sie reckte das Kinn hoch. Es war eine Geste, die sie sich schon vor Jahren angewöhnt hatte und die sie immer dann einsetzte, wenn die Scham drohte, ihr ein Geschäft zu verderben. »Ich habe das Geschäft übernommen, als ich ... nachdem ich fünfzehn geworden war. Mein Vater war niemals zu Hause. Will dient als Ritter. Ich weiß nicht genau, was er macht. Er spricht nicht darüber. Irgendetwas für verschiedene Lords. Glaube ich jedenfalls. Geheiratet hat er noch nicht. Das kann nicht gut sein. Er sieht nicht so aus, als sei es gut für ihn. Er sieht eher ... hart und unnachgiebig aus.«

»Und was sagt Euer unnachgiebiger Bruder dazu, dass Ihr Euch auf die Reise nach Irland gemacht habt?«

»Er weiß es gar nicht.«

Freundschaftliches Schweigen breitete sich zwischen ihnen aus. Finian ließ den Blick über den Fluss schweifen. Kein Dorfbewohner in Sicht. Er hockte sich auf die Knie und prüfte noch einmal genau die Gegend, bevor er sich erhob.

»Lasst uns gehen, kleine Lady.«

Die Sonne brannte Senna auf Kopf und Nacken, als sie sich ihren Weg durch das Schilf bahnten. Alles schien so hell und nah. Die Welt roch frisch, wie nach warmer, sauberer Erde und nach Kiefern, nach Blüten und Wasser. Sie fand keine Worte, um die Schönheit Irlands zu beschreiben, die so lebhaft und großartig war wie ein Tropfen Tinte auf einem Stück Pergament.

Das hohe Schilf raschelte verschwörerisch, als es sich hinter ihnen schloss. Kleine Windstöße hauchten über den Fluss, der so blau leuchtete, dass es ihr beinahe in den Augen wehtat. Aber ihr Magen zog sich zusammen, als sie daran dachte, in ein Boot steigen zu müssen.

Senna schaute weder nach rechts noch nach links beim Gehen und ergab sich ihrem Schicksal, sich trotz der unbeschreiblichen Schönheit der irische Landschaft krank zu fühlen. Oder gerade deswegen – wegen des Wassers.

Resigniert schloss sie die Augen, legte die Hand auf den Rand eines alten Holzbootes und schob ihr Bein hinüber.

»Nein, Senna!«, zischte Finian hinter ihr.

Sie befand sich halb im Boot, halb draußen, und drehte sich erschrocken um.

»Nicht das.« Er tauchte ein wenig aus der Hocke auf. »Dies hier.« Finian zeigte auf ein kleineres Boot, das mitten im Schilf befestigt und kaum zu sehen war.

Seufzend zog Senna das Bein zurück und stützte sich dabei fest auf den Bootsrand. Naturgemäß begann das Boot zu schaukeln. Und Sennas Fuß steckte irgendwie fest.

Das kleine Boot trieb aus dem Schilf auf den Fluss. Das Seil straffte sich sofort und riss es zurück. Senna kämpfte um ihr Gleichgewicht. Es platschte heftig, als sie ins Wasser fiel. Der Fuß steckte immer noch fest.

Wie sehr sie Boote doch hasste!

Senna versuchte, mit dem Bein in die Luft zu treten, um sich aus der Klemme zu befreien. Doch bei jedem Tritt musste sie sich weit zurückneigen und geriet mit dem Kopf unter Wasser. Ihre Finger gruben sich in den Flussgrund. Wie lange würde es dauern, bis der Besitzer des Bootes den Lärm hörte und nachschaute?

»Was habt Ihr an meinem Boot zu suchen?«

Offensichtlich nicht sehr lange.

Senna versuchte, den Kopf zu drehen, um zu sehen, wen sie

177

mit ihrem hochgradig beschämenden, aber noch nicht kriminellen Handeln belästigte.

Finians Beine rückten in ihr Blickfeld. Sie schaute in sein Gesicht, aus dem Verachtung zu sprechen schien, wenn sie richtig las. Ja, es stimmte, obwohl sie ja praktisch auf dem Kopf stand. Vielleicht betrachtete sie alles nur aus dem falschen Blickwinkel.

Finian stützte ihren Rücken mit dem Arm, was ihr den Halt verschaffte, ihren Fuß zu befreien. Dann half er ihr, sich ans Ufer zu schleppen. Da stand sie nun, tropfnass, mit Seegras im Nacken. Sie zog sich das Seegras aus der Tunika und schaute in ein düsteres, merkwürdigerweise aber wenig überrascht schauendes Gesicht eines alten Mannes.

»Was habt Ihr in meinem Boot zu suchen?«

»Ich wollte nur über die K... über den Rand klettern«, verkündete sie heiter. »Es ist ein wenig nass geworden, aber das macht nichts.«

Finian und der alte Mann blickten sie grimmig an, bevor Finian sich an ihn wandte.

»Großvater«, murmelte er und senkte den Kopf. Das war auch schon das letzte Wort, das Senna verstand, weil Finian in die beschwörendste und gefühlvollste Sprache verfiel, die sie jemals gehört hatte. Irisch, das ihm tief aus der Kehle drang. Schon die Sprache raubte ihr beinahe den Atem, aber ganz bestimmt Finian.

Als sie seine Haltung sah, die von Respekt gegenüber dem alten Mann sprach. Als sie ihm lauschte – ihm, den sie im Grunde genommen überhaupt nicht kannte – und zusah, wie er sich vor ihren Augen von einem grimmigen Krieger zu einem liebenswürdigen Mann wandelte.

Wild klang seine Sprache. Wild, das war er. Wild, das war es, was sie sein wollte.

178

Ohne Vorwarnung löste Finian sich aus seiner Reglosigkeit und schleuderte ein paar schwere Bündel in das Boot, das Senna beinahe hatte kentern lassen. Und er kehrte zu einer Sprache zurück, die sie verstehen konnte.

»Wir werden das nach *Cúil Dubh* für Euch bringen, Großvater. Und mein Dank sei Euch gewiss.«

Gleichmütig stand der alte Mann da. Er musste etwa sechzig Jahre alt und besser bei Kräften sein als viele andere Männer, die nur halb so alt waren wie er. Der Mann war muskulös und sehnig – und er war misstrauisch und sah nicht sehr glücklich aus. Aber er stritt auch nicht. Finian bewegte sich rasch, warf noch einen Sack in das Boot und murmelte Senna zu, dass sie an Bord klettern solle.

Sie zögerte. Der alte Mann beobachtete sie mit schlauem Blick. Seine Augen waren blauer als das Wasser, die Brauen so wild gewachsen wie das Schilf, durch das sie gekrochen waren, und das Gesicht so zerfurcht wie aufgerissener Erdboden. Ein alter Brummbär. Senna lächelte. Sie hatte schon einmal in ihrem Leben mit einem Brummbären zu tun gehabt ... ihrem Großvater, den sie nicht mehr gesehen hatte, seit ihre Mutter verschwunden war. Senna mochte Brummbären.

Zögernd lächelte der alte Bär zurück.

»Wir müssen aufbrechen, Senna«, sagte Finian leichthin. Aber sie hörte den gehetzten Unterton. Als machte er sich Sorgen. Als könnte der alte Mann sich jeden Augenblick umdrehen und Hilfe herbeirufen. Jüngere, bewaffnete Männer.

Ohne einen weiteren Gedanken daran zu verschwenden, griff Senna in den Beutel, den sie sich umgehängt hatte, und kramte ein paar Münzen heraus, die sie aus Rardoves Truhe gestohlen hatte. Sie drückte ihm die Münzen in die Hand. Ein paar Pennys, die für ihre Zukunft verloren waren. Aber die war sie ihm schuldig.

»Ich danke Euch, Großvater«, wisperte sie und gab ihm mit dem Finger auf den Lippen zu verstehen, dass er schweigen solle.

Er schloss die Hand über der Münze, die bestimmt ausreichte, ihn und seine acht Nachbarn über das Jahrzehnt zu bringen. Sein Lächeln wurde nicht breiter, aber langsam, ganz langsam senkte sich ein Augenlid und er blinzelte ihr auf die außergewöhnlichste Weise zu, die Senna jemals erlebt hatte. Sie errötete bis an die Haarspitzen und stieg ins Boot.

Als Senna und Finian losfuhren, schaute der alte Mann dem Boot nach, bis das hohe Schilf ihn verschluckte und nichts mehr zu sehen war als der Himmel, der sich blau über ihnen wölbte. Und der Kormoran, der mit weit ausgebreiteten Schwingen über ihren Köpfen kreiste.

Kapitel 21

Ihr habt ihm eine Münze zugesteckt?«
Finians scharfer Tonfall veranlasste Senna, den Blick von dem Kormoran abzuwenden. Sie nickte.

Er schnaubte wütend. »Ihr habt ihn bestochen. Das machen die Engländer recht gern.«

Sie lächelte hochmütig. »Und die Iren behaupten gern, dass sie verstanden hätten, worum es überhaupt geht. Es war keine Bestechung. Könnt Ihr das nicht begreifen? Offen gesagt, mir fehlen die Worte.«

Wieder schnaubte er. »Euch fehlen die Worte? Zu schön, um wahr zu sein.«

»Ihr schnaubt ziemlich viel«, betonte Senna.

Er starrte sie an. »Legt Euch nieder.«

»Pardon?«

»Ein Ire, der in einem irischen *curaigh* einen irischen Fluss hinunterfährt und einen Sack mit Häuten geladen hat, fällt nicht auf. Aber Ihr, Ihr fallt auf. Legt Euch nieder.«

»Wieso falle ich auf?«, fragte sie, befolgte aber seine Anweisung.

Er schaute sie nur an.

Sie beharrte darauf, einen Teil ihrer Kleidung abzulegen, da sie nicht im nassen Leder liegen und wie ein Dorsch in der Sonne braten wollte. Finian brummte zwar, aber Senna war dazu entschlossen, und am Ende gab er nach. Es folgte eine kurze, unangenehme Verzögerung, während der sie sich aus einigen nassen Kleidungsstücken schälte und sich bis auf ein dünnes Leinengewand entkleidete. Dann streckte sie sich im Boot aus.

181

Gereizt bemerkte sie, dass die Säcke mit den Häuten nicht neben ihr lagen, obwohl sie es sich auf ihnen hätte bequem machen können. Aber die Ladung lagerte auf den Holzbänken und sonnte sich ebenfalls. Finians Schwert und Bogen lagen natürlich in ihrer Nähe, außer Sicht, aber leicht zu greifen.

Sie drehte sich unruhig um und versuchte, sich in dem kleinen Boot einzurichten, in dem sie eigentlich gar nicht sein wollte, weder für kurze noch für lange Zeit. Senna musste sich quetschen und die Arme eng an sich pressen. Es roch. Es war dreckig. Es war nass. So nass, als ob sich in einem kleinen Teich unten in dem *curaigh* des Großvaters – oder wie auch immer Finian das Gefährt genannt hatte – ein geheimes Leben abspielte.

»Finian.«

»Hm?« Er schaute nicht zu ihr hinunter. Seine kräftigen Arme arbeiteten mit dem klobigen Paddel. Senna konnte beinahe spüren, wie das Wasser nur wenige Zoll unter dem Bootsrumpf dahinrauschte.

»Ich glaube, hier unten gibt es Fische.«

»Aye. Im Fluss sind viele Fische.«

»Nein. Ich meine, in diesem Boot. Sie schwimmen um mich herum. Kleine zierliche Fische.«

Seine Lippen zuckten.

»Wenn Ihr lacht, stehe ich wieder auf«, drohte sie.

»Schscht«, zischte Finian mit leiser Stimme und unbeweglichen Lippen. Senna blieb keine Zeit, sich Sorgen zu machen, denn fast zur gleichen Zeit hörte sie vom Ufer her lautes Rufen. Sofort war sie von Panik ergriffen. Engländer. Soldaten.

Man hatte sie entdeckt.

»Dreht bei, Ire!«, rief ein Soldat.

Finian stieß das Paddel tief in das Flussbett und stoppte die Weiterfahrt. Hätte er es nicht getan, hätte das nur dazu geführt, dass die Soldaten nach den anderen Männern riefen, die das Land patrouillierten. Aber das Holz im Flussbett verhinderte auch, dass das Boot noch näher an das Ufer rückte.

»Sieht aus wie O'Mallerys Nussschale«, sagte ein Soldat.

»Richtig«, bekräftigte Finian freundlich, »er hat es mir geliehen.«

»Verdammt unwahrscheinlich«, murmelte der kleinere Soldat. Die zwei starrten einander einen Moment lang an. Dann schnipste der größere mit den Fingern.

»O'Mallery lässt es noch nicht mal zu, dass seine Frau sein bestes Stück anrührt«, brummte er, »komm rüber, Freundchen.«

Senna spürte, wie Finian sich im Boot aufrichtete; er war wie eine mächtige Welle, die zum Ufer rollte. Sie ergriff seinen Stiefel. Ein harter Blick fuhr nach unten. Mit geöffneter Handfläche gab sie ihm zu verstehen, dass er sich langsam setzen sollte. *Setz dich. Beruhige dich.*

»Um meinetwillen«, wisperte sie.

Sein Blick schoss wieder hoch. »Es sind nur zwei«, sagte er, ohne die Lippen zu bewegen.

»Ja, im Moment sind es nur zwei«, wisperte sie zurück, »Ihr habt behauptet, dass Ihr es genießt, mit mir auf Reisen zu sein. Und ich genieße es, mit Euch auf Reisen zu sein. Also gebt nach.«

»Ich habe schon sehr oft nachgegeben«, sagte er mit ruhiger Stimme, und genau das beunruhigte sie. Wie sie vermutete, blinzelte er immer noch zum Ufer hinüber, befand sich in einem tödlichen Krieg der Blicke mit dem englischen Soldaten.

»Ich kann durchaus mit Euch mithalten«, drängte sie wispernd.

Der Hauch eines Lächelns zuckte in seinen Mundwinkeln.

»Freundchen, komm gefälligst rüber.«

Es war der Whisky, der sie dazu verleitete. Davon war sie überzeugt. Der heiße, hemmungslose Rausch, der ihr durch die Gliedmaßen flutete, schoss ihr auch ins Hirn und verschmolz mit ihrem Verstand.

Senna atmete tief durch zerrte heftig an ihrer Tunika, sodass der Stoff riss und unzüchtig die Schwellung ihrer Brust und das Tal dazwischen entblößte. Dann setzte sie sich auf. Wirklich außer Rand und Band. Hoffte sie jedenfalls.

Finian stand der Mund offen, aber nicht so weit wie den englischen Soldaten am Ufer.

»Je-sus!«, schrie der eine und sprang zurück, als wäre sie eine Zauberin aus einem alten Märchen.

Senna lächelte, lächelte so lüstern sie es vermochte, und schlang die Arme um Finians Schenkel. Ihr Gesicht befand sich so nahe an seinem Unterleib, dass es den Verdacht erweckte, sie habe gerade eben erst die Lippen von ihm gelöst.

»Hallo, Jungs«, grüßte sie ebenso vertraulich wie heiser. Oder hörte sie sich eher so an, als wäre ihr übel? Sie wusste nicht genau, wie sie zu klingen hatte, wenn es verführerisch sein sollte, und hoffte, dass es in Ordnung war. »Stören wir Euch?«

Die Soldaten staunten und stierten. Und Finian begriff auf Anhieb, was Senna vorhatte. Er legte die Hand leicht, aber besitzergreifend um ihren Hinterkopf, übte kaum merklichen Druck nach unten aus und brachte ihre Lippen ein winziges Stück näher an das heran, was jetzt eine Erektion war. Offenbar war er mit der Geste vertraut. Eine Hitzewelle schoss ihr durch den Körper bis in den Unterleib.

Die jungen Soldaten richteten den Blick auf Finian und

brachen in feixendes Lachen aus. Sie schlugen sich gegenseitig auf die Arme, so als hätten sie etwas Großes, Bedeutendes vollbracht. Bisher hatten sie so getan, als stünden sie auf gegnerischen Seiten; aber das war nichtig angesichts einer Frau, die sie haben konnten, um sich den . . .

Senna behielt das starre Lächeln auf den Lippen. »Ihr könnt sie jetzt angreifen«, schlug sie unbeweglich vor.

Finian regte sich nicht, als er antwortete: »Soll ich? Aber wir reisen doch gern miteinander.«

»Dann lasst es uns so versuchen.« Sie hob die Stimme. »Habt einen schönen Tag, Jungs!«, flötete sie, hob eine Hand und winkte. »Wir werden ihn jedenfalls genießen.«

Finian zog das Paddel aus dem Flussbett. Das Boot fuhr weiter flussabwärts. Mit besorgtem Blick und halb erregt, weil er neugierig hingestarrt hatte, trat ein Soldat nach vorn und hob die Hand.

Wieder war es der Whisky, der ihr die Idee einflößte. Und diesmal war sie sich ihrer Sache sehr sicher.

Sie senkte den Kopf und strich mit den Lippen über Finians Erektion.

Auch diesmal stand den Soldaten der Mund offen. Dann brachen sie in lautes Gejohle aus und sprangen auf und ab, als stünden sie an einem Bienenstock. An Finians Haltung änderte sich nichts, außer dass der Griff seiner Hand an ihrem Hinterkopf sich kaum merklich verstärkte.

Das Boot glitt über den Fluss. Senna dämmerte es nur langsam, dass sie sich überhaupt nicht rührte. Der Boden des Bootes war hart und nass, als sie zwischen Finians Beinen kniete. Trotzdem spürte sie nichts.

Sie war sich nur seiner harten Schenkel unter ihren Armen bewusst, seiner Hitze, die ihr Kinn und ihre Wangen einhüllte, die heiße Sonne, die ihr auf den Kopf schien, und seine Brust,

185

die sich mächtig hob und senkte. Er schaute zu ihr hinunter. Sein Gesicht lag im Schatten, die dunklen Augen waren unergründlich. Aber er beobachtete sie. Und seine Hand umspannte immer noch ihren Hinterkopf.

Nie wieder durfte sie Whisky trinken.

»Ich bin verwegen«, murmelte sie. Ja, verwegen, das war sie gewesen. Sie fühlte sich, als ob sie flog.

»Das ist eine sehr schlechte Idee«, erwiderte Finian angespannt.

Es kostete ihn einen Moment, bis er die Worte über die Lippen gebracht hatte, weil er versuchte, seine Fassung zurückzugewinnen. Aber jeder Augenblick, den er sie noch länger anschaute, machte ihm das noch schwerer. Ihr Haar war immer noch feucht und zersaust und trocknete in kleinen Löckchen. Wie ein Gewitterregen aus poliertem Bernstein umflossen sie ihr Gesicht. Ihre Lippen waren voll und sinnlich, und der mutwillige Ausdruck in ihren Augen irritierte ihn. Er zog die Hand zurück.

»Eine sehr schlechte«, wiederholte er.

»Aber es ist eine«, erwiderte sie. War das etwa ein Lächeln in ihren Worten? Wollte diese Jungfrau aus den englischen Midlands ihn etwa verspotten?

Nein, dachte er düster, nicht die Jungfrau aus den Midlands. Aber die kluge Göttin, die ihn aus dem Gefängnis befreit hatte.

»Nein, tut das nicht, Senna«, warnte er.

»Aber . . . warum nicht?«

»Ihr spielt mit dem Feuer.«

»Vielleicht will ich ja mit dem Feuer spielen.«

»Ihr werdet Euch die Finger verbrennen.«

»Was, wenn ich Euch küsse?«, fragte sie ihn mit leiser, samtiger Stimme.

Soweit er es beurteilen konnte, war Senna keine Expertin. Ihren Körper nutzte sie für kaum mehr als mit der Schreibfeder einen Vertrag nach dem anderen zu unterzeichnen. Und wenn sie in diesem heiseren und kehligen Tonfall sprach, dann wohl nur, weil sie unerfahren und unschuldig auf Empfindungen reagierte, die sie nicht kannte.

Doch es hörte sich an, als würde sie ihm leidenschaftlichen Sex anbieten.

»Senna, wenn Ihr mich küsst, dann werde ich Euch ins Gras werfen und Euch dazu bringen, den Himmel so laut um Beistand anzuflehen, als wären alle Soldaten Irlands hinter uns her.«

Sie blinzelte. Ihr Mund formte sich zu einem O. Dann sprach sie es aus. »Oh.« Und setzte sich an das andere Ende des Bootes.

»Fühlt Ihr Euch immer noch wagemutig?«, fragte er grimmig, aber zufrieden.

Sie starrte an das Ufer, auf die Bäume, die sie passierten, auf die Wiesen. Und schüttelte den Kopf.

»Nein. Ja. Ich meine, ja. Ich fühle mich ungemein wagemutig. Allerdings hat mir der Wagemut nicht viel genützt.« Finian schwieg und dachte, dass sie vermutlich in ihrem ganzen Leben noch nie wagemutig gehandelt hatte. »Es scheint nicht die beste Idee zu sein, auf Wagemut zu setzen. Oder was meint Ihr?«

Er war anderer Meinung. Er glaubte, dass ihre Idee eine gute, sogar sehr gute gewesen war, vielleicht sogar die beste seit Jahren. Aber er brachte nicht mehr über die Lippen als »dann spielt nicht mit mir, Senna. Ich bin kein kleiner Junge«.

»Ich hatte nicht gedacht, dass ich spiele.«

Er hatte wieder zu paddeln begonnen. »Jetzt wisst Ihr aber Bescheid.«

»Jetzt weiß ich Bescheid.«

Die Herbstsonne schien warm und hell und tauchte die Landschaft in ein goldenes Licht. Alles schien wie Gold zu glänzen, ja, zu Gold zu zerfließen. Als Senna sich zu ihm drehte, spürte Finian, wie das Verlangen in ihr pulsierte und auf ihn übersprang.

»Und doch ist es so, Finian, ich fühle mich *sehr* wagemutig.«

Ganz langsam legte er das Paddel ab. Wie sollte ein Mann sich gegen diese flehende Unschuld zur Wehr setzen?

»Wirklich?«, stieß er aus. Die Röte schoss ihr ins Gesicht. Sein Herz schlug heiß und langsam. »Das wundert mich.«

»Was?« Die Stimme klang unruhig. Aber ihr Blick war mit seinem verschränkt; sie begehrte, was er besaß.

Finian wurde so hart wie seit Jahren nicht mehr. Es lag am Warten. An der Qual, sie zu begehren, aber nicht bekommen zu können. Aber an ihr ist ganz und gar nichts Besonderes, sagte er sich, sie ist nur eine Frau mit einer lebhaften Fantasie, mit einem messerscharfen Verstand und einem Körper, für den Männer sich im Staube wälzen würden, um ihn zu berühren.

»Wenn ich Euch darum bitten würde, etwas zu tun«, sagte er leise, »würdet Ihr es tun?«

»Aye«, stieß sie aus.

»Streicht Euch mit der Hand das Bein hinauf.«

Sennas Atem ging schneller, und der Ton, den sie ausstieß, klang wie ein Stöhnen. Sie sah auf ihre Hand, die auf ihrem Knie ruhte. Auch Finian schaute darauf. Ihre Finger zitterten, als sie mit ihnen die Innenseite ihres Schenkels hinaufstrich. Sie tat es sehr langsam, weil sie hoffte, auf diese Weise nicht ganz und gar in Scham zu versinken. Als Senna einen Fuß vorschob und ihn gegen die Bootswand stützte, spürte Finian, dass er unaufhaltsam in die verzehrende Vorhölle der Lust hineinglitt.

Bevor ihre Hand ihren Schoß berührte, hielt Senna inne. Sie hielt die Finger leicht gebogen, und sie wiesen genau dorthin, wo sich zwischen ihren Schenkeln ihre heiße Stelle verbarg.

Finian ließ den Blick genüsslich über ihren Körper schweifen. Senna lag zurückgelehnt im Bug des *curaigh*, ihre Lippen waren leicht geöffnet und ihre Hand lag zwischen ihren Beinen. Und sie sah Finian wartend an.

»Und jetzt?«, fragte sie atemlos.

Wollte sie ihn etwa verhöhnen? Auf die Probe stellen? Stellte sie ihm wirklich diese Fragen? Und was, wenn er antwortete? Sollte er ihr erst die Jungfräulichkeit rauben und ihr dann das Herz brechen? Denn genau das würde geschehen. Zu etwas anderem war er nicht fähig.

Finian fuhr sich mit der Hand durch das Haar. Im letzten Moment schnappte er nach dem Paddel, das er beinahe fallen gelassen hätte.

»Nichts ist jetzt, Senna.«

Sie setzte sich aufrecht. »Was?«

Er fing wieder an zu paddeln. »Lehnt Euch zurück. Genießt die Aussicht.«

»Aber ...«

»Und legt es an.«

»Was?« Sie blickte ihn verwirrt an. »Was soll ich anlegen?«

»Jedes Stück Kleidung, das Ihr besitzt. Und möglichst noch ein paar Stücke von mir«, fügte er mit fester und, wie er hoffte, unmissverständlicher Stimme hinzu. Aber er musste sich gleich darauf eingestehen, dass man bei Senna mit dem Tonfall nicht immer das erreichte, was man wollte.

»Aber Finian«, widersprach sie und zerrte an den schmutzigen Lumpen, die ihr kaum bis zur Mitte des Schenkels reichten. Ein weiblicher wohlgeformter Schenkel, an dem er am liebsten mit der Hand hinaufgefahren wäre, und dann mit der Zunge. »Alles ist nass, und ...«

»Zieht Euch an. Oder ich fahre nicht weiter.« Finian hatte den Blick abgewandt. Wie lange konnte er es noch ertragen, der Lust zu widerstehen, die der verlockende Körper seiner Begleiterin in ihm weckte? Einen Atemzug lang? Drei?

Vor ihnen lagen aber nicht Atemzüge, sondern *Tage*. Er stöhnte.

»Besser so?«, fragte Senna herausfordernd, nachdem sie ihre Ledertunika und die Beinlinge angelegt hatte.

Woher sollte Finian das wissen? Er schaute sie ja gar nicht an.

»Ja, das ist besser«, bestätigte er knapp.

Senna lehnte sich zurück und warf ihm einen finsteren Blick zu.

Kapitel 22

Sennas Blick mochte so finster sein, wie er wollte, er trug nichts dazu bei, auch nur ein einziges ihrer Probleme zu lösen.

Sie wollte nicht in diesem Boot sitzen. Mit Finian. Ohne dass er sie berührte. Und das war verrückt. Aber in ihrem Innern war ein Feuer entfacht worden, irgendetwas, das ihr keine Ruhe ließ. Sie sehnte sich verzweifelt danach, dass er sie berührte. Das war lächerlich. Und vielleicht ein Zeichen des Wahnsinns, dem sie langsam verfiel.

Anstatt sich über Rardove und dessen Zorn den Kopf zu zerbrechen oder darüber, wie sie ihr Geschäft retten oder jemals wieder nach Hause kommen sollte – falls sie überhaupt ein Zuhause hatte, in das sie zurückkehren konnte –, konzentrierte sie ihre ganze Aufmerksamkeit darauf, diesen Iren dazu zu bringen, sie anzufassen.

Verdammt sei der Whisky.

Alles, was sie an diesem Nachmittag sprachen, war, wenn man es wohlwollend betrachtete, belanglos. Als der Spätnachmittag anbrach, kam Senna vor Hitze beinahe um. Und vor Langeweile. Das Boot glitt mühelos über den kleinen Fluss, und immer, wenn ein Dorf in der Ferne auftauchte, befahl Finian ihr, sich flach in den Rumpf zu legen. Sonst geschah nichts. Ein paar Worte, die gewechselt wurden. Keine Berührungen.

Und die Hitze.

»Können wir am Ufer festmachen?«, fragte sie plötzlich.

Finian blickte sie an, als traute er seinen Ohren nicht. »Habt Ihr den Verstand verloren?«

191

»Nein«, erwiderte sie so langsam, als hätte er Schwierigkeiten, sie zu verstehen. »Aber ich bin dreckig. Ich stinke.«

Er schnüffelte. »Nein, das tut Ihr nicht.«

»Dann seid Ihr nicht bei Verstand. Ich habe im Matsch gelegen.«

»Wir halten nicht an.«

Bedrückendes Schweigen folgte.

»Nur die Tunika«, sagte sie kurz darauf.

Er warf ihr einen vernichtenden Blick zu. »Nein, das tut Ihr nicht.«

Sie vergalt es ihm mit einem ebenfalls vernichtenden Blick. »Mir ist heiß.«

Und es war heiß. In diesem Moment war es so heiß, wie es heißer an diesem Tag nicht mehr werden könnte.

»Nein, tut es nicht.«

»Ich sterbe vor Hitze.« Wie zum Beweis hechelte sie. Er schaute fort.

»Senna, falls Ihr auch nur ein Kleidungsstück auszieht, werfe ich Euch ins Wasser.«

Sie schnappte nach Luft. »Nur die . . .«

»Ohne zu zögern«, stieß er aus. Sie zuckte zurück. »Habt Ihr in den vergangenen Stunden eigentlich schwimmen gelernt?«

»Natürlich nicht.«

»Dann lehnt Euch zurück.«

»Ich lehne mich doch zurück«, erwiderte sie säuerlich.

»Wir sind bald da.«

»Nicht bald genug.«

Er schnaubte.

»Ihr schnaubt wirklich mehr als genug.«

»Und Ihr beklagt Euch mehr als genug.« Finian fixierte sie mit dem Blick. »Warum ruht Ihr Euch nicht ein bisschen aus? Legt Euch auf die Ladung und schließt die Augen?«

Und meinen Mund, schoss es ihr böse durch den Kopf.

Am Ende fanden sie den unbequemen Kompromiss, dass Senna sich über die Bootswand lehnte und sich Gesicht und Achselhöhlen wusch und alle Körperteile, die sie erreichen konnte, wenn sie die Kleidung wegschob, ohne sich auszuziehen. Während sie sich wusch, setzte Finian sich auf seinen Platz und blickte in die andere Richtung den Fluss hinauf.

»Ich bin fertig!«, verkündete sie fröhlich.

Finian drehte sich zurück, schwieg wie versteinert und paddelte weiter.

Eine Stunde später war sie wirklich drauf und dran, dem Wahnsinn zu verfallen. Keine Unterhaltung, nur Hitze und Langeweile. Und dass sie das Stückchen trockenes Brot in ihrem Magen und den Käse nicht schon wieder von sich gegeben hatte, lag nur daran, dass der Nebenarm des Flusses, den sie befuhren, sehr flach war. Das Boot schaukelte kaum; aber angenehm war die Fahrt trotzdem nicht.

Vielleicht schon zum hundertsten Mal rutschte sie hin und her, kniete sich schließlich hin. Ihre Knie knackten. Stöhnend fuhr sie sich mit der Hand auf den Rücken. »Ich glaube, mein Rückgrat ist gebrochen.« Plötzlich verkrampfte sich ihr Bein. Sie versuchte, den Krampf auszuschütteln.

»Versteht Ihr eigentlich viel von Booten, Senna?«, fragte er mit scharfer Stimme.

Sie beobachtete ihn. Der Krampf ließ nach. »Ein wenig.«

»Dann wisst Ihr wahrscheinlich auch, dass Ihr Euch nicht hin und her schütteln solltet, als würdet Ihr in einem Karren hocken. Oder Ihr werdet über Bord gehen.«

»Ach, wirklich?«, fragte sie spöttisch.

Ein kühler Blick glitt über sie. »Schaukelt nur weiter. Dann werdet Ihr es selbst erleben.«

Sie schaute auf das Ufer und hielt inne. »Ihr müsst wissen, dass ich auch helfen kann.«

Finian würdigte sie kaum eines Blickes.

»Mit Paddeln. Ich kann auch eine Runde übernehmen.«

»Nein.«

»Warum nicht?«

»Weil wir fast am Ziel sind.«

Die Neuigkeit war so aufregend, dass sie versuchte, sich umzudrehen und auf die schmale Holzplanke zu knien. Just in diesem Moment prallte das Boot auf einen Stein, der unsichtbar unter der Wasseroberfläche lag. Es schwankte heftig, und Senna glitt von der Holzplanke. Ihr Fuß traf hart auf den Boden des alten Bootes ... und das morsche Holz brach. Im Nu sickerte Flusswasser ein und sammelte sich am Boden des Gefährts.

Schockiert schaute Senna auf ihren linken Fuß, der sich knöcheltief im Fluss befand. Das Wasser blubberte durch das Leck nach oben. Verzweifelt sah sie Finian an.

Er hatte sich erhoben und starrte fassungslos auf den Schaden, den sie angerichtet hatte. Inzwischen befand sich eine beachtliche Wassermenge in dem kleinen Gefährt.

»Finian«, stieß sie hilflos aus.

Er seufzte, ließ das Paddel sinken und befreite ihren Fuß vorsichtig aus den Holzplanken. Das Wasser stand knöchelhoch im Boot. Finian bückte sich und hob Senna hoch, wobei ihr ganz flau im Magen wurde. Und dann warf er sie ins Wasser.

»Nein!«, schrie Senna auf und wollte noch nach seinen Schultern greifen.

»Das Wasser reicht Euch noch nicht einmal bis zu den Knien«, sagte er so ruhig, wie er konnte. »Und das Ufer ist keine zehn Fuß entfernt.«

Senna ergab sich ihrem Schicksal, und so kam es, dass sie – mit ihrem Gepäck auf dem Rücken und einem Sack voller Otterhäute in den Händen – zwei Fuß tief im Wasser stand, als die englischen Soldaten am Waldrand auftauchten.

Kapitel 23

Senna erstarrte.

»Finian«, wisperte sie und bewegte dabei kaum die Lippen. Er stand mit dem Rücken zu ihr und hob das Gepäck und den letzten Sack mit Häuten über den Bootsrand. Er wandte sich um – und erstarrte ebenfalls.

»*Shite*«, hörte sie ihn leise fluchen. Er watete ans Ufer und schüttelte das Wasser von sich ab.

»Diese Kerle tauchen einfach überall auf«, sagte Senna leise und gab sich Mühe, die Panik in ihrer Stimme zu unterdrücken. Damit hatte sie wahrlich nicht gerechnet, als sie beschlossen hatte, nach Irland zu reisen. Wie hatte alles nur so schiefgehen können? Mochte es an der Schaukelei im Boot oder an ihrer höllischen Angst liegen – irgendeinen Grund würde es schon haben, wenn sie sich erbrechen würde, noch bevor der Tag zu Ende ging.

Da Senna und Finian das Boot verlassen hatten, blieb ihnen jetzt nur noch eine Möglichkeit.

Finian ließ die Soldaten keinen Moment aus dem Blick. Er ging am Ufer herum, warf Senna ihr Gepäck zu, schnappte sich einen Sack mit Häuten und warf ihn sich über die Schulter. Dann packte er den zweiten Sack, ging ein wenig in die Knie und warf ihn sich über die andere Schulter.

»Ich würde nicht empfehlen, dass Ihr es noch einmal mit dem Trick von vorhin probiert«, sagte er. »Die Soldaten könnten darauf bestehen, die gesamte Vorführung sehen zu wollen.«

Senna zitterte. Die Sonne brannte heiß vom Himmel, aber sie fror. »Was sollen wir tun?«

»Wir verhalten uns wie Wilddiebe.« Finian marschierte los.

Sie folgte ihm auf dem Fuße und quer über die Wiese, wobei sie ihren schweren Sack hinter sich herschleppte. Die Soldaten rückten trotzdem näher, so nahe, dass Senna die Augen unter ihren Helmen erkennen konnte, die sie unfreundlich ansahen, und die scharfen Schwerter ... sie hörte das knarzende Leder und die dumpfen Tritte der hölzernen Stiefelabsätze auf dem Erdboden.

Schließlich blieb Finian stehen, warf seine Last ab und wartete auf Senna. »Wie fühlt Ihr Euch, kleine Lady?«

Sie musterte ihn aufmerksam und hatte den Eindruck, er rechnete damit, dass es jeden Moment zum Aufeinandertreffen mit den Soldaten kam.

»Wie fühlt Ihr Euch?«, wiederholte er.

Starr vor Angst. »Ausgezeichnet.«

»Das will ich hören.«

Vier grimmig dreinblickende Soldaten blieben genau vor ihnen stehen und bildeten einen Kreis um sie. Schweigen senkte sich auf die Gruppe, bis der Anführer das Wort ergriff.

»Was treibt Ihr hier, an einem so schönen Tag?«

»Wir marschieren durch die Gegend.«

Der Soldat tippte mit der Schwertspitze auf das Gepäck. »Was befindet sich in diesen Säcken?«

»Otterfelle«, erklärte Finian.

Senna war nicht überrascht, dass Finian dem Blick des Soldaten standhielt; und ebenso wenig überraschte es sie, dass er sich im Angesicht dieser Gefahr so ruhig verhielt – aber es überraschte sie sehr, den Akzent des West Country aus seinem Munde zu hören.

Der Soldat musterte ihn ebenfalls durchdringend. Finian war wie ein Engländer gekleidet – er trug die Kleider, die

Senna Lord Rardove gestohlen hatte. Aber darüber hinaus hatte er nichts Englisches an sich. Langes, dunkles Haar, hohe keltische Wangenknochen, diese unglaublich blauen Augen, der schlanke, aber muskulöse Körper, der es gewohnt war, ein Kettenhemd zu tragen und das Schwert zu schwingen oder stundenlang zu marschieren oder für das Feuer im Winter Torf zu stechen.

Finian war so wild und irisch, dass die Soldaten sich vermutlich nichts sehnlicher wünschten, als ihn zu töten.

Aber in diesem Moment klang er wie ein Engländer aus Shropshire.

»Ihr seid Engländer«, bemerkte der Soldat misstrauisch.

Finian nickte.

»Ihr seht aber nicht so aus.«

Finian zuckte die Schultern. »Würdet Ihr das für klug halten? Hier draußen, wo die Iren sich überall herumtreiben und Fallen aufstellen?«

Das war offenbar ein überzeugendes Argument. Der Soldat brummte jedenfalls ein paar Worte in sich hinein, die in ihren Ohren nach Zustimmung klangen. Männer brummten immer ziemlich viel. Der Soldat ließ den Blick zu Senna schweifen.

»Und sie?«

»Gehört mir.«

»Sie ist hübsch.«

»Sie ist schwanger.«

Die Augenbrauen des Anführers zuckten misstrauisch. »Und war hier draußen mit Euch unterwegs zum Fallen stellen?«

Finian biss die Zähne zusammen. »Ich bin gerade erst zurückgekehrt.«

Der Soldat starrte ihn an und schaute dann über Finians Schulter hinweg zu seinen Männern.

Finian rührte sich, nur ganz wenig, kaum merklich, aber Senna sah, dass er seine Haltung verändert hatte. Er hatte sich zum Kampf bereitgemacht. Und wenn sie es schon bemerkte, dann würden die Soldaten es auch bemerken. Sie spürte das Drohende, das von diesem männlichen Gehabe ausging, wie eine Welle, die über sie hinwegschwappte.

»Richard?«, sagte sie sanft und berührte Finian am Arm. »Sollten wir diesen braven Männern des Königs nicht einfach gestatten, uns von unserer Last zu befreien, und dann unseres Weges gehen?«

Er riss seinen Arm fort und musterte sie spöttisch. »Und ihnen die Beute schenken, die uns über den ganzen Winter bringen würde?« Er starrte den Soldaten an, der wiederum die Säcke mit den Fellen anstarrte.

»Kommt mir bekannt vor, Jacks«, brummte einer der Soldaten. »Der grüne Stempel auf dem Sack.«

»Aye«, stimmte der Anführer zu, »kommt mir auch bekannt vor.«

»O'Mallerys«, erwiderte Finian knapp.

Kalte Schauder rannen Senna durch die Brust. Die Sache würde kein gutes Ende nehmen.

»Gaugins«, konterte der Soldat. Bedächtig ließ er den Blick über Finian schweifen. Es zuckte in einem Mundwinkel. »Pelzhändler in Coledove. Das sind seine Säcke. Er gibt sie nicht raus.«

»Und wir sind just auf dem Weg zu ihm«, entgegnete Finian. Die Anspannung wuchs.

»Nehmt sie«, warf Senna eilig ein. Kalte Panik ließ ihren Magen sich zusammenziehen. Sie stieß mit der Fußspitze in den Sack, den sie hatte zu Boden fallen lassen. »Nehmt sie und bringt sie an unserer Statt zu Gaugin. Warum nicht?«

Der Anführer schaute erst sie und dann wieder Finian an.

»Ich glaube, stattdessen nehmen wir lieber dich.« Kurze Pause. »O'Melaghlin.«

Finian registrierte, dass sein Herz einen Schlag lang aussetzte – zum ersten Mal seit mehreren Dutzend Jahren. Und er zerbrach sich nicht lange den Kopf darüber, warum das ausgerechnet jetzt geschah.

Finian trat mit dem Stiefel zu und sprang vor Senna, riss das Schwert aus der Scheide und schlitzte dem Soldaten den Bauch auf, bevor der sein eigenes Schwert ziehen konnte. Unter dem eisernen Nasenschutz des Helms war die Überraschung des Mannes zu erkennen, bevor er tot zusammenbrach.

Mit heftigen, schnellen Hieben seines Schwertes kümmerte Finian sich um die anderen. Während des Kampfes dachte er an nichts anderes, konzentrierte er sich wie immer voll und ganz auf das, was er gerade tat; in seinem Innern herrschte vollkommene Stille und zum Zerreißen angespannte Aufmerksamkeit, und er spürte nichts deutlicher als den Erdboden unter den Stiefeln.

Und doch gab es etwas, das sich in absolutem Gegensatz zu diesem *wie immer* befand: Zum ersten Mal war er sich eines Menschen bewusst, der es nicht darauf angelegt hatte, ihm mit der Klinge den Schädel zu spalten. Er nahm Sennas geschmeidige Gestalt wahr, die außerhalb des Kreises stand, in dem gekämpft wurde ... in Gefahr ... aber was war das? Ein Messer?

Der Himmel möge ihnen beistehen.

Grimmig konzentrierte Finian sich wieder auf die Soldaten und überwältigte die drahtigen jungen Engländer mit raschen, gnädigen Hieben. Erst als die vier wie schlaffe Vogelscheuchen auf der Erde lagen, ließ er schwer atmend das Schwert sinken.

Das Blut schoss ihm durch die Gliedmaßen, pochte heftig und drängte ihn mächtig vorwärts, weiter, weiter und immer weiter, *jetzt*. An Klippen hinaufklettern, zu den Aran Islands schwimmen. Solche Zeiten waren es, in denen ihm bewusst wurde, dass ein tierischer Instinkt in ihm wohnte, welche Absichten auch immer Gott mit seiner Seele gehabt haben mochte.

Langsam beruhigte sich seine Atmung. Als sein Gehör zurückkehrte, schaute er zu Senna hinüber.

Mit offenem Mund stand sie da und sah aus, als wollte sie etwas Bedeutsames sagen. Ihr Busen hob und senkte sich, ihr Atem ging kurz und heftig. Mit der rechten Hand umklammerte sie den geschnitzten Griff eines Dolches, den sie immer noch auf Schulterhöhe schwenkte, als wollte sie ihn auf einen der Soldaten schleudern.

»Ich ... ich ... Ihr ... Ihr ... aber sie ...«

Senna stammelte nur noch.

»Euch ist nichts geschehen«, murmelte Finian leise und ruhig, um ihr die Panik zu nehmen. »Uns ist nichts passiert. Es ist vorbei.«

Senna hatte den Blick auf ihn gerichtet. Starrte ihn an. Die Augen weit aufgerissen. Noch immer hielt sie die Hand mit der Klinge dicht neben ihrem Kopf. Er griff nach ihrer Hand und drückte sie langsam herunter.

»Ihr braucht sie nicht mehr«, beruhigte er sie leise. »Euch ist nichts geschehen.«

»Ich hätte sie benutzt«, sagte Senna heftig, aber mit zitternder Stimme, »ich hätte sie benutzt. Ich wollte nur nicht ... Euch treffen. Zufällig.«

»Ich danke Euch.« Finian schaute auf die Soldaten, die blutend im Gras lagen. Rardoves Männer. Schon bald würde jemand die Leichen entdecken. Jetzt blieb ihnen nur noch ein Tag, vielleicht noch ein halber dazu, bis dem Baron klar war, dass sie nicht nach Norden, sondern nach Süden geflohen waren.

Würde er vermuten, dass sie nach Hutton's Leap unterwegs waren? War Turlough, sein Gefährte, unter der Folter zusammengebrochen und hatte das Ziel der Mission preisgegeben? Die Mission, das Handbuch der Färber an sich zu bringen? In diesem Moment gab es keine Möglichkeit, mehr darüber zu erfahren. Und es spielte auch keine Rolle. Nichts würde ihn aufhalten können.

»Lasst uns aufbrechen«, befahl Finian.

Die Säcke mit den Häuten ließen sie liegen. Irgendjemand würde irgendwann vorbeikommen. Und wer auch immer es war, Finian hatte nicht den Wunsch, ihm zu begegnen.

Kapitel 24

*I*hr habt sie *wo* gesehen?«

Rardove wiederholte die Frage ganz langsam, beinahe so, als wäre der Soldat, der seinen Treueeid erst vor kurzer Zeit geleistet hatte, nicht ganz bei Verstand. Was er, wie Pentony beschloss, bestimmt auch nicht war. Niemand in Diensten des Barons war gewöhnlich ganz bei Verstand. Es war dumm genug, für eine Anstellung oder einen Flecken Land einen Lehnseid auf Rardove zu schwören.

Natürlich konnte man auf den Gedanken verfallen, das auch von ihm, Pentony, zu behaupten. Aber er tat Buße.

»Am Fluss. Er war Ire. Mit Sicherheit. Aber sie war auch dabei, Mylord«, fügte der junge Soldat leise hinzu. Er musterte seinen ebenfalls bedrückt dreinblickenden Gefährten und zerrte an dem Gürtel, den er zusammen mit seinem Kettenpanzer bekommen hatte – die Uniform, die sie für den Herrn zu tragen hatten, als ihr Erkennungszeichen und als ersten Sold für ihre Dienste. Der Gürtel sah alt und an den Ecken angestoßen aus. »Sie war Irin. Ich schwöre.«

»Ach, das wollt Ihr wirklich?«, schnappte Rardove. »War sie hübsch?«

»Oh, und wie.«

»Rotes Haar? Lang?«

»Nun, also eher gelblich-rot, und lockig ...«

»Das ist meine gottverdammte Färbehexe!«

Das picklige Gesicht des Soldaten glühte nicht nur rot, weil sein Gefährte und er den ganzen Nachmittag auf ihrem Posten am Fluss in der Sonne hatten ausharren müssen, nachdem sie ihre Pflichten im Turm vernachlässigt hatten. Aber welch ein

Geschenk hatte diese Nachlässigkeit doch zur Folge gehabt! Pentony war sich ebenso sicher wie Rardove: Diese beiden Faulpelze waren O'Melaghlin und Senna begegnet.

»Was haben sie getan?«, wollte Rardove wissen.

»Ein Boot gestohlen.«

Rardove drehte wütend seine Runden durch die Halle, blieb hinter dem Tisch stehen und lehnte sich hinüber. »Und Ihr habt sie nicht aufgehalten? Habt sie einfach…«, er schnipste mit den Fingern, »… flussabwärts davonsegeln lassen und zugeschaut, wie sie vier englische Soldaten ermorden?«

»Wir dachten, dass sie für den alten Mann Waren ausliefern«, warf der zweite junge Soldat ein, aber es half nichts. Rardoves Blick heftete sich auf ihn. »Wir dachten, dass sie seine heiße Hure ist.«

Der Baron erstarrte. In seinem Kiefer zuckte ein Muskel. »Was habt Ihr gesagt?«

Der Soldat schluckte. »Ich möchte Euch keinesfalls beleidigen, Mylord. Jetzt wo wir wissen … es ist nur, dass sie … sie hat…«

Er brach ab.

»Sie hat was?« Die Stimme des Barons klang dünn und schrill. Pentony verspürte den Drang, die Augen zu bedecken.

»Ach, Mist«, murmelte der Soldat, »sie hat dem Iren den Schwanz gelutscht, und sie haben…«

Rardove explodierte förmlich. Er ging in die Knie und stemmte den schweren Eichentisch mit Gebrüll hoch. Ein Weinkrug und ein halbes Dutzend aufgerollte Pergamente wirbelten durch die Luft und fielen auf den von Binsenstreu bedeckten Boden, über den Rardove jetzt stampfte, heulend Flüche ausstieß und alles durch das Zimmer schleuderte, was ihm zwischen die Finger geriet. Der Krug war zerschmettert, überall lagen Tonscherben herum. Der Tisch, der auf den Boden gekracht war, stand wacklig auf allen vier Beinen, war aber zu schwer, um gekippt zu werden.

»Verflucht noch mal!« Rardove schmetterte die Faust auf einen Schrank, der Pergamente und Tinte und Siegelwachs enthielt. Die Tür flog auf, das eiserne Schloss klapperte laut. Rardove sprang zurück und versuchte, die Tür aus den Angeln zu reißen, ließ dann aber ab und wütete von Neuem durch die Kammer.

»Gottverdammte Hure!« Er packte einen weiteren Krug und schleuderte ihn zu Boden. Er zersprang in tausend Stücke. »Sie wird vor mir niederknien und mich anflehen ...« Er schlug gegen eine Talgkerze an der Wand. Die brennende Kerze fiel zu Boden, ohne zu verlöschen. Pentony trat die Flamme stillschweigend aus. »Sie wird ihren gottverdammten Kopf vor mir beugen und ...«

Rardove erstarrte und drehte sich zu seinen Soldaten. »Sie sind flussabwärts gefahren?«

Die Soldaten, die sich so ängstlich aneinanderdrängten wie Entenküken, nickten energisch. »Flussabwärts, ja. Weit flussabwärts.«

»Ganz recht, Mylord. Flussabwärts.«

Rardove warf Pentony einen scharfen Blick zu. »Süden. Sie fliehen nach Süden.«

Pentony nickte.

»Aber warum?« Rardove sprach plötzlich mit ruhiger Stimme, so als befände er sich innerlich auf einer Reise. Er tastete nach der Holzbank und setzte sich. »Warum nach Süden? The O'Fáil hält sich im Norden auf. Was führt O'Melaghlin im Schilde?«

Ein paar Kerzen flackerten in den Wandhaltern und schickten blasse, gezackte Lichtkegel quer durch das Zimmer. Eine

Kerze stand noch auf dem Tisch. Sie steckte so tief in erstarr-
tem Talg, dass sie das Beben überstanden hatte. Die kleine,
flackernde Flamme hatte kaum eine Chance gegen die rings-
um herrschende Dunkelheit, und ihr Anblick wirkte fast de-
primierend.

Rardove starrte in die Flamme und fluchte leise.

»Er will sich mit dem Red treffen, diesem verfluchten
Spion«, stieß er mit gedämpfter, vielleicht sogar ehrfürchtiger
Stimme aus. »O'Melaghlin übernimmt die Mission. Aber ...
wo? Wo treffen sie sich? Im Süden. Was liegt im Süden? Nahe
genug, um zu Fuß erreichbar zu sein, aber dennoch in sicherer
Entfernung von meinen Grenzen?«

Nachdenklich hatte er die Unterarme auf dem Eichentisch
ausgebreitet. Wenige Fuß von ihm entfernt flackerte und spuckte die Kerzenflamme vor sich hin. Rardove hob den Kopf und
lächelte.

»Ist die Äbtissin von Hutton's Leap nicht auch Irin?«

Beide kannten die Antwort.

Schließlich warf Rardove den Kopf zurück und lachte. Die
nächste Kerze verlöschte, sodass nur noch die dicke Talgkerze
im eisernen Halter an der Wand brannte.

Rardove rief nach einem seiner Truppenführer und erteilte
seine Anweisungen. »Alle, die sich in der Abtei aufhalten, müssen befragt werden, gleichgültig ob Pfaffe oder Laie. Treibt sie
zusammen, verhört sie, fragt sie aus, brecht ihren Willen. Findet heraus, ob sich dieser Red unter ihnen befindet. Dann
bringt ihn zu mir. Beeilt Euch. Morgen zur Sext erwarte ich
Euch zurück.«

Der Mann nickte und machte auf dem Absatz kehrt. Rardove wandte sich wieder den jungen Soldaten zu und ließ den
Blick kurz über sie schweifen. »Gebt das Kettenhemd zurück
und sucht Euch einen anderen Herrn.«

Den jungen Männern stand der Mund offen. »Aber Sir . . .«

Rardove baute sich vor ihnen auf. »Ihr seid nicht auf eurem Posten gewesen. Ihr habt auf der faulen Haut gelegen, während ein flüchtiger Gefangener an euren dummen Gesichtern vorbeigesegelt ist. Ihr erkennt den verfluchten Finian O'Melaghlin nicht, obwohl er direkt vor euch steht. Ich kann euch nicht gebrauchen. Verschwindet. Oder bleibt von mir aus«, fügte er hinzu und drehte sich weg, »aber wenn ihr zum Zapfenstreich noch in der Burg seid, wird es euer letzter gewesen sein.«

Pentony schaute zu, wie die beiden in Begleitung der behelmten Wachen Rardoves das Zimmer verließen. Der Baron hatte sich angewöhnt, seine persönlichen Wachen stets in der Nähe zu haben, selbst in der Burg. Vielleicht war das klug. Es könnte sein, dass es zu solcher Vorsicht Grund gab. Besonders falls es Balffe gelingen sollte, Lady Senna zurückzubringen.

Rardove streckte die Hand nach der Kerze an der Wand aus und kniff sie aus.

Kapitel 25

Warum ist es nur so dunkel?«, murmelte Senna atemlos, als sie wieder einmal über eine Baumwurzel stolperte. Aber nicht die Dunkelheit war das Problem, sondern ihr Körper.

Finian hatte zwar ihre Hand geheilt, aber ihr übriger Körper fühlte sich an, als wäre er durchgeprügelt worden. Senna rieb sich das Kreuz, als sie den nächsten Hügel hinaufkletterten. Ihre Hüften schmerzten, als hätte sie auf der Streckbank gelegen – jedenfalls stellte sich Senna den Schmerz bei dieser Folter so vor. Die Oberschenkel brannten, als würden Kohlen unter ihrer Haut glühen. Und der Rücken ... am besten gar nicht daran denken.

»Ich fürchte, ich sehe ziemlich ramponiert aus«, sagte sie.

Nachdem Finian während der letzten Stunde ihrer Wanderung darauf verzichtet hatte, auf Sennas Bemerkungen zu reagieren, gab er ihr dieses Mal eine Antwort. Die allerdings so kurz und knapp ausfiel, wie seit dem Beginn ihrer Flussfahrt.

»Morgen wird es Euch besser ergehen«, versicherte er. Knapp. »Die Quälerei dauert nun schon drei Tage. Glaubt mir, Euer Körper wird sich an diese Art des Reisens gewöhnen.«

»Ha.« Sie warf sich die zusammengebundene Lockenflut über die Schulter und spuckte eine Strähne aus, die sich zwischen ihre Lippen verirrt hatte.

Er schaute sich kurz nach Senna um. »Das vorhin habt Ihr gut gemacht.«

Sein Tonfall war barsch, aber immerhin redete er mit ihr. Senna ließ den trügerischen, wurzelübersäten Erdboden nicht

208

aus den Augen. »Das gilt auch für Euch. Ich hatte ja keine Ahnung, dass Ihr in der Lage seid, einen Mann aus Shropshire nachzuahmen.«

»Ich komme auch nicht oft in diese Verlegenheit.«

»Nein«, bekräftigte sie, »das will ich hoffen.«

Er brummte. Senna verzog das Gesicht.

Sie marschierten eine ganze Weile, und Senna fand bald heraus, dass es eine Sache war, die schmerzenden Muskeln zu ignorieren, aber eine ganz andere, ihrem knurrenden Magen keine Beachtung zu schenken. Bei Sonnenuntergang machte der Magen ihr in regelmäßigen Abständen Vorwürfe.

Sie hatte nicht einmal halb so viel Lebensmittel eingepackt, wie sie brauchten. Denn sie war davon ausgegangen, recht schnell nach Dublin zu kommen, diese Wanderung durch die *Marchlands* hatte sie nicht eingeplant. Der Käse und das getrocknete Fleisch waren gut gewesen, gingen aber zur Neige. Und sie hungerte nach einer richtigen Mahlzeit, und vor allem nach frischem Fleisch.

Finian schaute sich regelmäßig um und vergewisserte sich, dass es ihr gutging. Einmal zog er sie an einem steilen Flussufer auf der anderen Seite hinauf, dann wieder musste er sie von einem tiefen Riss im Erdboden fortstoßen, in den sie zu stürzen drohte.

»Beruhigt Euch, Weib«, hatte er nach einem solchen Vorfall gebrummt, »könnt Ihr denn nicht Eure Augen besser aufmachen?«

»*Beruhigt Euch, Weib.*« Sie ahmte seinen ungeduldigen Tonfall nach, stolperte prompt und stieß sich den Zeh, um dann schimpfend auf einem Bein weiterzuhüpfen.

Finian hatte nicht zurückgeschaut, sondern war unbeeindruckt weitergegangen. »Das ist die Strafe, weil Ihr mir widersprochen habt«, sagte er über die Schulter.

Sie starrte ihn an. »Ach, wirklich, ist das so?«

»Aye.«

Senna war zu erschöpft, um tief durchzuatmen. Und ganz bestimmt fiel ihr keine passende bissige Erwiderung ein. Sie stieß einen Ast aus ihrem Weg und ließ die Sache auf sich beruhen. Der Ast schlug ihr auf den Rücken, als sie darunter hindurchschlüpfte. Sie rieb sich die Nase und stolperte vorwärts, jeder Schritt bleischwer, und ihr boshafter Blick bohrte sich förmlich in Finians Rücken.

Das lange dunkle Haar reichte ihm bis über die Schultern; das Kinn hatte er hochgestreckt und ließ den Blick beständig über das wellige Land gleiten. Die festen Muskeln seiner Oberschenkel arbeiteten unermüdlich, fraßen die Meilen zwischen ihnen und ihrer geringen Aussicht auf Sicherheit. Er schwang sich über einen niedergestürzten Baumstumpf, federte nur leicht auf den Fußballen und sprang über einen schmalen Bach. Geräuschlos landete er auf der fruchtbaren Erde der anderen Seite, drehte sich zu Senna um und streckte ihr die Hand entgegen.

Verflixter Ire.

Senna betrachtete die aufrechte Gestalt auf der anderen Seite des Baches. Ihre Wirbelsäule schien eine einzige knarrende Krümmung zu sein. Die Füße schrien vor Schmerz, die Oberschenkel brannten, und falls er es noch einmal wagte, irgendetwas flink oder energisch zu tun, würde sie ihm eine schallende Ohrfeige verpassen. Einfach die Hand ausstrecken und sie auf seine Wange sausen lassen.

Sie krabbelte über den moosbewachsenen Baumstumpf, schlug missmutig seine Hilfe aus, sprang über den Bach, rutschte aus und landete knietief im rauschenden Wasser.

Verfluchter Ire.

Er schwieg, als sie sich fluchend bis zu ihm vorangekämpft

hatte. Das Abendlicht fiel durch die Äste und betonte die Konturen seines gleichmütigen Gesichts. Aber sobald sie den Mund öffnete, schüttelte er den Kopf, drehte sich weg und setzte seinen Weg fort.

Kurz darauf blieb er stehen. »Hier werden wir essen«, verkündete er.

Alles in allem sprach er kaum mit ihr, was Senna als äußerst unfair empfand. Denn sie war diejenige, die zurückgewiesen wurde; ihr hätte es gebührt, schroff zu sein.

Sie setzte sich neben das Feuerloch, während er Holz sammelte. Der Schlaf würde ein paar Probleme lösen. Für eine kleine Weile jedenfalls.

Aber wenn Finian sich in die Nähe setzte, wurde sogar der Schlaf zum hoffnungslosen Fall. »Lasst mich Eure Finger sehen«, sagte er. Kurz und knapp. Er streckte die Hand aus.

Senna zog ihre Hand zurück und drückte sie an die Brust. »Sie sind in Ordnung.«

Finian betrachtete sie mit einer unangenehmen Mischung aus Abscheu und Aufmerksamkeit. »Senna . . .«

»Großartig.«

Waren das etwa ihre Zähne, die da gerade so geknirscht hatten?

»Was war das?«, fragte Finian und schaute sich um.

Senna blickte sich ebenfalls um, als wäre sie auf der Suche nach der Quelle des seltsamen knirschenden Geräusches. »Vielleicht wieder ein Vogel? Manche nisten auf dem Boden. Bauen ihre Nester in Felsen und so weiter.«

Langsam wandte Finian ihr den Blick zu. Er fixierte sie lange und erhob sich dann. »Ich besorge uns was zu essen, bevor wir heute Abend weitermarschieren.«

»Heute Abend?« Ungläubig schoss ihre Stimme in die Höhe. Entsetzt. »Wir gehen heute Abend noch weiter?«

211

Er hielt inne und bückte sich nach dem Bogen, den er zu Boden gelegt hatte. »Hattet Ihr andere Pläne?«

»Schlafen?«

Er strich über die Schnitzerei des hölzernen Bogens. »Noch nicht. Vielleicht in ein paar Stunden.« Finian drehte sich weg.

»Wohin geht Ihr?«

»Auf die Jagd.« Er machte sich auf den Weg zur Lichtung und den Wald, der sich dahinter erstreckte.

»Wartet. Ich kann Euch helfen«, rief sie und war wütend, dass er sie wieder so kurz angebunden abfertigte. So ... herabwürdigend.

Finian blieb stehen. Wenn sie es richtig beobachtet hatte, waren seine breiten Schultern beinahe zusammengesunken. Langsam drehte er sich zu ihr. »Was habt Ihr gesagt?«

»Ich kann Euch helfen.« Sie deutete auf den Bogen. »Bei der Jagd.«

Sein funkelnder Blick hielt ihren fest. »Ach, wirklich?«, bemerkte er in einem leisen, so düsteren Tonfall, dass es ganz und gar nicht nach einer Frage klang. Und noch nicht einmal so, als wäre er auch nur ein ganz klein wenig erfreut. »Dann kommt mit, um Gottes willen.«

Mit spöttischer Höflichkeit streckte er ihr die Hand entgegen und ließ ihr den Vortritt.

Sie schwebte hochmütig an ihm vorbei. »Finian, ich habe keine Ahnung, was es mit Eurer Laune auf sich hat, aber ich wünschte, Ihr würdet Euch kratzen, was auch immer Euch jucken mag. Denn Eure Laune ist äußerst schlecht.«

Noch bevor sie das *T* in »schlecht« ausgesprochen hatte, umklammerte er ihren Arm mit festem Griff und drückte sie gegen einen Baum.

»Ich soll mich kratzen, damit es nicht mehr juckt, verstehe

212

ich Euch richtig?« Seine Augen funkelten gefährlich, und Senna mahnte sich, dass er in erster Linie ein Krieger war.

Dann sprach er weiter, und diesmal begriff sie, während tief im Innern eine verlockende Angst sie durchflutete, dass er zuerst und zuletzt ein Mann war, nichts als ein Mann. Der Inbegriff rauer Männlichkeit, mächtig, kraftvoll und auf der Jagd.

»*Ihr* juckt mich, Senna. Euch will ich kratzen. Begreift Ihr?« Er trat näher und seine Hand umklammerte wie ein Schraubstock ihren Arm. »Soll ich Euch auf die Sprünge helfen? Eine kleine Andeutung, was ich gern mit Euch tun würde?«

In Sennas Kopf begann sich alles zu drehen. Finian hatte eine Hand auf ihren Arm gelegt, mit der anderen stützte er sich über ihrem Kopf am Baumstamm ab. Im dämmrigen Licht sah man kaum mehr als den kräftigen, dunklen Umriss seiner Gestalt, die sich über sie beugte und immer näher kam, düstere, männliche Energie, die bereit war, sie zu verschlingen.

»Senna, soll ich Euch verraten, was ich will?«, flüsterte er an ihrem Ohr

Das Wort, das sie ausstieß, klang wie ein Wimmern. Ein *Ja*? *Bitte*? Was auch immer ihr über die Lippen gekommen war, er sollte nicht aufhören. Sonst würde sie vor Verlangen nach ihm zugrunde gehen.

»Ich will Euch berühren, Euch kosten. Ich fange an, wo immer Ihr wollt. Ich werde vor Euch auf die Knie gehen und Euch anbeten.«

Ihre Beine drohten den Dienst zu versagen. Denn seine Hand glitt an ihr hinauf, genau so, wie er es angekündigt hatte. Seine Hand legte sich auf ihre Rippen, so fest, dass sie das Gefühl hatte, er würde ein Seil um sie zurren. Die Muskeln seiner kräftigen Oberschenkel spannten sich an. Und er machte weiter.

»Ich will Euch schmecken. Darf ich das, Senna? Erlaubt Ihr es mir?«

»Oh, Jesus«, wisperte sie.

»Darf ich mit der Hand über Eure Schenkeln fahren? Darf ich fühlen, wie feucht Ihr seid? Darf ich in Euch sein? Ich will in Euch sein. Hart und heftig.« Seine Stimme klang vollkommen düster und wütend, und er strich mit der Hand über ihren Bauch. »Wollt Ihr mich in Euch haben?«

»Aye«, wisperte sie erregt. Als sie den Kopf in den Nacken warf, stieß sie gegen den Baum. Finians Schenkel drückten sich heiß an ihre, und er presste seine Erektion an ihren Bauch. Senna schlang einen Arm um seinen Nacken und schmiegte sich an ihn. Ihr Körper bewegte sich wie aus eigenem Willen, und ihr Atem ging in kurzen, heftigen Stößen.

»Könnt Ihr es Euch jetzt ungefähr vorstellen, Senna?«, sagte er leise, und seine Worte klangen so rhythmisch wie ihre Hüften sich bewegten.

»Aye.«

»Wollt Ihr mehr?«

»*Aye.*«

Finian schob die Hände unter ihren Hintern und hob sie an, sodass ihre gespreizten Schenkel seine Hüften umschlossen.

Senna verlor jeden klaren Gedanken, als er sie zwischen seinem heißen Körper und dem Baum gefangen hielt. Wie aus weiter Ferne hörte sie sich wimmern. Sein großer harter Schaft drängte sich zwischen ihnen hoch und stimulierte alles, was in ihr pulsierte. Senna schob die Hüften nach vorn, und Finian stieß gegen sie, sodass er von der Brust bis zu den Hüften jeden Zoll ihres Körpers berührte. »Rühr dich nicht«, flüsterte er ihr ins Ohr.

Sie verharrte reglos. Finians Muskeln schmiegten sich straff

214

an ihre. Er schauderte leicht, und für einen kurzen Moment standen sie vollkommen still. Außer seinem stoßweisen Atem und dem Blut, das ihr durch die Adern rauschte, hörte sie nichts mehr. Dann senkte Finian den Kopf, und die Worte, die er an ihrem Ohr flüsterte, klangen wie eine sinnliche Drohung. »Ich will sehen, wie du kommst, kleine Lady.«

Ungezügelte Schauder fluteten ihr durch den Körper, als sein Mund sie in einem wilden und leidenschaftlichen Kuss verschlang. Jeden Stoß seiner Zunge beantwortete sie mit ihrer. Sie vergrub die Finger in seinem Haar und klammerte sich an ihn. Ihre Zunge, ihre Zähne, ihre Lippen, er verlangte alles, verfolgte sie unnachgiebig, ließ sie schwindelerregend stöhnen und wimmern, bis er schließlich selbst nach Atem rang, um gleich darauf mit den Lippen an ihrem Nacken und an ihrer Schulter entlangzuspielen und eine unsittliche Spur heißer Lust zu zeichnen.

Finian riss den Kragen ihrer Tunika herunter und entblößte ihre Brüste. Sennas Finger klammerten sich weiter in sein Haar, als sie die Schultern zurücklehnte und ihn einlud, mehr zu tun, viel, viel mehr.

Sein Blick hielt ihren fest, ohne dass zu erkennen war, was er dachte, als er die Hand unter der Tunika auf ihrer erhitzten Haut nach oben gleiten ließ. Dann spielte er mit dem Daumen rau über ihre Brust. Senna schloss die Augen und bog den Rücken durch. Er fluchte unterdrückt, als er ihre Tunika weit nach oben schob und die Lippen um ihre Brustwarze schloss.

Seine Lippen waren geübt, und es war vernichtend, was er mit ihr anstellte. Das dunkle Haar fiel ihm über das Gesicht, als er sie leckte. Seine Hände lagen so fest um ihre Hüften, dass Senna sich kaum bewegen konnte, als er seine Hüften vorschob und sein aufgerichtetes Glied langsam über ihre Strümpfe und das verlangende Fleisch darunter gleiten ließ.

Es war, als würde Sennas Welt in tausend Stücke zersplittern. Heiße, sich kräuselnde Wellen zuckten durch ihren Schoß. Schnell und gierig. Ihr Kopf sank nach vorn, dann wieder zurück, als sie wie benommen aufschrie. Nichts, was ihr im Leben je widerfahren war, besaß die explosive Kraft dieses Mannes. Nichts in ihrem eingeschränkten und gefesselten Leben war so mächtig, so lebendig.

Als die Wellen schließlich abebbten, löste Finian sich von Senna und half ihr, sich hinzustellen. Aber er ließ sie nicht gleich gehen. Er gönnte ihr noch einen kleinen Moment, sich zu sammeln, ließ aber nicht zu, dass sie kraftlos zu Boden sank. Wie ritterlich.

Sein Körper war immer noch straff und angespannt, und sein Atem ging stoßweise. Die Muskeln glänzten vor Schweiß, die Augen blickten sie so hart und gnadenlos an wie noch nie zuvor. Besorgt fragte sie sich, warum ihr beides jetzt zuteil wurde.

Senna richtete sich auf, und Finian machte einen Schritt zurück. Sie stolperte leicht, über nichts, richtete sich gleich wieder auf und zog die Tunika herunter, um sich zu bedecken.

Die Welt sah noch genau so aus wie vordem. Wie merkwürdig.

Wie lange hat es gedauert?, fragte sie sich hilflos. Hätte ich bis hundert zählen können? Oder nur bis zehn? Es fühlte sich an, als hätte er sie nur angehaucht und als wäre sie ohne sein Zutun in tausend Stücke zersprungen.

»Warte an der Feuerstelle auf mich«, befahl er knapp. Langsam hatte sie wirklich genug davon.

Wenn ich mich ausziehe und mich dir hingebe, wirst du mir dann wieder ein Lächeln schenken?, hätte sie am liebsten gefragt, aber das war so erbärmlich, dass sie sich beinahe selbst dafür hasste. Wie schwach sie unter Finians Augen geworden war.

»Nein, ich warte nicht an der Feuerstelle«, entgegnete Senna, wandte den Blick ab und hob das Kinn leicht an. Letzteres half ihr, wenigstens den Anschein der Würde zu wahren. »Ich esse von dem Wild, also helfe ich Euch auch, es zu erlegen. Ich habe Euch bereits gesagt, dass ich es gewohnt bin, mit Waffen umzugehen.«

Sie konnte spüren, dass er sie mit düsterem Blick betrachtete. »Ihr habt mir auch gesagt, dass Ihr darin nicht besonders gut seid.«

Beinahe hätte sie gelacht. »Es gibt so viele Dinge, in denen ich nicht gut bin. Das sollte mich jedoch nicht zurückhalten.« Sie machte auf dem Absatz kehrt und schlug den Weg in den Wald ein. Finian folgte ihr.

»Außerdem habe ich nur gesagt, dass ich nicht gut mit dem Bogen bin«, fügte sie klärend hinzu.

Finian deutete über ihren Kopf nach rechts, wo es ein wenig heller war, weil das Licht der untergehenden Sonne durch die Bäume fiel. Irgendwo dort musste eine Lichtung liegen. Er schaute Senna an. »Und das heißt was?«

»Das heißt«, sagte sie und erwiderte seinen Blick, was sie nicht mehr getan hatte, seit ihre Welt in den heißen Wellen einer Lust verglüht war, die immer noch in ihrem Innern glomm, »dass ich recht geschickt mit dem Messer bin.«

Er hielt inne. »Aber wie wollt Ihr dem Wild nahe genug kommen?«

»Gar nicht.« Finian hatte die Hände auf die Hüften gestützt und blickte sie unablässig an. »Ich werfe das Messer«, sagte sie und drehte sich weg.

»Senna.«

Sie blieb stehen, wandte sich aber nicht um.

»Es tut mir leid.«

Oh, du liebe Mutter im Himmel. Er musste den Schmerz in ihren Augen gesehen haben. Und er ging darauf ein. Konnte ihre Scham noch größer sein? Vielleicht sollte sie sich die Worte eintätowieren lassen, um zu zeigen, wie entblößt sie sich fühlte. Wie um alles in der Welt hatte das geschehen können? In nur wenigen Tagen. Was für eine Schande. Was für eine Schande, und wie groß war ihre Trauer. Um Gottes willen, was war nur mit ihr geschehen?

Senna nickte, hatte ihm immer noch den Rücken zugekehrt. Jetzt war es an ihr, ihn kurz angebunden abzufertigen. Auf dem Baum vor ihr entdeckte sie ein kleines Eichhörnchen.

»Habe ich Euch Angst gemacht?«

Nein, dafür sorge ich schon selbst. »Es ist eine dumme Sache. Wir haben den Kopf verloren.«

»Ich habe nicht den Kopf verloren.« Leise drang seine Stimme durch die Bäume und über ihre Schulter.

»Nein?«

»Nein.«

»Was ist es dann gewesen?«

Pause. »Jedenfalls nicht mein Kopf.«

»In der Tat.«

Sie hörte, wie er heftig ein- und ausatmete. »Senna, ich denke, wir müssen uns eingestehen, dass es gefährlich sein kann, wenn wir uns gegenseitig so unbesonnen berühren.«

»Außerordentlich.«

»Wir tun es nicht mehr.«

Sie nickte heftig. »Natürlich nicht.«

»Und Ihr müsst aufhören . . .« Seine Stimme verklang.

»Womit?«

Schweigen.

Sie betrachtete das Eichhörnchen und zog die Augenbraue hoch.

Finian seufzte verzweifelt. »Senna, Ihr müsst verstehen, dass ich Eurer Gnade ausgeliefert bin.«

Sie schluckte schwer. »Vielleicht ist es zu entschuldigen, wenn man es anders sieht. Bedenkt, dass Ihr einen Bogen und ein Schwert und sehr viele Muskeln besitzt.«

»Nun, aber das ist eine Angelegenheit, die schwieriger ist als nur Schwert und Bogen.«

»Für Euch nicht.«

Finian schwieg einen Moment. »Doch. Für mich.«

Sie atmete die kühle Abendluft tief ein. Und genau wie er atmete sie langsam und in gemessenen Zügen aus. »Für mich nicht«, bekräftigte sie und hob erneut das Kinn ein kleines Stück höher. Der Trick hatte so oft geholfen. Und jetzt versagte er jämmerlich.

»Nicht?«

»Nein. Ich glaube, ich begreife gar nicht recht, worüber wir gerade sprechen. Ihr etwa?«

Senna hatte ihn mit scharfer Stimme eingeladen, ihren Worten zuzustimmen. Schweigen breitete sich zwischen ihnen aus. Der eigene Atem dröhnte ihr laut in den Ohren. Sie blickte zu Finian hinüber. Er hielt den Bogen in der Hand, während er sie beobachtete; an seinem Blick konnte sie nicht erkennen, was in seinem Kopf vorging.

»Nein«, bestätigte er leise, »worüber sprechen wir eigentlich?«

»Muskeln. Jucken. Kratzen. Ich kann mich kaum erinnern.«

Mit der lässigen Eleganz eines Raubtieres stieß er sich vom Baumstamm ab, an den er sich gelehnt hatte. Senna bemerkte, dass sie zitterte. Ihre Hände, ihre Beine. Nur wenige Schritte vor ihr blieb er stehen.

219

»Bögen«, murmelte Finian. Rasch und sanft strich er über ihre Wange und ließ die Hand dann wieder sinken. »Wir haben darüber gesprochen, nicht gut mit dem Bogen umgehen zu können.«

Sie atmete geräuschvoll ein. »Haben wir das?«

In seinen Mundwinkeln zuckte ein Lächeln. »Da bin ich mir ganz sicher.«

Senna fing den aufmerksamen Blick aus seinen blauen Augen auf und erwiderte das Lächeln.

»Oh, in der Tat, ich handhabe den Bogen mehr als schlecht. Aber Ihr solltet mich unbedingt mit der Klinge erleben.«

Kapitel 26

Finians Lächeln war lässig und atemberaubend. Er akzeptierte es also, nicht mehr darüber zu sprechen. Senna war verloren. Es war kaum sein Fehler, dass sie so tief gesunken war. Hätte er ihre Worte missbilligen sollen, so als ob er ihren Selbsterhaltungstrieb angreifen wolle? Ach, ihr Selbsterhaltungstrieb ... der war längst im Irischen See versunken, ungefähr fünfzig Meilen entfernt.

»Eine Klinge, sagt Ihr?«

Schwang da etwa Unglaube in seiner Stimme mit? Nun ja, immer noch besser als Mitleid, und Senna schätzte die Herausforderung. Wovon es in letzter Zeit wenig gegeben hatte. Trotz des beständigen Kampfes um ihr Geschäft hatte sie das letzte Mal einer wahren Herausforderung ins Auge gesehen, als sie fünfzehn Jahre alt gewesen war und das Unternehmen zweimal vor dem Untergang bewahrt hatte.

Am besten nicht mehr daran denken. Niemals wieder.

»Ihr klingt so, als würdet Ihr mir nicht glauben«, sagte sie stattdessen.

Finian schürzte die Lippen, aber in seinen Augen hing ein Lächeln. Ein anerkennendes, wenn auch leicht skeptisches. »Es gibt nicht viele Leute, die ein Messer werfen können.«

Senna zog die Brauen hoch. »Dann schaut hin«, sagte sie, konzentrierte sich einen Moment lang auf sein Lächeln und nicht auf all die schrecklichen Dinge, die gewesen waren und die ohne jeden Zweifel eines nicht allzu fernen Tages wieder sein würden.

»Oh, kleine Lady. Ihr habt keine Ahnung, wie sehr ich Euch im Blick habe.«

Senna errötete und drehte sich weg.

»Da vorn liegt eine Wiese«, sagte er, »bei Sonnenuntergang tummeln sich auf ihr lauter ...«

»... Hasen.«

Sie schlug einen großen Bogen um die Wiese, hielt sich nahe am Wald und tauchte dann am Rande der kleinen Lichtung wieder auf. Wie durch ein Wunder saßen vier bis fünf Hasen in der Mitte, knabberten am Gras und hoppelten leichtfüßig durch das goldene Sonnenlicht.

Senna schlich um einen Baumstumpf, ging in die Hocke und blinzelte gegen die Abendsonne. Das hohe Gras verbarg sie, als sie sich hinkniete und den langen Lederriemen aus ihrer Tasche zog. Irgendwo im Wald bereitete Finian seinen Bogen vor. Wer würde als Erster das Abendessen erlegen?

Sie spürte die Brise im Gesicht, als sie das Messer aus der Scheide zog und die Klinge mit den Fingerspitzen betastete, während sie unbewusst die Lektionen aus ihrer Kindheit an sich vorüberziehen ließ. Seit Finians Behandlung waren ihre Finger so rasch geheilt, dass sie die Verletzung inzwischen kaum noch bemerkte. Lange wellige Grashalme strichen ihr über die Wange, als sie die letzten Vorbereitungen für ihren Messerwurf traf.

Ganz langsam stand sie auf, hob den Arm und beugte den Ellbogen, bis die Klinge sich neben ihrem Ohr befand. Ein Hase verharrte reglos, reckte die Nase in die Luft und schnupperte wie verrückt.

Senna schloss halb die Augen. Ihre gesamte Aufmerksamkeit konzentrierte sich auf diesen kleinen Punkt. Im Geiste zog sie eine Linie von der Messerspitze bis zu ihrer Beute. Ihr Körper summte förmlich. Das Tier schien wie erstarrt dazusitzen. Und es sah riesig aus. Nicht zu verfehlen.

Senna ließ den Arm nach vorn schnappen. Die Klinge sauste

über die Lichtung und funkelte orangefarben, als sie das Sonnenlicht spiegelte. Das Summen dröhnte ihr in den Ohren. Und dann fiel der Hase fast lautlos zu Boden.

Senna machte bedeutend mehr Lärm.

Sie sprang auf und kreischte. Die übrigen Tiere stoben auseinander wie ein Schwarm kleiner Fische. Lachend vollführte sie einen Freudentanz. Nach den vielen Jahren, in denen sie praktisch kaum geübt hatte, und trotz der Aufregung in den vergangenen Wochen und der ungewissen Zukunft war sie in der Lage, für sich selbst zu sorgen und in der Wildnis zu überleben.

Und sie war niemandem verpflichtet.

Finian hatte unter einem Baum auf der anderen Seite der Lichtung gestanden und Senna beobachtet. Leise kam er ihr entgegen, nachdem sie den Hasen an den Löffeln gepackt hatte und mit stolzgeröteten Wangen in den Wald zurückstürmte. Immer wieder hob sie ihre Beute auf Augenhöhe und betrachtete sie mit großer Befriedigung.

Senna grinste von einem Ohr zum anderen, als Finian ihr mit dem Bogen in der Hand in den Weg trat. Das rötlich-gelbe Licht der Abendsonne, das durch das Laub drang, zauberte ihr grün-goldene Sprenkel ins Gesicht.

»Der Jagdgott war Euch hold, Weib«, bemerkte er heiser.

Sie nickte glücklich. »Ja, ich weiß.«

»Ihr seid gut«, sagte er, dachte aber etwas ganz anderes: Ihr seid wunderbar, zauberhaft, beängstigend.

Finian hätte sie am liebsten an sich gezogen und sie auf unvergessliche Weise daran erinnert, worüber sie im Wald gesprochen hatten, hätte am liebsten das Feuer in ihrem Innern neu entfacht, das ihren Körper wieder an seinem schmelzen lassen würde. Aber stattdessen sagte er nur: »Sehr, sehr gut.«

Sie grinste.

»Nur um eins möchte ich Euch bitten . . . dass Ihr das nächste Mal nicht versucht, die englischen Garnisonen in Dublin lauthals darüber zu unterrichten, wo wir uns aufhalten.«

Sie lächelte und errötete. Er streckte die Hand nach dem Hasen aus, den sie ihm reichte.

»Das war dumm von mir, Finian. Ich war viel zu laut. Nur wie ich mich gefühlt habe . . . so . . . so . . .«

»Nur so«, wiederholte Finian und lächelte schwach.

Senna wollte nach dem Hasen greifen, aber er wehrte ab. »Ihr habt ihn erlegt«, sagte er, »ich ziehe ihm das Fell ab und weide ihn aus.«

Sie starrte ihn an, grinste breiter. »Ire, ich glaube, diesmal habt Ihr recht.«

Finian machte sich auf dem Weg zurück zum Lager. »Eigentlich habe ich das immer.«

Nachdem er das Tier gehäutet hatte, zerlegte er es und briet es über dem kleinen Feuer. Senna lehnte sich so weit nach vorn, dass sie ihm praktisch auf dem Schoß hockte; Finian bat sie nicht, sich doch weiter zurückzulehnen.

»Mmh«, schnüffelte sie, »riecht gut.« Sie wühlte in ihrer Gepäcktasche herum und zog einen kleinen Beutel heraus. »Kräuter.«

»Kräuter? Ihr habt Kräuter eingepackt?« Er linste in den formlosen Ledersack, aber sie stieß ihn spielerisch fort, so als wollte sie den Inhalt verbergen. »Was habt Ihr noch dabei, Senna? Ich könnte einen Topf gebrauchen. Zum Wasserkochen.«

»Später vielleicht.« Sie glitt mit den verschränkten Fingern zwischen ihre warmen Schenkel und lehnte sich mit ernster Miene nach vorn. »Im Moment müsst Ihr mit dem zurechtkommen, was Ihr habt.«

Mit dem zurechtkommen, was ich habe?, dachte er, etwa mit Euch? Mit Eurem vibrierenden, klugen und faszinierenden Wesen?

Die Sache war längst über einen spielerischen Flirt hinausgewachsen. Das, was er mit Senna tat, hatte einen steinharten Grund. Finian kannte diesen Grund nicht, aber er erkannte dieses Gefühl wieder. Es war unvergesslich. Wie in den Krieg ziehen. Wie die Vorbereitung auf die Schlacht, vor der man sich bemalte, um sich auf die Reise ins Jenseits vorzubereiten. Wie damals, als er fünfzehn Jahre alt gewesen und mit seinen Gefährten in der Nähe seines Zuhauses von den Klippen in das schäumende blaue Meer gesprungen war und gewusst hatte, dass er unbesiegbar war.

Und doch verlangten solche Augenblicke nach einer Entscheidung. Und wie immer gab es kein Zurück.

Das wollte er nicht. Er war nicht in der Lage, aus solchen Tiefen wieder nach oben zu tauchen.

Finian schnitt den Hasen über dem Feuer mehrmals kreuzweise ein, stopfte eine Handvoll Kräuter in das marmorierte Fleisch und strich die äußere Haut des Tieres anschließend mit einer dünnen Kräuterschicht ein, bevor er es umdrehte. Ein wenig Fett tropfte ins Feuer, wo es zischte und in einer kleinen Flamme aufschoss. Aus den Augenwinkeln bemerkte er, wie Senna sich die Lippen leckte.

»Mir kam es vor, als hättet Ihr keine Angst gehabt, als die englischen Soldaten gekommen sind.«

»Nein, Angst hatte ich nicht.« Sie schaute ihn an. »Ich war außer mir vor Entsetzen.«

Er lächelte schwach. »Aber es schien Euch nicht so sehr erschüttert zu haben, als Ihr dann beobachtet habt, wie ich sie töte.«

Diesmal wich sie seinem Blick aus. »Ich züchte Schafe«,

225

murmelte sie, »ich habe Hasen gejagt. Ich habe schon Tiere sterben sehen.«

»Es waren keine Hasen.«

»Ich habe das Messerwerfen nicht gelernt, um Hasen zu töten«, erwiderte sie mit klarer Stimme und schaute ihn an.

»Aber sie eignen sich gut zur Übung.«

Finian wandte sich wieder dem Hasenbraten zu. »Senna, habt Ihr jemals einen Menschen getötet?« Seine Frage hatte wie beiläufig geklungen, ungefähr so, als habe er sich erkundigt, ob sie die Wäsche von der Leine geholt habe.

Es herrschte ein längeren Schweigen. »Einst habe ich alles Mögliche getan.«

Einst? Alles Mögliche? Was um alles in der Welt wollte sie damit sagen?

Finian stellte keine weiteren Fragen und richtete sein Augenmerk wieder auf den Braten, was jedoch unnötig war. Noch nie hatte es auf Erden ein Stück Wild gegeben, das gleichmäßiger gebräunt war.

Als der Hase gar war, legte Finian ihn auf die Steine, die das Feuer begrenzten, um ihn einen Moment abkühlen zu lassen. Sie verzehrten ihn mit Genuss und leckten sich anschließend die Finger. Danach saßen sie eine Weile unter den dunklen Bäumen und schwiegen einträchtig.

Schon bald würde es Zeit sein, die Lichtung zu verlassen, um noch ein paar Stunden zu marschieren. Aber jetzt saßen sie einfach nur da . . . die Welt um sie herum befand sich in einem bleichen Übergang, war zeitlos und klar. Der Himmel schien überzogen mit einer stählernen Hülle.

»Finian, das war das beste Mahl, das ich je genossen habe«, sagte Senna schließlich. Er schaute zu ihr hinüber, als ihr ein tiefer Seufzer über die Lippen drang. Sie seufzte ein zweites Mal und glitt unbewusst mit der Hand an ihrem Schenkel hinunter. Eine ausgesprochen sinnliche Bewegung. Finian riss den Blick fort.

Senna war ganz allein in der Welt, und es war ein viel zu leichtes Spiel, das auszunutzen.

Sie war zu klug, um seinen Absichten zu trauen. Es könnte sein, dass er den Verstand verlor und verrückt wurde wie sein Vater. Dass er es zuließ, dass sie ihn eroberte, ihm eines Tages das Herz aus dem Leib riss, wenn sie beschloss, dass jemand anders mehr von dem besaß, was sie wollte.

Frauen wollten immer etwas. Es lag in ihrer Natur. In ihrer heuchlerischen, hetzerischen Natur. Das hatte er lernen müssen. Auf eine verdammt harte Weise. Nie wieder würde er es zulassen, dass man ihm eine Lektion erteilte.

Kapitel 27

Die Dämmerung hatte begonnen und senkte sich langsam herab. Finian hatte sich auf dem Boden ausgestreckt, und Senna saß neben ihm, die Arme um ihre Knie geschlungen.

Perlgraue Schatten hatten sich am Himmel ausgebreitet, aber unter den Bäumen dunkelte es schon. Die Vögel hatten aufgehört zu zwitschern. In der Ferne quakte ein Frosch auf der Suche nach einem Gefährten.

Eine Eule strich in tiefem Flug über die Lichtung. In ihren großen runden Augen spiegelte sich das Licht des aufgehenden Mondes. Eine Fledermaus huschte über ihre Köpfe hinweg und verschwand in der Tiefe des Waldes.

»Was hat Euch nach Irland geführt, Senna?«, fragte Finian.

Senna schrak zusammen, obwohl er sehr leise gesprochen hatte. Aber seine tiefe, wohlklingende Stimme hatte sie bis tief in ihr Inneres berührt.

Sie hatte schon einmal so empfunden – gestern Nacht, als er im Burghof neben ihr gestanden und ihr die Hand auf die Schulter gelegt hatte. Mit seiner tiefen Stimme hatte er ihr etwas ins Ohr geflüstert, und es hatte sich angefühlt, als würde er für sie atmen.

»Geschäfte«, erwiderte sie, »ich bin wegen Geschäften hergekommen.«

Finian hatte sich aufgerichtet. Die Muskeln spielten unter seiner glatten Haut, als er sich vorbeugte, um einen Stock vom Boden aufzuheben. Er hielt einen Moment inne, dann griff er danach. »Ihr meint Geld. Ihr seid um des Geldes willen gekommen.«

»Warum sonst sollte jemand eine solche Reise unternehmen?«, erwiderte Senna und achtete darauf, jegliche Gefühle aus ihrer Stimme zu verbannen.

»Ja, warum.«

»Ihr versteht das nicht«, stieß sie ärgerlich aus. Ärgerlich, weil sie das Gefühl hatte, sich zu rechtfertigen. Ärgerlich, weil er ihre Gründe nicht guthieß.

»Ich verstehe immerhin, dass es ein hundsmiserabler Einfall gewesen.«

Sie lachte höhnisch. »Ihr habt ja keine Ahnung. Meine Familie ist berühmt für hundsmiserable Einfälle. Eigentlich sollten wir einen Nachttopf in unserem Wappen führen.«

Finian lehnte sich zurück und riss eine kleine Pflanze, die neben ihm aus dem Boden spross, mit sehr viel mehr Kraft aus, als eigentlich notwendig gewesen wäre. Kleine Erdklumpen flogen durch die Luft. Senna hörte, wie sie leise im Farnkraut landeten.

Es fiel Senna immer schwerer, Gefühle aus der Stimme fernzuhalten. Sie hob einen Zweig auf und fing an, ihn abzuschälen, um mit den Fingernägeln das weiche Fleisch unter der Rinde einzuritzen.

Sie spürte, dass Finian sie anschaute. »Sind Euch vor Eurer Reise Gerüchte über Rardove zu Ohren gekommen, Senna? Über seine Gewalttätigkeit?«

Sie fuchtelte mit dem Stock in der Luft herum. »Nein. Jedenfalls nicht genug, um ... auf all das hier gefasst zu sein.«

All das hier. In der Tat. Wie hätte sie wissen können, was sie draußen vor der Tür erwartete? Es war gefährlich, einen Schritt in die große weite Welt zu wagen, und sie bedauerte längst, es getan zu haben. Ob sie sich nun dazu entschlossen hatte, weil sie ihr Geschäft retten wollte oder ihren Vater oder

229

ihr eigenes unglückliches, leeres Leben – jetzt empfand sie nichts als Kummer und Schmerz.

Aber im Moment schmerzte sie am meisten, mit welchem Blick Finian sie anschaute. So enttäuscht. Senna straffte die Schultern und richtete sich in dem stahlgrauen Licht auf, das durch das Laub der Bäume zu ihnen hinunterdrang. »Ihr versteht das nicht.«

Er zog den Mundwinkel hoch, aber als er antwortete, klang er nicht im Geringsten amüsiert. »Oh, doch, ich verstehe sehr gut. Meine Mam hatte die gleiche Entscheidung zu treffen.«

»Welche Entscheidung?«

»Die, die Frauen immer zu treffen haben.« Er starrte ins ersterbende Feuer. »Für das Herz oder für das Geld.«

Senna konnte kaum noch den Erdboden unter sich erkennen. Tränen waren ihr in die Augen gestiegen, genährt von einer ohnmächtigen Wut, die ihr bis jetzt fremd gewesen war. Was wusste er schon über die Entscheidungen, die eine Frau zu treffen hatte, im Dunkeln, wenn die Papiere im schwindenden Licht auf sie warteten und niemand ein Wort sprach? Wenn niemand nach den quälenden Augenblicken fragte, die einer Entscheidung vorausgingen, sondern einzig und allein nach dem, welche Konsequenzen daraus folgten?

»Was für ein Glück für Eure Mutter«, schnappte sie, außerstande, die Gefühle zu zügeln, die scharf und schnell in ihr hochschossen. »Dass sie eine Wahl hatte. Es gibt nicht viele Frauen, die solche Freiheit genießen. Als sie Euren Vater geheiratet hat, geschah das aus Liebe oder wegen des Geldes?«

»Sie hat meinen Vater nicht geheiratet«, erwiderte er mit kalter, abweisender Stimme.

Senna schwieg.

Finian schloss die Augen. Warum um alles in der Welt hatte

er sich ihr offenbart? Er biss die Zähne zusammen. Seine Offenheit würde nichts als Neugier zur Folge haben, nichts als weitere Fragen, vielleicht auch Mitleid.

»Ich nehme an, dass sie ihre Gründe hatte.«

Sennas Stimme klang kühl, aber weich. Die Erde unter seinen Händen war auch kühl. Und weich, wie Treibsand. Wie ihre Stimme.

Was für eine unerwartete Antwort. Die seine Wut jedoch kaum besänftigte.

»Aye«, entgegnete er und spürte, wie seine Lippen sich spöttisch verzogen. »Sie hatte ihre Gründe. Und was für welche. Eine schöne große Burg, einen feinen englischen Lord, Truhen, aus denen Münzen und Juwelen quollen.«

Plötzlich sprang er auf und stellte überrascht fest, dass er sich ein wenig benommen fühlte. Er war zu lange im Gefängnis gewesen, er war zu schnell aufgesprungen. Das war alles. Schon bald würde er wieder in Ordnung sein.

»Und jetzt genug davon«, befahl er mit fester Stimme.

Senna schluckte. Er konnte sehen, wie ihre Kehle arbeitete. »Ich nehme an, sie hat das getan, von dem sie glaubte, es tun zu müssen«, wiederholte Senna steif, als hätte er nichts gesagt. »Das, was sie in sich gespürt hat. Dass sie die Dinge in die Hand nehmen musste. Man muss die Dinge in die Hand nehmen. Man muss sie bewältigen.«

»Ach, so seht Ihr das.« Er starrte sie an. »Ihr nennt es bewältigen.«

»Ja, so nenne ich es. Genau so.«

Unter gewöhnlichen Umständen hätte er wahrgenommen, dass ihre Stimme von traurigem Stolz erfüllt war. Aber jetzt, da die Wut in ihm kochte, bemerkte er es nicht.

»Verratet mir eines, Senna«, sagte er mit leiser, stählerner Stimme, »was haltet Ihr von Eurer meisterlichen Bewältigung der Dinge, jetzt in diesem Augenblick, da Ihr hier auf dem Boden Irlands hockt?«

Ruckartig riss sie den Kopf hoch. »Es war ein Fehler.« Ihre Lippen bewegten sich kaum. »Ein schrecklicher Fehler.«

Finian starrte so lange in ihre schönen Augen, bis er spürte, dass seine Vernunft seine Wut besiegte. Er stieß einen Fluch aus. »Senna, das war nicht richtig von mir . . .«

»Nein. Da habt Ihr vollkommen recht.« Sie lächelte, doch es wirkte spröde. Jedes ihrer Worte traf genau den Punkt, und ihre Stimme klang steinhart. »Wir hatten beide Mütter, die die Flucht ergriffen haben. Wie seltsam. Und traurig. Und das, was ich über Eure Mutter gesagt habe, ist auch für meine die gültige Wahrheit: Sie hatte ihre Gründe. Für Eure Mutter war Geld der Grund, fortzugehen. Meine ging fort, um ihre Leidenschaft zu leben. Gleichwohl sind es Gründe. Wie alt wart Ihr, als sie ging? Ich war fünf. Mein Bruder Will war etwa ein Jahr alt. Du liebe Güte . . .«, sie lachte angespannt, ». . . was war er schwer. Aber wir haben es bewältigt.«

Sie schaute in die Ferne. Ihre Augen hatten sich in helle, golden glitzernde Steine verwandelt. »Wenn auch nicht besonders gut, wie Ihr betont habt.«

»Senna«, wiederholte er langsam und mit einer Stimme, die er selbst kaum wiedererkannte.

»Andererseits . . . man tut, was man kann.«

»Senna.«

»Ist Eure Mutter jemals zurückgekehrt? Meine nicht.«

»Senna.«

»Finian, ist sie zurückgekehrt?«

Er legte die Finger unter ihr Kinn und hob ihr Gesicht. Feine Locken fielen über ihre Wangen; sie zitterte kaum spürbar. Ihre Augen schimmerten hell, während sie unverwandt in die Ferne schaute.

»Senna, hört mir zu.«

Sie sah ihn an.

»Ist sie zurückgekommen, Finian?«, fragte sie. Obwohl ihre Worte so zerbrechlich klangen wie zuvor, hörte er das Flehen in ihnen; sie sehnte sich danach, eine Geschichte zu hören, die nicht so war wie ihre. »Ist Eure Mutter jemals zurückgekehrt?«

Es war, als würde in seinem Innern ein gewaltiges Gewicht von einer Klippe hinunterstürzen. »Aye. Sie ist zurückgekehrt – und hat sich das Leben genommen. Ich habe sie gefunden. Sie hing an einer Eiche.«

Alles erstarrte.

»Oh, diese verfluchte Welt«, wisperte Senna. Sie schlang einen Arm um seine Schultern. Er sank vor ihr auf die Knie. Sie hockte vor ihm, und sie hielten die Köpfe dicht beieinander, geschützt von ihrem ausgestreckten Arm und dem Haar, das nach vorn fiel. Eine Weile atmeten sie stumm miteinander.

»Das hätte sie nicht tun dürfen«, wisperte sie.

»Nein.« Er legte die Hand um ihren Nacken und spürte, wie sein heißer Atem sich mit ihrem vermischte. »Mir wurde gesagt, dass sie jetzt für alles bezahlt.«

»Das dürft Ihr nicht sagen. Sie bezahlt nicht dafür.«

»Glaubt Ihr nicht?«

Sie lehnte die Stirn an seine. »In meinem Herzen bin ich eine Ketzerin«, gestand sie leise. »Auf meinen Reisen bin ich unzähligen Priestern und Äbten begegnet. Manche waren guten Herzens, andere trugen eine Brutalität in sich, die ich nicht fassen kann. Hin und wieder war ich überzeugt, dass sie unterschiedlichen Göttern dienen müssen, weil sie mir so unterschiedliche Dinge gesagt haben.«

Er lächelte schwach. »Mir haben alle dasselbe erzählt«, sagte er. »Glaubt Ihr, dass einige sich geirrt haben?«

»Ich frage mich, wie es sein kann, dass es im Himmel nicht für jeden von uns einen Platz gibt, wenn jeder von *ihnen* einen erhält?«, entgegnete Senna langsam.

Finian griff nach ihrer Hand. Er brachte nicht mehr als ein »Ahhh« über die Lippen und war überrascht, wie heiser seine Stimme klang.

Senna stand ihm bei, und er wollte nichts anderes, als sie retten. Das allein reichte, ihm die Tränen in die Augen zu treiben. Er, dem so viele Wunden zugefügt worden waren, dass er sich fragte, warum sein Lebensschiff noch nicht gesunken war, *er* wollte *sie* retten. Eine Frau, die strahlte wie die Sonne. Er hatte seine tiefste Schande offenbart, das Entsetzen seiner Träume; und doch ging ihm jetzt nur diese eine Frage durch den Sinn: *Wie hat Eure Mutter Euch nur verlassen können?*

»Versteht Ihr mich?«, sagte sie.

»Ja, ich verstehe Euch.« Er hob ihre Hand an seine Lippen und drückte einen Kuss auf die zarten Knöchel, bevor er sie losließ.

»Finian . . .«

Er stand auf. »Bereit, Senna?«

Senna hatte den Mund geöffnet, als wollte sie noch etwas sagen, schloss ihn dann aber wieder und erhob sich ebenfalls. Sehr weise. »Ich bin bereit.«

»Wir werden noch eine Weile marschieren. Eine Stunde vielleicht, oder auch etwas länger.«

Finian wandte sich ab, um voranzugehen. Er hörte, wie Senna sich das Gepäck auf den Rücken schwang und ihm dann folgte. Über Mütter, die fortgegangen waren, sprachen sie nicht mehr. Worte waren nicht mehr nötig.

Kapitel 28

Nachdem sie einen weiteren Fluss überquert hatten – »von mir aus auch einen Bach«, wie Senna gereizt erwiderte, nachdem Finian sie über den Unterschied aufgeklärt hatte –, hätte Senna Finian wenn nötig wie einen Gott gepriesen, als sie nach zwei weiteren Marschstunden endlich Rast machten. Sie fühlte sich zerschlagen und ausgelaugt und stolperte vor Erschöpfung.

Sie standen auf einer kleinen Lichtung, und Senna spürte, wie ihre Knie nachgaben.

»Wir sind beide ziemlich erledigt, Senna«, sagte er sanft, »es reicht für diese Nacht.«

Sie lächelte matt, ließ ihr Gepäckbündel auf den Boden fallen und ließ sich darauf nieder. Als sie sich die Schultern massierte, stieß sie sich die verletzten Finger. Sie stieß einen leisen Schmerzensruf aus, aber noch bevor er ganz ihre Lippen verlassen hatte, war sie schon eingeschlafen.

Finian betrachtete sie, als sie zusammengerollt wie eine Katze auf ihrem Gepäck lag – dem Bündel voller harter, kantiger Gegenstände. Die Knie hatte sie bis ans Kinn gezogen, die Arme um einen Teil des Bündels geschlungen und das Haar, das sich aus dem Zopf befreit hatte, bedeckte ihr Gesicht. Alles was er sehen konnte, war das Profil ihres zarten Kinns.

Er wandte sich ab und stieg auf eine kleine Anhöhe, um Wache zu halten.

Der Mond stand jetzt hoch und hell am Himmel, und der leichte Wind trug den Geruch der Pflanzen und der feuchten lehmigen Erde heran. Finian atmete tief durch und begann, die Umgebung der Lichtung auszukundschaften, auf der Senna schlief.

Nichts regte sich in der dunklen Welt. Jahrelange Übung sorgte dafür, dass Finian sich geräuschlos durch den Wald bewegte. Eine Runde. Die zweite.

Eine Eule schrie.

Er erstarrte.

Rasch und lautlos ging er weiter, drückte sich mit dem Rücken an einen Baumstumpf. Noch ein Geräusch durchbrach die nächtliche Stille, links von ihm und ein gutes Stück von ihm entfernt. Finian verharrte reglos, seine Hand lag auf dem Griff des Schwertes.

Da war es wieder. Schlurrende, schwere Hufe. Weit entfernt – und doch viel zu nah. Der gedämpfte Klang einer Stimme, den die Nachtluft zu ihm trug. Knarzendes Leder, klirrende Sporen. Soldaten.

Tief gebückt und mit gezücktem Schwert schlich er zur Lichtung, nutzte dabei den Schatten der Bäume und war so leise wie die Fledermaus, die über ihn hinwegflog und deren Flügel fast seinen Kopf berührt hatten. Bei Senna angekommen, hockte er sich hin und beugte sich über sie.

»Aufwachen, Senna. Wir haben Gesellschaft«, flüsterte er an ihrem Ohr.

Sie schlug die Augen auf. Hell und erschrocken und nur eine Handlänge von ihm entfernt.

»Ungebetene Gäste. Ich könnte Euer Können mit der Klinge brauchen«, flüsterte er, bevor er sich erhob und ihr mit einer Geste zu verstehen gab, dass sie sich hinter einem der entfernter stehenden Bäume verbergen sollte.

Sie rappelte sich auf, tastete nach der Messerscheide an ihrer Taille und schlich dann gebückt zu der Stelle, auf die Finian gezeigt hatte.

Die Geräusche, wenn Hufe auf kleine Äste am Boden traten, waren plötzlich nicht mehr zu hören. Finians Muskeln
waren so angespannt, dass sie zuckten. Er warf den Kopf
zurück und lauschte. Seine Sinne waren für Gerüche, Geräusche und Bewegungen geschärft. Er hielt das Schwert gesenkt,
die matt silbrige Stahlfläche schimmerte im Mondlicht.

Das Wiehern eines Pferdes durchbrach die angespannte
Stille. Zwei Stimmen waren jetzt zu hören, sie sprachen ein
nahezu unverständliches Englisch. Finian stellten sich die
Nackenhaare auf.

Er hob sein Schwert und schlich näher heran, bewegte sich
von Baum zu Baum wie ein schwarzer Schatten. Das Blut pulsierte langsam und schwer durch seine Adern. Es fühlte sich
kalt an, verlieh aber auch Sicherheit. Er drückte den Handballen auf die raue Rinde eines Baumes, schob den Kopf hinter dem Stamm hervor und versuchte, in der Dunkelheit etwas
zu erkennen.

Doch die Finsternis war undurchdringlich. Finian konnte
nichts erkennen. Hinter sich hörte er Sennas unregelmäßige
Atemzüge.

Das Hufgetrappel begann aufs Neue und entfernte sich
langsam. Hin und wieder wehten Flüche oder ein paar Wörter
bis zu ihm. Er ließ eine Weile verstreichen. Dann drehte er
sich zu Senna um und legte den Finger auf den Mund, um
dafür zu sorgen, dass sie weiterhin schwieg – aber auch, um ihr
die Angst zu nehmen.

Erstaunt ließ er die Hand wieder sinken. Das sollte die Frau
sein, die er vor Kurzem aus dem Schlaf gerissen hatte, um ihr
zuzuflüstern, dass sie Gefahr liefen, ihr Leben zu verlieren?
Nein, das war unmöglich. Sie sah nicht im Mindesten verängstigt aus.

Im Gegenteil. Senna strahlte Energie und Tatkraft aus, und

sie verhielt sich großartig. Sie hatte sich dicht gegen den Baumstamm gedrückt, die Wange gegen die raue Borke, und ließ den Blick wachsam schweifen. Ihr Körper war angespannt und hatte sich auf die Gefahr eingestellt. Sie hielt den Kopf leicht zurückgeworfen. Die dunklen Locken ergossen sich wirr über Schultern und Arme. Ihre Fingerspitzen spielten trügerisch ruhig mit der Klinge, die sie am Oberschenkel trug.

Das Mondlicht, das gefiltert durch die Bäume drang, zeichnete die straffen Muskeln in ihrem Arm nach. Dass ihr die Finger gebrochen worden waren, schien sie nicht im Geringsten zu hindern. Ihre Augen glitzerten, als sie auf seinen erschrockenen Blick trafen, und sie warf ihm ein stolzes, kühnes Lächeln zu.

»Wir sind immer noch am Leben«, frohlockte sie.

Gefährtin. Er hatte eine Gefährtin. Herzallerliebster Jesus, wann in seinem Leben hatte es das je gegeben?

Niemals. Niemals, obwohl er immer danach auf der Suche gewesen war.

Finian zwang den Blick zurück zum Wald. Die Geräusche der Soldaten klangen aus der Ferne zu ihnen und wurden leiser. Er bedeutete Senna mit einer Handbewegung, sich nicht von der Stelle zu rühren, und schlich den Reitern nach.

Nachdem er sie eine halbe Meile verfolgt hatte, war er überzeugt, dass sie tatsächlich verschwunden waren und ihnen keinen weiteren Ärger bereiten würden. Finian machte kehrt. An der Lichtung bemerkte er, dass Senna seinem Befehl gehorcht hatte und reglos am Baum wartete.

»Sie sind fort«, wisperte er.

Senna zitterte vor unterdrückter Aufregung, was er nur zu gut verstand. Sie lebten in einer gefährlichen Welt, und sie war nichts als eine Frau in deren gnadenloser Mitte. Sie reichte kaum bis an seine Schulter, und ihre schmale Taille konnte er beinahe zweimal mit den Fingern umspannen. Sie war schutzlos. Absolut schutzlos.

Ob sie eine Waffe hatte oder nicht – für einen Soldaten war sie keine Herausforderung. Auch nicht für ihn. Und wie schnell hätte es dazu kommen können, dass sie getötet worden wäre.

Aber sie war wohlauf, Gott sei dank, und sie lächelte – ein ungezähmtes, furchtloses Lächeln, das eine unbeaufsichtigte Mauer seines Herzens durchbrach und in ihn eindrang.

Doch Finian blieb bei seiner Einschätzung Sennas: Sie war eine kluge, sinnliche Frau mit überraschenden und angenehmen Charaktereigenschaften. Aber all das wurde vom Staub der Vergangenheit bedeckt. Im Hier und Jetzt war sie auf so erschütternde und berührende Weise Mensch, dass er hilflos vor ihr stand.

Finian war sprachlos.

»Waren sie auf der Suche nach uns?«, flüsterte Senna.

Er schüttelte den Kopf. »Keine Ahnung. Ich bezweifle es. Dieser Weg wird nur selten als Verbindung zwischen den Städten benutzt.«

»Sind wir hier sicher?«

»Ich möchte unser Glück nicht herausfordern. Könnt Ihr noch ein Stück laufen?«

Senna nickte. Ihre Haare hatten sich fast ganz aus dem Zopf gelöst und bildeten ein Meer aus rötlich-braunen Locken, in das er eintauchen konnte. »Die ganze Nacht, wenn es sein muss. Aber der Mond hat sich versteckt«, betonte sie, »es ist stockdunkel.«

»Ich kann uns führen. Was ist mit Eurer Hand?«, fragte er.

Sie lächelte überrascht. »Ich spüre nichts mehr.«

Stumm schulterten sie das Gepäck und brachen auf, marschierten bis zum Sonnenaufgang, als das rot-braune Licht wie Regen durch das smaragdgrüne Geäst der Bäume drang. Es duftete nach Kiefernnadeln und Harz, als das schwache Licht sich ausbreitete.

Sie bahnten sich ihren Weg in dieser seltsamen Beleuchtung, tauchten abwechselnd in Licht und in Schatten ein und froren bis auf die Knochen. Aber sie waren am Leben. Ein weiterer herrlicher Tag brach an.

Zwei Mal legten sie eine Pause ein – das erste Mal für einen tiefen Schlaf zur Mittagszeit, und ein zweites Mal, um sich in einem Bach zu waschen.

Aber die meiste Zeit marschierten sie. Und sie unterhielten sich, wenn auch nicht über die Nächte zuvor. Finian erzählte ihr von seiner großen Pflegefamilie und von seiner Liebe zur Musik, und es mochte sein, dass sie ihm etwas über die wenigen sehnsüchtigen Träume ihrer Jugend erzählte.

Und Finian beobachtete sie. Endlos.

Jedes Mal, wenn sie sich bückte, folgte sein Blick der Bewegung. Wenn sie lachte, beobachtete er, wie ihre Lippen sich so zauberhaft verzogen. Wenn sie aufschaute, um ihm eine Frage zu stellen, betrachtete er sie schon mit diesem eindringlichen Blick, der ihr die Röte in die Wangen trieb.

Das war der Moment, in dem er den Blick fortriss. Das Gefühl, das ihn durchströmte, war unbeschreiblich. Als züngelten Flammen an ihm empor, die lange unter Glut verborgen gewesen waren. Als kehrte er heim.

Als schließlich das Abenddunkel jeden Blick unlesbar machte, lenkte Senna das Gespräch auf ihre Begegnung mit den Soldaten.

»Habt Ihr Euch früher schon jemals so gefühlt, so ungeheuer lebendig, wenn Euch der Tod womöglich kurz bevorsteht?« Ihre Stimme regte kaum ein Lüftchen, so leise klang sie; fast so, als hätte sie mit sich selbst gesprochen.

Finian nickte stumm. Ihn beunruhigten die Gefühle, die ihn durchfluteten. Es erweckte ihr Blut zu neuem Leben, nicht wahr? Das freute ihn. Und das Gefühl kannte er nur zu gut: als stürzte man sich einen Wasserfall hinunter, eine schäumende Heiterkeit im Angesicht des Todes neben der inneren Gewissheit, *dieser Augenblick gehört mir ganz allein.*

Es gab nur sehr wenige Menschen, die auf solche Empfindungen zurückblicken konnten; Menschen, die es schätzten, nahe einem Abgrund zu leben und sich unversehens über den Rand zu stürzen – in der Gewissheit, dass sie fliegen konnten.

Vielleicht war *sich freuen* gar nicht das richtige Wort.

Finian war ihr ganz nah gewesen, als er sie geweckt und gesagt hatte, dass ihr Leben vielleicht schneller als gedacht zu Ende sein könnte. Er hatte ihr in die Augen gesehen und das Feuer darin erkannt. Er hatte genau gewusst, wie die Aufregung sich anfühlte, die so stark in ihrem Körper pulsiert hatte, dass sie wie die wahre Kriegsgöttin ausgesehen hatte. Und ihm hatte der Atem gestockt.

Senna war wie eine Kriegerin aus dem Land der Sagen und Mythen, und ihr war noch nicht einmal bewusst, wie ungewöhnlich sie war.

Nein, korrigierte er sich. Sie scheint sehr gut zu wissen, dass sie nirgendwohin gehört. Was sie nicht wusste, war, wie perfekt sie in die widerhallenden leeren Winkel seines Herzens passte.

Kapitel 29

Senna lag noch lange wach, nachdem Finian eingeschlafen war. Zu groß war die Aufregung. Die Aufregung und die Angst, die ihr eigentlich den Verstand hätten rauben müssen. Stattdessen fühlte sie sich ... erregt. Lebendig. Verwegen.

Sie kramte in ihrem Gepäck nach dem Flakon mit dem Whisky, zog ihn heraus und trank einen ordentlichen Schluck. Und schaute Finian an. Er schlief tief und fest. Mürrisch betrachtete sie diese friedliche Ruhe und trank noch einen Schluck. Sein dunkler Kopf ruhte auf dem Gepäckbündel, die Hände hielt er über der kräftigen Brust verschränkt. Langsam, gleichmäßig und rhythmisch hoben und senkten sich die Hände. Ein Knie hatte er gebeugt und gegen ein kleines Bäumchen gelehnt.

Senna trank noch einen Schluck und drückte den Korken in den Flakon, ohne den Blick von Finian zu nehmen.

Ich verzehre mich nach ihm, gestand sie sich ein, da ja niemand in ihren Kopf schauen und dieses Geständnis bezeugen konnte.

Dieser Whisky schmeckte wirklich verflixt gut.

Im Moment schossen ihr ein paar tollkühne, gefährliche Gedanken durch den Kopf. Aber warum sollte sie sich zur Vorsicht mahnen? Ihr halbes Leben lang hatte sie sich innerlich wie tot gefühlt; Finian war der Einzige, der jemals in ihr das Bedürfnis geweckt hatte, wieder Leben in sich spüren zu wollen. Durfte man so etwas einfach wegwerfen? Seit sie nach Irland gekommen war, hatte sie mehr als nur eine Grenze überschritten. Sie hungerte nach etwas, das sie noch nie zuvor empfunden hatte. Sie empfand Gier auf eine Art, die sie noch nie erlebt hatte.

Und sie fühlte sich lebendiger als je zuvor in ihrem Leben.

Senna stellte die Flasche ab und ging zu Finian. Sie wollte nichts als ihn berühren. Wollte nicht einmal, dass er sie berührte. Wollte nur seinen Körper spüren. Anfassen. Berühren.

Um nicht allein zu sein.

Senna kniete sich neben ihn, und stützte die Hände zuseiten seines Oberkörpers auf den Boden, dann beugte sie sich herunter und sog seinen Duft ein.

Finian schlug die Augen auf. Ihr Haar streichelte seine Arme, ihre Brüste berührten fast sein Gesicht.

»Senna, was tut Ihr da?«, fragte er leise.

Anders als erwartet, schrak sie nicht zurück. Sie richtete sich auf, um in einer ausgesprochen züchtigen Haltung neben ihm zu knien. Offenbar war sie die geborene Verführerin – bis unter die schmutzigen Nägel ihrer Finger. Und sie lächelte. Er runzelte die Stirn.

»Alles in Ordnung mit Euch?«

»Finian, ich möchte Euch eine Frage stellen.«

Sie klang schüchtern. Er schloss die Augen und schickte ein Stoßgebet zum Himmel. »Aye?«

»Könnt Ihr Euch daran erinnern, was geschehen ist? Vorher?«

»Wann vorher?«, fragte er wachsam.

»Vorher«, sie gestikulierte, »bevor wir auf die Jagd gegangen sind. Vorher.« Sie sprach langsamer. »Am Baum.«

Stöhnend fuhr er sich mit der Hand über das Gesicht. Sein Schaft begann bereits steif zu werden.

»Könnt Ihr Euch erinnern?«

»Jesus«, raunte er, »glaubt Ihr etwa, dass ich es je vergessen könnte?«

»Ich habe nachgedacht.«

»Ihr solltet damit aufhören.«

Senna lehnte sich noch ein Stück nach vorn. Ihr Haar kitzelte ihn im Nacken. »Ich habe über diese Sache nachgedacht, die mir widerfahren ist. Ich glaube nicht, dass es Euch auch widerfahren ist.«

Er stieß einen unterdrückten Fluch aus und bedeckte das Gesicht mit den Armen. »Senna«, stieß er mit zusammengebissenen Zähnen aus.

»Ist es Euch widerfahren?«

»Nein«, gestand er. »Was ist nur in Euch gefahren, Frau? Ihr sollt wissen, dass ich es nicht ertragen kann.«

»Ja, ich weiß«, schmachtete sie in sein Ohr, »es liegt am Whisky.«

»Nicht am Whisky«, entgegnete er grimmig.

»Dann an der Schafgarbe.« Weiche weibliche Rundungen pressten sich an die Innenseite seiner Arme, an seine Wangen. Ihr Atem hauchte ihm ins Ohr. »Finian, ich möchte, dass es Euch auch widerfährt. Ich möchte zusehen, wie es Euch widerfährt. Wie Ihr mir zugesehen habt.«

Dagegen war er vollkommen machtlos. Ihre Lippen flatterten über seine Arme, und er ließ die Ellbogen zu Boden sinken. Ihr Haar schwang sich wie ein Vorhang um ihr Gesicht, als sie ihn im Mondlicht küsste; langsame, leichte Küsse auf seinen Wangen, seiner Nase und dem Kinn und schließlich auf seinen Lippen.

Obwohl Finian sich am liebsten auf sie gerollt, ihren Nacken umschlungen und ihre zügellose Weiblichkeit geplündert hätte, beherrschte er sich und ließ es zu, dass ihre zögerlichen, probierenden Küsse ihn so weit entflammten, dass es ihn schmerzte. Er legte nur die Handfläche auf ihre Hüfte – mehr nicht; er führte sie nicht und schenkte ihr keine Zärtlichkeiten, sondern ließ sie einfach gewähren.

Senna kam ganz nahe zu ihm, streifte mit ihren Lippen über seinen Nacken und verteilte schmetterlingszarte Küsse, bevor sie zu seinem Schlüsselbein glitt. Dann schaute sie auf, hatte die Brauen fragend hochgezogen und zupfte am Saum seiner Tunika.

»Falls Euch kalt ist . . .«

In Windeseile hatte Finian sich die Tunika vom Leib gerissen und hörte zu, wie sie leise ausatmete, während sie den Blick über seinen Körper gleiten ließ. Sie beugte sich tief zu ihm hinunter und atmete ein, strich dann mit der Zunge über seinen Brustkorb.

»Senna«, stieß er mit zusammengebissenen Zähnen hervor.

»Jetzt bin ich dran, schscht«, wisperte sie und leckte über seine Brustspitzen.

Finian unterdrückte ein Stöhnen und fuhr mit den Händen über ihren Hintern. Sie erstarrte, hielt aber nicht den Atem an, der heiß über alles hauchte, was sie mit ihrer Zunge feucht geleckt hatte.

»Nicht aufhören«, murmelte er mit belegter Stimme.

Senna öffnete den Mund und schnalzte. Mit einer Hand glitt sie an seinem angewinkelten Bein hinauf, vom Knöchel bis zum Knie, dann am Schenkel hinauf bis zu seiner Leiste. Er konnte nicht widerstehen. Er nahm ihre Hand und drückte sie auf seine Erektion. Ihre schlanken Finger schlossen sich über seiner Länge, während ihr Mund heiß und keuchend über seiner Brustspitze schwebte. Er brachte sie dazu, noch fester zu drücken, und glitt mit der anderen Hand an ihrem Hintern hinauf. Dann ließ er die Finger langsam zwischen den Pobacken hinuntergleiten.

»Oh«, stieß sie erregt aus.

Senna zerrte an den Bändern ihrer Tunika. Er hatte sich auf

245

einen Ellbogen gestützt und half ihr. Dann hatten sie sie gelöst. Finian streifte ihr die Kleidung über die Knie nach unten, sodass ihr Hintern entblößt war; sie streckte ihn gen Himmel, als sie sich wieder über ihn beugte.

Mit dem Mund fuhr sie weiter nach unten bis zu seinem Bauch, schnell und feucht, bis seine Erektion so hart war, dass Finian glaubte, jeden Moment explodieren zu müssen. Er schob seine Hand zwischen ihre Schenkel. Sie war nass. Schlüpfrig. Heiß. Er drückte einen Finger nach oben, suchte nach ihrer empfindlichsten Stelle.

Senna warf den Kopf zurück und schnappte nach Luft. Heiß und nass, verdammt noch mal, dieser Engel war all das, was er sich niemals hätte träumen lassen. Er krümmte den Finger und glitt weiter nach vorn, über die feuchten Hautfalten, drückte und presste, bis er die runde Knospe fand. Wieder stieß sie ein stöhnendes Wimmern aus. Er spielte ganz leicht mit den Fingern, und sie presste das Gesicht an seine Brust. Harte, heiße, verzehrende Lust pulsierte ihm durch den Körper. Er konnte kaum noch klar sehen, verlangte nach dieser Frau, wie es ihn noch nie nach einer verlangt hatte, nicht einmal in seinen erotischsten Träumen.

Er drückte mit dem Handballen fest gegen ihre nasse Hitze. Senna warf den Kopf zurück, atmete stoßweise und erregt und rieb sich daran.

Sie begann, an den Bändern seiner Strümpfe zu zerren und wollte sie ihm ausziehen. Leise fluchend erledigte er es für sie, während er sie mit einer Hand immer noch reizte. Senna bewegte sich heftiger, beinahe wie wahnsinnig, ihr Kopf sank tiefer, bis sie sich auf die Ellbogen stützte, das Gesicht nur wenige Zoll von seiner Erektion entfernt. Gemeinsam lösten sie die Bänder seiner Beinlinge, entblößten ihn. Ihr Gesicht war durch die herabhängenden Haare überschattet, und sie drehte sich ihm zu, als er seine feuchte Hand geradezu wütend zwischen ihren Schenkeln hinaufgleiten ließ. Finian war schwindlig, verlangte nach mehr. Mehr Hitze, mehr Sex, mehr Senna.

»Ich weiß nicht genau, was ich tun muss«, wisperte sie. Ihre Stimme klang wie eine Mischung aus keuchender Erregung und errötender Beschämung.

In Windeseile war er auf den Knien und warf Senna auf den Rücken. Die Ellbogen stützte er neben ihre Hüften, sein Gesicht ruhte zwischen ihren Schenkeln.

»Das zum Beispiel, meine Liebe«, raunte er und senkte das Gesicht auf alles, was zwischen ihren Schenkeln heiß und feucht war. Er leckte einmal mit der Zunge, ließ sie leicht gegen Senna schnellen. Instinktiv stieß sie die Hüften gegen ihn.

»Oh, bitte«, schrie sie auf und warf den Kopf hin und her.

Ein langsamer, gespannter und explosiver Abstieg in die Fallgruben der Lust. Finian konnte sie kaum hören, so stark war seine Erregung, als er seine Zunge zum zweiten Mal langsam nach oben gleiten ließ. Nasser, heißer Honig.

»Spreiz die Beine. Noch weiter«, verlangte er heiser.

Wimmernd gehorchte sie, bis ihre Fersen in den Erdboden gerammt waren und ihre Finger in seinen Haare wühlten. Mit zwei Fingern öffnete er langsam ihren nassen Schoß und entblößte ihre harte, heiße Perle der kühlen Mondnacht. Er strich mit dem Daumen darüber, ließ die Zunge folgen, schnell und hart.

Senna schnappte nach Luft und stöhnte. Die Finger hatte sie in seinem Haar vergraben, die Hüften stieß sie hoch. Abrupt veränderte er sein Streicheln, bewegte seine Zunge jetzt träge und wohlig, leckte sie langsam und genüsslich. Finian kam es vor, als würde er wahnsinnig werden. Sie schmeckte so wunderbar. So bereit für ihn, so nass. Mit den Daumen spreizte er ihr

247

Fleisch und sank mit der Zunge tief in sie ein. Ein Daumen spielte zart über ihre empfindlichste Stelle und presste dann fest gegen sie.

»Oh, nein«, stieß sie samtig und rauchig aus.

»Oh, ja«, wisperte er und kniete sich über sie.

Senna streckte die Hände nach ihm aus, aber er ergriff ihre Handgelenke, streckte ihr die Arme über den Kopf und hielt sie fest.

Seine freie Hand glitt zu ihrem Bein und streckte es. Dann stieß er die Hand hart nach oben zwischen ihre Beine und glitt ohne Pause mit zwei Fingern in sie hinein.

Senna schrie auf, bog die Schultern hoch und den Unterleib auf die Erde, sodass Finian nach unten greifen musste, um die Finger in ihr zu behalten, sie weiter zu stoßen und anzustacheln. Es macht ihn beinahe verrückt, so über ihrem Körper zu knien, mit einer Hand ihre ausgestreckten Arme festzuhalten und mit der anderen Hand tief in ihr zu sein. Unruhig glitt ihr Knie zwischen seinen Beinen hoch. Rhythmisch bewegte er die Hüften, streifte mit seinem harten Glied über ihre Schenkel. Sie stieß zurück, drückte die Hüften nach oben, streckte das pulsierende Fleisch dem Mondlicht entgegen, vollkommen außer sich und benommen.

Er trieb sie heftig vorwärts, mit geübten und sicheren Fingern, den heißen Daumen zwischen ihren Falten. Senna streckte sich ihm entgegen, und die Erregung hämmerte rhythmisch, als er mit ihrem Körper spielte.

»Gefällt es dir, Senna?«, wisperte Finian rau.

»Oh«, stieß sie aus, stützte sich auf den Ellbogen und versuchte, ihn zu küssen.

»Gefällt es dir, was ich mit dir mache?«

»Aye, aye. Ich will mehr.«

Er kam an ihr Ohr. »Was noch, Senna?«

»Dich«, keuchte sie und streckte ihm die Hüften in einer wilden, aufbäumenden Bewegung entgegen. »Ich will dich. In mir.«

Ihre Worte raubten ihm beinahe den Verstand. »Nein«, raunte er heiser und schüttelte den Kopf. »Ich werde dir nicht die Jungfräulichkeit rauben.«

Sie lachte zittrig. »Oh, Finian, ich bin keine Jungfrau mehr.«

Er senkte seinen Körper dicht auf ihren. »Was?«, flüsterte er ihr ins Ohr.

»Ich bin nicht unschuldig. Und ich kann auch keine Kinder bekommen. Finian, bitte.«

Mehr brauchte er nicht zu hören. Nachdenken konnte er ein andermal. Jetzt ging es nur um sein Verlangen.

»Ich werde dich verschlingen, Engel«, flüsterte er und senkte die Lippen auf ihre Haut. »Du ahnst nicht, was dir blüht.«

Senna pochte das Blut durch die Adern, es fühlte sich an wie geschmolzenes Eisen. Es kostete ihn nur eine einzige, schlichte Bewegung, ihren Körper mit seinem zu bedecken. Das krause Haar seiner Schenkel kratzte über die Innenseite ihrer Schenkel, und sie spürte, wie seine Muskelbündel sie auseinanderdrängten. Für ihn. Um sie zu erobern. Sie winkelte ein Bein an und schlang es um seine Hüften.

»Jetzt«, keuchte sie. Ihre Hände glitten über seinen Rücken, gaben auf seine Narben acht, spürten aber doch jeden Wirbel, jeden Muskel, der sich unter der warmen Haut bewegte, heiß und verlangend.

Das dunkle Haar fiel ihm um das kantige Gesicht, das sie entschlossen anblickte, als er nach unten griff. Hart und heiß spürte sie seine Hand, spürte sie, wie er über ihre Feuchtigkeit streifte, als er seine Erektion umschloss und in sie eindrang. Senna schloss die Augen, hatte die Hände um seinen Nacken geschlungen, und ihr Fußgelenk ruhte auf dem unteren Teil seines Rückens.

Finian hielt sich auf einem Knie und drängte in ihre erwartungsvolle Hitze, spürte, wie ihre heiße Höhle sich um ihn schloss, voller Sehnsucht, schlüpfrig, eng. Er sank ein wenig tiefer in sie und hatte den Blick auf ihre Vereinigung gerichtet, damit er sehen konnte, wie er in sie eindrang. Dann riss er den Blick los, war entschlossen, sich zu zügeln, und schaute auf. Senna hatte die Augen geöffnet und beobachtete ihn.

»Alles in Ordnung?«

»Es ist gut«, sagte sie zittrig, halb lachend, halb schluchzend.

Finian strengte jeden Rest Selbstbeherrschung an, den er jemals besessen hatte. Bisher war er langsam vorgedrungen, hielt jetzt aber inne. Mit sanft geflüsterten Worten küsste er ihre Nase, ihr Kinn, jede gerötete Wange und ihre Stirn, bis sie wieder weich war und seufzte.

»Hat Rardove . . .?«

»Nein«, unterbrach sie ihn leise, »er hat es noch nicht einmal versucht. Ich glaube, ich habe ihn eingeschüchtert.«

»Mir machst du auch Angst«, murmelte er und bewegte sich wieder in ihr, hielt sich zurück und erfüllte sie dann mit langen, langsamen Stößen, sodass sie sich an ihn gewöhnen konnte. Es war eine köstliche Qual. Ihr Fleisch war nass und eng und erregt, süße, geschwollene, weibliche Abgründe. Seine Rückenmuskulatur und die Beinmuskeln waren straff vor Zurückhaltung. Ihre Ferse presste sich so fest in seinen Rücken, dass es fast schmerzte. Selbst wenn man ihm ein Dutzend Lebensjahre geschenkt hätte, hätte er sie nicht gebeten, sich zu bewegen.

Wieder stieß er mit den Hüften nach vorn. Senna seufzte, atmete erregt und verlangend. Das kleine, schmerzende Wimmern pumpte ihm die Lust durch das Blut. Er knurrte und hob die Hüften an, drängte weiter nach vorn.

»Oh, das fühlt sich gut an.« Ihre Stimme klang immer noch wie ein Seufzer, und er konnte nichts anderes tun als den Kopf zurückwerfen und unterdrückt brüllen, als er sich in sie trieb, wieder und immer wieder. Es kam ihm vor, als würde der Erdboden unter seinen Knien und Handflächen beben, und der Atem ging rau und stoßweise.

Senna stöhnte auf und streckte ihm die Hüften entgegen, bäumte sich auf, und Finians Stöße wurden fester und länger, erfüllten sie jedes Mal stärker, schnitten tiefer in ihre heiße, zittrige Nässe. Er ließ den Kopf auf ihren Nacken sinken, hatte die Handflächen rechts und links von ihr auf den Erdboden gestützt. Das Haar schwang ihm über das Gesicht, während er seine Hüften in dem uralten, pochenden Rhythmus bewegte.

Mit jedem vollkommenen Stoß sandte er aufs Neue eine Welle der Lust durch Senna. Ihre Haut schien zu vibrieren, das Blut zu kochen. Die Hände waren gierig in ihren Berührungen, wollten überall sein, schlossen sich um seine Schultern und glitten an seinen Muskeln auf dem Rücken hinunter, schoben das Haar aus seinem Gesicht, sodass sie beobachten konnte, wie die Leidenschaft ihm die Augen schloss und ihn den Kopf zurückwerfen ließ.

Plötzlich ließ Finian die Hand auf die kleine Stelle unten an ihrem Rücken gleiten und drückte ihre stoßenden Hüften fest an seine. Höchste Lust schoss wie der Blitz in ihren Bauch, und irgendwie schlang sie die Beine um seine Hüften, und mit keinem Zoll ihres Körpers befand sie sich noch auf dem Boden. Es lag an den herrischen Berührungen und an Finians heißem, erregtem und geschmeidigem Körper.

Mit einem unterdrückten Fluch klammerte er den Arm um

251

ihre Hüfte und schwang sie herum, über sich, sodass sie rittlings auf ihm saß und er die grasbewachsene Erde unter seinem Rücken spürte. Er schlang sich ihre langen Haare um die Hand und zog ihr Gesicht zu sich hinunter.

»Spreiz die Beine«, flüsterte er ihr ins Ohr und legte die freie Hand besitzergreifend auf ihren Rücken. Sie gehorchte, und er sank noch tiefer in sie hinein und stieß noch härter. »Ich kann nicht mehr lange«, flüsterte er heiser.

»Wirst du müde?«, fragte sie. Ihre Stimme klang genauso zittrig wie seine, aber ein Lachen lag darin.

»Nein. Ich bin kurz davor, in dir zu kommen. Es wird dir gefallen.«

Senna warf den Kopf zurück und wiegte ihre Hüften rhythmisch auf ihm. Als er so mit ihr redete, hatte sie das Gefühl, als könne ihr Körper all das, was Finian versprochen hatte, schon wegen der Lust tun, die ihr seine Worte verschaffte.

Eintauchen, zustoßen, sich zurückziehen, eintauchen. In ihrem Kopf wirbelte alles durcheinander. Ihr Körper schien zu singen. Senna ergriff seine Schultern und schmiegte sich an ihn, stützte das Kinn auf seine Stirn und bohrte die Knie in die Erde. Ihre Leidenschaft steigerte sich zu einem wilden Crescendo.

Senna schlug die Augen auf. »Oh«, wisperte sie erschrocken. Noch einmal stieß Finian die Hüften vor, noch einmal drang er vollkommen in sie ein und erfüllte sie. Sie warf den Kopf zurück und bewegte sich ungezügelt und ungezähmt und biss sich dabei auf die Unterlippe.

»Nicht aufhören«, wisperte sie. Eine Welle der Lust zuckte machtvoll durch ihren pulsierenden Körper. Den Rücken hinauf, die Beine hinunter und über ihren Nacken floss der Zauber Finians. Noch ... ein ... erlösender ... Stoß. Ihr Körper schlingerte einer Grenze entgegen, riss sich an den Abgrund.

Finian grinste.

»Was ist das?«, wisperte sie wie wahnsinnig.

»Lass es geschehen«, drängte er sie und sorgte dafür, dass sie die Hüften weiter rhythmisch wiegte.

»Oh, bitte, oh, bitte, hör nicht auf.«

»Niemals. Ich höre niemals auf«, stieß er atemlos aus.

Senna trieb unaufhaltsam dem Abgrund entgegen. Am Rand zögerte sie, aber Finian stieß noch einmal so tief in sie hinein, dass er Lust in ihr aufwirbelte. Eine Welle zittriger Nässe flutete ihr durch den Körper, flammende weiße Hitze und lange, ungezügelte Zuckungen. Sie sprang in den Abgrund und flog, pochte und pulsierte und zuckte und war in diesem Moment lebendiger als je zuvor.

Finian spürte, wie ihre Erlösung ihn durchflutete. Er schloss die Hände um ihre Hüften, als er ein letztes Mal in sie eindrang und selbst das Gefühl hatte, in ihr zu explodieren, während er sie mit seinem Rhythmus erfüllte. Er hielt sie zitternd in den Armen – kupferfarbenes Haar, die Lippen geteilt, ihr Geist entflammt – und spürte, wie sein Herz sich öffnete.

Dieser Moment währte eine Ewigkeit. Hilflos wimmerte Senna seinen Namen, wieder und immer wieder, und jeder wimmernde Aufschrei war begleitet von Zuckungen des warmen Fleisches, das sich um seine bebende Männlichkeit schloss. Finian vergrub sich tief in ihr, verströmte sich, zugleich befriedigt und erschüttert.

Kapitel 30

Entsetzt?«

Pentony saß am Tisch und nickte.

Rardove stöhnte. Seine Augen waren rot gerändert, und der kleine Bart, den er gewöhnlich so sorgfältig stutzte, sah fransig aus. »Hat er es so ausgedrückt?«, fragte er Pentony, der aus der Botschaft vorgelesen hatte. Sie trug ein rotes Wachssiegel, das einen schwertschwingenden behelmten Ritter zeigte: das Siegel König Edwards. »*Entsetzt?*«

»Und empört«, fügte Pentony hinzu.

»Empört.«

Pentony nickte, ohne die Botschaft noch einmal zu überfliegen. Er verspürte nicht das Bedürfnis, mit allen seinen Sinnen Zeuge des Untergangs zu werden; im Moment reichte es, wenn er es hören musste.

Fluchend griff Rardove nach dem Weinkrug und trank ihn leer. Das war es, was er brauchte – mehr zu trinken.

Seit Senna verschwunden war, gab es in den Nächten nichts als Schlaflosigkeit, Wut und flaschenweise Wein, begleitet vom Gebrüll aus Rardoves Schlafkammer, das die Mägde in die Flucht schlug. Auch an diesem Morgen war es nicht anders, außer dass seine Wut durch einen riesigen Katzenjammer gedämpft zu werden schien. Selbst jetzt, im Kerzenlicht, konnte man erkennen, dass seine Augäpfel geschwollen und blutunterlaufen waren und seine Nase und die Wangen purpurrot gefärbt waren.

Vielleicht würde der Alkohol ihn das Leben kosten. Heute noch.

Mit der königlichen Botschaft in der Hand drehte Pentony

sich zu ihm. »Der König befindet sich an der walisischen Grenze und wartet auf günstigen Wind. Wenn es so weit ist, segelt er nach Irland und marschiert hierher. Er schickt Wogan voraus, seinen Justiziar, den Gouverneur von Irland, um mit Euch zu sprechen. Wenn das Wetter es erlaubt, wird er sich auch hier einfinden.«

Rardove schwenkte den Weinbecher, trank die Neige und ließ den Becher dann einfach fallen. »Gut«, schnappte er, »dann erfährt der königliche Hund endlich, wie schwer es in Wahrheit ist, seinen Besitz gegen die verfluchten Iren zu verteidigen.«

»Er wird auch erfahren, dass Ihr die Wishmé-Farben habt herstellen lassen, ohne ihn zu unterrichten.«

Rardove zog eine wütende Miene, aber Pentony wusste, dass es sich um pure Angeberei handelte. Rardove hatte allen Grund, Angst zu haben. Edward Longshanks, König von England und Hammer of the Scots, verfügte über die unheimliche Gabe, immer herauszufinden, wer die Aufstände in seinen Ländern provoziert hatte. Und genau deshalb gab es so wenige in seinen Ländern. Zugegeben, das galt nicht für den Spion Red, der verrückt sein musste, weil er um den Zorn des königlichen Willens förmlich buhlte. Edward war ein entsetzlicher Feind. Habgierig, entschlossen, brutal.

Und es schien, als sei ihm nicht verborgen geblieben, dass Rardove hinter seinem Rücken versuchte, die legendären Farbstoffe herzustellen.

Daher waren *Erschütterung* und *Verstimmung* sicherlich nur eine blasse Umschreibung der Gefühle, die Edward Longshanks wirklich hegte. Wut. Mörderische Wut. Das kam der Sache schon näher.

Ganz besonders dann, wenn er erfuhr, dass Rardove wusste, wie man der Legende über die Wishmés ein Ende und sie zu

255

einer handfesten Tatsache machen konnte. Rardove besaß Muster, mit denen er es beweisen konnte, gefertigt von der einzigen Färbehexe, die in den vergangenen fünfhundert Jahren in der Lage gewesen war, die begehrten Farben herzustellen: Elisabeth de Valery.

Deren Tochter Senna war Rardoves letzte Chance, die Farben aufs Neue zu produzieren.

Wenn man den Gerüchten Glauben schenkte, konnte das keine einfache Angelegenheit sein, denn Senna war so schwer zu fassen wie ein Pfeil, der hundert Yards über einem Erdwall schwebte. Aber da war es wieder: Sie stammte einer uralten Färberfamilie. Zwar behauptete sie, niemals in der Kunst ausgebildet worden zu sein, aber das spielte keine Rolle. In der Legende hieß es, dass man das Talent im Blut hatte oder eben nicht.

Das galt ganz bestimmt für ihre Mutter, die die alte Rezeptur neu entdeckt hatte; die Frau hatte alles niedergeschrieben und war dann davongelaufen.

Immerhin, *das* liegt im Blut, dachte Pentony. Beide, Mutter und Tochter, hatten den Mut aufgebracht, die Flucht zu ergreifen, sobald sich ihnen eine Gelegenheit dazu bot. Aber anders als Senna hatte Elisabeth das Geheimnis der Farbstoffe mit sich genommen.

Und anders als ihre Tochter war Elisabeth verheiratet gewesen. Mit einem Wollhändler. Mit Gerald de Valery, einem Mann, für den sie offenbar eine tiefe Liebe empfand – tiefer als für Rardove. Liebe im Dreieck zahlte sich nie aus.

Andererseits hegte Pentony den Verdacht, dass Elisabeth überhaupt niemals zu diesem Dreieck gehört hatte. Ihre Liebe hatte sie ausschließlich Valery geschenkt. Es war ihm immer noch ein Rätsel, warum sie wegen der Farbstoffe hierhergekommen war.

Aber genau so war es gewesen. Nachdem sie die Ehe eingegangen war und Kinder auf die Welt gebracht hatte und einen Haushalt zu führen hatte, hatte Elisabeth ihren Mann Gerald de Valery verlassen und war zu Rardove gekommen. Zu den Schneckenbänken am Strand. Das Versprechen, den legendären Farbstoff herstellen zu können, war offenbar verlockender gewesen als die Gewissheit, geliebt zu werden und ein Heim zu haben.

Verführung. Leidenschaft. Begehren. Diese Schwächen hatten sich zerstörerisch auf die Familie ausgewirkt. Die Mutter: eine Färbehexe. Der Vater: ein Spieler. Senna schien der stärkste Ast der Familie zu sein.

Ein Schatten bewegte sich an der Tür, doch der Baron schaute nicht auf. Nervös sah der Soldat zwischen Pentony und Rardove hin und her, der ihn schließlich hereinwinkte.

Der Mann trug ein knielanges Kettenhemd und dazu Kettenstrümpfe; das Metall schimmerte matt im flackernden Kerzenlicht, als er an den Tisch trat, an dem Rardove in sich zusammengesunken saß. Sein Blick war auf einen unsichtbaren Punkt an der gegenüberliegenden Wand gerichtet.

»Mylord, wir haben einen Mann gefunden, der Red sein könnte.«

Rardove richtete sich auf und sah den Soldaten an. »Wo steckt der Kerl?«

Der Soldat starrte unverwandt über Rardoves Kopf hinweg auf die Wand. »In der Abtei.«

»Was? Was hat er dort zu suchen? Warum ist er nicht hier?«

»Sie ... hat uns rausgeworfen.«

»Sie?«

»Die Mutter Oberin.«

Schockiert stellte Pentony fest, dass seine Lippen sich zu einem Grinsen verzogen.

257

»Sie hat *was* getan?«, fragte Rardove. »Euch rausgeworfen? Sie ist doch nur eine *Frau*«, spuckte er aus und wies auf das Schwert, das der Soldat trug. »Und Ihr habt ein Schwert.«

Der Soldat räusperte sich. »Aye, Mylord. Aber sie hat Gott.«

Rardoves Gesicht erstarrte zu einer undurchdringlichen Maske. Es schien, als könne er nicht recht entscheiden, auf welche Weise er vor Zorn explodieren sollte. Und wie ein Eichenblatt im Herbst verfärbte er sich in ein helles, flammendes Rot.

»Raus hier!«, brüllte er. Der Soldat stolperte rückwärts und floh aus dem Zimmer, bevor der Widerhall von Rardoves Worten verklungen war.

Pentony erhob sich und fing an, die Pergamentblätter einzusammeln, die verstreut auf dem Tisch lagen. »Es will mir scheinen, dass Irland sich zu einer Brutstätte des Verrats entwickelt hat«, bemerkte er verhalten, »Ihr, O'Melaghlin, Red.«

Eine ausdrückliche Antwort gab es nicht, aber im Zimmer schien sich plötzlich eine übermächtige Gewalt aufgebaut zu haben, so drohend wie ein Gewittersturm. Als Pentony über die Schulter schaute, sah er, dass Rardove ihn anstarrte. Pentony stand reglos da und hielt die Papiere in der Hand, während eine seltsame Mischung aus Erstaunen und ... und Freude über Rardoves Gesicht glitt. Als sähe er hinter Pentonys Rücken nackte Frauen tanzen. Wie schrecklich seltsam. Oder vielleicht einfach nur schrecklich, auch wenn Pentony nicht sagen konnte, warum er diesen Gedanken hatte.

»Herrgott. Verdammt.« Rardove atmete geräuschvoll aus.

Pentony war unbehaglich zumute; er legte die Pergamente aus der Hand, die sich sofort zusammenrollten.

Der Baron erhob sich. »Ihr seid gottverdammt brillant, Pentony. Gottverdammt.«

Gott war in der vergangenen Minute wahrlich oft genug verdammt worden, selbst für diesen sündigen Ort. Aber noch fehlte etwas.

Überrascht registrierte Pentony das kalte Gefühl, das sich wellenartig durch seine Brust bewegte. Was war das – Nervosität? Beunruhigung?

»Mylord?«

Die Farbe war in das blasse Gesicht des Barons zurückgekehrt, ließ ihn blühend, gesund und gefährlich aussehen. Er schnipste mit den Fingern. »Setzt Euch. Schreibt.«

Pentony tat weder das eine noch das andere. »Was soll ich schreiben, Mylord?«

»Etwas über Verrat«, erklärte Rardove fast vergnügt. »Wie Ihr richtig gesagt habt, wird Irland von schrecklichem Verrat heimgesucht. Die Iren sind viel zu dreist geworden, wie diese Machenschaften mit Red beweisen. Höchste Zeit, sie zu zerquetschen.«

»Sie zerquetschen?«

Die Holzplanken unter der Binsenstreu knarrten, als Rardove hin und her ging. »Dieses Bündnis zwischen Red und den Iren bedroht den Frieden des Königs entlang jeder Küste seines Reiches. Das wird Edward gar nicht gern hören.«

Pentony begriff schlagartig. *Das* war es, was dem König zu Ohren kommen sollte – und nicht die Tatsache, dass Rardove eine Färbehexe gefunden, sie aber auch schon wieder verloren hatte. Und beides, ohne seinen Lehnsherrn zu benachrichtigen. Dafür zu sorgen, dass der Zorn des Königs sich auf jemand anderen richtete, war eine ausgezeichnete Möglichkeit, von den eigenen Verbrechen abzulenken.

Rardoves Manöver war ebenso beängstigend kühn wie schlau.

»Edward wird vor Wut kochen, wenn er erfährt, dass sich noch mehr Kelten gegen ihn zusammengeschlossen haben. Neben dem, was in Schottland brodelt.« Rardove bemerkte, dass Pentony ihn anstarrte, und wedelte mit der Hand. »Schreibt, Mann. Schreibt!«

Pentony setzte sich und tunkte den Federkiel in die Tinte, allerdings mehr aus langjähriger Gewohnheit als aus Gehorsam. »An wen?«, fragte er, obwohl er längst Bescheid wusste.

»An Wogan, den Gouverneur Irlands. Ist er nicht auf dem Weg zu uns? Nun, wir werden ihm Reiter entgegenschicken, die ihn abfangen und ihm von den Intrigen der Iren berichten werden.«

Pentonys Federkiel kratzte über das Pergament.

»Nein, ich werde hier nicht in aller Seelenruhe abwarten, bis der Krieg gegen mich ausgerufen wird«, bemerkte Rardove so nachdenklich, wie es ihm überhaupt möglich war, und fuhr sich mit der Hand über den Bart. »Sendet auch eine Nachricht an alle Lords in der Nachbarschaft. Und an alle meine Vasallen.«

Pentonys kratzender Federkiel hielt inne, als er bedächtig aufschaute. »Warum, Mylord?«

Rardove eilte zum Fenster, und die schmalen Lichtstreifen, die durch die Fensterläden hereindrangen, huschten über ihn hinweg. Er schob den rostigen Riegel hoch und stieß die Läden auf. Das Sonnenlicht fiel grell ins Zimmer. Pentony schmerzten die Augen.

»Der oberste Befehlshaber Irlands marschiert nach Norden«, sagte Rardove laut, »der König von England ebenfalls. Die Ernte ist eingefahren. Höchste Zeit für einen Krieg gegen die Iren.«

Kapitel 31

Finian lag auf dem Rücken und starrte die Sterne an. Seit nahezu zwanzig Jahren hatte er sein Leben einem doppelten Ziel gewidmet: sein Land zurückzuerobern, ganz besonders die Strände von Wishmé, und niemals einer Frau in die Falle zu gehen.

Und doch hatte er ...

Was?

Mit einer Frau geschlafen. Er bedeckte das Gesicht mit dem Arm und dachte wieder daran. Es gefiel ihm, wie es sich anhörte. Er hatte mit einer schönen und intelligenten Frau geschlafen. Das war alles, was er getan hatte. Mehr war nicht passiert.

Er seufzte leise. Warum machte er sich etwas vor? Nichts würde jemals wieder so sein wie früher. Weil er mehr getan hatte, als einfach nur mit ihr zu schlafen. Er hatte sie besessen. War in sie eingetaucht, als wäre sie der Fluss und er der Regen.

Und diese Sache war noch nicht vorbei. Wie Wassertropfen auf ausgedörrtem Pergament sog er sie auf, ohne je geahnt zu haben, dass er beinahe vor Durst starb.

Senna lag erschöpft auf seiner Brust. Die Beine hatte sie an seinen Hüften ausgestreckt, und sie zitterte leicht. Er war immer noch in ihr, verspürte nicht das Verlangen, sich herauszuziehen. Selbst jetzt, Minuten später, zuckten hin und wieder weiche Wellen durch ihren Körper und liebkosten ihn zärtlich, während er mit den Fingern in ihrem Haar spielte, es bedächtig anhob und wieder zurückfallen ließ. Selbst im Schlaf reagierte ihr Körper noch auf ihn.

Finian bemerkte, dass Senna sich rührte. Sie hob den Kopf und schaute ihn an. Er lächelte sie an.

»Du bist wach.«

Sie nickte.

»Wirst du mir etwas verraten?«

»Ich verrate dir alles, was du willst.«

Nein, dachte er, das darfst du nicht sagen.

»Was hast du eigentlich gemeint, als du gesagt hast, du seist keine Jungfrau mehr?«, fragte er und schob ihr eine Haarsträhne hinter das Ohr.

Sie nickte, als hätte sie mit dieser Frage gerechnet. »Ich war verheiratet.«

»Wann?«

»Vor zehn Jahren. Ich war fünfzehn.«

Den Brocken musste er erst einmal verdauen. Und er stellte fest, dass er ihm gar nicht schmeckte. »Wie lange?«

»Nur für eine Nacht.«

Finians Mundwinkel glitten nach oben. Mit dem Daumen strich er über den Rand ihrer Lippen. »Das Schicksal hat dich offenbar für kurze Beziehungen auserwählt. Warum nicht länger?«

»Er ist gestorben.«

»Was ist passiert?«

Senna zuckte die Schultern. Ihr Gesicht war kaum zu sehen. Er rührte sich leicht, sodass der Mond auf sie schien, und er sah, dass sie traurig war. »Ich. Ich bin passiert. Er war alt und grausam. Das war das eine. Ich war schwanger und habe das Kind verloren. Es war ... eine schreckliche Zeit. Der Heiler sagte, ich könne keine Kinder mehr bekommen.«

»Ach, Mädchen«, murmelte er und strich ihr über den Scheitel. Wärmte ihre kühlen Wangen. Stellte keine Fragen mehr.

Senna wollte ohnehin nicht reden. Wollte nichts wissen von

der Welt, und am allerwenigsten von der alten. Sie wollte nichts als Finian.

»Was du eben mit mir gemacht hast, war wundervoll«, sagte sie dicht an seinem Nacken.

Finian legte die Hand auf ihre Taille. »Es freut mich, das zu hören«, raunte er mit verführerischer Stimme. »Es war auch wunderbar, was du mit mir gemacht hast.«

»Wann wirst du es wieder tun?«, wisperte Senna schüchtern und war froh, dass ihr Haar ihr Gesicht wie ein Vorhang verbarg.

Kräftige Finger schoben diesen Vorhang jetzt beiseite. Finian schaute sie aus seinen dunklen Augen an. »Wann willst du denn, dass ich es wieder tue?«

Senna war selbst schockiert, dass sie ihre inneren Muskeln anspannte und fest um ihn schloss.

Finian legte ihr die Hand auf den Hinterkopf und zog sie langsam zu sich herunter. Seine Augen waren fast schwarz und unergründlich. Aber es lag keinerlei Humor in ihnen, so viel konnte sie erkennen. Nein, sie sah etwas anderes in ihnen, etwas Beständiges, Nachdenkliches; und da sie diesen Blick noch nie gesehen hatte, verstand sie ihn nicht zu deuten.

Und so heiß und leidenschaftlich es das erste Mal gewesen war, so sanft und zärtlich geschah es beim zweiten Mal.

Seine Zunge berührte ihre, als wäre er auf der Suche nach etwas Kostbarem, nach etwas, das entfliehen könnte, wenn er sich zu schnell bewegte, wie ein gleißender Sonnenstrahl auf klarem Wasser oder eine Feder auf felsigem Gestein. Sennas Herz hüpfte wie verrückt, und sie antwortete ihm auf die gleiche ehrfürchtige Art. Er hielt ihren Blick fest, als seine Zunge in ihren Mund glitt und er mit dem Daumen ihr Kinn liebkoste.

In der Tat, es war ein ehrfürchtiger Kuss.

Er erforschte sie mit Zärtlichkeit, glitt über ihre Zunge, ihre Zähne, über jeden Zoll ihres Mundes und küsste sie, bis es ihr den Atem verschlug und sie wimmerte. Langsam und träge, zärtlich und süß ... der sanfte Kuss entzündete die gleichen Flammen, die das letzte Mal zu sinnlicher Leidenschaft geworden waren. Seine Männlichkeit in ihr wurde schwer und hart, und sie seufzte.

Eine morgendliche Brise wehte über den Hügel. Der Wind hob ihr Haar, spielte zwischen ihren schweißüberströmten und vor Leidenschaft brennenden Körpern. Senna küsste seine Augen, seine Wangen und seine Stirn. Ihre Finger tanzten über seine Augenbrauen und Lippen. Süß, gut und friedlich. Sie wusste, dass sie verloren war. Abgrundtief verloren.

Finian strich ihr über die Wange und zeichnete eine Spur von weichen Küssen über ihren Kiefer, bis sie um mehr bettelte, bis die Zärtlichkeit sich wieder in schäumende Leidenschaft verwandelte. Er schob sich weiter in sie hinein, drang tief ein in das Fleisch, das zitterte, so sehr war es bereit. Mit den Hüften öffnete Finian ihre Beine und zog sie weiter zu sich hinunter. Er rollte sich herum, zog sie mit sich, bis sie unter ihm lag. Dann richtete er sich zwischen ihren angewinkelten Knien auf. Heiß und hart spürte sie sein Glied in sich.

Senna schlang die Beine um seine Hüften und versuchte, ihn zu drängen, schneller in sie zu stoßen, aber Finian bewegte sich weiterhin mit langsamer Sinnlichkeit. Er barg seinen Schaft tief in ihr und zog sich dann heraus, so langsam, dass sie beinahe jammerte. Als nur noch die harte Spitze in ihr war, wand Senna sich vor quälender Lust.

»Du sollst mich nicht foltern, Ire«, warf sie ihm vor und streckte die Hand nach ihm aus.

Finian legte die Hand um ihre Hüfte und zog Senna zu sich hoch. Der Ritt dauerte lange und war so bedächtig, dass ihr

Körper wieder zu summen begann, und das Summen ihr zitternd über die Lippen floss und sie laut stöhnte. Er war erregt und besitzergreifend, und wie mit einer samtenen Rute drang er in ihr geschwollenes, erhitztes Fleisch.

Finian flüsterte ihr ins Ohr, wie sehr sie ihn erfreute, sagte ihr, wie sie sich bewegen solle, fragte sie nach ihren Wünschen. Leicht senkte er die Knie, presste die Hüften hart an ihre. Als sie sich aufbäumte und mit den Hüften gegen seine stieß, spielte ein Lächeln um seinen Mund.

»Sag, Senna, gefällt dir das?«, fragte er, obwohl er wusste, dass sie bis in die Zehenspitzen vor Lust vibrierte.

»Finian ...« Mehr brachte sie nicht über die Lippen, und die Bäume, die sich das Tal hinunter erstreckten, lernten seinen Namen. Sie flüsterte ihn immer wieder, wie ein Mantra, und er sättigte sich daran, weil es ihm sagte, dass es außer ihm nichts gab in ihrer Welt und dass er der Mittelpunkt ihres Universums war.

Es war mehr als gut.

Er schob die Hand zwischen ihre vereinten Körper und drückte ihre Hüften auf den Erdboden. Dann fuhr er einmal mit dem Daumen über ihre empfindlichste Stelle.

»Oh«, schrie Senna auf, hätte sie sich doch niemals solch ein mächtiges, seelenerschütterndes und wunderbares Gefühl vorstellen können.

»Aye«, flüsterte er ihr ins Ohr und tat es wieder.

Keuchend warf Senna den Kopf zurück. Das, was sie an sich selbst getan hatte, war *nichts* im Vergleich zu dem, was jetzt geschah. Ihr wurde schwindlig; die mächtige Welle der Lust rollte ihr langsam die Schenkel hinauf und über ihren Rücken.

»Warum kommst du nicht für mich, kleine Lady?«, murmelte er und stimulierte sie immer noch mit dem Finger. Wieder und wieder streichelte er ihre empfindlichste Stelle, während sein dicker Schaft tief in ihre geschwollene Wärme eindrang. Er tauchte tiefer ein, sein Daumen rieb an ihr, verschaffte ihr sinnliche Qualen. Das war der Mittelpunkt, von dem aus ihr Körper sich entflammte, brannte, nur durch seine Berührung.

»Finian«, stöhnte sie zwischen zwei Atemstößen.

»Aye, genau so.« Er zog die Hand zurück, hielt Senna an den Hüften fest und trieb sich tief in sie hinein. Jetzt verwöhnte er sie mit seinem Körper, und wieder brach die Welle der Lust schäumend über ihr zusammen. Ihr Körper und ihr Geist schienen in sinnlicher Erfüllung zu explodieren, es war, als würden Millionen Sterne auf sie niederregnen, während ihr Körper sich in dem uralten Rhythmus bewegte.

Er ergoss sich in ihr, versenkte seine harte Männlichkeit in ihr, bis sie mit ausgebreiteten Armen unter ihm lag, ihm die Hüften entgegendrängte und mit den Lippen seinen Namen formte. Das geschwollene Fleisch zuckte um ihn wie eine Faust, die sich fest um ihn geschlossen hatte, und presste ihn leer. Die Lust erschütterte ihn bis ins Mark, und er hielt Senna fest an seiner Brust und verlor sich in einer Welle der Zuneigung, die so stark war, wie er es niemals für möglich gehalten hatte.

Finian rollte Senna auf den Rücken, sodass sie auf ihm war, und hielt sie fest. Ihr Schoß umschloss noch immer seine zuckende Männlichkeit. Er hatte den Kopf zurücksinken lassen und die Arme um ihren Rücken geschlungen. Sie ließ das Kinn auf seiner Brust ruhen und schloss die Augen.

Senna reichte es, einfach nur zu atmen. Wozu Sinn und Verstand? Es gab nur noch Finian.

Ihn, der viel zu viel über die Körper der Frauen wusste. Ihn, dessen lässiger Charme ihr versicherte, dass er Dutzende

Frauen besessen hatte, die ihm das Bett gewärmt hatten, und dass er keine brauchte, die ihm das Herz wärmte. Ihn, der nichts als Ärger bedeutete. Gefahr und ungeahnte Abgründe.

Und in ihn hatte sie sich verliebt.

Eng umschlungen lagen sie in der Stille und spürten den Atem des anderen. Bis sie in den Schlaf sanken.

Verstohlen kroch die Morgendämmerung über den Horizont und tauchte die Welt in helles Rot und dunstiges Grün.

Die ungeordnete Reihe der Reiter zog sich über etwa eine halbe Meile hin. Unter ihren Kettenhemden trugen die Männer Tunikas, auf die ein Rabe gestickt war, der die Klauen ausgestreckt hatte und sich im Sturzflug befand. Mit scharfen Augen spähten die Ritter durch die Sehschlitze ihrer Helme in den unvermeidlichen Nebel. Sollte die Frau hier irgendwo sein, dann würden sie sie finden.

Und wenn der Ire bei ihr war, würde er sterben.

Kapitel 32

Am nächsten Tag, als die Sonne am höchsten stand, kauerten Senna und Finian im Schatten des Waldrandes und beobachteten den beständigen Strom von Menschen, der nach Hutton's Leap hineinging und der die kleine Stadt wieder verließ.

»Kennst du den Ort?«, fragte Senna leise.

»Ein wenig«, erwiderte Finian ausweichend. »Ich habe mich hier ein paar Mal mit jemandem getroffen.«

»Hier leben doch bestimmt Menschen, die auf Seiten der Iren stehen? Die ihnen freundlich gesinnt sind?«

»Eher unfreundlich«, versicherte er ihr.

»Aber es sind doch Iren«, protestierte sie. »Wir sind in Irland. *Éire.* Das sind deine Leute, Finian. Sie müssen freundlich gesinnt sein. Sofern sie«, Senna hielt kurz inne, »genügend Gründe dazu haben.«

Er warf ihr einen vielsagenden Blick zu. »Du meinst Geld. Sofern man ihnen genügend Geld gibt. Senna, für die meisten Seelen liegt Geld schwerer in der Waagschale als ihr eigenes Leben. Und glaub mir, es geht tatsächlich um ihr Leben.«

»Ich glaube nicht, dass Geld wichtiger ist als das Leben eines Menschen«, erwiderte sie abschätzig, »und ich behaupte auch nicht, dass andere Menschen so denken. Ich will nur sagen, dass Menschen überzeugt werden können.«

»Ich habe dich genau verstanden.« Finian streckte die Hand aus und drückte ihr einen breitkrempigen Hut auf den Kopf; den Hut hatte er einem Zugpferd gestohlen, das der Besitzer draußen vor einer Hütte stehen gelassen hatte.

Senna rückte den Hut mit einer raschen, unbewusst weiblichen Bewegung zurecht. »Wie sehe ich aus?«

Er schaute sie an. »Wie leuchtendes Feuer. Du solltest den Kopf gesenkt lassen.«

»Das werde ich«, wisperte sie, »du aber auch. Wahrscheinlich ziehst du größere Aufmerksamkeit auf dich als ich. Du siehst wichtig aus. Oder wenigstens«, sie musterte ihn, »groß.«

»Ach, ich bin nur zum König erzogen worden.«

Sie schnaubte.

Sie gingen zur Straße hinunter und schlossen sich den Menschen an, die in Scharen in die Stadt kamen, um die Messe zu besuchen. Am Tor bildete sich eine Traube, so viele Menschen wollten hinein oder hinaus.

»Es ist so laut«, murmelte Senna.

Finian musterte sie noch einmal und war zufrieden mit ihrer Verkleidung. Es war großartig, wie der Hut ihr Gesicht bedeckte. Mit den schmutzigen Wangen – hier hatte sich ein wenig Matsch vom Flussufer als nützlich erwiesen – und dem Schulterumhang, den sie trotz der Wärme des noch jungen Tages trug, war ihre Verkleidung perfekt. Sie sah aus wie ein hochgewachsener Knappe.

Nicht dass Finian so weit im Südwesten irgendwelchen Ärger erwartete. Nicht so bald. Rardove würde annehmen, dass sie direkt nach Norden marschiert waren, zu König O'Fáil, und nicht den Umweg nach Süden in diese kleine, aber geschäftige englische Stadt gewählt hatten. Und um die Wahrheit zu sagen, zahllose Iren kamen für den Mord an den vier englischen Soldaten an einem Fluss infrage. Es war nicht gesagt, dass Rardove ausgerechnet Finian mit dem Verbrechen in Zusammenhang bringen würde.

Aber selbst wenn er es tat, bliebe Finian keine Wahl. Red wartete, und mit ihm das kostbare Färber-Buch.

269

»Laut?«, wiederholte er zerstreut. Er drehte sich um, um die Wachen zu betrachten, die an den Stadtmauern patrouillierten. Sein Herz schlug kräftig und pumpte das Blut in genau die Körperteile, in denen er es am meisten brauchte: Beine und Arme. Er zwang sich, Senna anzublicken. »Deine Reisen führen dich doch immer in große Städte, oder? Verträge schließen, die Herzen der Männer in der Stadt brechen.«

»Ich versuche, Städte zu meiden.« Ihr Blick schweifte umher. »Wie ich schon sagte, die Leute sind so . . . laut.« Sie reckte das Gesicht den Sonnenstrahlen entgegen, blinzelte und lächelte angestrengt.

»Kopf runter«, befahl er.

Hinter ihnen traf noch eine Gruppe Messebesucher ein und verstopfte den Weg zum Tor. Gut. Je mehr Menschen, desto besser. Diese Gruppe sah so aus, als wäre sie ziemlich unterhaltend: Gaukler in hellen, mit Bändern verzierten flatternden Kleidern – und einem Affen, der einem von ihnen auf der Schulter hockte. Sie hatten Geschichten zu erzählen und Kunststückchen vorzuführen.

Senna schaute sich mit großen Augen um. »Ist das ein Affe?«

Sie sprach leise und hatte wahrscheinlich die Absicht gehabt, ihre Stimme zu verstellen, klang aber nur heiser und kehlig. Verführerisch.

Die Spielleute hörten zufällig ihre Worte und lachten.

»In der Tat, das ist einer, Mistress.«

Finian stöhnte innerlich. Sennas Verkleidung war also nur so lange perfekt, wie ein Mann es nicht wagte, sich ihr auf zehn Fuß zu nähern. Finian hätte sie vermutlich auch mit Blutegeln behängen können; trotzdem hätte jeder Mann, der seine Sinne beisammen hatte, gewusst, dass sie eine Frau war.

»Kommt zu unserer Vorführung, heute Abend auf dem

Marktplatz«, lud der Gaukler sie lächelnd ein. Der Mann war offensichtlich mehr an Publikum im Allgemeinen interessiert als an einer Frau, wie Finian bemerkte, und seine Anspannung ließ ein wenig nach. »Ihr werdet einen großartigen Auftritt sehen. Kostet nur einen halben Denier.«

Dann verbeugte er sich leicht und zwinkerte Senna zu. »Und wir brauchen immer hübsche Freiwillige, junge Maid. Von ihnen verlangen wir keine Deniers.«

Also interessierte er sich doch *irgendwie* für Frauen, stellte Finian säuerlich fest.

Senna lächelte, schüttelte schüchtern den Kopf und drehte sich wieder zu Finian. »Ich habe noch nie einen Affen gesehen«, wisperte sie und schaute ihn unter dem tief in die Stirn gezogenen Hut an.

Er widerstand der Versuchung, sie auf die Spitze ihrer ausgesprochen schmutzigen Nase zu küssen. Er würde es niemals wagen, die Aufmerksamkeit auf sich zu lenken, weil er seinen Knappen küsste.

Sie rückten weiter zum Tor vor. Mit bewaffneten Wachen ihm zur Seite durchsuchte der Torwächter hin und wieder das Gepäck der Menschen und die Wagen, die zur Messe in die Stadt fuhren. Irgendjemand versetzte Senna einen Stoß in den Rücken, und dann standen sie vor dem Pförtner.

Finian hatte jeden Muskel angespannt und machte sich bereit, zu kämpfen oder zu fliehen. Er nickte, öffnete den Mund, um wer weiß was zu sagen, als der Wächter bereits ungeduldig mit der Hand winkte und auf die Gaukler schaute, die sich hinter ihnen drängten.

»Los, weiter, du irischer Hund«, bellte der Mann, und ausnahmsweise fühlte Finian sich nicht von dem Drang überwältigt, das Gesicht des vulgären Engländers gegen die Wand zu drücken.

Er hastete durch die gewundenen, überfüllten Straßen der Stadt, und Senna folgte ihm auf dem Fuße. Die Sonne stand hoch am Himmel und brannte heiß, erhitzte die geschäftige, quirlige Welt innerhalb des hölzernen Walles. Staub wirbelte unter den Stiefeln der Männer und Frauen auf. Die Hauptstraße war teilweise gepflastert und mit Läden gesäumt. Überall boten Handwerker ihre Waren an; lederne Sättel und Sticknadeln, Kerzen und Silberwaren wurden ausgestellt. Das unverwechselbare Geräusch von Metall, das auf Metall schlug, drang aus der Ferne an ihr Ohr; der Hufschmied hatte offensichtlich viel zu tun.

Finian führte sie an all diesem Reichtum vorbei und hoffte, dass Senna nicht irgendwo anfing zu feilschen, nur um nicht aus der Übung zu kommen.

Am anderen Ende des gepflasterten Marktplatzes erhob sich eine Plattform. In guten Zeiten wurden hier draußen die Festmahle abgehalten, und die Plattform diente als Bühne für Gaukler und Geschichtenerzähler. In schlechten Zeiten als Richtstätte. In diesem Augenblick ging ein Ausrufer vorbei, der bekannt gab, wer heute den neuen Wein verkaufte. Niemand schien zuzuhören. Vielleicht wussten alle schon Bescheid. Vielleicht hatten schon alle getrunken.

»Warte hier«, befahl Finian ihr und deutete auf einen von drei Aufsitzblöcken in der Nähe des Stadtbrunnens.

Es war eine dunkle Ecke, in der eine Reihe von Abwassereimern und Nachttöpfen standen, die vielleicht aus den Fenstern des ersten oder zweiten Stockwerks ausgeleert worden waren.

Senna nickte wortlos und ging hinüber und erregte bei niemandem Aufmerksamkeit außer bei den Fliegen. Dort stand sie nun – die Arme vor der Brust verschränkt, die Beine leicht gespreizt – und ließ den Blick über die Menge schweifen. Ein junger gehorsamer Knappe, der auf seinen Herrn wartete.

Finian wollte sie küssen.

Hinter ihnen befanden sich Läden, an denen die Menschenmenge sich wie eine Schlange entlangwand. Vor ihnen in der Mitte des freien Platzes erzählten Gaukler zotige Witze; die Menschen drängten sich um sie. Pastetenmacher bahnten sich ihren Weg durch die Menge und verkauften Fleisch und Käse. Jeder könnte an dieser schattigen Stelle stehen bleiben und sich den Nachmittag vertreiben, stundenlang. Aber so lange würde Finian nicht brauchen. Nein, er würde früher zurückkehren. Niemandem würde Senna auffallen.

Wenn irgendjemand es wagte, ihr auch nur ein Haar zu krümmen ...

»Ich komme wieder«, verkündete er grimmig.

Senna nickte lässig und unbekümmert, ohne ihn anzusehen. Diese Unbekümmertheit zu zeigen musste sie große Anstrengung kosten, wenn man bedachte, wie stark sie die Kiefer zusammengepresst hatte. Finian gab vor, sich den Stiefel schnüren zu müssen, und bedeutete ihr, sich zu ihm hinunterzubücken.

Als sie sich beide unterhalb der Augenhöhe der Menge befanden, beugte er sich nach vorn und drückte ihr einen Kuss auf die Lippen. Schnell und hart.

»Du bist stärker, als du ahnst, kleine Lady. Und ich bin schneller zurück, als du dich umgucken kannst.«

Finian richtete sich wieder auf. Ohne sich noch einmal umzublicken, machte er sich dann auf den Weg in die Abtei, wo sein Spion auf ihn wartete.

Kapitel 33

Drinnen war es kühl. Die Steinmauern der Abtei hielten die Hitze in Schach, und die dämmrige, beinahe frostige Luft waberte wie Dunst über Finians Unterarme und sein Gesicht. Am Ende des kurzen Mittelganges lag ein kleiner Altarraum. Finian senkte ein Knie, neigte den Kopf und bekreuzigte sich, bevor er sich leicht auf die Fingerspitzen küsste. Dann erhob er sich und wandte sich zu dem leisen Zischen um, das er hinter sich gehört hatte.

Die Gestalt in der Ordenstracht kam näher.

»Mutter.«

Die Äbtissin berührte kurz seinen gesenkten Kopf. »Hier entlang.«

Finian folgte ihr durch das Längsschiff und durch eine kleine Tür, die in einen sonnigen Hof führte; sie überquerten den Hof und gelangten in ein weiteres Gebäude. Die Tür schlug hinter ihnen ins Schloss. Es dauerte einen Moment, bis Finian sich an die Dunkelheit gewöhnt hatte, aber danach erkannte er, dass sie sich in einem großen Raum befanden, der mit frischen Binsen ausgestreut war. Das war der Raum, in dem die Nonnen die Manuskripte transkribierten und wunderbar illustrierten.

Die Mutter Oberin drehte sich zu ihm. »Mein Sohn, Ihr seid spät.«

»Ich wurde aufgehalten.«

»Vielleicht zu spät.«

»Ich konnte nichts dagegen ausrichten.«

Sie musterte ihn mit ernstem Blick. »Welche Bedeutung hat es vor Gott?«

»Für mich hat es eine Bedeutung«, murmelte Finian und schaute sich um.

Der quadratisch ausgeschnittene Schleier der Oberin rahmte ein beeindruckend strenges Gesicht, das tiefgebräunt war. Von der Arbeit im Garten, wie Finian vermutete. »Sie sind gekommen.«

Er warf ihr einen durchdringenden Blick zu. »Wer?«

»Jemand, der das, was er hatte, ebenso wollte wie Ihr.«

»Mutter, wer ist er?«

Sie deutete auf eine Tür auf der anderen Seite des Zimmers. Der weite Ärmel ihrer Tracht hing herunter und offenbarte einen überraschend muskulösen Unterarm. Finian war verblüfft. »Die Treppe hinunter, durch den Kreuzgang, dann geradeaus durch die Schlafsäle. Die letzte Tür rechts.«

Sie musterte ihn mit düsterem Blick und richtete den Finger auf sein Schwert. »Das bleibt bei mir.«

Finian händigte ihr die Waffe aus, ohne zu protestieren. Die drei anderen Klingen, die er in den verschiedenen Falten seiner Kleidung versteckt und sich an den Arm geschnallt hatte, sollten bei Bedarf reichen.

Rasch ging er den offenen Kreuzgang hinunter, in dem Nonnen sich wie schwebende Glockenblumen im hellen Sonnenschein bewegten und sich leise unterhielten. Eine Nonne fegte den Gang mit einem Reisigbesen. Sie schaute ihn an, dann rasch wieder weg. Finian sprang die kurze Treppe zum Schlafsaal hinauf und eilte den Korridor entlang.

Dort klopfte er flüchtig an die Tür, die einen Spaltbreit geöffnet war, und stieß sie auf. »Red?«

Er blieb abrupt stehen.

Red lag auf dem Boden. Getrocknetes Blut zeichnete eine Spur auf seinem verletzten Schädel.

Finian sank auf ein Knie.

»Red?« Er schob die Hand unter den Kopf des Mannes, ohne auf das Blut zu achten, das sich ihm in die Handflächen schmierte. »Jesus. Red. Was hast du außerhalb des Bettes zu suchen? Red!«

In der Stille, die folgte, wurde Finian kalt. Eine Fliege summte am Fenster vorbei. Er konnte das alte, kalte Holz der Fensterläden riechen. Finians Schuhsohlen knirschten laut über den körnigen Boden des Zimmers, als er sich hinkniete. Er hob Reds Oberkörper an, zog ihn in die Arme. »Red!«

Red schlug die Augen auf.

»Oh, Jesus, Mann!« Finian atmete geräuschvoll aus. Er hob ihn noch weiter hoch, streckte die Beine aus und ließ den Gefährten auf ihnen ruhen, während er ihm über den Kopf strich.

»Alles in Ordnung?«

»Guter Gott, Ire«, krächzte Red, »nein, es ist nicht alles in Ordnung. Ich bin im Begriff zu sterben. Ich habe nur auf dich gewartet.« Er schluckte, offenbar war seine Kehle so trocken wie Pergament. »Aber immerhin, man kann sich darauf verlassen, dass die Iren zu spät kommen.« Er blinzelte ihn an. »Warum du? Wo steckt Turlough?«

»Tot.«

»Armer Kerl.«

Finian griff an seine Seite, riss den ledernen Wasserbeutel heraus und hielt ihn Red an den Mund. Red trank langsam, aber gierig. Die größte Teil lief ihm über die Wange und das Kinn. Rasch schwanden ihm die Kräfte.

»Haben die Schwestern nicht nach dir gesehen?«

»Das haben sie, wozu auch immer das gut war. Die Mutter Oberin hingegen«, Red lächelte grimmig, »sie war wirklich verdammt großartig.« Reds Blick war so klar wie immer, auch wenn er die Lider halb aus Erschöpfung, halb aus

Schmerz fast geschlossen hielt. »Vor fünf Tagen bin ich hergekommen.«

»Verzeih mir.« Finian brachte ihn in eine andere Lage, und Red stöhnte. »Ich war gefangen.«

»Genug jetzt damit. Wir müssen uns beeilen. Ich habe versucht, es in die Finger zu bekommen, bevor ich meinem Schöpfer gegenübertrete. Du hättest es sonst nie gefunden. Es ist da drüben.« Er zeigte auf die Wand. »Die Stelle ist tief unten. Grab es aus.«

»Die Rezeptur?«

»In all ihrer vernichtenden Herrlichkeit.«

Die Erleichterung schoss Finian heiß durch die Gliedmaßen. Es fühlte sich an wie zu früheren Zeiten, wenn Red und er sich getroffen hatten, weil ihre Interessen die gleichen gewesen waren; wenn sie einander geheime Nachrichten anvertraut hatten, Finian für Irland, Red für Schottland – und beide gegen Edward. Stets gegen Edward, dessen unstillbarer Appetit sich auf Königreiche richtete, die ihm nicht gehörten.

Finian ließ Red behutsam zu Boden, denn ihm war klar geworden, dass sein Freund es nicht würde ertragen können, wieder auf die Pritsche gelegt zu werden. Dann grub er vorsichtig dort, wo Red ihn geheißen hatte, und legte eine kleine Höhle in der Steinmauer frei, die das Zimmer von den Schlafsälen trennte. Sand und kleine Steine fielen zu Boden und bildeten dort einen kleinen Schutthaufen. Finian schob die Hand in die Höhle und riss sich an einem scharfen Stein am Handgelenk die Haut auf. Doch das war vergessen, als er sah, was er aus der Öffnung hervorzogen hatte: zwei dicke Holzdeckel, zwischen denen ein Manuskript eingebunden war.

»Das ist es?«

Red nickte schwach. Die Augen hatte er geschlossen, öffnete sie jetzt aber. »Aye. Die Rezeptur. Verschlüsselt.«

»Wie hast du sie nach all den Jahren gefunden?«

Red schloss die Augen. »Spielt keine Rolle. Mach es auf.«

Finian verspürte ein merkwürdiges Zögern, bevor er die gebundenen Blätter aufschlug.

Zuerst trafen ihn die Farben. Die rot, golden und blau strahlenden Illuminationen füllten nicht nur die Randspalten, sondern ganze Seiten. Darstellungen von Pflanzen in allen Farben und Formen, Strände und Muscheln. Vögel. Tiefe Schalen und Stößel und riesige Bottiche. Eichenbäume und Wurzelholz und zarte Insekten, deren Linien so klein und so genau gemalt waren, dass Finian sich nicht vorstellen konnte, wo man einen so feinen Pinsel herbekommen hatte. Und ... Tanz.

Tanzende Frauen und Männer, Blumengebinde und geschmeidige Rundungen und Kopulationen. Köpfe, die in den Nacken geworfen waren, verschiedenen Stellungen der Lust und Körper, die so vollendet gezeichnet waren, dass sie tatsächlich so aussahen, als wären sie schweißbedeckt.

Diese illuminierten Gestalten hatten mehr Spaß als manche der lebendigen Seelen. Die Äbtissin wäre nicht erfreut, wenn sie erfahren würde, dass das Manuskript ausgerechnet in ihrem Hause von Hand zu Hand gegangen war.

Finian schaute auf, hatte die Brauen hochgezogen. Red nickte, zuckte die Schultern.

Finian blätterte die Seiten um und konzentrierte sich auf den Text, denn die Zeichnungen waren nicht besonders aufschlussreich. Jedenfalls nicht auf Anhieb. Obwohl sie erregend waren. Er konzentrierte sich auf die Worte. Fließende lateinische Schrift, Buchstaben und Worte füllten gelegentlich sogar die Mitte des Pergaments. Hin und wieder geknickte Ecken. Auch Ziffern gab es, überraschenderweise ...

»Arabisch«, krächzte Red, als er Finians prüfendem Blick folgte.

»Aye«, bestätigte er und fühlte sich ein wenig davon verwirrt.

Aber gleichgültig, ob römisch oder arabisch, es handelte sich gewiss um Messzahlen. Entfernungen, Meilen, Mengen, Mischungen. Hier war alles festgehalten worden.

Wenn man die erotischen Darstellungen und die Zahlen beiseiteließ, bestand der größte Teil des Manuskripts aus Skizzen, die wie architektonische Entwürfe für Burgen und Wasserräder und Mühlen aussahen. Flugbahnen und Wurfmaschinen. Explosionen.

Hier ging es eindeutig um militärische Dinge.

»Der Geist, der das angefertigt hat, war tödlich«, stieß Finian grimmig aus.

»Der Färber war ein Genie«, krächzte Red.

Edelleute in Roben, die auf die Knie gesunken waren, wie man auf verschiedenen Skizzen sehen konnte. Ein gekrönter Mann, ein König vermutlich, trug auf einer Zeichnung einen Umhang. Die untere Hälfte seiner Gestalt verblasste langsam, verschwand einfach. Es sah aus, als würde die Tinte blasser werden oder als wäre Wasser unter die Tinte gemischt worden und das Bild ausgewaschen. Andererseits war die ganze Sache viel zu bewusst gestaltet.

»Was ist das?«, murmelte Finian.

»Wie sieht es denn aus?« Red hatte leise gesprochen und die Augen geschlossen. Trotzdem schien er genau zu wissen, was Finian gerade betrachtete.

»Es sieht so aus, als würde ein Mann verschwinden.«

»Oder unsichtbar gemacht werden.«

Finian blickte scharf auf. »Das ist verrückt.«

Langsam stieß Red sich ein Stückchen nach oben und stopfte die Hand in sein ledernes Wams. Er zog etwas heraus und streckte die Hand zu Finian aus, als wollte er ihm etwas reichen, aber Finian konnte nicht erkennen, was es war.

Er kniff die Augen zusammen und rückte näher. Irgendetwas schimmerte auf Reds Handfläche. Wie die Flügel eines Schmetterlings, der über einer Wasserfläche schwebte. Er griff danach, berührte Reds Hand und spürte es, spürte, dass er etwas berührte, was er kaum sehen konnte.

Jedes Mal, wenn er es fest in den Blick nehmen wollte, bewegte es sich und strahlte den schimmernden Effekt aus. Aber trotzdem hielt Red etwas sehr Festes, etwas sehr Seiendes in der Hand.

»Nimm es«, raunte er schwach.

Finian nahm es, dieses Nichts, das doch ein Etwas war. »Was ist das?«

»Dies hier.« Red zeigte auf die verschwindende Gestalt im Färbe-Buch. »Schau dir an, was es machen kann.«

»Das ist verrückt«, stieß Finian aus, während kostbare Zeit verstrich. Aber er musste erst begreifen. »Als Pulver ist es explosiv. Als Farbstoff gibt es das königliche Indigo ...«

»Und wenn eine bestimmte Wollart damit eingefärbt wird, kann es so etwas bewirken.«

Er konnte das wollene Gewebe ertasten, als es leicht in seiner Hand lag und die faltigen Ränder über seine Handfläche hingen. Aber sehen konnte er nichts. Nicht wahrhaftig. Und je mehr er versuchte, sich darauf zu konzentrieren, desto schwieriger wurde es, überhaupt etwas auszumachen.

»Es sieht so aus, als wären kleine Teile vorhanden«, stieß Red aus, »als ob kleine Stofffetzen sichtbar wären ...«

»Aber all die umgebenden Flecken sind es nicht.«

»So als ob nur ein Fleck unter zehn zu erkennen ist.«

»Es ist beinahe, als ob ... es nimmt auf ...«

Mit den Fingerspitzen hielt Finian den Stoff vor die graubraune Wand und schüttelte es. Einen winzigen Moment lang war es als das sichtbar, was es war, nämlich ein Stück blasses

Gewebe in der Größe und Gestalt der Tunika für ein Kind; aber nicht nur in Indigo, sondern in einem zarteren, rötlichen Farbton.

Und dann schien es vor seinen Augen wieder zu verschwinden, schien in die Wand hinter ihm einzutauchen, bis auf die wenigen kleinen Punkten in dieser besonderen gleichmäßig verteilten Farbe, die den Schimmer so verwirrend machten.

»Pure Magie«, flüsterte der Spion.

Aber Finians Befürchtungen waren weniger verzaubert. »Und das Buch verrät uns, wie wir so etwas herstellen können?«, wollte er wissen.

Red nickte einmal, was ihn sichtlich anstrengte. »Aye.«

»Aber wie? Das Geheimnis der Wishmés ist vor Jahrhunderten verloren gegangen.« Finian hielt das schimmernde verschwindende Stück Stoff immer noch hoch. Es war der Beweis, dass irgendwo irgendjemand irgendwas gewusst hatte, wie man diese gefährliche Zauberei herstellen konnte.

Red begegnete seinem Blick. »Das Buch dort in deinen Händen ist keine tausend Jahre alt.«

»Nein, das ist es nicht. Gott möge uns beistehen«, sagte Finian, als er die Neuigkeiten im Geiste verarbeitete und die Folgen abschätzte, die ihn innerlich erstarren ließen.

Aus irgendeiner Quelle schöpfte Red unbändige Kraft, sodass er sich ein wenig höher aufrichten und seinem Freund einen grimmigen Blick zuwerfen konnte. »Du hoffst auf Gott, O'Melaghlin. Ich habe lernen müssen, dass wir unsere Waffen in solchen Angelegenheiten selbst schmieden müssen. Und jetzt hör mir zu. Ich gebe dieses Buch nur aus einem einzigen Grund in irische Hände.«

Finian spannte sich an. »Mit war nicht bewusst, dass Bedingungen daran geknüpft sind.«

281

»Ich werde sterben. Ich stelle Bedingungen, wenn ich es will. Du musst es benutzen.« Er zeigte auf das Handbuch.

»Was willst du damit sagen?« Finian legte den Stoff zur Seite und starrte Red an. »Und warum jetzt? Warum gibst du es jetzt in irische Hände?«

Red richtete sich noch höher auf. Es musste ihn größte Anstrengung kosten, denn die Worte kamen ihm noch harscher aus dem Mund; der Satz war von kurzen, schmerzhaften Atemstößen durchbrochen. »Die Schotten haben einen Vertrag unterzeichnet . . . gegenseitige Hilfe . . . Frankreich. Longshanks fegt wie ein wütender Wirbelsturm über das Land. Die Schotten können ihre Ungeduld nur mühsam zügeln. Komme, was da wolle, König Edward wird . . . in Schottland einfallen. So sicher, wie ich sterben werde.« Red ergriff Finians Arm. »Das darfst du nicht zulassen.«

»Wie kann ich ihn daran hindern?«

»Gottverdammter Ire«, stieß Red in einem plötzlichen Wutanfall aus, »das hab ich dir gerade in die Hand gedrückt. Zünde ein paar Explosionen. Zieh sein Augenmerk auf dich. Lenk ihn ab von Schottland.«

»Sein Augenmerk«, wiederholte Finian leise, »geradewegs auf Irland ziehen.«

»Schottland wird fallen, O'Melaghlin. Und dann ist es um Irland ebenfalls geschehen. Entweder richtet Longshanks jetzt den Blick auf dich oder er wird es später tun. Aber vergessen wird er dich nicht, und dann werden wir einer nach dem anderen unter seinem Stiefel enden.« Reds Augen blickten wütend. »Schottland hat es satt, den Kontinent um Hilfe zu bitten. Frankreich liegt eintausend Meilen entfernt. Wir brauchen Irland.«

»Wir?«, wiederholte Finian. »Du bist Engländer.«

Wie Luft aus einem Blasebalg wichen plötzlich alle Wut und

alle Kraft aus Red. Sein Kopf sank herunter, das Feuer in seinem Blick erlosch. »Meine Frau war Schottin.«

Schweigend saßen sie da. Reds Atem ging schwer, bis Finian leise sagte: »Ich kann dir keinen Krieg versprechen, um Schottland zu retten. Nicht wenn ich Irland als Preis anbieten muss. Ich kann es nicht.«

»Dreckskerl«, raunte Red, »das habe ich befürchtet. Noch. Eine. Bedingung. Wichtig.« Seine Worte klangen ruhiger. Kurz. Stakkatohaft. »Rardove ... nach ... Färbehexe ... geschickt.«

Eine Kältewelle schoss Finian durch den Körper, erfasste wie eine Flut seine Gliedmaßen. »Wer?«

»Aus England ...«

Die Fluten der Kälte verwandelten sich in Eis.

»Schaff sie raus.«

»Ich denke, das habe ich bereits erledigt«, erwiderte er grimmig.

»Gut. Schütze sie, das ist wichtiger als alles andere. Und jetzt, Ire ... mach, das du hier rauskommst. Die Männer ... mich angegriffen haben ... Rardoves Männer. Sie kehren zurück.«

Verdammt.

»Raus hier. Jetzt.«

»Ich lasse dich nicht allein.«

»Christus am Kreuz, Mann, ich bin doch schon tot. Verschwinde.« Ein letztes Mal schloss Red die Augen.

Finian ließ sich wieder auf dem Boden nieder und hielt den größten englischen Spion in schottischen Diensten auf seinem Schoß, bis das Leben aus ihm gewichen war und er seinen Geist ausgehaucht hatte.

Kapitel 34

Die Sonne stand bereits tief am Himmel, als Senna aufgab. Es lag am Geruch der Pasteten. Am Duft des Essens. Nach frischem, noch warmem Brot mit Eiern und ein wenig Schweinefleisch, möglicherweise. Oder mit Schinken. Was für ein Schinken mochte das sein? Sie musste das unbedingt herausfinden. Jetzt ging ein Mann an ihr vorbei, und er aß eine Pastete. Sie beugte sich weit vor, um den Geruch aufzunehmen.

Der Mann sah sie verdutzt an, während er weiterging. Senna richtete sich wieder auf. Fast hatte sie Tränen in den Augen. Ja, es war Schinken gewesen. Gepökelter, warmer Schinken mit Käse. Vielleicht gewürzt mit Basilikum oder Salbei. Beim verführerischen Duft der warmen Pasteten und des heißen Käses krampfte ihr Magen sich schmerzhaft zusammen. Basilikum. Es war Basilikum.

Sie gab auf. Mit einer Münze aus der Geldbörse, die sie in ihren Kleidern versteckt bei sich trug, kaufte sie vier Pasteten. Die erste schlang sie hinunter, die zweite aß sie langsamer und die verbleibenden zwei für Finian steckte sie in ihre Tasche. Die Mahlzeit hatte sie gestärkt und sie fühlte sich ruhiger. Die Dämmerung senkte sich herab, als sie den Possen eines Jungen zuschaute, der einen Handstand machte, während seine älteren Geschwister neben ihm mit Gegenständen jonglierten. Hin und wieder warfen sie ihm einen davon zu, den er dann mit den Füßen abfing und zurückschleuderte. Flötenmusik erfüllte den geschäftigen Platz.

Finian tauchte neben Senna auf, schlich sich heran wie Rauch, drängte sich warm an sie, aber das Drängen in seinen Worten ließ sie frösteln.

»Wir müssen von hier weg.«

Er schaute sie nicht an, sondern ließ den Blick über die Menschenmenge schweifen. Er schloss die Hand um ihren Oberarm und sie wollten gehen, als das fröhliche Treiben auf dem Platz plötzlich von lautem Lärmen unterbrochen wurde.

Ein Trupp bewaffneter Soldaten stieg auf die Plattform. Ihnen voran hastete ein gut gekleideter, dicklicher Mann, und es wirkte, als würde er von ihnen angetrieben werden. Er war vermutlich der Meister der Kaufmannsgilde und nahm dadurch den Rang des Schultheißens der Stadt ein. Finian schloss die Hand fester um Sennas Arm und zog sie mit sich, während er zurückwich. An der Hütte eines Kerzenmachers, aus der es stark nach warmem Wachs roch, blieben sie stehen.

Die Menschen auf dem Platz hatten sich dem Podium zugewandt und schwiegen erwartungsvoll. Einer der Soldaten versetzte dem Schultheiß einen Stoß, woraufhin der Mann stolpernd vortrat und ein Pergament entrollte.

»Lord Rardove ist der Dienste dieser Stadt dringend bedürftig«, verkündete er mit lauter Stimme. »Vor sechs Nächten ist ein irischer Gefangener entflohen, den Lord Rardove wegen Verrats eingesperrt hatte.«

Das scheint niemanden besonders zu beeindrucken, dachte Senna, als sie sich umschaute. Allerdings wusste auch niemand, wie entsetzlich die ganze Sache gewesen war.

»Dieser Ire hat Lord Rardoves Verlobte entführt, als er die Flucht ergriffen hat.«

Diese Nachricht versetzte die Menge in größere Unruhe. Senna und Finian starrten einander an.

»Lord Rardove bietet eine Belohnung für die Rückkehr des Iren und seiner Verlobten.« Senna registrierte die Reihenfolge. »Jeder ehrenwerte Mann, der sie zurückbringt, wird eine Goldmünze erhalten.« Die Aufregung der Leute war größer geworden, sie stießen einander mit den Ellbogen an und nickten. Ein paar Jungen rannten vom Platz, wahrscheinlich um die Neuigkeit allen mittellosen und ehrgeizigen Menschen in der Stadt zu überbringen.

Der Schultheiß rollte das schreckliche und aufhetzende Dekret wieder ein. »Wer Neuigkeiten zu vermelden hat, dem werden seine Schulden erlassen. Und sonstige Forderungen, die Seine Lordschaft gegen ihn hat, werden für null und nichtig erklärt werden.«

Einer der Soldaten stellte sich jetzt neben den Schultheiß und schob ihn mit dem Ellbogen beiseite. Seine laute Kommandostimme erhob sich über die Menge. »Lord Rardove hegt keinen größeren Wunsch, als diese beiden wieder in den Mauern seiner Burg zu wissen. Sucht sie. Und wer sie bis heute Abend findet, bevor wir ihrer habhaft werden, bekommt fünf Silberlinge.«

Die Leute jubelten, drängten sich enger um das Podium und riefen den Soldaten Fragen zu.

Finian ließ Senna nicht los, als sie sich vom Platz zurückzogen, während immer mehr Menschen nach vorn drängten. Am Rand des Platzes wandten sie sich zur Hauptstraße, dem westlichen Tor entgegen. Senna spürte, wie ihr der Wind leicht über die erhitzten Wangen strich.

»Nicht zu schnell, damit wir keine Aufmerksamkeit erregen«, mahnte Finian.

In diesem Moment kam ein Soldat in der Uniform Rardoves aus einer Seitengasse. Die Angst schnürte Senna die Kehle zu. Sie drückte sich den Hut noch tiefer ins Gesicht und starrte zu Boden, während sie sich zwang, langsam weiterzugehen.

Der Soldat überquerte die Straße und verschwand in den blau-violetten Schatten hinter einer weiteren Häuserreihe. Die Nacht brach schnell herein.

»Finian?«, murmelte Senna.

»Was?«

Sie versuchte, sich die Panik nicht anmerken zu lassen. »Die Tore werden bald geschlossen.«

»Ich weiß.«

Und wenn die Tore geschlossen waren – gleichgültig, ob es geschah, um ihnen eine Falle zu stellen oder wegen des Zapfenstreichs –, saßen sie die ganze Nacht über in der Stadt fest. Mit Rardoves Soldaten und der gesamten Stadtbevölkerung auf der Jagd nach ihnen.

Sie gingen an Passanten vorbei und wichen zweirädrigen Karren aus, beschleunigten ihre Schritte, ohne ins Laufen zu geraten. Sie hielten sich dicht an den Hauswänden, und Finian musste sich immer wieder ducken, um sich nicht den Kopf an den niedrigen Dachtraufen zu stoßen. Plötzlich ertönte ein Hornsignal, ein lang gezogener Ton, der zum Schluss anstieg.

Wieder erklang das Horn.

Finian und Senna rannten los, wichen einer Gruppe Betrunkener aus, die unvermittelt aus einer Spelunke taumelten. Sie wandten sich nach rechts und hielten auf den zum Teil gepflasterten Weg zu, der steil hügelan zum Südtor der Stadt führte. Sie blieben abrupt stehen, als sie sahen, wie die riesigen und mit Eisen beschlagenen Eichentore zugingen und so laut ins Schloss krachten, dass es donnernd widerhallte.

Senna hätte am liebsten laut geschrien.

Die Soldaten schoben die langen Riegel quer über das Tor und sicherten es zusätzlich mit einer vier Zoll dicken Holzstrebe. Dann bezogen die Wachen wieder ihren Posten in den schmalen Mauernischen neben den Toren. Auf dem Weg, der auf der Mauerkrone verlief, patrouillierten unablässig bewaffnete Posten.

Ungläubig und bestürzt stand Senna mitten auf der Straße. Die Menschen strömten um sie herum.

»Komm«, murmelte Finian und legte ihr die Hand auf den Arm. Senna wirbelte zu ihm herum.

»Wir können ihnen Geld anbieten«, drängte sie Finian, »ich habe welches dabei. Für ein paar Münzen lassen sie uns durch.«

»Aye. Und für eine größere schicken sie uns zu Rardove zurück.«

Er wies mit einem Kopfnicken auf eine der vielen Gassen. Sie tauchten in deren dunkle Enge ein und tasteten sich an dem Gemäuer aus Lehm und Weidengeflecht entlang.

»Wohin gehen wir?«, fragte Senna, als sie neben ihm durch die Gasse stolperte.

»Nonnen.«

»Was?«

»Zu den Nonnen.«

Aber das taten sie dann doch nicht. Ein rascher Umweg vorbei am Hintereingang der winzigen Abtei erlaubte Finian den Blick auf die Äbtissin, die mit grimmiger Miene dabeistand, als drei Soldaten in das warme goldene Kerzenlicht im Innern traten.

Finian schlich zu Senna zurück, die wie ein Schatten unter den Ästen einer Eibe kauerte und auf ihn wartete.

»Es ist nicht sicher?«, fragte sie.

»Nein.«

Schritte erklangen. Finian legte ihr die Hand auf den Kopf und drückte sie noch weiter auf den Boden. Dann hockte er sich neben sie unter das üppige Dach des Baumes. Einen Moment später marschierten drei Soldaten vorbei; sie führten Laternen mit und an den Tunikas war Rardoves Wappen zu

erkennen. Grimmig musterten sie alles, woran sie vorbei-
schritten.

Finian und Senna hielten den Atem an, bis die Soldaten vor-
beigezogen waren.

»Komm weiter«, murmelte er, als wieder Stille herrschte.
»Lass uns verschwinden.«

Sie ergriff die Hand, die er ihr entgegenstreckte, und stand
auf. Ihre Hand war schmal und schlank und passte perfekt in
seine. Eine Haarsträhne schlüpfte ihr aus dem Hut, und
schimmerte im Dämmerlicht wie ein gezähmter Feuerstrahl.
Mit der freien Hand schob Finian ihr das Haar zurück, ehe
Senna ihm durch das Abenddunkel folgte.

Hin und wieder begegneten sie einem Pagen, der eine
Laterne hochhielt, um der reichen Bürgersfrau zu leuchten,
die ihm folgte. Durch die geschlossenen Fensterläden drang
Kerzenschein auf die Gassen und zeichnete blassgelbe Streifen auf den Boden. Aber schon bald würde man überall in der
Stadt sorgsam die Dochte auskneifen, um zu verhindern, dass
ein Feuer ausbrach.

Einige wenige Etablissements wie Bierschänken und Huren-
häuser waren noch geöffnet – mit einer besonderen Erlaubnis
und gegen eine fette Gebühr. Eines dieser Häuser war Finians
Ziel. THISTLE war auf dem hölzernen Schild über der Tür zu
lesen, das im Wind klapperte. Sie duckten sich unter dem niedrigen Türsturz durch und traten ein.

Kapitel 35

*I*ch hätte nicht gedacht, dass du das hier gemeint hast. Als du gesagt hast, wir sollten verschwinden«, murmelte Senna.

Finian und sie befanden sich in einer Spelunke. In einem Hurenhaus. Das war sonnenklar.

»Ist das der Ort, an dem ein künftiger König seine Zeit verbringen sollte?«, fragte sie.

»Ich muss doch meinen Knappen ausbilden«, erwiderte Finian und führte sie zu einem kleinen Tisch im hinteren dämmrigen Teil der Schänke.

Der Raum war groß. An einer Seite reihten sich mehrere einfache Tische aneinander. Dahinter standen verkorkte Weinfässer. Ein paar schäbige Tische waren unachtsam im Raum verteilt, zu denen ein paar noch zerbrechlicher aussehende Stühle gehörten. Aber im Allgemeinen standen die Männer und tranken, bis sie umkippten oder so viele Wetten gewonnen hatten, dass sie sich eine Stunde oder zwei mit einer der Huren leisten konnten.

Es waren, abgesehen von einem Tisch, an dem drei Männer saßen, keine Gäste in der Schänke. Es war noch früh am Abend, und Rardoves Verkündung hatte dafür gesorgt, dass die meisten Leute zurzeit die Straßen durchkämmten, weil sie hofften, die Flüchtigen zu finden und die Belohnung zu kassieren, die sie zweifellos hier ausgeben wollten.

Die einzigen Gäste waren drei Schreihälse, die sich über das auf den Iren ausgesetzte Kopfgeld unterhielten und darüber, wie ernst es ihnen war, ihn ausfindig zu machen und ihm die Zähne einzuschlagen.

Doch sie hockten hier, in dieser Hurenspelunke, und schüt-

290

teten so viel Ale in sich hinein, dass ihre Mägen sich vermutlich schon in kleine Seen aus Alkohol verwandelt hatten. Schon bald, nachdem Finian und Senna die Schänke betreten hatten, stolperten die drei Männer hinter einer Frau mit schwingenden Hüften die Treppe hinauf in die oberen Zimmer. Kurz darauf trat eine weitere Frau mit einem Tablett und zwei Bechern für Finian und Senna an den Tisch.

Senna senkte den Kopf, bis die Kellnerin wieder gegangen war, aber die Mühe war vergeblich. Selbst mit ihrem schmutzigen, blassen Gesicht und den Haaren, die sie sich unter den breitkrempigen Hut gestopft hatte, mit all dem Dreck und dem Schweiß würde sie für Finian immer die strahlendste Gestalt weit und breit sein. Von den Stiefeln bis in die Haarspitzen war sie eine Frau, und sie jagte Finian eine Angst ein, wie es noch nicht einmal die Aussicht auf den Tod vermocht hatte.

Und diese Frau sollte eine Färbehexe sein? Wahnsinn.

Aber natürlich war das die Wahrheit. Jetzt, da Red es gestanden hatte, war es sonnenklar. In ihr brannte ein Feuer, brannte die pure Leidenschaft. Eine Färbehexe konnte aus keinem anderen Stoff gemacht sein.

»Nun, Senna, wie gefällt dir Irland?«, fragte er plötzlich.

Sie wandte den Blick zu ihm. »Meinst du die marodierenden Soldaten oder die wahnsinnigen Barone?«

Er verschränkte die Arme. »Ich meine die Ströme.«

Sie lachte leise und zurückhaltend. Vertraut. »Sie sind lang und wild und tief. Und bei ihrem Anblick beginnt es in meinem Bauch zu kribbeln.«

»Ich meine mich.«

Sie lächelte. »Lang«, erwiderte mit jener aufkeimenden Verschmitztheit, die er so sehr mochte. »Und wild.«

Er grinste zurück. »Und tief?«

Senna schürzte die Lippen und schüttelte den Kopf. »So seicht wie ein Bach.«

Finian hob den Becher an und trank ihr zu. »Seicht wie ein Bach – ich werde dir nachher das Gegenteil beweisen.«

Senna errötete und schaute weg.

Außer Finian und Senna und einer Handvoll Frauen war niemand mehr im Raum; die Frauen saßen ein Stück von ihnen entfernt am hohen Tresen, der aus einem langen Brett bestand, das auf Holzböcke gelegt worden war.

»Was machen wir jetzt hier?«, fragte Senna.

»Rardoves Männer durchsuchen alle Häuser. Wir warten hier, bis irgendein fetter, reicher Kaufmann hereinkommt. Und solange er oben anderweitig beschäftigt ist, werden wir ihm ein paar seiner Sache stehlen.«

Sie zog eine Braue hoch. »Warst du schon immer so fasziniert vom Stehlen?«

»Mein ganzes Leben lang.«

»Und welche Gegenstände?«

»Kleider, Geld. Was auch immer es uns erlaubt, heute Nacht diese Mauern zu überwinden und anders auszusehen als jetzt. Eine Nacht innerhalb der Stadtmauern würden wir nicht überleben.«

Sie blickte grimmig drein. Finian lehnte sich zurück, streckte die Beine unter dem schäbigen Tisch aus und verschränkte die Arme vor der Brust. »Hast du einen besseren Plan?«

»Nein, nicht unbedingt einen Plan.«

»Eine verzweifelte Lage verlangt nach verzweifelten Maßnahmen.«

»Allerdings. Nur gefällt mir der Gedanke nicht, Kaufleute auszurauben, ganz egal, wie fett oder beschäftigt sie auch sein mögen.«

»Kann ich mir denken. Du gehörst ja selbst zu ihnen.«

Sie warf ihm einen aufmerksamen Blick zu. »Als letzten Ausweg«, erlaubte sie ihm, »wenn es sich wirklich als zwingend notwendig herausstellt. Aber sofern es einen anderen Weg gibt ...«

Senna ließ den Blick durch den Raum schweifen, musterte den Kreis der hübschen, geschminkten Frauen, die sich um die Besitzerin des Lokals scharten.

Finian hoffte, dass sie wegen der Huren nicht auf dumme Gedanken kam.

Alle schauten zur Treppe am anderen Ende des Raumes, als dort ein lautes Poltern ertönte. Es klang, als wäre jemand zu Boden gegangen.

Ein Mann stand auf dem Treppenabsatz und starrte auf einen zerbrochenen Krug; die Scherben verteilten sich um die Füße der Dirne. Betrunken schwankte der Mann auf die Kammer zu, aus der er vermutlich gekommen war.

»Verrückte Hure«, lallte er, »hier komm ich nicht mehr her.«

»Ganz bestimmt nicht«, schrie eine weibliche Stimme zurück, »wenn du nicht bezahlst, was du bekommen hast!«

Der Mann stolperte die schmale Galerie entlang, die parallel zum Schankraum verlief. Er schlug mit der Faust an eine Tür und fluchte wüst. Die Tür wurde aufgerissen. Zwei Männer kamen heraus, zupften an ihren Hemden und zurrten die Hosen an ihren Hüften fest.

»Wir gehen«, schnarrte der erste Mann, und die beiden anderen folgten ihrem Anführer die Treppe hinunter. Der Mann umklammerte das Geländer so fest, dass die Knöchel seiner fleischigen Hand weiß hervortraten. Er hob abwehrend die Hand, als die stattliche Hurenmutter Anstalten machte, sich ihm in den Weg zu stellen.

293

»So lasse ich mich nicht behandeln, Esdeline«, polterte er betrunken, dann folgte ein heftiger Rülpser. »Entweder verschwindet die Hure oder ich.«

Er gestikulierte wild, als wollte er damit die Grässlichkeit der Drohung unterstreichen, obwohl er eigentlich nur die Ausdünstungen seines Rülpsens beseitigen wollte. Dann schwankten die drei Männer zur Tür hinaus.

Die drei Frauen, die sich oben aufgehalten hatten – die eine, die offenbar den Krug zerschmettert hatte und die zwei anderen aus den Nebenzimmern – kamen nach unten. Aus den Gesichtern sprach unbändige Wut, eine Frau schien sogar Tränen in den Augen zu haben, und das nicht aus Ärger. Finian konnte hören, was sie sich erzählten, so laut hallten ihre Stimmen durch die leere Spelunke.

»Das ist schon der dritte in dieser Woche«, sagte eine. »Verschwindet einfach, ohne zu zahlen.«

Ein paarmal war ein unterdrücktes *Aye* zu hören. Die Besitzerin Esdeline, deren Name so französisch war wie ihre Haltung, hockte auf einem hohen Stuhl und wachte schweigend und vollkommen reglos über die Unterhaltung; ihr hübsches Gesicht wirkte streng und wie versteinert.

»Mit dem Regiment, das seit einigen Tagen hier ist, läuft es besser als üblich.« Das kam aus dem Mund der Kleinen, die auf dem Weg die Treppe hinunter so ängstlich ausgesehen hatte. Finian bemerkte, wie Senna neben ihm unruhig hin und her rutschte. »Die Soldaten zahlen immer, und zwar gut.«

Das andere Mädchen schaute sie mitleidig an. »Aye. Aber sie werden nicht ewig hier stationiert sein. Sie ziehen weiter und kommen nur ab und zu wieder zurück. So ist es nun mal. Nur alle vier Wochen.«

»Balffe kommt regelmäßig zu uns«, bemerkte die Schüchterne leise.

Senna schaute Finian an. Sie war blasser als noch kurz zuvor. *Balffe*, formte sie lautlos mit den Lippen. Finian zuckte die Schultern.

Esdeline streckte den Arm aus und schob dem Mädchen eine Strähne aus dem blassen Gesicht. »Geh dich waschen, Máire«, befahl sie, aber es klang liebevoll. »Nimm meine Seife. Lavendel.«

Máires Züge hellten sich auf. Senna regte sich wieder, diesmal noch deutlicher.

»Und wenn wir jede Nacht in Lavendel baden«, brummte ein anderes Mädchen, das nicht unbedingt wütend, aber doch verärgert und entmutigt war, »das bringt die Kerle auch nicht dazu, uns zu bezahlen.«

Die anderen stimmten ihr zu.

»Das überrascht mich nicht«, sagte Senna plötzlich und recht laut. »Es ist zwar traurig, aber nicht im Geringsten eine Überraschung.«

Kapitel 36

Finian drehte sich schockiert um. Senna war bereits aufgestanden. Er wollte ihren Arm ergreifen, aber sie durchquerte die Schänke, ehe er sie zu fassen bekam.

Er musste sich zwingen, sitzen zu bleiben. Denn es würde zu viel Aufmerksamkeit erregen, würde er jetzt aufspringen, Senna die Hand auf den Mund drücken und sie die Treppe hinaufzerren. Und draußen könnten sie jeden Augenblick gefangen genommen werden.

Die Frauen starrten Senna an, als sie zu ihnen kam. Sie schienen ihren Ärger angesichts dieser Einmischung schon vergessen zu haben.

»Traurig?«, fauchte die eine. Was einst ein rosiger, heller Teint gewesen sein mochte, sah jetzt grau und verlebt aus. »Was zum Teufel hast du traurig zu sein? Was geht dich das überhaupt an?«

»Nichts.« Senna hatte den Tresen erreicht. »Und dich auch nichts mehr, übers Jahr gesehen.«

»Was redest du da?«

»Ich rede darüber, dass das die falsche Art ist, ein Geschäft zu führen.«

Einige der erfahreneren Frauen stießen wie ein griechischer Chor und fast unisono ein erschüttertes »Was?« aus.

Die stattliche, majestätisch dreinblickende Bordellbesitzerin hielt sich im Hintergrund und beobachtete die Szene schweigend.

»Das heißt, wenn es so weitergeht«, stellte Senna klar. »Aber sobald es sich auch nur um ein Quäntchen verschlechtert, gebe ich der Schänke nur noch ein halbes Jahr.«

»Manche arbeiten hier schon seit drei Jahren«, beklagte sich eine junge Frau.

»Ein halbes Jahr«, wiederholte Senna mit fester Stimme und schaute die Besitzerin an, deren schönes Gesicht aussah wie aus Marmor gehauen.

»Schscht, Mary«, stieß die Frau aus, die den Krug nach dem aufdringlichen Gläubiger geworfen hatte. Aufmerksam und interessiert wandte sie sich an Senna. »Ich nehme an, du weißt Bescheid, wie man ein Geschäft führt?« Finian stöhnte. »Was sollen wir tun, deiner Meinung nach?«

»Mehr verlangen«, verkündete Senna.

Verblüfftes Schweigen beherrschte den Raum. »*Was?*«

»Ganz sicher«, bekräftigte Senna, und selbst aus der Entfernung konnte Finian erkennen, dass ihr Blick ein wenig distanzierter wurde, als sie zu rechnen anfing. Er lehnte sich zurück. Es gab nichts, was er tun konnte, um das zu verhindern, was sich da vor seinen Augen gerade entfaltete – und wie auch immer es vor sich ging.

Und wenn er ehrlich war, dann hatte sein eigener Plan ohnehin nur geringe Chancen auf Erfolg. Er konnte sich zwar nicht vorstellen, wie ihre Fluchtchancen sich dadurch erhöhten, dass sie die Prostituierten provozierten, aber zu seiner eigenen Überraschung stellte er fest, dass er Senna vertraute.

»Ja«, wiederholte sie fest, »ihr müsst mehr verlangen.«

»Aber sie zahlen doch jetzt schon nicht«, wandte eine der Frauen ein. »Und du willst, dass wir noch mehr verlangen? Als ob sie dann mehr hätten.« Sie lachte spöttisch.

»Oh, sie haben mehr«, gab Senna geheimnisvoll zurück.

Finian trank noch einen Schluck. Das Ale war nicht schlecht; irgendjemand in diesem Laden verstand sich auf sein Geschäft.

»Das Gesindel, das hier reinkommt?«, fauchte eine Dirne,

stützte sich mit dem dünnen Ellbogen auf die Bar und schüttelte das blonde Haar. »Geld? Pah. Eier haben sie, mehr nicht.«

»Doch, haben sie«, widersprach Senna, »und wenn ihr das fordert, zahlen sie auch. Ihr müsst nur mehr für euch selbst verlangen als für diesen Krug Ale. Das ist nicht beleidigend gemeint, Madame.« Senna hatte ihre Entschuldigung an die ältere Frau gerichtet, die auf einer Kiste genau unterhalb des Tresens saß, wie Finian plötzlich bemerkte.

Mit ihrer knochigen Hand wischte die ältere Frau Sennas Worte fort.

»Und eure Angewohnheit, das Geld erst nach dem erbrachten Dienst zu verlangen . . .« Senna schüttelte den Kopf. »Das ist wirklich armselig. Ihr müsst es im Voraus nehmen. In eurem Geschäft . . . ich verstehe nicht viel davon«, fügte sie rasch hinzu, ». . . aber ich habe einen Bruder und einen Vater, und die kenne ich sehr gut. Ihr dürft einfach nicht erwarten, dass die Männer den Wert eurer . . . Dienstleistung . . . noch hoch einschätzen . . . wenn sie erst mal eine Stichprobe gemacht haben.«

Finian lächelte.

»Oh, gut, aber dann wollen sie überhaupt keine Stichprobe mehr machen«, protestierte eine der Frauen. Eine Irin. Die Gruppe ist gemischt, stellte er fest, sächsisch und irisch und auch ein paar schottische Blumen.

»Jede Wette, dass sie noch wollen«, konterte Senna, »das hier ist doch das einzige . . . Etablissement . . . in der Stadt, stimmt's?« Zustimmendes Nicken. »Dann kommen sie auch zurück. Und je schwieriger ihr es macht, an euch heranzukommen, desto mehr wollen sie.«

»Und ich möchte jeden Tag etwas essen«, murmelte eine stärker geschminkte Frau. Die spinnwebartigen Falten in ihren Augenwinkeln bewiesen, dass sie älter war als die meisten anderen. »Je weniger ich habe, desto mehr will ich. Und wenn sie nicht mehr reinkommen, habe ich gar nichts mehr.«

Jetzt ergriff die Besitzerin das Wort. Ihre Stimme klang rauchig, leise und samtig und nur ein ganz klein wenig heiser. »Sie kommen immer hierher zurück.«

Finian beobachtete, wie Senna lächelte, während sie nichts als Zahlen im Kopf hatte. Und sie lächelte strahlend, was sogar in dieser dämmrigen Spelunke zu erkennen war.

»Natürlich kommen sie wieder«, stimmte sie zu.

Die Besitzerin streckte den Arm aus und führte einen Becher an die Lippen. Wein. Finian wusste Bescheid, ohne hineingeschaut zu haben, er sah es an der Art, wie sie den Becher hob, wie sie schluckte. Alles an ihrem Verhalten wies darauf hin, dass sie einen ausgezeichneten Wein trank.

Senna lehnte sich an den Tresen. Das unerwartete geschäftliche Gespräch hielt sie vollkommen gefangen. Finian stützte die Füße gegen die Bank vor ihm, verschränkte die Arme vor der Brust und lehnte den Kopf an die Wand.

Senna sah die Frauen an, eine nach der anderen. »Eure Kunden wissen genau, welche Dienste sie von euch kaufen wollen. Und dafür zahlen sie auch. Wenn ihr dafür sorgt.«

Die Mädchen wurden still, dachten nach.

»Aus unserer gegenwärtigen Kundschaft ist nicht viel mehr herauszuholen«, bemerkte Esdeline ebenfalls nachdenklich mit ihrer rauchigen Stimme.

»Ihr habt recht«, gestand Senna ein. »Unter Umständen müsst Ihr mit Eurem Gewerbe in eine andere Stadt ziehen. Wo es Lords gibt. Kaufleute. Glücksritter. Oder solche, die ihr Glück vielleicht schon gefunden haben.« Die Besitzerin lächelte auf ihre geheimnisvolle Art, sagte aber nichts. »Aber in der Zwischenzeit solltet Ihr höhere Ziele ins Auge fassen.«

Irritiertes Schweigen.

»Es sind doch Soldaten in der Stadt?«, fuhr Senna beharrlich fort. »Nun, kümmert euch um ihre Anführer. Vielleicht auch um den Vogt aus der Grafschaft? Und um den Bischof...«

Die Mädchen stöhnten auf. Finian öffnete die Augen. Drei Mädchen hatten die Hand aufs Herz geschlagen. Senna zog die Brauen hoch, hatte aber offenkundig beschlossen, diesem Thema doch lieber aus dem Weg zu gehen. Das Lächeln der Besitzerin wurde breiter. Finian hielt die Augen halb geschlossen.

»Nun, vielleicht nicht um den Bischof. Aber was ist mit dem Verwalter? Oder schätze ich das falsch ein? Drücke ich mich verständlich aus?«

»Ihr schätzt es richtig ein.« Die samtige Stimme der Besitzerin schwebte durch die Luft. »Ich glaube, ich hatte es beinahe schon vergessen.«

Finian trank den letzten Schluck aus seinem Becher.

»Ihr müsst Eure Mädchen besser bezahlen«, fuhr Senna fort.

Esdeline warf ihr einen scharfen Blick zu. »Die Mädchen gehören mir nicht. Keine dieser Seelen lastet auf meinem Gewissen. Sie arbeiten auf eigene Rechnung.«

»Ja, in der Tat. So sollte es sein. Ihr seid eine ... geschäftliche Gemeinschaft. Ihr braucht vor allem Geld. Und ihr müsst es hier hübsch machen, die Wände behängen und so weiter. Das Lokal muss reicher aussehen, so reich, wie die Männer es noch nie zuvor gesehen haben, noch nicht einmal in ihren Träumen. Und dann zu euch. Neue Kleider. Bänder. Teppiche auf den Böden.« Jemand schnappte nach Luft. Senna legte eine Pause ein, bevor sie wieder auf ihren ersten und wichtigsten Punkt zu sprechen kam. »Und ihr müsst mehr verlangen. Sehr viel mehr.«

»Als ob wir uns das alles leisten könnten«, murmelte eine Frau.

»Ich habe ein paar Pennys«, bemerkte die schüchterne.

»Aye. Ich, ich habe auch ein paar«, sagte eine zweite Frau und trat vor.

Eine knorrige alte Hand tauchte mitten in der kleinen Gruppe auf und ließ eine Handvoll verbeulte Münzen auf dem Holztresen klirren. »Das ist alles, was ich beisteuern kann.«

Alle blickten erstaunt zu ihr. »Grandmaman«, murmelte die Besitzerin, »woher hast du das?«

»Was wisst Ihr schon über mich«, stieß sie unterdrückt aus. Mehr war nicht aus ihr herauszubekommen.

»Das ist sehr viel Geld.« Die Besitzerin betrachtete den Haufen mit wissendem Blick. »Aber es reicht nicht.«

Senna betrachtete den Haufen ebenfalls. Die Blicke begegneten sich.

»Nein«, stimmte Senna zu, »das reicht bei Weitem nicht.«

Sie ging zurück an ihren Platz und wühlte in ihrem Gepäck herum. »Finian, brauchen wir unser Geld im Moment wirklich so dringend?«, fragte sie und neigte den Kopf zur Seite, während sie in die Tasche linste.

»Wir müssen das hier noch bezahlen.« Er tippte an den Rand seines Bechers.

»Aye. Die Drinks. Aber davon abgesehen?«

Sein Blick schweifte über ihr schmutziges Gesicht, über ihre zerrissenen Strümpfe. Er stellte sich vor, wie sie im grünen Kleid aussah, mit Bändern im Haar. Und Juwelen um den schlanken Hals. Auf einem Bett. Mit Pelzdecken. Und dem Kleid, das ihr ausgezogen wurde. Der Schmuck, den sie dabei nicht ablegen würde.

»Aye, mir gehen ein paar Dutzend Dinge durch den Kopf«, sagte er langsam, »du hast also noch mehr Münzen?«

»Ein paar.«

Er schaute hoch. »Senna, du bist wie eine Schatztruhe. Woher hast du das alles?«

Senna zog die Hand fort und behielt einen kleinen Teil des Haufens zurück. »Ich habe sie aus England mitgebracht.«

»Ach, hast du das?«

Sie zuckte die Schultern. »Wie gesagt, ein paar Münzen. Der Rest stammt aus Rardoves Truhen. Ich betrachte es als Entschädigung für die körperlichen Übergriffe.« Sie hielt inne. »Welchen Lohn verlangst du?«

Er lächelte bedächtig. »Mächtig viel.«

Sie erwiderte das Lächeln.

»Senna, du hast das Zeug zu einem wirklich großartigen Dieb«, bemerkte Finian. »Wie viele Münzen hast du gestohlen?«

»Ich habe nur ein Mal hineingegriffen.« Sie krümmte die Finger und fuhr durch die Luft, als ob sie Wasser schöpfte.

»Aha, nur ein Mal hineingegriffen.«

»Nur ein Mal. In jede Truhe.«

Er lachte.

Senna hielt die Börse hoch. »Also, brauchen wir das nun oder nicht?«

»Aye, kleine Lady.«

»Genauso dringend, wie die Mädchen es brauchen?«, fragte sie und zeigte hinter sich.

Finians Blick folgte der unsichtbaren Linie ihres Fingers zu der kleinen Gruppe Frauen, die sie – manche waren barfuß – genau im Blick behielten.

»Nein«, gestand er langsam ein, »nicht annähernd so dringend.«

Ihr strahlendes Lächeln hätte ihn beinahe geblendet. Wenn sie in Reichweite gewesen wäre, hätte es sein können, dass er sie in die Arme gerissen und geküsst hätte. Aber sie drehte sich um und marschierte zurück zur Gruppe.

»Wir möchten unsere Drinks bezahlen und zwei neue bestellen«, sagte sie, »das sollte dafür reichen. Und vielleicht auch noch für eine weitere Sache.«

Die Mädchen starrten auf die pralle Börse, als hätte gerade ein Kätzchen auf dem Tresen Junge geworfen. Die Besitzerin streckte die Hand aus und hob die Börse hoch, linste hinein und schaute Senna an.

»Was wollt Ihr?«, fragte sie bedächtig. Misstrauen schlich sich in ihren ohnehin schon wachsamen Blick.

»Noch einen Drink«, sagte Senna, »und den Weg aus der Stadt hinaus, ohne entdeckt zu werden.«

Es herrschte Schweigen. Niemand erkundigte sich, wie sie an eine so prall gefüllte Börse gelangt war; warum sie spät am Abend hierhergekommen waren und warum sie keine Pferde hatten. Ein paar Gründe waren ihnen sicher eingefallen. Aber niemand stellte auch nur eine einzige Frage. Aber sie sahen Finian an.

»Wer ist das?«, fragte die Besitzerin.

Senna schaute kurz zu ihm hinüber. »Er ist mein . . .«

Gespannt wartete Finian darauf, was um alles in der Welt sie jetzt antworten würde.

»Mein Ire.«

Er grinste.

Die Mädchen kicherten und ihr Lachen klang zum ersten Mal, seit Senna und Finian die Spelunke betreten hatten, aufrichtig und unbeschwert. »Wo kann ich auch einen bekommen?«, wisperte ein Mädchen, und wieder brach die Gruppe in kicherndes Gelächter aus.

Senna beugte sich zu ihr. »Wir befinden uns in Irland«, murmelte sie, »die Kerle treiben sich *überall* herum.«

»Nicht solche«, widersprach eine Frau.

Die Besitzerin schaute Finian direkt in die Augen. Er nickte, gab zu erkennen, dass er ihren schweigenden Blick bemerkt hatte. Einen Moment lang saß sie vollkommen reglos auf ihrem Platz. Dann hob sie für einen kurzen Moment die schlanke Hand und ließ sie wieder auf den Tresen sinken, ehe sie sich wieder Senna zuwandte.

»Die Wachablösung wird in ungefähr einer Stunde sein«, sagte sie mit einer Stimme wie aus Samt. »Wir müssen hin und wieder unsere Gäste nach Hause begleiten, nachdem die Tore schon für die Nacht geschlossen worden sind.«

Diese Verschwendung schien Senna zu schockieren. »Und wie viel zahlen sie für diesen Dienst?«

Esdeline lächelte ihr geheimnisvolles Lächeln. »Oh, dafür zahlen sie.«

Senna stieß einen Laut aus. »Das will ich doch sehr hoffen.«

»Es sollte eigentlich nicht auffallen, wenn mein Wagen durch das Tor fährt. Und heute Nacht«, sie zeigte mit dem Finger erst auf Senna und dann auf Finian, »werdet Ihr ihn begleiten.«

Als Senna zum Tisch zurückkam, ergriff Finian ihre Hand. Sie ließ die Finger in seine gleiten, und langsam strich er mit dem Daumen über ihre Handfläche.

»Das war sehr großzügig«, sagte er leise.

Sie zuckte die Schultern, drehte sich aber weg. »Nein, es war nur Geld«, widersprach sie, ohne zu stocken, »außerdem ist es sehr unwahrscheinlich, dass . . .«

Abrupt brach sie ab. Denn sie alle hörten es.

Ein leises Grollen, das näher rückte. Hufe klapperten im Hof, Männerstimmen drangen von draußen herein.

Eine der Frauen eilte zur Tür und zog sie einen Zoll auf,

schlug sie aber sofort wieder zu und wirbelte verängstigt herum. »Es ist ein ganzes verdammtes Regiment!«

»Rasch, hol die Tasche«, befahl die Besitzerin. Die Frau setzte sich in Bewegung und sammelte den Haufen Geld auf dem Tresen ein. Eine andere Frau kam zu Senna und Finian und wollte die beiden in Richtung Hintertür drängen. Senna eilte zur Tür, während Finian absichtlich langsam zu Esdeline schlenderte.

»Lady – alles, worüber Ihr gesprochen habt: Wenn Senna sagt, was Ihr ändern müsst, dann tut es.« Er sprach leise und rasch. »Aber ich sage Euch, Ihr braucht außerdem jemanden, der Euch beschützt. Schickt eine Botschaft an The O'Fáil. Erwähnt meinen Namen. Sagt, dass ich in Eurer Schuld stehe und dass er eine Wache schicken soll. Einen meiner persönlichen Wächter. Fragt nach Tiergnan. Äußerlich ist er ein monströser Kerl, aber im Herzen fromm wie ein Lamm.«

»Das will ich tun«, versprach sie mit ihrer kehligen Stimme. »Und welchen Namen soll ich nennen, Ire?«

Er hob ihre Hand an seinen Mund und ließ sie keine Sekunde aus dem Blick. »Ich denke, Ihr kennt ihn.«

Finian drückte ihr einen Kuss auf den Handrücken und folgte Senna zur Tür hinaus.

Kapitel 37

Der mürrische Kutscher brachte Finian und Senna viel weiter, als sie gehofft hatten, und das zweirädrige Gefährt, das holpernd und klappernd durch die Gassen fuhr, erregte weniger Aufmerksamkeit als eine Fledermaus. Nachdem er außerhalb der Stadt angehalten und die beiden hatte aussteigen lassen, fuhr er davon, ohne noch einmal zurückzuschauen.

Finian und Senna gingen tief in den Wald hinein, bis sie überzeugt waren, dass kein englischer Soldat sich trauen würde, ihnen zu folgen. Nach einer Stunde Fußmarsch machten sie an einem Fluss Halt. Sie ruhten sich aus, und Finian erlaubte Senna, sich den Schmutz aus dem Gesicht zu waschen, den er ihr früh am Morgen aufgetragen hatte. Während sie sich in dem schnell dahinsprudelnden Wasser wusch, setzte er sich ans Ufer.

»Erzähl mir mehr über deine Wolle, Senna.«

Sie schaute kurz auf. Ihr Gesicht glänzte vor Nässe. »Meine kleinen Blöker?«

Er lächelte zaghaft. »So nennst du sie also?«

»Ich nenne sie meine Hoffnung.« Sie trocknete sich das Gesicht an der Tunika ab; eine Schmutzspur blieb zurück, die sogar noch im Mondlicht erkennbar war. Er winkte Senna zu sich und wischte den Streifen mit dem Saum seiner Tunika fort.

»Geben sie eine ganz bestimmte Wolle?«, fragte er.

Sie setzte sich neben ihn. »Ja, allerdings.«

Er fror plötzlich. »Und warum ist dir diese Wolle so wichtig?«

Sie sah beleidigt aus. »Sie ist das Ergebnis meiner Arbeit. Es hat Jahre gebraucht, diese Schafrasse zu züchten. Die Wolle ist weich und besonders saugfähig beim Färben. Und sie lässt sich ganz wunderbar verweben. Nirgendwo sonst auf der Welt ist so etwas zu haben.«

»Nirgendwo sonst auf der Welt«, wiederholte Finian, »genau das habe ich mir gedacht.«

Rardove wusste also Bescheid.

Finian zwang sich, langsam zu atmen. Rardove mochte so viele Wahrheiten wissen, wie sein verschlagenes, hinterhältiges Hirn aufzunehmen in der Lage war. Doch ohne die richtigen Werkzeuge war er so hilflos wie ein Lämmchen. Das letzte noch existierende Färber-Buch befand sich in Finians Besitz. Ebenso wie auch die Färbehexe, oder?

»Und du, Senna? Du hast gesagt, dass Rardove deine Wolle färben wollte.« Sie nickte. »Wollte er nur die Wolle? Oder wollte er, dass du auch das Färben übernimmst?«

Abrupt wandte sie den Blick ab. »Er ist wahnsinnig.«

»Aye. Aber kannst du das Blut der Wishmés blau machen?«

Sie schüttelte heftig den Kopf. »Nein. Ich werde es niemals tun.«

Interessant. »Nein?«

»Nein.«

»Du willst es niemals tun?«

»Niemals.«

»Aber *könntest* du es?«

Wahrscheinlich öffnete Senna den Mund, um zu protestieren – aber zu seiner Überraschung schloss sie ihn wieder und schaute ihn dann lange Zeit nachdenklich an. Für ihn lange genug, um sich ungewohnt unbehaglich zu fühlen. Sonst war es üblich, dass *er* die Fragen stellte, dass *er* andere dazu brachte, sich unter seinen misstrauischen Blicken zu winden. Und genau in diesem Moment fühlte er sich, als ob er unter Beobachtung stünde.

»Ich habe meine Zweifel«, erwiderte sie endlich mit leiser Stimme.

»Aber deshalb hat Rardove dich überhaupt nur hergeholt«, drängte er sie.

»Aye.«

»Und? Stimmt es? Bist du eine Färbehexe?«

Sie kniff die Augen zusammen. »Finian, es kann einen Menschen das Leben kosten, ihn so zu nennen.«

»Ich schwöre, dass es dich nur das Leben kosten wird, wenn du mir nicht antwortest. Bist du eine Färbehexe?«

Wieder schaute Senna ihn lange und nachdenklich an. »Nein, aber meine Mutter«, stieß sie hastig aus.

Finian nickte und bemühte sich dabei um einen gleichgültigen Blick, der weder Erstaunen noch Hoffnung oder irgendeine andere Empfindung zu erkennen gab, die dazu führen könnte, dass Senna aufsprang und fortrannte. Denn wenn er ihre Miene richtig deutete, war sie ziemlich panisch.

Guter Gott, neben ihm saß eine Färbehexe.

Mehr als hundert Jahre hatte es keine gegeben. Nach der Invasion waren sie verschwunden. Aus Angst vor Entdeckung. Die Vorsicht hatte über die Leidenschaft gesiegt, als die Kelten das Wissen um die Kunst, Färbemittel aus den Wishmés zu gewinnen, hatten sterben lassen. Das Geheimnis verloren und die Erblinie durchbrochen hatten. Mütter lehrten es ihre Töchter nicht mehr, und irgendwo in der finsteren Vergangenheit, vielleicht vier- oder fünfhundert Jahre zurück, hatte man es diesem Ast des Stammes erlaubt, zu verdorren.

Aber dieser Ast war noch nicht ganz abgestorben. Und jetzt hatte Finian den letzten zerbrechlichen Zweig in seinem Besitz. Eine Färbehexe, die nur ihm gehörte.

Die aber mit ihrer Aufgabe nichts zu tun haben wollte.

Welche Rolle spielt das schon?, dachte er und stellte überrascht fest, dass sich Bitterkeit in seine Zweifel mischte. Wer war so vermessen, dem Schicksal die Stirn zu bieten? Ja, seine Eltern waren schwach gewesen, zerbrechlich, unfähig, über ihr brennendes Verlangen oder über starke Gefühle zu obsiegen. Aber war er nicht von The O'Fáil aufgezogen worden? Ein König hatte ihn zu sich genommen. Das kam nur selten vor. Es gab keinen Grund für den bitteren Geschmack in seinem Mund.

Nein, er musste sich voll und ganz auf Senna konzentrieren. Was er mit ihr tun sollte. Sie nach Hause bringen, wie er es versprochen hatte? Oder den Iren verraten, wer sie war?

Im besten Fall wäre es Untreue, im schlimmsten Verrat, sein Wissen vor dem König zu verbergen. Aber Senna verspürte kein Interesse am Färben. Aber sobald er The O'Fáil über sie aufklärte, würde sie färben müssen. Unter Bedingungen, die nicht so trostlos wären wie bei Rardove, ganz und gar nicht. Und doch ... man würde sie gegen ihren Willen festhalten. Um zu färben. Unter Zwang. Gefangen. Widerrechtlich.

All das waren Umstände, die sie verabscheute.

Andererseits wiederum, wer konnte sich schon die Prüfungen aussuchen, vor die das Leben ihn stellte? Finian schaute Senna an ... ihr Gesicht war immer noch feucht, die Augenbrauen zusammengekniffen wie seit ihrem ersten Morgen am Berggrat nicht mehr, als sie über Rardove und ihren Vater und ihre Geschäftstüchtigkeit gesprochen hatten.

Aber vielleicht ...

»Ja, es ist sicher widerwärtig, für Rardove zu färben«, sagte er sanft, um ihr die Gelegenheit zu geben, zu behaupten, sie würde es für *ihn* tun.

Innerlich schüttelte er den Kopf über seinen ungeschickten Schachzug, während er sie erwartungsvoll ansah.

Sie schaute weniger erwartungsvoll zurück. »Ich kann keine Farben herstellen.«

»Doch, du kannst es, kleine Lady. Dir ist gar nicht klar, was du alles kannst. Senna, zum ersten Mal in seinem verfluchten Leben hat Rardove recht gehabt. Solche Dinge liegen einem Menschen im Blut.«

Sie zuckte kaum merklich mit den Schultern. »So behauptet es die Legende.«

»Nein, Senna. *Ich* behaupte es.«

Der Blick, den sie ihm zuwarf, war bestenfalls geringschätzig. »Und wieso kennst du dich damit aus?«

»Solche Geschichten werden seit tausend Jahren in meiner Familie erzählt.«

Sie wehrte ab. »Ja, natürlich. Aber beweise mir, dass sie wahr sind. Und keine Legenden.«

Finian kniff die Augen zusammen, als er Senna ansah. »Aye, Legenden. Aber wie kommst du darauf, dass sie deshalb unwahr sind?«

Sie wirkte erschrocken. »Ich glaube es nun mal. Schließlich sind Legenden ihrer Natur nach erfundene Geschichten ...«

»Ich sage dir eines, Senna, wenn du den Farbstoff aus den Wishmés herstellen willst, dann kannst du es auch. Nichts kann dich aufhalten.«

»Es könnte mich aufhalten, dass mir das Wissen fehlt.«

Endlich schwieg er.

»Ich trage es nicht in mir.«

»Senna, von mir aus kannst du dir das einreden, bis die Hölle zufriert. Aber gut, wenn du zu ängstlich bist und nicht einmal versuchen willst, herauszufinden, wozu du in der Lage bist ...« Seine Stimme hatte einen harten Klang angenommen. Bot sich ihr eine Wahl, die sich sonst niemandem bot? Jemand wünschte nicht, etwas zu tun, also tat er es auch nicht? Nicht unter dieser Sonne. Nur in Träumen. »Nur damit du es weißt.«

Senna drehte sich zu ihm und schaute ihn an. Und er war sich ziemlich sicher, dass sie für niemanden Farben herstellen würde.

»Finian, glaubst du wirklich, dass du mir etwas über mein Leben erzählen kannst? Ich muss nicht besser über die Dinge Bescheid wissen, als ich es ohnehin schon tue. Mein Vater hat dafür gesorgt, dass ich mir darüber bewusst bin, was ich kann. Die gleichen Dinge wie meine Mutter.« Sie schwieg, dann wich alle Farbe aus ihrem Gesicht. »Oh. Die Iren wollen die Farben?«

Finian erwiderte ihren Blick und schwieg.

Ein bitteres Lächeln flog über ihr Gesicht. »Natürlich. Natürlich wollen die Iren die Wishmés haben.«

»Senna, die Frage ist doch, ob du diese Farbe herstellen kannst.«

»Nein, Finian. Die Frage ist, ob du es ihnen sagen wirst.«

311

Kapitel 38

Der Morgen graute noch nicht über den Festungsmauern, als William de Valery die Burg Lord Rardoves erreichte.

Er wurde in die Halle geführt, fragte nach Senna, und als sie nicht sofort zu ihm gebracht wurde, verlangte er mit lauter Stimme, Lord Rardove zu sprechen. Die Diener schwärmten in alle Richtungen aus, als würden sie seinem Befehl gehorchen, aber beinahe eine Stunde lang betrat niemand von ihnen noch einmal die Halle. Es kam der Moment, in dem de Valerys Ritter die Köpfe zusammensteckten, um sich zu beraten, und die Hand an ihr Schwert legten.

Der Diener zog die Stirn kraus und machte sich darauf gefasst, die Gegenstände abzuwehren, die der Baron nach ihm werfen könnte, und steckte den Kopf durch dessen Schlafzimmertür. »Mylord?«

»Was zum Teufel ist los?«, fauchte Rardove.

»Sir William de Valery, Mylord.«

Rardove riss die Augen auf. »Was zum Teufel redest du da?«

»Sir William de Valery ist in der Halle, Mylord. Er ist ein wenig verärgert, weil man ihn warten lässt.«

Rardove setzte sich aufrecht. »De Valery? Er wartet? Worauf? Warum ist er überhaupt hier?«

Der Diener räusperte sich. »Er möchte seine Schwester sehen, Sir.«

Fünf Minuten später betrat Rardove die große Halle und sein Blick fiel sofort auf die sechs oder sieben Ritter, die in der Mitte des Raumes in einem Kreis beisammenstanden. Rasch musterte er die Gruppe und richtete sein Augenmerk dann auf denjenigen, der Senna am ähnlichsten sah.

Der Ritter hatte den Panzerhandschuh ausgezogen und auch den Helm abgesetzt, den er unter den gebeugten Arm geklemmt hatte. Das Kopfteil des Kettenhemdes hatte er zurückgeschoben, sodass das feuchte, mattblonde Haar zu sehen war. Die Lederstiefel, die ihm bis an die Knie reichten, waren mit Dreck bespritzt und der Übermantel unter einer ebenfalls beeindruckenden Dreckschicht kaum zu erkennen. Der Rest der Truppe befand sich in einem ähnlichen Zustand, offensichtlich lag ein langer harter Ritt ohne Pause hinter ihnen.

Ausgeruht oder nicht, jedenfalls schaute der blonde Ritter beim ersten Geräusch von Schritten sofort auf. Sein Blick war wachsam und sehr misstrauisch, als er auf Rardove zuging.

»Mylord?«

»Sir William?«, fragte Rardove und nickte. Er lächelte, aber der junge Kerl schien der Höflichkeit abgeneigt zu sein, denn er machte keinen Hehl daraus, dass er nicht daran dachte, das Lächeln zu erwidern.

»Ich will meine Schwester sehen.«

»Ahh.« Rardove winkte dem Diener, ein paar Erfrischungen hereinzubringen. »Senna.«

»Man hat mich nicht zu ihr geführt.«

Wie ein Mönch legte Rardove die Hände aneinander und seufzte. »Es gibt da ein kleines Problem.«

»Ein Problem?«

»Sie ist fort.«

Die haselnussbraunen Augen sahen Rardove irritiert an, dann verdüsterten sie sich. »Was meint Ihr damit?«

»Ein Ire hat sie entführt.«

313

»Entführt?« Williams Stimme klang ungläubig.

»Aye. Dieses Land ist sehr brutal. Und ...«

»Worüber redet Ihr, zum Teufel noch mal?«, fragte William, schloss die Finger um den Schwertgriff und strich über die einfache Schließe, die er an der linken Hüfte trug. Rardove richtete den Blick auf das Schwert, um ihn gleich darauf langsam und betont wieder zu heben.

»Es hat sich vor knapp einer Woche zugetragen. Ich lag krank im Bett. Ein Ire, den ich gefangen hielt, ist aus dem Kerker entwichen. Er nahm Senna mit sich.«

»Er nahm Senna mit sich?«, wiederholte de Valery. In seinem Gesicht spiegelten sich Zorn und Verwirrung.

»Er hat sie gepackt und mit sich gerissen.«

»Aber warum?«

Hilflos streckte Rardove die Hände aus. »Wer vermag das zu sagen?«

»Wohin ist er geflohen?«

»Finian O'Melaghlin ist der Ratgeber des Stammes O'Fáil. Wir nehmen an, dass sie sich dorthin begeben haben. Wir haben Männer auf die Suche geschickt, aber die Burg ist ... uneinnehmbar.«

»Finian O'Melaghlin?« De Valery hatte die Augen zu Schlitzen verengt. »Ich habe von dem Mann gehört.«

»Ah, ja.« Rardove seufzte enttäuscht. »Er ist dabei, sich einen gewissen Ruf zu schaffen. Aber die Iren sind ein zerstrittenes Volk, dem nicht zu trauen ist. Einst habe ich versucht, mich mit ihnen zu verbünden, was sie verschmäht haben. In diesen dunklen Zeiten darf man sich nicht auf Bündnisse verlassen.«

William hielt einen Atemzug lang inne. »Nein, Mylord. Das darf man nicht.«

Der eine starrte den anderen an, bis Rardove den Blick

brach und griff sich von dem Tablett, das der Diener gerade auf den Tisch gestellt hatte, einen der Becher.

»Ihr wisst nur wenig über dieses Land, Sir William«, bemerkte er über die Schulter. »Es ist sehr bedrückend, wenn Freundschaften zurückgewiesen werden.«

»Ich werde mich beizeiten daran erinnern.«

»Seid Euch dessen gewiss.« Der Wein gurgelte aus dem Krug in Rardoves Becher, in der stillen Halle klang das Geräusch überlaut. »Und was Eure Schwester betrifft, nun, lasst mich Euch versichern, dass ich alles tue, was in meiner Macht steht, um ihre Rückkehr zu gewährleisten.«

De Valerys Antwort kam scharf und so leise, dass niemand außer Rardove ihn verstehen konnte. »Und lasst *mich* Euch versichern, Rardove, dass jemand einen hohen Blutzoll zahlen wird, falls Senna auch nur ein Haar gekrümmt wird.«

Betont langsam stellte Rardove den Becher auf den Tisch. »Leider hält Eure liebe und *fügsame* Schwester sich zurzeit nicht innerhalb der Mauern meiner Burg auf. So vermag ich Euch in dieser Sache nur wenig zu sagen.«

Rardove dehnte das Wort *fügsam* so stark, als hätte es noch ein paar Silben mehr. De Valery biss die Zähne zusammen, drehte sich um und warf einen Blick auf den Kreis der Ritter, die das Zusammentreffen beobachteten.

De Valery wandte sich wieder an Rardove. »Ich kann nicht begreifen, aus welchem Grund der Ire meine Schwester entführt haben soll«, bemerkte er und beäugte misstrauisch den Weinbecher auf dem Tisch.

»Sie sind befreundet«, erklärte Rardove mit großherziger Geste und folgte de Valerys Blick zum Becher. »Wollt Ihr einen Schluck?« Er hob den Krug. De Valery antwortete nicht. »Eure Männer vielleicht?«

Rardove hielt den Krug höher, sodass die Männer im Hin-

315

tergrund ihn ebenfalls sehen konnten. Zehn Augenpaare starrten zurück, fünf bewaffnete Ritter und fünf muskulöse Knappen, keiner von ihnen einen Tag jünger als siebzehn. Kein Muskel zuckte. Rardove räusperte sich und stellte den Krug ab.

»Erklärt mir, warum O'Melaghlin meine Schwester mitnehmen sollte«, stieß de Valery grimmig aus.

»Weil die Iren alle miteinander barbarische Wilde sind«, schnappte Rardove, »und weil sie so viel Ehre und Anstand im Leib haben wie ein Schaf. Ich hatte ein paar dieser Leute in meinen Verliesen. Ich denke, als O'Melaghlin die Gelegenheit zur Flucht erkannte, war es für ihn eine Frage des Stolzes, Senna mitzunehmen.«

De Valery ließ den Blick an Rardove bis zu dessen Gesicht hinaufwandern. »Aye. Das kann ich mir gut vorstellen.«

Bei dieser Beleidigung schoss Rardove die Röte in die Wangen, aber die Anwesenheit der bewaffneten Ritter veranlasste ihn, in ruhigem Ton zu antworten, als er sich bis an Williams Ohr vorbeugte.

»Wehe Euch, Ihr junger Spund, solltet Ihr Euch deren Feindschaft zuziehen, wie ich es getan habe. Ihr wisst gar nichts über dieses Land, und es kann gut sein, dass Euer Hochmut Euch ebenso teuflisch in die Quere kommt wie die Iren.«

»Es mag sein, dass es mit Euch noch teuflischer zugehen wird, sollte Senna nicht unversehrt zurückkehren.«

Rardove stellte den Krug ab. »Und damit wären wir beim Kern der Sache. Die Iren sind ein wankelmütiges Volk, man kann ihnen nicht vertrauen. Dass sie sich auf ein Bündnis einlassen ist ebenso wahrscheinlich wie die Möglichkeit, dass sie den Spieß auf Euch richten.«

De Valery mahlte mit den Wangenknochen. »Was habt Ihr vor?«

»Mir bleibt keine Wahl. Ich habe meine Vasallen zusammenrufen lassen. Gouverneur Wogan ist auf dem Weg hierher. Und Edward.«

De Valery starrte ihn an. »Der König von England kommt hierher, um Senna zu retten?«

»Der König von England kommt hierher, um eine Rebellion an den irischen Grenzen abzuwehren, während er gleichzeitig versucht, den Aufstand in Schottland niederzuschlagen.«

»Eine Rebellion? Und Senna ist da draußen.«

»Das weiß ich. In drei Tagen ziehen wir gegen die Iren.«

De Valery hielt so lange inne, bis er die in seinem Kopf widerstreitenden Gedanken zu Ende durchdacht hatte. Rardove wartete und fragte sich, zu welcher Entscheidung dieser junge unerfahrene Bursche wohl kommen würde. Wenn er seiner Schwester auch nur einen Hauch ähnlich war, würde William de Valery wahrscheinlich keine kluge Wahl treffen, keine politisch vernünftige …

William lehnte sich so weit nach vorn, bis seine Nasenspitze fast die des Barons berührte. »Seid Euch einer Sache gewiss, Rardove: Ich scheue mich nicht, Euch die Knochen einzeln im Leib zu zerschmettern, wenn meiner Schwester irgendein Leid geschieht.«

Nein. Ganz und gar nicht politisch. Rardove knirschte mit den Zähnen.

Es wäre ihm ein Leichtes, diesen jungen Springinsfeld mit ein paar deftigen Worten zurechtzustutzen, würde er den Wunsch danach verspüren. Und ein paar Erinnerungen an dessen Mutter zum Besten zu geben, von ihrem Leben hier in der Burg Rardove, auf ihren Knien vor Rardove; aber für jetzt würde er noch darüber schweigen. De Valery würde es nicht gefallen zu erfahren, dass seine Mutter sich hier aufgehalten und bei einem Fluchtversuch das Leben verloren hatte. Und im Moment war ihm das Bündnis mit de Valery gegen seine Feinde wichtig.

De Valery schickte seine Ritter mit einer Handbewegung aus der Halle. Die lauten Schritte dröhnten durch den Raum, als der Trupp bewaffneter Männer die Treppe hinunterstieg.

»Kann ich beim Appell mit Euch rechnen?«, rief Rardove ihnen nach.

De Valery hatte den Fuß bereits auf die oberste Stufe gesetzt, als er innehielt. Sein Kettenhemd wellte sich leicht im Nacken, als er Rardove den Kopf zuwandte. »Mylord, ich denke, Ihr wisst genau, womit Ihr bei mir zu rechnen habt.«

Rardove lächelte dünn. »Mit vierundzwanzig Rittern und ihrem Gefolge.«

De Valery setzte seinen Weg fort. »Ich werde dort sein«, sagte er, ohne noch einmal zurückzuschauen. Die schmutzbedeckten Ritter verschwanden in einem Strahl goldenen Sonnenlichts, als die Tür aufging; nachdem sie wieder zugeschlagen war, versank die große Halle wieder in blau-schwarzen Schatten und bösartige Machenschaften.

De Valerys Pferde standen vor der überdachten Treppe, die in den oberen Teil der Burg führte. Kleine Staubwolken stoben auf, als die Männer die Treppe hinunterstiegen. Das fahle Licht der Morgendämmerung vermischte sich mit dem dunstigen Staub, der die Luft erfüllte und bernsteinfarben um die stahlgeschützten Beine der Männer wirbelte.

Will zog sich die Kapuze des Kettenhemdes über den Kopf, stopfte sich ein wenig Stoff seiner Kleidung zwischen Haar und schützendes Eisen und schwang sich dann in den Sattel. Er setzte sich den Helm auf, klappte das geschlitzte Visier aber nach oben, sodass sein Gesicht zu sehen war.

Seine Männer beobachteten ihn schweigend. William nickte kurz, und das Gefolge ritt langsam über den Burghof.

William hielt sich schweigend und aufrecht im Sattel, als sie unter den rostigen Fängen des hochgezogenen Fallgatters hindurchritten. Das Gatter hing dennoch so tief, dass er sich das Ohr abgerissen hätte, wenn er sich in den Steigbügeln aufgestellt hätte. Die Winden kreischten ohrenbetäubend, als das Fallgatter wieder herabgelassen wurde.

Williams Hände führten die Zügel so leicht wie immer; die wenigen Worte, die er sagte, klangen so gleichmütig wie die eines Mönchs, der die Abgaben zählte, die an Michaelis ins Kloster gebracht wurden. In der Tat, nichts an ihm verriet seinen Zorn. Er hätte auch ein hölzernes Wagenrad sein können, das über das Land rollte. Seinen Zorn hatte er weit hinter sich gelassen, denn inzwischen empfand er eine gefährliche, allesverzehrende Wut, die er bezähmen musste, wenn sie sich als nützlich erweisen sollte.

Gnädiger Gott. Senna entführt von einem Iren. Sie war nach Irland gereist, um ein Geschäft abzuschließen. Und nun war sie in einer Intrige gefangen, die so infam war, dass sie dieses kriegszerrissene Land für die nächste Generation aus der Bahn werfen würde.

Und auch das Land, für das Will einen hohen Blutzoll geleistet hatte, stand auf dem Spiel. Wie oft hatte er gesagt, dass ihn Land nicht interessierte; aber das hatte er zu einer Zeit gesagt, zu der er noch kein Land besessen hatte, für das er verantwortlich war. Der Besitz war selbstverständlich an ihn gefallen, aber niemals hätte er Senna von dort vertrieben.

Er würde es auch jetzt nicht tun. Denn das Geschäft gehörte ihr, seit sie ihren Vater mit ihrer Mitgift von seinen Schulden losgekauft hatte. Damals, nachdem ihr Ehemann gestorben war. Durch einen Dolchstoß mitten ins Herz.

Räuber seien es gewesen, hatte Senna behauptet und Zeter

und Mordio geschrien. Der Übeltäter war niemals ausfindig gemacht worden.

Will hätte diese Tat liebend gern selbst begangen, wenn Senna es nicht getan hätte. So, wie ihr Gesicht nach nur einer einzigen Nacht der Ehe ausgesehen hatte, hätte jeder Mann Mordpläne geschmiedet. Damals hatte es Will angespornt, Senna jeden Kniff mit der Klinge und dem Bogen zu lehren, den er in seinem beachtlichen Repertoire hatte.

Aber jetzt besaß Will Land. *Land.* Und trotz seiner lässigen Behauptungen des Gegenteils wünschte er sich nichts sehnlicher als das.

Ihm war durchaus klar, dass er nicht viel über Irland wusste. Ganz gewiss nicht genug, um beurteilen zu können, ob Rardove ihm die Wahrheit über die Iren und deren mangelnde Ehre erzählte oder nicht. Es spielte keine Rolle. Sie hatten Senna, und er würde jeden Iren mit dem Schwert durchbohren, um sie zurückzubekommen. Jeden einzelnen.

Mit einem kleinen Stoß der Sporen trieb er das Pferd in einen leichten Galopp. Wills Männer taten es ihm nach, und das Land flog unter den wirbelnden Hufen nur so dahin, als sie zu de Valerys Festung ritten.

Kapitel 39

Auf einer kleinen Höhe blieben Finian und Senna stehen. In der Ferne erkannte sie einen schmalen Wasserlauf, der im Mondlicht silbrig glänzte und zwischen den Bäumen dahinfloss.

»Hinauf mit dir, Senna.«

Sie schaute sich um. Die Blätter an den Bäumen waren offenkundig grün, aber jetzt in der Nacht sahen die Zweige aus wie eine einzige dunkle Masse. »Wo hinauf?«

Er zeigte auf eine schmale, hölzerne Plattform, die vom Geäst des Baumes fast gänzlich verborgen wurde.

»Ein Hochsitz!«, rief sie.

»Wenigstens eine Sache, für die ich den Engländern aufrichtig dankbar sein kann.«

Senna kletterte als Erste die Strickleiter hinauf. Oben angekommen, schob sie sich durch das Bodenloch und rutschte rückwärts hinein, um für Finian Platz zu machen. Sein Kopf tauchte in der Öffnung der Plattform auf. Er schob sich hindurch, zog die Strickleiter hoch und schloss die Luke.

Die hölzerne Plattform war etwa drei Schritte breit und umschloss sichelförmig den dicken Stamm. Die Nacht war vollkommen still, nur die Blätter raschelten beständig in der leichten Brise.

Finian setzte sich an den Rand des Bodens und ließ die Beine hinunterbaumeln, während die Nachtwinde wie Federn über das Land strichen. Er schaute Senna an, streckte den Arm aus und zog fragend die Brauen hoch. Sie lächelte und schlüpfte an seine Seite. Finian schlang den Arm um ihre Schulter und wies mit dem Finger auf das Tal, das unter ihnen lag.

»Siehst du das Land dort unten, Senna?«

»Ja, das sehe ich.«

»Es gehört deinem Bruder.«

Ihr Lächeln verschwand. »Was?«

»Wusstest du nicht, dass er hier Land besitzt?«

»Nein.« Sie ließ den Blick schweifen. »Will spricht niemals über das, was er tut. Ich habe keine Ahnung, was er jemals erworben hat. Oder verloren.«

»Nein? Nun, ich dagegen brauche niemanden, der es mir sagt. Euer König Edward hat das Land genommen und es jemandem zugesprochen, dem er einen Gefallen schuldete. Deinem Bruder.«

Beide starrten auf das große Haus, das inmitten des Tals lag. Im Umkreis von etwa einer Meile waren die Wälder abgeholzt worden, und in der Mitte dieser Lichtung war ein hoher Hügel aufgeschüttet worden. Auf ihm war das herrschaftliche Haus errichtet worden, umgeben von einer Palisade aus gespitztem Holz.

Zudem lag am Fuße des Hügels ein kleines Dorf – ein paar Außengebäude, einige Hütten und Scheunen. Zu dieser nächtlichen Stunde war kein Dorfbewohner zu sehen, aber der mit Heu beladene Karren vor einem kleinen Stall bewies, dass es sie gab.

»Warum sagst du mir das?«

»Senna, möchtest du immer noch nach Hause?«

»Oh.«

»Was zieht dich dorthin zurück, Mädchen? Dein Geschäft, die Jagd nach Geld?«

»Nein, ist es nicht«, widersprach sie, obwohl sie eigentlich keinen Grund dazu hatte. Seine Worte hatten genau den Kern getroffen. »Welche Wahl habe ich denn?«

»Du könntest bei mir bleiben.«

Senna war klar, dass sie schockiert aussah. Der Mund stand ihr offen, und sie hatte die Augen aufgerissen, aber sie konnte ihre Überraschung einfach nicht verbergen. Finian wirkte vollkommen gleichmütig, als er ihren Blick erwiderte. Er hätte sie auch bitten können, ihr bei Tisch das Brot zu reichen.

»Wie bitte?«, brachte sie mühsam hervor.

Er streckte die Hand nach ihrem Haar aus und wickelte sich eine Strähne um die Finger. Dann beugte er sich über Senna und küsste sie leicht auf den Nacken. Rau tanzten die Worte über ihre Haut, als seine Lippen ihren Nacken streichelten. »Willst du bei mir bleiben?«, wisperte er.

»Ich ... ich ...«

Finian fuhr mit der schwieligen Fingerspitze an ihrer Kehle hinunter und hielt kurz über dem Tal zwischen ihren Brüsten inne. »Ist das ein *aye*?«, fragte er lächelnd.

Wie beschämend, dass ein einziger Ire es fertigbrachte, ihr jeden klaren Gedanken zu rauben. Sogar die Verwalter des königlichen Haushalts und die Kanzler der Abtei St. Markus waren vor ihrem Verhandlungsgeschick in die Knie gegangen. Finian fragte einfach nur *Willst du?*, und sie stammelte praktisch unter Tränen ein Ja.

Finian lehnte sich nach vorn und forderte ihre Lippen. Sie bohrte den Zeigefinger in seine Brust und hielt ihn auf Abstand.

»Nein«, korrigierte sie, »das ist es nicht. Warum fragst du?«

Er sah erschrocken aus und kratzte sich am Kopf. »Warum? Du fragst, warum?«

Das hatte sie wirklich noch nie gesehen: ein kluger Mann, der sich durch eine solch einfache Frage aus der Fassung bringen ließ.

»Ja, das frage ich dich«, bekräftigte sie. »Also: warum?«

»Warum . . .«, er blickte sich ungläubig um, ». . . weil es im Anwesen deines Bruders nicht sicher ist.«

»Warum hast du es dann überhaupt erst vorgeschlagen?«

»Damit du die Wahl hast«, brummte er, »damit ich vielleicht einen winzigen Hauch anders sein kann als andere Männer.«

Einen winzigen Hauch. Ihr war zum Lachen zumute. Finian war wie ein Stern, den man durch diese neuartigen Gläser betrachtete, durch die man alles größer und genauer sehen konnte. Es war hoffnungslos. Sie war in jemanden verliebt, der die unbeholfenen Bekundungen ihrer Zuneigung nicht brauchte. Warum sollte er auch?

Und genau hier lag die Wahrheit: Finian brauchte sie nicht. Er begehrte sie, aber er brauchte sie nicht. Daher war es nur eine Frage der Zeit, bis es mit ihnen ein Ende hatte.

Senna fehlten die Worte, um zu beschreiben, was sie für ihn empfand. Wenn er sie anlächelte, sie neckte, ihr geduldig zuhörte. Und es gab tatsächlich keine Worte, um auszudrücken, wie sie sich fühlte, wenn er sie berührte. Wenn er sie mit einer Mischung aus Verlangen und Zuneigung anschaute. Es wollte ihr schier das Herz zerreißen.

Und jetzt bot er es ihr an. Bot an, ihr Herz zurückzugeben, aufs Neue gebrochen, jeden Morgen, wenn sie erwachte und sich in Erinnerung rief, dass er niemals wirklich ihr gehören würde. Hatte er das nicht sonnenklar gemacht? Nur ein Narr würde glauben, es könnte anders sein.

Vielleicht würde er eines Tages heiraten, um seines Ranges willen und um Erben zu zeugen. Aber um Liebe ginge es nicht. Und sie würde dabei keine Rolle spielen.

Finian lenkte sie ab, fuhr mit der Hand an ihrem Bein hinauf, strich mit den Lippen über ihren Nacken und ihre Kehle. Die Fingerspitzen glitten über ihren Oberschenkel, vor und zurück, und über ihren Hintern.

»Ist es wegen der Farben?«, fragte Senna ohne Umschweife und hoffte geradezu, dass es so war. Denn wenn es sich tatsächlich so verhielt, dann war es ein dunkler Fleck auf der Rüstung eines Mannes, der in ihren Augen so hell strahlte, dass ihr beinahe das Herz wehtat.

»Nein.«

»Warum dann?«

Er küsste sie, und obwohl sie ihn zuvor noch daran gehindert hatte, ließ sie ihn jetzt gewähren. Wieder verteilte er kleine Küsse an ihrem Nacken hinauf, leichte, heiße Regentropfen, jeder gefolgt von einem zarten Knabbern, dass ihr Lustschauder über die Brust jagte und ihre Knospen hart werden ließ. Dann kam er zu ihren Lippen.

Sein Mund strich sanft über ihren, und die Berührung war so zart, dass sie mehr seinen warmen Atem spürte als den Kuss. Er küsste sie so, als ob sie alle Zeit der Welt hätten, so als ob sie einen Wohlgeschmack bot, so neu und so köstlich, wie es für seine Lippen und seine Zunge noch nie gewesen war.

Finian brachte sie dazu, den Mund zu öffnen, und begann mit einer langsamen, unwiderstehlichen Eroberung, tauchte mit der Zunge tief in die feuchte Höhle ihres Mundes ein. Seine Hände glitten über ihre Hüften und schoben ihre Strümpfe mit einem geübten Griff hinunter zur Mitte ihrer Schenkel. Dann schob er ein Knie zwischen ihre Beine und presste seine harte Männlichkeit an ihren Schoß.

»Du bleibst doch, oder?«, murmelte er an ihrem Ohr. Sein Atem ging heiß und schwer.

»Du machst mich ganz wirr im Kopf«, beklagte sie sich.

»Nicht nur im Kopf. Überall. Bleib bei mir.«

»Warum fragst du?«

Finian schob den muskulösen Schenkel zwischen ihre Beine und presste sich gegen alles, was an ihr pochend und nass war.

»Deshalb«, brummte er und klang vollkommen überzeugt. Sie war es. War davon überzeugt, dass sie ohne ihn nicht leben konnte.

Er rieb den Schenkel auf und ab, und Senna bog sich zu ihm, klammerte sich mit den Fingern in sein Haar.

»Deshalb.« Er küsste ihr Ohrläppchen – und sandte damit Wellen der Erschütterung in ihr Innerstes. Sie schmiegte sich an ihn. Schamlos und verloren. »Und deshalb.«

Finian legte die Hand auf die Stelle über ihrem Hintern und brachte Senna dazu, sich noch enger an ihn zu schmiegen.

»Und weil ich dich so sehen will, Senna«, stieß er aus. Es klang fast wie ein wütendes Knurren. Dann senkte er den Kopf, nahm durch den Stoff der Tunika ihre Knospe zwischen seine Zähne und biss zu, so fest, dass es ihr beinahe wehtat.

Die Lust explodierte in Senna, und bevor sie wusste, wie ihr geschah, riss sie sich mit ihm zusammen die Strümpfe von den Beinen. Aber in dem Moment, als er in sie eingedrungen war, holte die Wirklichkeit sie schmerzhaft ein.

Senna stemmte die Hand auf seine Brust. »Ich bin ein wenig wund«, wisperte sie.

Sofort zog er sich aus ihr zurück. Sie war einerseits erleichtert, andererseits enttäuscht, und gestand leise ein, dass sie sich hin und her gerissen fühlte.

»Ist in Ordnung, kleine Lady«, murmelte er und küsste sie wieder. Doch das war für sie unannehmbar. Wenn sie sich schon dafür entschied, sich in einen Abgrund vollkommener Lust und ungewisser Zukunft zu stürzen, dann durfte sie sich nicht mit Halbheiten zufriedengeben.

»Aber ich könnte etwas anderes ausprobieren«, murmelte sie.

Seine Lippen an ihrem Nacken hielten inne. »Zum Beispiel?«

»Ich könnte versuchen zu tun, was ich schon einmal versucht habe. Das . . .«

Sie spürte, wie seine Lippen an ihrem Nacken sich verzogen. »Was versuchen, Senna?«

»Bei dir das zu machen . . .« Ihre Stimme verklang. »Ich habe noch nie mit dir gemacht, was du mit mir gemacht hast. Mit deinem Mund.« Sie hielt den Kopf gesenkt. »Wir haben . . . andere Dinge getan. Aber ich möchte es so tun . . .«

»Dann tue es«, sagte er leise, aber doch heftig.

Senna kniete neben Finian nieder, der sich mit dem Rücken gegen den Baumstamm lehnte. Sie band seine Strümpfe auf, schlug den Stoff zur Seite und seufzte, als seine heiße und mächtige Männlichkeit entblößt war.

Zögernd ließ sie die Fingerspitzen über seine Länge gleiten, über die samtige Haut, und sie spürte, wie sie sich seidig über der Härte darunter bewegte. Finian zitterte leicht. Sie schaute auf.

»Darf ich . . .«

»Was immer du willst«, raunte er. Den Rücken hatte er immer noch gegen den Baumstamm gelehnt. Er hatte ein Bein angewinkelt und das andere ausgestreckt. Seine Hand lag leicht auf ihrer Hüfte. »Du kannst machen, was du willst.«

Lächelnd beugte sie sich über ihn, atmete tief und sog den warmen Mandelduft ein. Dann öffnete sie den Mund und ließ die Zunge langsam an seiner Erektion hinuntergleiten.

Finian stieß langsam den Atem aus den Lungen. Die Hand an ihrer Hüfte rührte sich nicht.

Senna wurde mutiger. Sie stützte sich auf den Ellbogen, beugte sich tiefer und umschloss ihn mit der anderen Hand. Seine schweren Hoden drückten sich in ihre Hand. Sie fühlten sich heiß an und waren mit dunklem drahtigem Haar bedeckt.

Ungeduldig neigte sie den Kopf zur Seite und fuhr mit den Zähne ganz sanft über den Schaft.

Finian holte hörbar Atem. »Mach das noch mal«, stieß er aus.

Sie bewegte sich leicht.

»Nein«, befahl er mit straffer Stimme und schob ihr das Haar aus dem Gesicht. »Dreh den Kopf zur Seite. Ich will dich dabei sehen.«

Heiße Lust durchflutete Senna. Zwischen ihren Schenkeln pulsierte es, und sie war nur zu bereit für ihn. Wieder strich sie mit den Zähnen über ihn, öffnete dieses Mal leicht den Mund ein wenig mehr und zupfte sanft, aber doch mit zunehmender Entschlossenheit an seiner seidigen Haut. Und ließ die Zunge folgen. Finians Hand schloss sich fester um ihren Hinterkopf.

Sie schaute auf. Er beobachtete sie wie aus weiter Ferne und lehnte sich immer noch in trügerischer Ruhe an den Baum. Aber sie hörte, dass sein Atem schneller ging, spürte, wie er sich zitternd beherrschen musste, und zwar in jedem einzelnen Muskel, den er ihr überlassen hatte.

»So vielleicht?«, wisperte sie und genoss es, sich so mächtig zu fühlen.

»Nein«, murmelte er mit belegter Stimme. Sein gefährlicher Blick war düster vor Verlangen.

Sie bebte.

»Nimm mich in den Mund.«

Die Hitze schien förmlich durch ihren Unterleib zu peitschen. Seine Hand glitt auf ihren Rücken. Es dauerte nicht lange, bis er mit den Fingern zwischen ihren Schenkeln spielte, mit dem Daumen in ihre Nässe eindrang und Senna aufwimmern ließ. Sie glitt mit dem Mund an seiner Länge auf und ab, bewegte den Körper vor und zurück und bemerkte gar nicht mehr, dass sie auf hartem Holz kniete.

»Halt dein Haar hoch«, befahl er leise und fordernd. Sie gehorchte und schob das Haar mit einer Hand zurück, sodass er sehen konnte, wie sie ihn der Länge nach leckte.

»Saug an mir.«

Wieder schoss ihr die Hitze durch den Unterleib. Sie wusste, dass sie wimmerte. Sie wiegte sich auf den Knien hin und her und war hilflos angesichts ihrer unbändigen Leidenschaft. Dann nahm sie ihn auf und saugte an ihm – seine schwere Hitze füllte ihren Mund. Sie atmete ihn ein, verschlang die harte und pulsierende Männlichkeit, die ihre Lippen umschlossen.

Senna spürte seine fordernde Hand zwischen ihren Schenkeln. Sein harter Finger drängte sich in sie hinein, der Daumen rieb über ihre empfindlichste Stelle. Sie stöhnte auf, ihr Mund umschloss noch immer seinen Schaft.

Ein leises Geräusch drang ihm aus der Kehle, als er sich plötzlich bewegte. Als sie sich aufrichtete, streckte Finian sich auf dem Boden aus, Senna kniete neben ihm.

»Dreh dich um und setz dich mit gespreizten Beinen über mich«, befahl er mit belegter Stimme. »Und dann mach da weiter, wo du aufgehört hast.«

Senna erstarrte und blickte ihn schockiert an. Er wollte an dem warmen, engen Platz zwischen ihren Schenkeln sein; und er wollte, dass sie über seinem Gesicht kniete.

»Senna«, stieß er aus, und es klang wie ein Knurren.

Wieder strich er mit den Fingern zwischen ihren Schenkeln entlang, kreiste mit dem Daumen über ihrer Perle und drückte sich dann plötzlich hart hinein. Sie keuchte laut und beugte sich vor zu seiner Erektion. Finian ließ die Hand unter ihren Bauch gleiten und übte Druck auf ihre andere Hüfte aus, sodass Senna gezwungen war, näher zu ihm zu rücken. Schließlich nahm er eines ihrer Knie in seine Hände und hob es über sich, bis sie über ihm grätschte.

»Finian?«

»Genieß es einfach«, raunte er heiser und stieß sich hoch auf die Ellbogen, leckte an ihren heißen nassen Falten und spielte mit der Zunge an ihr.

Ihr Körper begann zu summen, und es war, als würden helle Flammen in ihr züngeln. Sie stützte sich auf die Ellbogen, atmete seinen warmen, würzigen Duft ein und saugte wieder an ihm, an seiner harten und pulsierenden Männlichkeit, an seinem heißen, steifen Schaft.

Seine Zunge reizte sie mit geübter Sinnlichkeit, leckte sie in langen, sanften Zügen und tanzte dann heftig mit ihr, so zuversichtlich war er, dass der abrupte Wechsel ihr gefallen würde. Und das tat er auch. Er sog ihr Fleisch tief in seinen Mund und drückte die Spitze seiner Zunge in sie hinein. Wieder und wieder. Mit den Zähnen glitt er ganz sanft über ihre empfindlichste Stelle, bändigte die Gefahr, zwickte sie aufreizend und saugte dann wieder, härter, fester, es zerrte und pulsierte in ihr, bis sie innerlich vor Verlangen nach ihm schrie.

Nur für den Bruchteil einer Sekunde stellte sie sich vor, wie er jetzt aussah – auf die Ellbogen gestützt, das Gesicht ihr zugewandt, und diese kurze Vorstellung reichte, um sie in einen erschütternden und explosiven Höhepunkt eintauchen zu lassen. Senna warf den Kopf zurück, schrie auf und erinnerte sich an nichts mehr außer an die vollkommene Ekstase aller Empfindungen, die er in ihr geweckt hatte.

Als sie in die Wirklichkeit zurückkehrte, schmiegte sie sich in seine Arme. Sie saß auf seinem Schoß und zitterte noch immer. Finian saß gegen den Baum gelehnt und schien vollkommen ruhig. Steinhart, gefasst und beherrscht, durch und durch eine männliche Macht, den Arm um ihre Schulter gelegt.

»Ich weiß, dass ich es hatte«, wisperte sie, »aber was ist mit dir?«

»Kannst du dich nicht erinnern?« Er schien sich zu amüsieren.

»Nicht genau.«

»Aber niemand hatte ein bessere Sicht als du.« Er schloss den Arm fester um ihre Schulter.

Beinahe hätte sie gehustet. »Ich muss wohl besser aufpassen«, brachte sie nur heraus.

»Oder ich muss dich mehr beeindrucken.«

Senna lehnte den Kopf an seine Brust. »Ich denke, du warst beeindruckend genug«, murmelte sie.

Kapitel 40

Finian lachte erschöpft.

Die Luft war kühl, aber trotzdem weich; es war ein milder Herbst. Die Ernte war gut gewesen. Die Kühe hatten den Sommer auf den oberen Weiden verbracht und würden bald heruntergetrieben werden. Unter den vorspringenden Holzdächern der Schuppen würde man quadratische Torfblöcke lagern, um sie in den kalten Winternächten zu verfeuern, und der Geruch nach Meer würde sich wie eine Welle über das Land legen.

Er hatte keine Ahnung, warum der Geruch im Herbst immer so heftig kam. Vielleicht lag es daran, dass das Laub von den Bäumen fiel und dem salzigen, wilden Duft den Weg frei machte.

Das Blut würde ihm heftiger durch die Adern rauschen, und weil sich alles auf den Winter vorbereitete, würde auch Finian unruhig werden. Unzufrieden damit, Harnische zu reparieren und am Feuer Geschichten zu erzählen. Unzufrieden damit, den umherziehenden *Seanchuich* zu lauschen, die ihre Poesie webten und ihre Geschichten erzählten und ihre Lobpreisungen über den König sangen, der sie gerade am besten bezahlte. Die schlichten, stillen Freuden des Winters übten keine Anziehung auf ihn aus.

Und doch, jede Jahreszeit brachte sein Blut in Wallung, feuerte sein Verlangen an, unterwegs zu sein, die Welt zu sehen und zu berühren und etwas zu unternehmen.

Aber in den letzten fünf Jahren oder gar noch länger war es eine ermüdende Angelegenheit gewesen. Kein Jubel, keine Freude über Entdeckungen und Erfahrungen. Kein Nervenkitzel, wenn er Neuem gegenüberstand, sondern nur die enttäuschende Erkenntnis, dass das kein Weg war, ein Leben zu leben. An einem bestimmten Punkt würde er alles schon einmal erlebt haben, ganz gleich, was die anderen sagten. Die Geschichten von Finians abenteuerlichen Heldentaten auf dem Schlachtfeld waren beinahe legendär. Die kleinen Jungen – und auch die jungen Männer, wie er glaubte – betrachteten ihn mit einem Blick, der an Ehrfurcht grenzte.

Es ermüdete ihn.

Aber die Art, wie Senna ihn anschaute, ließ ihn hellwach werden. Lebendig. Kraftvoll. Im Innersten erkannt und geliebt.

Ja, Senna fügte sich wunderbar in jeden versteckten Winkel seines Herzens. Sogar in diejenigen, von denen er noch gar nicht gewusst hatte, dass es sie überhaupt gab.

Sie schmiegte sich an ihn. Ihr runder Hintern glitt kühl über seine Oberschenkel. Sie schwang ein Bein über ihn, hockte gespreizt über ihm.

Er schloss die Hand fester um ihre Hüfte. »Ich dachte, du bist wund.«

»Ja, das bin ich. Aber etwas anderes bin ich noch viel mehr.« Sie rutschte mit den Hüften hin und her, ohne dass er sie lenkte, bis sie genau richtig über ihm war, damit er in ihre wartende Hitze eindringen konnte.

»Genauso bin ich auch«, murmelte er. Lächelnd küsste sie ihn auf die Stirn. Er küsste ihr Kinn. Sie küsste seine Nase. Er liebkoste ihren Nacken.

Einen kurzen Moment bewegten sie sich zusammen, ganz langsam, und hielten einander. Er berührte ihre Brust, küsste sie, langsam und noch langsamer. Es war eine bedächtige aufmerksame Liebe; eine Hand hatte er auf ihren durchgebogenen Rücken gelegt, die andere auf ihre Brust, bevor er sie in ihr Haar wühlte, ohne den eindringlichen Blick von ihrem Gesicht zu lösen. Senna hatte die Augen halb geschlossen, war ganz in ihn versunken und doch offen für ihn, und es war mehr als nur gut.

Dann lehnte sie sich nach vorn, um ihn zu küssen, und schlug die Augen auf. Ihr Gesicht schimmerte hell.

Das war der Moment, in dem er es hörte.

Soldaten. Marschieren. Ein Heer.

Senna spannte die Beine an, aber davon abgesehen rührten sie sich nicht. Ein Reiter rief einem anderen etwas zu. Jemand kam auf die Lichtung.

»Kundschafter«, flüsterte Finian in ihr Haar, das genauso zitterte wie ihr übriger Körper. Winzige Zuckungen der Angst. Finian wickelte eine dicke Strähne ihres Haars um seine Finger und zog ihr Gesicht dicht an seins. Ihre Lippen streiften sich.

»Schweig.«

Die Reiter trotteten auf die Lichtung. Außer den Hufen der Pferde auf dem Lehmboden war kein Geräusch zu hören; es hörte sich an wie Hammerschläge auf altem, verrottendem Holz. Hin und wieder klirrte Metall auf Metall, und wie immer schien das Leder zu stöhnen. Sättel, Beutel, Rüstungen, alles knirschte und knarzte wie alte Türen.

»Nein, im Tal ist's besser«, sagte einer, »da gibt's Wasser und ein paar Hütten im Dorf, die wir in Beschlag nehmen können.«

Seine Gefährten ritten rund um den Hügel. »Von hier oben haben wir einen besseren Ausblick.«

Die drei stellten die Pferde nebeneinander auf und starrten auf das Land unter ihnen. Fast direkt unter dem Baum mit dem Hochsitz, aber doch so weit seitlich, dass Finian sie beobachten konnte. Und die Männer ihn, falls sie nach oben schauten.

Zum ersten Mal bedauerte er, dass Sennas Haar ihn kitzelte.

Atemlos und starr hockten sie auf dem Hochsitz und warteten. Finians Muskeln fingen an zu verkrampfen, als er mit angewinkelten Knien verharrte und Senna mit gespreizten Schenkeln auf ihm saß. Er spürte, wie die Innenseiten ihrer Schenkel hauchzart gegen seine zitterten. Die Knie hatte sie auf den Holzboden gedrückt und hielt sich in halb kauernder Stellung. Ihre Gesichter berührten sich beinahe.

»Mein Messer«, wisperte sie gegen seine Lippen, »genau an deiner rechten Hand.«

Ihre Augen waren nur wenige Zoll voneinander entfernt, als ihre Blicke sich begegneten. Er nickte kaum merklich.

Ein paar Minuten lang regte sich nichts. Auch nicht die Soldaten. Dann bewegten sich die Pferde, scharrten mit den Hufen, zerrten an den Zügeln, um an das Gras zu gelangen; aber davon abgesehen war das Mondlicht das lauteste Geräusch.

»Los, weiter«, murmelte einer der Reiter plötzlich, »am Fluss ist es besser. Geschützter.«

Der andere stimmte zu und gemeinsam versuchten sie, den Soldaten zu überzeugen, der dagegen war; der Mann saß auf dem kastanienbraunen Pferd und schien der Anführer zu sein.

»Weiß nicht. Die Aussicht hier oben ist so gut wie sonst nirgendwo«, widersprach er zögernd.

»Was brauchen wir 'ne Aussicht?«, schnauzte ein anderer. »Oder glaubst du etwa, du kannst den verdammten O'Melaghlin von hier aus am Horizont erspähen? Mitsamt seiner Hure.«

335

Zwischen den dreien brach ein kurzer Streit aus.

Finian bemerkte noch nicht einmal mehr, wie sehr sein Körper sich versteift hatte, bis Senna ihre Hüften nach unten presste und seine unbewusste Bewegung dämpfte.

»Hure, Verräter oder was auch immer«, sagte der Anführer schließlich, »mich kümmert das nicht. Rardove will demjenigen zwanzig französische Pfund zahlen, der die beiden fasst, bevor es in die Schlacht geht? Gut, ich werde sie fassen.«

Finian hörte zwar das Wort *Schlacht*, aber eigentlich waren für ihn Worte nicht nötig, um zu begreifen, was er beobachtete. Diese drei Soldaten waren kein Spähtrupp, ihnen folgte keine Schar schlecht aufgestellter Krieger auf der Jagd nach Vogelfreien; die drei dort unten waren die Vorhut eines Heeres, das sich sammelte, und es gab nur einen einzigen Mann, der mächtig genug war, das zu bewerkstelligen: Rardove.

Und Finian war sich vollkommen sicher, dass Senna sich dessen ebenfalls bewusst war.

Die Reiter setzten jetzt ihren Weg fort. Der Lärm, den das kleine Heer machte, wurde stärker, Zaumzeug klirrte, Stimmengemurmel war zu hören. Auf halbem Weg den Hügel hinunter hatten die Kundschafter sich mit anderen Soldaten getroffen.

»Der Fluss«, flehte Senna dicht vor seinem Mund, als wollte sie die Männer beschwören, sich einen anderen Ort zu suchen.

»Hier hinauf zur Lichtung«, hörten sie plötzlich den Reiter auf dem Kastanienbraunen rufen.

»Heilige Mutter Maria«, hauchte Senna.

Es dauerte keine Viertelstunde, bis das kleine Heer den Hügel hinaufgestampft war und sein Lager auf der Lichtung am Rande der Bäume aufgeschlagen hatte, etwa achtzig Fuß entfernt von der Stelle, an der Senna und Finian wie erstarrt mitten in ihrem Liebesspiel innegehalten hatten.

Sie zog sich einen Zoll zurück und starrte ihm direkt in die Augen. Voller Entsetzen.

»Im Morgengrauen werden sie wieder verschwinden«, stieß er leise aus, »und sie werden nicht im Traum daran denken, nach oben zu schauen. Hier sind wir in Sicherheit.«

»Ich weiß«, erwiderte sie, und die Traurigkeit in ihrer Stimme rührte aus einer abgründigen Tiefe, in der zu graben eigentlich nur sehr alte Frauen die Zeit haben sollten. »Hier oben bin ich in Sicherheit.«

Finians Hand fasste fester in ihr Haar. »Bei mir bist du in Sicherheit.«

Ihre Schenkel zitterten. »Bei dir bin ich in Sicherheit.«

Er senkte den Kopf. Seine Stirn berührte ihre. Am Rande der Lichtung kampierte die Truppe, derbe Stimmen und das Klirren von Waffen klangen zu Finian und Senna herauf wie das Gemurmel eines gefahrvollen Flusses. Über dem hell der Mond schimmerte.

Endlich bewegte Senna sich, sie konnte sich nicht die ganze Nacht aufrecht halten. Sie rutschte nach unten und bewegte sich auf Finian. Es wäre besser gewesen, sie hätte es nicht getan.

Finian hielt sie an den Hüften, um sie davon abzuhalten. »Senna...«

»Ich habe Angst.« Ihre Stimme klang so leise, dass es fast nur ein Hauch war.

»Ich weiß«, wisperte er zurück, fuhr mit den Händen über ihre Wangen und umrahmte ihr Gesicht.

»Ich mag es gar nicht, ängstlich zu sein.«

Wieder bewegte sie die Hüften. Ganz langsam. Finian bemerkte, dass Tränen seine Finger benetzten. Und ihre Wangen.

»*Shite*«, raunte er und zog sie an sich.

337

Langsam, ganz langsam und beinahe reglos wiegten sie sich hin und her. Lange Zeit lehnte sie sich mit der Stirn an seine, und er legte die Hände auf ihren Rücken. Sie bewegten sich und wollten nichts anderes, als nur sich halten und gehalten werden.

Aber weil er tief in ihr war, über ihr feuchtes, empfindsames Fleisch glitt, fing sie an, härter zu stoßen und stärker zu drängen, ohne schneller zu werden – das wagten sie nicht –, nur härter, verzweifelter, mit größerer Kraft. Sie spreizte die Beine, so weit sie nur konnte, drückte sich nach unten, so fest es nur ging, und es war ihr immer noch nicht genug.

Finian hob die Hüften kaum merklich an, versuchte, ihrem offenkundigen und verzweifelten Verlangen entgegenzukommen; nur dass sie es nicht riskieren durften, sich heftiger zu bewegen.

»Mehr«, wimmerte sie.

Er stieß ein kaum hörbares Gelächter aus. »Jesus, Senna, mir sind die Hände gebunden.« Ein verhaltener, aber sehr wirksamer Stoß mit den Hüften brachte sie dazu, sich noch heftiger zu winden.

»Mehr.« Sie lehnte sich an sein Ohr und bettelte. »Ich brauche mehr.«

Mit den Handflächen schob er sie ein Stück von sich. Als er im Mondschein ihrem Blick begegnete, sah er so gefährlich aus, als wollte er seine Beute taxieren. Er umklammerte ihre beiden Handgelenke und führte sie auf ihren Rücken, wo er sie in seinem Griff gefangen hielt.

Die andere Hand schloss er sehr sanft und gleichzeitig sehr kraftvoll um ihre Kehle und übte gerade so viel Druck aus, dass sie seine Zurückhaltung noch spüren konnte. Gefährlich und erotisch. Dann beugte er sich hinunter und sog mit seinen heißen Lippen an ihrer Brust.

Senna ließ den Kopf nach hinten sinken und stöhnte leise. Ihre Hüften bewegten sich noch immer, und mit einem kleinen, aber heftigen Stoß nach oben rammte er sich noch tiefer in sie hinein.

Es war, als würde er ihren Körper in- und auswendig kennen, denn der veränderte Winkel brachte es mit sich, dass sie ihn deutlicher spürte, weil er sie viel weiter oben berührte. Er stieß gegen zitterndes, zuckendes Fleisch, glitt auf qualvolle Art langsam in ihr auf und ab. Und jeder kleine Stoß ließ das seidene Seil noch fester werden ... das Seil, das sie mit seiner Lust verband und das sich von ihrem Schoß bis zu ihren Brüsten zu spannen schien und dann wieder an der Rückseite ihrer Schenkel den Rücken hinauf ...

Finian verstärkte den Griff um ihre Handgelenke und um ihre Kehle, ohne den Blick von ihr zu wenden, drückte sie, schob sie. Heiße, flache Blitze aus purem Verlangen schienen durch sie zu schießen. Sie wimmerte fast lautlos und bog den Rücken durch. Er schloss die Zähne um ihre Knospe und spielte mit der Zunge so heftig über sie, dass es sie beinahe schmerzte.

Zitternd schmiegte Senna sich in seine Arme.

»Ist das gut für dich?«, raunte er.

»Aye«, wisperte sie, »mehr.«

»Wie viel mehr?«, flüsterte er heiser.

»Nicht aufhören. Noch viel mehr.«

Er knurrte leise, als hätte er sich in ein Tier verwandelt, bevor er ihre Handgelenke losließ und sich leicht aufrichtete, um mit der Hand über ihren schweißbedeckten Rücken und ihren Hintern zu streicheln. Jede Bewegung war langsam, so qualvoll langsam, dass es wehtat. Finian ließ die Hand zwischen ihre Schenkel gleiten, zwischen seine, dorthin, wo sie miteinander verbunden waren. Mit den Fingerspitzen umkreiste er ihre schlüpfrige Nässe, spielte über ihren Rücken und streichelte ihren Hintern. Langsam, ohne je innezuhalten.

Stöhnend ließ Senna die Stirn auf seine Schulter sinken. Er tastete mit der Fingerspitze zwischen ihre weichen runden Backen und drückte fest.

»Oh, du lieber Himmel«, stöhnte sie so erregt, dass er es wieder tat und mit dem Finger ein wenig tiefer eindrang.

»Oh«, keuchte sie, und Finian hatte keine Ahnung, ob es am Schmerz lag oder an der Lust oder an beidem.

»Noch mehr, Senna?«, stieß er aus und erkannte kaum seine eigene Stimme, so tief und sinnlich klang sie. »Willst du noch mehr?«

Der Atem ging ihr in explodierenden Stößen, und sie biss Finian in die Schulter, während sie sich mit den Hüften sehr, sehr, sehr langsam auf ihm bewegte. Er konnte keinen klaren Gedanken mehr fassen.

Zitternd schmiegte sie sich in seine Arme, hatte die Knie nach außen geschoben, sodass sie auf seinem Oberkörper lag. Ihre weichen Pobacken schlossen sich fest um seinen Finger, während sich ihr Körper zitternd auf und ab wiegte.

»Gefällt dir das?«, flüsterte er.

Sie schluchzte leise an seiner Schulter, biss ihn, zitterte, stieß ihn zart und verzweifelt mit den Hüften, öffnete sich ihm.

»Du sollst mich voll und ganz in dir spüren«, raunte er heiser.

Sein Finger war schlüpfrig von ihrer Nässe, als er ihn noch härter in sie drückte, und er hielt inne, als sie wie in einem stummen Schrei den Kopf zurückwarf. Finian drückte und ließ locker, immer wieder und mit immer stärkerem Druck auf ihre empfindliche Öffnung, bis sein Finger in ihr war und er spüren konnte, wie es in ihr zu zucken begann, mit seinem Schaft und seinem Finger in ihr.

Er schloss die Lippen über ihren, als die Lust gleichzeitig in ihnen ausbrach, als sie auf dem Höhepunkt förmlich zerbarst und er sich in hartem, rhythmischem Pulsieren in ihr verströmte, als nichts zu hören war außer ihren Schluchzern, die er mit seiner Schulter dämpfte, und den Worten, die sie in seinen Mund wisperte, *ich liebe dich.*

Als sie später schlaff und erschöpft in seinen Armen lag und seine Kräfte zurückgekehrt waren, senkte er ihren Körper Zoll für Zoll auf den Boden des Hochsitzes und schmiegte sie eng an sich. Das Heer war inzwischen fast vollständig zur Ruhe gekommen. Nur noch ein paar kleine Feuer flackerten; ein oder zwei Wachen hockten daneben und machten gelegentlich die Runde. Niemand außer Senna und Finian war noch wach. Auf dem längsten Ast des Baumes hatte sich eine Eule niedergelassen, blinkte mit ihren hellen grünen Augen und wartete auf unachtsame Geschöpfe, die sich als Beute anboten.

Senna stützte sich leicht auf und blickte Finnian über die Schulter an. Feuchte Haarsträhnen klebten ihr an den Wangen, und die Lider hatte sie vor Lust halb geschlossen. Sie sah erschöpft und befriedigt aus – und zauberhaft.

»Du hast es gehört, nicht wahr?«, wisperte sie. »Das, was ich gesagt habe.«

Finian zog sie zu sich herunter und drückte ihr einen Kuss auf die Stirn, schlang den Arm um ihren Bauch und zog sie an seine Brust. »Schlaf, wenn du kannst. Ich halte Wache. Morgen werden wir ein Pferd für uns auftreiben. Und am Abend werden wir bei O'Fáil sein.«

Als ob damit auch nur ein einziges Problem gelöst wäre.

Kapitel 41

In der nebligen Morgendämmerung Dublins stieg ein Trupp Söldner missmutig auf die Pferde. Aber jeder einzelne unter ihnen wusste, dass es auch schlimmer hätte kommen können. Der Sold war gut, die Beute noch besser. Es gab schlimmere Anstellungen als beim Gouverneur des Königs in Irland.

Wogan saß reglos im Sattel seines Pferdes und beobachtete die Soldaten, während sie aufsaßen. Es war, als würde die Nebelwand das Geräusch ihrer Stiefel und des knarrenden Leders zurückwerfen.

Immer auf dem Marsch, immer in der Schlacht. Hier etwas nehmen, dort etwas geben, nur um es anschließend wieder zu nehmen. Den irischen König auf den Thron hieven und wieder absetzen, Männer aus der Geiselhaft oder aus einer Belagerung befreien, guten Männern Aufgaben anvertrauen und die toten begraben. Wogans Gesicht gab nichts preis; er war wie eine gemeißelte Skulptur, deren Anwesenheit die Männer noch schneller aufsitzen ließ, wenn er die grauen Augen auf sie richtete.

König Edward würde in Kürze folgen, aber Wogan hatte Befehl, nicht zu warten. Der König hatte Neuigkeiten erhalten, die ihm ganz und gar nicht gefielen. Wogan sollte anfangen, sich um die Angelegenheit zu kümmern. Schon bald würden die Iren begreifen müssen, welche Bedingungen der König stellte. Sie würden sich unterwerfen – oder sterben.

Wogans Fingerspitzen fühlten sich feucht und kalt an. Wie geistesabwesend hauchte er sie mit seinem warmen Atem an, während er sich im Sattel aufrichtete. Der Wallach schnaubte, als sein Reiter sich so plötzlich bewegte, und begann zu tänzeln. Wogan sprach ein paar sanfte Worte, und das Pferd beruhigte sich.

Er drehte sich um und schwenkte in einer ausholenden Bewegung den Arm. Das Gefolge machte sich im Nebel auf den Weg in den Norden Irlands, wo es mit dem Teufel zuging. Es stand zu erwarten, dass sie gut vorankommen würden.

Der Feind würde ihn lange nicht kommen sehen. Und wenn er die Gefahr schließlich doch erkannte, würde es zu spät sein.

Als die Sonne schon weit im Westen stand, hob Finian die Hand und zeigte auf das Tal unter ihnen.

»Das ist O'Fáils Land.«

Senna nickte bedächtig, doch ihr Herz pochte wie wild. Ihr ganzes Leben hatte sie auf einem abgelegenen Anwesen verbracht, war sie auf ihr Geschäft und ihre Rechnungsbücher konzentriert gewesen. Genau so, wie sie es immer vorgehabt hatte. Finian schien es leid zu tun, was sie letztlich hatte erdulden müssen und welchen Verlust sie erlitten hatte. Aber sie selbst hatte es noch nie so gesehen.

Als junge Witwe hatte sie einen Beschluss gefasst, der über ihr gesamtes weiteres Leben entscheiden sollte. Sie hatte eine Färberei gekauft und sie zur Blüte getrieben, hatte ihren Bruder aufgezogen und dafür gesorgt, dass den künftigen Generationen ein einträgliches Anwesen blieb, nachdem ihr Vater das Geschäft verspielt hatte. Jenen Generationen, die bestimmt niemals kommen würden, wie sie plötzlich bewusst geworden war, denn weder Will noch sie schienen eine Neigung zu festen Bindungen zu haben. Heirat, Kinder und so weiter. Zu jemandem gehören.

Für ein solches Leben taugten sie nicht.

Sowohl ihr Bruder als auch sie führten jeder sein eigenes, schrecklich einsames Leben, nur miteinander verbunden durch das dünne Band geschwisterlicher Zuneigung, während ein dickes Seil sie an ihren Vater kettete. Ein Seil aus Schrecken, Abscheu und Trostlosigkeit.

Bis jetzt. Senna musste das Seil loslassen und sich mit Finian über den Rand dieser ganz besonderen und spektakulären Klippe stürzen.

Angestrengt versuchte sie, die wilden Locken zu einem Zopf zu binden. Es half wenig, in diesem Moment festzustellen, dass es sie erschreckte, anderen Menschen zu begegnen. Dass die selbst gewählte Absonderung ihren Grund nicht nur darin hatte, dass sie ganz einfach die Zahlen oder die Klarheit eines Vertrages allem anderen vorzog. Es hatte an der Angst gelegen – und es lag immer noch daran.

Das konnte Senna sich jetzt eingestehen. Angst hatte ihr gesamtes Leben beherrscht. Aus gutem Grund. Es gab vieles, wovor sie Angst haben konnte, und all das steckte in ihr, floss ihr durch die Adern wie Blut. Genau wie Blut.

Durch dasselbe Blut, welches ihr die Macht verlieh, die seltensten und begehrtesten Farben des Westens zu erschaffen. Durch Hexerei mit Farben. In der Tat. Eine Färbehexe, das war eine Frau, die sich mit schrecklichen, gefährlichen Dingen umgab. Die es zuließ, dass die Leidenschaft ihr Leben regierte. Inzwischen hatte Senna begriffen, dass sie keinen Hauch besser war als ihre Mutter.

Lange bevor sie das Burgtor erreichten, trafen sie auf Krieger, die Finian auf Anhieb erkannten. Kräftige Hände schlugen auf kräftige Muskeln, als die verloren geglaubten Krieger einander johlend auf den Rücken klopften.

»Finian O'Melaghlin, alter irischer Gauner«, brüllte einer lauter als alle anderen.

»Ah, beim Heiligen Patrick, wir dachten, Ihr wärt tot«, dröhnte ein anderer, und sie hörte seiner Stimme an, welche Verzweiflung dieser Gedanke ausgelöst hatte.

Ein stämmiger Arm schloss sich um seine Schultern, und Sennas Begleitung verschwand unter der herzlichen Begrüßung derer, die in Scharen zu den Toren kamen.

Jemand klopfte Finian auf die Schulter. »Mehr als gut, dass Ihr endlich wieder hier seid«, rief der Mann. »Es war schlimm, als wir dachten, dass Ihr mit den anderen gefangen genommen und getötet worden seid.«

»Schlimm genug, dass die anderen ermordet worden sind«, erwiderte er grimmig.

»Aye, so ist es«, bestätigte der Mann, »aber der König braucht alle seine Edelleute, und der Verlust wäre nicht zu verkraften, hätte er einen bedeutenden Lord und Ratgeber wie Euch verloren.«

Finian stieß nur ein unverbindliches Brummen aus. Aber Senna riss die müden Augen auf, als sie die englischen Worte hörte. Bedeutender Lord? Ratgeber? Ihr großer, kräftiger Krieger? Auf diesem Mann mit seinen respektlosen Witzen und seiner bodenständigen Art sollte die Gunst des Königs ruhen?

Lord Finian. Guter Gott im Himmel. Er war ein Edelmann.

Die anderen Burgbewohner begrüßten Finian und Senna, nachdem sie das Tor passiert hatten. Alte Männer, Frauen und ein Haufen Kinder schwärmten in den Hof aus oder hängten sich aus den Fenstern, riefen und winkten. Die nachmittäglichen Schatten zogen Streifen über den Burghof, und der goldene Schimmer eines Feuers bot den Hintergrund für die Gestalten, die sich wie Silhouetten vor ihm abhoben.

Die Frauen flatterten hin und her wie hellbunte Schmetterlinge. Rasch bemerkte Senna, dass sie sich in die Wangen knif-

345

fen und dass ihr Lächeln breiter wurde, als Finian ihnen den Blick zuwandte. Plötzlich schien sich Sorge auf ihre Brust zu legen.

Jemand näherte sich. Ein hochgewachsener Mann mit auffallend langen Haaren und mit einem Kilt bekleidet. Gleichmütig nickte er Finian zu. »Unser König wird mir nicht glauben, wenn ich ihm berichte, dass du wieder einmal um Haaresbreite dem Tod entronnen bist, O'Melaghlin. Ich hatte mich gerade auf den Weg gemacht, um deinen jämmerlichen Arsch zu retten.«

Finian drehte sich um. »Der Tag, an dem ich auf schottische Fremdlinge angewiesen bin, die mir den Arsch retten, ist in der Tat ein jämmerlicher.«

»Nein, ein ganz gewöhnlicher Tag«, erwiderte der Mann und verschränkte die Arme vor der Brust. »Ein Tag wie jeder andere. Ich habe dich so oft gerettet, dass ich es schon gar nicht mehr zählen kann.«

Finian schnaubte. »Du hast mich so viele Male unter den Tisch getrunken, dass ich es schon gar nicht mehr zählen kann. Aber gerettet? Nein, ich glaube nicht.«

»Doch, doch – gerettet. Aus diesem Grund hat The O'Fáil mich ausgesandt. Um dich zu retten. Wie üblich. Ich wollte gerade aufbrechen.«

»Aye. Du bist zu spät. Wie üblich.«

Die beiden Männer starrten einander an. Dann umarmten sie sich plötzlich und schlugen sich herzlich auf den Rücken. Diese Männer schätzen es offenbar, sich abzuklopfen, dachte Senna und lächelte unwillkürlich. Aber das Lächeln verging ihr, als sie Finians beinahe geflüsterte Worte hörte. »Dann hat O'Fáil also Kunde von meiner Gefangennahme erhalten?«

Wieder klopfte der andere Mann ihm auf den Rücken. »Aye, und für diesen Bastard gibt es nur ein Wort: Dreckskerl«, erwiderte er ebenso leise.

»Ich habe zwei Worte«, sagte Finian, nachdem sie sich losgelassen hatten, »*toter Mann*. Wo ist der König?«

»Drinnen. Er hat sich Sorgen gemacht wie eine kranke Katze. Und er wird froh sein, dass du zurück bist.«

»Mag sein«, bestätigte Finian. »Vermutlich aber nur, bis er meine Neuigkeiten erfährt.«

»Neuigkeiten sind auch zu uns gedrungen«, sagte der große Schotte.

Finian warf ihm einen scharfen Blick zu. »Welche?«

Einen Moment lang schweifte der Blick des Schotten zu Senna. »Rardove hat eine fesselnde Geschichte um deine Flucht gesponnen.«

»Ach, wirklich?«, gab Finian grimmig zurück. »Ich habe auch eine fesselnde Geschichte zu erzählen. Aber erst später«, kündigte er an und musterte die Krieger, die sich im Kreis aufgestellt hatten, mit scharfem Blick. »Bis auf Weiteres müsst ihr nur wissen, dass diese Frau hier«, er streckte die Hand nach Senna aus, »meine Retterin ist.« Er zog sie in den Kreis.

»Ihr Anblick hat dir wohl Flügel verliehen?«, brüllte ein Mann und lachte.

Finian atmete tief durch. »Ich möchte euch Senna de Valery vorstellen.«

Erstauntes Schweigen senkte sich auf die Gruppe. »Rardoves Verlobte?«, fragte schließlich jemand leise.

Finian streckte das Kinn vor. »Das ist sie niemals gewesen.«

»Rardove behauptet das aber«, stieß ein weiterer Mann grimmig aus.

»Rardove lügt, sobald er den Mund aufmacht.«

»Du lieber Herr im Himmel, O'Melaghlin, warum ist sie hier?«, wollte jemand anders wissen.

»Sie ist hier, weil ich sie hergebracht habe.« Finians Blick funkelte gefährlich, als er die Umstehenden langsam musterte. Senna spürte, dass die Spannung wieder ein Stück gewachsen war. Ihr Herz pochte wie verrückt auf die nun schon vertraute Weise, und der folgende Schwindel prickelte in ihrem Nacken. Der Schotte, der Finian umarmt hatte, drehte sich lächelnd zu ihr.

»Jetzt erklärt uns doch, warum Ihr einem Halunken wie Finian O'Melaghlin die Freiheit geschenkt habt, Mädchen?«

Senna lächelte schwach. »Seid gewiss, dass ich mir jemand anders gesucht hätte, wenn mir der Abgrund seiner Verderbtheit bekannt gewesen wäre.«

Die Menge brach in lärmendes, wenn auch ein wenig angespanntes Lachen aus und die meisten wandten sich ab, um in die Burg zurückzukehren. Finian warf Senna einen Blick zu.

»Sie wollen mich hier nicht haben«, wisperte sie.

Kapitel 42

Keine Sorge«, sagte Finian, »ich passe auf dich auf.«
Er schlang den Arm um Sennas Taille und erhob seinen
Anspruch auf sie auf eine Art, die jegliche Schwierigkeiten aus
dem Weg räumen würde; das hoffte er jedenfalls. Andererseits
lag Krieg in der Luft, und im Krieg ging es den Frauen niemals
gut.

Mit dem Arm um ihre Taille spürte Finian jeden zittrigen
Muskel Sennas, als sie die Treppe in die Burg hinaufstiegen.
Sie hielt sich stocksteif. Er schürzte die Lippen, als sie oben
auf der Treppe angekommen waren.

»Kannst du dir vorstellen, wo in dieser Halle ich mich am
liebsten aufgehalten habe, als ich noch klein war und hier in
Pflege genommen worden bin?«

Sie riss den Kopf hoch. »Nein«, flüsterte sie.

Er machte eine Geste mit dem Kinn. »Versuch es mal.«

Sie waren im Durchgang zur großen Halle stehen geblieben, und Senna ließ den Blick durch den Raum schweifen, in
dem Finian als Kind gespielt hatte. Drei Stufen führten zur
Halle hinunter, die sauber und hell war. Binsenfackeln brannten in eisernen Wandhaltern, und durch die hohen Fenster fiel
die Abendsonne herein. Ein großes Feuer flammte in einer
eingelassenen Feuerstelle an der gegenüberliegenden liegenden Wand, eine Brunst aus Licht und Hitze. Frische Binsen
bedeckten den Fußboden, und es roch angenehm nach schwachen Kräutern.

Überall hielten sich Menschen auf, standen zu zweit oder
zu dritt beieinander, redeten, aßen und lachten. In der Ecke
stritt ein junges Liebespaar; an der zitternden Unterlippe und

den tränengefüllten Augen konnte man die Uneinigkeit erkennen.

Eine Gruppe junger Leute hockte an einem entfernten Tisch zusammen und vertrieb sich die Zeit mit einem Spiel. Ein junger Kerl brach in solch raues Gelächter aus, dass er sich rückwärts über die Bank wälzte. Die anderen stimmten in sein Lachen ein, alle miteinander waren sie wie kleine Vulkane der guten Laune.

Zwei Hunde hatten sich vor dem Feuer niedergelassen und nagten an Knochen; eine Katze war mitten in einer Bewegung wie erstarrt stehen geblieben und richtete die hellgrünen Augen auf irgendeine unsichtbare flitzende Bedrohung unter den Binsen.

Ein Trupp junger Männer, dem Jungenalter entwachsen, aber auch noch nicht Krieger, lungerte neben einer Gruppe Männer. Den älteren Leuten schenkten sie keinerlei Beachtung, denn das waren in diesem Moment die langweiligsten Geschöpfe, die man sich nur vorstellen konnte. Nein, sie spähten einen Schwarm junger Mädchen aus, die an einem anderen Tisch saßen und sich unterhielten; Mädchen, die ihre Lippen hinter schlanken Händen versteckten, ihre Bewunderer anschauten, dann kicherten und den Blick abwandten.

Senna schaute Finian an. »Am Kopfende des Tisches, an dem die Mädchen sitzen?«, fragte sie. Der zittrige Unterton war vollkommen aus ihrer Stimme verschwunden.

Er lächelte, freute sich darüber, dass sein Schachzug erfolgreich gewesen war. »Du darfst noch mal raten.«

»In der Mitte des Tisches, der auf dem Podium steht. Ganz selbstsicher und gebieterisch.«

Er schüttelte den Kopf.

»Dann verrate es mir.«

»Nein. Du musst es selbst herausfinden.«

»Das werde ich auch.« Mit strahlendem Blick nahm sie die Herausforderung an.

»Oh, wie habe ich daran nur zweifeln können! Du begreifst schnell, und wenn du nicht allein darauf kommst, musst du nur dein hübsches Lächeln aufsetzen und irgendeinem armen Kerl die Wahrheit entlocken. Irgendjemandem, der nichts Böses ahnt.«

Ihr Lächeln war in der Tat sehr hübsch, als Finian sie in die Halle führte und gegen den Beschützerinstinkt kämpfen musste, der ihn wie in einer Welle durchflutete. In diesem Moment gab es noch andere Dinge, um die er sich zu kümmern hatte, wie zum Beispiel um die Rettung der alten irischen Rechte und den drohenden Krieg; er durfte sich durch Senna nicht ablenken lassen.

Genau in diesem Moment schaute der König auf und erkannte ihn. Er erstarrte. Dann erhob er sich langsam. Die Teller auf seinem Schoß krachten zu Boden.

Finian eilte nach vorn, dem Mann entgegen, der ihn aufgenommen und in ihm etwas Besonderes gesehen hatte, während alle anderen noch behaupteten, dass an ihm Hopfen und Malz verloren sei. Jenen anderen war er nichts gewesen als der Sohn einer Mutter, die die Sünde des Selbstmords auf sich geladen hatte und jetzt in der Hölle schmorte ... und der Sohn eines Vaters, der unter der Last des Geschehenen zerbrochen war.

Aber The O'Fáil hatte ihn zu sich genommen, hatte ihn aufgezogen, ihn zu seinem Sohn ernannt, zu seinem Ratgeber, seinem Freund. Finian übertrieb nicht, wenn er behauptete, dass er The O'Fáil mehr verdankte als nur das Leben – er verdankte ihm den Sinn seines Daseins.

Finian streckte seinem Pflegevater die Hände entgegen.

»Jesus, Finian«, murmelte der König, ergriff ihn an den

Handgelenken und kam um den Tisch herum. »Ich dachte, du wärst ...« Und dann schloss The O'Fáil, einer der größten irischen Könige seit Brian Bóruma, ihn in die Arme, so heftig, dass er ihn beinahe erdrückte.

Falls Senna in ihrem ganzen Leben überhaupt jemals aus den Augenwinkeln erhascht hatte, was Liebe war, dann erlebte sie es jetzt, vorbehaltlos und mit aller Macht. Und diese Liebe fiel auf Finian herab wie ein warmer Regen.

Der bärtige König entließ Finian lächelnd aus seiner Umarmung, legte aber die Hände fest auf Finians Schultern. »Nun, du hast dich zu einem Besuch entschlossen.«

»Wenn ich ehrlich sein soll, Mylord, ich hatte heute Abend noch nichts Besseres vor.«

Der König lachte herzlich und schaute sich rasch um. Beinahe die gesamte Halle hatte den Blick auf sie gerichtet, aber niemand stand in der Nähe. Außer Senna. Sein Blick glitt über sie, hielt kurz inne, kehrte zu Finian zurück. »Dein Auftrag?«

»Erledigt. Und mehr als das«, versicherte Finian leise.

»Gut. Gut.« Wieder ließ der König den Blick eindringlich über Senna schweifen. »Und wer ist deine reizende Begleiterin?«

»Senna de Valery, Mylord.« Finian ergriff Senna an der Hand und zog sie zu sich.

Der aufmerksame Blick des Königs hatte sie in kürzester Zeit taxiert. Der Mann lächelte und bedeutete ihr mit einer Handbewegung, sich neben ihn zu setzen. Schüchtern gehorchte sie und zog den Kopf ein.

»Kleine Lady, Ihr müsst den Kopf nicht zwischen die Schultern ziehen«, bemerkte der König, »das macht es so schwer, Eure schönen Augen zu sehen.«

Finian verdrehte die Augen.

»Also tut ihr alle es«, erwiderte Senna sanft und mit einer

Stimme, die so sehr nach Unschuld und Verführung klang, dass Finian nicht entscheiden konnte, ob er sie aus der Halle führen sollte, um sie vor der aufdringlichen männlichen Aufmerksamkeit zu schützen, oder sie doch gleich hier auf den Tisch niederwerfen und mit Gebrüll behaupten sollte, *sie ist mein!*

Weil er daran zweifelte, dass Senna das als Kompliment verstehen würde, ließ er lieber die Finger von ihr.

The O'Fáil kratzte sich am Ohr und strich sich dann über den Nacken. »Was tun wir alle, Mädchen?«

»Uns bezaubern. Ihr bezaubert uns.«

The O'Fáil grinste. »Aye. Es gefällt uns zu glauben, dass wir unsere Rolle gut spielen. Genau wie die Ladys.«

Senna zog die Brauen einen Hauch nach oben und vermittelte wieder nichts anderes als eine Mischung aus Unschuld und weiblicher Befehlsgewalt. »Mylord, ich glaube nicht, dass ich Lord Finian jemals Anlass gegeben habe zu erröten, und ich habe große Zweifel, dass es mir bei Euch gelingen wird.«

Finian verschränkte die Arme vor der Brust. Der König grinste ihn breit an und wandte sich wieder an Senna. »Nun, bei all dem Pelz könnt Ihr niemals sicher sein, ob es Euch gelungen ist oder nicht.« Er zupfte an seinem Bart. Senna lächelte. Der König lehnte sich ein wenig dichter zu ihr. »Aber was Finian angeht, Mädchen, könnt Ihr ganz genau Auskunft geben.«

Finian ließ die Arme sinken und trat vor. »Das reicht«, verkündete er, schob die Hände unter Sennas Armbeuge und hob sie praktisch von der Bank.

The O'Fáil lachte immer noch, als Finian fortfuhr: »Der König erwartet seinen Ratgeber. Und du, Senna, du musst etwas essen.«

Sie schob seine Hände so weit fort, dass sie sich umdrehen

und den Kopf neigen konnte. »Sire, ich bin es nicht gewohnt, jemandem etwas schuldig zu sein, und ich vermute, dass ich nicht besonders gut darin bin. Aber Ihr sollt wissen, dass ich Euch unendlich dankbar bin, mehr, als Worte es je auszudrücken vermöchten. Ich schulde Euch mein Leben. Und ich schwöre, dass ich meine Schuld begleichen werde.«

The O'Fáil schaute sie lange an, bevor er nickte. Dann führte Finian sie fort an einen Tisch auf der anderen Seite des Raumes; er spürte, dass The O'Fáil ihn die ganze Zeit über beobachtete. Schließlich kehrte er zum König zurück und verließ mit ihm zusammen die große Halle.

»Es brennt ein Feuer in ihr«, bemerkte der König, als sie den Gang entlangeilten.

»Ihr macht Euch keine Vorstellungen.«

Weiter oben befand sich das Versammlungszimmer. Auch die anderen Männer, junge wie alte, traten bereits ein. Es war nicht nötig gewesen, die Versammlung öffentlich einzuberufen; alle hatten von Finians Ankunft erfahren. The O'Fáil hielt inne und wandte sich zu ihm.

»Sohn, muss ich es aussprechen?«

Finian begegnete dem unnachgiebigen Blick des Königs ebenso unnachgiebig. »Was?«

»Sie kann nicht hierbleiben. Sie muss zurückgehen.«

Kapitel 43

Am Tisch saßen The O'Fáil, seine obersten Ratgeber und eine Gruppe irischer Edelleute. Finian hatte auf der Bank neben Alane Platz genommen, und seine entspannte Haltung widersprach der aufgewühlten Stimmung, die im Raum herrschte.

Die Männer warteten, bis die Dienerschaft das Essen und die Getränke gebracht hatten. Außer Finian rührte niemand etwas an, und sie warteten, bis er den halben Krug Ale ausgetrunken hatte; und sie warteten noch, während er den Blick durch den Raum schweifen ließ, nachdem er jeden einzelnen Mann eindringlich gemustert hatte, und sie warteten sogar auf den nachfolgenden Seufzer.

»Rardove zieht ein Heer zusammen«, begann Finian seinen Bericht, »der Mann will Krieg. Und ich sage, dann soll er ihn bekommen.«

Der Raum barst förmlich vor Geschrei und Flüchen.

»Das ist noch nicht alles«, fuhr er in den Lärm hinein fort, und die Männer beruhigten sich. »Er weiß Bescheid. Rardove weiß über die Farben Bescheid.«

Das Schweigen tropfte förmlich von den kalten Mauern. Finian hörte das frische Wasser in der Zisterne rieseln, die in der Ecke stand.

»Was?«, fragte der König. »Was weiß er?«

»Er weiß, dass man mit ihnen eine Explosion herbeiführen kann.«

Wieder wurde geflucht, Hände rieben über Kieferknochen, Stiefel scharrten auf dem Boden. Die Anspannung unter den Männern wuchs, der Drang zu Taten auch. Finian ließ die

Neuigkeiten einen Moment auf sie wirken, bevor er weitersprach. »Aber wir haben etwas, das wir für uns nutzen können.«

Jemand schnaubte. Der König schaute auf. »Und das wäre?«

»Das hier.« Finian zog das Färber-Buch aus dem Beutel und hielt es hoch. Es war in Holz gebunden und bestand aus Pergament, das brennen konnte, und war deshalb so zerbrechlich wie ein Blatt. Die Männer starrten es an, als hielte er eine Flamme in der Hand.

»Guter Gott«, stieß der König atemlos aus, »das Färber-Buch. Turlough wurde gesandt, es zu retten.«

»Aye. Nun, ich habe von Turloughs Schicksal erfahren, während ich mich in Rardoves Fürsorge befand.«

»Und bist dann an Turloughs Statt zum Treffen erschienen.« Der König schaute ihn an, nickte und konnte das Lächeln kaum verbergen. »Gut gemacht.« Er hielt inne. »Du hast die Totenwache verpasst, Finian. Es war sehr würdevoll.«

Finian nickte flüchtig. »Ich wünschte, ich hätte dabei sein können.«

»Ich weiß.«

Finian sprach weiter, denn jetzt war keine Zeit, in der Vergangenheit geschehene Verluste zu betrauern – denn dann gäbe es noch sehr viel als diesen einen. »Ohne das hier«, er zeigte auf das Handbuch, »kann Rardove keine Farben herstellen. Es sei denn, er hat eine Färbehexe. Und die hat er nicht.«

Er hielt sich nicht damit auf, den König zu informieren, dass er nicht nur das Buch, sondern auch die Färbehexe zurückgebracht hatte, die sich jetzt in seiner Burg aufhielt.

Es war der erste Riss. Ein Hauch der Abtrünnigkeit nur, der ihn aber bis ins Mark erzittern ließ.

Der König nahm das gebundene Buch. »Jahrhunderte sind

verflossen«, begann er ehrfürchtig, »und nun halten wir die Wishmé-Rezeptur wieder in unseren Händen.« Er schlug das Buch auf und berührte die gebogene und abgegriffene Ecke einer Seite. »Beim Heiligen Brendan, das hast du gut gemacht, Finian.« Er schaute auf. »Was hat Red sonst noch gesagt?«

»Nicht viel. Er ist in meinen Armen gestorben.«

Ein Strom ebenso ehrfürchtiger wie ungestümer Gebete für Reds Sippe und seine Nachfahren bis in die vierte Generation erfüllte den Raum; eifrig wurden Kreuze geschlagen, dann folgte eine Ladung deftiger Flüche, die geeignet schienen, die Gebete wieder rückgängig zu machen.

»Was uns zu der einen Sache bringt, die zu unseren Gunsten spricht«, verkündete der König schließlich. »Rardove will verhindern, dass irgendjemand erfährt, was es mit dieser Rezeptur auf sich hat. Könnt Ihr Euch hundert rebellische Engländer auf der Jagd nach den legendären Wishmés vorstellen?«

Er ließ den Blick über die grimmigen und zornigen Gesichter schweifen.

»Nein«, sagte The O'Fáil mit fester Stimme, »er will kein Sterbenswörtchen darüber verlauten lassen. Das heißt, wenn wir ihm seinen Vorwand für einen Krieg zurückschicken, können wir die Zeit gewinnen, die wir dringend benötigen.«

Finian wandte ihm langsam den Blick zu. »Was meint Ihr damit, *wenn wir ihm seinen Vorwand für einen Krieg zurückschicken?*«

»Ich meine Senna de Valery.«

Finian schüttelte den Kopf. »Um keinen Preis. Nicht einmal dann, wenn mein Kopf auf dem Spiel steht.«

»Er steht auf dem Spiel.«

Finian blickte ihn direkt an. »Dann schlagt ihn mir ab.«

»Es geht um unserer aller Köpfe, Finian. Um den Kopf eines jeden Iren, der im Norden des Landes lebt.«

»Um Christi Blut willen, Mann«, murmelte der Edle Felim, »was mutet Ihr uns zu? Uns stehen keine Männer zur Verfügung. Unsere Burgen verfallen. Ihr selbst sagt, dass Rardove seine Truppen zusammenzieht. Wir haben nicht die Macht, sie abzuwehren. Wir brauchen Zeit.«

»Zeit wofür?«, fragte Finian harsch.

»Himmel noch mal, O'Melaghlin, wofür wohl? Um unsere Verbündeten zusammenzurufen. Um ihn zu beschwichtigen. Um ihn zu überzeugen, dass wir nicht kämpfen wollen.«

»Nun, für solche Dinge bleibt uns keine Zeit«, sagte Finian entschieden.

Die Männer schwiegen einen Moment lang. Dann sprach der König aus, was allen durch den Kopf ging.

»Doch. Wenn wir die Frau zurückschicken.«

Finian riss den Blick los. Der Schein des Feuers spiegelte sich auf dem Heft seines Schwertes, als er sich mit dem Rücken an die Wand lehnte, die Beine lang ausstreckte und überkreuzte.

»Was erwartet Ihr von uns, Finian?«, fragte jemand. »Dass wir für eine englische Frau um unser Leben kämpfen?«

»Nein«, entgegnete Finian, »dass Ihr um Eurer selbst willen kämpft.«

»Wir steckten viel weniger in Schwierigkeiten, wenn sie nicht wäre«, bemerkte Brian, ein irischer Krieger, der die Stirn in düstere Falten gelegt hatte.

Alane lehnte sich plötzlich nach vorn und schüttelte den Kopf. »Seit langer Zeit schon schwimmen die Iren in einer reißenden Strömung. Es ist garantiert nicht dieses Mädchen, das die Wellen verursacht, die an unsere Küste krachen.« Alane machte ein verächtliches Geräusch. »Schickt Ihr sie zurück, dann ist es wie mit dem Hasen auf der Lichtung: Der Tod folgt auf dem Fuße.«

»So wird es auch sein«, rief jemand, »falls Rardove auch nur die Hälfte seiner Vasallen losschickt.«

Alane setzte sich schulterzuckend zurück. Finian warf ihm einen dankbaren Blick zu.

»Genau das wird er tun. Denn er will Krieg«, stieß ein Edelmann grimmig aus.

»Aye, weil er sie zurück will ...«

»Nein! Weil er unser *Land* will.« Finian hatte praktisch geschrien. Es half, dass Alane ihm kurz die Hand auf den Unterarm legte.

»Und ich glaube, Ihr solltet sie ihm überlassen«, schloss Brian gereizt.

»Und ich glaube, Ihr solltet über Euer Schwert stolpern, weil Ihr einen solchen Vorschlag gemacht habt«, schnaubte Finian. »Habt Ihr nicht gehört, was ich Euch gesagt habe? *Die Sache hat rein gar nichts mit ihr zu tun.* Rardove hat nach einem Vorwand gesucht, uns für die nächsten zwanzig Jahre mit einem Krieg zu überziehen.«

»Und wir könnten ihm keine bessere Gelegenheit liefern«, ergänzte der erste Edelmann.

Finian riss den Kopf herum wie ein wütender Stier. »Und wenn Senna ihm nicht diese großartige Gelegenheit geliefert hätte, dann wäre ich jetzt tot, Felim.«

Das brachte Stille.

»Ihr habe ich es zu verdanken, dass ich am Leben bin. Sie ist tapfer ...«

»... und schön«, unterbrach Alane erheitert.

Finian warf ihm einen Blick zu, der seine vorherige Dankbarkeit zu bedauern schien. »Der Umtrunk hat Euch offenbar den Geist verwirrt. Eure Mutter hat prophezeit, dass es nicht lange auf sich warten lassen würde.« Er wandte sich wieder den anderen Männern zu. »Es ist falsch, sie dieser Made auszuliefern. Diese Sache, in die sie da hineingeraten ist, übersteigt ihre Kräfte.«

»Aye.« Die jüngeren Männer am Tisch nickten; Alane gehörte auch zu ihnen.

Brian, ebenfalls jünger und streitlustig, stieß die Bank zurück und erhob sich. »Ich verfluche Euch, O'Melaghlin, falls es ein böses Ende nimmt.«

»Und ich verfluche Euch«, knurrte Finian und erhob sich ebenfalls, »wenn Ihr es fertigbringt, Rardove eine Jungfer zum Fraß vorzuwerfen. Sie ist allein, und sie ist tapfer. Ohne sie wäre ich nicht mehr am Leben. Es mag sein, dass sie ein Zündfunke ist. Aber die Lunte hat Rardove schon vor langer Zeit gelegt.«

Er schlug mit der Faust auf den Tisch. Und dieser Faustschlag war die handfeste Bestätigung dafür, dass er keine Neigung verspürte, anders über diese Sache zu entscheiden. Finian sprach weiter, und aus jeder Silbe, die ihm über die Lippen kam, sprach größte Selbstbeherrschung.

»Brian, glaubt Ihr wirklich, dass ich das Leben anderer Menschen vollkommen gedankenlos der Gefahr ausliefere?« Finians Augen glitzerten, als er jeden einzelnen Mann der Versammlung eindringlich musterte. »Habt ihr schon vergessen, dass er mich und meine Männer gefangen genommen hat? Er hat sie alle getötet. Meine Männer. Sie waren meine Verantwortung, und bis auf den letzten sind sie alle gestorben. Manche wurden gehängt, und das war noch die sanfteste Art, aus dem Leben zu scheiden.«

Seine Stimme brach für einen Moment; als er fortfuhr, klang sie hart und unnachgiebig. »Und die Qualen derjenigen, welche ich nicht gezwungen war mit anzusehen, waren nicht zu überhören. Und das wird mich bis zum letzten Atemzug begleiten, du Bastard.«

Die Stille, die diesen Worten folgte, hallte förmlich durch den Raum.

»Sobald ich kann, werde ich diesem Hundesohn Rardove das Herz aus dem Leib reißen. Ja, genau das werde ich tun. Ich werde es tun.«

»Wir vergessen nicht, dass er Euch gefangen genommen hat«, sagte Felim in die angespannte Stimmung hinein. »Es ist recht, dass Ihr uns an die Mühsal der Verantwortung erinnert. Und wir, die wir schon einmal eine solche Situation durchlitten haben, werden den Kummer darüber nicht so rasch vergessen.«

Finian reckte das Kinn und ließ den Blick durch den Raum schweifen. Erzürnt und kampfbereit.

Niemand nahm die Herausforderung an. Eine Weile herrschte Stille. Die Pagen schlichen auf Zehenspitzen herein und schenkten die Getränke nach. Nachdem sie wieder verschwunden waren, ergriff O'Hanlon das Wort.

»Ich stimme O'Melaghlin zu. Rardove ist auf der Jagd nach den Farben, und er muss zur Strecke gebracht werden. Welchen besseren Vorwand gibt es für ihn, als sich durch einen aufgezwungenen Krieg an uns zu rächen?«

»Ihr habt wohl gesprochen. Es ist das Beste, wenn wir auf unsere eigene Art mit diesem Wurm verfahren.« Finian hob seinen Krug und trank das Ale, bevor er ihn an Alane weiterreichte.

»Ihr sprecht über Rardove, als wäre er ein Insekt«, brummte Brian, »aber ein Insekt ist immerhin berechenbar. Ihr wisst, was es tut, wann es etwas tut und warum.«

Die düsteren Worte erregten Finians Aufmerksamkeit. »Mit Insekten kennt Ihr Euch aus, nicht wahr, Brian?«

Brian musterte ihn grimmig. »Aye, das stimmt. Menschen sind gewiss schwieriger zu verstehen.«

Finian lachte. »Menschen sind so berechenbar wie der Nebel am Morgen. Geld, Macht und Frauen.«

»Aber nicht in dieser Reihenfolge«, warf Alane ein.

»Und Ihr selbst, Finian O'Melaghlin?«, schnaubte Brian. »Sind das die Gründe, warum Ihr so handelt, wie Ihr es tut? Denn mir gefällt der Gedanke nicht, dass mein Kopf einem sächsischen König serviert wird, weil Euch die Rute juckt.«

Wie der Blitz schloss Finian die Hand um Brians Nacken. Er ließ sie aber sofort sinken, als Alane ihn mit dem Ellbogen in die Rippen stieß. Aber seinen Zorn versteckte er nicht. »Ihr hört nicht zu, Brian. Es geht nicht um sie. Sie spielt keine Rolle. Sie bedeutet nichts.«

Der König räusperte sich. Alle Köpfe drehten sich zu ihm. »Warum habt Ihr sie dann nicht zum Anwesen ihres Bruders gebracht? Und damit die Gefahr abgewendet, die sie uns bringt?«

»Die Residenz war verlassen«, erwiderte Finian, obwohl das nicht der Grund gewesen war. Aber das musste niemand erfahren.

»Oh. Aber im Moment hält sich auf jeden Fall jemand in der Residenz auf.«

»Dafür habe ich keine Anzeichen erkennen können.« Und selbst wenn, es wäre gleichgültig gewesen.

»Nun, wir schon. Rauch. Es liegt keine drei Stunden zurück, dass unsere Kundschafter Rauch aus der Festung de Valerys haben aufsteigen sehen.«

»Was bedeutet das schon? Es ist sein Vogt.«

»Und zahllose Pferde, die sie dort herumtreiben. Schlachtrösser. Und jemanden, der Befehle brüllt.«

Finian verengte die Augen zu Schlitzen. »Ich habe niemanden gesehen.«

Brian zuckte die Schultern und streckte die Hand nach dem

Krug aus, der die Runde machte. Alane war schneller, nahm einen großen Schluck und reichte den leeren Krug mit einem breiten Grinsen hinüber. Brian verzog grimmig das Gesicht und ließ die Hand sinken.

Finian schnappte sich den zweiten Krug und ließ das Getränk geräuschvoll in seinen Becher plätschern. Das verhärtete Leder seiner Bekleidung knarzte, als er sich nach vorn beugte und mit den Ellbogen auf die Knie stützte. Mit den schwieligen Fingerspitzen hielt er den Zinnbecher fest, und das lange Haar fiel ihm ins Gesicht, als er auf den Boden starrte.

Brian schüttelte verächtlich den Kopf. »Jetzt haben wir also auch noch de Valery und seine Ritter auf dem Hals, die sich den gottverdammten Sachsen angeschlossen haben, um uns in die Knie zu zwingen. Gut gemacht, O'Melaghlin. Ihr seid beinahe so großartig darin, uns Feinde zu machen, wie Ihr es schafft, uns Freunde zu machen.«

»Und Ihr schafft es gerade, Euer Leben in Gefahr zu bringen«, erwiderte Finian mit gefährlich sanfter Stimme.

Alane erhob sich von der Bank und stellte sich neben Finian auf. »Halt den Mund, du Welpe«, befahl er Brian mit leiser Stimme, in der ein schnarrender Unterton mitschwang.

Dann meldete The O'Fáil sich zu Wort. »In meinem Hause dulde ich keine Respektlosigkeit, Brian O'Conhalaigh. Lord Finian hat nichts mehr verdient als Respekt, und noch weitaus mehr als nur das. Wenn Ihr etwas zu sagen habt, so sprecht es aus, und ich werde Eure Worte bedenken, bevor ich meine Entscheidung treffe. Aber wenn ich eine Entscheidung getroffen habe, wird sie befolgt. Wir alle werden sie befolgen.«

Es wurde still. Jeder Mann beobachtete den König, der König beobachtete Finian, und Finian starrte an die Wand. Diesen Blick des Königs kannte er ganz genau. Viele Jahre lang war er derjenige gewesen, dem solch nachdenklichen Würdigungen gegolten hatten, für gewöhnlich, wenn er etwas besonders Riskantes oder Wagemutiges getan hatte. Wie zum Beispiel ein Sprung von den Klippen oder der Besuch an dem Grab, das er für seine Mutter ausgehoben hatte, als der Priester ihr die Bestattung auf dem Kirchhof verweigert hatte.

»Ich weiß, was ich tue«, sagte Finian mit fester Stimme.

»Das behauptest du jedenfalls«, gab der König nach, »aber wir anderen verstehen dich nicht.«

Wir anderen. Damit meint The O'Fáil sich selbst. Der Mann, der Finian das Leben und das Herz gerettet hatte und der ihn jetzt tief enttäuscht ansah. Konnte durch solche Dinge die Grenze zum Bedauern überschritten werden?

Der König erhob sich so würdevoll, dass er die Männer damit zum Schweigen brachte.

»Dies ist deine Schlacht, Finian«, verkündete er, ließ den Blick durch den Raum schweifen und schaute jedem Onkel oder Cousin ins Auge – oder wer auch immer den Thron für sich beanspruchen wollte. Und solche Männer, blutsverwandte Abkömmlinge des regierenden Königs, gab es in großer Zahl, nicht nur in diesem Raum, sondern in ganz Nordirland. Schließlich richtete The O'Fáil den Blick wieder auf Finian.

»Du führst die Männer. Das ist es, wofür du erzogen worden bist. Es ist an dir, zu gewinnen oder zu verlieren. Ich lege es in deine Hände.«

Finian erhob sich langsam. Wie viele Jahre waren bis zu diesem Augenblick verstrichen? Und jetzt lag er zum Greifen nahe. Zum König wurde man nicht einzig deshalb erwählt, weil man als Letzter Kämpfe oder Intrigen überstand, auch wenn es niemals ohne sie ablief. Aber wenn einem Mann die Befehlsgewalt für die kommende Schlacht vom stehenden

König in die Hände gelegt wurde, dann war die Sache auf eine Art entschieden, wie Ratschlüsse es niemals vermochten.

Bei den Worten des Königs überlief es Finian heiß und kalt. Von so tief unten gekommen und so hoch aufgestiegen zu sein und zu wissen, dass er das Vertrauen seines königlichen Pflegevaters besaß – das war die machtvolle Krönung eines selbstmörderischen Lebens. Finian ergriff die Faust des Königs. »*Onóir duit*, Mylord.«

»Nein, Finian. Die Ehre gebührt dir. Gewinne diesen Krieg.«

Rasch breiteten sie ihre Pläne aus. Die Iren in der Gegend wurden bereits durch Schnellläuferinnen unterrichtet, weibliche irische Kuriere, die schnell wie der Wind laufen konnten. Die verstreuten irischen Heere würden zu ihrem traditionellen Versammlungsplatz im Norden eilen, einer ausgebrannten alten Abtei auf einem Hügel über Rardoves Festung, wo sie sich immer trafen, bevor sie in den Krieg zogen.

Nach den Planungen herrschte wieder Stille. Die Männer starrten in die Dunkelheit und fragten sich, ob sie ihre Familie und die Freunde wohl jemals wiedersehen würden. Ob sie noch am Leben wären, wenn der Sommer anbrach oder im Herbst die Ernte eingefahren würde.

Finian saß mit gesenktem Kopf auf der Bank. Die Zukunft lastete ihm drückend auf den Schultern. Dann erhoben sich die Männer, standen noch eine Weile beisammen und sprachen miteinander, ehe sie das Versammlungszimmer verließen, langsam, wie Wasser, das über einen Fels rinnt.

Senna. Er würde zu Senna gehen. Nur für einen Moment.

Kapitel 44

Senna saß in der Halle und lauschte auf das Stimmengewirr um sie herum. Die große Halle war voller Menschen, und deren Lachen und Reden ließ Senna fast die Ohren taub werden. Ihr waren andere Geräusche vertrauter: Wind, der ums Haus heulte, und Regentropfen, die an Fenster prasselten.

Sie beugte sich vor und stützte das Kinn in die Hand. Die Menschen sprachen Irisch, sodass sie nicht verstand, worum es in deren Gesprächen ging, aber die fremde, melodische Sprache schlug sie in den Bann. Und es war nicht nötig, die Worte zu verstehen, um zu begreifen, dass dies hier ein Beisammensein war, wie sie schon einige gesehen hatte, wenn sie ihr einsames Haus verlassen und Geschäftspartner in deren Heim aufgesucht hatte. Abende, an denen die Menschen über Politik sprachen oder Klatsch und Tratsch aus der Familie zum Besten gaben, von großen und kleinen Ereignisse berichteten.

Sie hatte dann stets stocksteif dagesessen und versucht, so unsichtbar zu sein wie ein Käferchen. Sie kannte weder die Menschen, über die gesprochen wurde, noch betraf jemals eines der Ereignisse sie. Niemals sprach jemand über sie; sie war in ihrer Heimat genauso einsam gewesen wie sie es jetzt hier war, wo sie nicht einmal die Sprache beherrschte.

Es war eine beunruhigende Erkenntnis.

Senna verharrte reglos und richtete ihre Aufmerksamkeit bald hierhin, bald dorthin ... auf den, der am lautesten sprach, am heftigsten lachte oder die meisten Menschen um sich versammelt hatte. Wenn sie gut zuhörte, aufmerksam zusah, lernte, wie die Leute es anstellten, dann vielleicht würde sie ...

Eine Frau nahm neben ihr Platz.

»Mistress de Valery?«

Der Akzent war so stark, dass Senna einen Moment brauchte, ihren eigenen Namen zu verstehen.

»Ich heiße Mugain«, stellte sich die Frau vor. Sie war sehr schön.

Senna antwortete mit einem Lächeln. Ihre erste Lektion darin, ein Gespräch zu führen, in dem es nicht um Buchhaltung oder Schafzucht ging.

»Ihr seid in Finian O'Melaghlins Begleitung.«

Senna nickte.

Die Irin sah Senna abschätzend an. »Ich kenne Finian.«

Es fühlte sich an, als würde nachts eine Klaue nach ihr greifen. »Tatsächlich? Ich weiß nur wenig über ihn. Eure Worte sind mir willkommen«, log sie und lächelte leicht.

Mugain lächelte zurück. Senna sank das Herz. Neben ihr saß ein bezaubernder irischer Schmetterling in einem roten Gewand, während sie immer noch ihre schmutzigen Beinlinge trug. Mit rabenschwarzem, glänzendem Haar, während Senna das braune Haar einfach zu einem Knoten geschlungen und die losen Strähnen hinter die schmutzigen Ohren geschoben hatte. Mit üppigen Kurven dort, wo Senna unverkennbar flach war.

»Ihr tut gut daran, in seiner Begleitung zu bleiben.« Die Frau zog die Brauen bemerkenswert hoch.

Senna errötete. »So ist's nicht.«

»Oh, das sollte es aber«, entgegnete die Frau und beugte sich näher zu Senna. »Glaubt mir, ich weiß es: Es *soll* sein.«

Senna hätte beinahe aufgestöhnt in ihrem Elend.

Die Irin nahm mit einer Kelle eine Portion Schmorfleisch aus dem Topf, der auf dem Tisch stand, und füllte sie in den ausgehöhlten Laib alten Brotes, der als Teller diente. »Können wir uns unterhalten? Ich würde Euch gern kennenlernen.«

»Gern.« Wieder lächelte Senna schwach und aß mit rasch schwindendem Appetit, während Mugain neben ihr sitzen blieb. Jede Minute in der Gesellschaft dieses verdächtig freundlichen irischen Schmetterlings schien sich wie eine ganze Stunde zu dehnen.

Eine halbe Stunde später näherte sich Lassar, die Frau des Königs, dem Tisch. Eine Welle der Erleichterung ergriff Senna, und fast hätte sie die Bank umgeworfen, als sie sich erhob. Lassar streckte die Hand aus und berührte Senna sanft zum Gruß.

»Euch ist ein Zimmer vorbereitet worden«, verkündete die Frau des Königs sanft, »und ein Bad.«

Ein Bad.

»Ein warmes Bad?«, platzte Senna heraus. Warmes Wasser. Seife.

Lassar wechselte einen amüsierten Blick mit Mugain und nickte. »Ja, ziemlich warm.«

Senna senkte den Kopf. »Ich schulde Euch großen Dank, Mylady. Wenn Finian zurückkehrt . . . ?«

Lassars Lächeln wurde schwächer. »Er weiß, wo sein Zimmer sich befindet.«

»Sein Zimmer?«

»Wo Lord Finian wohnt, wenn er zu Besuch ist. Er bat darum, sie beide dort unterzubringen.«

Die Röte flammte in ihren Wangen auf. »Ich verstehe.«

Lassar lächelte sanft. »Man sagt, dass Ihr Lord Finian Flügel habt wachsen lassen. Dafür stehen wir alle tief in Eurer Schuld.«

Senna hielt den Mund fest geschlossen. Diese Situation war schrecklich . . . aber was hatte sie erwartet? Und welche Rolle spielte ihr Ruf überhaupt noch? Ihr altes Leben gab es schließlich nicht mehr. Kein Heim, kein Geschäft, kein Land, kein Geld, keine Kontakte. Nichts außer Finian war ihr geblieben.

Finian, der alles zu haben schien, sie aber nicht brauchte. Nicht im Geringsten.

Sie musterte den Fußboden. Ihr war klar, dass ihre Wangen vor Scham rot geworden waren. Aber schwerer noch als das wog das Unbehagen, das sie empfand und das sie frösteln ließ. Unbehagen darüber, sich verpflichtet zu fühlen.

Zehn Jahre lang hatte Senna sich geschworen, sich niemals wieder jemandem verpflichtet zu fühlen, niemals wieder bedürftig zu sein. Und nun stand sie da, mit nichts in den Händen außer ihrer Bedürftigkeit.

Nahrung, Obdach, Schutz. Finian.

Sie brachte nichts mit, konnte nichts anbieten, besaß nichts. *Und ganz bestimmt nichts,* so dachte sie mit einem erschöpften Blick durch die Halle, *was Finian nicht ohnehin schon in großem Überfluss vorfindet.*

Sie war jetzt genau an dem Punkt angelangt, wo sie nie wieder in ihrem Leben hatte sein wollen: Niemand wollte sie und sie stand in der Schuld anderer.

»Kommt mit«, forderte Mugain sie auf und bedeutete Senna, ihr zu folgen.

»Ich danke Euch sehr«, murmelte Senna und berührte Lassars Hand, bevor sie Mugain folgte.

Während sie die Halle durchquerten, registrierte Senna die vielen anerkennenden männlichen Blicke, die Mugain galten, die ihr mit aufreizendem Hüftschwung voranging.

»Finians Zimmer befindet sich im Turm«, verkündete Mugain über die Schulter, als sie über den Burghof auf eine Tür zugingen, die in die Befestigungsmauern eingelassen war.

»Ach, ist das so?«, schnappte sie.

Es war eine seltene Extravaganz, ein Zimmer bereitzuhalten in einer Burg, die bis zum Bersten mit den Menschen gefüllt war, die zum Haushalt zählten ... schließlich konnte man

369

niemals genau vorhersagen, wann dieser Gast das nächste Mal zu Besuch kommen würde. Aber Finian konnte das kälteste Eis zum Schmelzen bringen, und es war sonnenklar, dass er im Herzen des Königs einen ganz besonderen Platz einnahm.

Senna und Mugain kletterten die gewundene, enge Treppe des Turms hinauf und erreichten das Zimmer. Es war von mittlerer Größe, und die Wände wurden von Matten aus eng geflochtenen Weidenruten bedeckt. In einer Kohlenpfanne brannte ein Feuer. An einer Wand stand ein schmaler offener Schrank, in dessen Fächern tiefdunkelrot gefärbter Leinenstoff lag. Goldene Stickerei zierte einen sichtbaren Saum. Ein unerhörter Luxus. Ein Paar glänzend polierte Lederstiefel mit ledernen Schnüren an der Seite standen neben dem Schrank bereit, und die warteten auf ihren Besitzer.

Aber am schönsten war das niedrige Bett, auf dem sich hoch die Decken und Kissen türmten, eine weiche Zuflucht der Zerstreuung. Und ein Bad, genau wie Lassar es versprochen hatte. Eine Wanne, bis zum Rand mit heiß dampfendem, duftendem Wasser gefüllt. Ihr Anblick trieb Senna beinahe die Tränen in die Augen.

»Ich helfe Euch, Mistress de Valery.«

Sie wirbelte herum. »Nein! Ich wollte sagen, nein, ich danke Euch. Ich bin sehr erschöpft«, stammelte sie. Guter Gott im Himmel, sie konnte es wirklich nicht gebrauchen, dass Mugain ihr beim Auskleiden zuschaute.

»Ihr wünscht zu ruhen«, stimmte Mugain freundlich zu. Es glitzerte in ihrem Blick.

»Aye. Das brauche ich. Ruhe.«

»Dann werde ich jetzt gehen. Ich habe etwas vorzubereiten.« Sie zwinkerte verschwörerisch.

Senna lächelte verwirrt. »Es ist wohl ein Geheimnis, wie es scheint?«

»Ja, ein Geheimnis. Ein Geschenk.«

»Ein Geschenk? Für wen?«

»Für Finian O'Melaghlin.«

Sennas Lächeln verflüchtigte sich. »Ich bin überzeugt, er wird es zu schätzen wissen.«

»Oh, er weiß meine Präsente immer zu schätzen.«

Senna erstarrte. »Tatsächlich.« Ihre Lippen verzogen sich zu einem eisigen Lächeln; Mugain hingegen schien förmlich der Honig aus den Mundwinkeln zu tropfen.

»Ja, tatsächlich, Mistress de Valery.«

»Senna«, berichtigte sie unbestimmt.

»Lord Finian freut sich sehr über Geschenke, Senna. Ich weiß das, weil er und ich uns einst sehr nahe waren. Jetzt aber nicht mehr.«

»Was Ihr nicht sagt.« Senna schniefte kurz. »Verratet Ihr es mir, weil Ihr Euch einst nahe wart oder weil Ihr es jetzt nicht seid?«

»Sowohl als auch.« Das Biest mit dem rabenschwarzen Haar kam näher. Ihr Lächeln strahlte Freundlichkeit aus, aber in ihrem Blick glomm ein unfreundlicher Schimmer.

»Ich denke, ich habe Euch zu danken.«

»Nein«, Mugain lehnte sich zurück und wedelte mit der Hand, »dazu gibt es keinen Grund. Finian wird Euch noch sagen, was er mag und was er nicht mag.« Sie musterte Senna noch eindringlicher. »Ihr seht Bella sehr ähnlich.«

»Bella?«

Mugain nickte und pflückte ein unsichtbares Staubkörnchen von ihrem Kleid. »Bella.«

»Bella.« Senna registrierte alles: den Namen, die Betonung, die versteckte Anzüglichkeit. Es fehlte nur noch eines: die Klauen.

»Bella war seine Frau. Viele Jahre lang. Und seither hat es

371

viele andere gegeben. Merkwürdig, dass alle ihr ähnlich gesehen haben.« Mugain lächelte. »Abgesehen von mir, natürlich.«

»Natürlich.«

»Seine Vergangenheit ist Euch doch bekannt, nicht wahr?« Wortlos schüttelte Senna den Kopf.

»Nun, vielleicht sollte nicht ausgerechnet ich diejenige sein, die ...« Verschwörerisch blickte sie um sich. »Er sticht die Frauen wie ein heißes Messer durch Butter, Mistress de Valery.«

»Senna«, brachte sie mühsam hervor.

»Aber falls Ihr hierbleibt, werdet Ihr das selbst früh genug herausfinden. Es ist nicht recht, dass ich darüber rede.« Sie lehnte sich näher. »Habt Ihr sie bemerkt ... die Blicke der Frauen, wenn sie Finian ansehen?« Senna nickte trübe. Wie hätte ihr das entgehen können? »Viele von ihnen haben in seinen Armen gelegen. Und sie sehnen sich schmerzlich danach, es wieder zu tun. Nur ich nicht.« Mugain lächelte breit. »Nennt er Euch bei besonderen Namen? Nun«, gluckste sie, als Senna elendig nickte, »seid vorsichtig, Senna de Valery. Er ist ein guter Mann. Aber was die Frauen angeht, ist er ein Wolf.«

Mugain schüttelte die Röcke ihres Kleides aus. »Würdet Ihr Finian ausrichten, dass ich ein Geschenk für ihn habe?«

Senna blickte nicht einmal auf, geschweige denn dass sie nickte. Nachdem Mugain das Zimmer verlassen hatte, starrte Senna noch lange dorthin, wo sie gestanden hatte. Das Herz pochte ihr heftig in der Brust.

Kapitel 45

Sennas Haut war noch feucht vom Bad, als sie zu den schmalen Fensterschlitzen ging und auf den Burghof hinunterschaute. Es dunkelte schon, aber sie erkannte Finian, der mit großen Schritten auf den Turm zukam.

Als er das Zimmer betrat, war die Kerze auf dem Tisch weit heruntergebrannt, dass es zwischen Vesper und Komplet sein musste.

Senna drehte sich um und lächelte. Finian nicht.

Er setzte sogar einen finsteren Blick auf, ging zum schmalen Schrank und zog mehrere Lagen dunkelroten Stoff heraus, die den knielangen Hemden ähnlich waren, wie die anderen Männer sie getragen hatten. Finians Blick streifte kurz die Wanne, dann ging er zur Tür und riss sie auf; er rief lautstark nach Wein und schlug die Tür wieder zu. Dann drehte er sich um und warf Senna einen finsteren Blick zu. Wieder einmal.

»Setz dich, Senna. Entspann dich.«

Sie tat weder das eine noch das andere. Er würdigte sie kaum eines Blickes und fing wieder an, auf und ab zu gehen, seine beeindruckende männliche Gestalt bewegte sich nahezu geräuschlos in den Schatten des Zimmers. Nach einer Weile wurde der Wein gebracht, und Finian schenkte Senna und sich ein, stellte seinen Becher aber ab, ohne zu trinken.

Er nahm auf einer Bank Platz und griff nach dem sauberen Paar Stiefel, das sie vorhin schon gesehen hatte. Als das lange Haar ihm ins Gesicht fiel, strich er es mit seiner schwieligen Hand ungeduldig zurück. So achtlos mit etwas, das sie so sehr liebte.

Wie viele Nächte würden wohl so sein wie diese – stille Augenblicke, die sie damit verbrachte, Finian beim Auskleiden zu beobachten und zu wissen, dass er gleich zu ihr kommen und sie in den Armen halten würde? Vielleicht würde sie Dutzende solcher Abende haben können, vielleicht Hunderte, bevor er zu seiner nächsten Eroberung weitereilte – wenn es denn der Wahrheit entsprach, was Mugain gesagt hatte. Und Senna sah keinen Grund, dass es sich anders verhalten sollte.

Im Gegenteil. Jedes Wort Mugains bestätigte nur den beunruhigenden Verdacht, den Senna gehegt hatte.

Sie griff nach ihrem Weinbecher. »Finian, ich habe die Zeit mit ein paar Leuten verbracht, während du in der Ratsversammlung teilgenommen hast.«

Er warf ihr einen prüfenden Blick zu. »Sind sie gut zu dir gewesen?«

»Durchaus. Lassar war höchst freundlich.«

Er schien sich zu entspannen und zerrte sich den ersten seiner alten, verschlissenen Stiefel von den Füßen. »Aye. Lassar ist eine unendlich freundliche Frau. Es freut mich, dass du ein wenig Zeit mit ihr verbracht hast.«

Senna trank einen Schluck, um ihre Nerven zu beruhigen, und räusperte sich. »Ich habe die Zeit mit vielen Leuten verbracht. Nicht nur mit Lassar.«

»Gut.«

»Ich bin Mugain begegnet.«

Diese markerschütternde Neuigkeit schien keinen besonderen Eindruck auf Finian zu machen. Er zog sich den zweiten Stiefel aus und stand auf.

»Sie sagte, sie hätte ein Geschenk für dich.«

Er brummte etwas in sich hinein und löste den Gürtel, an dem sein Schwert hing. Schon war es herunter, gefolgt von verschiedenen anderen Klingen, die alle achtlos auf der Bank landeten, die schließlich vor stählernen, tödlichen Gerätschaften nur so funkelte.

»Sie sagte, dass du ihre Geschenke immer geschätzt hast.«

Endlich sah er Senna an. »Das letzte Geschenk hat Mugain mir gemacht, als sie zehn Jahre alt war. Eines Abends lag eine kalte Lammkeule in meinem Bett.«

Senna lächelte, aber der Kälteschauer in ihrer Brust wollte nicht weichen. »Sie hält große Stücke auf dich. Wie viele andere auch. Du wirst von allen geliebt.«

»Senna, ich bin hier aufgewachsen.« Er zog sich die Tunika über den Kopf. Mit nacktem Oberkörper stand er vor ihr und sie sah die verblassten Narben auf seiner Brust und seinem Bauch. Narben, von denen sie bis jetzt nichts gewusst hatte; es war immer dunkel gewesen. Oder vielleicht hatte seine strahlende Kraft sie auch nur zu sehr abgelenkt. »Das Band der Fürsorge ist oftmals stärker als das des Blutes.«

Sie riss den Blick von den Narben los. »Und jetzt bist du der Ratgeber des Königs. Wie ist das gekommen?«

»Ich habe ihm Ratschläge gegeben, und er hat sie für gut befunden.« Er griff nach den sauberen Stiefeln.

Senna zog die Nase kraus. »Aus einer Sippe der Märchenerzähler. Das war in der Tat armselig.«

Finian brach in lautes Lachen aus, so plötzlich wie ein Regenschauer an den Hundstagen im Juli, ein tiefes, sorgloses männliches Lachen, das ihr Herz schneller schlagen ließ. Er stand auf und streckte die Arme nach ihr aus. Sie ging zu ihm. Er schob ihr die Haare aus dem Gesicht und betrachtete sie, als sähe er sie zum ersten Mal. Dann legte er wortlos die Hand auf ihre Wange, fuhr mit dem Gesicht an ihrem Nacken entlang und atmete sie ein.

Irgendetwas stimmte nicht.

»Finian?«

Er ließ ihr Haar los.

»Die Ratsversammlung nicht gut verlaufen, nicht wahr?«

»Wir leben nun mal in unguten Zeiten«, erwiderte er. Seine Stimme klang so leise, dass Senna näher kommen musste, um ihn zu verstehen. Als er sie unvermutet losließ, um zurück zur Bank zu gehen, wäre sie fast gestolpert. Finian begann, sich die sauberen Stiefel anzuziehen.

»Hat es mit Rardove zu tun, Finian?«, fragte Senna langsam.

Er schwieg.

»Also ja«, gab sie sich selbst die Antwort. »Was in diesem Fall bedeutet, dass es mit mir zu tun hat.« Ihre Stimme klang aufgewühlt.

Finian schaute auf, aber sein Blick war verschlossen, unergründlich. Er hätte ebenso gut aus dem Zimmer verschwunden sein können. »Es hat nichts mit dir zu tun.«

»Finian, ich kann helfen. Ich kann etwas tun. Was geht hier vor sich? Sag es mir.«

»Ich bin nur hergekommen, um mich zu überzeugen, dass du gut untergebracht bist«, erwiderte er grimmig. »Bleib hier im Zimmer. Du wirst Leute hören, die in die Halle kommen. Heute Nacht findet ein Festmahl statt, aber ich möchte, dass du hierbleibst.«

»Ein Festmahl?«

»Lassar wird dafür sorgen, dass du ein oder zwei schöne Röcke bekommst und saubere Sachen. Sie wird sich um dich kümmern. Wir brechen morgen früh auf.«

»Wohin gehen wir?«

»Nicht du.« Finian zerrte am zweiten Stiefel herum und stand auf. Rasch zog er sich das rote *léine* über und gürtete es.

»Wie bitte?«, hakte Senna nach.

»Wir ziehen in den Krieg.« Ihm war klar, dass er kurz und knapp mit ihr redete, aber es gab keine andere Möglichkeit.

»O nein«, hörte er sie hinter sich wispern.

»Morgen in aller Herrgottsfrühe breche ich auf.« Er stieß die Worte aus, schaute sie nur kurz an und drehte sich zur Tür. »Es kann sein ... dass wir uns nicht mehr sehen, bevor ich gehe.«

»Oh.«

Das brachte ihn dazu, sich noch einmal zu ihr umzudrehen, denn er war schockiert über den Zorn, der in dem schlichten Wort und all dem lag, was aus ihm folgte. »Ich tue nur meine Pflicht, Senna«, stieß er zwischen zusammengebissenen Zähnen hervor. »Meine Pflicht. Um nichts anderes geht es, begreifst du das nicht? Habe ich dir das nicht klargemacht?«

Sie hob das Kinn. »Im Gegenteil. Es gibt einige Dinge, die du unmissverständlich klargemacht hast. Erstens, du bist in der Lage, die größten Dummheiten zu begehen. Zweitens ...«

Ihm stand der Mund offen.

»... bist du offenbar schrecklich verwöhnt worden, da du den Hochmut besitzt, saubere Kleidung anzuziehen, ohne dir zuvor den Schmutz von deinem Körper zu waschen. Drittens stellst du eine Sturheit zur Schau, die ich niemals ...«

Er eilte zur Tür. »Bleib hier.«

Finian schaffte es bis zur Schwelle, bevor er ihre leichte Berührung am Arm spürte. »So gehst du nicht von mir fort.«

Es hätte eine Bitte sein können. War es aber nicht. Es war sonnenklar und unmissverständlich und eindeutig, was er von ihr wollte. Und es brachte ihn dazu, sich wieder umzudrehen, obwohl er wusste, dass er jetzt dieses Zimmer verlassen und wegrennen sollte, ohne stehen zu bleiben.

Er hatte keine Wahl. *Sonnenklar und unmissverständlich und eindeutig* würde sie das Leben kosten. Man würde sie nicht in Ruhe lassen. Die Gerüchte machten bereits die Runde. Gerüchte, dass sie einen Krieg vom Zaun gebrochen hatte. Die Sache konnte übel enden. Und sehr schnell. Also schaute er ihr mit kaltem Blick in die Augen. Herausfordernd. Und unterdrückte den Impuls, sich in ihrer weiblichen Stärke zu verlieren.

»Hör mir zu, Senna«, erklärte er kalt, »bleib hier im Zimmer. Wenn es dir lieber ist, will ich versuchen, dich noch einmal zu sehen, bevor ich aufbreche.«

Finian öffnete die Tür, aber sie stellte sich vor ihn und versperrte ihm den Weg. Natürlich hätte er sie einfach zur Seite schieben können. Denn sie war schwach und ... du lieber Himmel, war das etwa eine Klinge in ihrer Hand?

»Herrgott noch mal, Weib«, knurrte er, war aber vollkommen erstarrt. Die Klinge schwebte genau unter seinem Kinn.

»Versuchen, mich zu sehen?«, wiederholte sie, und zwar ziemlich frostig, wie er sich eingestehen musste. Und in ihren Augen lag ein Glitzern, das ihrer heftigen Reaktion entsprach. So geübt sie auch darin war, die Klinge zu werfen, so unerfahren war sie glücklicherweise im Nahkampf – und darüber hinaus viel zu wütend, um erfolgreich zu sein.

Abrupt fuhr er mit der Hand hoch, packte sie am Handgelenk und riss es herunter. Er schüttelte sie hart, und das Messer fiel klappernd auf den Boden. Dann drängte er sie rückwärts, ohne ihre Hand loszulassen, und als sie mit dem Rücken zur Wand stand, beugte er sich ganz nahe zu ihrem Gesicht.

»Wage es nicht, jemals wieder eine Waffe gegen mich zu erheben.«

»Wage es nicht, mich jemals aufzugeben.« Ihr Atem ging

rasch, das Gesicht war gerötet, aber die Worte kamen ihr langsam und präzise über die Lippen.

Das Handgelenk in seinem Griff war zart – mit einer einzigen Drehung hätte er es zerbrechen können –, aber sie starrte ihn mit unbändiger Wut an und schien dabei so schön zu sein wie die Sonne, so schön, wie sie es immer in seinen Augen war.

Mit einem unterdrückten Fluch ließ er ihren Arm los und fuhr mit den Händen heftig durch ihre langen, feuchten Locken. Sie verfingen sich darin, doch er griff zu und zog ihr das Haar aus dem Gesicht. Er wollte nicht mit ihr sprechen, wollte ihre Fragen nicht beantworten, wollte weder fühlen noch empfinden. Senna sehnte sich mit jeder Faser danach, sich mit ihm zu verbinden; aber er wollte nicht. Denn er würde in den Krieg ziehen. Alles, was er jetzt noch zustande bringen würde, war die Verbindung mit Sennas Körper.

Und danach verlangte es ihn plötzlich mit einer Verzweiflung, wie er sie vorher nicht gekannt hatte.

Bevor sie irgendein weiteres verrücktes Wort ausstoßen konnte, brachte er sie mit einem Kuss dazu, den Mund zu öffnen, und drängte sie rückwärts zur niedrigen Bettstelle. Sie setzte sich auf die Bettkante, während er vor ihr stehen blieb und ihre Schenkel mit einem Stoß seines Knies spreizte. Dann stellte er sich zwischen ihre Beine und schob das Gewand beiseite, das ihren feuchten Körper bedeckte. Eine Hand hatte sie ihm bereits auf den Kopf gelegt und zog ihn zu sich herunter. Er beugte die Hüften, blieb aber stehen. Mit der anderen Hand fuhr Senna über seine Brust. Ihre Zunge spielte heiß in seinem Mund, sobald er nahe genug bei ihr war. Finian und Senna benahmen sich, als wären sie wahnsinnig geworden, berührten einander, strichen sich über die Haut, spürten einander, und jede Berührung war gewollt und doch nicht genug.

Er umklammerte ihre Hüften und zog sie auf die Felle, streckte ihren entblößten Körper darauf aus, bis sie wie ein Geschenk vor ihm lag – ein Fluss feuchter Haare auf dem Fell, ihr leicht gerundeter Bauch, die langen, muskulösen Beine und das Gewirr der rötlich blonden Locken zwischen ihren Schenkeln. Mit einer Fingerspitze zeichnete er eine Spur zwischen ihren Brüsten hinunter bis zu ihrem Bauch, zu den Locken, und Senna stieß ein heiseres Wimmern aus.

Sie richtete sich abrupt auf und zerrte ungeduldig und mit zittrigen Fingern am Gürtel seines Hemdes. Er schaute ihr reglos zu, ließ sie an den Stofflagen nesteln, die ihr nicht vertraut waren. Dann löste er den Gürtel und drängte sich tiefer zwischen ihre Schenkel. Er schloss die Hände um ihre Wangen und drückte Senna zurück, bis sie vor ihm lag. Groß und stark stand er vor ihr.

»Deine Knie – heb sie an«, befahl er.

Sie winkelte das Bein an, aber bevor sie es weiter beugen konnte, hatte er schon die Hand daruntergeschoben und zog es zu sich hoch. Senna stieß keuchend den Atem aus den Lungen, als sie versuchte, seinen Hintern zu umfassen, um ihn an sich zu ziehen. Finian beugte sich weit vor und stützte sich mit der Hand neben ihrem Kopf ab. Er verschränkte seinen Blick mit ihrem, als er mit einem einzigen, unnachgiebigen Stoß in sie eindrang. Ihre Lippen teilten sich.

Keine Fragen mehr. Kein Grübeln über die Zukunft. Es gab nur diesen einen und einzigen perfekten Augenblick, in dem sie seinen Namen mit den Lippen formte. Sich von ihm führen und beherrschen ließ. In langen, unnachgiebigen Stößen drängten seine Hüften immer wieder nach vorn, und jedem Stoß begegnete Senna mit wütender Hingabe, mit geöffnetem Mund, und sie wandte nicht einen Moment den Blick von ihm.

Ihre Unterwerfung war bedingungslos. In Finian keimte eine Welle des Respekts auf, die sich mit einem Schuldgefühl verband. Sie hatte sich voll und ganz dieser Sache mit ihm verschrieben. Es fühlte sich an, als wäre er in sie eingetaucht; es gab keinen Atemzug mehr, der nicht einzig und allein Senna galt. Sie war sein, um mitzumachen, was er wollte.

Wieder tauchte er in sie ein, spürte, wie ihre heiße, pochende Öffnung sich um ihn schloss. »Es ist gut«, murmelte er an ihren geschwollenen Lippen. *Sein.*

Finian richtete sich auf, legte die Hand um ihr anderes Knie und hielt jetzt beide fest. Er stand zwischen ihren Schenkeln, warf den Kopf zurück und schloss die Augen und konzentrierte sich darauf, wie es sich anfühlte, tief in ihr zu sein . . . sie wortlos zu lieben. Seine Stöße kamen erschütternd, wütend, kraftvoll, und sie achtete noch nicht einmal mehr darauf, ihm im gleichen Rhythmus zu antworten. Jeden Stoß genoss sie mit einem lustvollen Stöhnen, das ihr tief aus der Kehle drang. Sie bog den Nacken und streckte die Arme über ihrem Kopf aus, während sie sich auf den Fellen hin und her wand.

Sein Nacken und seine Arme spannten sich hart an. Jede Sehne wölbte sich hervor, als er heftig in ihre feuchte Hitze stieß, Hüfte gegen Hüfte, ein Stöhnen gegen jeden gewimmerten Schrei, während er sie wild und zügellos in einen hemmungslosen Höhepunkt trieb.

Es kam schnell. Sie fühlte sich, als würde sie in den Abgrund stürzen, kopfüber in einen erschütternden Höhepunkt, und sie schrie dabei seinen Namen. Finian brüllte auf, als er seine eigene Klippe gefunden hatte und über den Rand trat, in sie hinein, als er sie küsste und sich in dieser Frau verlor.

Es gab nichts, vor dem er größere Angst hatte. Schwäche war es, was unmittelbar aus solchen Dingen folgte.

Finian und Senna lösten sich nur so weit voneinander, dass

er sich neben sie auf die Matratze sinken lassen konnte. Sie lächelte erschöpft, aber der Ausdruck in ihren Augen ließ ihn ebenfalls die Lider niederschlagen. Er rollte sich auf den Rücken und starrte hinauf zu den rauchschwarzen Balken an der Decke.

Senna schmiedete sich irgendwelche glänzenden Fantasien über ihn als Mann zurecht, über das, wozu er in der Lage war, und sie glaubte daran, wie andere an Gott glaubten oder an die Macht des Regens. Das würde niemals reichen. Er war auf der Welt, um seine Leute zu führen und sich dann selbst zu vernichten.

Es war immer noch Zeit, ihr klarzumachen, dass nichts anderes in ihm steckte. Gar nichts.

Er stieß die Felle fort und stützte sich auf den Ellbogen. Dann fuhr er mit dem Handrücken sanft über ihre Wange.

»Senna, du hättest es niemals zulassen dürfen, dass ich dich berühre«, sagte er leise, »ich werde dich ins Verderben stürzen.«

Sie rollte sich seinen sanften, aber warnenden Worten entgegen. »Nein.«

»Daran ist nicht zu rütteln, kleine Lady.« Er drückte ihr einen Kuss auf die Stirn, stand auf und zog sich an.

»Finian!«

»Nein, Senna, es geht nicht weiter. Ich kann es nicht mehr.« Sie wollte sich gerade erheben, erstarrte aber, als sie seine Worte hörte. Der Schock stand ihr ins Gesicht geschrieben. Noch nicht einmal Trauer. Er drehte sich weg. »Bleib hier im Zimmer.«

Er griff sich seine Waffen und stürmte zur Tür hinaus.

Unten im Burghof ertönten laute Schreie. Finian hielt inne, stieg dann die Stufen hinunter und stieß die Tür in dem Moment auf, als ein Page am Fuße des Turms auftauchte. Das

Gesicht des Jungen war vor Anstrengung gerötet, als er hoch-schaute und die Hände wie einen Trichter um seinen Mund legte.

»Eine Läuferin!«, rief er. »Eine Läuferin ist angekommen! Der König will seinen Rat sehen. Sofort!«

Der Ruf hallte in jeder Ecke des Burghofs wider. Schritte donnerten, Gürtelschnallen klackten, als die Männer unter-brachen, was auch immer sie gerade getan hatten, und in die Burg rannten. Einen Wimpernschlag lang blieb Finian wie erstarrt stehen. Dann machte er kehrt und stürmte die Treppe hoch, nahm vier Stufen auf einmal, bis er oben war und die Tür aufriss.

Senna hatte sich die Felle um den Körper geschlungen und stand am Fenster. Jetzt wirbelte sie herum und starrte ihn aus weit aufgerissenen Augen an.

»Du tust genau das, was ich dir sage, kleine Lady«, befahl er rasch. »Du bleibst hier und verriegelst die Tür. *Und leg das Messer nicht aus der Hand.*«

Schon war er wieder fort, war aus dem Zimmer gerannt, ohne sich noch einmal umzuschauen. Kälte legte sich Senna um die Schultern wie ein Umhang aus Eis.

Zwei Dinge verlangten ihre Aufmerksamkeit: dass Finian eben eingestanden hatte, dass es keine Zukunft für sie beide gab. Und dass er Angst hatte. Um sie.

Balffe zog die Zügel an. Die Soldaten neben ihm hielten sofort. Der Sonnenuntergang lag Stunden zurück, aber trotz Dunkel-heit und Kälte hatte Balffe sie immer weiter getrieben. Seit beinahe dreißig Jahren war er in dieser Gegend auf der Jagd, und er kannte diese Iren nur zu gut. Kannte O'Melaghlin nur zu gut.

Natürlich würde O'Melaghlin herkommen, und er würde die Hure de Valery hinter sich herschleppen. Direkt zu The O'Fáil, zu dem Mann, der O'Melaghlin vor Jahren aus dem Sumpf gezogen hatte. Damals, nachdem seine verhurte Mutter sich das Leben genommen hatte.

Weshalb er sich nicht rundum wohlfühlte, als er immer näher an die irische Festung heranritt. Finian O'Melaghlin befand sich darinnen. Aber der Mann würde auch herauskommen, und wenn er es tat, dann an der Spitze eines Heeres ... das vielleicht nur jämmerlich schlecht ausgerüstet sein mochte, aber einen Befehlshaber an seiner Spitze wusste, der kühn wie kein zweiter war. Und der über die beeindruckendsten Kriegskünste verfügte, die man in Irland kannte.

Balffe war sich dieser Besonderheiten nur zu bewusst. Über die Jahre hatte er sich nur allzu oft auf der Verliererseite wiedergefunden, weil er entweder die Absichten des Iren oder dessen Fähigkeiten unterschätzt hatte.

Aye, O'Melaghlin kommt heraus, sagte Balffe sich ein weiteres Mal. Und er würde ihn erwarten.

Keine Menschenseele konnte aus einer Burg entweichen, die er bewachte. Jedenfalls nicht, ohne dass wesentliche Teile seines Körpers dabei auf der Strecke blieben. Und ganz sicher nicht der irische Hund, der Balffes Schwester vor zehn oder mehr Jahren mit seinem giftigen Charme entwürdigt hatte. Herrgott, ja, diese Geschichte reichte ein kleines Stück in die Vergangenheit zurück, und O'Melaghlin würde daran zugrunde gehen, dass Balffe ihm das Messer ins Herz stieß und es langsam umdrehte.

Er würde sich persönlich darum kümmern.

Aber zuerst würde er sich Senna de Valery holen, die mehr Hexe als Weib war, und sie Rardoves bösartigem Vergnügen überlassen.

Und wenn sie ihm irgendwelchen Ärger machte, und sei es auch nur der kleinste, würde sie es schmerzlich bereuen. Wie jeder, der ungebeten mitanhören würde, auf welche Weise er dieser Hexe ihre vergeblichen Schreie nach Gnade entlocken würde.

Kapitel 46

Die Männer standen in der Kammer des Königs, als die Läuferin verschwitzt und erschöpft hereinstolperte. Es dauerte einen kleinen Moment, bis sie die Neuigkeiten über die Lippen brachte, und bis es so weit war, schwiegen die Männer angespannt. Die Frau presste sich die Hand in die Flanke und beugte sich vor Schmerzen keuchend nach vorn.

»Der königliche Gouverneur von ganz Irland marschiert mit massivem Aufgebot nach Norden.«

»*Wogan?*« Erschüttertes Gemurmel machte die Runde. Des Königs Justiziar und Gouverneur von ganz Irland? Der handverlesene Diener Edwards, der schottische Bär und Blutsauger der Iren, marschierte nach Norden?

»Sein Heer muss über viertausend Mann stark sein.«

Jemand fluchte leise. »Wie lange noch, bis die Männer hier sind?«, fragte Finian heiser.

»Zwei Tage, vielleicht noch einen halben dazu.«

Zwei Tage, um so viele verstreut lebende Verbündete – sowohl Iren als auch getreue Engländer – wie möglich zusammenzuziehen. Ein Vorhaben, um dessen Erfolg es umso düsterer aussah, je tiefer die Neuigkeit über das heranrückende englische Heer in ihr Begreifen einsank. Das hieß, dass sie es nicht nur mit Rardove und seinen Vasallen zu tun hatten, sondern jetzt auch noch mit John Wogan, Gouverneur der Insel und Lieutenant König Edwards.

Das war's dann wohl, dachte Finian.

»Das ist nicht alles«, keuchte die Botin und sank auf die Knie. »Der König der Sachsen kommt ebenfalls. Seine Truppen liegen in Wales und warten auf günstigen Wind. Wenn es so weit ist, will Edward Longshanks gegen Irland marschieren.«

Die Männer schwiegen schockiert. Alle drehten sich zu Finian, der blicklos an die Wand starrte. Er konnte den Herzschlag eines jeden von ihnen spüren, spürte, wie der seine sich verlangsamte und sein Körper sich in sich zusammenzog. Alles in ihm wurde kalt.

»Lasst mich mit Finian allein«, hörte er The O'Fáil sagen.

Als die Männer sich zurückgezogen hatten, sah der König Finian mit traurigem Blick an.

Das Rufen und Lärmen auf dem Burghof riss Senna aus ihren Gedanken. Am Saum der dunkelblauen Tunika, die Lassar ihr gegeben hatte, blieb die Binsenstreu hängen, als sie zum Fensterschlitz hinüberging und sich mit den Ellbogen auf das raue Sims stützte.

Senna schaute auf die Menschen auf dem Burghof herunter. Sie lachten und riefen sich freundlich spöttische Bemerkungen zu, während sie sich auf dem Burghof die Zeit vertrieben, bis das Festmahl begann. Neue Bekanntschaften bedeuteten neue Gedanken, neue Gespräche und vor allem neue Liebschaften. Und es war nur zu erregend, sich vorzustellen, dass der gut aussehende, charismatische Finian O'Melaghlin unter ihnen weilte.

Besser als alle Geschichten war Finian selbst, wenn er in all seiner Pracht und Herrlichkeit mit ihnen flirtete und sich amüsierte.

Du liebe Güte, wie halten diese Frauen es nur aus?, dachte sie beißend.

Unten im Hof öffnete jemand die Tür zur Hauptfestung. Gelbliches Licht und Gelächter quollen hinaus ins frostig blaue Zwielicht.

387

»Kommt her und schaut euch Finian an!«, rief jemand lachend.

Die Leute hasteten hinein, die Tür wurde zugeschlagen.

Kommt her und schaut euch Finian an. Ja, allerdings.

Er war zu ihr gekommen, um *sie* anzuschauen, als ihm der Sinn danach gestanden hatte. Aber Senna war schlicht nicht in der Lage, wie ein Schaukelpferd im Zimmer herumzusitzen und zu warten, bis Finian zu ihr kam und sie ritt, sobald seine Laune ihm die Sporen gab. Und dieses *Ich-werde-dich-ins-Verderben-Stürzen* – das war schlichtweg verrückt. Er war nicht fähig, sie ins Verderben zu stürzen. Und ebenso nicht fähig, wenn man es genau betrachtete, sie zu schützen. Darum hatte Senna sich bereits persönlich gekümmert.

Bei dieser Sache, die sich zwischen ihnen abspielte, ging es nicht um Verderben oder Schutz und Sicherheit. Es ging um etwas vollkommen anderes. Und die Zeit war gekommen, dass auch Finian das begriff, bevor er sie zurückließ und sich selbst in die Tasche log, während er ihr das Herz brach.

Senna hörte Stimmen unter dem Fenster. Die Stimmen einer kleinen Gruppe von Männern, die sich leise unterhielten. Als ob Bienen summten. Oder wie eine durchgehende Viehherde, die heranstürmte. Sie steckte den Kopf aus dem Fenster und lauschte angestrengt. Die Männer sprachen über Krieg.

Und über sie.

Senna zog sich vom Fenster zurück, warf sich ein gelbes Obergewand über ihre Tunika über und legte noch einen Umhang um die Schultern, dann eilte sie in die Halle.

Und in einem Punkt gehorchte sie Finian sogar: Sie hielt ihr Messer fest in der Hand.

»Ich werde Senna nicht zurückbringen«, wiederholte Finian beharrlich, nachdem die Männer den Raum verlassen hatten. Aber mit jeder Wiederholung sank ihm das Herz noch tiefer. Bis der König schließlich nickte.

»Also liebst du sie.«

Finian rang die Hände. »Warum sagt jeder das?«

Der König zog die buschigen Brauen hoch. »Weil du bereit bist, uns um ihretwillen in den Krieg zu führen.«

Finian starrte den König an und war nicht willens, zu wiederholen, dass dieser Krieg sich seit langer Zeit zusammenbraute. Stattdessen sagte er nur: »Sie hat mir das Leben gerettet. Ich schicke sie nicht zurück.«

»Sie lenkt dich ab. Macht dich schwach.«

Wie deinen Vater.

Was haargenau Finians größten Ängsten entsprach. The O'Fáil sprach die Worte nicht aus; aber das brauchte er auch nicht, denn sie schwebten wie Hitzewellen durch die Luft.

»Ich habe mich noch nie ablenken lassen«, erwiderte er leise, aber voller Zorn.

»Du hast uns auch noch nie im Stich gelassen.«

»Ich lasse Euch auch jetzt nicht im Stich!« Finian mied den Blick seines Pflegevaters. »Stehe ich nicht direkt vor Euch?«

The O'Fáil schaute ihn lange Zeit an. »Gibt es etwas, was du mir verschweigst?«

Finian atmete tief durch. Der König wartete. Finian wartete. Die beiden Männer starrten sich an, während das Schweigen sich zwischen ihnen dehnte. Ja, stellte Finian fest. Aus Enttäuschung konnte Bedauern werden. Und genau in diesem Moment überschritt sein Pflegevater die Grenze zwischen Enttäuschung und Bedauern.

»Der Grund, weshalb ich sie nicht zurückschicken kann«,

389

gestand Finian und hörte seine eigene Stimme wie aus weiter Ferne, »ist der, dass sie eine Färbehexe ist.«

Der König brachte lange Zeit kein einziges Wort über die Lippen. So lange, wie es brauchte, bis ein Schmerz so qualvoll wie ein stählerner Draht sich um sein Herz gelegt hatte. Oh Herr im Himmel, wenn das bedingungslose Treue war, dann handelte es sich dabei um eine sehr schmerzliche Angelegenheit.

Der König strich sich ein paar Mal mit der Hand über den Bart, dann über das Knie. »Ich dachte mir doch, dass sie mich an jemanden erinnert.«

Finian warf ihm einen scharfen Blick zu. »Mylord?«

»Es war wohl recht klug, dass du es mir nicht früher eingestanden hast«, grübelte The O'Fáil.

Finian verspürte leichte Ungeduld. Genug der Rätsel. »Und warum sollte es klug gewesen sein?«

»Weil Männer oft nicht mehr klar denken können, wenn eine Färbehexe im Spiel ist.«

Finian nickte knapp. Nein, nicht aus Klugheit hatte er die Zunge gehütet und auf einen Augenblick gewartet, in dem er mit seinem König allein sprechen konnte. Tatsächlich hatten ganz andere Gründe ihn dazu bewogen. Solche, die er selbst kaum begriff. Falls er ein verletzliches Wesen geschützt hatte, ein Geschöpf, das schwächer war als er, konnte er begreifen, warum sein König schwieg, denn es war eine Tat, die sich nahe am Verrat bewegte und mit Sicherheit Untreue bedeutete. Aber es war nicht das, was er empfand; ganz und gar nicht. Schutz geben wollen, ja, das stimmte. Aber Schutz einer ganz anderen Art. So, wie er es noch nie zuvor gewollt hatte.

Es gefiel ihm nicht. Es machte ihn ... schwach. Genau wie sein König gesagt hatte.

The O'Fáil musterte ihn mit geschürzten Lippen. Dann

fuhr er mit der Hand über den glatten Tisch. »Ist dir bekannt, dass Rardove vor Jahrzehnten auch eine Färbehexe hatte? Ich habe sie gesehen.«

Finian wurde kalt. »Nein, das wusste ich nicht.«

»Aye, so war es.« Der König hielt inne und ließ die Handfläche auf dem Tisch kreisen. »Und diese Färbehexe sah dem Mädchen verdammt ähnlich, das du mir mitgebracht hast.«

Die Kälte kroch Finian bis ins Mark. Er hatte Senna nicht dem König mitgebracht; und doch gehörte sie jetzt ihm.

Aber es gab noch eine andere Neuigkeit, die seine Aufmerksamkeit beanspruchte ... Sennas Mutter war eine Färbehexe gewesen – *in Rardoves Diensten?* Wie schlimm sollte es eigentlich noch kommen?

»Sie ist gestorben«, fuhr der König fort, »bei einem Fluchtversuch. Vor neunzehn Jahren.«

Finian nickte schweigend, während er die Ellbogen auf die Knie stützte und sich nach vorn beugte. Er starrte auf die Binsen auf dem Fußboden. Er konnte die Leute unten in der Halle hören, das laute Gesumm ihrer Gespräche, das die Treppe hinaufdrang. Jemand sagte etwas über Rardove, und dann ertönte ein Aufschrei vieler Stimmen. »Das englische Weib«, hörte er jemanden rufen.

»Bring sie zu mir«, befahl der König leise.

Zu dieser späten Stunde brannte nur noch ein kleines Feuer in einem Trog mitten in der Halle. Aber Sennas Augen hatten sich inzwischen an das Dämmerlicht gewöhnt. Lange Zeit hatte sie gewartet. Hatte die Männer durch die Halle in ein bewachtes Ratszimmer gehen sehen. Und wieder herauskommen. Sie hatte gewartet, bis jemand gekommen war, ihnen ihre Schlafstellen auf dem Boden zu richten.

Jetzt lag ein Haufen schlafender Männer in der Halle, schnarchend und furzend, auf den Bänken und dem binsenbestreuten Boden. Ein paar Männer hockten auf einer Bank am anderen Ende der Halle neben dem Feuer und unterhielten sich leise; aber abgesehen davon schien die Burg zu schlafen. Senna konnte nicht die ganze Nacht in der Ecke stehen bleiben und war kurz davor, sich ihre Niederlage einzugestehen und sich zurückzuziehen, als die undeutlichen Männerstimmen am Feuer ein wenig lauter wurden, gerade so viel, dass sie zu verstehen waren.

Der Schein der ersterbenden Flammen reichte gerade so weit, dass die um das Feuer Sitzenden Licht hatten, der Rest der Halle lag in Finsternis.

Senna drückte die Wange an die Mauer und lauschte reglos.

»Es ist nur die gesamte englische Armee, die er uns auf den Hals hetzt. Mehr nicht.«

»Ja, du hast recht. Aber ich bin heilfroh, dass ich bald wieder das Schwert schwingen darf. Egal warum.«

»Und diese Sache mit Rardove schleppt sich schon seit langer Zeit hin. O'Melaghlin behauptet, dass das englische Weib nichts damit zu tun hat.«

»Nichts damit zu tun, ha! Und nichts mit ihm zu tun. Ja, schon klar, das behauptet er«, beklagte sich einer der jüngeren Männer mit schriller Stimme. »Aber es ist so sicher wie das Amen in der Kirche, dass das Heer auf uns zumarschiert. Und das nur, weil *sie* hier ist.«

»Das ist wahr«, bekräftigte eine ältere Stimme. »Vielleicht ist es ja doch nicht wegen ihr, aber sie feuert die Sache auf jeden Fall noch ordentlich an.«

»Kein Grund, sich den Kopf zu zerbrechen«, warf ein anderer ein. »O'Melaghlin liebt die Ladys. Aber er wird nicht so weit gehen, unser Leben und unser Land wegen einer von ihnen in Gefahr zu bringen. Wozu gibt es die Weiber überhaupt, wenn nicht zum Flachlegen? Jedenfalls nicht für politische Sachen. Und das weiß er ebenso gut wie jeder andere Kerl.«

»Sogar noch besser.«

»Trotzdem«, knurrte der junge Mann betrunken, »wir sollten ihr klar machen, was wir über Weiber denken, die Kriege vom Zaun brechen.«

Er erhob sich unsicher und stolperte über die eigenen Füße. Die kleine Gruppe brach in schadenfrohes Gelächter aus und riss ihn wieder hoch.

Senna wich in der Finsternis zurück. Die ganze Zeit hatte sie die Hand auf die Brust gedrückt. Sie wartete, bis die Männer verschwunden waren, schlich dann mit pochendem Herzen aus der dunklen Halle und stolperte in die Herbstnacht hinaus.

Sie gehörte nicht hierher. Hier war sie nicht erwünscht.

Der Gedanke war ihr so vertraut, dass sie ihn beinahe schmecken konnte. Metallisch, kalt, rostig.

Was jetzt?

Senna machte kehrt und prallte mit Finian zusammen.

Kapitel 47

»Senna, was willst du hier?«

Sie schreckte zurück, aber Finian hatte sie bereits am Arm gepackt.

»Ich hatte dir befohlen, im Zimmer zu bleiben. Hier draußen bist du nicht sicher.«

Senna lachte höhnisch. »Nein. Ganz und gar nicht.«

Sie versuchte, sich loszureißen. Doch er hielt sie fest, zog sie sogar noch ein paar Zoll näher zu sich heran. Plötzlich fühlte sie Panik in sich aufsteigen und fing an, mit ihm zu ringen. Die rechte Hand schoss unwillkürlich zu der Klinge, die sie sich um die Taille geschnallt hatte. Aber so gut kannte er sie inzwischen, dass er wusste, wie sie sich verteidigen würde, und bevor ihre Finger die Klinge berühren konnten, hatte er sie ergriffen und herumgewirbelte, sodass sie mit dem Rücken zu ihm stand. Er umklammerte ihre Handgelenke mit einer Hand und legte die andere um ihren Hinterkopf. Sie stieß mit dem Kopf nach ihm. Immer wieder.

»Was zum Teufel ist los, Senna?« Er sprach ihr direkt ins Ohr.

Sie hörte auf, ihn mit dem Kopf zu attackieren. »Ah, dann treibt uns also dieselbe Frage um«, erwiderte sie leise. Finian stand warm und beruhigend hinter ihr und lauschte. »Du verrätst mir doch auch nicht, was hier vor sich geht. Schleppst mich in diese Festung ... keine Ahnung, warum ... und deine Leute sind nicht erfreut, mich zu sehen. Ich weiß, dass sich ein Krieg zusammenbraut, aber die Gründe kann ich nur erraten, denn du hast nicht viel mehr getan, als mir zu befehlen, im Zimmer zu bleiben. Und mich auf dem Bett zu nehmen.« Er spannte sich an, aber sie sprach weiter.

»Dann höre ich die Männer sprechen, darüber, wie ich den Krieg an ihre Küsten gebracht habe. *Ich* soll das getan haben? Du behauptest, es habe nichts mit mir zu tun. Aber natürlich hat es mit mir zu tun. Nun frage ich mich, warum um alles in der Welt solche Aufregung um ein Geschäft mit Wolle?« Sie spürte seinen Atem dicht an ihrem Ohr. »Natürlich geht es nicht um die Wolle. Die Wolle interessiert Rardove ebenso wenig wie die Iren. Es ging immer nur um die Wishmés.« Sie machte sich nicht die Mühe zu fragen, ob sie recht hatte.

»Jetzt sag mir, Finian: Was hat es mit diesen Schnecken auf sich, dass sie einen Krieg wert sind?«

Als er schwieg, gab sie sich selbst die Antwort.

»Ich habe keine Ahnung, warum und wie, aber dieser Krieg dreht sich um die Wishmés. Und deswegen auch um mich. Begreifst du, wie sich alles ineinanderfügt, wie ein sauber gewebter Stoff? Ich mache nichts als Ärger. Also sollte ich lieber verschwinden.«

»Nein.«

»Ihr solltet euren Krieg aus anderen Gründen führen.«

»Senna, die Sache ist weit darüber hinaus.«

Sie zerrte an ihrem Arm. »*Lass ... mich ... gehen.*«

Finian schaute auf sie hinunter, als wäre er überrascht, dass er sie immer noch festhielt, und öffnete seine Hände. Sie riss sich los und drehte sich zu ihm. Während er nicht bei ihr gewesen war, hatte er die Zeit gefunden, sich zu rasieren, sodass jetzt nur feine Bartstoppeln sein Kinn verdunkelten. Er musterte sie durchdringend.

»Die Männer haben gesagt, dass sie mich schnappen würden«, erklärte sie mit ruhiger Stimme, »um mir klarzumachen, was sie über Weiber denken, die einen Krieg vom Zaun brechen. Ich weiß, was sie vorhaben. Diese Lektion hat mir mein Ehemann bereits erteilt.« Sie streckte ihm das Kinn ein wenig mehr entgegen. »Wie ähnlich sie sich sind, die irischen und die englischen Männer. Beinahe hätte ich angefangen, anders darüber zu denken.«

Senna konnte nicht beurteilen, ob der Stich gesessen hatte, denn er packte sie bei den Schultern. »Wer hat versucht, dir so wehzutun?«, fragte er mit kaltem, fein geschliffenen Zorn.

Sie erschrak über die bedrohliche Veränderung seiner Stimme, schüttelte dann aber so heftig den Kopf, dass ihr das Haar über die Schultern schleuderte. »Ich habe keine Ahnung. Und es ist mir auch egal. Diese Männer spielen keine Rolle«, sagte sie, aber nicht: Nur du spielst eine Rolle. Denn das war ja ohnehin klar. »Ich werde nicht hierbleiben und darauf warten, dass es geschieht.«

Hatte er vielleicht einen Verdacht, worauf genau sie nicht warten wollte? Dass sie niemals wieder darauf warten wollte, zurückgewiesen zu werden – und dass doch jeder Sonnenaufgang an seiner Seite die niemals endende Zurückweisung immer wieder aufs Neue unter Beweis stellte?

Nein. Niemals wieder. Nicht durch ihre Mutter, nicht durch ihren Vater, und ganz bestimmt nicht durch Finian. Das, was sie mit ihm verband, war das einzig wahrhaft Wertvolle in ihrem Leben. Wenn sie ihm erlaubte, sie zu verlassen, wäre es verbrannt. Und nichts Gutes konnte aus der Asche entstehen. Nein, lieber wollte sie sterben.

Aber sie hatte nicht die Absicht, das zu tun.

Senna wollte sich ein Unternehmen aufbauen. Und wenn sie nach England zurück*schwimmen* musste. Mit Wolle kannte sie sich aus, und sie wusste auch, wie man sich durchschlug, um zu überleben. Mehr konnte niemand verlangen.

Aber Finian hatte natürlich die Schlussfolgerungen aus ihren Worten gezogen, er hatte sie begriffen, wie sie an dem Schmerz erkennen konnte, der sich in seinen Augen spiegelte. Er nahm die Hände von ihren Schultern und legte sie an ihre Wangen.

»Sag mir, was los ist, Finian. Oder ich reise ab.«

Er hielt inne. »Das lasse ich nicht zu.«

Senna lächelte bitter. »Du würdest dich mir doch nicht in den Weg stellen, oder?«

»Ich würde eine Wache auf dich ansetzen.«

»Ich würde das Messer nach ihr werfen.«

Verärgert stieß er den Atem aus den Lungen und ließ die Hände sinken. »Senna, es ist, wie ich dir gesagt habe. Die ganze Sache ist nichts als ein stinkender Sumpf. Du solltest keinen Fuß hineinsetzen.«

Sie beugte sich zu ihm. »Das habe ich bereits getan«, erwiderte sie heftig, »und zwar an dem Tag, an dem ich geboren wurde. Du solltest dir nicht einbilden, dass du mich retten kannst. Es ist umgekehrt. *Ich* kann *dir* helfen. Die Wahrheit ist, dass ich die Einzige sein könnte. Also sag mir, was los ist. Rardove will die Farben, und die Iren wollen sie auch haben? Sind sie so wichtig? Dann sei es so. Ich stelle sie her.«

Senna hatte die Worte rasch ausgestoßen, hatte sich in eine Entscheidung gestürzt, wie man sich von einer Klippe stürzt; man hat es seit einer Meile kommen sehen, aber am Ende macht man einfach diesen einen Schritt über den Rand.

Und dieses Mal fanden seine Hände den Weg bis zu ihrem Gesicht. Er umrahmte ihre Wangen und zog sie hoch, bis sie auf Zehenspitzen stand. »Das würdest du tun?«

»Ja. Das würde ich. Ich will es zumindest versuchen.«

»Warum?«

Sie schenkte ihm ein trauriges Lächeln. »Das weißt du nicht?«

Ihre Gesichter waren nur wenige Zoll voneinander entfernt. Seine Augen hatten sich mit Zorn gefüllt. »Ach, kleine Lady, warum verlangt es dich nur so sehr nach mir?«, knurrte er leise und bedeckte ihren Mund abrupt mit einem heißen, hungrigen und wütenden Kuss. Genauso abrupt ließ er von ihr ab und ließ sie wieder auf die Füße sinken.

»Senna, ich hab dir doch gesagt, dass wir Männer alle Idioten sind«, raunte er dicht an ihrem Ohr.

»Ich hatte nicht geglaubt, dass du dich selbst auch gemeint hast«, wisperte sie mit gebrochener Stimme.

»Oh, ich bin der schlimmste von allen, den man sich nur denken kann. Ich stürze sie ins Verderben. Ich sehe gut aus.«

Als er die Finger von ihren Wangen nahm, fühlte es sich überall dort, wo er sie berührt hatte, kalt an. Sogar an ihren Haarsträhnen. In ihrem Kopf herrschte nichts als Leere und Finsternis.

»Senna, es wird Zeit.«

»Zeit wofür?«, fragte sie wie benommen.

Der Mond war über dem runden Turm aufgegangen und schnitt sich hell aus dem saphirnen Himmel. »Deine Fragen zu beantworten. Und den König zu sehen.«

»Den König? Warum?«

»Die Wishmés.« Was auch immer in ihm vorgehen mochte, an seinen Augen konnte man es nicht ablesen; denn die blickten sie so herrlich und entrückt wie der Gipfel eines Berges an.

»Du hast es ihm verraten. Und nicht auf meine Zustimmung gewartet.«

»Mir blieb nichts anderes übrig. Sonst hätte er dich zu Rardove zurückgeschickt.«

Senna schaute ihn lange an. Ihre Fingerspitzen waren kalt. »Dir war klar, dass ich es tun würde, nicht wahr?«, sagte sie resigniert. »Du wusstest, dass ich am Ende die Farben für euch herstellen würde.«

Finian wandte sich von ihr ab. »Ich wusste gar nichts.«

»Nein? Nun, dann weißt du es jetzt.«

Kapitel 48

Finian ging Senna voran, ohne sich umzuschauen, ob sie ihm folgte. Er wagte es nicht, ihr in die Augen zu schauen, weil sonst die dünne Mauer seiner Selbstbeherrschung, die er aus gezügeltem Zorn in sich errichtet hatte, sofort eingestürzt wäre ... und dann würde er nackt und bloß vor ihr stehen, mit all seiner Sehnsucht und all seiner Scham.

Er führte sie in das Schlafzimmer des Königs, das dem Herrscher auch als Kanzlei diente. Im Vorzimmer gab es eine Feuerstelle, eine Zisterne, einen kleinen Tisch und ein paar niedrige Bänke. Finian lud Senna ein, sich zu setzen, was sie ablehnte, lud sie ein, etwas zu essen, was sie ablehnte, lud sie ein, etwas zu trinken, was sie heftig ablehnte.

»Whisky?«, bot Finian ihr an, weil er hoffte, das könnte den zornigen Schmerz in ihren Augen mildern – und vielleicht auch die Schläge, die noch kommen würden.

Senna warf ihm einen vernichtenden Blick zu. »Nein.«

»Es wird leichter ...« Er führte den Satz nicht zu Ende. Einen weiteren Schicksalsschlag würde Senna nicht verkraften. Sie stand aufrecht da, hatte das Kinn wie üblich vorgestreckt, und wurde von den Fluten des Lebens überrollt. Ja, sie wurde überrollt, nicht zum ersten Mal. Und jedes Mal stand sie wieder auf. »Schwäche« würde Senna nicht akzeptieren; daran konnte er nichts ändern. Und er wollte es auch gar nicht.

Der König hatte sich zurückgelehnt und das angespannte Gespräch der beiden verfolgt. Unvermittelt beugte er sich vor. »Warum wollt Ihr Euch nicht zu mir setzen, Mädchen?«

Sie schob das Kinn noch weiter vor, raffte leicht den Rock und setzte sich. Finian schüttelte den Kopf.

»Was wisst Ihr über die Wishmés, Mistress Senna?«

»Rein gar nichts. Wie ich *Lord Finian* bereits gesagt habe. Und Lord Rardove.« Sie legte die züchtig gefalteten Hände auf den Tisch und sah so steif und unnahbar aus wie eine schillernde Libelle. »Nur scheint mir niemand zu glauben.«

»Ich glaube dir«, brummte Finian. Der König zog eine Braue hoch und sank ein wenig in sich zusammen. Mit der Schulter lehnte er sich an die Mauer, die Arme hatte er vor der Brust verschränkt. Senna starrte ihn an.

Der König reichte Finian das Färber-Buch. Senna starrte ihm direkt in die Augen, bohrte sich förmlich mit stillem Zorn in seinen Blick hinein, sodass sie nicht sah, wie das Buch von Hand zu Hand ging.

»Dann seid Ihr also auch nicht in der Lage, das hier zu entziffern, nicht wahr?«, stieß der König aus.

Es verging ein Moment, ehe sie ihren feindseligen Blick von Finian abwandte. Der König zeigte auf das Buch. Als Senna es sah, erschrak sie sichtlich. Sprang vor Schreck sogar auf.

»Wie das? Es ... es gehört meiner Mutter.« Finian gab ihr das Buch, als sie die Hand danach ausstreckte. »Woher hast du das? Es gehört Mama.«

»Ich weiß«, sagte er mit belegter Stimme.

Sie blickte zu ihm hoch, ihr Gesicht war blass geworden. »Du weißt es? Woher hast du es?«

»Von meinem Verbindungsmann. Red.«

Senna starrte Finian fassungslos an. Sie streckte die Hand aus und tastete haltsuchend nach dem Tisch, neben dem sie stand.

»Red?«, wisperte sie. »Aber das ... das ist mein Vater.«

»Er war ein Spion«, erklärte Finian.

Senna hatte sich nicht gerührt, seit sie schlagartig begriffen hatte, was Finian ihr eröffnet hatte. Der König hatte die beiden allein gelassen. Das Zimmer war klein, aber warm. Aber das war auch alles, dessen Senna sich auf der ganzen Welt noch sicher sein konnte, abgesehen davon, dass Finian ihren Blick unnachgiebig festhielt. Andere Gewissheiten gab es nicht mehr.

»Dein Vater war Engländer«, erläuterte er mit seiner kräftigen Stimme, während er Senna half, sich zu setzen. Er stützte sie, als sie beinahe zu Boden glitt. »Aber er hat auch gegen König Edward spioniert. Und ich vermute«, fügte er hinzu, »das gilt auch für deine Mutter.«

»Spione«, wisperte sie und brachte es nicht fertig, in normalem Tonfall über diese Neuigkeiten zu sprechen. Das, was sie eben erfahren hatte, verlangte, dass nur darüber geflüstert wurde. Wie bei allen Geheimnissen. »Ich verstehe nicht.«

Doch, sie verstand. In einem kleinen Winkel ihres Herzens verstand sie ganz genau, was er meinte. Viel zu viele Nächte hatte sie versucht, nicht den Auseinandersetzungen zu lauschen, die sich ganz anders als der übliche Streit mit Gläubigern angehört hatten. Zu viele Erklärungen waren niemals gegeben worden. Zu viele Schotten waren bei ihnen ein- und ausgegangen.

»Meine Mutter war Schottin«, sagte sie, als würde das erklären, dass ... ja, was? »Ihre Mutter ... meine Großmutter ... wurde nach England geschickt, um dort zu heiraten. Ihre Familie gehörte dem Adel an und musste sich diesem Befehl beugen. Aber meine Mutter hat immer die schottischen Heiligen angerufen, wenn sie mich getadelt hat. Und sie hat Schottland als ihre Heimat betrachtet. Mein Vater ...« Sennas Stimme brach. »Mein Vater hat immer gesagt, ›wie Elisabeth fällt, so falle ich auch‹.«

401

Ihre Augen füllten sich mit Tränen. »Warum haben sie es mir nicht gesagt?«

Er schaute sie lange an, bevor er wieder das Wort ergriff. Ihr Herzschlag schien sich zu beruhigen. Sie fühlte sich besser. »Vielleicht wollten sie nicht, dass du dich darin verfängst. Dass dir wehgetan wird.«

»Oh«, stieß sie traurig aus, »ich glaube, das war schon geschehen.«

»Deine Mam ist tot, Senna.«

»Das habe ich vermutet«, sagte sie mit einer kalten Würde, die sich wie eine Hülle um sie zu legen schien. Keine Tränen. Nicht weil sie im Stich gelassen worden war. Niemals wieder. »Zwanzig Jahre sind verstrichen, seit sie fortgegangen ist. Es ist nur vernünftig, zu vermuten, dass sie vielleicht ...«

»Sie ist gestorben, als sie versucht hat zu fliehen.«

Senna wandte den Blick ab. Er fiel auf den Teil des Bodens, der nicht mit Binsen bedeckt war. Die Steine unter dem Sessel des Königs sahen kalt aus.

»Fliehen? Vor wem?«

»Vor Rardove.«

Senna schwankte. Ihre Knie gaben nach. In ihrem Kopf begann es dumpf zu hämmern. Sie glitt an der Wand hinunter auf den Boden. Ihr Rücken stieß gegen die raue Wand. »Nein. Nicht er. Nicht Rardove.«

»Aye. Rardove.« Finian zog sie auf die Beine und half ihr, sich zu setzen. »Und jetzt marschiert der König von England auf Irland zu, vielleicht um dessentwillen, was deine Eltern getan haben.«

Senna schaute erschrocken auf. »König Edward? Marschiert hierher?«

»Aye.«

»Das ist Wahnsinn! Ist ihm ein Krieg nicht genug?«

»Nicht, wenn das auf dem Spiel steht.« Finian zeigte auf das Färber-Buch. »Das Geheimnis der Wishmés. Sieh es dir an.«

Senna schüttelte den Kopf.

»Senna, du kannst der Sache nicht aus dem Weg gehen, nur weil du möchtest, dass sie nicht existiert.«

Wieder schüttelte sie den Kopf. Aber Finian berührte sie am Kinn und unterbrach die Bewegung. Er streckte ihr das Buch entgegen.

»Sieh es dir an.«

Kapitel 49

Senna nahm das Buch.

Es sah aus wie die Zeichnungen auf dem Fächer, den sie von einem unbekannten schottischen Onkel anlässlich ihrer Verlobung an ihrem fünfzehnten Geburtstag bekommen hatte.

Und natürlich hatte sie das Buch selbst auch schon gesehen, wenn auch nur ein einziges Mal: in der Hand ihres Vaters, als er die Treppe hinuntergeeilt war, um zu den Männern zu gehen, die miteinander gestritten hatten.

Langsam blätterte sie die Seiten um, erkannte die vertraute Handschrift ihrer Mutter sowohl in den Buchstaben als auch in den Skizzen. Dann blätterte sie schneller und schneller. Ein Schauder rann ihr über den Rücken. Die Bilder waren hocherotisch, die Rezepturen, die Mengenangaben und die Zusammenstellungen bemerkenswert genau und ausführlich. Die Berechnungen leicht erschreckend.

Senna zwang sich, aufzuschauen. »Was ist das?« Die Frage klang matt, genau so, wie ihr Herzschlag sich im Moment anfühlte. Stolpernd und flach.

»Das ist das Geheimnis der Wishmés. Es sind Waffen. Sie explodieren.«

»Oh, du lieber Himmel.« Nach und nach begriff sie, fühlte sich, als würden Klarheit und Erkenntnis sich wie die Ringe eines alternden Baumes um sie legen. »Nein, das kann nicht sein. Meine Mutter hat keine Waffen hergestellt.«

Finian drängte sie unbarmherzig. »Doch, das hat sie. Sie hat die alten Rezepturen wiederentdeckt und niedergeschrieben. Und das hier hat sie auch gemacht.«

Er reichte ihr eine Tunika, die offensichtlich für ein Kind

gedacht war. Senna ließ die Finger über den Stoff gleiten, berührte, was sie kaum sehen konnte. Es glänzte und flimmerte in seiner Hand. Das Herz hämmerte ihr in der Brust, aber sie hatte keine Ahnung, warum das so war. »Was ist das?«

»Die perfekte Tarnung.«

»Gott möge uns beistehen«, wisperte sie und berührte es wieder. »Wie?«

»Mit einem bestimmten Farbstoff. Und in einem bestimmten Gewebe. Aus einer bestimmten Wolle.«

Ihre Finger zitterten. »Aus meiner Wolle.«

»Aye. Deine Mutter hat mit der Zucht begonnen, nicht wahr?«

Senna schüttelte fassungslos den Kopf. »Nein. Das hätte sie niemals getan. Meine Mutter hätte niemals Waffen hergestellt ...«

»Lässt man die Wishmés explodieren, könnte man damit eine Festung sprengen. Und damit«, Finian zeigte auf den Stoff, »damit könnte man in die Festung hineingelangen. Irgendwann. Irgendwo. Irgendwer.«

Senna starrte die Tunika an und berührte sie kurz am Saum. »Sie sieht aus wie die Tunika eines Kindes«, sagte sie benommen.

Finian hockte sich vor sie hin und ließ die Fingerspitzen auf ihrem Knie ruhen, berührte sie nur ganz sacht. »Das habe ich auch gedacht. Als wäre sie für ein kleines Mädchen gemacht.« Er schloss die Finger um ihre Hand. »Damit es vor allem Bösen geschützt ist.«

»Oh«, wisperte Senna. Sie stieß einen Schluchzer aus, der wie ein kleines Lachen klang. »Wäre meine Mutter wieder nach Hause gekommen, wäre das wohl noch besser gewesen.« Sie schluckte und rutschte auf der Bank hin und her. »Und Sir Gera ... mein Vater?«

405

»Ich kannte ihn unter dem Namen Red.«

»So haben wir ihn auch genannt.« Niedergeschlagen sah sie ihn an.

Die trockene Binsenstreu raschelte unter ihren Füßen, und Finians Hand auf ihrem Knie war warm und beruhigend. »Red ist der Name, bei dem er meine Mutter zu rufen pflegte. Wegen Mamas rotem Haar«, erklärte sie und ließ sich so sehr von den lebhaften Erinnerungen an ihre Eltern davontragen, dass all ihre Sinne hellwach wurden.

Sie waren in der Dämmerung im Teich schwimmen gewesen, als es für Senna, sie war damals vier Jahre alt, Zeit war, ins Bett zu gehen. Vater hatte am Ufer gesessen und hatte irgendetwas gemurmelt. Ihre Mutter hatte gelächelt und war zu ihm geschwommen, ihre Arme hatten im grünlichen Wasser blass geschimmert und ihr rotes Haar hatte sie umschwebt wie ein Schleier. In jener Nacht, als Senna auf Zehenspitzen zum hinteren Tor hinausgeschlichen war, hatte die ganze Welt nach Rosen und Moos gerochen, der Mond war am Himmel aufgestiegen und sein weißes Licht hatte durch das Laub des Weidenbaums geschimmert.

Senna atmete tief durch und ließ die Erinnerung verfliegen. Sie befand sich wieder in einem fremden Zimmer, saß auf einer harten Bank und spürte Finians aufmerksamen, behütenden Blick auf sich.

»Du sagtest, dass er deine Mutter Red genannt hat«, drängte er sie sanft.

Sie nickte. »Es wurde ein Scherz daraus, stattdessen Vater so zu rufen. Alle schottischen Onkel und Mama haben es getan. Ausgerechnet Vater mit seinen schwarzen Locken. Was ist ihm zugestoßen?«, fragte sie unvermittelt.

Finian lehnte sich zurück, hockte aber immer noch vor ihr. »Ach, Mädchen. Er ist gestorben.«

Senna nickte. Natürlich war er gestorben. Er hatte ein gefährliches Leben gelebt, wenn auch keines von Ausschweifung und Verfall, wie sie angenommen hatte. Sein Leben war bestimmt gewesen von politischen Intrigen und Tapferkeit und seinem gebrochenen Herzen. Er war verpflichtet, Edward daran zu hindern, sich das Heimatland seiner Ehefrau dadurch zu unterwerfen, dass er den Rachen aufsperrte und es verschluckte. Ihr Vater war ein sehr pflichtbewusster Mann gewesen, und er hatte seine Frau geliebt, sogar über deren Tod hinaus.

»Meine Eltern haben sich geliebt«, sagte Senna wie benommen. All die Jahre hatte sie geglaubt, dass ihre Mutter sie im Stich gelassen hatte. Dass sie ihren Vater nicht geliebt hatte. Was für eine Schande.

»Senna, er war nicht allein.« Finians Worte drangen durch den Schleier der Erinnerung, der sie einhüllte. »Als sein Ende kam, war ich bei ihm.«

Natürlich war Finian bei ihm gewesen. Natürlich war er geblieben. »Das ist gut zu wissen«, sagte sie stockend.

»Er hat von dir gesprochen, Senna. Seine letzten Worte haben dir gegolten. Er hat mir aufgetragen, dich zu beschützen. Über alles.«

Sie biss sich auf die Unterlippe. Und was sollte sie jetzt damit anfangen? Es entsprach bestimmt der Wahrheit. Warum auch sollte er sie verletzen wollen? Ihr Vater hatte sie auf seine Art geliebt, davon war sie überzeugt. Aber das, was ihre Eltern miteinander gehabt hatten, hatte nur den beiden gehört. Das wusste Senna jetzt.

Auch nach dem Tod ihrer Mutter hatte diese Liebe ihren Vater nie mehr losgelassen: Wie ein Adler, der sich mit scharfen Krallen einen Fisch griff und nicht mehr freigab, hatte all sein Denken immer wieder um diese eine schreckliche Tatsache gekreist: Seine Frau war ermordet worden.

407

Und natürlich war sie mehr als nur seine Ehefrau gewesen. Sie war seine Inspiration gewesen und seine Geliebte – die Geliebte eines Spions. Wie hätte ein Kind damit konkurrieren können?

Und ihr Vater, dachte Senna, hatte die folgenden zwei Jahrzehnte seines Lebens damit verbracht, vorzugeben, jemand zu sein, der er gar nicht war. Er hatte sich von Rachegedanken und Intrigen beherrschen lassen, und seine beiden kleinen Kinder hatten keinen Platz mehr in seinem Leben gehabt.

»Finian?«, fragte sie mit belegter Stimme.

Er hockte immer noch vor ihr, schaute sie an und wartete. Die Unterarme hatte er auf die Kante der Bank gestützt, und die Handflächen lagen leicht auf Sennas Hüften. Mit dem Daumen streichelte er sie zart, wahrscheinlich ohne sich dessen bewusst zu sein.

»Danke, dass du meinen Vater nicht allein hast sterben lassen.«

»Dafür musst du mir nicht danken, Senna.«

Seine Worte lockerten ihre Tränen. Sie lehnte sich zu ihm vor, bis ihre Stirn seine berührte. Wie aus weiter Ferne hörte sie, dass die Tür geöffnet wurde, dass Schritte näher kamen und verharrten, Finian sich aber nicht von ihr löste. Seine Berührung half, obwohl ihre Gefühle sich immer noch überstürzten wie ein Wasserfall. Und mit jeder Träne fluteten neue Bilder aus dem Buch ihrer Mutter durch ihren Kopf, blitzten auf und wirbelten durcheinander.

Während die Bruchstücke der Erinnerung auf sie einstürmten, an ihren Platz rückten und in ihr Gedächtnis sanken, spürte Senna, dass etwas daran nicht stimmte. Dass etwas fehlte.

Sie richtete sich auf. »Lass mich das Färber-Buch noch einmal ansehen.«

Er reichte es ihr. Sie blätterte es bis zum Ende durch. Dann einige Seiten zurück, dann wieder vor bis zum Ende. Ganz langsam.

»Was ist los?«, fragte Finian und versuchte, den drängenden Tonfall zu dämpfen. »Was stimmt nicht?«

Sie schaute auf. »Es fehlen Seiten.«

»Woher weißt du das?«

Senna streckte ihm das Handbuch entgegen. »Schau, hier. Es ist zerrissen.«

Finian fuhr mit dem Daumen über die schwache, abgegriffene Kante einer herausgerissenen Seite.

»Ist das sehr wichtig?«, fragte der König von der Tür her.

Senna erhob sich und ging zu ihm. Sie blätterte wieder bis zum Ende und reichte ihm das aufgeschlagene Buch. »Seht Ihr diese Zahlen? Und diese Zusammenstellung von Worten und Symbolen? Das sind die Zutaten.«

Der König blickte erst sie und dann Finian an. »Ich dachte, Ihr versteht nichts vom Färben.«

Sie hörte, wie Finian sich erhob, und zuckte mit den Schultern. »Das stimmt. Ich kann nicht sagen, warum ich es weiß. Ich ... ich weiß es einfach.«

»Die Legende behauptet, es liege im Blut.«

Senna seufzte tief. »Ich bin diese Legenden und Geschichten aus der Vergangenheit gründlich leid. Ich weiß nicht, woher ich mich mit diesen Dingen auskenne. Ich weiß es einfach. Und ich kann Euch versichern, dass die Anweisungen auf dieser Seite zu abrupt enden. Es gibt noch mehr Seiten, und diese Seiten fehlen in diesem Buch. Und das *computare* für das hier«, sie zeigte auf die glänzende Tunika auf der Bank, »also die Berechnung findet sich auf den fehlenden Seiten.«

Finian atmete tief durch. Der König schaute ihn an. Der

Pelzbesatz seines Ärmels streift ihren Arm, als er sich zu Finian drehte.

»Die Seiten könnten überall sein«, sagte der König und schickte sich an, das Zimmer zu verlassen. »Oder bei irgendwem. Aber es muss sich um jemanden handeln, den Red gut kannte. Finian, ruf eine Schar erfahrener Männer zusammen. Männer, die wissen, wie man den Kopf unten hält und die Ohren aufsperrt. Wir haben noch einen weiteren Verbindungsmann, der vielleicht gehört hat ...«

»Ich weiß, wo die Seiten sind«, unterbrach Senna ihn mit klarer Stimme, »ich weiß, wo die fehlenden Seiten sich befinden.«

Der König fuhr herum.

»Wo?«, fragte Finian mit dumpfer Stimme.

»In Rardoves Burg.«

Finian schloss die Augen. Senna starrte blicklos an die Wand.

»Wir müssen sie zurückholen.« Mehr sagte der König nicht.

Kapitel 50

Lange Zeit herrschte Schweigen im Zimmer. Und dann schien es, als hätten sich unsichtbare Worte in der Luft geformt und allein an Finians Ohren gedrungen, denn er wandte sich zum König und sah ihn durchdringend an.

»Nein.«

The O'Fáil fixierte Senna mit starrem Blick. Finian trat dazwischen. »Nein.«

Der König richtete den Blick auf ihn.

»Sie kehrt nicht dorthin zurück«, stieß Finian aus.

»Sie kann uns Zeit erkaufen.«

»Sie ist schon von zu vielen Leuten benutzt worden, um zu viele Dinge zu erkaufen.«

»Du begreifst es nicht, oder?«, sagte The O'Fáil. Der tiefe Klang seiner Stimme unterstrich, wie ernst es ihm war. »Zuerst kommt Schottland an die Reihe. Und dann wird Edward in Irland einfallen, tiefer und immer weiter. Solange, bis sie das Land niemals wieder verlassen. In tausend Jahren nicht. Was, wenn der König der Sachsen seine Männer in jede Burg hineinbringen kann, die er sich wünscht? Ungesehen? Wenn er in der Lage ist, eine Explosion im Schlafzimmer eines jeden Edelmanns zu zünden, der sich ihm widersetzt?« Der König sprach langsamer. »Wir können Edward nicht die Macht der Wishmés überlassen. Das muss verhindert werden.«

»Dann soll es so sein. Ich werde ihn töten.«

The O'Fáil lachte auf. »Wenn die Engländer die Rezeptur in ihren Händen haben, wirst du jeden König töten müssen, der nach Edward folgen wird, mein Sohn. Und keinesfalls wird es dir gelingen, dich den Longshanks auch nur auf eine Meile zu

411

nähern. Nicht wenn du derjenige gewesen bist, der ihm seine Färbehexe gestohlen hat. Sobald man deiner angesichtig wird, bist du ein toter Mann.«

Senna hob den Kopf, und der König schaute zu ihr. Sie wandte den Blick ab, ergriff einen Strohhalm und fing an, der Länge nach kleine Knoten hineinzuflechten. Der Mond stieg höher, und sein runder Rand schob sich über den schmalen Fensterschlitz.

»Wir schicken sie nicht zurück«, wiederholte Finian kategorisch.

Der König musterte Sennas Profil. »Nein«, stimmte er langsam zu und wandte sich wieder an Finian, »das gehört nicht zu den Dingen, die man einer Seele antun sollte. Sondern zu denen, die sie selbst wählen.«

»Gut.« Finian maß den König mit hartem Blick. Die Worte tropften ihm so langsam aus dem Mund wie das Wasser in der Zisterne. »Dann sind wir uns einig. Sie bleibt.«

Der König zog die Braue hoch. »Ich werde sie nirgendwohin schicken.«

Finian nickte und wandte sich an Senna. »Mach dir keine Sorgen. Du gehst nicht zurück.«

»Natürlich nicht«, bestätigte sie.

Er hielt inne. »Es ist zu gefährlich.«

»Ja, das ist es.«

Finian verengte den Blick.

»Aber was könnte das Mädchen sonst tun?«, warf der König ein. Seine Worte klangen gleichmütig, sein Gesicht wirkte gleichmütig. Ausdruckslos.

Er wünschte, dass sie Finian *genau* erläuterte, was sie tun konnte.

»Eben darum, Mylord«, sagte sie liebenswürdig, »es gibt nur wenig, was ich tun kann. Abgesehen von der erfreulichen Tatsache, dass ich weiß, wo sich die fehlenden Seiten befinden. Ich könnte sie zurückholen.«

»Wir könnten auch seine Burg in Brand setzen«, schlug Finian ebenso liebenswürdig vor, »was wir ohnehin tun werden. Und kümmern uns dadurch zugleich um die Seiten.«

»Sehr wahr. Es sei denn, Rardove hat sie bereits gefunden und vielleicht versteckt. In diesem Fall besäße ich die größten Chancen, sie zu finden.« Finian starrte sie an. »Ich könnte Zeit schinden und ihn glauben lassen, dass ich die Farben für ihn herstelle. Und damit ich das tun kann, müsste er mir die fehlenden Seiten geben. Dann könnte ich sie vernichten oder Euch bringen.«

»Vernichtet sie«, befahl der König.

»Dazu bist du nicht verpflichtet«, sagte Finian knapp.

Sie schenkte ihm ein trauriges Lächeln. »Nein, das bin ich nicht. Allerdings ist es keine Frage der Pflicht.«

Finian machte einen Schritt auf sie zu. Senna war überzeugt, dass er die Absicht hatte, sie einzuschüchtern, ihren Widerstand zu brechen. »Wir hätten diesen Krieg auch geführt, wenn du nicht aufgetaucht wärst, Senna. Es hat nichts mit dir zu tun.«

Sie nickte. »Eben darum. Da hast du recht.«

Er trat noch einen Schritt näher. Sie legte ihm die Hand auf die Brust. »Beruhige dich, Finian«, stieß sie in höchst gekränktem Tonfall aus, »ich sage ja, du hast recht.«

Senna und Finian starrten einander an, bis sie ein wenig hüstelte. Dann stärker. Senna hielt sich die Fingerspitze an die Kehle und hustete heftiger. »Könnte ich etwas zu trinken bekommen?« Ihr Husten wurde lauter. »Um offen zu sprechen, vielleicht einen Schluck Whisky?«

Finian starrte sie noch einen Moment an und ging zur Tür.

413

Auf dem Weg dorthin warf er dem König einen kurzen, aber bedeutungsvollen Blick zu. »Ich komme wieder.«

Er verließ das Zimmer und rief nach einem Diener. The O'Fáil und Senna warteten einen Moment, dann wandte der König sich an sie.

»Wisst Ihr, wie in Irland Könige gemacht werden?«

»Halt.« Sie stand auf. »Ich sollte jetzt gehen. Aber nicht, um ihn zum König zu machen.«

Der König erhob sich ebenfalls, und mit raschen Schritten verließen sie die Kanzlei. »Ihr glaubt, dass Ihr die Seiten finden könnt?«

»Aye.« Ihre Antwort klang düster, aber im Herzen fühlte sie sich trotz aller Schrecken froh. Die Angst kroch heran, wollte sie jagen, aber Senna ließ sich von ihr nicht in die Flucht schlagen. Das musste etwas zu bedeuten haben.

Der König erteilte einigen Männern aus seiner Leibgarde rasch ein paar Befehle und schickte jemanden, der Finian aufhalten sollte, während sie zu den Ställen eilten. »Seid Ihr Euch auch ganz sicher, Mädchen?«

»Könntet Ihr den Krieg gewinnen, wenn ich es nicht wäre?«

Er lächelte grimmig. »Wenn Ihr es nicht wärt, spielte es auch keine Rolle.«

»Aber dann würde Finian getötet werden.« War das wirklich ihre Stimme – dieser raue, kehlige Klang?

The O'Fáil zuckte die Schultern, als sie in den Burghof eilten. »Menschen sterben in Schlachten, Mädchen. Wann und wie, das kann man nicht vorhersagen. Aber falls es Rardove und Longshanks tatsächlich gelingt, die Rezeptur in die Finger zu bekommen, dann kann ich alles Weitere sehr wohl vorhersagen, und zwar bis hin zu der Frage, wie sie die Seile um Finians Hand- und Fußgelenke knüpfen werden.«

»Dann habe ich keinerlei Zweifel mehr.«

Über ihnen die Sterne glitzerten scharf und hell, als sie die Ställe erreichten. Gelbes Licht quoll aus dem Fenster. Die Tür war weit aufgerissen, sodass der Dreck im Burghof beinahe golden glänzte.

»Ich werde meine Männer anweisen, Euch bis zu den Hügelgräbern zu bringen«, kündigte der König an, als sie den Stall betraten. »Und sie werden Euch im Blick behalten, bis Ihr Euch dem Fluss nähert. Nur um sicherzugehen, dass Euch nichts zustößt.«

Ihre Situation war ganz und gar nicht lustig, aber das Bedürfnis, in lautes Gelächter auszubrechen, hätte Senna beinahe überwältigt. »Aye«, stimmte sie feierlich zu, »bis ich in Sicherheit bin.«

Rasch hatte der König Umhänge für sie herbeischaffen lassen, denn die Nacht war frostig. Drei irische Krieger sattelten die Pferde. Sie saßen auf, und einer reichte Senna die Hand, um sie hinter sich aufs Pferd zu heben. Das Pferd war warm, der Rücken der Rüstung des Soldaten hingegen kalt.

»Schlingt die Arme um mich, meine Schöne«, murmelte er mit seinem breiten irischen Akzent. »Keine Sorge, ich lasse Euch nicht fallen.«

Oh, Herr im Himmel, aber sie hatte eine solche Angst, dass sie fürchtete, auf der Stelle zu vergehen.

Der König streckte seine Hand hoch, ergriff ihre und drückte sie. »Vor kaum einer halben Stunde ist Balffe am Flussufer gesichtet worden. Falls wir Euch dort zurücklassen, wird er Euch binnen kürzester Zeit ergreifen.«

Senna nickte, da die Angst ihr die Kehle zuschnürte und jedes Wort unmöglich machte. Bis sie die Angst schließlich abschüttelte. »Was werdet Ihr Finian sagen?« Die Welt schien wie aus den Angeln gehoben. Nichts von dem, was geschah, war je-

415

mals für möglich gehalten worden. Wie hatte es geschehen können, dass die Schafzüchterin Senna sich anschickte, Schottland und Irland zu retten?

Der König nickte den Reitern zu. Die Pferde verließen den Stall. Trapp, trapp, trapp, über die dicke Schmutzschicht auf dem Boden, hinaus in die glitzernde Nacht.

»Ich werde ihm sagen, dass Ihr Eurer Mutter sehr ähnlich seid«, hörte Senna den König sagen.

»Nein.« Sie hatten den Stall verlassen. Senna drehte sich nicht um, hob nur die Stimme. Eigentlich erwartete sie, zittrig und gebrochen zu klingen. Aber so war es nicht; ganz im Gegenteil, sie klang stark. »Sagt ihm, dass er aus stärkerem Stahl geschmiedet ist als die Irrtümer anderer Menschen. Sagt ihm, dass er ein gebieterischer König sein wird. Und sagt ihm, ich hätte erkannt, dass wir uns beide geirrt haben. Denn ich brauche ihn ganz und gar nicht. Ich habe ihn schlicht erwählt.«

Wie vereinbart ließen die irischen Krieger Senna am Fuße des großen Hügels absteigen. Weniger als eine halbe Meile entfernt war der dunkle bedrohliche Fluss zu ahnen; die am Ufer verstreut stehenden Bäume sahen aus wie Asche.

Die Iren warteten, bis die Dunkelheit Senna verschluckt hatte. Sie blickte nur einmal zurück und sah die Männer reglos auf ihren Pferden sitzen und ihr nachschauen. Am Horizont zogen Wolken auf.

Die Kundschafter hatten gesagt, dass Balffe ungefähr eine halbe Meile entfernt war. Aber sie konnte ihn jetzt schon spüren. Seine Feindseligkeit durchdrang die Finsternis und zog sich wie ein Netz immer enger um Senna zusammen.

Kapitel 51

Finian kehrte mit einem Krug Ale in das Zimmer zurück und blieb abrupt stehen. Die beiden Diener in seinem Schlepptau, die Tabletts mit Essen und Trinken trugen, wären fast in ihn hineingelaufen. Der König saß dort, wo er vorher auch gesessen hatte. Nur Senna war fort.

Vorsichtig stellte Finian den Krug ab. »Wo steckt sie?«

Der König schüttelte den Kopf.

Finian machte auf dem Absatz kehrt, lief in sein Schlafzimmer und begann, seine Rüstung anzulegen.

Kurze Zeit später betrat The O'Fáil das Zimmer, ohne ein Wort zu sagen. Die Neuigkeit verbreitete sich wie im Fluge; mehr und mehr Männer strömten in Finians Zimmer, um dagegen zu protestieren, dass er Hals über Kopf die Verfolgung des englischen Weibes aufnahm.

»Ihr solltet sie einfach ziehen lassen«, sagte Brian. Seine schläfrigen Augen hatten sich mit Zorn gefüllt, nachdem er, durch den Lärm aus dem Schlaf gerissen, in Finians Zimmer gekommen war. Inzwischen standen zehn oder mehr Männer in der kleinen Kammer eng beisammen und diskutierten.

»Und Ihr solltet Eure Zunge hüten«, erwiderte Finian. Das Kettenhemd, das er sich gerade über den Kopf zog, dämpfte seine Worte.

Brian schüttelte den Kopf, rieb sich die Augen und nahm einem müden Diener, der die Runde durch die unerwartete Ratsversammlung machte, den Krug Ale ab. »Ihre Einmischung hätte uns nichts als Ärger eingebracht. Ohne sie sind wir viel besser dran. Ich begreife wirklich nicht, warum Ihr Euch an die Verfolgung macht.«

»Und ich begreife nicht, warum ich Euch nicht einfach umbringe«, erwiderte Finian liebenswürdig und bückte sich, um die Reitstiefel anzuziehen. Mit den Ellbogen stieß Alane sich den Weg ins Zimmer frei; er trug bereits sein Kettenhemd und setzte ein grimmiges Lächeln auf, als er die im Zimmer versammelten Männer sah.

Brian setzte sich auf eine kleine Bank an der Wand. »Nun, Ihr wollt wirklich an umgeknickten Grashalmen schnüffeln, um ihre Fährte aufzunehmen, während wir in den Krieg ziehen?«

Finian achtete nicht auf ihn. Er tastete mit den Händen nach den Klingen, die er an seinem Körper festgeschnallt hatte, vergewisserte sich noch einmal, welche Waffen er dabeihatte, und eilte zur Tür.

Brian schnaubte und hielt den Krug in die Luft. »Ich wünsche Euch eine gute Reise.«

Alane trat nach Brians Bank, als er daran vorbeiging. Die Bank kippte um, das Ale ergoss sich auf den Boden. Brian streckte sich einen Moment lang auf den Binsen aus, bevor er sich grimmig aufrappelte.

Alane ließ sich auf eine andere Bank sinken und schwang die Stiefelabsätze auf einen kleinen Tisch. Den Blick hatte er starr auf den jungen Krieger gerichtet. Finian schnappte sich seine Handschuhe und eilte zur Tür. »Ich bin weg.«

»Und die Männer?«, rief einer ihm nach, »und der Aufmarsch?«

»Ich werde rechtzeitig dort sein.«

»Du kannst nicht ohne die Erlaubnis des Königs losreiten« klagte Felim. Der Saum seines langen Hemdes wurde durch die Windstöße in dem dunklen Turmzimmer immer wieder hochgewirbelt.

»Wer behauptet, dass ich keine Erlaubnis habe?«, schnaubte

Finian, mied aber den Blick des Königs. »Und«, fügte er hinzu und blieb kurz bei Alane stehen, der ihn für genauso verrückt hielt wie alle anderen auch, »bis dahin könnt Ihr Alanes gnädige Gesellschaft genießen. Ich weiß gar nicht, worüber Ihr Euch beklagt.«

»Hm, auf mich können sie nicht zählen«, murrte Alane und hatte die Stiefelabsätze immer noch auf den Tisch gestemmt.

»Und warum nicht?«, fragte Finian mit einem Blick auf seinen Freund. »Bist du in den nächsten Tagen wirklich so beschäftigt, dass du gar nicht weißt, wo dir der Kopf steht?«

»Genau.«

»Womit?«

»Ich muss deinen jämmerlichen Arsch bewachen. Wieder einmal.« Er machte Anstalten, sich zu erheben. Finian ergriff ihn am Unterarm und zerrte ihn hoch. Erleichterung und Dankbarkeit strömte in all die kalten, hohlen Winkel, die sich in seinem Herzen gebildet hatten, nachdem er erfahren hatte, dass Senna allein da draußen unterwegs war, allein auf dem Weg zu Rardove.

»Ich danke dir, mein Freund«, sagte er leise.

»Freund, du hast mir auch schon ein paarmal aus dem Schlamassel geholfen. Und zwar aus weniger edlen Gründen als der Rettung eines unschuldigen Menschen. Aber wie dem auch sei«, Alane nickte in Richtung König, »The O'Fáil wird nicht gestatten, dass ich dich im Stich lasse.«

Der König beobachtete sie schweigend.

Begleitet vom Geschrei der Zurückbleibenden eilten sie aus dem Zimmer.

The O'Fáil stieg mit Finian und Alane die Treppe hinunter, vorbei an den flackernden Fackeln und hinaus in die Dunkelheit. Als sie die Tür zum Burghof erreicht hatten, legte er seine Hand auf Finians Arm, während Alane sich unter der niedrigen Tür hindurchduckte.

»Sie hat mir aufgetragen, dir zu sagen, dass du einen gebieterischen König abgeben würdest.«

Finian fuhr mit der Hand ein letztes Mal prüfend über die verschiedenen Klingen an seinem Körper und das Heft seines Schwertes. »Ihr habt es ihr verraten?«

»Hör mir zu, Finian, bevor du dein Leben und den Ausgang dieses Krieges wegen einer Frau aufs Spiel setzt. Auf diesen Augenblick hast du jahrelang gewartet.«

Finian löste den Blick von der Hand, die sich leicht um seinen Unterarm geschlossen hatte. Das Haar hing dem König lang über die Schultern, und man konnte auch schon ein paar graue Strähnen darin entdecken. Falten voller Gram hatten sich in sein Gesicht gegraben, und auf den Augen, die ihn anblickten, lag ein zarter blauer Schatten. Im Dämmerlicht sah sein Pflegevater zum ersten Mal alt aus.

»Du kannst ihr nicht folgen.«

»Doch, das kann ich. Und ich mache es auch.«

The O'Fáil senkte die Stimme zu einem drängenden Flüstern. »Finian, ich bitte dich als dein Vater.«

Die gewetzte Klinge der Verzweiflung schnitt eine hauchdünne Scheibe von Finians Herz. Er reckte das Kinn in die Luft und umfasste die Schulter des Königs mit starker Hand.

»Tut das lieber nicht«, brachte er mühsam hervor, »denn ich stehe tief in ihrer Schuld.«

»Stehst du nicht tiefer in unserer als in ihrer?«

Finians Hand umklammerte jetzt die Schulter des Königs. »Wollt Ihr mich tot sehen?«

»Ich muss dich an deine Treuepflicht erinnern, Finian. Sie hat ihre Wahl getroffen. Lass es geschehen.«

»Und ich habe auch meine Wahl getroffen«, stieß er heftig aus und hörte eine Feindseligkeit in seiner Stimme, die die Angst überdeckte.

»Finian«, versuchte The O'Fáil es noch einmal, »du könntest König werden.«

In dem kleinen Zimmer herrschte Schweigen.

»Nun, wir verlieren dich wegen einer Frau«, sagte er verbittert, als klar wurde, dass Finian seine Antwort bereits gegeben hatte. »Für welche Aufgabe habe ich dich erzogen?«

»Ihr habt mich nicht erzogen, eine Frau im Stich zu lassen, Sir.«

Die Dunkelheit tauchte The O'Fáils Kopf in violette Schatten. Aber die Drohung in seinen Worten war unmissverständlich: »Ich könnte dich aufhalten. Ich könnte die Wachen rufen und dich auf der Stelle in Fesseln legen lassen.«

Finian wandte sich ab und stieß die Tür auf.

»Sie hat gesagt, dass sie dich nicht braucht«, rief der König ihm nach.

»Aye, mag sein. Aber ich brauche sie.« Er eilte die schmale Treppe hinunter und über den Burghof.

Alane hatte vor der Tür gewartet. »Ich passe auf ihn auf, Mylord«, sagte er leise.

The O'Fáil drehte sich benommen um. »Das spielt jetzt kaum noch eine Rolle, nicht wahr?«

»Wir treffen uns mit dem *slogad* beim Aufmarsch«, rief Finian über die Schulter.

»Das machst du nicht!«, sagte The O'Fáil, machte sich aber nicht mehr die Mühe, laut zu rufen.

Finian hatte den Burghof schon zur Hälfte überquert. »Doch, das mache ich.«

Senna ging in die Richtung, aus der das Rauschen des Wassers zu ihr drang. Das Donnern des mächtigen Flusslaufs wurde lauter, übertönte alles andere. Sie entschied sich für einen Weg, der durch die nassen Felsen führte, über das glitschige Moos, und sie achtete genau auf den Boden, damit sie nicht ausrutschte und in das kalte Wasser stürzte.

Die schattigen Gestalten, die sich an ihre Fersen geheftet hatte, bemerkte sie auch dann nicht, als sie sich auf einen Felsbrocken kniete und die Gestalten sich anschlichen. Die Männer erstickten ihren Schrei, als sie hinterrücks über sie herfielen. Eine grobe Hand presste sich über ihren Mund, und eine andere riss sie von den Beinen.

Die Männer trugen Senna über die großen Felsen, die eine natürliche Brücke über den Fluss bildeten, und schleppten sie in den Wald.

Kapitel 52

Senna wurde halb getragen, halb gezerrt, und dann auf einer Lichtung zu Boden geworfen. Im Schatten der Bäume standen zahlreiche Pferde und ungefähr zehn bewaffnete Männer hielten sich bei den Tieren auf. Weitere zehn Männer saßen um das Feuer, das in der Mitte der Lichtung brannte. Einer von ihnen war Balffe.

Senna glaubte zu hören, wie ihr das Herz in der Brust in tausend Stücke brach. Sie hielt den Blick gesenkt, als man sie zu ihm führte, sah auf seine Stiefel und seine fleckige Hose. Und das Schwert, das an seiner Hüfte hing.

»Mistress Senna«, grüßte er mit kehliger Stimme, »seid Ihr unverletzt?«

Halt einfach deinen Mund, beschwor sie sich eindringlich.

Plötzlich tauchte Balffes Hand vor ihren niedergeschlagenen Augen auf. Hart wie Stein und bedeckt von einem Kettenhandschuh presste er sie an ihren Kiefer. Der Strom der Angst bewegte sich tiefer, sammelte sich unterhalb ihrer Rippen.

»Vielleicht habt Ihr meine Frage nicht gehört, Lady. Seid Ihr unverletzt, glücklich und wohlauf?«

Sie nickte kurz.

Balffe drückte die Finger fester auf ihre Haut, riss ihr Kinn hoch und musterte ihr Gesicht, als wäre sie ein Pferd. »Euer Auge ist nicht so schwarz wie noch vor wenigen Tagen. Das ist jammerschade. Ihr solltet mir keine Ursache geben, es Euch wieder schwärzen zu müssen, Weib«, murmelte er und stieß die Worte dabei so langsam aus, als würde er einen Dolch aus der Scheide ziehen.

Senna nickte wieder und starrte auf die stumpf glänzenden Glieder auf der Schulter seines Kettenhemdes. Immer wieder fluteten Wellen der nackten Angst durch ihr Herz. »Euer Zustand scheint gut genug zu sein, um zu reiten.«

»Es geht mir ausgezeichnet«, schnappte sie, »und jetzt lasst mich los.«

Er erstarrte. »Was?«

»Ihr habt mich gefangen. Ich kann nirgendwo hingehen. Lasst mich los.«

Seine Hand glitt wieder über ihr Gesicht, bis ihr Kinn zwischen seinem Daumen und dem Zeigefinger klemmte und die gepanzerte Handfläche sich an ihre Kehle drückte. Senna versuchte zu schlucken, aber sein Handballen presste zu fest. Noch etwas mehr Druck, und das Atmen würde ihr schwerfallen. Er kam ganz nahe an ihr Gesicht.

»Sagt ›bitte‹.«

Senna starrte über seine Schulter. Balffe drückte fester.

»Bitte«, wisperte sie, ohne zu wissen, wie sie das Wort über die Lippen gebracht hatte. Vermutlich nur, weil Stolz keine Rolle mehr spielte. Alles war auf das schmale, hell schimmernde Band eines einzigen Zwecks verengt: *Hole die Seiten und rette Finian.*

Die Sekunden verstrichen, dehnten sich in grimmigem Schweigen. »Wisst Ihr, was mein Herr mich zu tun gebeten hat, sobald ich Euch gefunden habe?«

Aus dieser knappen Entfernung konnte Senna die Pockennarben auf seiner Haut erkennen, riesige, kraterförmige Poren, die mit Ruß und Schmutz gefüllt waren. Eng drängten sich die Augen über der missgestalteten Nase; mehrere alte Narben überzogen sein Gesicht wie flache Rinnsale aus weißlicher Haut, die keine Sonne jemals dunkeln konnte.

»Ich habe keine Ahnung, was Euer Herr befiehlt.«

Er stieß sie gegen einen der Bäume. »Hört genau zu, Lady: Ihr seid *mein*.« Dann ließ er sie los, trat zurück und wandte sich an seine Männer.

»Steigt auf, ihr Faulpelze. Wir reiten nach Rardove Keep. *Jetzt sofort!*«

Finian und Alane stießen in dem Moment auf die Lichtung, in dem man Senna aus dem Wald und ans Feuer schleppte. Aus ihrem Versteck unter einem Busch mussten sie hilflos zuschauen, wie man sie in den Kreis der etwa zwanzig bewaffneten Männer zerrte, die unter Rardoves Befehl standen. Mit einem einzigen Blick verständigten sich Finian und Alane darüber, dass ihre Einmischung nur dann Erfolg haben würde, wenn es ihnen gelänge, alle Männer zu töten.

Finian kroch unter dem Busch hervor zu seinem Pferd und bedeutete Alane, es ihm gleichzutun. Er stieß das Pferd in die Flanken, sodass es in einen jagenden Galopp ausbrach, und zwar in die einzige Richtung, die ihnen Beistand versprach.

»Habe ich recht mit meiner Vermutung, wohin wir reiten?«, fragte Alane laut genug, um das rhythmische Hämmern der Hufe auf dem bewachsenen Boden zu übertönen.

»Höchstwahrscheinlich.«

»Das ist ein bisschen gefährlich.«

»Ein bisschen.«

»Zu ihrem Bruder?«

»Aye.«

»Ich rate ab.«

»Jetzt doch?«

»Aye. De Valery hat wahrscheinlich erfahren, dass seine Schwester sich nicht mehr beim Baron aufhält. Ich kann mir vorstellen, dass Rardove ihm erzählt hat, seine Schwester sei entführt worden. Von dir.«

»Aye. Und ich habe meine Zweifel, dass es ihm gefallen hat.«

Finian und Alane ritten jetzt in leichtem Galopp nebeneinander. »Finian, König Edward persönlich hat das Land deiner Familie geraubt. Was zu bedeuten hat, dass de Valery es direkt vom englischen König empfangen hat, der jetzt Richtung Norden marschiert, um gegen uns Krieg zu führen. Zusammen mit dem Heer seines Gouverneurs.«

»Aye. So läuft die Sache. Gibt es noch mehr Hindernisse, die du vor mir auftürmen willst?«

»Oh, aye. Ich bin es also, der Hindernisse auftürmt.« Sie verlangsamten das Tempo, um einen gewundenen Weg hinaufzureiten. »Reicht unsere Zeit?«

»Im Sattel brauchen wir weniger als eine Stunde bis zu de Valerys Anwesen.« Finian lenkte sein Pferd den niedrigen Hügel hinauf; Alane folgte dichtauf.

»Ich war nicht so sehr besorgt wegen der Zeit, die es uns kosten wird«, erwiderte Alane trocken, »sondern mehr darüber, wie lange wir wohl brauchen werden, ihn von unserer Geschichte zu überzeugen. Oder getötet zu werden.«

»Das sollte nicht allzu lange dauern.«

Finian und Alane galoppierten an der anderen Seite des Hügels hinunter in den Sonnenaufgang hinein, der so hell glitzerte, dass es kaum möglich war, den Weg zu erkennen, der vor ihnen lag.

Kapitel 53

»Es kommen Reiter, Mylord.«

Will de Valery drehte sich zu dem Wachtposten um. Überall herrschte lärmendes Durcheinander: Ritter eilten zwischen Pferden hin und her, prüften Satteltaschen und Lanzenhalter, Soldaten in kniehohen Stiefeln riefen einander etwas zu, Leder ächzte, und Stahl und Eisen klangen dumpf durch die Luft. Sogar die Hühner stolzierten gackernd umher. »Wer?«

»Iren.«

Will nahm zwei Stufen auf einmal und betrat den Wachtturm. Der Soldat deutete mit dem Zeigefinger auf die Ankömmlinge. »Sie reiten gerade über die Hügelkuppe, Sir. Sieht so aus, als wären es nur zwei.«

»Iren? Auf dem Weg zu uns?« Er ließ den Blick über das Durcheinander im inneren Burghof schweifen; eigentlich hatten sie zur Terz aufbrechen und sich Rardoves Aufmarsch anschließen wollen. »Findet ihre Namen heraus und bringt sie zu mir in die Halle. Mit gezücktem Schwert.«

Will verschwand im Hof und eilte zwischen den rufenden Männern und nervösen Pferden zur Burg.

Die vier Wachen führten Finian und Alane nicht besonders sanft in die Halle. Anfangs hatte ihre Begleitung nur aus zwei bulligen Soldaten bestanden, aber als Finians Name bekannt wurde, hatte man die Wachen verdoppelt. Das war allerdings erst geschehen, nachdem de Valery benachrichtigt worden war; eigentlich hatte man sich gefragt, warum man die Gäste nicht direkt in den Keller geleiten sollte.

427

Alane überlegte gerade, ob er die Wachen mit der bloßen Faust niederstrecken sollte, als sie vor de Valery geschubst wurden. Orange und blau vor schwarzer Silhouette loderten die Flammen hinter der in Leder gekleideten Gestalt auf. Zur Rechten und Linken Finnians und Alanes sowie hinter ihnen nahmen bewaffnete Männer Aufstellung. Einer trat vor.

»Das hier haben wir den Gefangenen abgenommen, Mylord.« Er warf zwei Breitschwerter und drei Dolche auf den Boden. Zuletzt erklang das leichte Klappern des teuflisch scharfen Stiletts.

De Valery löste den Blick von den Waffen. »Finian O'Melaghlin.«

Finian nickte knapp. Alane stand stocksteif neben ihm.

»Ich gestehe, dass ich überrascht bin, Euch hier zu sehen.«

Finian blickte sich um. Noch mehr Soldaten hatten sich versammelt. »Und empfangt mich trotz Eurer Überraschung.«

De Valery lächelte schwach. »Ich bin kein Narr.«

»Und ich bin kein Gefangener. Ich bin gekommen, um zu reden. Nicht, um gefesselt und meiner Waffen beraubt zu werden.«

»Waffen sind in meiner Burg nur mit meiner ausdrücklichen Erlaubnis und aus gutem Grund gestattet.«

»Ich habe guten Grund. Ich bin durch feindliches Land geritten, um Euch in gutem Glauben gegenüberzutreten.«

»Wo ist meine Schwester?« Wie ein Messer schleuderte William die Frage quer durch den Raum. Alane stählte sich innerlich. Im Moment sah es nicht so aus, als würde die Sache gutgehen.

»Sie ist bei Rardove. Oder wird in Kürze auf dessen Burg eintreffen.«

»*Rardove?*«, wiederholte Will de Valery ungläubig, »Herr im Himmel, O'Melaghlin, wenn sie tatsächlich wieder bei

Rardove ist, dann lasse ich Euch auspeitschen, bevor Ihr den äußeren Burghof durchquert habt.«

»Das mag so sein. Gleichwohl ist sie auf dem Weg zurück zum Baron.«

De Valery stieß ein Lachen aus. »Tatsächlich?«

Die beiden Männer starrten einander an. Ein Augenblick verstrich. Zwei. Harsche, männliche Atemzüge hallten von den Steinmauern wider. Bis der Engländer mit den Fingern schnipste.

»Sperrt sie in den Keller.«

Verdammt, dachte Alane.

»Und sendet eine Botschaft an Rardove, um zu prüfen, ob der Ire in seinem Wahnsinn vielleicht doch die Wahrheit sagt. Ich will wissen, ob meine Schwester heil zurückgekehrt ist. Und wenn das so ist«, fügte er mit grimmigem Lächeln hinzu, »dann werden die beiden hier bei Sonnenaufgang am Galgen baumeln.«

Finian schüttelte den Kopf. »Das ist zu spät. Rardove wird Eure Schwester am Abend zurückbekommen. Und so wahr ich hier stehe, bei Sonnenaufgang wird sie tot sein.«

De Valery trat einen Schritt vor, ließ aber einige Meter binsenbedeckten Boden und eine Mauer der Ungläubigkeit zwischen sich und seinen Besuchern. »Was zum Teufel redet Ihr da, O'Melaghlin?«

Alane machte sich gerade. Seine Hand, die an die Hüfte fuhr, blieb leer, weil das Schwert betrüblicherweise fehlte.

»Vielleicht solltet Ihr mir berichten, was hier eigentlich vor sich geht«, schnappte de Valery.

»Vielleicht solltet Ihr zuerst Eure Wachhunde zurückpfeifen.« Finian musterte die Männer, die sich mit gezückten Schwertern ein paar Zoll von ihm entfernt aufgebaut hatten. »Dann erzähle ich Euch alles.«

De Valery hielt inne, machte dann eine Handbewegung. Zögernd traten die Männer etwa dreißig Fuß zurück, um sich an der Wand aufzureihen.

»Setzt Euch.«

Finian ließ sich auf die Bank am rau geschliffenen Tisch sinken und warf Alane einen beiläufigen, aber bedeutungsvollen Blick zu. Die Botschaft war klar: Es wäre besser, wenn sie sich nicht an ein- und demselben Fleck aufhielten, falls die Hölle losbrechen sollte.

Alane neigte den Kopf kaum merklich und richtete den Blick fest auf den Anführer von Williams Wachmannschaft. Der Mann war in Dunkelrot und Grau gekleidet und hatte die Größe eines kleinen Bergs. Eine seiner Augenhöhlen war zugewachsen;, ob es an einer königlichen Bestrafung lag oder an einer schlecht ausgeheilten Wunde vermochte Alane nicht zu sagen. Und es interessierte ihn auch nicht. Der Mann stand Finian am nächsten, und er hatte den Dolch gezückt.

Alane trat ein paar Schritte zurück, bis er selbst auch hinten an der Wand stand. Schweigend und wachsam, mit verschränkten Armen, die Füße breit auseinandergestellt.

Dunkelheit war das, was an dieser Halle am meisten auffiel. Talgkerzen steckten schief in einer Anzahl Halter an der Wand und warfen ein trübes Licht. Auch auf dem Eichentisch befand sich eine Kerze. Es war ein enger, kalter Raum, der seit langer Zeit nicht mehr bewohnt worden war.

De Valery hatte Alanes Rückzug an die Wand schweigend zur Kenntnis genommen und richtete seine Aufmerksamkeit wieder auf Finian. Er zog sich an das entfernte Ende des Tisches zurück, ließ sich auf die Bank nieder und verschränkte die Arme mit übertriebener Lässigkeit. »Ihr habt eine Geschichte zu erzählen?«

Finian betrachtete de Valery, als führte er einen Angriff im

Schilde, bevor er zu sprechen begann. Dann aber platzte er umstandslos heraus. »Sie war nicht begeistert über die Art, wie er versucht hat, sie zur Heirat zu zwingen . . .«

De Valery erhob sich halb. »*Was?*«

»Und ich muss gestehen, ich habe ihre Gründe verstanden. Also hat sie die Burg verlassen. Und mich auf dem Weg befreit. Ich steckte im Gefängnis.«

»Warum?«, fragte de Valery scharf.

»Das ist eine unglaublich lange Geschichte«, wehrte Finian müde ab, »die bis in längst vergangene Tage zurückreicht. Heute fehlt mir die Zeit, sie Euch zu erzählen. Außer dass ich Euch sage, Rardove ist im Begriff, Eure Schwester zurückzubekommen, und es gibt keinen schlimmeren Ort auf der ganzen Welt, an dem sie sich aufhalten könnte.«

Als ein Luftzug das Feuer plötzlich anfachte, fiel ein Holzscheit auseinander. Zischend schossen die roten Flammen aus der Feuerstelle hoch, sodass der Scheit dumpf zur Seite rollte. Die ganze Zeit hielt de Valery den Blick auf Finian gerichtet.

»Das ergibt alles keinen Sinn«, murmelte er und erhob sich.

Finian zuckte die Schultern. »Es ist nichts als die reine Wahrheit.«

Als de Valery auf und ab marschierte, sah es so aus, als würden die Flammen das Funkeln aus seiner Rüstung aufnehmen und als rostig-weißliche Lichtblitze durch das Zimmer schleudern. »Nun, Rardove behauptet aber etwas anderes, was uns wieder an den Anfang zurückführt.«

»Wenn Ihr Euch auf Rardoves Worte verlasst, werdet Ihr in einen tiefen Abgrund stürzen.«

De Valery verlangsamte den Schritt und blickte über die Schulter. »Falls Ihr mir noch etwas zu sagen habt, O'Melaghlin, dann solltet Ihr es tun. Geradeheraus. Jetzt.«

»Eure Mutter war eine Färbehexe?« De Valery erschrak. »Leugnet es nicht. Das und nichts anderes wird Eure Schwester am Leben erhalten, solange sie sich in Rardoves Händen befindet.«

Der junge de Valery stieß einen Fluch aus und setzte sich Finian gegenüber. »Legenden«, sagte er.

Finians Blick wurde hart. »Für solche Dinge bleibt uns jetzt keine Zeit. Seit zehn Minuten sind wir hier, und das sind genau neun zu viel. Es ist keine Legende. Und das ist Eurer Familie bekannt.«

»Was wisst Ihr über meine Familie?«, herrschte de Valery ihn an.

»Oh, ich könnte Geschichten über Eure Familie zum Besten geben, da würde Euch der Schädel explodieren. Aber in diesem Moment brauche ich Eure Hilfe. Es wird Krieg geben.«

»Das ist mir wohl bewusst«, erwiderte de Valery trocken.

»Und Ihr müsst wählen, auf welcher Seite Ihr stehen wollt.«

De Valery stieß die Bank zurück, auf der er saß. »Christus im Himmel«, die Worte flossen ihm leise, aber ungehemmt aus dem Mund, »Senna hat uns immer nur Ärger eingebracht, und wenn ich sie jemals wieder in die Finger bekomme ...« Unvermittelt wandte sich de Valery an Finian. »Wisst Ihr, wer mein Herr ist?«

Finian nickte. »Longshanks.«

Der englische Ritter lächelte bissig. »Damit habe ich nicht gerechnet. Nur die wenigsten Leute wissen Bescheid.«

»Es ist mir immer wichtig, die Männer zu kennen, die mit dem Land meiner Familie gesegnet sind. Und ich weiß sicher mehr über Euch als Eure Schwester«, fügte er hinzu.

De Valery lehnte sich zurück und musterte Finian nachdenklich. »Wisst Ihr, was ich für ›Longshanks‹ tue?«

»Ihr tötet, Mann. Und räumt die Leute, die Edward als störend empfindet, auch noch auf andere Art aus dem Weg.«

De Valery lächelte blass. »Wisst Ihr auch, dass er anfängt darüber nachzudenken, ob er Euch als störend empfinden soll?«

Finian stützte sich mit den Ellbogen auf den Tisch, rückte näher an die flackernde Kerze in der Mitte. »Ihr könnt ihm ausrichten, dass das Empfinden auf Gegenseitigkeit beruht. Ich bin auch der Meinung, dass er ein Hurensohn ist.«

De Valery warf den Kopf zurück und lachte auf. Nur ein einziges Mal, das war alles, und noch bevor der Widerhall des Gelächters von den Wänden verklungen war, blickte er Finian an.

»Es wäre nicht vernünftig, wenn ich mich Euch anschlösse, O'Melaghlin. Meine Lehnstreue gilt Edward.«

»Aye. Es wäre Verrat. Hört zu, Engländer. Ich muss eilen, und Ihr haltet mich auf. Schaut in Euer Herz, befragt es, was die Wahrheit ist. Entweder Ihr schließt Euch uns an oder Ihr tötet uns. Aber Ihr müsst Euch schnell entscheiden, denn ich werde jetzt gehen.«

Das Klirren der Schwerter drang laut durch die Halle. Finian erhob sich. Die Bank schwankte, stürzte um und stieß einem Soldaten ans Schienbein.

Jeder Mann in der Halle stürmte nach vorn und löste sein Schwert. Scharfer Stahl zischte über hartes Leder und schnitt durch die Luft, als die Klingen über die metallene Schließen an den Scheiden fuhren. Alane stieß sich von der Wand ab. William de Valery erhob sich.

Er streckte Finian die Hand entgegen. »Dann gehe ich mit Euch auf die Jagd.«

Alane schloss kurz die Augen. Dem Himmel sei dank, dass Finian keine Ahnung hatte, wie eiskalt seinem Freund das Blut durch die Adern pulsierte.

De Valery wandte sich um und gab die Befehle aus. Alane trat vor. »Hättest du ihn nicht noch mehr in die Enge treiben können, O'Melaghlin?«, fragte er leise.

Finian griff nach seinen Handschuhen, die er auf dem Tisch abgelegt hatte. »Aye. Aber er ist noch sehr jung, und ich hatte Mitleid mit ihm.«

Alane schnaubte, als ihnen ihre Schwerter gebracht wurden. »Manchmal ist dein Mitleid eine beängstigende Sache, mein Freund.«

Finian und Alane banden sich die Schwerter um den Leib und schnallten sich die gekrümmten Dolche an Arm und Schenkel. »Nun, dann warte ab, bis du mich in meinem Zorn erlebst.«

Kapitel 54

De Valerys einäugiger Kommandeur rief die Männer zusammen. Die Hälfte der nicht unbedeutenden Truppe wurde zu den Stallungen geschickt, um sich für den Ritt zur Burg Rardoves fertig zu machen. Den anderen wurde befohlen, im Anwesen die Stellung zu halten, bis de Valery eine Nachricht sandte. Dann gingen die drei zu den Ställen.

»Erzählt mir mehr über Senna«, bat de Valery, während sie den Hof durchquerten, »wie geht es ihr?«

»Sie ist wagemutig. Hartnäckig. Und erstaunlich.«

De Valery zog die Brauen hoch und warf ihm einen Blick zu. »Ich wollte eher wissen, ob sie verletzt ist. Sie hat Euch in den Bann geschlagen, stimmt's?« Sie waren bei den Ställen angekommen und sattelten ihre Pferde. »Es gibt nicht viele, denen ihr Zauber bewusst wird. Andererseits erschreckt sie die Menschen mit ihrer Art. Wirbelt herum wie ein Schwert. Sehr gefährlich.«

»Eure Schwester ist eine Naturgewalt. Die meisten Männer bringen sich in Sicherheit.«

William musterte ihn aufmerksam. »Aber wie konnte es dann geschehen, dass es Rardove gelungen ist, sie wieder zu fangen?«

Finian zuckte die Schultern. »Sie war allein auf sich gestellt.«

De Valery warf Alane einen Blick zu und dann wieder Finian. »Und wie hat sie das fertiggebracht?«

Finian verzog das Gesicht. »Wie bringt Eure Schwester all die anderen Dinge fertig, de Valery?«

William war überrascht, vermutlich wegen der Heftigkeit

der Antwort. »Indem sie ankündigt, was sie tun wird und dann zur Tat schreitet. So geht Senna immer vor.«

Finian prüfte den Sitz des Sattelgurts am Pferd. »Aye. So ist sie.«

»Nun«, stieß William nachdenklich aus, »nun ist sie also fort.«

»Aye.«

»Und was habt Ihr dazu beigetragen, dass sie fort ist?«

Gleichmütig erwiderte Finian Williams Blick. Es war, als könne er Sennas Gegenwart direkt auf der Haut spüren, ihre heißen Berührungen, ihren unruhigen Geist. Die Augen, die ihn jetzt anstarrten, sahen ihren so ähnlich, dass es ihm das Herz rührte. Hatte er dazu beigetragen? Der Himmel möge verhüten, dass er jemals wieder gegen ihre Befehle verstieß, wenn er sie nur zurückbekommen konnte.

»Was auch immer Eure Schwester und ich getan haben, wir haben es gemeinsam getan.«

Wieder traf ihn ein misstrauischer Blick aus braunen Augen. »Was genau habt Ihr gemeinsam getan?«

»Alles.«

Pause. Hochgezogene blonde Brauen. »*Alles?*«

Finian schwang sich in den Sattel. »Alles, was sie tun wollte.«

»Heilige Mutter im Himmel«, murmelte Sennas Bruder.

Die Sonne schien beinahe zu hell, obwohl am Himmel ein paar launische, graue Wölkchen schwebten, die sich in kleinen Flicken zusammenballten, wie zornige junge Männer, die sich selbst grollten. Die Wölkchen hatten einen grünlichen Stich an sich und schienen ebenfalls zu grummeln. Ein leise brummendes Geräusch, das in den Ohren summte. Die Männer saßen rasch auf und trieben die Pferde zum Gatter.

»Wisst Ihr, wo der Überfall auf Senna stattgefunden hat?«

»Aye. Von hier aus ungefähr zwei Stunden nördlich. Ihr Anführer heißt Balffe, und in den nächsten Stunden müssen wir uns weit mehr vor ihm fürchten als vor Rardove.«

»Ihr kennt Sennas Entführer?«

»Aye. Ich kenne Balffe.«

»Ihr kennt Balffe«, wiederholte de Valery, »wie komme ich nur darauf, dass das eine Bedeutung haben könnte?«

Sie passierten das innere Burgtor. De Valerys Männer folgten.

»Balffe ist eine boshafte Kreatur. Und die Versuchung, das wiedergutzumachen, was er als altes Unrecht ansieht, könnte sich für sein Gewissen als zu groß erweisen. Was ohnehin so gut wie gar nicht vorhanden ist – jedenfalls meistens nicht.«

De Valery ließ den Blick langsam zu Finian schweifen. »Welches alte Unrecht kann Senna ihm angetan haben? Ja, sie kann so lästig sein wie ein Schnupfen, aber sie ist doch nur eine Woche dort gewesen.«

Finian schüttelte den Kopf. »Es geht nicht um sie. Sie ist mit mir unterwegs gewesen. Wie Balffe weiß.«

»Und?«

Finian knetete die Unterlippe mit Daumen und Zeigefinger, bevor er antwortete. »Zwischen ihm und mir ist noch eine Rechnung offen. Schon seit Jahren.«

»Dass die Pest mich heimsuchen möge«, schnappte William, »es ist, als hätte ich in ein Wespennest gestochen. Überall schwirren irgendwelche Geheimnisse herum. Ist es nicht möglich, mal jemandem zu begegnen, der keine alten Rechnungen offen hat?«

»Aye.« Finian warf ihm einen Blick zu. »Euch höchstpersönlich.«

»Ah.« Er lehnte sich zurück und fuhr mit der Hand über das Heft seines Schwertes. »Nun gut.«

»Aye.«

»Erzählt mir, was habt Ihr getan, dass dieser Kerl . . . wie war doch gleich sein Name . . . Balffe . . . derart die Beherrschung verloren hat?«

»Er hat mit seiner Schwester geschlafen«, mischte Alane sich ein.

De Valery erstarrte. »Das kommt bei Euch wohl öfter vor?«

Alane zog eine Braue hoch und hatte ein müdes Lächeln auf den Lippen. Finian schüttelte den Kopf und schaute weg. Offenbar fand er es nicht lustig.

»Balffes Schwester war ein verwahrlostes Kind, traurig und dürr. Weniger Farbe im Gesicht als Weizenmehl. Vor Jahren, als Rardove und mein König noch vorgaben, verbündet zu sein, hat The O'Fáil ein Fest gegeben. Rardove und seine Leute kamen auch. Ebenso Balffe. Und er brachte seine Schwester mit.«

»Und Ihr seid mit ihr ins Bett gegangen?«, schloss de Valery ungläubig. »Beim Heiligen Sankt Petrus, O'Melaghlin, Ihr könnt doch nicht . . .«

»Ich habe nicht mit ihr geschlafen. Ich habe mit ihr gesprochen. Sie war mit einem Mann verlobt, der noch brutaler war als Balffe. Und ich erwähnte ihr gegenüber, dass es nicht nötig sei, sich bei jeder Mahlzeit ins Gesicht schlagen zu lassen, um dem gerecht zu werden, was irgendein dumpfer Kerl unter Ergebenheit versteht. Und dass es auch Männer gibt, die ihre Frauen nicht auspeitschen, sozusagen als Vorspiel für die Abendunterhaltung.«

De Valery dachte über das Gehörte nach. »Und was ist dann passiert?«

»Sie hat es vorgezogen, nicht mit Rardoves Truppen zurückzukehren.«

Ein Lächeln spielte um Liams Mund. »Und?«

Finian zuckte die Schultern, aber Alane antwortete an seiner Statt. »Sie hat einen Ehemann gefunden, der sie nicht schlägt. Hat ihm fünf Kinder geboren, die alle überlebt haben. Und jedes Jahr zur Weihnachtszeit schenkt sie Finian einen handgefärbten Umhang. Und lächelt unter Tränen dazu.«

De Valery schwieg eine Weile. »Nun, ich begreife nicht, warum Balffe darüber zornig werden konnte.«

Finian musterte ihn aufmerksam. »Weil wir Iren sind. Weil seine Schwester ihren Vater enttäuscht hat. Weil ihr Vater eine Stunde nach der Hochzeit gestorben ist. Zweifellos vor Entsetzen.«

»Zweifellos«, murmelte William, als sie das äußere Tor passierten. »Er hat also Balffe die Schwester gestohlen und seinen Vater getötet.«

»So ungefähr.«

Die Männer schwiegen einen Moment, bevor William ziemlich unnötig bemerkte: »Bis zu Rardoves Festung können wir sie kaum einholen. Sie haben einen erschreckend großen Vorsprung.«

Finian zog die Zügel an. »Ich kenne eine Abkürzung.«

Knarrend und quietschend schloss sich das Tor hinter ihnen. Schweigend galoppierten sie über das Land, während die Sturmwolken über ihren Köpfen darauf warteten, endlich die Schleusen zu öffnen.

Kapitel 55

Senna presste die Lider fest zusammen. Aber selbst das konnte die Welt nicht dunkel genug machen, um auszublenden, was mit ihr geschah.

Am späten Nachmittag des nächsten Tages hatten sie Rardoves Festung fast erreicht. Den ganzen Vormittag und einen Gutteil des Nachmittags waren sie geritten, die meiste Zeit in leichtem Galopp. Und mit jeder Meile hatte sich die Anspannung fester um Sennas Kehle geschlungen.

Sie erklommen die Kuppe eines welligen Hügels, von der aus der Blick meilenweit über grüne Hügel, Täler und Ebenen ging. Kleine blaue Wasserläufe glitzerten in der Ferne. Und überall auf dem flachen Land und an den Hängen der Hügel schien es, als wären vielfarbige Decken aufgehängt. Soldaten. Die Heere, die zusammengetrommelt wurden, die Iren zu vernichten.

In der Ferne lag die verhasste Burg. Sie verschwamm Senna vor den Augen. Verblasste rote Wimpel flatterten von den Festungsmauern und knatterten laut in der scharfen Brise.

Beinahe konnte Senna das Tor sehen, durch das Finian und sie entkommen waren, den Wassergraben, in der er sie gestoßen hatte, um ihre Sicherheit zu garantieren. Vielleicht traf die Nachmittagssonne just in diesem Moment auf die Stelle, wo er ihrem Wunsch nach einem Kuss entsprochen hatte; es war der Moment gewesen, in dem ihr klar geworden war, dass alles in ihrem Leben vor Finian nichtswürdig und blass gewesen war.

Sie senkte den Kopf. Atmete stoßweise ein und aus, immer wieder.

Balffe knurrte und starrte entschlossen nach vorn. Weibertränen waren billig zu haben, und er würde sich von ihnen nicht zur Umkehr bewegen lassen. Auch nicht, wenn ihr dicke, fette Tränen über die Wangen tropfen würden.

»Wer sind all diese Leute?«, fragte sie und zeigte auf die Menschenmenge, die sich auf der Ebene vor der Festung versammelt hatte.

Natürlich wusste sie es. Es waren Dorfbewohner auf der Flucht vor den Truppen, die in den Krieg zogen. Ungebetene Gäste. Man würde sie nicht hereinlassen, noch nicht einmal dann, wenn die Schlacht begann. Und man würde ihnen auch nicht gestatten, den Ring eines feindlichen Heeres zu passieren, das draußen vor den Burgmauern sein Lager aufgeschlagen hatte. Die Leute würden sich zwischen den Soldaten herumtreiben, waren nichts als unerwünschte Mäuler. Es war eine Todeszone.

Balffes Rüstung knackte, als er sich Senna zuwandte. Bis auf das Flügelrauschen eines Vogelschwarms, der plötzlich zu ihrer Linken aufflog, herrschte Stille.

Dann, wie aus dem Nichts, ertönte das Donnern von Hufen. Ruppige Schreie gellten. Von hinten und von jeder Seite galoppierte ein Trupp Ritter heran, raste mit gezückten Schwertern und gespannten Bögen auf sie zu. Stählerne Pfeilspitzen zischten Balffe am Kopf vorbei und stachen in den Erdboden neben ihm. Die stählernen Spitzen, in denen der Tod steckte, straften die grazilen Schäfte aus Eschenholz lügen.

Fluchend peitschte Balffe die Pferde in einen wilden Galopp, sodass sie der bewaffneten Menge voranjagten. Senna schrie auf, so plötzlich war der Angriff über sie hereingebrochen. Sie warf sich im Sattel herum wie ein Sack Weizen.

Sie jagten über die offene Ebene, rasten der Burg entgegen, die aus dem Abendnebel auftauchte. Sie klammerte sich an

441

der Mähne ihres Pferdes fest. Die Knie hatte sie fest an den Sattel gedrückt; der Galopp war so erschütternd, dass sie mit den Zähnen klapperte. Trotzdem erkannte sie ihren Bruder.

»*William!*«

Dann entdeckte sie Finian.

»Lieber Himmel, nein«, wisperte sie und schrie auf, als ihr plötzlich eine heiße Flamme über die Kopfhaut zu schießen schien. Balffe hatte mit der gepanzerten Hand in ihr Haar gegriffen und sie an sich gerissen.

Er zerrte sie zurück in den Sattel, wickelte sich die Zügel ihres Pferdes um die Faust und zog sie so eng an sich, dass die rot flammenden Nüstern ihrer Pferde sich beinahe berührten, während sie wie der Teufel über das flache Land jagten.

Balffe überlegte kurz, ob er anhalten sollte, um sich in einen offenen Kampf mit O'Melaghlin zu begeben, ging sogar so weit, sich in den Steigbügeln aufzustellen und seinen Hengst zu zügeln, als eine kleine Axt an seinem Kopf vorbeisauste ... dicht genug, um den Bartwuchs eines ganzen Tages abzurasieren.

Sofort duckte er sich in die Mähne des Pferdes, um dem Tod zu entkommen. Ein Pfeil zitterte am Rumpf des Pferdes vorbei; das Tier stürmte so verrückt nach vorn, dass Balffe nicht mehr die Neigung verspürte, sich zu widersetzen.

Steine wirbelten unter den Hufen auf, als sie zur Festung preschten. Balffe hob sich ein kleines Stück aus dem Sattel und spornte sein Pferd zu einer wilden, wagemutigen Jagd über die mit Heidekraut übersäte Heckenlandschaft an, während er Sennas Pferd am Zügel mitzog.

Jetzt war es nicht mehr weit bis zur Festung, nur noch etwa eine Viertelmeile. Balffe blähte die Nasenlöcher wie sein panischer Hengst, trieb sein Pferd mit den Schenkeln, den Armen und seinem Zorn voran, bis sie über die hölzerne Brücke rasten und unter dem äußeren Torbogen hindurchflogen.

Die Wachen staunten mit offenem Mund.

»Zieht das verfluchte Tor hoch!«, brüllte Balffe.

Wie Schmeißfliegen auf einem Haufen Fleisch schwärmten die Wachen aus, keuchten und schwitzten und stöhnten wie Matrosen im Hurenhaus, als sie an den schweren Ketten zogen und sich die harten Schwielen in den Händen aufrissen, um das Gatter zu öffnen.

Balffe wartete nicht ab, bis das Gatter vollständig hochgezogen war. Er drängte sein Pferd nach vorn, beugte sich tief über den Erdboden, bis sie noch eine Brücke überquert und ein weiteres Tor passiert hatten. Noch ein bellender Schrei, noch eine Phalanx ächzender Soldaten, und das letzte Fallgatter krachte so lautstark hinter ihnen zu Boden, dass es durch den Burghof hallte.

Und Senna, die vor Erschöpfung im Sattel schwankte, war umringt von Eisen und Stahl und den bewaffneten Wachen des Barons.

Kapitel 56

Reflexartig schoss Sennas Hand vor, als Balffe sie die Treppe zur großen Halle hinaufzerrte. Draußen war es so strahlend hell, wie es drinnen finster war, und einen Moment lang konnte sie nichts erkennen. Balffe stieß sie die Treppe in die Halle hinunter, trieb sie vor sich her.

Rardove saß in seinem Sessel auf dem Podest. Er hatte sich in einen Umhang gehüllt, der seine Schultern wie die Flügel einer Krähe auswachsen ließ, und beobachtete die Ankunft der beiden. Seine kalten Gesichtszüge – Nase, Kinn, Wangen – waren zu einer blassen Maske erstarrt. All das, was einst an seiner Erscheinung golden geschimmert hatte, war jetzt stumpf. Nur an den Augen erkannte man, dass er ein lebendiges Wesen war.

Er erhob sich aus dem Sessel wie ein Vogel, der zum Flug ansetzte. Senna wollte sich auf ihn stürzen, ihn wie mit Klauen und Nägeln zerkratzen. Oder vorzugsweise ein Messer in ihn rammen. Stattdessen zwang sie sich, zu stolpern. Schwach zu wirken.

Balffe neigte sich mit ausgestreckter Hand zu ihr, aber ein scharfer Blick des Barons hieß ihn, sich wieder aufzurichten.

Es war unglaublich still. So still, dass man meinte, die Stille greifen zu können. Boshaft. Abwartend. Niemand sprach ein Wort. Dann ließ eine ungeschickte Magd einen Krug fallen und fing an zu weinen. Der wütende Blick des Barons richtete sich auf sie, was die Sache nur noch schlimmer machte. Es brauchte zwei Knappen und einen kräftigen Schluck Wein, um das in sich zusammengesunkene, schluchzende Mädchen aufzurichten und aus der Halle zu schaffen.

Es befand sich kaum noch jemand in der Halle. Nur Senna, Balffe und Rardove. Und Pentony. Sie spürte ihn irgendwo in den Schatten.

»Sir«, begann Balffe, stieß Senna nach vorn und trat selbst einen Schritt vor. »Wie befohlen.«

Rardove ließ den Blick über Senna schweifen, vom Kopf bis zum verschmutzen Saum ihrer gelben Tunika. »Wo?«

»In der Nähe des Lagers von The O'Fáil, beim alten Hügelgrab. Ohne Begleitung. Sie war geflüchtet. Oder ist gegangen oder was auch immer. Sie will es nicht sagen.«

Rardoves Blick glitzerte. »Oh, das will sie ganz bestimmt«, murmelte er, umrundete den Tisch und setzte sich auf die kleine Treppe, die zum Podium hinaufführte.

Senna starrte auf die gegenüberliegende Wand, auf den verblichenen, schlaff herunterhängenden Teppich hinter dem Podium.

»So großen Ärger wegen einer so kleinen Frau«, grübelte Rardove und erhob sich. Er umkreiste Senna. Plötzlich spürte sie seinen Atem in ihrem Nacken, der wie Rauch über sie glitt. Seine Hand griff unter ihre Tunika und glitt an ihrem Schenkel hinauf. Sie schauderte, aber seine Finger fanden die Klinge, die sie dort festgeschnallt hatte. Er löste das Band und trat zurück.

»Senna, ich habe keine Ahnung, warum Ihr zurückgekommen seid. Oder warum man Euch zurückgeschickt hat. Aber ich werde es erfahren. Und meine Methoden werden Euch nicht gefallen.«

Senna stockte der Atem.

Balffe räusperte sich. Rardoves Blick schoss von Senna, die immer noch starr auf die Wand schaute, zum Hauptmann, der offenkundig noch mehr Neuigkeiten auf Lager hatte. »Was ist?«

445

»Ihre Leute haben versucht, sie zu befreien. Direkt vor den Mauern Eurer Festung.«

»Ach, haben sie das?«

»Aye. Die Iren. Und ihr Bruder.«

Rardove zuckte leicht. »De Valery?«

»Aye. Mit O'Melaghlin.«

Rardove dachte einen Moment lang nach und schwenkte dann den Arm. »Gut, dann soll es so sein. De Valery hat sich entschieden. Möge er mit den anderen sterben.«

Senna schluckte schwer.

Rardove nickte Balffe zu. »Die Männer sollen sich bereitmachen. Die Ebene platzt beinahe vor Dorfbewohnern und deren Welpen. Treibt jeden Mann über zwölf Jahre in die Burgmauern. Anschließend sind Maßnahmen zur Belagerung zu ergreifen. Schickt einen Boten zum Sammelplatz, an dem wir auf Wogan treffen wollten. Gebt den Befehl, de Valery beim ersten Anblick zu töten, sollte er versuchen, mit Wogan in Verbindung zu treten. Im Morgengrauen werden die restlichen Truppen eintreffen. Dann sind wir für die Schlacht gerüstet.« Er schaute auf Senna hinunter. »Aber wer weiß, was meine Färbehexe bis dahin für mich gezaubert hat?«

Niemand rührte sich. Balffe schaute Senna an. Bewegte sich unruhig.

Rardove drehte sich langsam zu ihm. »Balffe?«

Der Soldat riss den Blick von ihr los.

»Was steht Ihr hier noch herum wie ein Idiot? Trommelt die Männer zusammen.«

Senna bemerkte, wie dem Kriegsveteranen ein verräterisches Zucken über das Gesicht lief. Es war nur ein Hauch, eine kaum wahrnehmbare Bewegung um die Lippen. Doch dann hatte er sich auch schon zu den bewaffneten Männern umgewandt, die seine Befehle erwarteten.

»Ihr habt gehört, was der Herr befohlen hat. Verdoppelt die Wachen, jeder wird auf die halbe Ration gesetzt. Mac und Conally, Ihr trommelt die Männer zusammen, die draußen herumlungern.«

Die vom Kriegsdienst verschlissenen Männer stöhnten leise. Einige hielten sich nur in der Burg auf, weil sie von ihrem eigentlichen Lord zu diesem Dienst verpflichtet worden waren, der mit dem Morgengrauen hatte enden sollen.

Als Balffe das Aufstöhnen hörte, fuhr er herum und blitzte die Männer mit Furcht erregendem Blick an. »Wollt Ihr, dass ich Euch erst davon überzeugen muss?«

Die Männer stoben auseinander. Die Holzsohlen ihrer Stiefel klackten auf der Steintreppe, als sie sich aus der Halle drängten. Auf dem Weg durch die langen, feuchten Korridore zurück zu den Baracken machten sie sich mit wütenden Worten Luft, ihre Stimmen hallten in den Raum zurück.

»Und nun zu Euch«, wandte sich Rardove an Senna. »Was soll ich mit Euch machen?«

»Mit mir, Mylord?« Der Wortwechsel mit Balffe hatte ihr genügend Zeit verschafft, nachzudenken und ihren Verstand zu benutzen. Und den brauchte sie voll und ganz, um ihre wohlüberlegten nächsten Worte über die Lippen zu bringen. »Ihr werdet mich heiraten.«

Wie ein Bogenschütze auf sein Ziel konzentrierte Rardove seine Aufmerksamkeit auf Senna. »Irgendwie habe ich meine Zweifel, dass Ihr im Angesicht des Priesters ›ich will‹ sagen werdet.«

»Und ich habe irgendwie meine Zweifel, dass Ihr einen Priester habt, dem das wichtig wäre. Aber ich folge Euch freiwillig.«

»Das werdet Ihr tun?«

»Aye.«

447

Rardoves Hand schnellte vor und packte ihre Schulter. Der Schmerz hatte begonnen. »Freiwillig?«, spie er aus. »Ihr lügt. Ihr lügt genauso wie dieser andere.«

Die Angst rann ihr in kalten Tropfen die Kehle hinunter. »Aye, ich habe gelogen. Aber das wussten wir doch beide, nicht wahr? Ich bin eine Färbehexe. Ich verfüge über das gleiche Können wie meine Mutter.«

»Ihr seid ihr in jeder Hinsicht ähnlich«, schnaubte er, griff in seine Tunika, zog etwas heraus und drückte es Senna in die Hand. Sie wich ein paar Schritte zurück und hielt fest, was er ihr gegeben hatte.

Die fehlenden Seiten. Rardove hatte sie gefunden.

Er hat die Seiten tatsächlich gefunden, dachte sie. *Und ich muss keinen Gedanken mehr an meine nächsten Schritte verschwenden. Weil wir beide genau wissen, was zu tun ist.*

Sie straffte die Schultern. »Ich stelle die Farben für Euch her«, verkündete sie mit klarer Stimme.

Er brach in schallendes Gelächter aus. »Ich weiß nur zu genau, was Ihr tun werdet, Senna. Wann und wie.«

»Ach, wisst Ihr das?« Sie fing seinen Blick auf. »Verratet mir noch eines: Welche Verwendung der Wishmés schätzt Ihr mehr? Die als Zündstoff oder ...«, sie hielt kurz inne, um ihre Worte wirken zu lassen, »... die der Tarnung?«

Sein Gesicht schien einige Male den Ausdruck zu wechseln. Erschrecken. Verblüffung. Wut. Gier. Senna nutzte den Moment.

»Ihr sagt den Krieg ab. Und ich werde die Farben für Euch herstellen.«

Ihr Eingeständnis hatte seine Atemzüge unregelmäßig werden lassen. Jetzt wurden sie langsamer. »Ich ... das kann ich nicht. Die Dinge sind mir aus der Hand geglitten.«

»Dann holt sie zurück«, forderte sie ihn mit kalter Stimme

auf. »Sagt Eurem König, dass die Farben nur in der Legende existieren. Es ist eine Lüge.« Sie blickte auf die Seiten in ihrer Hand; Rardove fuhr sich mit der Zunge über die Lippen, als Senna die Blätter glatt strich und kurz überflog, bevor sie wieder aufschaute. »Ich möchte nicht, dass König Edward hiervon erfährt. Ihr etwa?«

Sein Blick wirkte leicht entrückt, als sie sich anschauten; er sah aus, als stünde er kurz davor, am Wahnsinn zugrunde zu gehen. Oder an seiner Leidenschaft.

»Ich möchte nicht, dass überhaupt jemand davon erfährt«, stimmte er heiser zu.

Senna senkte die Stimme, genau wie er. »Nun, dann bleibt es unser kleines Geheimnis. Sagt Gouverneur Wogan, dass die Legenden Lüge sind. Schickt einen Boten zu König Edward.« Andächtig betrachtete sie die Buchseiten und strich mit dem Finger sanft darüber. »Ruft Eure Leute zurück, und ich werde bei Euch bleiben. Freiwillig.«

Rardove kniff die Augen zusammen. »Warum?« Man konnte glauben, dass die pure Boshaftigkeit in ihm steckte. Aber es war mehr als nur das: Es war die pure durchtriebene Boshaftigkeit. Längst hatte sein Wahnsinn die Führung übernommen. Wahnsinn oder Leidenschaft. »Ihr wollt doch gar nicht, dass ich diese Farben besitze.«

Senna musste einen Weg finden, dass er sich mehr an sie gebunden fühlte als an seinen König. Mehr als an seinen Hass. Sie folgte ihrer Intuition, als sie den Schritt in das Dunkel wagte.

»Aber das ist es doch, was das Schicksal für die Frauen meiner Familie bereithält, nicht wahr?«, murmelte sie. »Wenn es beginnt, sind wir de Valerys, aber es endet bei Euch. Ich weiß, dass meine Mutter hier war, mit Euch.« Verlangen breitete sich auf seinem Gesicht aus und ließ seine Kiefer schlaff werden. Er nickte wie in Trance. »Und jetzt bin ich hier bei Euch.«

»Ihr gehört mir«, stieß er aus, fuhr mit der Hand durch ihr Haar und riss ihren Kopf zurück. »Eure Mutter ist tot.«

»Ich weiß.« Senna unterdrückte den Impuls, ihn zu schlagen, ihm das Gesicht zu zerkratzen. Vor zehn Jahren war es ihr schon einmal so ergangen, und damals hatte sie nicht gewusst, wie sie sich verteidigen sollte. Dass in ihrer Hochzeitsnacht das Messer neben dem Bett gelegen hatte, war ein glücklicher Zufall gewesen. Und inzwischen wusste sie sehr genau, wie sie sich selbst verteidigen konnte. Durfte es jetzt aber nicht.

Denn wenn sie Rardove tötete, wenn die Nachricht sich verbreitete, dass er tot war, würden König Edwards Männer über die Festung herfallen wie Flöhe über eine Strohmatratze, und sie würden die fehlenden Seiten finden. Die Männer würden sie finden. Und mit der Zeit würden sie auch jemanden finden, der die todbringende Rezeptur entziffern konnte. Und dann würde Irland fallen. Schottland würde fallen, und Finian würde man Stricke um Hände und Füße binden.

Rardoves widerwärtige Lippen befanden sich dicht an ihrem Ohr. Sein Atem stieß in ihr Haar. »Ich schwöre Euch, Senna, ich werde Euch ebenfalls töten, falls es Euch nicht gelingt, die Wishmé-Farben für mich herzustellen.«

Sie sammelte jedes Fünkchen Sinn und Verstand zusammen, das sie in ihrem wie versteinerten Bewusstsein finden konnte, und richtete auf. »Ich werde die ganze Nacht daran arbeiten«, sagte sie und legte die Hand auf seine Brust. »Kommt morgen früh zu mir.«

Im Morgengrauen würde sie ihn töten.

Oder er sie.

Aber so wie jetzt konnte es nicht weitergehen.

Das Dämmerlicht ergoss sich durch die hohen, schmalen Fenster in die leere große Halle. Der Feuerschein mischte sich mit dem blassvioletten Licht, das die wirbelnden, tanzenden Staubkörner in ein unwirkliches Glühen tauchte. Blauschwarz. Es war dem der Wishmés sehr ähnlich.

Pentony musste es wissen. Er hatte die Farbe schließlich gesehen. Nicht den Stofffetzen, der schon hunderte Jahre alt war. Er war Zeuge der Wiederentdeckung der Farbe gewesen, erschaffen von Sennas Mutter.

Die Wahrheit war, dass er sogar geholfen hatte, die Schalen der Tiere aufzubrechen, an jenem Nachmittag, als der Baron zur Jagd ausgeritten war und Pentony sich noch nicht ganz an das stöhnende Schweigen in der Festung gewöhnt hatte.

Als Elisabeth de Valery vor zwanzig Jahren auf die Burg gekommen war, hatte so etwas wie ein frischer Wind durch das finstere Gemäuer zu wehen begonnen. In ihrem reizenden, unvergleichlichen Dialekt – eine Mischung aus Schottisch und mittelenglischem Französisch – hatte sie geplaudert und gescherzt. Ihr Haar hatte so rot wie Feuer geglüht. Dass sie weder Rardoves Zorn noch die düsteren irischen Winter fürchtete, hatte vermutlich den Ausschlag gegeben, dass er den Mörser, den sie ihm reichte, ergriffen hatte. Und begonnen hatte, die Schalen darin zu zerstampfen.

Und es war wohl auch der Grund, warum er ihr zur Flucht verholfen hatte, als es ein Jahr später notwendig geworden war.

Und ganz gewiss war es der Grund dafür, dass er ihrem Wunsch entsprochen hatte, als sie ihm das letzte Exemplar des Färber-Buches anvertraut hatte.

Zusammen mit einem kleinen Muster gefärbten Stoffes hatte er es an ihren Ehemann de Valery geschickt. »Entweder

451

bekommt er mich oder die Geheimnisse«, hatte sie lächelnd zu ihm gesagt. Pentony wusste, was er gewählt hätte.

In der Nacht ihrer Flucht hatte sie ihm ein Bündel Pergamente gegeben: ihre Aufzeichnungen, übersät mit ihren schönen, verrückten Zeichnungen. *Für meine Tochter, an ihrem Hochzeitstag. Nur für den Fall*, hatte sie gewispert, und diesmal war ihr Lächeln tränenüberströmt gewesen.

Dann war sie zum Tor hinausgeschlüpft und war um ihr Leben gerannt.

Zehn Jahre später hatte Pentony ihr diesen letzten Wunsch erfüllt und ihrer Tochter die Pergamentpapiere gesandt. Im Schutze der Dunkelheit und so eingepackt, dass es wie ein Geschenk eines unbekannten schottischen Großvaters aussah. Am Vorabend ihres Verlöbnisses, in ihrem fünfzehnten Lebensjahr, ging das letzte Geheimnis der Wishmés auf Senna über. Sie wurde zum einzigen Menschen, der in der Lage war, diese wunderschönen Waffen herzustellen.

Und in diesem Augenblick gab es zwei Dinge, deren Pentony sich vollkommen sicher war: Rardove würde diesen Krieg niemals aufhalten – er konnte es vermutlich auch gar nicht mehr –, und Senna war so gut wie tot.

Es würde ihr wie ihrer Mutter ergehen.

Pentony verharrte noch einen Moment auf seinem Beobachtungsposten, bevor er aus dem Schatten trat und eilig die Halle durchquerte.

Kapitel 57

Die Nacht kroch ereignislos dahin. Das einzig Bemerkenswerte waren die Heere, die rund um die Festung des Barons ihre Lager aufgeschlagen hatten. Zelte und kleine Feuer erhellten die Ebene vor der Burg, deren Schweigen hin und wieder von den Rufen und dem Lachen der Soldaten gestört wurde.

Im Westen, an den Hängen der zur Abtei gehörenden Hügel, kampierten die Iren. Eigentlich war die offene Feldschlacht nicht so sehr ihre Sache, aber in diesem Fall handelte es sich um eine außergewöhnliche Bedrohung.

Weit nach Mitternacht hockte Rardove in der großen Halle in sich zusammengesunken auf einer Bank vor dem Feuer, das nur noch mit kleiner Flamme brannte. Betrunken, wie er war, konnte er kaum glauben, in welcher Lage er sich befand. Mit den langen, dürren Fingern trommelte er sich auf den Oberschenkel. Die Ereignisse des Tages zwangen ihn, so eindringlich über sich selbst nachzudenken, wie er es nicht mehr getan hatte, seit er das erste Mal stoßend und zitternd in einer Hure explodiert und vollkommen erschöpft und überzeugt gewesen war, dass er *dies* und nichts anderes mehr von der Welt erwartete.

Wieder gönnte er sich einen ordentlichen Schluck Wein, und stierte dann vor sich hin. Seine ganze Welt war in sich zusammengestürzt. Alles, was er jemals gewollt hatte, war zu einem Fluch oder vernichtet worden. Elisabeth, seine einzige echte Liebe: fort. Er fühlte, wie der Herzschmerz in ihm aufwallte, der Schmerz, der niemals aufgehört hatte, in ihm zu pochen, auch zwanzig Jahre später nicht.

Wie hatte sie Gerald de Valery ihm vorziehen können? Für eine kurze Zeit hatte er geglaubt, diese Schlacht für sich entschieden zu haben. Denn sie war zu ihm gekommen, oder etwa nicht? Mit einem großen Risiko für seine eigene Person hatte er sich die irischen Ländereien gesichert. *Für sie.* Sie hatte färben wollen, und er hatte ihr die berühmtesten Farbstoffe der ganzen Gegend verschafft. Und endlich war sie zu ihm gekommen. Hatte de Valery um seinetwillen verlassen.

Rardove hatte nichts anderes vom Leben erwartet, als sie um sich zu haben. Ihr zu lauschen, ihre Bewegungen zu beobachten. Und ein ganzes gesegnetes Jahr lang hatte sein Traum sich erfüllt.

Dann war sie geflohen. Und dabei gestorben.

Herrgott, wie sehr er sie vermisste. Es traf ihn hart, als er bemerkte, dass sie fort war. Mit der Rezeptur. Sie hatte also gar nicht ihn gewollt.

Natürlich musste Rardove sie töten. Musste sie zur Strecke bringen, bevor sie es bis zum Schiff schaffte. Ihm war keine Wahl geblieben. Keinesfalls durfte er sie mit der Rezeptur entkommen lassen.

Aber am Ende hatte sich gezeigt, dass sie die Rezeptur nicht hatte. Er hatte nichts bei ihr gefunden. Auch nicht in der Burg, die er nach seiner Rückkehr durchsucht hatte. Keine verschlüsselten Anweisungen, keine niedergeschriebenen Hinweise, wie diese wunderbaren, gefährlichen Farbstoffe, die sie – die letzte der Färbehexen – für ihn hergestellt hatte.

Und jetzt hatte er ihre Tochter. Senna war in der Kammer über ihm, nur die steinerne Treppe hinauf, und trieb ihn in den Wahnsinn. Sie war ein lebendiges, atmendes Problem. Eine Frau, die er wahrscheinlich nicht in Schach halten konnte. Die ganz anders war als ihre sanfte, liebevolle Mutter, abgesehen davon, dass sie ihr ähnlich sah und die Fähigkeit zum Verrat besaß.

Aber . . . sie hatte behauptet, dass sie die Farben herstellen konnte.

In einem letzten aufrichtigen Winkel seines Verstandes dämmerte es Rardove, dass selbst damit der schreckliche, pochende Schmerz in seinem Herzen nicht besänftigt werden würde.

Er hob die Hände und presste sie an die Schläfen, so als wollte er sicherstellen, dass nichts von drinnen nach draußen drang. In der Halle mischten sich unförmige Schatten mit kreidigem Licht. Rardoves Fingerspitzen berührten sich beinahe, als er sich unter Schmerzen krümmte.

In der Nacht blies ein frostiger Wind, und die Sterne funkelten hell. Oben auf dem Hügel bei seinen Männern rief Finian nach Musik. Der König stand nur ein paar Schritte entfernt, hielt sich schweigend im Schatten. Die Musikanten begannen zu spielen. Die Soldaten wirkten nachdenklich und ihre Gesichter wie versteinert, als die Melodien aufklangen. Sie berichteten von tapferen Taten, vollbracht im Laufe von Jahrhunderten, von Männern, die längst in ihren Gräbern verrotteten.

Finian stand am Rand des Hügels, und gab sich – nach Wochen der Anspannung – diesem Moment der Ruhe hin. Das Begreifen war schier überwältigend gewesen.

In all den zurückliegenden Jahren war es jedem Iren klar gewesen, dass The O'Fáil rückhaltlos an Finian O'Melaghlin glaubte. Uneingeschränkt und unverbrüchlich. Aber vielleicht hatte dieser Glaube doch seine Grenzen gehabt.

Oder war vielleicht jetzt an *seine* Grenzen gestoßen.

Es gab keine Waffe, die Finian nicht führen konnte, keine Schlacht, der er sich nicht stellen würde, keine Verhandlung, die er nicht zu einem unvorhergesehenen Ende führen würde. Er konnte seine Kameraden zum Lachen und seine Frauen um den Verstand bringen. Er konnte die irischen Lieder singen, konnte Torfballen schleppen, und er allein verfügte über die notwendigen Fähigkeiten, das mythische Volk der *tuatha* wieder in Sicherheit und Wohlstand zu führen. Er besaß alles, was ein König und ein Ratgeber und ein Krieger besitzen mussten.

Aber er glaubte nicht, dass er das besaß, wonach es Senna verlangte.

Und vielleicht hatte der König es die ganze Zeit gewusst. Vielleicht war es Teil dessen, woran *er* glaubte. Worauf *er* zählte. Dass Finian nicht ohne Makel war.

Senna sah ihn nicht als Krieger, nicht als künftigen König. Sondern als Mann. Und vielleicht reichte das sogar. Vielleicht trug er das Königtum in sich.

Und jetzt stand er außerhalb der Krieger, die sich im Kreis versammelt hatten, starrte über das windzerzauste Land und wartete angespannt auf die Rettung.

Es mochte riskant und dumm sein. Aber das spielte keine Rolle. Er würde Senna für sich beanspruchen, und wenn die Fluten des Widerspruchs an sämtliche Küsten seines Lebens branden sollten.

Zehn lange Stunden hatte Senna in Rardoves Kammer gearbeitet, den Kopf über den Tisch gebeugt. Jetzt schaute sie auf. Jede Bewegung, die sie machte, jedes Heben und Tragen, jedes Abmessen und Sieden kam ihr vor, als würde sie ihre Mutter um sich fühlen.

Sie fühlte sich wie ein Geist an, wie ein gespenstischer Schatten aus ihrer eigenen Vergangenheit, bis hin zu der vertrauten Geste, mit der sie sich mit dem Unterarm das Haar aus der Stirn strich. Denn das war der einzige Teil ihres Körpers, an dem sich keine Farbspuren befanden. Genau wie bei ihrer Mutter.

Die fehlenden Seiten lagen ausgebreitet neben ihr und machten auf erschütternde Weise begreiflich, dass ihre Mutter in der Tat eine Waffenschmiedin gewesen war. Eine, die sich großartig auf ihr Handwerk verstand. Und Senna entzifferte die verschlüsselte Sprache, als läse sie in einem ihrer Rechnungsbücher. Solche Dinge lagen tatsächlich im Blut.

Vor ihr lag ein kleines Stück Wolle. Ihre Wolle. Ihre besondere Wolle, gewonnen von den Schafen, die ihre Mutter vor zwanzig Jahren zu züchten begonnen hatte. Verwebt zu einem filigranen Muster, das zwar kompliziert, aber keinesfalls ausgesehen hatte, als hätte es eine besondere Bedeutung. Und jetzt war es mit den Wishmés-Farben gefärbt.

Es schimmerte im Zusammenwirken von Licht und Schatten, und als Senna es zwischen die Fingerspitzen nahm und hochhielt, ahnte man kaum, dass der Stoff überhaupt vorhanden war.

Am Ende hatte es also doch nicht Jahre gedauert.

Ihre Augen füllten sich mit Tränen. Oh, in ihr gab es nichts als Erschrecken. Und unendliche Güte. Was in ihrem Schoß heranwuchs, das war die Güte.

Dabei hätte sie es niemals für möglich gehalten. Was ihr in ihrer Hochzeitsnacht angetan worden war, hatte damit geendet, dass drei Heiler ihr versichert hatten, unfruchtbar zu sein.

Finian hatte das Leben in ihr wiedererweckt.

Senna hockte auf dem Boden, lehnte sich mit dem Rückgrat

an die Wand und zog die Laterne näher zu sich heran. Sie klappte die Abdeckung zurück. Die Kerze brannte heller, schickte ihr blassgelbes Licht keilförmig über den Boden. Sennas Schoß, ihr Bein und der halbhohe Stiefel waren in das Licht getaucht. Mehr brauchte sie nicht.

Um ganz sicher zu gehen, würde sie die Seiten vernichten. Aber erst musste Senna sie ein letztes Mal studieren, um sich alles ganz genau einzuprägen. Jedes Bild, jede Zeichnung, jedes Wort musste in ihrem Geist haften.

Dann würde sie die Seiten verbrennen.

Danach die Flucht ergreifen. Denn Senna hatte nicht die Absicht, in der Burg zu sterben.

Aber angesichts der Tatsache, dass sie weder ein Messer noch ein Pferd noch einen Verbündeten oder einen Plan hatte, war ihr noch nicht klar, wie sie vorgehen sollte.

Senna legte die Hand auf ihren Bauch, beugte sich über die Seiten und begann zu lesen.

In der Haupthalle hockten die Soldaten zusammengesunken an den Wänden oder schliefen irgendwo auf dem Boden.

Hier drinnen war es dunkel und warm. Pentony ging still durch den großen Raum und nickte kurz jedem schläfrigen Blick zu, dem er begegnete. Er erstarrte, als er Rardove erspähte, der gebückt auf der Bank saß, die Ellbogen auf die Knie gestützt und den Kopf in die Hände gelegt.

Er sah wie tot aus. Dann entwich dem Lumpen ein leises Stöhnen, ohne dass er aufschaute.

Rasch und still setzte Pentony seinen Weg fort. Es gab noch viel zu arrangieren, bevor der Morgen anbrach. Er schlüpfte nach draußen und öffnete die Pforte in der Festungsmauer einen Spalt breit. Mit der Stiefelspitze stieß er einen Stein vor die Pforte, kratzte ein keltisches Kreuz auf die Holztür und kehrte in die Halle zurück.

Er musste darauf hoffen, dass irgendetwas in seinem Innern sich mit irgendetwas in dem Innern des Mannes verband, der so viel für Senna riskiert hatte wie Pentony für ihre Mutter.

Stunden verstrichen. Die fremde, ungebetene Musik verstummte. Der Mond ging unter, und die Nacht wurde schwarz wie Ebenholz. Sterne glitzerten am Nachthimmel, während der aufkommende Wind schwache Düfte über das Land trug.

Kapitel 58

Das perlgraue Licht der Morgendämmerung vertrieb die nächtliche Dunkelheit, obwohl die Glocken in der Kapelle noch eine Stunde schweigen mussten, bevor zur Prim geläutet wurde. Auf dem inneren Burghof herrschte rege Geschäftigkeit, deren Lärmen nur durch die dünnen Nebel der Nacht gedämpft wurden: Hufgeklapper und Männerstimmen, die sich etwas zuriefen.

Senna hörte schwere Schritte vor der Tür. Mit den Blättern in der Hand schnellte sie hoch. Lauschte aufmerksam. Mit pochendem Herzen. Kalter Schweiß rann ihr den Rücken hinunter. Selbst eine Maus hätte nicht ungehört an ihr vorbeihuschen können. Aber es war nichts. Nichts.

Sie schluckte schwer und wandte sich wieder dem Feuer zu, dessen Flammen höher schlugen, als es für das kleine Becken eigentlich gedacht war. Allerdings war es auch nicht geschmiedet worden, um Militärgeheimnisse darin zu verbrennen.

Sie beugte sich tiefer zum Feuer und blies hinein. Die Flammen schlugen noch höher. Sie griff nach den Papieren.

Hinter ihr quietschte die Tür in ihren Angeln. »Ah. Ihr habt es also getan.« Rardove trat ein.

Senna stolperte über den Saum ihrer Tunika, als sie herumwirbelte. Die Pergamentbögen flogen durch die Luft, aber sie wandte den Blick von Rardove nicht ab. Sein Haar war zerwühlt und schmutzig. Das Gesicht vom Alkohol gerötet. Aber es waren die Augen, die ihr Angst einjagten; Augen, aus denen der Wahnsinn sprach. Sie sahen aus wie Linsensuppe, mehlig und dick. Aber als sie das gefärbte Stück Stoff auf dem Tisch entdeckten – den schimmernden Schmetterlingsflügel, den sie hergestellt hatte – wurden dieselben Augen plötzlich hell und klar.

Er schnappte sich den Stoff. Betastete ihn, legte ihn wieder ab und stierte sie an. »Und das sind die Aufzeichnungen?« Er deutete auf das Pergament, das verstreut herumlag.

Senna gab keine Antwort. Rardove zückte sein Schwert und streckte es aus, stieß mit der Spitze sanft vor und zurück, als würde er die Waffe anerkennend betrachten. Im flackernden Kerzenlicht zuckte der Widerschein des Feuers auf der Klinge durch das Zimmer.

Anders, als sie es gewollt hätte, konnte Senna nur noch wispern. »Was macht Ihr da?«

Er schaute auf. Mit stierem, wahnsinnigem Blick. »Ich sorge mich wegen einer Unannehmlichkeit, die mich schon seit langer Zeit quält.«

Rardove stand zwischen ihr und dem Feuer. Zwischen ihr und der Tür. Er hob das Schwert.

Senna rannte los, setzte zu einem Sprung an und warf sich an ihm vorbei. Er schloss den Arm um ihre Hüfte, als sie auf seiner Höhe war, und schleuderte sie zu Boden. Senna stürzte, aber als sie landete, rammte sie ihm das Knie zwischen die Beine.

Er grunzte, und seine Augen quollen über. Die Atempause reichte Senna, um sich zur Seite zu rollen. Sie knallte an den Feuerrost, der umkippte. Sie kroch rücklings weiter und warf eine Handvoll Blätter in Richtung der orangefarbenen Feuerglut. Die Blätter stoben auf wie kleine Vögel und bildeten einen Bogen. Nicht ein einziger landete in der Glut.

»Du elende Hure«, schnaubte Rardove, rappelte sich auf und hob das Schwert. Senna lag immer noch auf dem Boden und versuchte, die Pergamente mit den Füßen in die Flammen zu schieben. Sein Schatten senkte sich drohend auf sie.

»Nein!«, schrie sie und warf die Hände in die Luft, um den Hieb mit dem Schwert abzuwehren.

»Wenn Ihr das tut, werdet Ihr sterben«, sagte eine Stimme an der Tür.

Rardove schnellte mit dem Kopf herum. »Pentony«, raunte er, »Raus hier!«

»Nein.«

»*Raus!*«

»Nein.«

Mit keuchendem Atem kroch Senna fort und starrte staunend auf Pentony, der mit einem Schwert in der Tür stand. Es war rostig, ja, aber erhoben für den entscheidenden Hieb.

Ohne den Baron aus den Augen zu lassen, griff Pentony hinter sich und schloss die Tür. Senna hätte beinahe geschrien.

Einen Wimpernschlag später dröhnten Soldatenstimmen von draußen in die Kammer, und Fäuste hämmerten gegen das Holz. »Lord Rardove!«, rief ein Soldat. »Ist alles in Ordnung?«

Niemand würdigte die Tür eines Blickes. Der Schweiß rann Senna zwischen den Brüsten herunter und ließ ihre Handflächen schlüpfrig über den Boden gleiten, als sie versuchte, noch einen Zoll zurückzuweichen.

»Raus hier, Pentony«, befahl Rardove wieder, klang aber müde. Dann drehte er sich zu Senna. Er hielt abrupt inne, als Pentonys Schwert ihn am Hals berührte, nur einen Hauch von seiner Vene entfernt.

Schaumiger Speichel sammelte sich in den Mundwinkeln des Barons, sprühte in die Luft und platzte in unsichtbaren Blasen. »Ich bringe dich um«, keuchte er außer sich vor Wut.

»Ich weiß.«

Rardove hustete die Worte nur noch aus, und es klang wie ein einziges wütendes Keuchen. Sein Gesicht war brennend rot, die Finger zuckten am Schwert, aber er wagte es nicht, sich zu rühren.

»Ich habe dir *alles* gegeben, Pentony«, spie er aus. Senna spürte, wie sein Blick ihr folgte, als sie sich aufrappelte, um hinter dem hageren Seneschall Schutz zu suchen »Geld. Freie Hand bei den Finanzen. Die Verfügung über all mein Land...«

»Aber ich habe entdeckt, dass ich dabei meine Seele verloren hatte«, sagte Pentony leise und würdevoll.

Rardoves Gesicht verzerrte sich. »Deine Seele hast du vor dreißig Jahren verloren, als du die Röcke dieser Nonne gehoben und sie verdorben hast...«

»Sie war noch keine Nonne«, wisperte er heiser.

»Natürlich bist du der Strafe entgangen ... Dank deiner Verbindungen zum König. Aber mir ist auch zu Ohren gekommen, dass sie anders als du schrecklich unter ihrer Strafe zu leiden hatte. Es war eher wie Folter, mit Steinen und...«

Das Blut wich ganz und gar aus Pentonys Gesicht. »Sie war meine Frau.«

»Nein, *Priester*. Sie sollte erst zu deiner Frau werden, wenn du dich nur hättest gedulden können. Dich gedulden, bis sie das Kloster verlässt. Für dich. Damit du auf dein Gelübde verzichtest. Aber das konntest du nicht, und mir wurde erzählt, dass die Schreie des Babys bis nach Cinq Ports zu hören waren, wenn man den Worten der Pächter trauen darf.«

Pentonys Klinge zuckte gegen Rardoves Kehle. »In meinem Herzen war sie meine Frau, und in diesem Herzen trage ich sie seit all den Jahren.«

Rardove lachte bellend. »Dann muss sie eine außergewöhnliche Schönheit gewesen sein, denn in all den Jahren habe ich

dich nie mit etwas anderem in der Hand gesehen als mit
Geld.«

Pentony hielt kurz inne. »Sie sah aus wie Lady Senna. Und
ihre Mutter.« Er drehte sich halb zu Senna. »Geht jetzt. Verschwindet.«

Sennas Brust hob und senkte sich, so angestrengt hielt sie
die Schluchzer der Angst und der Sorge zurück. Ihr Blick war
so verschwommen vor Tränen, dass sie kaum den Fußboden
erkennen konnte, und in ihrem Schädel dröhnte es. Das Herz
hämmerte wild. Sie starrte Pentony an, schüttelte langsam den
Kopf.

Ohne Warnung stieß Rardove zu. Schwang den Arm und
stach seitlich in Pentonys Oberkörper. Der Stich hätte nicht
besser treffen können, er zerriss die Tunika und das Fleisch
darunter. Pentony stürzte zu Boden.

Senna schrie auf, schlug sich mit den Händen auf die Wangen und konnte kaum fassen, was gerade geschehen war.

»Verschwindet!«, befahl Pentony heiser. Rardove trat zu
und drehte ihn flach auf den Rücken. Pentonys Kopf sank auf
die Seite. Das Blut tropfte ihm von den Lippen.

Einen Moment lang standen der Baron und sie einfach nur
da und starrten auf den Verwalter. Dann drehte Rardove
sich um. Schweiß rann ihm über die Wangen und in den
Nacken.

»Du bist die Nächste«, raunte er.

Senna sprang zurück, wirbelte herum und versuchte, es bis
zur Tür zu schaffen. Stattdessen prallte sie auf den Tisch und
stürzte wieder. Ihre Beine schlangen sich um das hölzerne
Gestell. Rardove hob den Fuß, um über Pentony zu treten,
und beugte sich über ihren hingestreckten Körper.

Sie stieß sich zurück. Er hinderte sie, indem er ihr den Stiefel auf den Bauch stellte.

»Nein!«, schrie sie und riss abwehrend die Hände hoch. »Nein! *Das Baby!*«

Rardove sackte in sich zusammen und wurde kreidebleich.

Plötzlich herrschte draußen großer Aufruhr, und die Tür flog krachend auf. Die Silhouette im zersplitterten Rahmen hatte das Schwert gezückt.

Finian zögerte nur den Bruchteil einer Sekunde, bevor er über die Schwelle stürmte.

Kapitel 59

Just in dem Moment, als Rardoves Schwert durch die Luft zischte, riss Finian Senna zur Seite. Sie wurde hinter ihn geschleudert und stürzte zu Boden, während Finian sich dem Baron zuwandte.

Rardove starrte ihn mit rot geränderten Augen an. Finian ging in die Knie, griff hinter sich, schnappte Senna am Arm und zog sie hoch. »Verschwinde. Sofort.«

Anstatt zu gehorchen, tastete sie nach Finians Oberschenkel und riss die Klinge aus der Scheide – das Messer mit dem langen Blatt, das Finian und sie vor einer Ewigkeit aus dem Waffenschrank des Barons gestohlen hatten.

»Wenn ich geahnt hätte, dass Ihr vorhabt, mich zu besuchen«, schnaubte Rardove und ließ den Blick über Finian schweifen, »dann hätte ich doch ein angemesseneres Willkommen arrangiert.«

»Oh, das Willkommen geht vollkommen in Ordnung.« Finian ging durch das Zimmer, hielt Senna immer hinter sich, während er sie in Richtung Tür schob. Rardove folgte ihren Bewegungen und drehte sich ebenfalls langsam im Kreis.

»Aber da Ihr nun schon einmal hier seid, sollte ich Euch vor die Wahl stellen, vor die Ihr mich ebenfalls gestellt habt: Ihr könnt bleiben und abwarten, bis meine Männer Euch ganz langsam erschl...«

»Welche Männer sollten das tun, *cruim?*«

Rardove ließ den Blick ängstlich zur Tür schweifen. Zwei Männer in Waffen lagen gekrümmt übereinander, hatten die Schwerter noch nicht einmal gezückt. Die Spitze eines dritten

Stiefels lugte um den Türrahmen und gehörte offenbar zu einem Mann, der in seinem Blut schwamm.

»Ihr könnt natürlich auch jetzt gehen und Euch meinem Heer vor dem Tor stellen«, schloss Rardove langsam und drehte sich wieder zurück. »Für einen schnelleren Tod.«

Finian drängte Senna weiter auf die Tür zu. »Ich würde glatt um Eure Seele weinen, wenn Ihr eine hättet.«

Während die Männer einander verhöhnten und verspotteten, blinzelte Senna zum Messer hinunter und hob es an, um das Gewicht der Klinge im Verhältnis zum Griff zu überprüfen. Sie ließ die Waffe durch die Finger spielen. *Rardoves Nacken. Das war die einzige ungeschützte Stelle. Nein. Zu dicht. Tiefer ansetzen.*

Der Baron lächelte dünn. »Der englische Zorn muss mörderisch sein.«

»Ihr seid kurz davor, den irischen Zorn zu schmecken.«

Rardove schaute über Finians Schulter. Senna hielt die Klinge hoch, hatte den Arm angewinkelt. Ihre Blicke trafen sich. Rardove ließ die Augen nicht von ihr. »Eure Hure will versuchen, mich umzubringen«, sagte er amüsiert zu Finian.

Senna konnte Finian nicht sehen, aber sie spürte, dass er grinste. »Nein, *versuchen* will sie es nicht.«

Rardove stürzte sich nach vorn. Blitzschnell senkte Senna den Arm und brachte die Klinge in Stellung, versenkte sie in Rardoves Bauch. Der kraftvolle Stoß durch das Kettenhemd konnte seinen wütenden Angriff nicht beenden, aber er machte Rardove deutlich langsamer. Vor allem aber sah er keinesfalls mehr amüsiert aus.

Finian stieß Senna fort und ließ sein Schwert gegen Rardoves krachen, das ihm aus der Hand fiel. Aber es gelang dem Baron, die Waffe wieder aufzuheben, und die Schwerter trafen sich in der Luft, wo sie sich zu einem V kreuzten und zu erstarren schienen. Finian bewegte sich unablässig nach vorn, setzte sein Gewicht gegen den Baron ein, und trat dann plötzlich zur Seite. Rardove stolperte vorwärts.

»Ja, manchmal geht es ziemlich schnell«, murmelte Finian, nahm das Schwert in beide Hände und wirbelte mit ausgestrecktem Schwert einmal um die eigene Achse.

Rardove taumelte ein paar Schritte rückwärts. Schaumige Blasen quollen aus seinem Mund, ein gurgelndes Keuchen. Er schnappte nach Luft, sank auf die Knie. Die Hände presste er sich auf den Bauch. Erstaunt starrte er auf die Wunde, bevor er wie ein gefällter Baum zu Boden stürzte. Tot.

Senna schaute Finian an, der den Blick auf Rardove gerichtet hatte, und sank langsam auf die Knie. Es war dunkel; die Kerzen waren erloschen. Mehr als Finians leuchtende Augen konnte Senna nicht erkennen. Genau wie im Gefängnis, wo sie ihm das erste Mal wahrhaft begegnet war.

Sein Blick glitt zu ihr. Langsam sank Finian auf ein Knie nieder. Durch die Dunkelheit streckte er die geöffnete Hand nach Senna aus, die sie ergriff.

»Du hast mich wirklich und wahrhaftig gerettet«, verkündete sie mit wackliger Stimme und deutete dann auf den zerschmetterten Türrahmen, »aber das war pure Angeberei. Ich hätte es besser erledigen können.«

Finian senkte auch das zweite Knie und schloss die Arme um sie. Einen kurzen Moment lang stützte er das Kinn auf ihren Kopf. »Ich weiß, meine Liebe. Du kannst alles besser.«

Dann zog er sie hoch, drückte ihr rasch einen Kuss auf die Lippen und führte sie fort von den toten blutenden Körpern.

Sie schlichen durch die dunkle Burg. Hin und wieder zerrte er an ihrer Hand, dann verharrten sie und pressten sich mit dem Rücken an die Mauer, atemlos und mit aufgerissenen Augen, während aus einem anderen Gang ruppige Gesprächsfetzen an ihr Ohr drangen, schwere Schritte dröhnten, wüste Flüche ausgestoßen wurden. Die Suche nach ihnen lief weiter.

Schreie und das Geräusch eiliger Schritte hallten durch die Burg aus Stein und Holz. Senna wurde beinahe verrückt. Wieder bogen sie um eine Ecke. Finian warf den Kopf in den Nacken und erstarrte.

Am Ende des Ganges stand Balffe. Bewaffnet, das Schwert in der Hand, den Blick unverwandt auf Finian gerichtet.

Senna stockte der Atem. Die ganze Welt schien stehen zu bleiben. Jeder Moment verstrich wie eine Ewigkeit. Die Farben wirkten erstaunlich hell; die feurige Glut der Fackel, das Schwarz der abgewetzten Stiefel Balffes, das Waldgrün seiner Hose, die dumpf sandfarbene Tunika unter dem roten Umhang, der zu erkennen gab, dass er zu Rardove gehörte. Balffes Gürtelschnalle und das Schwert glänzten matt, und man konnte sogar sehen, wie die Ader an seinem Hals pulsierte.

Es herrschte Schweigen. Alle hielten den Atem an, stießen ihn leise und langsam wieder aus. Zwischen den beiden Männern klaffte Leere – es gab nur den Punkt, an dem ihre Blicke sich kreuzten.

Auf der Wendeltreppe hinter Balffe raschelte es.

»Balffe?«, rief eine heisere Stimme.

»Aye?«, schleuderte er über die Schulter nach hinten.

»Irgendeine Spur?«

Er hielt Finians Blick fest. »Nein.« Ein paar Flüche hallten über die Treppe. »Durchsucht die Ställe.«

Senna kniff die Augen zusammen. Finian nickte einmal und drehte sie weg, führte sie zur Treppe hinter ihnen.

»Meine Schwester«, rief Balffe leise.

Finian reckte den Hals, um über Sennas Kopf nach hinten zu schauen. »Es geht ihr gut.«

Balffe nickte.

469

Finian drehte sich wieder zurück und führte Senna fort. Balffe beobachtete sie im Schatten. Ein rötlicher Lichtstrahl der Fackel fiel seitlich auf sein Gesicht. Dann ging er fort.

Kapitel 60

Auf dem Schlachtfeld war das Gras die blutgetränkte Matte, auf der die toten Männer lagen. Brian O'Conhalaigh kämpfte auf Leben und Tod mit einem englischen Soldaten, schloss die schweißüberströmte Hand fester um das Heft seines Schwertes und schwang es auf den Feind hinunter. Die Klinge traf auf den Knochen, der Mann stürzte nach vorn und starb.

Brian zog das Schwert aus dem Körper, als er aus dem Augenwinkel den Morgenstern wirbeln sah, der in seine Richtung geschleudert wurde.

Mit einem Schrei warf er sich zur Seite. Er stürzte quer über den Mann, den er gerade getötet hatte, und sah, dass er in den leeren Blick eines anderen Toten starrte. Hinter dem noch ein Toter lag. Und dahinter noch einer.

Er rappelte sich wieder auf. Die eiserne Kugel flog wieder in seine Richtung. Unaufhaltsam. Und diesmal war er nicht schnell genug.

Aber irgendetwas änderte die Flugbahn der Kugel. Anstatt auf seinen Schädel zu krachen, flog sie einen Zoll an seiner Nase vorbei. Der Waffenbesitzer stürzte zu Boden und hatte den Mund zu einem Schrei geöffnet, der ihm niemals über die Lippen kam. Über ihm stand Alane.

Grimmig streckte er ihm die Hand entgegen.

»Jesus«, murmelte Brian, ergriff Alanes Hand und ließ sich von ihm hochziehen. »Ich schulde Euch mein Leben.«

»Um diese Schuld mache ich mir keine Sorgen. Bleibt nur in meiner Nähe, und es findet sich bald die Gelegenheit, sie zu begleichen.« Er wandte sich wieder dem Chaos zu, das um ihn herum tobte.

471

Staunend und verblüfft ließ Brian den Blick schweifen. Das Gemetzel erstreckte sich über Meilen. Der Gestank stieg ihm in die Nase, seine Füße schritten über blutgetränkten Boden. Arme, Beine, alles war ihm wie ein bleiernes Gewicht, das an ihm zerrte und zog, so hätte man ihn in seiner Rüstung ins Meer geworfen. Seine Muskeln krampften sich zusammen und zitterten, aber er konnte nicht aufhören, das Schwert zu heben, konnte nicht aufhören, die Feinde zu töten. Denn sonst würden sie ihn töten.

Ein Pferd galoppierte an ihm vorbei und streifte ihn. Er taumelte und sank auf ein Knie.

»Es ist nur de Valery«, sagte Alane hinter ihm.

»Oh«, erwiderte Brian benommen und rappelte sich wieder auf. Er war so durstig, dass es in seiner Kehle beinahe knackte, als er einatmete. Und wenn er ausatmete, war es, als würde heißer Wind über eine Glut streichen.

»Wir sind in der Unterzahl«, murmelte er.

»Aye«, stimmte Alane zu, »lasst uns weiterkämpfen.« Er rannte den kleinen Hügel hinunter und stürzte sich wieder in die Schlacht.

Brians Augen fühlten sich heiß und erschöpft an, als er Alane folgte. Aber Alane näherte sich nur einer kleinen Gruppe Iren, die sich an einer Stelle versammelt hatte, an der der Kampf vorübergezogen war. Brian folgte. In der Ferne konnte er erkennen, wie de Valery sein Pferd einen Hügel hinauftrieb, und zwar direkt in die Standarte des Gouverneurs.

»Das wird ihn das Leben kosten«, krächzte er.

Die Iren drehten sich um.

Eine kleine Reitergruppe tauchte auf der Hügelkuppe auf. An ihrer Spitze galoppierte Will auf seiner Suche nach Wogan durch das Gemetzel.

Sein einäugiger Hauptmann schaute zu ihm hinüber. »Sir? Handeln wir wirklich weise?«

»Nein.«

Er trieb sein Pferd in einen letzten Galopp. An seiner Seite ritt der Knappe Peter und streckte die Fahne des Königs unübersehbar in die Höhe. Das Banner wehte in der morgendlichen Brise. Erhobene Hände deuteten auf ihn. Wogans Wachen wendeten ihre Pferde und zückten die Schwerter. Zwei Männer in Rardoves Uniform hoben die Langbögen und zielten auf Williams Kopf.

Der Gouverneur warf die Arme in die Luft und sagte irgendetwas; die Bögen wankten einen Moment, bevor sie sich senkten.

»Wogan!«, schrie Will und riss an den Zügeln, als sie oben ankamen. Der Hengst schleuderte den Kopf hin und her.

»Wer zum Teufel seid Ihr, und was zum Teufel ist hier los?«, schrie der Gouverneur zurück.

Will schwang sich aus dem Sattel, achtete aber weder auf die Schlacht, die in seinem Rücken tobte, noch auf die Schwertspitzen in seinem Nacken. »Mylord, es gibt eine Geschichte, die ich Euch erzählen muss.«

Als Finian das Festungsgelände mit Senna verließ, stand Wogan, der Gouverneur des Königs, oben auf dem Hügel. Sein Banner wehte im Wind. Sennas Bruder William und The O'Fáil standen bei ihm und redeten. Es gab keinen Kampf. Alles war ruhig, denn sobald der Schlachtenlärm ertönt war, waren sogar die Vögel davongeflogen.

Finian hielt inne, starrte auf die Männer, die auf dem Hügel standen und redeten. Und dann sank er ganz einfach zu Boden, genau dort, wo er gerade stand, und hielt Sennas Hand fest. Sie setzte sich neben ihn. Lange Zeit verging, bis sie bemerkt wurden.

Senna zog Finian zu Wogans Zelt, nicht so sehr, weil sie wünschte, dass Finian den Gouverneur kennenlernte, sondern weil er sie nicht aus dem Blick lassen wollte. Und als klar wurde, dass Senna selbst dann mit dem Gouverneur sprechen wollte, wenn eine Heuschreckenplage über sie hereinbrechen würde, musste Finian eben auch dem Statthalter des Königs gegenübertreten.

»Es gibt keine Wishmé-Farbstoffe«, beharrte sie, nachdem jeder Moment, den sie bei Rardove verbracht hatte, in allen Einzelheiten bis zur Erschöpfung besprochen worden war, »so sehr ich es auch bedauern mag, Lord Rardove war wahnsinnig. Die Wishmés sind einfach nur Schnecken, keine legendären Farbstoffe. Und ganz bestimmt«, sie lachte klirrend, »keine *Waffen*.«

Wogan fiel es nicht schwer, ihrem Bericht zu glauben. Aber nachdem sie sich eine Stunde lang ohne Unterbrechung unterhalten hatten, fühlte er sich berufen zu sagen: »Ihr seid nicht unbedingt so, wie ich es von einer Wollhändlerin erwarte.«

»Ihr habt ja keine Ahnung«, ergänzte Finian, der im Zelt des Statthalters neben The O'Fáil Platz genommen hatte.

Wogan nickte Finian zu, und ein kleines Lächeln glitt über sein düsteres Gesicht. »Ich finde, dass Frauen manchmal recht vielschichtig sein können.«

»Findet Ihr etwa auch, dass Euch das Schwierigkeiten macht?«, warf Senna amüsiert ein.

»Ich finde es eher sehr erfrischend«, entgegnete er und sah sie an.

Sie lächelte heiter. »Der Weg zurück nach Baile Átha Cliath ist weit, mein Herr. Wenn Ihr gestattet, möchte ich Euch dennoch einen kleinen Umweg vorschlagen. Durch das Städtchen Hutton's Leap.«

Wogan hob den Weinkelch an die Lippen. »Und was erwartet mich in Hutton's Leap?«

»Oh, all das, was der Gouverneur eines Königs sich nur wünschen kann.« Senna lächelte. »Jongleure, feinste Sticknadeln und köstliche Schinkenpasteten. Und eine ... Schänke«, sie zögerte leicht bei diesem Wort, »ich glaube, sie heißt *Thistle*. Die Inhaberin stammt aus Frankreich, und ich denke, sie ist auch sehr vielschichtig. Sagt Ihr, ich hätte Euch geschickt.«

Wogan betrachtete Senna einen Moment lang über den Rand seines Glases. Und lächelte.

Es dauerte nicht länger als eine halbe Stunde, bis das englische Heer aus dem Tal abzog. Nur die Vögel blieben zurück und sangen ihre Lieder, als die Sonne unterging.

Epilog

Winter 1295 A. D. Schottland

Will de Valery stand vor Robert The Bruce. Ein beeindruckender schottischer Wintersonnenuntergang war gekommen und gegangen, bevor sie den Wein aus ihren hölzernen Bechern ausgetrunken hatten.

»Ich glaube, jetzt sind wir vor Bedrohungen geschützt«, sagte Will.

The Bruce betrachtete ihn nachdenklich. »Also keine Geheimwaffen für Longshanks?«

In der Feuerstelle an der Wand loderten die Flammen, aber der größte Teil der Hitze stieg den Kamin hinauf oder in die Steinwände. Beide Männer trugen Pelze, auch drinnen.

Will schüttelte den Kopf. »Alles nur eine Legende. Mehr hat es mit den Wishmés nicht auf sich.«

Und mehr, so hatte Will beschlossen, muss auch niemand wissen. Senna war der einzige Mensch auf der Welt, der die tödlichen Farben herstellen konnte, aber sie beharrte darauf, dass sie nicht das geringste Interesse hegte, es zu tun.

»Vielleicht später die Kinder«, hatte sie zugestanden, als er sich nach ihren Plänen erkundigt hatte, »aber ich werde sie weder dazu drängen noch daran hindern. Ich werde nicht mehr tun, als alles erklären. Mach dir keine Sorgen«, hatte sie hinzugefügt, als er protestieren wollte, dass seine Sorge nicht diesen Dingen galt, »ich werde immer hier sein. Also kann es nichts geben, was jemals unbemerkt geschehen kann.«

Und das, so hatte Will beschlossen, war vielleicht besser als ein Spionagenetzwerk. Sennas wachsamer Blick konnte ein

Königreich in die Knie zwingen, wenn sie es wünschte. Oder retten.

Aber selbst wenn, dachte Will weiter, welchen Vorteil konnte ein schottischer König daraus ziehen, über die Sache Bescheid zu wissen?

Jahrhundertelang waren die Wishmés verloren gewesen, so lange, bis ihre Mutter und ihr Vater sie wiederentdeckt hatten. Vielleicht aus gutem Grund. Aber alles, was je daraus erwachsen würde, war böse. Schottland drohten genügend Gefahren, denen es ins Auge blicken musste. Und der zweifelhafte Nutzen der Wishmés würde alles nur noch schlimmer machen.

»Ihr habt König Edward berichtet, dass es sich um mehr als nur Gerüchte handelt«, widersprach The Bruce und musterte Will eindringlich. »Ihr habt ihm gesagt, dass Rardove die Farben hat und dass sie echt sind. Dass man sie als Waffe benutzen kann und dass er sich besser schnellstens auf den Weg machen soll.«

Wills Schulterzucken war genau kalkuliert. »Es ist nicht das Einzige, was ich König Edward berichtet habe. Es war notwendig, ihn dazu zu bringen, an Rardoves Tür zu klopfen.«

Wer als Doppelagent in schottischen Diensten stand, musste vielen Menschen aus vielen Gründen vieles sagen. Ärger drohte erst, wenn man versuchte, sich an alles zu erinnern.

»Und warum sollten wir wünschen, dass er an Rardoves Tür klopft?« The Bruce ließ ihn nicht aus den Augen.

»Das haben wir gar nicht, Mylord. Ich habe es gewünscht. Meine Schwester hielt sich dort auf und war in Gefahr.«

The Bruce prostete ihm spöttisch zu. »Ich hatte keine Ahnung, dass meine Spione ihre Verbindungen zu ihrem eigenen Wohl nutzen.«

»Dann seid Ihr nicht besonders weise, Mylord.« Will schenkte sich einen Becher Wein ein. »Aber ich denke trotzdem, dass Ihr unser König sein sollt.«

Robert lachte. »Ich auch.«

Will trank. Und dachte, dass The Bruce König sein sollte, weil er es sein konnte. Diesem Edelmann war es möglich, das wunderschöne, zerrissene Land zu regieren, das ihm so sehr am Herzen lag. Das Land, das seine Mutter und sein Vater so sehr geliebt hatten. Aber es hieß Schottland *go braugh*, nicht Bruce *go braugh*. Schottland für immer. Niemals galt der Segen nur einem einzelnen Menschen.

Denn Menschen waren so unendlich fehlbar.

»Und ich glaube, dass es Schottland nützen würde«, fügte Will leise hinzu, »Edward hat sein Augenmerk für einige Monate auf etwas anderes gerichtet. Es mag sein, dass wir vor einer Belagerung geschützt worden sind, bevor wir uns darauf vorbereiten konnten.«

»Aber jetzt sind wir vorbereitet«, sagte The Bruce und stieß einen Fensterladen auf. Das Geräusch der Schlitten, vor den sich Läufer gespannt hatten, drang in den Hof. Der Winter war angebrochen, kalt und weiß und strahlend. »Nun, was ist mit Eurer Schwester?«

Will wedelte mit dem Pergament in der Hand, Sennas jüngstem Sendschreiben. »Rardoves Ländereien sind natürlich wieder dem König in die Hände gefallen. Und merkwürdigerweise urkundlich einer Gemeinde überschrieben worden.«

Robert The Bruce zog die Brauen hoch. »Wirklich? Einer Gemeinde von Kaufleuten?«

»So heißt es. Ich kann kaum lesen, was sie schreibt«, gestand er und beugte sich zum zehnten Mal über das Pergament. Dann ging er zum Fenster und hielt das Pergament unter den Strahl der kalten Wintersonne. Aber es war immer noch schwer zu ent-

479

scheiden, ob er richtig las. »Eine Gemeinde voller … *bellas?* Kann das stimmen?«

Der künftige König von Schottland grinste schulterzuckend. Sein Bart schimmerte rötlich braun. »Ich weiß nicht recht, de Valery, aber ich würde ganz gewiss gern eine Gemeinde der Schönen besuchen.«

»Aye«, bestätigte Will wie abwesend, »das Wort ist italienisch, nicht wahr?«

The Bruce nickte. »Oder vielleicht südfranzösisch.«

»In der Tat«, sagte Will, verblüfft wie gewöhnlich. »Senna berichtet, dass Wogan, der irische Gouverneur, bei Longshanks ein Wort eingelegt hat, es ihnen zu überlassen.« Schulterzuckend legte er den Brief auf den Tisch. »Zerbrechen wir uns darüber nicht den Kopf. Sobald ich kann, mache ich mich auf den Weg zu ihr. Dann werde ich schon herausfinden, was es zu bedeuten hat.«

»Gut. Denn im Moment müssen wir planen, was wir gegen eine Invasion unternehmen.«

Will nickte, während sie zur Tür hinaus und zu den Pferden gingen. »Und ich muss zu meinem König zurückkehren, denn sonst wundert er sich, warum sein Spion sich so lange an der nördlichen Grenze herumtreibt.«

Finian legte Senna den Arm um die Schulter und zog sie dichter zu sich heran. Sie standen auf einer steinernen Brüstung oben auf der Mauer, die rund um die Burg O'Fáil lief. Es war ein strahlend sonniger Tag, wenn auch windig und etwas frostig. The O'Fáil stand unten im Hof, schaute zu ihnen hinauf und hob die Hand. Finian erwiderte die Geste, bevor er Senna einen Kuss auf die Stirn drückte.

Nach zwei Monaten bei den Iren war es Senna beinahe gelungen, sich all die Namen und Gesichter und Stammbäume einzuprägen, die so weit in die Vergangenheit zurückreichten.

»Sag, Finian, warum müssen wir über die Poeten des vierten Jahrhunderts Bescheid wissen?«, hatte sie am Nachmittag in einem Anfall der Verwirrung gefragt. Das war der Grund, weshalb er sie schließlich hinaus auf die Mauer geführt hatte, wo sie auf das blaue Meer hinunterschauen und sich beruhigen konnte. Das hatten sie schon mehrmals getan, seit sie auf das Land O'Fáil zurückgekehrt waren und er bemerkt hatte, dass sie kein Kind mehr in sich trug.

»Das passiert oft«, hatte sie gesagt und an dem Abend, als sie es begriffen hatte, unter Tränen gelächelt.

»Aye, das stimmt«, hatte er bestätigt.

Er wusste, dass sie jetzt daran dachte, und einen Moment bestätigte sie es, als sie sagte: »Ich war auch nur eine Woche überfällig. Häufig merkt man es gar nicht so früh.«

»Nein.« Wieder küsste er sie auf die Stirn und rieb mit den Händen über ihre Oberarme, um sie zu wärmen. »Senna, wir werden Kinder haben.«

Sie lächelte. »Du wirst mir Kinder schenken.«

Er hielt inne. »Ich bin mir sicher, dass ich dir genau das versprechen kann, Liebste.«

»Aber«, fuhr sie gedankenverloren fort, »wenn es nicht gleich passiert, ist es auch in Ordnung. Ich muss meine Schafe nach Irland holen. Und der König hat mir von euren erstaunlichen Webern erzählt. Ich glaube, wir können ihnen Konzessionen in den Städten erteilen. Aber vor allem muss ich mich mit dem Bürgermeister in Dublin treffen. Wegen der Wolle.«

»Einverstanden, dann also zuerst der Bürgermeister«, sagte er leichthin.

Senna blickte ihn scharf an. »Und deshalb ist mir nicht ganz klar, warum du möchtest, dass ich die Namen der Poeten aus-

481

wendig lerne. Die *Mappe?*« Sie zog eine Braue hoch, um zu fragen, ob sie den Begriff richtig ausgesprochen hatte. Er schüttelte den Kopf. Wieder blickte sie ihn scharf an. »Warum muss ich die Namen der Dichter kennen, die vor so langer Zeit gelebt haben?«

»Weil es wichtig ist«, sagte er, und er sagte es so ruhig und leise, dass sie ihm glaubte.

Finian schloss sie in jeder Hinsicht in sein Leben ein, in sein Erbe und in seine Zukunft, teilte alles mit ihr und nahm es als ganz natürlich hin, dass sie dazugehörte. Und das war das, was Senna sich immer gewünscht hatte: so geliebt zu werden, wie sie war.

Im Gegenzug war sie bereit, viel zu geben. Dazu gehörte der Versuch, die Namen der Dichter auswendig zu lernen, die seit Jahrhunderten tot waren. Oder die irische Sprache. Es war eine wundervolle Sprache, wenn manchmal auch tückisch, wie sie beklommen feststellte, wenn sie nachmittags zum Unterricht ging. Finian war ein geduldiger Lehrer. Und Senna versuchte, eine geduldige Schülerin zu sein. Ihre Finger waren geheilt. Pentony war tot.

»Ich hoffe, er ist sich selbst gerecht geworden«, murmelte sie und ließ den Blick über den sanft geschwungenen Hügel unter ihnen schweifen, »ich möchte mir nicht vorstellen, dass er noch länger hätte leiden müssen.«

Teils hoffte sie es deshalb, weil anzunehmen war, dass auch Finians Mutter nicht länger leiden musste, wenn Pentony nicht mehr leiden musste. Und das war ein Gedanke, der Finian vielleicht eines Tages Frieden bringen mochte.

Finian stand hoch aufgerichtet neben ihr. Das schwarze, windzerzauste Haar fiel ihm über die Schultern, und in Sennas Augen war er so schön wie damals, als sie ihn das erste Mal erblickt hatte.

»Du hast seinem unehelichen Kind eine Truhe voller Münzen geschickt, nicht wahr?«, fragte Senna unvermittelt.

Er wollte den Kopf schütteln, aber sie hob die Hand.

»Ich weiß, dass du es getan hast. Ich habe gehört, wie Alane darüber gesprochen hat.«

Finian zuckte die Schultern. »Du wirst das glauben, was du glauben willst, Senna. Das tust du immer. Ich habe es aufgegeben, dich ändern zu wollen.«

»Dass hast du nie versucht.« Ihr stockte der Atem. »Du bist ein guter Mann, Finian O'Melaghlin.«

»Und du«, wisperte er dicht an ihrem Ohr, »bist die schönste Frau, die ich jemals gesehen habe.«

Senna täuschte Verblüffung vor. »Aber über meine unendliche Güte verlierst du kein Wort.«

»Nein. Weil mir dazu nicht das richtige Wort einfällt.«

Sie lachte, während er sie in die Arme zog und sie gemeinsam über die Brüstung schauten. Finians Atem strich über ihr Haar, und der leichte Wind wehte über die Hügel zu ihnen hinauf.

»Bevor dein Vater starb«, sagte Finian leise, »hat er mich um etwas gebeten.«

Sie blickte über die Schulter zu ihm. »Wirklich? Worum?«

»Schottland zu helfen. Das Land zu retten.«

Abrupt wandte sie den Blick ab. »Du bist meinem Vater nichts schuldig.«

Finian ergriff sie an den Schultern, drehte Senna zu sich herum und musterte sie mit dunklen, einfühlsamen Augen. »Du hast recht. Es ist keine Frage von Schuld oder Pflicht. Das hat er mir beigebracht.«

Sie nickte ernst. »Ich verstehe. Wird der König dir die Erlaubnis geben?«

»Wir haben schon darüber gesprochen«, erklärte Finian.

»Aber ich dachte, du ... du solltest hier ...« Ihre Worte verloren sich.

»Senna, ich werde hier niemals König sein. Ich habe meine Wahl getroffen.«

Sie starrte auf die Burg hinter ihm und zwang sich, seinem Blick zu begegnen. »Die Wahl zwischen einer Frau und einem Königtum. Manch einer würde behaupten, dass es keine leichte Wahl sei.«

»Oh, für mich schon.« Er strich ihr über das Haar. »Und ich nehme an, Senna, dass du deine Wahl jetzt auch treffen musst. Jetzt, da du weißt, dass ich niemals König sein werde.«

Sie schürzte die Lippen, als würde sie nachdenken. »Mir ist zu Ohren gekommen, dass es das Beste sein soll, sich das Königsein vom Leib zu halten.«

»Ach, das ist dir zu Ohren gekommen?«

»Aber dir will ich nahe sein.«

Er schloss die Hand um ihren Hinterkopf und zog sie eng an sich. »Willst du das wirklich? Hier und jetzt?«

Sie legte ihm die Arme auf die Schultern. »Ich habe meine Wahl schon längst getroffen. In einem stinkenden dunklen Gefängnis. Und ich bin mir ziemlich sicher, dass du auch dabei warst. Kannst du dich nicht erinnern?«

Er lächelte leicht, als er in das Tal hinunterblickte. »Ein Gefängnis ist ein Gefängnis. Die Freiheit hat einen anderen Geruch. Ich habe Männer im Gefängnis erlebt, die schlechte, bedauerliche Entscheidungen getroffen haben.«

Senna schlang die Arme um seinen Nacken. »Aber das, was du gesehen hast, war eine Frau in einem Gefängnis.«

Er schaute zu ihr hinunter. Sein Lächeln wurde noch breiter, als er ihren Blick erforschte. »Nun, das ist wohl so. Und diese Frau hat mich ziemlich aus der Bahn geworfen.«

484

Senna spürte, wie ihr die Röte in die Wangen schoss, und machte eine abwehrende Handbewegung. »Genug davon.«

»Nein, nicht genug davon.« Auf eine Art, die ihr nur zu vertraut war, ließ er die Hände an ihrem Nacken hinunter auf ihre Schultern gleiten.

»Lass das«, protestierte sie. Er wusste, dass ihr Protest nicht ernst gemeint war. Mit tiefen, kreisenden Bewegungen liebkoste er ihre Schultern. Massierte sie. Ein Vorspiel.

Senna neigte den Kopf zur Seite und schloss die Augen. »So leicht werde ich dich nicht davonkommen lassen«, sagte sie streng. »Wir haben über Pläne gesprochen. Wenn du nun kein König wirst, was wirst du dann? Spion?«

»Vielleicht solltest du dir angewöhnen, mich als Diplomaten zu bezeichnen, wenn wir auf Reisen sind. Es hört sich weniger verräterisch an.«

Sie sah ihn an und lächelte breit. »Ich soll dich also begleiten.«

Er zog die Brauen hoch. »Aber sicher.« Finian streifte mit den Lippen über ihre Wange, dann ihr Kinn. »Mein ganzes Leben lang bin ich nach dir auf der Suche gewesen, meine Liebe. Färbehexe oder nicht, ich lasse dich nicht mehr gehen. Mag sein, dass Könige nach dir verlangen. Ich hingegen *habe* dich.«

»Gut«, flüsterte sie.

Er wollte seinen Mund auf ihren senken, aber sie legte die Hand auf seine Brust.

»Willst du mich eigentlich niemals danach fragen?«, wollte sie leise wissen.

»Nein.«

»Willst du gar nicht wissen, wie ich es angestellt habe?«

Finian schwieg. Dann griff er in seinen Pelz und zog den Fetzen gefärbten Stoff hervor, den sie an jenem Tag bei Rardove hergestellt und ihm gegeben hatte. Ein Geschenk, das praktisch aus Nichts besteht, hatte sie gelacht. Und wenn sie sich recht erinnerte, hatte er nicht in ihr Lachen eingestimmt.

»Die Farben sind wirklich erstaunlich«, erwiderte er bedächtig und reichte ihr den Stoff, »und sehr selten. Wie die Person, die sie hergestellt hat. Du willst es mir erzählen. Also gut.«

»Es ist ein Geheimnis. Du darfst es keiner Menschenseele verraten.«

Er lächelte.

»Ich habe die Rezeptur meiner Mutter befolgt. Es war die einfachste Sache der Welt.«

»Ach, wirklich? Fünfhundert Jahre irische Färberkunst möchten dir widersprechen.« Er hatte die Hand sanft zwischen ihre Schulterblätter gelegt und fing an, sie zu reiben. Unbewusst, wie sie überzeugt war.

»Vielleicht befand sich unter den Färbern keine Frau«, erklärte sie. »Es bedarf einer willigen Frau.«

»Ah.« Er küsste sie auf die Wange. »Das gefällt mir.«

»Das dachte ich mir.«

Er beugte sich hinunter und küsste ihr Ohrläppchen. Und schien das Interesse an ihrem Bericht zu verlieren.

»Weißt du überhaupt, was das zu bedeuten hat?«, fragte sie ihn.

»Nein.« Er küsste ihren Nacken, und seine Hand glitt tiefer. »Behalte deine Geheimnisse für dich, Weib«, flüsterte er ihr ins Haar, »ich will nur deinen Körper.«

Lachend drehte Senna sich herum, legte die Hand auf seine Oberarme und stieß ihn leicht von sich weg. »Bist du wirklich kein bisschen neugierig?«

Er legte seinen warmen Pelz um ihre Schultern und drückte

einen Kuss auf ihre zarte Haut. Sie zitterte. »Für dich bin ich sogar ein klein bisschen neugierig.«

Sie lächelte. »Das Geheimnis der Wishmés besteht darin, dass die Frau verliebt sein muss.«

Finian hielt inne. Er wirkte beeindruckt. »Wie?«

»Urea.«

»Harnstoff«, sagte er, nachdem er kurz nachgedacht hatte, »faszinierend. Andererseits heißt *willig* nicht unbedingt, dass sie auch verliebt sind.«

Mit den Fingerspitzen berührte Senna seine Wange. Das Herz tat ihr weh, so sehr liebte sie ihn, und es tat ihr weh, weil sie wusste, dass ihre Liebe ebenso stark erwidert wurde . . . und weil ihr all die Dinge durch den Kopf gingen, die sie mit diesem Mann noch erleben würde.

»Will man aus den Wishmés Färbestoff herstellen, muss die Frau bis über beide Ohren verliebt sein«, sagte Senna leise. »Weniger als das reicht nicht.«

Finian schloss sie fest in die Arme und zog sie an sich. Seine Finger gruben sich in ihr Haar.

»Wie könnte ich dir da widersprechen, Liebste. Weniger als das reicht nicht.«

Anmerkungen der Autorin

Aussprache und Übersetzung der irischen Wörter

* Uisce beatha – (Feuer-Wasser – Whisky)/*eesh-kee-hah*
* bhean sidhe (Frau – Fee, Feenland)/*ban shee*
* a rúin (meine Liebe)/*AH-rune*
* Dia adhuit (Gott sei mit dir)/*jeeu which*
* Onóir duit (Ehre sei dir)/*on-yay which*

Färbstoffe

Es gibt keine Schnecken oder Färbestoffe namens Wishmé. Aber einige ihrer Bestandteile in dieser Geschichte sind der Wirklichkeit entsprechend gestaltet, und der Rest ist die pure Lust an der Erfindung.

Die Grundlage der Farbe bildet das berühmte tyrianische Violett aus den Murex-Schnecken des antiken Rom.

Ihre Sprengkraft habe ich der Pikrinsäure nachempfunden, einem gelben Farbstoff, der in pulverisiertem Zustand explosiv ist.

Und der Chamäleon-Effekt . . . ist frei erfunden.

Ein paar Bemerkungen zu Chamäleons: Es stimmt nicht, dass sie ihre Umgebung »reflektieren«. Sie verfügen über ein begrenztes Repertoire an Farben, das sich mit ihrer Stimmung ändert. Es sind also eher lebendige Stimmungsstreifen. Ihre Haut besteht aus drei Lagen, die die Lichtwellen der Umgebung filtern, einige Lichtwellen reflektieren und andere abstoßen.

Tintenfische können sich viel besser tarnen als Chamäleons und ihre Umgebung täuschen, weil sie ihre Chromatophoren (Farbzellen) der Umgebung anpassen können. Daher ähneln sie eher dem, was man allgemein unter »Chamäleon« versteht.

Irgendwann habe ich mich gefragt, *warum kann das eigentlich nicht mit Wollfasern passieren?* Mit Sennas Wolle. Was, wenn Schafwolle solche Eigenschaften besäße? Dreifach geschichtete Farbzellen, die auch nach der Schur noch ihre Umgebung »lesen« und sich verändern können. Unmöglich, mit toter Wolle solche Effekte zu erzielen . . . wirklich?

Figuren

Keine der Hauptfiguren existiert tatsächlich. Einige Nebenfiguren sind allerdings nach der Realität geformt, so zum Beispiel der Gouverneur (Regent, Statthalter) John Wogan, König Edward I. von England (»Longshanks«) und auch der lebhafte irische Stamm O'Melaghlin im späten dreizehnten Jahrhundert.

Wetter

Der Herbst in Irland ist oft recht stürmisch. Ich brauchte das Wetter aber ruhiger und trockener. Also habe ich ein bisschen damit gespielt.

Uneheliche Kinder und Suizid im mittelalterlichen Irland

Auf unehelichen Geburten lag noch nicht der gesellschaftliche Makel wie in den nachfolgenden Jahren und wie er in England bereits üblich war. Ganz sicher war Unehelichkeit kein Hindernis, König zu werden. Die rivalisierenden Ansprüche auf den irischen Prinzentitel wurden oft von Königssöhnen verschiedener Mütter erhoben, die um ihre Vormachtstellung kämpften und gleichermaßen dazu berechtigt waren. Während Illegitimität also dem politischen Aufstieg nicht im Wege gestanden haben mag, konnte eine Mutter, die ihre Familie aufgab, nicht anders als heute großen Schmerz und große Scham hervorrufen. Das galt ganz besonders für einen Sohn, der der Fürsorge eines überforderten Vaters überlassen war.

Ein Suizid hingegen galt in der Öffentlichkeit als allumfassende Schande und große Sünde. Bestattungen auf dem Kirchhof waren verboten. Häufig wurden die Leichen verunstaltet, verbrannt oder auf andere Weise entwürdigt, um die Herabsetzung zu spiegeln, die der Seele angetan worden war.

Erfundenes Königtum

Ich wollte, dass der irische Stamm dieser Geschichte auf einer realen *tuatha* gründet, besonders die O'Neills, die in meinem Arbeitsmanuskript jahrelang das vorgegebene Königtum und der vorgegebene König waren. Die O'Neills waren über Tausende Jahre der herrschende irische Stamm im Norden. Um ihn für die Geschichte handhabbar zu machen, brauchte ich nicht mehr als die relativ stabile Epoche eines Königtums in der Zeit, in der das Bündnis mit Frankreich in Schottland geschmiedet wurde.

Im mittelalterlichen Irland sind solche Epochen schwer zu finden. Hätte mein Roman ein paar Jahre früher gespielt, hätte mein alternder König Brian mac Neill Ruiad O'Neill sein können, der von 1238 bis 1260 einigermaßen ruhig regiert hat. Aber leider haben die Schotten nicht so offen rebelliert, und Edward »Longshanks« war noch nicht König von England. Also weg mit Brian mac Neill.

Ein paar Jahre nach Brians Regentschaft hätte ich Àed Buide nehmen können. Auch er hat in seiner Zeit sicherlich das ständige Auf und Ab des irischen Königtums erlebt, aber am Ende hat er von 1263 bis zu seinem Tod im Jahr 1283 als zuverlässiger König regiert.

In der Nachfolge von Àed Buide hat es zu viele gewaltsame Machtwechsel gegeben, zu oft wurde geputscht, als dass einer dieser Nachfolger als »guter König« gelten könnte, um der Mentor Finians zu sein.

Auf diese Art wurde The O'Fáil geboren. Der Name Fianna, der unauflöslich mit *fáil* verbunden ist, hat in Irland eine lange und reiche Geschichte.

Ein *fian* ist eine Gruppe aus Soldaten. Im Mythos sind die Fianna ein großer irischer Stamm, der aus dem Fenian-Zyklus bekannt ist und von Fionn mac Cumhaill (gesprochen wie *Finn McCool*) geführt wird, dem größten irischen Krieger. Fianna hießen im alten Irland auch halb unabhängige kriegerische Banden; sie wurden oftmals von adligen Abkömmlingen gegründet, die ihre Erbschaft noch nicht antreten konnten und fern der Gesellschaft als Söldner oder Banditen in den Wäldern lebten, im Kriegsfall aber dem regierenden König als Soldaten dienten. Und in unseren Zeiten nutzen zahlreiche Organisationen den Namen Fianna, bis hin zu Fianna Fáil, der größten und einflussreichsten politischen Partei in der Republik Irland.

Fianna Fáil wird üblicherweise und sinnvoll mit »Soldaten des Schicksals« übersetzt – *fáil* ist nichts anderes als das alte vorchristliche Wort für Irland.

Musik, die ich gehört habe,
als ich an The Irish Warrior *schrieb*

* The Space Between, Dave Matthews Band
* Hallelujah, Jeff Buckley
* One Thing, Finger Eleven
* You and Me, Lifehouse
* Better Days, The Goo Goo Girls
* I'll Be, Edwin McCain
* und viel zu viele irische Songs, um sie hier zu nennen

Bibliografie

* Annalen von Innisfallen.
* Barry, Terry B., Robin Frame und Katharine Simms (Hg.): *Colony and Frontier in Medieval Irland: Essays Presented to J. F. Lydon.* London: The Hambledon Press 1995.
* tway-Ruthven, A. J.: *A History of Medieval Ireland.* 2. Aufl. New York: Barnes & Noble Books 1980.

Kann wahre Liebe die größte Feindschaft überwinden?

Kris Kennedy
DIE VERFÜHRUNG
DES RITTERS
Roman
Aus dem amerikanischen
Englisch von
Juliane Korelski
496 Seiten
mit zahlreichen
Abbildungen
ISBN 978-3-404-16093-8

England, 1152. Gwyn flieht vor der Hochzeit mit einem ungeliebten Mann und landet in den starken Armen des Griffyn. Zwischen den beiden entspinnt sich eine leidenschaftliche Romanze. Doch dann erfährt der Ritter, dass die schwarzhaarige Schönheit die Tochter seines größten Feindes ist...

»Eine wunderbare Geschichte über Verrat und Leidenschaft«
HANNAH HOWELL

Bastei Lübbe Taschenbuch

Ein tapferer Highlander, eine starke Frau und ein dunkles Geheimnis

Sue-Ellen Welfonder
DIE FEURIGE BRAUT
DES HIGHLANDERS
Roman
Aus dem amerikanischen
Englisch von
Ulrike Moreno
416 Seiten
ISBN 978-3-404-16580-3

Ronan ist mit einem jahrhundertealten Familienfluch belegt. Um keine Frau durch seine Liebe zu gefährden, verbringt er sein Leben in Einsamkeit. Doch er hat nicht mit Gelis gerechnet, die ein Auge auf den attraktiven Highlander geworfen hat und sich nichts sehnlicher wünscht, als ihn zu heiraten. Schafft die mutige Lady es, den Widerspenstigen zu verführen und den Fluch zu brechen?

Bastei Lübbe Taschenbuch

Werden Sie Teil der Bastei Lübbe Familie

- Lernen Sie Autoren, Verlagsmitarbeiter und andere Leser/innen kennen
- Lesen, hören und rezensieren Sie Bücher und Hörbücher noch vor Erscheinen
- Nehmen Sie an exklusiven Verlosungen teil und gewinnen Sie Buchpakete, signierte Exemplare oder ein Meet & Greet mit unseren Autoren

Willkommen in unserer Welt:

 www.luebbe.de

 www.facebook.com/BasteiLuebbe

www.twitter.com/bastei_luebbe

 www.youtube.com/BasteiLuebbe